隐士的深度：陶渊明新探

The Depth of the Hermit:
the New Deeply Studies about Tao Yuanming

钟书林 著

中国社会科学出版社

图书在版编目(CIP)数据

隐士的深度：陶渊明新探 / 钟书林著 .—北京：中国社会科学出版社，2015.8（2021.8 重印）

ISBN 978-7-5161-6186-9

Ⅰ.①隐… Ⅱ.①钟… Ⅲ.①陶渊明（365～427）-文学研究 Ⅳ.①I206.2

中国版本图书馆 CIP 数据核字（2015）第 117587 号

出 版 人	赵剑英
责任编辑	曲弘梅　慈明亮
责任校对	何又光
责任印制	李寡寡

出　　版	中国社会科学出版社
社　　址	北京鼓楼西大街甲 158 号
邮　　编	100720
网　　址	http://www.csspw.cn
发 行 部	010-84083685
门 市 部	010-84029450
经　　销	新华书店及其他书店
印刷装订	北京君升印刷有限公司
版　　次	2015 年 8 月第 1 版
印　　次	2021 年 8 月第 2 次印刷
开　　本	710×1000　1/16
印　　张	23.5
插　　页	2
字　　数	425 千字
定　　价	86.00 元

凡购买中国社会科学出版社图书，如有质量问题请与本社联系调换
电话：010-84083683
版权所有　侵权必究

国家社科基金后期资助项目
出版说明

后期资助项目是国家社科基金设立的一类重要项目，旨在鼓励广大社科研究者潜心治学，支持基础研究多出优秀成果。它是经过严格评审，从接近完成的科研成果中遴选立项的。为扩大后期资助项目的影响，更好地推动学术发展，促进成果转化，全国哲学社会科学工作办公室按照"统一设计、统一标识、统一版式、形成系列"的总体要求，组织出版国家社科基金后期资助项目成果。

全国哲学社会科学工作办公室

子曰:"富与贵,是人之所欲也;不以其道得之,不处也。贫与贱,是人之所恶也;不以其道得之,不去也。君子去仁,恶乎成名?君子无终食之间违仁,造次必于是,颠沛必于是。"
——《论语·里仁》

隐逸是一个坚守原则的人在不利环境下有可能达到的最大成功,是崇高道德理想在一个严酷难耐的现实中的权宜安顿。
——[澳]文青云《岩穴之士——中国早期隐逸传统》

序

"每一个时代的理论思维，从而我们时代的理论思维，都是一种历史的产物，在不同的时代具有非常不同的形式，并因而具有非常不同的内容。"（恩格斯《自然辩证法》）自古以来，陶渊明研究皆是不同历史的产物，皆与一定时代相联系。当今，我们正处在一个伟大的时代，随着改革开放的深入发展，全国政治、经济、文化、思潮等领域，皆发生重大变化，陶学研究已进入大发展、大繁荣的兴旺阶段，俊才云蒸、新秀辈出，本书作者钟书林同志正是他们当中崭露头角的佼佼者。

读研期间，书林同志即从师陶学专家魏耕原先生接受陶研的系统训练，初试锋芒，就洋洋洒洒地奉献出七八万字的硕士论文《陶渊明交游考》，从此竟一发而不可收，陆续发表一系列新作，而引起陶坛同人的关注与青睐。《隐士的深度——陶渊明新探》所收诸篇集中体现了作者十余年来研陶的学术历程和主要观点，可以说每篇都饱含着真实的研究、真诚的探索和真切的思考，都有着自己的真知灼见，自成一家之言。

翻阅书稿，读者首先看到的是作者能站在传统与现代的碰撞与交融的大视野来思考陶学研究所面临的新挑战与新任务，特别是面对眼前"曾经辉煌的传统被迅速边缘化，曾经拥有的话语权的丧失"的残酷现实，作者仍能以"唤醒民众的传统意识"为己任，这种坚守民族道义和社会责任、敢于担当的精神是难能可贵的，单凭这一点，就使他的论著更增添一份令人珍重的分量。

其次，作者敏锐的学术洞察力，富有新意的叙述语言，显示出陶学研究不仅是一种创造性的写作活动，更是一种自我生命的延伸和扩展，一条主体与客体心灵撞击和沟通的路径。众所周知，陶渊明的人品、文品和诗品，共同构成了中国传统文化的一个独特内涵，既是一种文学现象，又是一种美学理想，更是一种人生境界。陶坛同人品陶、释陶，既是一种职责和理念，又是一种情结和享受，一种对生命和艺术的领悟和享受。像书稿第2章《陶渊明的人生志趣与性情之解读》和第4章第2节《陶渊明的情感世界与其诗文创作》两部分，就通过"以人生注解诗文，以诗文注解人生"的解读，让陶公栩栩如生的真性情、真面目跃然纸上，其诗文强烈的艺术魅力越发彰显，进而启迪读者领悟人生真谛，并从中得到强烈的艺术感染和极大愉悦。

再次，作者在陶学研究中特别重视对已有资料的占有，总是尽最大可能搜集材料，论述中很多新见与论点，都有充分的论据和详尽的论述。他还经常把这些论据材料和论证过程放在一系列注释当中，因而其引证之丰富和论证之缜密是一些同类著作中很少见到的。像第3章《陶渊明与汲冢书》对前人成果既多所集纳、回顾，但在具体问题的论证上，又能阐微析疑，新意赫然。如对陶渊明和《汲冢书》主要整理者束皙的关系，作者从13个方面予以精细的比较和研究，发现两者之间有着极其明显的共同性，这种周详的论证，对于弄清陶渊明及其诗文与束皙及其《汲冢书》的密切关系，无疑是十分必要的。类似情况读者在书稿中经常可以遇到。

总之，书林同志在陶学的漫漫征途上，起点高，悟性好，进步快速，业绩骄人，而其又正值年富力强、奋发有为的黄金时段，读者有充分理由相信其日后一定会百尺竿头更进一步，为陶学发展提供更多精品，作出更大贡献。

钟优民

2012年11月

前言：传统与现代之间——走进真实的陶渊明

一

东晋陶渊明飘逸。鲁迅先生说他飘逸得很久了，又说他并非整日整夜的飘飘然，有"悠然见南山"的一面，也有"猛志固常在"的一面，倘若有取舍，便非全人。

陶渊明宛如一泓碧波，无法领略它的深邃，骤然间的一阵微风波澜，也只能掠起它的冰山一角。他也仿佛达·芬奇画布上蒙娜丽莎的微笑，无人读懂她的神秘，突然投射的一束新光线，又能在微笑里发现新的意蕴。

陶渊明给人的感觉是深邃、神秘。他的辞官归隐、他的饮酒乞食，其人、其诗，都耐人寻味而又永远品味不尽。且不说他"不为五斗米而折腰"的辞官之举，也不说他"饥来驱我去"、"叩门拙言辞"的乞食之谜，单说他的诗文为人接受时的离奇吧。苏东坡青壮年时期不喜欢陶渊明诗歌，晚年尤其是在被贬谪海南岛的漫长岁月中，却日益酷爱陶诗。晚年的苏东坡，陶诗几乎成了他唯一的精神食粮。他每天读陶诗，还给自己规定，每天只能读一首，害怕读完再无可读了。他将每一首陶诗都唱和一遍，留下了和陶诗109首。苏东坡说陶诗"外枯而中膏"、"质而实绮，癯而实腴"，宋代黄庭坚也有类似的说法。这种神奇的经历，几乎成了所有嗜陶者的共同体会。陶渊明诗文，语言表面平淡朴实，浅显直白，质朴无华，有时甚至感觉味同嚼蜡，但是当你细细品味，慢慢咀嚼时，却分明如饮洌洌甘泉，有缕缕清香袭来，有丝丝惬意之感。品之愈深，味道愈浓，如饮百年陈坛之老窖，如闻三日绕梁之清音。

千百年过去了，没有哪一个人，也没有哪一个时代，真正懂得过陶渊明。每一次，人们都只是跟盲人摸象一样，各得一端，互执一词。

在东晋，陶渊明人微言轻。虽然他的祖辈陶侃军功盖世，但在讲究门第出身的时代，在世家大族的眼里，仍不过是"奚狗"而已。几世几辈后的陶渊明，不用说，就更沾染不上那份荣耀了。唐代人的视野里，陶渊明是个酒鬼、狂徒兼县太爷,让不少名诗人青睐与倾心。"复值接舆醉,狂歌五柳前"是王维的情愫,"何日到彭泽,长歌陶令前"、"何时到栗里,一见平生亲"是李白的仰慕。

陶渊明的园圃里,六朝人看重他的隐居、他的风流,唐朝人看重他的酒、他的官,宋朝就开始看好他的诗文了。读点陶诗,似乎成了宋朝有身份文人的标志。杨万里品出了平淡,朱熹读出了豪放。

到了明清,陶渊明似乎被装进了多棱镜里。宁静的时代看他,他是个飘逸的田园隐士;国家多灾多难的岁月再看他,那简直就是忠臣烈士了。龚自珍就曾经把陶渊明比作诸葛亮和屈原。他说:"陶潜酷似卧龙豪,万古浔阳松菊高。莫信诗人竟平淡,二分梁甫一分骚。"或许出于其祖乃晋室忠臣的家风,也或许出于"空负头上巾"(指儒巾)的愧疚,陶渊明在晚年,始终都坚守着一颗东晋遗民的忠贞之心。他在刘宋王朝生活了八年,但他写诗,不愿意使用新朝的年号。他拒绝了刘宋新朝廷的几次征辟,朋友们都欢呼雀跃地离他远去了,他痛感子期已死,伯牙绝弦,在知音不遇的时代孤寂与哀伤中,走完了他人生的最后旅程。这或许是明清忠勇之士所屡屡提及的缘故吧。

历史已经远去,我们驻足昔日的彭泽,久久回眸、凝望。陶渊明留给我们的是不尽的思索。他是清高的隐士、狂徒,曾几何时,他又被看作是伟大的力农者。过了若干年,他又成了自私自利的伪君子,成了贪污畏罪的潜逃人,还成了觊觎皇位的野心家。陶渊明宛如一面哈哈镜,千百年来的读者、评论家,无不在这面镜子里看到了自己,也看到了自己身后的那个时代。他们在给陶渊明拍摄特写的时候,似乎无意中也被陶渊明抓进去,与他合了影。

尽管是这样,每个时代、各个国度的人们,都禁不住来读他。唐人郑谷说:"爱日满阶看古集,只应陶集是吾师。"宋人苏东坡说:"吾于诗人无所甚好,独好渊明诗。"现代韩国学人车柱环先生也说:"环虽不能无愧于渊明之人德,亦窃爱其诗。"[①] 日本学人一海知义更是强调陶渊明是"一个复杂而难解的诗人形象",他说:"有的诗人虽然相当有名,但实际上他的作品并没有得到广泛的阅读。即使是其作品中极小的一部分,如是能代表其诗人特性的结晶之作,那倒也罢了。可事实上并非如此,有的诗人以某一个被过分强调的侧面或因其传说而出名。我认为陶渊明就是其中

---

① 转引自(台湾)黄仲仑《陶渊明作品研究·前言》,(台北)帕米尔书店1965年版。

的一个。"① 由此他向世人宣称要把全面解释研究陶渊明的作品作为自己的"毕生的事业"。②

可是，古往今来，对于陶公及其诗文，谁也没有真的读透过。或如朱光潜先生说："凡是稍涉猎他的作品的人们对他不致毫无了解，但是想完全了解他，却也不是易事。"③

其中之艰难，或如尚永亮先生所说："凡是涉猎过陶诗的人，对他的思想概况都有一定的了解，但要想很准确、很系统地认识它，也并非易事。"④ 亦如台湾学者王叔岷先生所说："古今论陶诗者多矣。能深入者，往往有所偏蔽；能周详者，往往流于浮浅。"⑤ 或更如顾随先生所说："我不敢说真正了解陶诗本体。读陶集四十年，仍时时有新发现，自谓如盲人摸象。陶诗之不好读，即因其人之不好懂。陶之前有曹，后有杜，对曹、杜觉得没什么难懂，而陶则不然。"⑥ 顾先生道出了品陶的真谛，可谓登堂入室，走向了悟陶深处。愚性驽钝，奢愿循研陶诸贤开拓的门径，渐居廊庑之间矣。

二

在这个快节奏的信息传播时代，走进琳琅满目的书市，各式文化快餐填塞满足着现代人的需要。或许，千百年来人们熟悉的陶渊明的桃源世界，可以涤去尘世俗累，获取轻松与悠闲。但是，如今一踏进"桃源"，却是满目疮痍，遍地狼藉。现代人的践踏，毁坏了这里曾经的宁静。

21世纪伊始，日本学者冈村繁的"陶渊明新论"，辗转三四十年之后，终于在大陆"抛售"了。他那"陶渊明是个伪君子、是个极端的自私自利人"的新说，不啻石破天惊，震撼着每一位有文化有良知的中国

---

① ［日］一海知义：《中国诗人选集4·附录》，岩波书店1958年版。时隔将近40年，1997年，一海知义在他的《陶渊明——情寓虚构的诗人》初版后记中仍说："虽说和陶渊明打交道的岁月不算短，可直至今天，我还没能完全把握这位复杂的诗人的全貌。"
② ［日］一海知义：《陶渊明·陆放翁·河上肇·序》，彭佳红译，中华书局2008年版，第4页。
③ 朱光潜：《诗论》，安徽教育出版社1997年版，第232页。
④ 尚永亮：《陶渊明的思想及其成因略论》，见尚永亮《经典解读与文史综论》，中国社会科学出版社2012年版，第180页。
⑤ 王叔岷：《陶渊明诗笺证稿》，中华书局2007年版，第527页。
⑥ 顾随讲，叶嘉莹笔记，顾之京整理：《顾随诗词讲记》，中国人民大学出版社2006年版，第80页。

人的心。但是，像胡晓明先生等，那样敢于公开与冈村繁对话、辩驳的人，却寥若晨星。更多的是新奇、企羡，甚至是仿效。于是，在21世纪之初，大陆的陶渊明新论也便接二连三地出现。首先说陶渊明的"归去来兮"，是因为贪污畏罪潜逃。这番时髦的话语，把陶渊明"不为五斗米而折腰"那丁点儿可怜的清高，轻而易举地化掉了。再后来便说：陶渊明喜欢"像古代的帝王一样'有事于……'"，又是第一位用"孤舟"的人，"'棹'与'诏'谐音"，"古代君王才可以'称孤道寡'"。我们实在不知道，对于陶渊明，将来还有人会说些什么。或许只有这样猎奇，这般危言耸听的新论，才会吸引人们的注意，吸引身处传统荒漠里的现代人去关注那些他们渐渐淡漠了的传统吧。这真是莫大的悲哀。

这让人想起郭绍虞先生曾说过的那番话。他说："历来论陶之语，每如盲人们摸象各得一端，罕有能举其全者，即因蔽于时代所熏习，或个性有专诣，故立论亦有偏胜耳。由时代熏习言，如唐人视为酒徒或隐士，宋人视为道学家，明人视为忠臣烈士，清人视为学者，而近人且有称为劳农者。"[①]

上述鲁、郭、顾等诸位先生的卓识，成了我们理解陶渊明不易的真理。如果延续郭先生的话语，那么视陶渊明为贪污者、为野心家，也便可以算作今人的"摸象"之一端吧。或许也因囿于我们这个时代的熏习吧。

或许有人会抱怨，传统典籍是用繁体字、文言文记载的，是这些繁体字、文言文的消失，使传统与现代之间筑起了一道无形的屏障。于是，在传统与现代人之间，有了一条无法逾越的鸿沟，鸿沟这边是喧嚣的现代都市，那边是寂寞冷清的故纸堆。曾经辉煌的传统被迅速地边缘化，曾经拥有的话语权逐渐丧失，让我们拿什么和现代对话？我们没有这样的时代熏习，难道还有别样的熏习吗？

我们只能说，或许激动终归是激动，激动仍是无济于事。随着时代的变迁，传统话语权丧失，传统边缘化，繁体字、文言文退出历史舞台，这些都是无法改变的事实和无法抗拒的历史潮流。我们面临着传统与现代的冲突，我们要让传统和现代相互交融，我们现在面临了新的任务和新的挑战。

也就在冈村繁有关陶渊明的"高论"在大陆汉译出版的前夕，美国学者亨廷顿也向全世界"抛售"了他的"文明冲突论"。回顾基督教的漫长历史，是用屠戮异教徒的鲜血写成的。伴随着十字军的东征，古希腊、

[①] 郭绍虞：《陶集考辨》，《燕京学报》第20期，1936年。

古罗马等辉煌的古典文明一个个消失了。到了一千年以前，十字军在耶路撒冷遇到了殊死抵抗，向东的推进停了下来。从此，耶路撒冷成了两大文明营垒斗争的前方。这就是亨廷顿所谓基督教文明与伊斯兰教文明冲突的最主要表现。他所谓基督教文明与儒家文明的冲突，其实早已经开始。明清时代，随着西方传教士的进入，特别是晚清时期，因中国朝政的腐败，不少有识之士放眼西方，开始钦羡西方文明，甚至主张废弃中国文字，全盘采用西方拉丁字母，这是基督教文明与儒家文明的第一次正面冲突的结果。

而在日本，据说有汉学家说过，《史记》是在中国，但《史记》的研究却是在日本。同样的，又有人说，敦煌是在你们中国，但敦煌的研究却是在我们日本（后来证实是传讹）。

由于历史的原因，我们耽搁了，虽然我们现在有一批批学者不断努力，但是借用鲁迅先生谈天才培养之艰难的那番话来说，单是培养这些学者的土壤就很不容易。漠视传统，我们已经栽了跟头。我们常常感慨，古来礼仪之邦，现在却少有了礼仪。研究"三礼"文化的中国学者，却要千里迢迢地跑到韩国，去寻找"三礼"的活化石。

珍视传统，关键在于怎么样唤起它。躲进书斋，自成一统，只问耕耘，不问收获，是传统文化精英分子的选择；走出象牙塔，登坛讲说，炮制文化快餐，也是一种选择。选择无所谓对错，似乎也无所谓高下。但是，那种有关陶渊明式的新论，那些单纯猎奇式的媚俗，歪曲传统的，违背传统真实的，恐怕还是少些的好。他们搬起的石头，砸了自己的脚，也砸破了别人的脚。只顾卖得一时哄笑，无异于自毁长城，也无异于饮鸩止渴。

在一片文明冲突的叫嚣里，在日趋被边缘化的残酷现实里，又面对着域外汉学家的强势，怎样将中国传统与现代相互交融，怎样唤醒民众的传统意识，中国的传统文化精英分子，似乎还有很长的路要走。不知大家是否已经做好了"路漫漫其修远兮，吾将上下而求索"的准备。

目 录

第一章 陶渊明享年之再思考 …………………………………… (1)
  一 疾患与享年 ……………………………………………… (1)
  二 庞遵出任主簿与陶渊明享年之关系 …………………… (4)
  三 "晋"字与享年 ………………………………………… (6)

第二章 陶渊明的人生志趣与性情之解读 …………………… (9)
  第一节 陶渊明的仕、隐之微观 ………………………… (9)
    一 出仕前的准备 ………………………………………… (10)
    二 五次仕宦的痛苦挣扎 ………………………………… (11)
    三 "邦无道则隐"与壮心渐息 ………………………… (15)
    四 晚年饮酒之微观 ……………………………………… (17)
  第二节 陶渊明的服药与养生 …………………………… (19)
    一 汉晋服药风气与陶渊明 ……………………………… (19)
    二 服药美仪容与陶渊明 ………………………………… (23)
    三 陶渊明的脚疾与服药 ………………………………… (27)
  第三节 陶渊明之"静"与"恨" ……………………… (30)
    一 陶渊明之"静"、"恨"概览 ……………………… (30)
    二 陶渊明之"静"、"恨"与生活、创作之关系 …… (35)
    三 陶渊明之"静"态美学 ……………………………… (38)
  第四节 陶渊明的忠愤
      ——以旷代品味为例 ………………………………… (42)
    一 顾炎武、龚自珍对陶渊明忠愤的阐释与接受 ……… (42)
    二 陶渊明忠愤的读解与生活遭际的关系 ……………… (47)

第三章 陶渊明与汲冢书 ……………………………………… (49)
  第一节 陶渊明与束皙及汲冢书 ………………………… (51)

  一 束晳与汲冢书 ……………………………………………… (51)
  二 陶渊明与束晳及汲冢书 ………………………………… (52)
 第二节 陶渊明《读山海经》与汲冢书及他的政治观 ………… (67)
  一 陶渊明《读山海经》与汲冢书 ………………………… (67)
  二 陶渊明的政治观和他的《读山海经》 ………………… (72)
 第三节 陶渊明新的历史观与汲冢《竹书纪年》 ……………… (79)
  一 《竹书纪年》的两个版本 ……………………………… (79)
  二 陶渊明新的历史观与《竹书纪年》 …………………… (81)
  三 陶渊明新的历史观与诗文创作 ………………………… (85)

第四章 陶渊明的文艺创作之微观 …………………………… (98)
 第一节 陶渊明文艺思想的综合考察 …………………………… (98)
  一 "立言以不朽"的创作观 ……………………………… (98)
  二 "发愤以抒情"的创作观 ……………………………… (106)
  三 "文艺以自娱"的创作观 ……………………………… (109)
  四 文艺为生活常态化日记式写作 ………………………… (112)
  五 尚朴与渐进自然的文艺观 ……………………………… (115)
  六 文艺实用主义的创作观 ………………………………… (121)
  七 "诗以群"的创作观 …………………………………… (125)
  八 仿效与创作 ……………………………………………… (126)
 第二节 陶渊明的情感世界与其诗文创作 ……………………… (128)
  一 亲情与诗文创作 ………………………………………… (129)
  二 友情与诗文创作 ………………………………………… (133)
  三 国家情感与诗文创作 …………………………………… (135)
  四 小结 ……………………………………………………… (137)
 第三节 陶渊明的"自我"与文学的自觉 ……………………… (139)
  一 "归去来兮"的自得与文学的自觉、创新 …………… (140)
  二 田园诗物象与诗化主人公形象 ………………………… (143)
  三 生死哲思：文学生命主题的挣扎样态 ………………… (145)
  四 余论 ……………………………………………………… (146)
 第四节 陶渊明与范晔的文艺创作关系之比较
     ——以《五柳先生传》为例 ……………………… (147)
  一 陶渊明与范晔的家族及思想比较 ……………………… (147)
  二 陶渊明、范晔的文艺创作与建安风骨 ………………… (151)

三　陶、范热衷"不"字创作的奇情 …………………………（153）

第五章　陶渊明的艺术审美与文学修辞 …………………………（157）
　第一节　陶渊明诗文的审丑意识 …………………………………（157）
　　一　老、庄的审"丑"发轫 ………………………………………（157）
　　二　陶渊明审丑意识的表现形态 ………………………………（158）
　　三　陶渊明审丑意识出现的成因略析 …………………………（164）
　第二节　陶渊明诗文中的隐语修辞 ………………………………（165）
　　一　何谓"隐语" …………………………………………………（166）
　　二　《述酒》诗与隐语 ……………………………………………（169）
　　三　《蜡日》诗、"南山"与隐语 …………………………………（172）
　　四　陶渊明诗文隐语修辞的表现方式 …………………………（174）
　第三节　陶集喜用字词及其现象研究 ……………………………（183）
　　一　陶集喜用字词的类型分析 …………………………………（184）
　　二　陶诗喜用字词与陶渊明文艺风格之关系 …………………（187）
　　三　陶诗喜用字词与陶渊明思想之关系 ………………………（190）
　　四　陶集喜用字词现象的原因分析 ……………………………（195）

第六章　陶渊明交游考论及其晚年思想心态 ……………………（197）
　第一节　引论：考据与时代思想 …………………………………（197）
　第二节　庞遵、羊松龄、张野与晚年之陶渊明 …………………（199）
　　一　《联句》诗及其联句人物考察 ………………………………（201）
　　二　庞遵、羊松龄与陶渊明晚年的交游 ………………………（206）
　　三　张野与陶渊明《岁暮和张常侍》及其易代心态 …………（208）
　第二节　陶渊明与王弘交游辨考及晚年思想心态 ………………（210）
　　一　《宋书》王弘与陶渊明交游事迹辨证 ……………………（211）
　　二　《晋书》增饰史料辨证 ………………………………………（217）
　　三　陶渊明"被邀至州"作诗辨证 ………………………………（220）
　　四　陶渊明晚年隐居生活与王弘交往之不可信 ………………（222）
　第三节　陶渊明与刘柴桑、慧远交游及其世俗、宗教情感 ……（226）
　　一　陶渊明与刘柴桑交游及其世俗情感 ………………………（226）
　　二　陶渊明与慧远法师及其佛教情缘 …………………………（232）
　第四节　陶渊明的其他交游与其诗文创作 ………………………（236）
　　一　陶渊明与颜延之、檀道济的交往 …………………………（236）

二　陶渊明与殷晋安、庞参军的交往及其易代心迹 …………（238）
　　三　陶渊明与丁柴桑诸人交游及其他 …………………………（243）
　余论 …………………………………………………………………（246）
　附录　陶渊明交游年表 ……………………………………………（247）

第七章　陶渊明与小说 …………………………………………（253）

第一节　魏晋小说创作的风气与陶渊明 ……………………………（254）
　　一　魏晋时期的小说创作风气 …………………………………（255）
　　二　陶渊明的性情、读书与小说 ………………………………（258）
第二节　唐以前第一篇小说：《桃花源记》及其他 ………………（262）
　　一　唐以前第一篇小说：《桃花源记》 ………………………（262）
　　二　《形影神》、《挽歌诗》、《自祭文》中的分身与
　　　　小说 ………………………………………………………（272）
第三节　《五柳先生传》、《孟府君传》及咏史诸篇与
　　　　小说 ………………………………………………………（274）
　　一　《五柳先生传》与小说 ……………………………………（274）
　　二　《孟府君传》与志人小说《世说新语》 …………………（281）
　　三　咏史诸篇与小说 ……………………………………………（284）
第四节　《乞食》与小说及干谒 ……………………………………（286）
　　一　《乞食》与食禄 ……………………………………………（287）
　　二　《乞食》与魏晋干谒风气 …………………………………（292）
　　三　《乞食》与小说及干谒 ……………………………………（295）

第八章　陶渊明作品的真伪辨考 ………………………………（299）

第一节　陶渊明诗《于王抚军座送客》辨伪 ………………………（300）
　　一　对版本文字窜动的甄辨 ……………………………………（300）
　　二　李公焕改"冬"作"秋"辨考 ……………………………（304）
　　三　伪陶诗、陶诗、谢诗的比较分析 …………………………（310）
　　四　伪陶诗撰作及窜入陶集的年代蠡测 ………………………（315）
第二节　《搜神后记》为陶渊明所作辨考 …………………………（322）
　　一　陶渊明作《搜神后记》的记载及争议 ……………………（322）
　　二　对陶渊明作《搜神后记》质疑的辨证 ……………………（324）
　　三　陶渊明作《搜神后记》的可能性 …………………………（331）

第三节 从"著作佐郎"看陶渊明《五孝传》《集圣贤群
　　　　辅录》作品的真伪 …………………………………（337）
　一 从朝廷的征聘看陶渊明的史学才能 …………………（337）
　二 《五孝传》《集圣贤群辅录》真伪的历来争议 …………（339）
　三 陶渊明的史学才能与《五孝传》《集圣贤群辅录》
　　　的创作 ……………………………………………………（341）

主要参考文献 ……………………………………………………（346）

后记 ………………………………………………………………（355）

重印后记 …………………………………………………………（357）

第一章　陶渊明享年之再思考

陶渊明的享年年数，自沈约《宋书》"六十三岁说"以降，已有纷纭数说。尤其是在20世纪，前修时哲对此话题的辩论颇多，但可惜仍没有一个定说。其中的得失，李华先生曾作过详细的梳理与总结，兹不赘述。[①] 对此棘手的老问题，笔者也颇持有难以澄清之感。今数览陶集，从诗文的几条资料中得到一些启发，在笔者看来，它们似乎可以坐实沈约记载的陶渊明享年为"六十三岁"一说。因而不惜有"屋下架屋，床上施床"（《颜氏家训·序致》）之讥，结合相关材料撮述如次，请方家教正。

一　疾患与享年

陶渊明寿年的争论，至今仍各执一词。笔者想从陶渊明的疾患入手，为其享年六十三岁说提供一些证据。在陶渊明及朋友诗文中，涉及陶渊明疾患的史料主要有六处：

(1) 年在中身，疢维痁疾。（颜延之《陶征士诔》）[②]

(2) 吾年过五十，少而穷苦，每以家弊，东西游走。……疾患以来，渐就衰损。亲旧不遗，每以药石见救，自恐大分将有限也。（《与子俨等疏》）[③]

(3) 负疴颓檐下，终日无一欣。药石有时闲，念我意中人。……老夫有所爱，思与尔为邻。愿言诲诸子，从我颍水滨。（《示周续之祖企谢景夷三郎》）

(4) 闻君当先迈，负疴不获俱。路若经商山，为我少踌躇。

---

① 李华：《20世纪陶渊明享年争辩得失平议》，《江西社会科学》1998年第7期。
② 严可均：《全上古三代秦汉三国六朝文》，中华书局1958年版，第2646页。
③ 袁行霈：《陶渊明集笺注》，中华书局2003年版，第529页。本书所引用陶集文本，均出自袁先生此书，除特殊情况外，不再一一出注。

2　隐士的深度

(《赠羊长史》)

(5) 吾抱疾多年，不复为文，本既不丰，复老病继之。(《答庞参军》诗序)

(6) 识运知命，畴能罔眷？余今斯化，可以无恨。(《自祭文》)

为寻求疾患与陶渊明享年之间的内在关系，笔者将这些材料归纳为一组逻辑命题：(1) 上述材料所载是否属于同一种疾病；(2) 哪一则材料最早；(3) 陶渊明何时患病；(4) 患病时陶渊明年龄多大。

综观陶渊明一生诗文，谈及自己疾病的仅有上列的五次，而且谈论的都是他年过五十得的那场大病。仔细品味《与子俨等疏》一文，该篇可称是陶渊明患病的最早纪录。因此《与子俨等疏》作品的系年，对陶渊明享年年数的确定甚为关键。陶渊明患病时间，颜延之《陶征士诔》说是"年在中身"，梁启超先生解释说："此用《无逸》'文王受命惟中身'成语，谓五十也。"[①] 他解释"中身"为五十岁。这与《与子俨等疏》中的"疾患以来""年过五十"、《自祭文》中的"识运知命"诸语，均相契合。梁先生释"中身"为五十岁，与对陶渊明的享年考辨相结合，成为他力驳六十三岁而倡五十六岁说的坚实凭据，后世反对六十三岁说者也多奉此为圭臬。但有一关键处，梁先生等力驳六十三岁说时疏忽了，即陶渊明患病具体是在哪一年。如果无法确定这个时间，就无从准确断定陶渊明的享年年数。所以《与子俨等疏》一文的系年成为考察的关键。梁先生推测《与子俨等疏》为元嘉四年 (427) 所作，即陶渊明逝世的当年，认为陶渊明患病后不久就抱疾而终。[②] 这一看法似乎有欠稳当。

我们结合上引与《与子俨等疏》有密切关系的《示周续之》、《赠羊长史》二诗来判定，即可知其中破绽。考有关文献，《示周续之》诗当作于义熙十二年 (416)。其中背景，据萧统《陶渊明传》记载：周续之被江州刺史檀韶苦请出州，"与学士祖企、谢景夷三人，共在城北讲《礼》，加以雠校"，陶渊明因此创作此诗。按《宋书·檀韶传》记载，檀韶出任江州刺史始于义熙十二年。又《宋书·隐逸传·周续之传》记载："高祖之北伐，世子居守，迎续之馆于安东寺，延入讲礼。月余，复还山。"即是此事。而高祖刘裕兴师北伐是在义熙十二年八月。可知周续之这年外出

[①] 梁启超：《陶渊明年谱》，见《饮冰室合集》第 12 册《陶渊明》，中华书局 1989 年影印本，第 27 页。

[②] 同上书，第 44 页。

活动频繁，引起陶渊明不满，故有此诗。而《赠羊长史》诗为赠羊长史赴关中称贺刘裕破秦川时而作，刘裕破秦川是在义熙十三年，因而诗当作于义熙十三年，诸家系年没有异议。

而判定《与子俨等疏》的系年，不可忽略对陶集中叙述患病情况诗文的通盘考察，尤其是对《与子俨等疏》与《示周续之》、《赠羊长史》诗三者之间关系的考察。对这层关系的把握程度，直接影响到《与子俨等疏》系年的推断，以及陶渊明享年年数的考察。

第一，《与子俨等疏》与《示周续之》诗之间有一种内在的相承关系。《与子俨等疏》云："疾患以来，亲旧不遗，每以药石见救"，而到《示周续之》诗中则言"药石有时闲，念我意中人"。疾病初期，亲旧每以馈赠，是以药石不断。但随着疾病拖延，药石的供应出现危机，已经开始时断时续，因而陶渊明借此向周续之发出求援信号。诗中"意中人"即《与子俨等疏》中所言的"亲旧"。诗句中"老夫"与诗题"郎"相对应而提，《诗经·大雅·板》"老夫灌灌，小子跷跷"，知"老夫"为老年人自称，因又与《与子俨等疏》中的"年过五十"相符。因此《示周续之》诗与《与子俨等疏》作品在意脉上前后相承。揆之生活常识，疾患情况由《与子俨等疏》发展到《示周续之》诗中所言也合乎病理逻辑。

第二，《示周续之》、《赠羊长史》二诗中的"负疴"，即是《与子俨等疏》中"年过五十"的疾患。陶渊明在其垂暮之年所作的五言诗《答庞参军》诗序中说："吾抱疾多年，不复为文，本既不丰，复老病继之。""抱疾多年"、"老病继之"，都直接针对多年前的那场病。甚至在他去世前夕所作的《自祭文》中还说："识运知命，畴能罔眷？余今斯化，可以无恨。"意思是说，想当年如果我五十岁就死了，那样谁能不留恋人世？到如今这次离开人世，我就无怨无悔了。可知"中身"时的那场大病，在他离世前想来仍恍在眼前，心有余悸。故而由上述两层原因，可以断定：《与子俨等疏》的写作时间应早于《示周续之》诗，当在义熙十二年（416）之前。如此，距离陶渊明元嘉四年（427）逝世，其间相差十多年时间。又《与子俨等疏》中明言患病时已"年过五十"，以此推理，陶渊明的享年显然当在六十岁以上。因此，在以往关于陶渊明享年的诸家说法中，唯有六十三岁、七十六岁两说符合上文考述，其他说法均不足成立。

主七十六岁说者，将《与子俨等疏》系于义熙三年（407），时年陶渊明五十六岁，《示周续之》、《赠羊长史》诗系于义熙十二年（416）、义熙十三年（417）。如果是这样的话，《与子俨等疏》与《示周续之》、

《赠羊长史》两诗在创作时间上，则相距十年，那么这三首诗文谈病时的口吻语气及其相互关系，似乎就值得重新考虑了。

主六十三岁说者，如逯钦立《陶渊明事迹诗文系年》将《与子俨等疏》系于义熙十一年（415），比《示周续之》诗早一年，时年陶渊明五十一岁①，与"年过五十"正相合。如果是这样的话，病情从《与子俨等疏》中的描述，发展到《示周续之》、《赠羊长史》二诗中的情形，比较符合病理的自然逻辑和生活事理。而且，与五言《答庞参军》诗序"抱疾多年"、"老病继之"，与《自祭文》"余今斯化，可以无恨"，均能圆释，毫无滞义，也切合诗文实际。

总之，结合《与子俨等疏》、《示周续之》、《赠羊长史》三篇诗文，可知从义熙十一年到义熙十三年（415—417）这两三年里，是陶渊明患病最为严重的时期，疾患相当凶险。颜延之《陶征士诔》"年在中身，疢维痁疾，视死如归，临凶若吉"，描述出当时的情形。不过，从陶渊明《答庞参军》诗序、《自祭文》等作品来看，陶渊明当时侥幸逃过死神的魔爪，又生活了十多年，直到元嘉四年（427）去世，享年六十三岁。

二 庞遵出任主簿与陶渊明享年之关系

陶渊明享年为六十三岁，不仅可以通过了解他的疾患情况来证实，也可以通过他的朋友庞遵出任江州主簿一事来证实。

陶渊明《怨诗楚调示庞主簿邓治中》诗云：

> 结发念善事，僶俛六九年。弱冠逢世阻，始室丧其偏。

诗中"僶俛六九年"，可以作为判定陶渊明享年的一条坚实凭据。可惜不少反对六十三岁说者忽视这条材料的存在，或者有意避而不谈。"僶俛六九年"，是六朝人习用的叙述年岁方式，在陶渊明诗文中也多次出现。钱锺书先生曾经结合六朝习俗和陶渊明的诗文评论说："六朝诗文尤好用折计述年岁，如陶潜《杂诗》：'年始三五间'，《责子》：'阿舒已二八'，《祭程氏妹文》：'我年二六'。"②因此根据"僶俛六九年"，可以推断出陶渊明创作此诗的年龄是在五十四岁时。逯钦立先生结合他的六十三

---

① 详细请参阅逯钦立《陶渊明集》，中华书局1979年版，第280—282页。
② 钱锺书：《管锥编》，中华书局1986年版，第739页。

岁说，将这首诗系于义熙十四年（418），认为庞遵出任的是江州刺史王弘的主簿。①

陶渊明《怨诗楚调示庞主簿邓治中》诗题中的庞主簿为《晋书·隐逸传·陶潜》中所载的"周旋人庞遵"、"故人庞通之"。按史传记载，庞遵，名通之，为陶渊明故友，后出任主簿，故诗题中称庞主簿。

《宋书·裴松之传》记载："元嘉三年，诛司徒徐羡之等，分遣大使巡行天下，……司徒主簿庞遵使南兖州。"据《宋书·王弘传》，元嘉三年司徒徐羡之被诛，王弘接任司徒一职。特遣大使（结合当时的形势，这些特使实际上肩负着监察原司徒徐羡之余党的重任），巡行天下，角色相当重要。按照这层理解，刚刚诛灭了司徒徐羡之，他的主簿是不可能被授予巡行天下重任的。因而此处被特遣巡行天下的"司徒主簿"，自然只能是新任司徒的主簿，即王弘的主簿。

考庞遵一生，自义熙末年始，与王弘交往甚密。义熙十四年，庞遵初被王弘任为江州刺史主簿；元嘉三年，王弘升任司徒后，又被王弘委以司徒主簿之位。《宋书》陶渊明本传云："义熙末，征著作郎，不就。江州刺史王弘欲识之，不能致也。潜尝往庐山，弘令潜故人庞通之赍酒具于半道栗里要之。"萧统《陶渊明传》、《晋书》本传、《南史》本传均载此事。据《宋书·王弘传》，王弘义熙十四年（418）任江州刺史，所以，《宋书》所言的"义熙末年"当即义熙十四年。清代陶澍云："主簿、治中均为州可设官职。"故庞遵出任主簿职当在这年，其主簿一职当是江州刺史王弘主簿。据此可知，义熙十四年，庞遵不但出任王弘主簿，而且替王弘与陶渊明在庐山半道暗通情款。而王弘出任江州刺史是在义熙十四年，因而综合这些关系断定：这首诗当作于义熙十四年无疑。诗中有"结发念善事，僶俛六九年"，知陶渊明时年五十四岁，再与义熙十四年相结合，则陶渊明当生于兴宁三年（365），至元嘉四年（427）卒，享年六十三岁。

因此，逯钦立先生将《怨诗楚调示庞主簿》系于义熙十四年，时渊明五十四岁。与义熙十四年庞通之为王弘主簿、义熙末替王弘邀渊明诸事均相吻合，可知逯先生系年之有根据也。不独唯此，以上诸般事迹亦可为渊明享年"六十三岁"说的铁证之一，不可轻易放过。

---

① 逯钦立：《陶渊明集》，中华书局1979年版，第50页。

三 "晋"字与享年

陶渊明身处晋、宋易代之际，其诗文作品中多次言及"晋"字，一些前辈陶学大家多由此推断陶渊明一些诗文的创作时间，进而提出陶渊明的享年异说。

最早根据陶集的"晋"字情况判定陶渊明诗文系年的学者是20世纪30年代的赖义辉先生。赖先生考证《桃花源记》作年时说：

> 《与子俨等疏》云："济北氾稚春，晋时操行人也。"按此文为入宋之作，故云"晋时"。不然，使为晋制，则不应有"晋时"，而应为"国朝"、"我朝"或"我晋"矣。先生《命子诗》晋作也，有句云："在我中晋"，即其例。《桃花源》首标"晋太元中"，此例与前者同而与后者异，其为晋亡后之作可知。顾抑有言者，《祭程氏妹文》云："维晋义熙三年"，此固晋时之作也，然标晋年号，岂不与前所云相悖？但彼此文例不同，云"晋太元中"，云"晋时"，是追述之词，云"维晋义熙三年"是直述之词。祭文凡标国号，皆必指当代者，其方式固如是也。……祭文所标皆为当代朝号，而益信《桃花源记》为鼎革后之作。①

考陶渊明诗文，除《五孝传》、《集圣贤群辅录》等颇有争议的作品外，言及"晋"字者凡6题7见，上引赖义辉先生已经谈及四处：《与子俨等疏》、《命子》诗、《桃花源记》、《祭程氏妹文》，此为主要用例。其余尚有三处：诗题《晋故征西大将军长史孟府君传》、《与殷晋安别》及诗序所云："殷先作晋安南府长史掾，因居浔阳。"综观陶渊明诗文作品，赖先生仅根据"晋"字的使用情况来推断、划定作品是否为入宋之作，进而得出陶渊明享年五十二岁，未免武断，有欠妥当。

首先，赖先生说："使为晋制，则不应有'晋时'，而应为'国朝'、'我朝'或'我晋'矣。"其实，这种习惯性称呼在东晋时期还不是很普遍。考两晋文献作品，并无"我朝"的用例。"我晋"的用例罕见，似为国君专用词。如晋元帝诏令《以谯王承为湘州刺史诏》云："我晋开基，列国相望。"以"我晋"与"列国"相对，表示区分。同样，"国朝"一

---

① 赖义辉：《陶渊明生平事迹及其岁数新考》，见许逸民校辑《陶渊明年谱》，中华书局1986年版，第147页。

词的用例也不多，最早也似为国君专用词。如荀勖《为晋文王与孙皓书》："然国朝深惟代蜀之举。"文中以"国朝"与"蜀"国并提，以示区分。从题名上看，仍然是晋朝国君的口吻，只是由荀勖代笔而已。总而言之，"国朝"、"我朝"等用语，在陶渊明所处的东晋时代，还不是很流行，赖先生所称的"晋制"情形，在当时似乎并未出现。

其次，两晋时期并不避讳"晋"字的使用。考两晋文献，"晋"字的用例甚多。

（1）晋朝皇帝的诏令、言语中不避"晋"字。如《晋书·简文帝纪》："帝手诏报曰：'若晋祚灵长，公便宜奉行前诏。如其大运去矣，请避贤路。'"又《晋书·恭帝纪》："元熙二年夏六月壬戌，刘裕至于京师。傅亮承裕密旨，讽帝禅位，草诏，请帝书之。帝欣然谓左右曰：'晋氏久已失之，今复何恨。'"

（2）晋朝大臣章表、奏议时也不避讳"晋"字。如《晋书·简文帝纪》记载："（简文帝）幼而岐嶷，为元帝所爱。郭璞见而谓人曰：'兴晋祚者，必此人也。'"《晋书·废帝纪》记载："初，帝平生每以为虑，尝召术人扈谦筮之，卦成，答曰：'晋室有盘石之固，陛下有出宫之象。'"郭璞、术人皆为晋臣，言语时不避讳"晋"字。

又如《晋书·裴宪传》："裴宪神色侃然，泣而对曰：'臣等世荷晋荣，恩遇隆重。王浚凶粗丑正，尚晋之遗藩。'"《晋书·周访传》："周虓曰：'昔渐离、豫让，燕、智之微臣，犹漆身吞炭，不忘忠节。况虓世荷晋恩，岂敢忘也。生为晋臣，死为晋鬼，复何问乎！'"《晋书·李含传》记载中丞傅咸上表为李含辩护说："太保卫瓘辟含为掾，每语臣曰：'李世容当为晋匪躬之臣。'"《晋书·刘琨传》记载："箕澹谏刘琨曰：'此虽晋人，久在荒裔，未习恩信，难以法御。今内收鲜卑之余谷，外抄残胡之牛羊，且闭关守险，务农息士，既服化感义，然后用之，则功可立也。'"上述例证中，裴宪、周虓、傅咸、刘琨等，皆为两晋名臣，在作文、言语之时，并不称"国朝"、"我朝"，而直言不讳地屡屡称"晋"字。

由此可见，两晋时期并没有使用晋朝名号的忌讳，当时人并不忌讳直称为"晋"。因此陶渊明的诗文作品中，实际上也没有这种忌讳，更不能以此作为判定陶渊明作品系年的依据。例如，陶渊明《与子俨等疏》作品中，虽然有"晋时操行人"语，但绝不可遽此断定其写作时间必在晋亡之后。《桃花源记》、《晋故征西大将军长史孟府君传》等作品的系年，也同样如此。

总而言之，自赖义辉先生以降，在陶渊明的享年争论中，一些学者通过对陶渊明作品中"晋"字使用情况的裁定，对陶渊明的享年提出新说，反对沈约《宋书》记载的六十三说。而通过上文的梳理与辨证，这一推证显然是不足成立的。由于当时人并无"晋"字使用的忌讳，在陶渊明作品中，"晋"字的使用情况，不可以作为判定陶渊明享年的依据，二者之间并无内在的必然联系。

第二章　陶渊明的人生志趣与性情之解读

众所公认，陶渊明是位极具个性的诗人，为人坦率，却又极其较真。梁启超先生说："渊明本是儒家出身，律己甚严，从不肯有一丝苟且卑鄙放荡的举动。"① 台湾学者黄仲仑先生称："渊明先生虽生在东晋，最重儒学，尤其对那'汲汲鲁中叟，弥缝使其淳'的圣者，更是非常仰慕，十分崇拜。他不仅对儒家经术造诣高深，而且笃实践履，安贫固穷，是一位具有'仁者'襟怀的人。"② 王叔岷先生说："陶公富于诗人之情趣；兼有儒者之抱负；而归宿于道家之超脱。（形影神）三诗分陈行乐、立善、顺化之旨，为陶公人生观三种境界。顺化之境，与庄子思想冥合，此最难达至者也。行乐，为李白一生所追求者，然李白终叹'人生在世不称意'；立善，为杜甫一生所追求者，然杜甫终叹'儒生老无成'（《客居》）陶公一生，虽亦多感慨忧虑，而质性自然，终能达顺化之境，所以为高也！"③ 陶渊明一生留给后世无穷的精神财富，他的为人，他的百余篇诗文，至今仍然无法有人真正道得清，说得明。它们散发出巨大的人格与文学魅力，引领我们进行无尽的探寻。

第一节　陶渊明的仕、隐之微观

提起陶渊明，就会说到他的仕与隐，谈到他的饮酒。可以说这两方面就几乎代表了他的一生，因而很多人提及。陶渊明也是个普通的儒家士子，他有经世致用的理想。在这种思想不为世所纳用，在他处处碰壁后，

---

① 梁启超：《陶渊明之文艺及其品格》，见《饮冰室合集》第12册《陶渊明》，中华书局1989年影印本，第5页。

② 黄仲仑：《陶渊明作品研究》，（台北）帕米尔书店1965年版，第258页。

③ 王叔岷：《陶渊明诗笺证稿》，中华书局2007年版，第91页。

也会转变他的人生理想，而这种转变也不是一朝一夕完成的，也是在他内心深处日思夜想完成的。其中，肯定不乏有帮助这种转变的媒介和催化剂，即引起他内心深深震撼的人物或历史事件。因而从人物心理的微观发展角度来探寻陶渊明的仕隐变化就很必要了。

一 出仕前的准备

《论语·为政》："子曰：三十而立。"陶渊明的出仕，是按照孔子的人生要求来设计的。每一个人都有自己的理想和奋斗目标，希望为社会所接纳，在社会的舞台上展现自己的才能，得到社会的接纳赏识。青年时代的陶渊明也想这样。诗人虽然出身于一个世代读书做官的寒门地主家庭，先辈没有留下丰厚的资产，但为他准备了丰富的精神食粮。因而，他受文化熏陶较早。"总角闻道"（《荣木》），少年时"游好在六经"到了"罕人事"的程度。植根于儒家学术思想土壤，崇拜孔子的"士志于道"（《论语·里仁》），"学而优则仕"，他在《杂诗》中曾说："忆我少壮时，无乐自欣豫。猛志逸四海，骞翮思远翥。"抒发了他辅佐明君、立业兴邦的政治渴望，拯世济民的用世思想，胸怀"大济于苍生"（《感士不遇赋》）的热情抱负，充满了理想与志气，有一股壮志凌云的侠客豪气。"少时壮且厉，抚剑独行游。谁言行游近，张掖至幽州。"（《拟古九首》）他渴望建功立业。同时，他一面在家躬耕，一面"历览千载书"（《癸卯岁十二月作与从弟敬远》），他曾自述"弱龄寄事外，委怀在琴书"，饱读书本知识，并且"开卷有得，便欣然忘食"。颜延之在《陶征士诔》中称他"博而不繁"，萧统在《陶渊明传》中说他"少有高趣，博学善属文"。所有这些都体现了他青年时代身怀六艺，满腹经纶，为有朝一日实现理想而打下了牢固的知识基础。因为饱受儒家思想的熏陶，他的入仕也势在必然。

他的家庭对他影响也很大。在陶渊明心中，很想像他的祖辈那样建一番大事业。在未入仕前所作的《命子》诗中，陶渊明历数了先代赫赫功业，从尧舜到东晋，暗中抒发救世济时的远大理想，与先辈相比，慨叹自己华发早生，功名未就。诗中借希望儿子将来成才、光宗耀祖来暗示自己，督促自己不能老死草庐之中。由此可体察到陶渊明对入仕做官已跃跃欲试了。透过《命子》诗，"很明显，他所表彰的祖先多是辅佐'明君'建立功业的显赫人物。他对自己的家族是感到自豪的，这里反映出他的政治态度"①。就在二十九岁这一年，他入仕做官了，为江州祭酒。在"奉上天之成命，师圣人之遗书；发忠孝于君亲，生信义于乡闾"（《感士不遇赋》）的背景下，秉着"大济于苍生"理想，陶渊明开始实现其济世的猛志了。

二 五次仕宦的痛苦挣扎

带着满腔热忱，满腹经纶，怀抱干一番事业的理想，陶渊明出仕为江州祭酒。然而官场不同于田园，黑暗的官场无异于给他的理想泼了凉水，于是急转身退。《宋书》等记载的原因是"不堪吏职"，只得"少日自解归"，他受不了官场的种种束缚和折磨。而其中缘故，陶渊明在诗文中，也曾经略微地提及。《饮酒》其十九："畴昔苦长饥，投耒去学仕。将养不得节，冻馁固缠己。是时向立年，志意多所耻。"委婉含蓄地透露自己当时的心迹，虽然"冻馁固缠"，但要他阿谀奉承来稳住官职，他觉得是"多所耻"的。也正如《宋书》所载，诗人"不堪吏职"，只有以回家来解决这一矛盾。

首次出仕的碰壁，使诗人不禁犹豫起来。他觉得自己应该先冷静一下，遇明主即可仕。因而他的政治热情和理想并没有消退，而且对未来充满希望，此时期他总的心情是比较好的。在而立之年创作的《闲情赋》，是诗人一生中唯一描写爱情生活的作品②。此时的诗人并没有嗅到官场的污秽之气，在他的诗歌中也找不到愤恨的痕迹。正直的诗人将初仕失败的原因归结在自己错投到的是个阿谀奉承的个人小环境③，而不认为天下乌鸦一般黑，不认为自身所处是"邦无道"之世。

他满怀理想与热忱，等待"良主"的出现，一晃六年过去了。正踌躇满志希望立功的他，终于再次入仕桓玄军幕。很明显，诗人将这次入仕作为见识社会、体察仕途的好机会。然而，任职没多久，诗人又感到了厌

---

① 尚永亮：《陶渊明的思想及其成因略论》，见尚永亮《经典解读与文史综论》，中国社会科学出版社 2012 年版，第 181 页。
② 《闲情赋》的作年与主题，分歧较大。在此从作于三十岁、爱情主题说。陶渊明《怨诗楚调示庞主簿邓治中》云："弱冠逢世阻，始室丧其偏。"逯钦立先生等根据诗中"始室"判定，陶渊明三十岁丧妻。此《闲情赋》或为悼念亡妻所作，作于此年。袁行霈先生认为陶渊明创作此赋的时间更早些，"乃渊明少壮闲居时所作"，"姑系于渊明十九岁"（《陶渊明集笺注》，第 452 页）。
③ 逯钦立先生将陶渊明辞江州祭酒的原因是陶渊明不屑于侍奉上司江州刺史王凝之，参见逯钦立《读陶管见》。

倦与苦痛。因为一踏入仕途，就与诗人预想的要差很远。他苦于行役，觉得自己的仕宦行事无暇"大济于苍生"。这一情感，在《庚子岁五月中从都还阻风于规林》一诗中自然流露出来："自古叹行役，我今始知之。"目睹官场的种种丑行，加上行役的劳苦，诗人心情暗淡，不禁为自己的理想抱负，为自己将来而苦恼起来。诗中"江山岂不险？归子念前途"与"山川一何旷，巽坎难与期"等，表达的就是这个意思。但诗人处在这样的矛盾之中，"空叹将焉如"，除了徒然叹息外，又能怎么样呢？既然连自己的官场命运也无法把握，难免萌生"静念园林好，人间良可辞"之意。

虽然说"当年讵有几，纵心复何疑"，但是想到"发忠孝于君亲"，"大济于苍生"的壮志，还是迟疑一下，暂且将就委屈自己吧。于是诗人继续在桓玄幕下。但在仕宦的过程中，屡屡违背自己的心愿行事，实在是他无法接受的。短短的仕途生活，他已开始感受到了其中的艰险。这一心迹，在他仕宦于桓玄军幕时的另一首诗《辛丑岁七月赴假还江陵夜行涂口》中充分体现出来。他认为自己"闲居三十载，遂与尘世冥"，"诗书敦宿好，林园无世情"，开始留恋未出仕前的简单生活。

在入仕桓玄幕期间，东晋政局发生了很大变化，桓玄与司马元显在你死我活地厮杀，全然不念国家大局，陶渊明为实现自己的政治理想而入仕的愿望再次落空了。统治集团上层人物所关心的不是拯民于水火，励精图治，而是个人的私利。诗中云："商歌非吾事，依依在耦耕。"陶渊明感到虽然自己想成就一番事业，但决不能做像甯戚那种毛遂自荐，求官干禄的人，那就再回田园归隐吧。正当他犹豫之际，母亲死了，他就借此名义回到故乡。

再仕的失败，陶渊明确实对官场有点冷漠和厌倦了。《和郭主簿二首》①："息交游闲业，卧起弄书琴。园蔬有余滋，旧谷犹储今。营己良有极，过足非所钦。春秫作美酒，酒熟吾自斟。""芳菊开林耀，青松冠岩列。怀此贞秀姿，卓为霜下杰。"诗中流露出闲适生活的愉快与美满，并以秋菊而寄情。不过，随着时间的流逝，陶渊明济世的志向仍然不减。因而他一面躬耕守孝，一面留心自己是否可以再次出仕。他毕竟深受儒家思想的熏陶，"先师有遗训，忧道不忧贫。瞻望邈难逮，转欲志长勤"（《癸卯岁始春怀古田舍》），在看到自己收获劳动成果的同时，不禁对世道表

---

① 杨勇先生将此诗系于元兴元年（402），时年陶渊明三十八岁，并且说："时丁忧居丧，顾可密游庐山。"（《陶渊明集校笺》，上海古籍出版社 2007 年版，第 92 页）今从其说。

示忧虑,感慨当今没有像孔子那样立志治理乱世的人了。在感慨之中,他的心不由得又开始动摇起来。一旦真的离开官场,清贫的生活和政治抱负的不遂,又颇使他"惧负素心",心神不安:"寝迹衡门下,邈与世相绝。顾眄莫谁知,荆扉昼常闭。……劲气侵襟袖,箪瓢谢屡设。萧索空宇中,了无一可悦。"(《癸卯岁十二月中作与从弟敬远》)形影相吊,寡居独处的苦闷和饥寒交迫百无聊赖的悲凉心境,不免让人有些伤感。

诗人这颗积抑的心一旦被"大济于苍生"的儒家志向所触动,其火焰自然会熊熊燃烧起来。所以,当守丧期已满,年龄已近不惑之时,他积极用世的激情再一次猛烈迸发起来,《停云》、《时运》、《荣木》等系列诗歌,就充分抒发了他此时期饱满的政治热情。尤其在《荣木》诗中表现尤为突出,诗中以荣木喻人生短促,认为"晨耀其华,夕已丧之","先师遗训,余岂之坠!四十无闻,斯不足畏。脂我行车,策我名骥。千里虽遥,孰敢不至!"时不待人,功业未就,经权衡比较,陶渊明暂时选中了当时以整顿朝纲面貌而出现在政治舞台中央的刘裕。刘裕此时正乘战胜之余威而被拥为都督八州军事的镇军将军,陶渊明于是便出仕做了镇军将军参军。陶渊明先后出仕桓玄、刘裕,都是抱着很大的政治期望的。正如袁行霈先生所说:"(陶渊明)选择了东晋政府最动荡的时候,又选择了最足影响东晋政局的两个军府,这说明他还是关注于政治,并想在政治上有所作为的。"[①]但是刘裕和桓玄完全是一丘之貉,严酷的政治现实使陶渊明认清了刘裕的伪善面目,其正当炽热的政治热情,犹如熊熊烈火被泼了几瓢凉水,他只得在浊流中勇退。在作于此时期的《始作镇军参军经曲阿作》诗中,他回忆说:"时来苟冥会,宛辔憩通衢",让自己再次"暂与园田疏",原本希冀政治上能够有所作为。但他在这污浊的官场里,开始对自己年轻时的抱负颇感怀疑,内心矛盾极了,世道偏与他相违,但真要隐居不出,实也有悖于自己最初的理想与壮志。他感到唯一能做的是再次等待命运的安排。因而无可奈何地说:"聊且凭化迁,终返班生庐。"他好像隐约感觉到了入仕的时间不会长,终归是要返回田园的。虽然离开刘裕的原因,正史传记和他的诗文中都没有记载,但当陶渊明意识到刘裕不是他政治理想中的明主时,决定不再辅佐他,而另栖良木,这在陶渊明的官宦岁月中也是理所当然的了。

或许真的是"风波未静,心惮远役",陶渊明旋即出仕为建威将军刘敬宣的参军。这一次入仕是带着最大希望的,是他一生中五次入仕的最高

[①] 袁行霈:《陶渊明与晋宋之际的政治风云》,《中国社会科学》1990年第2期。

峰，也是他仕与隐的分水岭。从雄心勃勃，"大济于苍生"到"复得返自然"，从这以后，他入仕的政治热情明显弱化了，再也没有猛烈迸发过。刘敬宣以破桓歆功，迁建威将军、江州刺史，地位可与刘裕相抗衡。可就是这位功劳赫赫的将军，却遭人无端排挤，不得不借安帝复位之机"自表解职"。这一事件对陶渊明触动很大，他由刘敬宣想到自己的遭遇，体会到若想建功立业，欲"大济于苍生"，是何其艰难！身居高位、功劳赫赫的刘敬宣，尚且落得如此结局，更何况一名小小的参军呢？陶渊明想到自己虽然先后四次出仕，政治理想却依然无法施展。他认识到正直的人不仅受谤，且随时有坠入"密网"而丧失性命的可能，而阿谀奉承的无耻之徒则步步高升，他感到世道与己颇不相容，昔日的凌云壮志很难实现了。随着刘敬宣的解职，陶渊明也回到了故乡，意味着他汲汲仕宦的政治生涯基本结束。

最后一次出仕彭泽令，并非出自本心。《归去来兮辞》："彭泽去家百里，公田之利，足以为酒，故便求之。"是为公田种秫而"足以为酒"而去的。刚上任不久，从"仲秋至冬，在官八十余日"，思想又有了波折。"及少日，眷然有归欤之情。"再加上督邮的到来，使他积于胸中多年来政治抱负未遂的愤怒与痛苦，彻底爆发而出，"我岂能为五斗米折腰向乡里小儿"，既是扔给官场的诀别书，也是五次入仕思想的总结。以前抱定"大济于苍生"的政治理想，认为"邦有道"才出仕的；现在既然深知"邦无道"，"则可卷而怀之"（《论语·卫灵公》）。在欲作贤臣而无路，"欲有为而不能"的情况下，他只能退而"独善其身"，"守拙归园田"了。

在五次仕宦的过程中，陶渊明抱着满腔的热忱，要"大济于苍生"，就不能沉湎于酒，"玩物丧志"。因而在这段时期的诗文中不太提到饮酒之事，可能仅为一种应酬，一种礼仪之交，跟年轻时的饮酒并没有很大区别，即使自己对仕途有些冷漠和厌倦，但饮酒心情仍是十分愉悦的。"春秫作美酒，酒熟吾自斟"（《和郭主簿》），自斟自饮而不醉，也无牢骚之气。在出仕桓玄失意后，也只是"日入相与归，壶浆劳近邻"（《癸卯岁始春怀古田舍》），完全是礼仪上的饮酒。他等待时机，以实现自己的政治抱负，因而心情并不苦闷，"试酌百情远，重觞忽忘天"（《连雨独饮》），"有酒有酒，闲饮东窗"（《停云》），"挥兹一觞，陶然自乐"，"清琴横床，浊酒半壶"（《时运》），虽然貌似在平静饮酒，实际上苦于"日月掷人去，有志不获骋。念此怀悲凄，终晓不能静"（《杂诗》），而且发出"黄唐莫逮，慨独在余"（《时运》）的感叹。人生短促，当有所作为，"志彼不舍，安此日富"（《荣木》），志向一天也没有放弃。因而他要"脂我行车，策我名骥"（《荣木》），准备再次入仕，为实现自己的政治理想而奋争，"邦有道则仕"，他无暇闲逸地饮酒了。因此，在出仕刘裕到真正彻底归隐前，这段时期的诗歌中不见了酒的影子。这个时期，他的思想也正处于激烈变化之中，出仕时间也相对较长，次数较密集，行役的劳苦和极高的政治热忱，让他没有闲情饮酒，哪怕是借酒来抒发一下内心的矛盾和苦闷。因而，在此时期内，他没有独斟独饮，而是应酬公务饮酒，更没有情致因酒作诗。

总观这段时期，陶渊明为实现政治理想，满腔热情，虽然时隐时仕，但心情大多是愉悦和闲逸的。其饮酒也只是借酒言志，要求积极入仕。但是，经历过四次出仕，到刘敬宣解职事件的打击后，陶渊明的人生与酒的联系便开始密集起来。出任彭泽令，他便公然说是为酒而去的，实非出于他的政治本心。自此之后，陶渊明积极入世的政治热情便逐渐消退，坚定了选择了"邦无道则隐"的归隐之路。

三 "邦无道则隐"与壮心渐息

陶渊明找了个"程氏妹丧于武昌，情在骏奔"的借口，从此与仕途分道扬镳，抖落一身世俗的尘土，带着"久在樊笼里，复得返自然"的欣喜开始躬耕田园，也开始反思他前半生十三年的政治生涯，"觉今是而昨非"，原本"少无适俗韵，性本爱丘山"的他，只可惜"误入尘网中，一去三十年"，于是借"游不旷林，宿则森标"（《归鸟》）的诗句，来表示自己不敢再作离开田园的设想。即使"方宅十余亩，草屋八九间"被大火焚烧一空，家庭生活陷入贫苦后，还是坚定自己"安贫乐道"的自足生活："既已不遇兹，且遂灌我园。"

在这一时期，他对人生、对命运有了很多感慨。慨叹"人生似幻化，终当归空无"（《归园田居》其四），"总发抱孤念，奄出四十年。形迹凭化往，灵府长独闲"（《戊申岁六月中遇火》），感悟"去去百年外，身名同翳如"（《和刘柴桑》），"万物相寻绎，人生岂不劳？从古皆有没，念之中心焦"（《己酉岁九月九日》）；"既来孰不去，人理固有终"，"迁化成夷险，肆志无窊隆"（《五月旦作和戴主簿》）。思索愈多，感悟愈深，对人生的看法愈加淡然平静。他在矛盾与苦恼中不断思索，最终凝结在一点——《形影神》组诗上，神批评形、影"营营惜生"，"甚念伤吾生，正宜委运去"，劝形、影听任自然，勿以人生短促、立善无成为念，正视现实，热爱人生。正因为这样，他才有了"采菊东篱下，悠然见南山"的洒脱,摆脱了归田园初期的苦闷和"有志不获骋"的吁叹。这是他归隐田园初期的思想。

虽然归隐田园,但他还在眼观政治,也害怕卷入政治漩涡。在《庚戌岁九月中于西田获早稻》诗中表现明显:"四体诚乃疲,庶无异患干",心中盼望"但愿长如此,躬耕非所叹"。他非常欣幸"亲戚共一处,子孙还相保"(《杂诗》其四)。他也与政界人士相往来,与之"负杖肆游从,淹留忘宵晨"(《与殷晋安别》)①,关系甚密,让他的情绪非常欢快,这一点在《酬丁柴桑》一诗中也体现明显。

如果说归田园初期,陶渊明在"放欢一遇,既醉还休"(《酬丁柴桑》),在"奇文共欣赏,疑义相与析"(《移居》),领悟"纵浪大化中,不喜亦不惧,应尽便须尽,无复独多虑!"(《形影神》)那么在他步入五十的知天命之年以后,情形就颇有不同了。

由于伤感岁月的蹉跎易逝,特别是政治形势的变化,刘裕此时已经完全握有政治实权,原来畅所欲言、淡然闲静的陶渊明为了"亲戚共一处,子孙还相保",不得不吞吞吐吐,言而未尽,满腹苦闷了。这在《饮酒》诗中体现明显。

五十岁的到来,未酬的壮志,使他不得不感叹:"人生无根蒂,飘如陌上尘","日月掷人去,有志不获骋。念此怀悲凄,终晓不能静","昔闻长者言,掩耳每不喜。奈何五十年,忽已亲此事"(《杂诗》)。这种忧思随着他年龄的增加,疾患的加重②,而不断加剧。他多思多虑,悲叹自己年华衰老,"姿年逝已老,其事未云乖"(《丙辰岁八月中于下潠田舍获》)。尤其与当时政局联系起来,这种感情更为明显。他在《岁暮和张常侍》中说"市朝凄旧人,骤骥感悲泉",自叹"抚己有深怀,履运增慨然"。严酷的政治形势使他对政治抱负的施展不再抱任何幻想,坚隐不仕,非但如此,他还讽劝周续之等人跟随自己继续隐居。他认为"道丧向千载,今朝复斯闻;马队非讲肆",虽然"校书亦已勤",但那完全是虚伪作势的。诗中"老夫有所爱,思与尔为邻。愿言诲诸子,从我颍水滨",以"老夫"的口吻,督促他们继续归隐。在《赠羊长史》中,他也

---

① 《与殷晋安别》诗序云:"殷先作晋安南府长史掾,因居浔阳,后作太尉参军,移家东下。作此以赠。"

② 陶渊明五十岁时患上痁疾,并且一度加剧。颜延之《陶征士诔》:"年在中身,疢维痁疾。"陶渊明《与子俨等疏》:"吾年过五十,少而穷苦,每以家弊,东西游走。……疾患以来,渐就衰损,亲旧不遗,每以药石见救,自恐大分将有限也。"

含蓄地讽劝羊松龄归隐，"路若经商山，为我少踌躇"，"紫芝谁复采，深谷久应芜"，"言尽意不舒"等，均道出了诗人此时的心境。

在陶渊明五十六岁时，晋、宋易代，诗人心情又发生了很大改变，内心充满了愤懑，他把这股愤懑之情化成了《咏荆轲》、《读山海经》等充满豪情斗志的诗篇。但他深知自己无力扭转局面，自己的理想和抱负完全破灭了，为了躲避现实，他开始教授生徒，在经籍、史传、奇书中寻求慰藉。在《感士不遇赋》说："余尝以三余之日，讲习之暇，读其文，慨然惆怅。"正如鲁迅先生评价时所说，乱也看惯了，篡也看惯了。他对政治失去了兴趣，因而也并没有长久地沉浸在愤懑之中，而是更冷静地看待这个社会。年近花甲之年，几十年的坎坷经历，对人生不断的思索，生活的实践，特别是长期与劳动人民躬耕一处和他那敏锐的思维力，使他的思想由量变到质变，产生了一种超脱，超脱前人，超脱时代，在他的思想里产生了一个超脱于"小国寡民"又不同于"大同"社会的"桃源"世界。可以说，这是他一生思想的精华与顶峰，正是他不断对人生、对社会思索和实践的结晶。也正因为他的思想已不为世俗所累，因而他对自己的一生遭遇，自己的生死安危也能泰然处之了。在"死去何所道，托体同山阿"（《挽歌诗》其三）与"人生实难，死如之何"（《自祭文》）的豁达爽朗的自歌自吟的赞歌中，将自己的一生推向了顶峰。

四 晚年饮酒之微观

归隐田园后的陶渊明与酒的关系更密切了，他饮酒以浇愁，以避祸，以泄愤。也有"家贫无以致酒"的困窘到晚年淡于饮酒的"返璞归真"。

从四十一岁到五十岁左右这一时期他饮酒主要是浇愁，其次才是逃避政治迫害。"欢来苦夕短，已复至天旭"（《归园田居》其五），是对他刚刚归园田时放肆发泄愁绪的写照；"天运苟如此，且进杯中物"（《责子》），是对理想未成的自我麻醉，自我解脱；"何以称我情，浊酒且自陶。千载非所知，聊以永今朝"（《己酉岁九月九日》），饮出了自己的无限伤悲之情；"理也可奈何，且为陶一觞！"（《杂诗》其八）"拨置且莫念，一觞聊可挥"（《还旧居》），透出的是有志难酬的苦痛与无可奈何。置身那样的时代，他内心相当孤独，越孤独越饮酒，像"负杖肆游从，淹留忘晨宵"，"放欢一遇，既醉还休"这样的友朋欢饮毕竟是很少的。在"栖栖失群鸟，日暮犹独飞"（《饮酒》其四），"孟公不在兹，终以翳吾情"（《饮酒》其十六）中，呼叹知音不存。"欲言无予和，挥杯劝孤影"（《杂诗》其二），终年"长独醉"，"无夕不饮，顾影独尽，忽焉复醉"(《饮酒》二十首序），透过这些诗句，独自醉酒，陶渊明内心的苦痛是不言而喻了。

刘裕篡晋步伐加快，诗人无疑感觉到了。政治的黑暗高压手段，使陶渊明欲诉不能，欲吞不得，刘裕对与他不合作的文人，均采取杀戮政策。与陶渊明同时代的文人殷仲文就被刘裕以"谋反"为名而杀害，陶渊明《感士不遇赋》中用"密网裁而鱼骇，宏罗制而鸟惊"来形容当时的气氛，即体现出当时紧张情形。陶渊明希望"亲戚共一处，子孙还相保"，不得不效法阮籍，借酒避祸，为自己添加一层保护的烟幕。他对刘裕政权既惧又恨，因而终日饮酒，借酒醉作诗，以泄不满。萧统所云"有疑陶渊明诗，篇篇有酒，吾观其意不在酒，亦寄酒为迹者也"，就是此意。他将饮酒的心境用诗表现，酒与诗直接联系起来，因而杜甫有诗赞："宽心应是酒，遣兴莫过诗。此意陶潜解，吾生后汝期。"诗人为了逃避政治迫害，在《饮酒》二十首的诗序中，首先申明是醉后题诗，预留后路，在末篇诗中再次申明："但恨多谬误，君当恕醉人。"苏东坡也洞悉他的隐衷，在《书渊明诗》中说："此未醉时说也；若已醉，何暇忧误哉！"① 晚年的陶渊明，多半过的是"家贫，无以致酒"的日子。在《岁暮和张常侍》中说"屡阙清酤至，无以乐当年"，即是这一反映。在《九日闲居》中也有体现，诗序说："秋菊盈园，而持醪靡由。空服九华，寄怀于言。"这在《宋书·隐逸传》和《晋书·隐逸传》中均有记载。也可能正因为酒资匮乏，陶渊明才有将颜延之所留二万钱，"悉遣送酒家，稍就取酒"（萧统《陶渊明传》）之举。

在晋、宋易代之际，在愤写《咏荆轲》诸诗的同时，诗人因刘裕毒酒逼杀零陵王（东晋末代皇帝）而作《述酒》，含蓄地表达内心的愤懑之情："流泪抱中叹，倾耳听司晨。""天容自永固，彭殇非等伦！"这是继《饮酒》二十首后诗人感情的聚集与凝结，其憎恶、诅咒的情绪较《饮酒》诗又大大推进了一层，恐怕也算是他饮酒诗作的绝笔，他已使自己的心境与酒的结合达到了极致。

文人与酒②，酒与音乐是连在一起的。阮籍酒醉不知归路，能啸，善弹琴；嵇康"弹琴咏诗，自足于怀"；陶渊明"少学琴书"，"弱龄寄事外，委怀在琴书"，中年"乐琴书以消忧"，晚年"载弹载咏"，"和以七

---

① （宋）苏轼著，屠友祥校注：《东坡题跋》卷2，上海远东出版社1996年版，第105页。
② 王瑶有专文《文人与酒》，参见《中古文学史论集》，上海古典文学出版社1956年版，第28—48页。

弦"。而《宋书·隐逸传》则记载:"陶渊明不解音律,而蓄无弦琴一张,每酒适,辄抚弄以寄其意,贵贱造之者,有酒辄设。"在《晋书·隐逸传》中记载他的话语:"但识琴中趣,何劳弦上声!"在他心目中,无论是有弦之琴还是无弦之琴都跟饮酒一样,借以"寄意"抒怀。

晋、宋易代之后,陶渊明晚年的思想再次发生变化,他不再寄兴于酒,显然已超脱于酒之上,不再为酒而纯粹放肆饮酒,他把人生与社会、生与死当作甘酿或苦酒,自斟自饮,这个酒已不是原来意义上的酒了。《宋书·隐逸传》说:"自以曾祖晋世宰辅,耻复屈身后代,自高祖王业渐隆,不复肯仕。所著文章,皆题其年月,义熙以前,则书晋氏年号;自永初以来,唯云甲子而已。"永初,即刘宋新王朝的年号。由此可见陶渊明对刘宋政权的态度及其晚年的思想政治心态。

《论语·为政》记载:"子曰:'吾十有五而志于学,三十而立,四十而不惑,五十而知天命,六十而耳顺,七十而从心所欲,不逾矩。'"纵观陶渊明二十九岁出仕,四十二岁归隐,其或仕宦,或归隐,这些重要的人生经历,大体都是参照孔子的人生设定来践行的,体现了他作为一介儒生,坚定的"奉上天之成命,师圣人之遗书。发忠孝于君亲,生信义于乡闾"(《感士不遇赋》)的人生奋斗目标。这成为我们打开他思想深处的一把心灵钥匙。

第二节 陶渊明的服药与养生

最早研究陶渊明服药生活习性的,是当代著名陶学专家王瑶先生。王瑶在讨论陶渊明的"采菊东篱下"时说:"他采菊是为了服食,为了延年,也并不是为了玩赏。……服药是求生命的相对延长,求神仙是求生命的绝对延长,这是魏晋诗人的普遍思想,所以服药是当时文人生活的一个特点。陶渊明在思想上和当时一般文人差不多的,他'乐九生',所以要服食,这就是'采菊东篱下'的原因。"[①] 他服药是受到时代风气的影响。

一 汉晋服药风气与陶渊明

饮酒养生的风气,起源较早。班固《汉书·食货志》引鲁匡言论说:

[①] 王瑶:《陶渊明》,最早发表于 1950 年 5 月 25 日《光明日报》"学术",后刊发于《中国文学论丛》,平明出版社 1953 年版,第 84—86 页。

"酒者，天之美禄，帝王所以颐养天下，享祀祈福，扶衰养疾。百礼之会，非酒不行。故《诗》曰'无酒酤我'，而《论语》曰'酤酒不食'，二者非相反也。"从上述引用文献看，至少在西周时候开始，饮酒已经作为帝王养生"扶衰养疾"的重要途径了。

服药养生，并不始于何晏。一般论者多以何晏为服药养生的始作俑者，其实不然。东汉王符《潜夫论·思贤》"是故养寿之士，先病服药"，已经提到服药之事。东汉王充在《论衡》中也多次提及服药养生风气。如《论衡》卷二《无形》："且物之变，随气，若应政治，有所象为，非天所欲寿长之故，变易其形也，又非得神草珍药食之而变化也。人恒服药固寿，能增加本性，益其身年也。"叙述人经常服药可以固寿延年的情形。又卷七《道虚》："道家相夸曰：'真人食气。'以气而为食，故传曰：'食气者寿而不死，虽不谷饱，亦以气盈。'此又虚也。……夫气谓何气也？如谓阴阳之气，阴阳之气，不能饱人，人或咽气，气满腹胀，不能餍饱。如谓百药之气，人或服药，食一合屑，吞数十丸，药力烈盛，胸中愦毒，不能饱人。食气者必谓吹呴呼吸，吐故纳新也，昔有彭祖尝行之矣，不能久寿，病而死矣。"提及人或服药，药力过猛，伤及身体。在《论衡》卷三十《自纪》中，王充甚至还叙说自己饮酒服药希冀长生的事。他说：

> 年渐七十，时可悬舆。仕路隔绝，志穷无如。事有否然，身有利害。发白齿落，日月逾迈，俦伦弥索，鲜所恃赖。贫无供养，志不娱快。历数冉冉，庚辛域际，虽惧终徂，愚犹沛沛，乃作《养性》之书，凡十六篇。养气自守，适食则酒，闭明塞聪，爱精自保，适辅服药引导，庶冀性命可延，斯须不老。既晚无还，垂书示后。惟人性命，长短有期，人亦虫物，生死一时。年历但记，孰使留之？犹入黄泉，消为土灰。上自黄、唐，下臻秦、汉而来，折衷以圣道，析理于通材，如衡之平，如鉴之开，幼老生死古今，罔不详该。命以不延，吁叹悲哉！①

王充谈及自己作《养性》之书十六篇，平素"养气自守，适时则酒，闭明塞聪，爱精自保，适辅服药引导"，以饮酒服药为养生自保之方，希冀"性命可延，斯须不老"，所以自己虽然"年渐七十"，将近古

---

① （汉）王充著，黄晖校释：《论衡校释》卷30，中华书局1990年版，第1209页。

稀之年，但仍然感到"命以不延，吁叹悲哉"，伤感年寿不延，足可见王充等东汉时人通过饮酒服药，希冀长生的情形。又，徐淑《又报嘉书》记载："琉璃碗一枚，可以服药酒。"（《全后汉文》卷96）说明当时人甚至对服药饮酒的器皿，都已经非常有讲究。又《仙人唐公房碑》记载，唐公房服神药，能"移意万里，知鸟兽言语"，最后"以药涂屋柱，饮牛马六畜"，"屋宅六畜，翛然与之俱去"（《全后汉文》卷106），鸡犬六畜连及屋宅随主人一起升天。且不论此事的真假有无，单从其作为碑文记载，就可以见出当时盛行服药的崇拜和痴迷的程度。

从曹魏时期开始，何晏的服药养生收到较好的效果，便使这一风气播炽盛张，降及东晋，服药养生者也很多。上至皇帝，"哀帝雅好黄老，断谷，饵长生药"（《晋书·哀帝纪》）；中如士大夫，"羲之雅好服食养性，不乐在京师"（《晋书·王羲之传》）；下及岩穴隐士，陶淡"好导养之术""服食绝谷"。《晋书·隐逸传·陶淡传》记载："陶淡，字处静，太尉侃之孙也。父夏，以无行被废。淡幼孤，好导养之术，谓仙道可祈。年十五六，便服食绝谷，不婚娶。"陶淡，是陶渊明的叔父。从《晋书》记载的陶淡情形来看，服药养生，似乎也是陶渊明宗族的一种风气。

因为时代风气的影响和祖上宗亲的熏陶，颇有名士情结的陶渊明，自然也不能免俗。服药养生，也成为陶渊明性情生活的重要组成部分。关于这一点，王瑶先生曾经论述甚详，他说："对于'延年'还都是大家所热心希企的事情。我们再看一下一代大家的陶渊明，他处于晋宋易代之际，诗中的这一类表现仍然是很多的。《形影神》诗：'天地长不没，山川无改时。草木得常理，霜露荣悴之。谓人最灵智，独复不如兹！''三皇大圣人，今复在何处？彭祖寿永年，欲留不得住。老少同一死，贤愚无复数。'《归园田居》：'人生似幻化，终当归空无。'《九日闲居》：'世短意常多，斯人乐久生。'而《饮酒》二十首中，这类表现更多。第一首云：'衰荣无定在，彼此更共之。'三首云：'鼎鼎百年内，持此欲何成？'十一首云：'客养千金躯，临化消其宝。'十五首云：'宇宙一何悠，人生少至百。岁月相催逼，鬓边早已白。'渊明的感觉仍然是那个时代的共同感觉，他的解脱方法就是'达'。所谓'达人解其会，逝将不复疑。忽与一樽酒，日夕欢相持。'所谓'死去何所知，称心固为好。'所谓'寓形于内复几时，曷不委心任其留'，都是这一种办法。但在有了对于生命的那种认识之后，这种解脱方法实在是一种'无可知何'的方法，诗人心里固已经充满了忧患之感了。"① 苏轼曾经针对《饮酒》其十一评论说："'客养千金躯，临化消其宝。'宝不过躯，躯化则宝亡矣。人言靖节不知道，吾不信也。"（《书渊明〈饮酒〉诗后》）罗大经也肯定陶公为"知道之士"，他评论陶渊明的《神释》诗说："乃是不以死生祸福动其心，泰然委顺，养神之道也。"（《鹤林玉露》）强调陶公颇懂得养生之道。苏轼、罗大经、王瑶所述，都体现出陶渊明处于魏、晋世风中希冀服药养生不能免俗的世情的一面。

从有限的文献来看，陶渊明服药养生，似乎主要是服食菊花酒。王瑶先生说："陶渊明虽然'性嗜酒'，却并不像汉末和竹林名士们的那样'昏酣'。《饮酒》诗序云：'既醉之后，辄题数句自娱'，他饮酒后还可以作诗；'一觞虽独尽，杯尽壶自倾'，他饮酒是有量的节制的。……更重要的，是因为他并没有完全放弃了对于延年益寿的追求。"② 他特别喜欢饮菊花酒，他"采菊东篱下"，他归田园后关心的是"松菊犹存"，他盛赞"绿酒开芳颜"，对菊花酒充满了深深的眷恋之情，"但恨在世时，饮酒不得足"，就是对菊花酒而言，慨念服饮菊花酒不足，乃至颓龄早逝。正如台湾学者黄仲仑所说："渊明先生生活中最喜爱的有两种东西——第一是爱菊，第二是嗜酒。"③ 确实，爱菊与嗜酒，构成了陶渊明归隐以后日常生活中的两大重要组成部分，甚至缺一不可。

他曾在《九日闲居》诗中说："余闲居，爱重九之名。秋菊盈园，而持醪靡由，空服九华，寄怀于言。世短意常多，斯人乐久生。"又说："酒能祛百虑，菊为制颓龄。"王瑶先生对此解释说："九久谐音；九华言九日之黄华，指菊。《艺文类聚》四引《魏文帝与钟繇书》曰：岁往月来，忽复九月九日，九为阳数，而日月并应，俗嘉其名，以为宜于长久……至于芳菊，纷然独荣，非夫含乾坤之纯和，体芬芳之淑气，孰能如此，故屈平悲冉冉之将老，思食秋菊之落英，辅体延年，莫斯之贵，谨奉一束，以助彭祖之术。……足见他采菊是为了服食的，而其目的是在'乐久生'。"又说："'菊能解颓龄'是很流行的说法。……渊明是经常自己酿酒的，而采得的菊英也正是要制菊花酒，要服食的。渊明既然完全放弃了对久生长寿的企求，自然对死的恐惧也就相对减轻了。在这点上，

---

① 王瑶：《文人与药》，见《中古文学史论集》，上海古典文学出版社1956年版，第9页。
② 同上书，第44页。
③ 黄仲仑：《陶渊明作品研究·导论》，（台北）帕米尔书店1965年版，第13页。

倒是和嵇康很相像。"① 其实，魏晋人饮酒服药养生，除了解制"颓龄"之外，自何晏以降，短时期内能够见到明显效果的，就是仪容的变化。而正是这一变化，推动了魏晋人饮酒服药养生的浪潮。

二 服药美仪容与陶渊明

爱美之心，人皆有之。何况是在极力讲求魏晋风度的时代，因而王瑶先生说："服药的一个用意是怕死，是为了长生。服药后，他的面色比较红润了，精神刺激得比较健旺了。……何晏的服食是收了效力的。虽然他被人家杀了头，'长寿'一点无法证明；但就他'行步顾影'和'面至白'的漂亮情形，以及服散一事对于后来影响之大说，'颜色和悦'的结果，大概是不成问题的。所以即使单纯地为了'美姿容'，也非吃药不可了。"②《三国志·诸夏侯曹传·何晏传》裴松之引《魏略》记载："晏性自喜，动静粉白不去手，行步顾影。"《世说新语·容止》也记载："何平叔（笔者按：即何晏）美姿仪，面至白。魏明帝疑其傅粉，正夏月，与热汤饼。既啖，大汗出，以朱衣自拭，色转皎然。"这就是王瑶先生所说的"他'行步顾影'和'面至白'的漂亮情形"。受何晏的影响，饮酒服药而美姿容的，还有同时代的夏侯玄、李丰、嵇康等人。《世说新语·容止》继上引何晏例后接着记载：

1. 魏明帝使后弟毛曾与夏侯玄共坐，时人谓"蒹葭倚玉树"。
2. 时人目夏侯太初"朗朗如日月之入怀"，李安国"颓唐如玉山之将崩"。
3. 嵇康身长七尺八寸，风姿特秀。见者叹曰："萧萧肃肃，爽朗清举。"或云："肃肃如松下风，高而徐引。"山公曰："嵇叔夜之为人也，岩岩若孤松之独立；其醉也，傀俄若玉山之将崩。"③

其中的夏侯太初即为夏侯玄。鲁迅先生称夏侯玄与何晏同是服药的祖

---

① 王瑶：《文人与药》，见《中古文学史论集》，上海古典文学出版社1956年版，第44—45页。
② 同上书，第15页。
③ （南朝·宋）刘义庆著，（南朝·梁）刘孝标注，余嘉锡笺疏，周祖谟、余淑宜、周士琦整理：《世说新语笺疏》，上海古籍出版社1993年版，第607页。

师。① 李安国即中书令李丰。《世说新语》形容他们的俊美姿容，或用"玉树"，或用"朗朗如日月"，或用"玉山"。尤其是描摹嵇康的美貌，纯用烘托笔法，先是"见者叹曰"，继而是"或云"，后又是"山公曰"，写尽嵇公貌美的风姿。而嵇公美貌，得益于他的服药养生。

《晋书》卷49《嵇康传》记载："（嵇康）身长七尺八寸，美词气，有风仪，而土木形骸，不自藻饰，人以为龙章凤姿，天质自然。常修养性服食之事，弹琴咏诗，自足于怀。以为神仙禀之自然，非积学所得，至于导养得理，则安期、彭祖之伦可及，乃著《养生论》。"王瑶先生说："竹林七贤中，唯嵇康讲求服食。……但叔夜即是七贤中最不善大量饮酒的一人，嵇康《家诫》云：'见醉熏熏便止，慎不当至困醉不能自裁也。'而且叔夜也是七贤中最讲究仪表的一人。……饮酒的人并不一定服药，而且终日沉湎的人，对于延年益寿和姿容秀美等亦无暇顾及，自然也不想服食；但服药的人却必须饮一点热酒，虽然不是大量。因为这样可以帮助散发，可以助成散的效力。"② 又说："服药的一种作用是可以增加姿容的美丽，而这时的风气正是极端注重貌美，同时名士们也正是用各种办法来追求貌美的时候，所以服药的人自然日见其多了。"③ 陶渊明在饮酒服药上，这一点也与嵇康很相像。

陶渊明性嗜酒，也是不善大量饮酒的人。《五柳先生传》自称："造饮辄尽，期在必醉。"《九日闲居》："世短意常多，斯人乐久生。""酒能祛百虑，菊为制颓龄。"《连雨独饮》："故老赠余酒，乃言饮得仙。"适量饮酒，可以延年得仙。而长年醉酒，不是长寿之道。《神释》："日醉或能忘，将非促龄具？"促龄，袁行霈先生释义为："促使年龄缩短。"又引韩国学者车柱环《陶潜五言诗疏证》云："促龄具，犹云短寿之饮料也。"④所以停止醉酒生活，更有益于长生不老。《止酒》诗云："从此一止去，将止扶桑涘。清颜止宿容，奚止千万祀。"清颜，鲜泽之颜。止宿容，王叔岷先生云："犹言去衰容。"因而陶渊明非常注重饮酒与养生的关系，极有节制地饮酒。

在陶渊明诗文作品中，他除了饮服菊花酒以延年益寿之外，也有多处

---

① 鲁迅：《魏晋风度及文章与药及酒之关系》，《而已集》，人民文学出版社1973年版，第89页。
② 王瑶：《文人与药》，见《中古文学史论集》，上海古典文学出版社1956年版，第17页。
③ 同上书，第18页。
④ 袁行霈：《陶渊明集笺注》，中华书局2003年版，第69—70页。

写到他的养生。《杂诗》其十二:"袅袅松标崖,婉娈柔童子。年始三五间,乔柯何可倚。养色含津气,粲然有心理。"从他十五岁时起,已开始有意识地涵养津气,注重养生之道。"养色含津气,粲然有心理。"古直先生笺注云:"《老子》:'专气致柔能婴儿。'河上公注:'专守精气而不乱,则形体能应之柔顺。'郭璞《游仙诗》:'粲然启玉齿。'"(《陶渊明诗笺》) 这一养生情形,与上文所引东汉王充《论衡·自纪》自述养生情形相似:"养气自守,适时则酒,闭明塞聪,爱精自保,适辅服药引导,庶冀性命可延,斯须不老。"所谓"养气自守"、"爱精自保","适时则酒"、"服药引导",大体也都为陶渊明所仿效。

在《读山海经》十三首中,陶渊明也多次提及服药饮酒长生的话题。如《读山海经》其二:"玉台凌霞秀,王母怡妙颜。天地共俱生,不知几何年。"企羡西王母长生不老。《庄子·大宗师》:"夫道……先天地生而不为久,长于上古而不为老。……西王母得之,坐乎少广,莫知其始,莫知其终。"陶渊明诗中即取其意。又《读山海经》其四:"黄花复朱实,食之寿命长。"所谓"食之寿命长",其意《山海经》原无,为陶渊明自己略加点染而成。① 其五:"在世无所须,唯酒与长年。"明确表明饮酒服药与延年益寿是人生的两大追求。这与上文所引黄仲仑先生所说的"渊明先生生活中最喜爱的有两种东西——第一是爱菊,第二是嗜酒"可相互参照。其八:"不死复不老,万岁如平常。赤泉给我饮,员丘足我粮。方与三辰游,寿考岂渠央。"诗中言自古以来人皆有死没,然而如果能够得到赤泉之水、员丘之粮,与三辰同游,则可以长生矣。诗人借托神话,表达"不死复不老"、希冀长生的美好愿望。

《述酒》:"朱公练九齿,闲居离世纷。峨峨西岭内,偃息常所亲。天容自永固,彭殇非等伦。"诗中所云"练九齿",即练养生术。汤汉注云:"朱公,托言陶也。意古别有朱公修炼之事,此特托言陶耳。晋运既终,故陶闲居以避世,明言其志也。"② 西岭,古直《陶渊明诗笺》:"西岭,殆指昆仑山,昆仑仙真之窟,正在西方也。"③ 昆仑仙真之窟,即西王母

---

① 袁行霈先生就此诗"析义"说:"就《山海经·西山经》所载峚山而成此诗,亦略有点染之处,如'食之寿命长'。"《山海经·西山经》:"又西北四百二十里,曰峚山,其上多丹木,员叶而赤茎,黄花而赤实,其味如饴,食之不饥。"
② (宋)汤汉注:《陶靖节先生诗》卷4,中华书局1988年据北京图书馆藏宋朝刻本原大影印本。
③ 古直:《陶渊明诗笺》卷4,聚珍仿宋印书局1926年《隅楼丛书》本。

长生不老之处。诗中的"天容",袁行霈先生笺注说:"'天老',黄帝之臣,著有《杂事阴道》二十五卷。事见《竹书纪年》上、《列子·黄帝》。容成,黄帝史官,始造律历。……《列仙传》:'容成公自称黄帝师,见周穆王,善辅导之术。'"① 诗人托言希冀与天老、容成共仙游,寄托自己的闲居避世之志,乐以养生而终老。

与何晏、嵇康等服药饮酒的魏晋名士相同,陶渊明对自己的姿容似乎也比较珍视,时而不经意间在诗文作品中流露出来。《拟古》其五:"东方有一士,被服常不完。三旬九遇食,十年著一冠。辛勤无此比,常有好容颜。"此东方一士,实即渊明自己。苏东坡云:"此东方一士,正渊明也,不知从之游者,谁乎?若了得此一段,我即渊明,渊明即我也。"②可见诗中所云"辛勤无此比,常有好容颜",即诗人的自画肖像。

陶渊明似乎非常在意自己的姿貌老去,为此经常诉说于笔端。如《责子》:"白发被两鬓,肌肤不复实。"此时其实陶渊明年龄不过四十余,就对自己的容貌不满意成这般,可见他对自己姿容的珍爱。又如《丙辰岁八月中于下潠田舍获》:"姿年逝已老。"姿年即姿容与年龄,才年过半百,陶渊明就已经慨叹"逝已老"!还有如《杂诗》其一:"盛年不重来,一日难再晨。"感伤青春易逝,盛年不再。《饮酒》其十五:"岁月相催逼,鬓边早已白。"《杂诗》其五:"气力渐衰损,转觉日不如。"感到岁月流逝,精力日渐消损,鬓发已白,壮年不再。《岁暮和张常侍》:"素颜敛光润,白发一已繁。"容颜光润褪去,预感生命的枯老。《杂诗》其七:"弱质与运颓,玄鬓早已白。素标插人头,前途渐就窄。"一再强烈地感受到柔弱的体质随着时运在衰颓,头上枯老的白发,就像个鲜明的标志,暗示着自己来日已然不多。

陶渊明的姿容相貌如何,向来只有抽象的比拟,没有具象描绘。如《五柳先生传》:"闲静少言,不慕荣利。……造饮辄尽,期在必醉。既醉而退,曾不吝情去留。……短褐穿结。"《与子俨等疏》:"常言五六月中,北窗下卧,遇凉风暂至,自谓是羲皇上人。"《宋书·隐逸传》说:"取头上葛巾漉酒,毕,还复著之。"……通过这些,很难以知道他的真切姿貌。不过,陶渊明的这些"风气高逸"的神态,却成为后世画家的重要题材。

---

① 袁行霈:《陶渊明集笺注》,中华书局 2003 年版,第 303 页。
② (宋)苏轼著,屠友祥校注:《东坡题跋》卷 2 "书渊明东方有一士诗后",上海远东出版社 1996 年版,第 109 页。

第二章 陶渊明的人生志趣与性情之解读

据袁行霈先生研究:"今知较早而且比较著名的陶渊明画像,当推唐代郑虔所绘《陶潜像》。《宣和画谱》卷五载:'画陶潜风气高逸,前所未见。非醉卧北窗下,自谓羲皇上人,同有是况者,何足知若人哉!此宜见画于郑虔也。'"① 在后世画家的笔下,陶渊明"风气高逸"的神态,逐渐展现出具体的姿容来。如台北故宫博物院所藏《归去来兮图》……签题李公麟所作。此图绘有几个归去来的细节……。其中最醒目的一段是"策扶老以流憩",画像中的陶渊明面向左,长髯,微胖,衣带飘然,眉目之间显现出一种超然物外的神情。② 台北故宫博物院今藏《东篱高士图》,溪边一株高大的松树,占了画面的主体部位。树下一人微胖,长髯,眉目间神情超然,右手把菊花,左手持杖,面向左行走,葛巾,宽袍,披梅花鹿皮,衣带飘然。③ 袁行霈先生总结说:元代以后各家陶渊明画像有一种趋同的现象,陶渊明的形象定型化,大体上是头戴葛巾,身着宽袍,衣带飘然,微胖,细目,长髯,持杖,而且大多是面左。这种定型化的陶渊明形象,很可能是源自李公麟。④ 到了后世,尤以明代周位的《渊明逸致》的画最具神韵。画中陶渊明头戴葛巾,宽袍,衣带松解,袒胸,颔首,细目,细髯,右一人搀扶行进。陶渊明在醉态中显出高远超逸,若玉山自倒。这一情形,犹如嵇康之醉酒如玉山之将倾,紧扣住了陶渊明服药饮酒魏晋风流的神韵。因而袁行霈先生称誉此画"人物的描绘十分传神,是古代人物画中难得的精品"⑤。陶渊明作为魏晋名士,也嗜好服药饮酒美姿容,但只有透过后世画像,我们才可以仿佛想见他的姿容。

三 陶渊明的脚疾与服药

陶渊明患有脚疾,不便行走,靠人舁篮舆。《宋书·隐逸传》记载:"潜尝往庐山,弘令潜故人庞通之赍酒具,于半道栗里要之。潜有脚疾,使一门生二儿舁篮舆;既至,欣然便共饮酌。俄顷弘至,亦无忤也。"《晋书·隐逸传》还记载:"(王)弘要之还州,问其所乘,答云:'素有脚疾,向乘篮舆,亦足自反。'乃令一门生二儿共舆之至州。"以上记载

---

① 袁行霈:《古代绘画中的陶渊明》,《北京大学学报》2006年第6期。
② 参见袁行霈《古代绘画中的陶渊明》,《北京大学学报》2006年第6期。
③ 同上。
④ 同上。
⑤ 袁行霈:《古代绘画中的陶渊明》,《北京大学学报》2006年第6期。

陶渊明脚疾的得来，或许与他的服药有着极大的关系。

鲁迅先生曾经提到何晏等服药，其实"吃的不是寻常的药，是一种名叫'五石散'的药。'五石散'是一种毒药。五石散的基本，大概是五样药：石钟乳、石硫磺、白石英、紫石英、赤石脂；另外怕还配点别样的药"①。又说根据隋代巢元方所作的《诸病源候论》，"可知吃这药是非常麻烦的，穷人不能吃，假使吃了之后，一不小心，就会毒死。先吃下去的时候，倒不怎样的，后来药的效验既显，名曰'散发'。倘若没有'散发'，就有弊而无利"②。魏晋时期，服药风气刚刚兴起，还不像隋代巢元方等能够更多地看到服食"五石散"的弊端。因为被鲁迅同称为服药的祖师的何晏、夏侯玄、王弼三人，享年都不长。何晏、夏侯玄均被司马懿所杀，王弼年二十余卒，时人只从他们所服"五石散"中看到了美姿容的长处，而没有留意"五石散"的毒药药性。《晋书·哀帝纪》记载："哀帝雅好黄老，断谷，饵长生药，服食过多，遂中毒，不识万机。"哀帝服药中毒较深，以至于不能治理朝政。而脚疾的病患，可能是服药中毒较浅的表现。

翻览晋、宋典籍，时人患脚疾，似乎是一种很寻常的病症。若病人以此为借口，辞官去职，上至朝廷，下至州郡，并不因此而追究罪责。笔者仅对照史籍，即可开列一份长长的名单。

1. 陶渊明《晋故征西大将军长史孟府君传》："孝宗穆皇帝闻其名，赐见东堂，君辞以脚疾，不任拜起，诏使人扶入。"孟嘉作为东晋名士，晋穆帝闻而召见，孟嘉却"辞以脚疾"，受到皇帝的优待。陶渊明仰慕外祖风流，性情颇多相类，此服药、脚疾的情形，或亦复如此。

2. 《晋书》卷68《贺循传》："及陈敏之乱，诈称诏书，以循为丹阳内史。循辞以脚疾，手不制笔，又服寒食散，露发袒身，示不可用，敏竟不敢逼。"贺循以脚疾为名，"又服寒食散"，"示不可用"，不就任丹阳内史，陈敏"竟不敢逼"。这条史料，为服五石散与脚疾的病患关系，提供了最直接的证据。

3. 《宋书》卷60《范泰传》："以有脚疾，起居艰难，宴见之日，特听乘舆到坐。累陈时事，上每优容之。"范泰身处晋、宋之际，其患有脚疾，乘舆，与服药养生似有较大关系。《宋书》本传还记载他规劝说外弟

---

① 鲁迅：《魏晋风度及文章与药及酒之关系》，《而已集》，人民文学出版社1973年版，第86页。

② 同上书，第87页。

饮酒一事："荆州刺史王忱，泰外弟也，请为天门太守。忱嗜酒，醉辄累旬，及醒，则俨然端肃。泰谓忱曰：'酒虽会性，亦所以伤生。游处以来，常欲有以相戒，当卿沉湎，措言莫由，及今之遇，又无假陈说。'忱嗟叹久之，曰：'见规者众矣，未有若此者也。'"从范泰以饮酒"伤生"为劝辞来看，他也是比较注重养生的。

4.《宋书·范晔传》记载，东晋义熙年间，"征南大将军檀道济司马，领新蔡太守。道济北征，（范）晔惮行，辞以脚疾，上不许，使由水道统载器仗部伍。"文中的"上"指后来篡晋登基的宋高祖刘裕。范晔作为晋、宋名士，亦患有脚疾，并以脚疾为借口，不愿一道北征，结果被刘裕拒绝。范晔为范泰之子，其脚疾得来，或与父亲相似，均和服药有关。

5.《晋书》卷58《周札传》记载："元帝为丞相，……录前后功，改封东迁县侯，进号征虏将军、临扬州江北军事、东中郎将，镇涂中，未之职，转右将军、都督石头水陆军事。札脚疾，不堪拜，固让经年，有司弹奏，不得已乃视职。"周札为西晋名将周处之子，周札随晋元帝渡江，颇受器重，亦为一时名士。周札以脚疾为由，多年不视职，遭有司弹劾，才不得已视职。

6.《晋书》卷76《王彬传》："从兄敦举兵石头，帝使彬劳之。会周顗遇害，彬素与顗善，先往哭顗，甚恸。……音辞慷慨，声泪俱下。敦大怒，厉声曰：'尔狂悖乃可至此，为吾不能杀汝邪！'时王导在坐，为之惧，劝彬起谢。彬曰：'有脚疾已来，见天子尚欲不拜，何跪之有！此复何所谢！'敦曰：'脚痛孰若颈痛？'彬意气自若，殊无惧容。"王彬作为王导堂弟，与周顗相善，为东晋过江名士，也患有脚疾，"见天子尚欲不拜"，亦不拜谢王敦。

7.《晋书》卷81《刘胤传》："刘胤，美姿容……王敦素与胤交，甚钦贵之，请为右司马。胤知敦有不臣心，枕疾不视事，以是忤敦意，出为豫章太守，辞以脚疾，诏就家授印绶。"刘胤美姿容，而患有脚疾，"诏就家授印绶"。

8.《晋书》卷82《习凿齿传》："是时温觊觎非望，凿齿在郡，著《汉晋春秋》以裁正之。……明天心不可以势力强也。凡五十四卷。后以脚疾，遂废于里巷。"习凿齿也是东晋"风期俊迈"的名士，文笔闻于天下。他也患有脚疾，被废于里巷。后被苻坚所器重，"以其蹇疾，与诸镇书：'昔晋氏平吴，利在二陆；今破汉南，获士裁一人有半耳。'"蹇疾，即跛疾，亦谓其不便行走。

9.《晋书》卷93《外戚·何澄传》："安帝即位，迁尚书左仆射，典选、王师如故。时澄脚疾，固让，特听不朝，坐家视事。又领本州大中正。"何澄为外戚，备受东晋孝武帝、安帝重视，也患有脚疾，"特听不朝，坐家视事"。

10.《晋书》卷98《桓温传》："（桓）温豪爽有风概，姿貌甚伟，面有七星。……时温有脚疾，诏乘舆入朝，既见，欲陈废立本意，帝便泣下数十行，温兢惧，不得一言而出。"桓温作为东晋名士，也患有脚疾，须"乘舆入朝"，尚欲行废立篡逆之事。

此外，《宋书》中也多记载身处晋、宋之际的名士患有脚疾的。如《宋书》卷49《刘钟传》记载："钟于时脚疾不能行。"卷53《张茂度传》记载："元嘉七年，以脚疾出为义兴太守。"卷55《臧焘传》记载："元熙元年，以脚疾去职。"臧焘作为东晋外戚，贵显于世。还有《宋书》卷58《王球传》记载，王球为王氏公子，美容止，"素有脚疾"。《宋书》卷70《袁淑传》记载，袁淑"少有风气"，患有脚疾。

综上所述，从晋、宋间的众多史料来看，晋、宋时人患有脚疾，不是个别现象，而是呈现出较强的社会群体特征。从晋、宋间世家群体爱好服药饮酒、美姿容的情形来看，他们的脚疾，多半与他们服药习气密不可分。而具体到陶渊明脚疾的由来，也与此有很大的关系。因此，我们从陶渊明及其晋、宋时期脚疾病患的总体情况入手，也可以大体推断陶渊明与服药养生之间的密切关系。

第三节　陶渊明之"静"与"恨"

陶渊明为人率真，他的音容笑貌、举手投足，他的喜怒哀乐、人生百味等复杂性情，都会在他的作品中不经意地真情呈现。他生性好静，存乎乱世，不免有恨，静、恨交织，由此铸成他多彩的一生，生发出绚烂多姿的文艺创作，让人读不完，说不尽，品味无穷。

一　陶渊明之"静"、"恨"概览

在作品中，陶渊明多次表示自己好静的性格。在被时人誉为"实录"和"自况"的《五柳先生传》中，他自述性情说："闲靖少言，不慕荣利。好读书，不求甚解。每有会意，便欣然忘食。"靖，南朝萧统《陶渊明传》引作"静"。靖，通"静"。《左传·昭公二十五年》："靖以待命犹可，动必忧。"杨伯峻注："靖，安也，静也。"传中所云"闲靖少言"，即是对自己性格的真情再现与描绘。又《与子俨等疏》中自述人生经历时说："少学琴书，偶爱闲静，开卷有得，便欣然忘食。"因此，"偶爱闲静"、"闲靖少言"，成为陶渊明自我性情的真实写照。他在闲静中好读书，"每有会意，便欣然忘食"，"开卷有得，便欣然忘食"，两处描绘如出一辙，都展现出陶渊明闲静中拥书自乐的情形。《读山海经》其一：

> 孟夏草木长，绕屋树扶疏。众鸟欣有托，吾亦爱吾庐。既耕亦已种，时还读我书。穷巷隔深辙，颇回故人车。欢然酌春酒，摘我园中蔬。微雨从东来，好风与之俱。泛览周王传，流观山海图。俯仰终宇宙，不乐复何如？

陶渊明描绘自己闲静中读书自乐的情景，颇引人神往。此处描摹，可与《五柳先生传》、《与子俨等疏》中的自述，遥相对应，足见陶渊明一生闲静与读书之乐。王叔岷引杜树荼的话说："读书是观大意，亦借以陶情适性耳。渊明无日不饮酒，亦无日不读书，务本业之外，惟此二事。结语可见其意。'既耕'以下四句，言余闲读书，友车已回。'欢言酌酒'以下四句，亦将酌酒时事。'微雨'云云，是从园中见得。'泛览'以下四句，言且读书、且酌酒，以尽一生之乐而已。观此诗，可以见先生归田园后一生大概。"[①] 其实，陶渊明的读书园林、自然闲静之乐，不仅是在他归田园之后，而是贯通陶渊明归田园前后的一生。作于仕宦期间的《辛丑岁七月赴假还江陵夜行涂口》："闲居三十载，遂与尘事冥。诗书敦宿好，林园无世情。"《始作镇军参军经曲阿》："弱龄寄事外，委怀在琴书。被褐欣自得，屡空常晏如。"《和郭主簿二首》其一："息交游闲业，卧起弄书琴。园蔬有余滋，旧谷犹储今。"均描述自己出仕前后闲静读书自乐的生活。《感士不遇赋》："尝以三余之日，讲习之暇，读其文，慨然惆怅。夫履信思顺，生人之善行；抱朴守静，君子之笃素。"陶渊明自述"抱朴守静"、"君子笃素"的人生抱负与追求，折射出他好静性格的哲学思想根源，由此更影响他一生的性情、生活及其文艺创作。

在作品中，陶渊明十余次地写到"静"字，这在他百余首的诗文中，占据了至少十分之一的比例。如《庚子岁五月中从都还阻风于规林》："静念园林好，人间良可辞。当年讵有几，纵心复何疑！"《祭从

---

① 王叔岷：《陶渊明诗笺证稿》，中华书局2007年版，第479页。

弟敬远文》:"每忆有秋,我将其刈,与汝偕行,舫舟同济。三宿水滨,乐饮川界。静月澄高,温风始逝。"《丙辰岁八月中于下潠田舍获》:"郁郁荒山里,猿声闲且哀。悲风爱静夜,林鸟喜晨开。"均以"静"态描述物象或心象之美。又如《归园田居》其一:"暧暧远人村,依依墟里烟。狗吠深巷中,鸡鸣桑树颠。户庭无尘杂,虚室有余闲。久在樊笼里,复得返自然。"《归去来兮辞》:"引壶觞以自酌,眄庭柯以怡颜。倚南窗以寄傲,审容膝之易安。园日涉以成趣,门虽设而常关。策扶老以流憩,时矫首而遐观。云无心以出岫,鸟倦飞而知还。景翳翳以将入,抚孤松而盘桓。"均尽情地描述出了归隐田园后的闲暇幽静与自在自得。

《癸卯岁十二月中作与从弟敬远》:"寝迹衡门下,邈与世相绝。顾眄莫谁知,荆扉昼常闭。凄凄岁暮风,翳翳经日雪。倾耳无希声,在目皓已洁。"此中的"荆扉昼常闭"与"门虽设而常关",闲静之境相似。而尤以"倾耳无希声,在目皓已洁"写皓雪之静,被誉为"千年咏雪之式"[①]。其文笔之妙,正如宋人罗大经所论:"只十字而雪之轻虚洁白,尽在是矣,后来者莫能加也。"[②] 其景致刻画如此之细微,只有陶渊明这般隐逸高士,这般闲静心境,这般皓洁品质,才能捕捉得到,体会得真,传写得神。清人张玉榖说:"就雪申写二句,声销质洁,隐以自况,不徒咏物之工。"[③] 陈祚明《采菽堂古诗选》也说:"'倾耳'二句写风雪得神,而高旷之怀,超脱如睹。"[④] 所以仅"倾耳无希声,在目皓已洁"十字,写尽了陶公静穆的本色。

不过,陶渊明的"静"多与"恨"交织在一处,形成静、恨交织的人生世界。《荣木》、《时运》、《停云》三首写于同一时期的诗歌,是陶渊明心中"静"、"恨"交织的一次集中反映。《时运》:"我爱其静,寤寐交挥。但恨殊世,邈不可追。……黄唐莫逮,慨独在余。"《荣木》:"采采荣木,结根于兹。晨耀其华,夕已丧之。人生若寄,憔悴有时。静言孔念,中心怅而。"《停云》:"霭霭停云,濛濛时雨。八表同昏,平路伊阻。静寄东轩,春醪独抚。良朋悠邈,搔首延伫。……愿言不获,抱恨如何!"三首诗均作于陶渊明在家"守静"栖居之时,"恨"意何来?清

[①] (清)沈德潜:《古诗源》卷8,中华书局1977年版,第192页。
[②] (宋)罗大经:《鹤林玉露》卷5 "渊明咏雪",中华书局1997年版,第322页。
[③] (清)张玉榖:《古诗赏析》卷13,上海古籍出版社2000年版,第307页。
[④] (清)陈祚明:《采菽堂古诗选》卷13,上海古籍出版社2008年版,第388页。

代吴菘《论陶》说:"《停云》《时运》《荣木》三篇,人指为悲愤之作。"① 陶渊明创作这三首诗时内心的不平静,从三首诗的诗序可以窥见一斑。《停云》诗序:"《停云》,思亲友也。樽湛新醪,园列初荣,愿言不从,叹息弥襟。"《时运》诗序:"《时运》,游暮春也。春服既成,景物斯和,偶影独游,欣慨交心。"②《荣木》诗序:"《荣木》,念将老也。日月推迁,已复有夏,总角闻道,白首无成。"元代刘履《选诗补注》说:"此盖元熙禅革之后,而靖节之亲友,或有仕历于宋者,故特思而赋诗,且以寓规讽之意焉。此章言停云、时雨,以喻宋武阴凝之盛,而微泽及物;表昏、路阻,以喻天下皆属于宋,而晋臣无可仕之道矣。"③ 明代沃仪仲也说:"一语两章复用,尤有味,正见举世暗浊,无一明眼勘扶社稷,故至此。我即独身孤愤,济得甚事!乃难冀之世,复难冀之朋。末句'抱恨如何',真当闷绝。"④ 清代吴瞻泰《陶诗汇注》:"尊晋黜宋,固渊明一生大节,然为诗讵必乃尔。如少陵忠君爱国,只《北征》《哀王孙》《七歌》《秋兴》正说此意。"⑤ 后世学者多从陶渊明静、恨交织的言辞,窥见当时创作的情景。元熙之后,东晋王纲衰替,正如沃仪仲所说"无一明眼勘扶社稷",陶渊明"独身孤愤,济得甚事"!作于晋、宋易代禅革之际的《述酒》说:"流泪抱中叹,倾耳听司晨。"《述酒》为晋恭帝被弑而作,但陶渊明不敢直言,只得借廋辞抒写忠愤:"倾耳听司晨"是写"静",而且静得可怕,夹杂血雨腥风;"流泪抱中叹"则是写静中之"恨",但是不敢直言,只能独自暗暗流泪。

一生推崇陶渊明的朱光潜先生早年就读香港大学时,即曾以陶诗"纵浪大化中,不喜亦不惧。应尽便须尽,无复独多虑"(《形影神·神释》)作为座右铭,并以之与友人共勉。抗战前,他更从陶诗《时运》诗序"欣慨交心"句中取出"欣慨"二字,作为他的室名,并请人篆刻了"欣慨室"三字图章,请人篆写了"欣慨书斋"四字横幅,他认为

---

① (清)吴菘:《论陶》,北京大学中文系文学史教研室编:《陶渊明诗文汇评》,《陶渊明资料汇编》(下),中华书局2004年版,第3页。
② "偶影独游,欣慨交心。"明代谭元春评论说:"八字抵人一长篇妙文。"(《古诗归》卷9)
③ (元)刘履:《选诗补注》,《陶渊明诗文汇评》,《陶渊明资料汇编》(下),中华书局2004年版,第1页。
④ (明)黄文焕《陶诗析义》卷1引,《四库全书存目丛书·集部三》,齐鲁书社1997年据南京图书馆藏明末刻本影印本。
⑤ (清)吴瞻泰:《陶诗汇注》卷1,《陶渊明诗文汇评》,《陶渊明资料汇编》(下),中华书局2004年版,第3页。

"欣慨交心"一语可以概括陶公精神面貌:"他有感慨,也有欣喜。惟其有感慨,那种欣喜是由冲突调和而彻悟人生世相的欣喜,不只是浅薄的嬉笑;惟其有欣喜,那种感慨有适当的调剂,不只是奋激佯狂,或是神经质的感伤。他对于人生悲喜两方面都能领悟。"① 从朱光潜一生对陶公的品悟中,也折射出陶公静、恨交织的复杂人生体验。

元代李公焕《笺注陶渊明集》评述说:"靖节当年抱经济之器,藩辅交辟,遭时不竞,将以振复宗国为己任;回翔十载,卒屈于戎幕佐吏,用是志不获骋,而良图弗集,明年决策归休矣。"功业未建,时光易逝,使平生好静的陶渊明难以抑制内心的愤恨。《杂诗》其二"日月掷人去,有志不获骋。念此怀悲凄,终晓不能静",即是抒发这一情怀。

陶渊明作品中,也有十余次写到"恨"字,与"静"字出现的频率相当。除上文已经论述的外,还有如《归园田居》其五:"怅恨独策还,崎岖历榛曲。"《和胡西曹示顾贼曹》:"感物愿及时,每恨靡所挥。"《与子俨等疏》:"但恨邻靡二仲,室无莱妇,抱兹苦心,良独内愧。"《读山海经》其三:"恨不及周穆,托乘一来游。"《拟挽歌辞》其一:"但恨在世时,饮酒不得足。"《自祭文》:"余今斯化,可以无恨。寿涉百龄,身慕肥遁,从老得终,奚所复恋!"(以上"恨"字有些虽为"遗憾"义,但亦不乏怨艾之意)陶渊明静、恨交织,所以有时候人们看他,就误以为存在两个陶渊明。域外学者一海知义说:"回顾青少年时代的作品中的陶渊明自画像,呈现出两个性格完全对立的青年形象。一个是爱好'闲靖'、'闲适',热衷于读书的文静的青年;另一个是'性刚',即血气方刚的青年。"② 其实,这样两个完全对立性格的出现,不仅局限于陶渊明的青年时期,终其一生,他都是这样。上述例举的他晚年静、恨交织的作品,即很好地体现了这一点。而所有这些性格,都是同一个陶渊明,这才是他的完整形象。正如鲁迅先生所说:"倘有取舍,即非全人。"③

不过,陶渊明静、恨交织的人生,在他临去世的最后几年,似乎逐渐向"静穆"靠近。正如鲁迅先生所说:"乱也看惯了,篡也看惯了,文章

---

① 朱陈:《父亲的"欣慨"》,转引自钟优民《陶学发展史》,吉林教育出版社2000年版,第292页。
② [日]一海知义:《陶渊明·陆放翁·河上肇》,彭佳红译,中华书局2008年版,第41页。
③ 鲁迅:《题未定草》(六),《且介亭杂文二集》,人民文学出版社1973年版,第172页。

便更平和。代表平和的文章的人有陶潜。"① 纵观陶集，陶渊明在《形影神》中说："纵浪大化中，不喜亦不惧。应尽便须尽，无复独多虑。"尤其面对死亡时，他更是格外平静。《拟挽歌辞》其一："有生必有死，早终非命促。"《拟挽歌辞》其二："在昔无酒饮，今但湛空觞。春醪生浮蚁，何时更能尝?"《拟挽歌辞》其三："死去何所道，托体同山阿。"颜延之《陶征士诔》说他晚年"视化如归，临凶若吉"。至于《自祭文》，作为告别人世的文字，"异常冷静，虽然还保持平淡自然的本色，它以略带轻松的笔调回顾总结了一生：'自余为人，逢运之贫，……乐天委分，以至百年。'他的一生可够辛苦，也很平淡，然从来都是干干净净，好像没有什么事而放心不下。总之食贫而安，穷日子过得还乐呵"②。平生好静，让他彻底超然物外，无牵无挂，难怪乎后人将他视为"静穆"的化身。

二 陶渊明之"静"、"恨"与生活、创作之关系

陶渊明静、恨交织的人生，对他的生活及其创作影响极大。以诗歌创作而论，如《拟古》其七："日暮天无云，春风扇微和。佳人美清夜，达曙酣且歌。歌竟长叹息，持此感人多。皎皎云间月，灼灼叶中华。岂无一时好，不久当如何?"诗中欣与慨、静与恨交织，构成陶公独有的诗歌旋律。台湾学者黄仲仑说："以云静风和，写清夜之美。这是因时起兴。王夫之说：'摘出作景语，自是佳胜，然此又非景语。'（《古诗评选》）'云间月'、'叶中华'，借以兴一时好，而著'岂无'字，'当如何'字，可谓冷语刺骨。"③ 对于生活而言，陶渊明"偶爱闲静"、"闲靖少言"的"闲静"状态，给生活与创作，都带来难得的宽裕与恬静。

在陶渊明的作品中，"闲"字出现的频率极高，是"静"、"恨"字的三倍，多达三十多次（含"暇"字3次），占陶渊明作品的四分之一。换言之，每四篇诗文，"闲"字就会出现一次。有时，"闲"字与"静"、"恨"字同时出现，例如《停云》："静寄东轩，春醪独抚。良朋悠邈，搔首延伫。……有酒有酒，闲饮东窗。愿言怀人，舟车靡从。……翩翩飞鸟，息我庭柯。敛翮闲止，好声相和。岂无他人，念子实多。愿言不获，

---

① 鲁迅：《魏晋风度及文章与药及酒之关系》，《而已集》，人民文学出版社1973年版，第96页。
② 魏耕原：《陶渊明论》，北京大学出版社2011年版，第210页。
③ 黄仲仑：《陶渊明作品研究》，（台北）帕米尔书店1965年版，第171页。

抱恨如何!"又如《丙辰岁八月中于下潠田舍获》:"郁郁荒山里,猿声闲且哀。悲风爱静夜,林鸟喜晨开。"写"闲"与"静",同时又慨叹"姿年逝已老",写"恨"。

不过,更多的时候,"闲"与"静"一起出现。《归园田居》其一:"暧暧远人村,依依墟里烟。狗吠深巷中,鸡鸣桑树颠。户庭无尘杂,虚室有余闲。久在樊笼里,复得返自然。"《五柳先生传》:"闲靖少言,不慕荣利。好读书,不求甚解。每有会意,便欣然忘食。"《与子俨等疏》:"少学琴书,偶爱闲静,开卷有得,便欣然忘食。"这样闲静自得的生活,对于文学创作而言,提供了极佳的心境。

顾随先生曾经提及创作需要"诗心"时说:"有诗心亦有二条件,一要恬静,二要宽裕。这样写出作品才能活泼泼的。感觉敏锐固能使诗心活泼泼的,而又必须恬静宽裕才能'心'转'物'成诗。……老杜诗好而有的燥,即因感觉太锐敏。陶渊明则不然。二人皆写贫病,杜写得热烈敏锐,陶则恬静中热烈,如其《拟古九首》其三(笔者注:全诗为:"仲春遘时雨,始雷发东隅。众蛰各潜骇,草木从横舒。翩翩新来燕,双双入我庐。先巢故尚在,相将还旧居。自从分别来,门庭日荒芜。我心固匪石,君情定何如?"),欢喜与凄凉并成一个,在此心境中写出的诗。陶写诗总不失其平衡,恬静中极热烈。末二句'我心固匪石,君情定何如'与燕子谈心,凄凉已极而不失其恬静者,即因音节关系。音节与诗之情绪甚有关。陶诗音节和平中正。"[①] 顾先生提到了陶诗创作中恬静、闲适、热烈(恨)三者之间的密切关系。陶诗"总不失其平衡,恬静中极热烈",静、恨交织,而总能最后保持"和平中正"。如上文所论,陶渊明虽然静、恨交织,但"静"总能平服"恨",这就使陶诗总能达到极高明的艺术境界。顾随先生说:"若心燥不但不能'神',连'精'都做不到。心若慌乱绝不能成诗,即作亦绝不深厚,绝不动人。宽裕然后能'容',诗心能容则境界自广,材料自富,内容自然充实,并非仅风雅而已。恬静然后能'会'。流水不能照影,必静水始可,亦可说恬静然后能观。"[②] 陶渊明的好"静"对他的创作影响极大,他总能够容纳、涵盖住"恨",使作品达至一片恬静盎然的澄清自然之境。

陶渊明静中有余闲,既能享读书之雅、之乐,又能达创作之精、之

---

① 顾随讲,叶嘉莹笔记,顾之京整理:《顾随诗词讲记》,中国人民大学出版社2006年版,第8页

② 同上书,第9页。

深。顾随先生说:"在生活有余裕时才能产生艺术,文学亦然。余裕即时间和余力,与闲情逸致不同。闲情逸致是没感情、没力量的,今说'余裕'是真掏出点感情来。"① 道出了创作与余闲的密切关系。从这层意义上看,陶渊明的诗文创作,颇得益于他的余闲。

陶渊明《和郭主簿》其一:"息交游闲业,卧起弄书琴。"又《感士不遇赋》:"昔董仲舒作《士不遇赋》,司马子长又为之。余尝以三余之日,讲习之暇,读其文,慨然惆怅。……抚卷踌躇,遂感而赋之。"又《闲情赋》:"初,张衡作《定情赋》,蔡邕作《静情赋》,检逸辞而宗澹泊,始则荡以思虑,而终归闲正。……缀文之士,奕代继作,并因触类。广其辞义。余园间多暇,复染翰为之。虽文妙不足,庶不谬作者之意乎?"陶渊明在这些作品中,均交代自己的文学创作与余闲之间的密切关系。

闲中带静,闹中取静,余闲安定的心情,正是艺术创作的最佳时机。所以顾随先生说:"创作必有安定情绪。然则没有安定心情、安定生活便不能创作了吗?不然。没有安定生活也要有安定心情。要提得起放得下。在不安定生活下也要养成安定心情,许多伟人之成功都是如此。无论多么热闹杂乱忙迫之事,心中也须沉静。假如没有沉静,也不可能写热闹激昂。因为你经验过了热烈激昂,所以真切。又因你写时已然沉静,所以写出更热烈激昂了。"② 艺术创作要善于闹中取静,营造有利的安静环境。其实,身处晋、宋易代的乱世,功业未成而又具有忠愤情结的陶渊明,内心世界并不可能做到纯粹的安定。他有很深的愤恨,他的忠晋的遗民情感,他对晋、宋易代时局的关注,都使他不可能有纯粹的闲静。这从他晚年的《述酒》、《岁暮》、《读山海经》、《咏荆轲》等诗歌中,都能够鲜明地看出来。而这些金刚怒目与愤慨激昂,也正是从他的沉静中而来的。所以,正如鲁迅所说,陶渊明是"篡也看惯了","乱也看惯了",心底逐渐平静下来了。这和上述顾随先生的评论一致。朱熹也强调:"陶渊明诗,人皆说平淡,据某看他自豪放……平淡底人,如何说得这样言语出来。"③ 可见热闹激昂与安定沉静,在陶诗文中水火交融,他的人生爱、恨交织,

---

① 顾随讲,叶嘉莹笔记,顾之京整理:《顾随诗词讲记》,中国人民大学出版社2006年版,第28页。
② 同上书,第36页。
③ (宋)朱熹著,黎德靖编,王星贤点校:《朱子语类》卷140,中华书局1986年版,第3324页。

也构成了他诗文创作的独特与深邃。在这一点上，古往今来的文学家，很少有人能有这样的人生经历，能有这样的性格，所以陶渊明诗文不可复制，因而弥足珍贵。

三 陶渊明之"静"态美学

有人说，陶渊明性情好静，多半来源于庄子，但又似乎更多来自儒家的熏陶。儒家经典《论语·雍也》说："子曰：仁者静。"仁者多爱。陶渊明多爱，对妻儿、亲人、朋友、国家等情感真挚热烈。台湾学者黄仲仑先生说："渊明一生行谊近于人情，更富于热情，这完全得力于儒学。"①为此，笔者在本书第四章专设"陶渊明的情感世界与其诗文创作"一节，探讨陶渊明的"多爱"与文学创作的关系。台湾学者王叔岷先生说："陶公富于爱心，喜用爱字……诸爱字皆极自然。……令人读之，弥觉亲切！"②由此可见，陶渊明的"静"，达乎儒家，出入老庄，形是道家，魂是儒家，由此形成独特的"静"态美学艺术世界。《停云》诗云：

  霭霭停云，濛濛时雨。八表同昏，平路伊阻。静寄东轩，春醪独抚。良朋悠邈，搔首延伫。
  停云霭霭，时雨濛濛。八表同昏，平陆成江。有酒有酒，闲饮东窗。愿言怀人，舟车靡从。
  东园之树，枝条载荣。竞用新好，以怡余情。人亦有言，日月于征。安得促席，说彼平生。
  翩翩飞鸟，息我庭柯。敛翮闲止，好声相和。岂无他人，念子寔多。愿言不获，抱恨如何！

全诗虽然"静""恨"交织，但"闲"、"静"仍为主旋律。对于诗歌所展现的和平渊静的静态之美，正如台湾学者黄仲仑先生所说：

  《停云》这首诗，共有四章，每章都用情调相同的景物，与自己的心情对照、烘托，因而加强了诗情底色调和浓度。……特别用和平渊静的旋律，达到了高远的绝境。在四言中，固然不能说空前，亦可说是后来者的绝响。

---

① 黄仲仑：《陶渊明作品研究》，（台北）帕米尔书店1965年版，第265页。
② 王叔岷：《陶渊明诗笺证稿》，中华书局2007年版，第100—101页。

诗里每一个字，都带着回荡的声音，造成一种回荡的旋律，每一字每一句，都在那里回旋，闪动环绕着朦胧的情致，隐约露出一点清晖，这旋律大都建筑在匀称和重叠上，每一章你都听到一种和美的声音低回、返复。

第一、二章的前四句，只稍微略将文字颠倒改变……就造成一种回声的旋律。加上霭霭、濛濛，云昏，这些朦胧低沉字音的缭绕，反复，因而升起一种气氛，蕴涵着迷蒙的云水烟霭。

《停云》这篇诗，每章都是新的开始，像一朵浪花，催促一朵浪花，细鳞鳞地卷到远处去，音调绵邈，像低缓的古琴，在那里袅娜，温柔的情感便随着低回，荡漾。诗里描出一幅图画，像在东轩里，有一个白发老人，悠然地举起杯来，忽又放下，搔首望着远方。①

其诗意、静谧之美，也尽在黄先生的品鉴之中。陶渊明笔下的静谧之美，更多地有如国画的水墨山水之境。情境、画面，荡漾微澜。《戊申岁六月中遇火》："迢迢新秋夕，亭亭月将圆。果菜始复生，惊鸟尚未还。……仰想东户时，余粮宿中田。鼓腹无所思，朝起暮归眠。"秋夕之夜，月将圆润之际，果菜复生，没有鸟雀的喧闹，在这个大火过后的静谧世界里，让他遥想上古东户之时，"鼓腹无所思，朝起暮归眠"，一切都那么无忧无虑。后世诗画家所题的"懒出户庭消永日，花开花落罔知年"（郑元明）②也不过如此。《祭从弟敬远文》："每忆有秋，我将其刈，与汝偕行，舫舟同济。三宿水滨，乐饮川界。静月澄高，温风始逝。"深秋皓月，幽静澄高，二三游人，行宿水滨，其乐洋洋。《丙辰岁八月中于下潠田舍获》："郁郁荒山里，猿声闲且哀。悲风爱静夜，林鸟喜晨开。"静夜、林鸟、猿声、荒山，构图虚空，澄静别致，"闲"、"爱"、"喜"等字，更是添了几分活泼之气，打破了虚空与闲静。清人陈祚明曾对陶渊明诗歌的静态空灵画面有过深刻的描绘，他说：

陶靖节诗如巫峡高秋，白云舒卷，木落水清，日寒山皎之中，长空曳练，萦郁纡回，望者但见素色澄明，以为一目可了，不知封岩蔽壑，参差断续，中多灵境。又如终南山色，远睹苍苍。若寻幽探密，

---

① 黄仲仑：《陶渊明作品研究》，（台北）帕米尔书店1965年版，第300页。
② 参见朱良志《山静日长》，载《生命清供：国画背后的世界》，北京大学出版社2008年版，第58页。

则分野殊峰，阴晴异壑，往辄无尽。①

陶诗一经陈祚明品读，更加凸显出画面的意境。陶渊明这种静态的诗歌之美，堪与静态国画相媲美。曾经被南朝钟嵘《诗品》评价为"风华清靡"的"日暮天无云"一诗：

  日暮天无云，春风扇微和。佳人美清夜，达曙酣且歌。歌竟长叹息，持此感人多。皎皎云间月，灼灼叶中华，岂无一时好，不久当如何！（《拟古》其七）

黄仲仑先生说："我们玩味这首诗，颇有轻松之感，俨如三月的微风，透过红杏园林，含着芬芳的气味，和着和煦的阳光。这种富丽回环的声音，似阵阵花香喷出，由于有机之韵律，融为一片和谐之妙乐，每个字都颤动着，宛如晶莹发光的珍珠，即使全不懂得诗意的人，也不难想象一个在良夜酣歌达旦的美人，是多么的美妙！这首诗的成功，在它底声音，'日暮天无云，春风扇微和'。黄昏明媚像一朵美丽的玫瑰，春波金色的卷发颤动着倾听佳人，悸颤于良夜的妙音。其中'皎皎云间月，灼灼叶中华'，弦音到了最高点，色彩绚烂到无以复加，这是他写自然的成功。"② 诗歌静中带闹，相得益彰，以黄昏、春风、佳人、酣歌、皎月、灼花等为装扮，将静态之美渲染到极致。这样的渲染笔法，极大地启发了后世中国画的创作。

  朱良志先生将中国画背后的世界，分成十五个高旷澄明的境界。其中"好雪片片"、"山静日长"境界，可以说，多少都能从陶渊明的静谧人生及其诗文世界中找到一些渊源。朱先生阐发"好雪片片"时，提到了一幅我国早期山水画的杰作，相传是王维作品的《雪溪图》。朱先生说："读此画有一种深深的安宁感，真可谓笔墨宛丽，气韵高清，凡尘不近。"③ 而陶渊明《癸卯岁十二月中作与从弟敬远》："倾耳无希声，在目皓已洁。"仅用十字，"而雪之轻虚洁白，尽在是矣"④ 的"千年咏雪之式"⑤，更是捕捉到了雪意的静谧、轻柔、澄澈，给人鲜明的视觉审美感受。陶诗这种构摹雪的

---

① （清）陈祚明：《采菽堂古诗选》卷13，上海古籍出版社2008年版，第388—389页。
② 黄仲仑：《陶渊明作品研究》，（台北）帕米尔书店1965年版，第172页。
③ 朱良志：《生命清供：国画背后的世界》，北京大学出版社2008年版，第47页。
④ （宋）罗大经：《鹤林玉露》卷5"渊明咏雪"，中华书局1997年版，第322页。
⑤ （清）沈德潜：《古诗源》卷8，中华书局1977年版，第192页。

章法，与后世国画家的画雪，有异曲同工之妙。虽然一在诗中，一在画中，而其作为艺术家的审美与构图，则是相通的。

中国画中探讨"静"的美学，至迟至宋代以后。而"渊明文名，至宋而极"（钱锺书语），影响至大至深。朱良志先生提到明末大收藏家卞永誉提出"山静日长"的含义，突出了"静"在中国画中的地位。而有关"山静日长"的讨论，朱先生认为始于宋代唐子西的《醉眠》诗："山静似太古，日长如小年。余花犹可醉，好鸟不妨眠。世味门常掩，时光簟已便。梦中频得句，拈笔又忘筌。"朱先生又先后引用罗大经的大段评论和苏轼的诗，阐述说："在无争、无斗、淡泊、自然、平和的心境中。似乎一切都是静寂的。"① 罗大经极力称誉陶渊明的咏雪，王维、苏轼的嗜陶，受陶渊明影响之深，已是众所周知，因此，从渊源上讲，他们所流露出的静态美学思想，应该承袭于陶渊明，或者受到陶渊明的影响极大。陶渊明笔下"户庭无尘杂，虚室有余闲"（《归园田居》其一）、"荆扉昼常闭"（《癸卯岁十二月中作与从弟敬远》）、"门虽设而常关"（《归去来兮辞》）等闲静生活，不仅对唐子西"世味门常掩"的创作以直接影响，对宋、明以后作家包括画家在内的静态山水审美艺术创作，启发更是深远久长。

在书法领域，书法之恬静淡美也被视为艺术化境。曾被誉为"20世纪十大书法家之一"的弘一大师（李叔同）即是其典型代表。1938年，弘一大师在致马冬涵的信中说："朽人之字所表示者：平淡、恬静、冲逸之致也。"他的书法作品，写得不急不躁，和和缓缓，"把静态之美发挥到极至。观赏这件作品，顿感躁气全消，一切表象的东西变得多余，心中有一股清凉的喜悦，正是'君子之交，其淡若水'的纯净境界"。学者形容其书风的静态之美说："如升初日，如清风，如云，如霞，如烟，如幽林曲涧，如沧，如漾，如珠玉之辉……"学者认为，尽管弘一大师的书风前后多变，但始终以"静"为核心。② 这固然来源于弘一大师出家为僧后的大德修为，但也与他一生所受的主"静"的中国文化传统影响密不可分。早在弘一大师十八岁时，他在以童生资格应天津县儒学考试所答的《非静无以成学论》论文中说："从来主静之学，大人以之治躬，学者以之成学，要惟恃此心而已。《言行录》云：'周茂叔志趣高远，博学力行，

---

① 朱良志：《生命清供：国画背后的世界》，北京大学出版社2008年版，第57—58页。
② 以上参见一心《弘一大师书风演化探要》，载方爱龙主编《弘一大师新论》，西泠印社2000年版，第227—232页。

而学以静为主.'……盖静者，安也。如莫不静，好静言思之类。是静如水之止，而停畜弥深，静如玉之藏，而温润自敛。"①"非静无以成学"，"静"是成就古今学问的根本，足见弘一大师青年时期对"静"文化意蕴的体悟之深，后来他将这些体悟融入书法的创作之中，与此也有莫大的渊源。

而倘若追根溯源，这种把"静"态美学纳入诗歌等艺术领域，并对后世绘画、书法等产生重要影响的，不能不归为陶渊明对于中国传统艺术文化的又一贡献。

第四节　陶渊明的忠愤
——以旷代品味为例

陶渊明的忠愤，自南朝沈约《宋书·隐逸传》记述陶渊明为东晋遗民以降，历代学者多表示认同，阐述较多。而现代以来，似乎受到梁启超先生观点的影响[②]，而对陶渊明"忠愤"色彩的认识，则比古代淡化了许多。梁启超先生以后，美学家朱光潜关于陶渊明"静穆"说的影响尤其较大。特别是步入20世纪八九十年代，"论者眼中的陶渊明的政治色彩与日俱减"[③]，稍后陶渊明更是被视作休闲文化的代表，而为当代人所接受。鉴于此，本节以明、清两代末世的思想家对陶渊明的接受为例，以小见大，管中窥豹，希冀对陶渊明的忠愤思想能够有所阐发，如果能进而借此矫正当代人对于陶渊明认知上的一些误区，则凤愿足矣。

一　顾炎武、龚自珍对陶渊明忠愤的阐释与接受

顾炎武与龚自珍分别是明、清末世的两位著名思想家，在他们的诗歌中，都将陶渊明看作了忠臣烈士。

> 万事有不平，尔何空自苦。长将一寸身，衔木到终古。我愿平东海，身沉心不改。大海无平期，我心无绝时。呜呼！君不见西山衔木众鸟多，鹊来燕去自成窠！（顾炎武《精卫》）

---

① 《弘一大师全集》第8册，福建人民出版社2010年版，第179页。
② 梁启超在《陶渊明》中说："若说所争在什么姓司马姓刘的，未免把他看小了。"
③ 魏耕原：《陶渊明论》，北京大学出版社2011年版，第324页。

陶潜酷似卧龙豪，万古浔阳松菊高。莫信诗人竟平淡，二分梁甫一分骚。（龚自珍《己亥杂诗》一百三十）

顾炎武的这首诗写于他的抗清斗争时期。全诗用问答体的形式开篇，一、二句起问，三、四句作答。问者传达的是疑惑，不理解。表面上问的是精卫，实际上说的是顾炎武：人世间的事总难以圆满，清朝都已经入关统治中原了，你又何必苦苦地抗争呢？可以想见，这是旁人对顾炎武的规劝。但顾炎武却不为所动，表示要坚决抗争到底，直到生命的最后时刻。

诗中的"终古"语，用屈原《离骚》"余焉能忍此而终古"表达誓死抗清的忠贞气概。诗人借精卫衔木"平东海"、"身沉心不改"的志向，隐喻自己反清复明的志愿至死不变。诗的最后两句借燕鹊的各自成窠，比喻那些贪图富贵、只顾自身安逸的降清之人。

顾炎武的这首诗受陶渊明诗歌的影响较大。陶诗"精卫衔微木，将以填沧海。刑天舞干戚，猛志固常在"（《读山海经》），展现的就是一种生命不息、抗争不止的英勇气概。古人对此评论说："陶靖节之《山海经》，犹屈子之赋《远游》也。'精卫衔微木，将以填沧海。刑天舞干戚，猛志固常在。'悲痛之深，可为流涕。……渊明眷念王室，独以力不得为，衔木填海之喻，至深痛切。"[①] "精卫、刑天，叹忠义也。"（陈沆《诗比兴笺》卷二）"'精卫填海''刑天猛志'，皆陶公借以自况，欲诛讨刘裕，恢复晋室，而不可得也。"[②] 顾炎武的《精卫》诗也由此取意，表达他反清复明的坚定志向和对明朝的忠贞。

顾炎武对陶渊明的精神人格极为景仰，对陶渊明的末世情怀尤为感同身受。他不但拟有《陶彭泽归栗里》诗一首，而且称"陶征士非直狷介，实有志天下者"（《菰中随笔》）。又说："《黍离》之大夫，始而摇摇，中而如噎，既而如醉，无可奈何，而付之苍天者，真也。汨罗之宗臣，言之重，辞之复，心烦意乱，而其词不能以次者，真也。栗里之征士，淡然若忘于世，而感愤之怀，有时不能自止，而微见其情者，真也。"[③] 在他眼里，陶渊明如同《黍离》之大夫，如同楚国的屈原，都是忠贞于故国

---

① （宋）王应麟著，（清）翁元圻等注，栾保群、田松青、吕宗力校点：《困学纪闻》卷18"评诗"，上海古籍出版社2008年版，第1917页。
② （清）邱嘉穗：《东山草堂陶诗笺》卷4，清乾隆邱步洲重校刻本。
③ （清）顾炎武著，（清）黄汝成集释，秦克诚点校：《日知录》卷19"文辞欺人"，岳麓书社1994年版，第684页。

的代表。唯一不同的是，陶渊明眷念的是东晋王室。

沈约《宋书·隐逸传》中即说："潜自以曾祖晋世宰辅，耻复屈身后代。"在晋、宋易代之际，陶渊明"耻事二姓"，成为东晋遗民。正如朱鹤龄所说："论隐逸者，不难于承平之时，而难于易姓之代。……彼夫刘裕之猜忌，傅亮、谢晦诸人之卖国，不难以司马天子为几上肉。其肯容晋室遗臣，傲然削新朝之帝号，而优游以羲皇上人终老耶？况渊明之祖烈之清明，又诸人之所深恶，而思欲谋蘖其短者耶！故其诗之止书甲子者，所以存其耻事二姓之心，书甲子而始于二十年以前者，又所以泯其不书年号之迹，王弘之要路可就也，颜延年之酒钱可纳也，任天下以赢疾弃我，旷达容我，绝不以养高钓名疑我，夫然后可以逍遥容与，卒全此生于东篱北牖之间，不然而洵如沈约所称，其有不婴宋氏之网者几希矣。"① 这正是陶渊明的伟大之处。朱熹说："晋、宋人物，虽曰尚清高，然个个要官职，这边一面清谈，那边一面招权纳货。陶渊明真个能不要，此所以高于晋、宋人物。"② 在晋、宋易代的污浊世风里，陶渊明独守清操，他的朋友，如羊长史、庞主簿，都一个个地侍奉新朝去了。新朝也多次征召陶渊明，他都拒绝了，甚至像王弘、檀道济那样的新朝权贵想见他一面都很难。有人对陶渊明这样的行为极不理解，于是他仿照屈原的《渔父》辞而作了《饮酒》诗第九首："清晨闻叩门，倒裳往自开。问子为谁与？田父有好怀。壶浆远见候，疑我与时乖。褴缕茅檐下，未足为高栖。一世皆尚同，愿君汩其泥。深感父老言，禀气寡所谐。纡辔诚可学，违己讵非迷！且共欢此饮，吾驾不可回。"作为回应，表明隐逸不出的坚定决心。

顾炎武处身于明清易代之际，他的际遇和陶渊明特别相似。明亡之际，他的母亲绝食而死，临终之际"诫炎武弗事二姓"（《清史稿·顾炎武传》）。作为旷代知音，他特别能理解晋宋易代之际的陶渊明，并在心底产生深深的共鸣。因而，他抛去世俗成见，说："陶征士非直狷介，实有志天下者"，陶渊明之归隐，不出仕新朝，实有他自己的苦痛。所有这些，顾炎武感同身受。

他的《精卫》诗开篇采用的问答体形式，即摹袭陶诗而来；诗中的"万事有不平，尔何空自苦"，也与陶诗的"一世皆尚同，愿君汩其泥"有神似之处。末句"鹊来燕去自成窠"中的燕、鹊，雏形源自《庄子·

---

① （清）朱鹤龄：《愚庵小集》卷11《陶潜论》，《陶渊明研究资料汇编》（上），中华书局1962年版，第181页。
② （宋）朱熹著，黎德靖编，王星贤点校：《朱子语类》卷34，中华书局1986年版，第874页。

逍遥游》中讥笑大鹏鸟的"二虫":蜩与学鸠。它们表面上用的是"燕雀安知鸿鹄之志"(《史记·陈涉世家》)的典故,但在神韵上则是学习陶诗。陶渊明《拟古》诗:"仲春遘时雨,始雷发东隅,众蛰各潜骇,草木从横舒。翩翩新来燕,双双入我庐。先巢故尚在,相将还旧居。自从分别来,门庭日荒芜。我心固匪石,君情定何如。"这首诗就晋宋易代的局势而发。清人邱嘉穗评述此诗时说:"自刘裕篡晋,天下靡然从之,如众蛰草木之赴雷雨,而陶公独惓惓晋室。"① 陶诗中的"新来燕"喻指侍奉新朝的新贵,"先巢故尚在"表明他们曾是旧朝的臣民,因为禁不住刘裕的恐吓和利诱,而改仕新朝了。所以说,顾诗中所愤慨和唾弃的"燕鹊"之辈,其深意仍源自陶诗。

龚自珍身处衰世,深怀改朝换代的隐忧。著名的《尊隐》一文,表达了他对隐居傲世者的仰慕和歌颂,并且预见这些隐居傲世者将是推动社会变革、改朝换代的精英力量。如汉末的诸葛亮、晋末的陶渊明。所以诗一开篇即说:"陶潜酷似卧龙豪",对两人充满了无限的景仰。诸葛亮隐居隆中,人称"卧龙先生","每自比于管仲、乐毅"(《三国志·诸葛亮传》),后出山辅佐刘备,气吞孙、曹,三分天下。陶渊明早年躬耕苦读,志在四方,即"少年罕人事,游好在《六经》"(《饮酒》其十六),他回忆说:"忆我少壮时,无乐自欣豫。猛志逸四海,骞翮思远翥。"(《杂诗》其五)"在昔曾远游,直至东海隅。"(《饮酒》其十)一提起少壮时的志向,他甚至老而不知疲,说"丈夫志四海,我愿不知老"(《杂诗》其四)。所有这些,可知陶渊明确有酷似卧龙诸葛的豪气。

所以,不少古人每每把陶渊明比作张良、诸葛亮。宋代朱熹说:"张子房五世相韩,韩亡,不受万金之产,弟死不葬,为韩报仇。虽博浪之谋未遂,衡阳之命不延,然卒藉汉灭秦诛项,以摅其愤。……陶元亮自以晋世宰辅子孙,耻复屈身后代,自刘裕篡夺势成,遂不肯仕。"② 清人温汝能说:"孔明初出茅庐,便有躬耕南阳之想;渊明始作参军,便有终返故庐之志,其胸怀一而已。至于一返一不返,时势不同,所遭各异也。"③ 刘廷琛也说:"程子谓三代下,唯诸葛忠武有儒家气象。先生有意乎忠武之为人,至仿其名字,以寄慕思。然忠武欲兴复汉室,虽不克还于旧都,而犹佐先主崛兴于蜀;而先生眷怀君国,精卫之诚,仅托诸咏歌,余每读

---

① (清)邱嘉穗:《东山草堂陶诗笺》卷4,清乾隆邱步洲重校刻本。
② (宋)朱熹:《向芗林文集后序》,《晦庵先生朱文公集》卷7,《四部丛刊》本。
③ (清)温汝能:《陶诗汇评》卷3,清嘉庆十二年(1807)听松阁刊本。

其诗而深悲之。呜呼！"①

所不同的是，陶渊明没有张良、诸葛亮幸运，遇上刘邦、刘备那样的君主。他年近三十而仕，先后五次做官，"选择了东晋政府最动荡的时候，又选择了最足影响东晋政局的两个军府，这说明他还是关注于政治，并想在政治上有所作为的。五官三休的仕履出没，前后13年的寻索，颇有些不屈不挠的精神。但换来的却是上当受骗，还有耻辱和不快。从年少以至过了不惑，所持有的热烈幻想统统化为痛心的失望，以至于近乎绝望"②。在一生的追寻中，他始终无法施展自己的政治抱负，既无法挽救衰颓的东晋基业，也无法兴复东晋，或为东晋报仇，最后只能选择归隐。在诗篇中寄托他对故国的眷念和感伤，这实在是无奈之极。但是他归隐后的高蹈品行，却为他赢得了无比荣耀的身后名。所以龚诗的第二句"万古浔阳松菊高"高度评价陶渊明的隐士之名，即由此而发。

同时，龚自珍也和刘廷琛一样认为，陶渊明虽然没有能够像诸葛亮那样成就一代伟业，但他将自己的故国之思、之痛融入了诗篇之中。因此，他告诫世人："莫信诗人竟平淡，二分梁甫一分骚。"早在宋代，朱熹就批判世俗陋见说："陶渊明诗，人皆说是平淡，据某看他自豪放，但豪放得来不自觉耳。其露出本相者，是《咏荆轲》一篇，平淡底人，如何说得这样言语出来。"③ 因此，龚自珍再次强调陶诗的不平淡。究竟如何的不平淡？——"二分梁甫一分骚"。梁甫即《梁甫吟》，乐府歌名，相传为东汉末年送葬时所唱，其辞慷慨悲壮。骚，指屈原的《离骚》。在龚自珍看来，陶渊明的诗绝非平淡，而是具有《梁甫吟》与《离骚》那样的慷慨悲壮和愤懑不平之气，陶诗气势豪迈，内怀忠贞。

陶诗究竟如何地"二分梁甫一分骚"，龚自珍在他的另一首诗中又作了注脚："陶潜诗喜说荆轲，想见《停云》发浩歌。吟到恩仇心事涌，江湖侠骨恐无多。"（《己亥杂诗》一百二十九）《咏荆轲》诗之寄托，不须繁说。但《停云》诗所发之浩歌，正如沃仪仲所说："正见举世暗浊，无一明眼堪扶社稷，故至于此。我即独身孤愤，济得甚事！"④ 王夫之也评

---

① （清）刘廷琛：《陶靖节先生祠堂记》，《陶渊明研究资料汇编》（上），第264页。
② 袁行霈：《陶渊明与晋宋之际的政治风云》，《中国社会科学》1990年第2期。
③ （宋）朱熹著，黎德靖编，王景贤点校：《朱子语类》卷140，中华书局1986年版，第3324页。
④ （明）黄文焕：《陶诗析义》卷1引，《四库全书存目丛书·集部三》，齐鲁书社1997年据南京图书馆藏明末刻本影印本。

《停云》诗说："取比《离骚》，尤为深远广大。"① 由沃、王之语，足见龚自珍对陶诗的评价洵非虚誉，只是他后来居上，站得更高，看得更远。再加上他自己心事重重，"吟到恩仇心事涌，江湖侠骨恐无多"，所以他自然比前人体味更深。

二 陶渊明忠愤的读解与生活遭际的关系

可惜陶渊明的这种忠愤，在晚清以后逐渐被淡化，甚至被否定掉了。梁启超先生在他的《陶渊明之文艺及其品格》中说："宋以后批评陶诗的人，最恭维他'耻事二姓'，几乎首首都是惓念故君之作。这种论调，我们是最不赞成的。但以那么高节那么多情的陶渊明，看不上那'欺人孤儿寡妇取天下'的新主，对于已覆灭的旧朝不胜眷念，自然是情理内的事。"② 对于陶渊明的"耻事二姓"，梁先生用"自然是情理内的事"作以解释，很明显淡化陶渊明的忠愤了。到后来，朱自清先生干脆不太认同陶诗"忠愤"的说法，他说："历代论陶，大约六朝到北宋，多以为'隐逸诗人之宗'，南宋以后，他的'忠愤'的人格才扩大了。……陶诗里可以确指为'忠愤'之作者，大约只有《述酒》诗和《拟古》诗第九。《述酒》诗'庾词'大多，《拟古》诗怕只是泛说。大约以'忠愤'论陶的，《述酒》诗外，总以《咏荆轲》、《拟三良》及《拟古》诗、《杂诗》助成其说。其实'三良''荆轲'都是诗人的熟题目，渊明作此二诗，不过老实咏史，未必别有深意。"③ 实际上，大多赞成"忠愤"说的人，也没有认为陶诗"几乎首首都是惓念故君之作"的意思；熟读陶诗的人，也会发现："陶诗里可以确指为'忠愤'之作"的，也远不止"《述酒》诗和《拟古》诗第九"。因此，梁、朱两位先生的说法都不免偏颇。综合看来，还当以鲁迅先生的评判为公允，他说陶渊明的诗"除了论客所佩服的'悠然见南山'之外，也还有'精卫衔微木，将以填沧海。刑天舞干戚，猛志固常在'之类的'金刚怒目'式。在证明着他并非整天整夜的飘飘然。这'猛志固常在'和'悠然见南山'的是一个人，倘有取舍，

---

① （清）王夫之评选，张国星校点：《古诗评选》卷2，文化艺术出版社1997年版，第104页。
② 梁启超：《陶渊明》，《饮冰室合集》第12册，中华书局1989年影印本，第8页。
③ 朱自清：《陶诗的深度——评古直〈陶靖节诗笺定本〉》，《朱自清古典文学论文集》，上海古籍出版社1981年版，第570页。

即非全人,再加抑扬,更离真实。"① 他还强调说:"陶潜正因为并非浑身是'静穆',所以他伟大。现在之所以往往被尊为'静穆',是因为他被选文家和摘句家所缩小,凌迟了。"② 可叹的是,几十年来,鲁迅先生的说法并没有被广泛接受。大多数人谈起陶渊明,仍然只是一位"悠然见南山"的田园诗人形象。陶渊明"金刚怒目"式、"忠愤"的形象,在当代的传承中被遗弃了。

谈至此,不由得想起清代刘廷琛的话:"余幼读先生诗,喜其闲淡冲逸,叹为知道者之言。不幸遭国大变,乃知先生悯世愤俗,拳拳故国,其《咏贫士》、《饮酒》诸作,类深微沉痛之词;至若荆卿之雄心,骋夸父之诞志,其志量所自负者,何如哉!"③ 实际上,"闲淡冲逸"仅是陶诗之浅堂,寄托"拳拳故国"忠心,方为陶诗之深庑。许多人都像刘廷琛一样,只有经历了一番家国变故之后,才真正读懂了陶诗,如苏轼、辛弃疾、顾炎武、龚自珍等。晚年的朱光潜也检讨自己早年"静穆"说的偏颇,这是朱先生经历"中华民族最危机"之后的自我审视之语。④ 以上诸例,皆足见陶诗之不好读。而要读懂陶渊明的忠愤,似乎更难,须得经历一番家国变故,方能品评出其中真味。所以郭绍虞先生说:"历来论陶之语,每如盲人们摸象各得一端,罕有能举其全者。"⑤ 这正道出了品味陶诗的甘苦与真谛。

---

① 鲁迅:《题未定草》(六),《且介亭杂文二集》,人民文学出版社1973年版,第171—172页。
② 鲁迅:《题未定草》(七),《且介亭杂文二集》,人民文学出版社1973年版,第180页。
③ (清)刘廷琛:《陶靖节先生祠堂记》,《陶渊明研究资料汇编》(上),中华书局2004年版,第263页。
④ 参见钟优民《陶学发展史》,吉林教育出版社2000年版,第308页。
⑤ 郭绍虞:《陶集考辨》,《照隅室古典文学论集》,上海古籍出版社1983年版,第306页。

第三章　陶渊明与汲冢书

西晋武帝咸宁五年（279）[1]，汲郡人不准盗发一座魏国古墓，发现了竹简古书十余万言，后经编次整理为十六部，七十五卷，这批文书因其出土的地点，被称为"汲冢书"。汲冢书的出土，对后世文化产生了深远而巨大的影响。汲冢书专家朱希祖先生高度评价：汲冢书与孔壁古文经、殷墟甲骨是我国文化上的三大发现。[2]

对于出土的汲冢书篇目，唐代官修[3]的《晋书·束皙传》，记载最为详备。

> 汲郡人不准盗发魏襄王墓，或言安釐王冢，得竹书数十车。
> 其《纪年》十三篇，记夏以来至周幽王为犬戎所灭，以事接之，三家分，仍述魏事至安釐王之二十年。盖魏国之史书，大略与《春秋》皆多相应。其中经传大异，则云夏年多殷；益干启位，启杀之；太甲杀伊尹；文丁杀季历；自周受命，至穆王百年，非穆王寿百岁也；幽王既亡，有共伯和者摄行天子事，非二相共和也。

---

[1] 关于汲冢书的出土时间，大致有三说：一说为晋武帝咸宁五年（279），最早见于《晋书》卷3《武帝纪》记载；二说晋武帝太康元年（280），本卫恒《四体书势》、王隐《晋书·束皙传》、唐房玄龄等《晋书·律历志》记载；三说太康二年（281），本唐房玄龄等《晋书·束皙传》。经朱希祖先生研究判定："汲冢书之出土在咸宁五年（279）十月，藏于秘书监在太康元年（280）正月，命官校理在太康二年（281）春。"（朱希祖《汲冢书考》，中华书局1960年版，第37页）兹从其说。

[2] 中华书局在"出版说明"中高度评价朱希祖先生在"汲冢书"方面的研究成就："我国近代的学者如朱右曾、王国维，曾对于汲冢书作过一些研究。他们的文章都有些可取的见解，但多着重于某一方面。比较系统、全面地来考证这个问题的，要算朱希祖先生这部《汲冢书考》。"因此本章对于"汲冢书"研究中的一些分歧观点，主要遵从朱先生所说，并谨表谢忱。

[3] 唐前所修《晋书》，相传有十八家。为行文简洁，以下所言《晋书》，如无特别说明者，均指唐代官修《晋书》。

其《易经》二篇，与《周易》上下经同。

《易繇阴阳卦》二篇，与《周易》略同，《繇辞》则异。

《卦下易经》一篇，似《说卦》而异。

《公孙段》二篇，公孙段与邵陟论《易》。

《国语》三篇，言楚、晋事。

《名》三篇，似《礼记》，又似《尔雅》、《论语》。

《师春》一篇，书《左传》诸卜筮，"师春"似是造书者姓名也。

《琐语》十一篇，诸国卜梦妖怪相书也。

《梁丘藏》一篇，先叙魏之世数，次言丘藏金玉事。

《缴书》二篇，论弋射法。

《生封》一篇，帝王所封。

《大历》二篇，邹子谈天类也。

《穆天子传》五篇，言周穆王游行四海，见帝台、西王母。

《图诗》一篇，画赞之属也。

又杂书十九篇：《周食田法》，《周书》，《论楚事》，《周穆王美人盛姬死事》。

大凡七十五篇，七篇简书折坏，不识名题。①

这十六部汲冢书的具体情形，朱希祖先生作有详细的考证，请参看。② 在上引十六部汲冢书中，对后世影响最大的当属《纪年》十三篇和《穆天子传》五篇这两部书。③《纪年》，亦称为《汲冢竹书》或《汲冢纪年》，一般称为《竹书纪年》。整理时，《穆天子传》五篇与《周穆王美人盛姬死事》一卷被合在一起，由郭璞一并作注，形成了流传至今的《穆天子传》六篇。本章所讨论的陶渊明与汲冢书，主要是探讨陶渊明与汲冢书的发现及其《竹书纪年》、《穆天子传》这两部文献之间的关系。

---

① （唐）房玄龄等：《晋书》卷51，中华书局1974年版，第2432—2433页。对于《晋书》记载的汲冢为魏襄王冢或安釐王冢，朱希祖先生考证认为"皆属臆测，非有他种书籍或物品以为证据，则不可断定为何王之冢。盖《纪年》与《周书》、《国语》及《穆天子传》等，皆为普通史书传记，偶以殉葬，不可据此断定何王之冢也。……惟不可出于襄王以前耳。"（《汲冢书考》，第4页）

② 朱希祖：《汲冢书篇目考》，《汲冢书考》，中华书局1960年版，第21—35页。

③ 《纪年》十三篇，朱希祖认为当为"十二篇"之误（《汲冢书考》，第21页）。

第一节　陶渊明与束皙及汲冢书

一　束皙与汲冢书

束皙是汲冢书的主要整理者，《晋书·束皙传》记载束皙"卫恒厚善，闻恒遇祸，自本郡赴丧"。初出土的汲冢竹书"多烬简断札，文既残缺，不复诠次。武帝以其书付秘书校缀次第，寻考指归，而以今文写之"。卫恒多识古文，是最早整理汲冢书者。《晋书·王接传》记载："时秘书丞卫恒考正汲冢书，未讫而遭难。佐著作郎束皙述而成之。"《晋书·束皙传》也载："皙在著作，得观竹书，随疑分释，皆有义证。迁尚书郎。"束皙继续卫恒未完成的工作，精心整理汲冢书。朱希祖先生考证说："汲冢书之考正完成，全由于束皙，《纪年》一书其致力最深，且有重定本。"①《晋书·束皙传》称束皙"博学多闻"，"才学博通"，"详览载籍，多识旧章"，可谓一篇之中三致意。同时还记载束皙叱责挚虞而回答武帝质询的"三日曲水之义"，独识汉明帝显节陵中策文等两个事例②，进一步阐明束皙的博学多才。卫恒遇难后，"继起无人，虽深于史学如华峤，深于文学如陆机、潘岳，皆不敢涉笔"，而束皙"能继卫恒之业，述而成之"③。可见束皙在汲冢书整理过程中发挥的重要作用。

汲冢书从咸宁五年（279）发现出土，至晋惠帝永康元年（300）校理完工，前后经历二十余年，先后参与者有荀勖、和峤、华廙、挚虞、卫恒、贾谧、束皙等十七位重臣和博学之士④，经由两代帝王，虽然时值八王乱世动荡，却不减时人的参与热忱。《晋书·束皙传》记载："皙在著作，得观竹书，随疑分释，皆有义证。"《晋书·王接传》记载更详：

　　时秘书丞卫恒考正汲冢书，未讫而遭难。佐著作郎束皙述而成之，事多证异义。时东莱太守陈留王庭坚难之，亦有证据。皙又释难，而庭坚已亡。散骑侍郎潘滔谓接曰："卿才学理议，足解二子之

---

① 朱希祖：《汲冢书篇目考》，《汲冢书考》，中华书局1960年版，第42页。
② 参见《晋书》卷51，第2433页。文长不录。
③ 朱希祖：《汲冢书篇目考》，《汲冢书考》，中华书局1960年版，第60页。
④ 参与汲冢书校理的十七位人物，朱希祖先生有详考，请参见《汲冢书考》，第45—63页。

纷，可试论之。"接遂详其得失。挚虞、谢衡皆博物多闻，咸以为允当。①

卫恒遇难后，束晳接手了他的工作，并对之前和峤的整理提出异议，将《纪年》重新整理校正，由此形成和峤初定本与束晳重定本，后人将二本合校，形成《竹书异同》一卷。而当时的东莱太守王庭坚对束晳的整理成果也提出异议，由此两人展开论辩，不幸王庭坚又亡故，散骑侍郎潘滔便要求王接出面，解答王庭坚、束晳的论争。王接详辨两家的得失，结论允当，得到挚虞、谢衡的认可。由此段史料，可以想见当时围绕汲冢书的整理而引发的学术热烈讨论情形。从和峤、卫恒到束晳，从束晳、王庭坚再到王接，其间又有潘滔、挚虞、谢衡等诸多人的参与，更可见当时人们对汲冢书的重视。

二 陶渊明与束晳及汲冢书

束晳等人的这些整理成果，很快被当世的学者运用在学术研究之中。如司马彪根据《竹书纪年》纠谬谯周《古史考》122事之多；臣瓒、徐广等晋代有名学者，也都经常采用《竹书纪年》来研究《史记》、《汉书》，由此丰富了他们的《汉书音义》、《史记音义》等著作。② 司马彪、徐广以后，这种风气更是普遍。如裴骃《史记集解》、司马贞《史记索隐》、张守节《史记正义》等，均征引汲冢书文献甚多。其他如郦道元《水经注》，称引《竹书纪年》者甚多，据笔者粗略统计，大致高达93次。比陶渊明稍后的范晔，直接将《竹书纪年》的文献记载融入《后汉书》编撰当中。范晔《后汉书·东夷传》记载："夷有九种，曰畎夷、于夷、方夷、黄夷、白夷、赤夷、玄夷、风夷、阳夷。"唐代李贤等注曰："《竹书纪年》曰：'后芬发即位三年，九夷来御'也。"又注曰："《竹书纪年》曰：'后泄二十一年，命畎夷、白夷、赤夷、玄夷、风夷、阳夷。后相即位二年，征黄夷。七年，于夷来宾，后少康即位，方夷来宾'也。"③ 从范晔的编撰以及唐代李贤等人的注疏中，可以见出《竹书纪年》仍被当作一部重要的文献参考资料。

总之，西晋以至唐代，重视汲冢书的风气不衰，在这样的时代风气之

---

① （唐）房玄龄等：《晋书》卷51，中华书局1974年版，第2436页。
② 参见朱希祖《汲冢书考》，中华书局1960年版，第61页。
③ （宋）范晔撰，（唐）李贤等注：《后汉书》卷85，中华书局1965年版，第2807页。

中,身处东晋的陶渊明也颇受其影响。和陶渊明同时代的王隐,在《晋书·束晳传》中记载说:"《穆天子传》世间遍多。"可知《穆天子传》在东晋是很流行的书,陶渊明所称"泛览周王传"(《读山海经》其一)即是受到这种时风的熏陶。这是陶渊明与汲冢书(特别是《穆天子传》)之间能够相关联的原因之一。

此外,陶渊明与束晳的亲近关系,也是促使陶渊明关注汲冢书的因素之一。陶渊明与束晳之间的关系,前贤多不注意,未有全面论及者。笔者在此稍作梳理,以明晰陶渊明与束晳及其汲冢书之间的渊源。

第一,束晳是疏广之后,而疏广正是陶渊明心仪的高士。日本学者上田武曾在比较束晳与陶渊明时说:"束晳是汉代疏广的直系子孙,对于陶渊明来说只不过是一种奇缘罢了。但是我们不能怀疑这个奇缘成了陶渊明文学和思想迅速接近束晳的起动力。"① 这话是很有道理的。《晋书·束晳传》记载:"束晳,字广微,阳平元城人,汉太子太傅疏广之后也。王莽末,广曾孙孟达避难,自东海徙居沙鹿山南,因去疏之足,遂改姓焉。"而对于疏广辞官隐居一事,陶渊明寄托了很深的情感,专门作有《咏二疏》诗一首。诗云:"大象转四时,功成者自去。借问衰周来,几人得其趣。游目汉廷中,二疏复此举。高啸返旧居,长揖储君傅。饯送倾皇朝,华轩盈道路。离别情所悲,余荣何足顾。事胜感行人,贤哉岂常誉。厌厌闾里欢,所营非近务。促席延故老,挥觞道平素。问金终寄心,清言晓未悟。放意乐余年,遑恤身后虑。谁云其人亡,久而道弥著。"陶渊明借咏史以言志,清人邱嘉穗说:"咏二疏去位,所以自况其辞彭泽而归田也。……渊明仕彭泽而归,亦与二疏同,故托以见意。"(《东山草堂陶诗笺》卷四)陶渊明笔下疏广叔侄的"高啸返旧居,长揖储君傅"与《归去来兮辞》却也颇有几分相似。但还不仅如此,诗的开篇"大象转四时,功成者自去",赞誉他们功成身退,而希冀以功成身退的方式践行"学而优则仕"的儒家功业正是陶渊明一生的理想。后世多将他与鲁仲连、张良等功成身退的人物比附在一起,原因也即在此。诗的末尾称誉疏广不为子孙留金的事,陶渊明亦颇多认同。他在其他诗文中也多有流露。"有子不留金,何用身后置!"(《杂诗》其六)"虽无挥金事,浊酒聊可恃"

---

① [日]上田武:《渊明和束晳》,《九江师专学报》2001年增刊,第36页。在该文中,上田武主要比较了束晳《贫家赋》对于陶渊明咏贫诗的影响,请参看。

(《饮酒》其十九)。① 渊明虽无挥金事，但其道相通。② 以上皆可见陶渊明与疏广之间的渊源。

第二，陶渊明、束皙性情相似，皆沉静恬退，不慕荣利。《晋书·束皙传》记载称束皙"性沉退，不慕荣利"，并创作《玄居释》，表达自己的志向。陶渊明爱静，时常流露于诗文。"我爱其静"（《时运》），"偶爱闲静"（《与子俨等疏》），被时人称之为"自况"《五柳先生传》说："闲靖少言，不慕荣利。"靖，通"静"，指安静。两人性情如此相似，不过一在西晋，一在东晋。清代宋大樽《茗香诗论》说："顾晋有陶靖节之高趣，入宋终身不仕；又有束皙之沉退，张翰之虑祸，张协之屏居草泽。"③ 这道出了陶渊明与束皙等人相似的性情，颇值得玩味。

第三，陶渊明、束皙兴趣相似，皆好读书，博学多闻。上文谈到，《晋书·束皙传》记载称束皙"博学多闻"，"才学博通"，"详览载籍，多识旧章"，可谓一篇之中三致意，并列举事例，多方位地阐明束皙的博学多才。《晋书·束皙传》中借博士曹志之口说："阳平束广微好学不倦，人莫及也。"可知束皙好读书、广学问，可谓天下无敌。束皙作有《读书赋》传世。他在《玄居释》中说"将研六籍以训世，守寂泊以镇俗"，叙述自己的读书之乐。

陶渊明好读书，也常在诗文中提及自己读书的乐趣。《五柳先生传》"闲靖少言，不慕荣利"之后接着便说："好读书，不求甚解，每有会意，便欣然忘食。"他在《饮酒》其十六中说："少年罕人事，游好在《六经》。""诗书敦宿好，林园无俗情。"（《辛丑岁七月赴假还江陵夜行涂口》）读《诗》《书》等六经，使他忘怀世俗。读书让他增长见闻，读

---

① 《汉书·疏广传》记载，疏广为太子太傅，其兄子疏受为太子少傅，"父子并为师傅，朝廷以为荣。在位五岁，皇太子年十二，通《论语》、《孝经》。广谓受曰：'吾闻"知足不辱，知止不殆"，"功遂身退，天之道"也。'"于是，"上疏乞骸骨。上以其年笃老，皆许之，加赐黄金二十斤，皇太子赠以五十斤"。"广既归乡里，日令家共具设酒食，请族人故旧宾客，与相娱乐"。居岁余，"广子孙窃谓其昆弟老人广所爱信者曰：'子孙几及君时颇立产业基址，今日饮食，费且尽。宜从丈人所，劝说君买田宅。'老人即以闲暇时为广言此计，广曰：'吾岂老悖不念子孙哉？顾自有旧田庐，令子孙勤力其中，足以共衣食，与凡人齐。今复增益之以为赢余，但教子孙怠惰耳。贤而多财，则损其志；愚而多财，则益其过。且夫富者，众人之怨也；吾既亡以教化子孙，不欲益其过而生怨。又此金者，圣主所以惠养老臣也，故乐与乡党宗族共飨其赐，以尽吾余日，不亦可乎！'"（《汉书》卷71，中华书局1962年版，第3039—3040页）

② 参见袁行霈《陶渊明集笺注》，中华书局2003年版，第383页。

③ （清）宋大樽：《茗香诗论》，《丛书集成》本。

书让他自觉践行圣人使命,读书给他更多的是快乐,书是他的精神食粮,尤其是在他贫病交加的岁月。这般述怀,翻览陶渊明文集,随处可见。

>弱龄寄事外,委怀在琴书。被褐欣自得,屡空常晏如。(《始作镇军参军经曲阿》)
>息交游闲业,卧起弄书琴。园蔬有余滋,旧谷犹储今。(《和郭主簿二首》其一)
>衡门之下,有琴有书。载弹载咏,爰得我娱。(《答庞参军》)
>既耕亦已种,时还读我书。穷巷隔深辙,颇回故人车。泛览周王传,流观山海图。俯仰终宇宙,不乐复何如?(《读山海经》其一)
>悦亲戚之情话,乐琴书以消忧。(《归去来兮辞》)
>翳翳衡门,洋洋泌流。曰琴曰书,顾眄有俦。(《扇上画赞》)
>少学琴书,偶爱闲静。开卷有得,便欣然忘食。见树木交荫,时鸟变声,亦复欢然有喜。(《与子俨等疏》)
>诗书塞座外,日昃不遑研。何以慰吾怀?赖古多此贤。(《咏贫士》其二)
>愚生三季后,慨然念黄虞。得知千载外,正赖古人书。(《赠羊长史》)
>历览千载书,时时见遗烈。(《癸卯岁十二月中作与从弟敬远》)
>奉上天之成命,师圣人之遗书。发忠孝于君亲,生信义于乡闾。(《感士不遇赋》)

束晳有《读书赋》,而将陶渊明读书的相关诗文编撰起来,不也正是一篇谈读书的鸿文吗?

陶渊明亦"博学,善属文"(萧统《陶渊明传》),广泛涉猎,但"博而不繁"(颜延之《陶征士诔》);他"奇文共欣赏,疑义相与析","学非称师"(颜延之《陶征士诔》),在读书与学问上,做到了"多、广、博与精、细、深的统一"。[①] 朱光潜先生称他:"读各家的书,和各人物接触,在无形中受他们的影响,像蜂儿采花酿蜜,把所吸收的不同的东西融会成他的整个心灵。"[②] 所以,在博闻、好学上,他和束晳算得上是

[①] 魏正申:《陶渊明探稿》,文津出版社1990年版,第17页。
[②] 朱光潜:《陶渊明》,载《诗论》,安徽教育出版社1997年版,第237页。

同趣味的。

束晳《读书赋》云：

> 耽道先生，澹泊闲居。藻练精神，呼吸清虚。抗志云表，戢形陋庐。垂帷帐以隐几，被纨扇而读书。抑扬嘈囋，或疾或徐。优游蕴藉，亦卷亦舒。颂《卷耳》则忠臣喜，咏《蓼莪》则孝子悲。称《硕鼠》则贪民去，唱《白驹》而贤士归。是故重华咏《诗》以终己，仲尼读《易》于终身。原宪潜吟而忘贱，颜回精勤以轻贫。倪宽口诵而芸耨，买臣行吟而负薪。圣贤其犹孳孳，况中才与小人。（《全晋文》卷87）①

如果单以束晳《读书赋》与陶渊明诗文比较而论，也是有很多相通的，我们不妨一一对照。《读书赋》开篇云"耽道先生，澹泊闲居"，也是陶渊明的写照。又《读书赋》"垂帷帐以隐几，被纨扇而读书"，此般读书景致，陶渊明闲雅有过之而无不及。如《读山海经》其一云："既耕亦已种，时还读我书。穷巷隔深辙，颇回故人车。欢然酌春酒，摘我园中蔬。微雨从东来，好风与之俱。泛览周王传，流观山海图。俯仰终宇宙，不乐复何如？"又如《与子俨等疏》："少学琴书，偶爱闲静，开卷有得，便欣然忘食。见树木交荫，时鸟变声，亦复欢然有喜。常言：五六月中，北窗下卧，遇凉风暂至，自谓是羲皇上人。"又《读书赋》所言"优游蕴藉，亦卷亦舒"之洒脱，陶渊明《归去来兮辞》"登东皋以舒啸，临清流而赋诗"庶几近之。又《读书赋》云："颂《卷耳》则忠臣喜，咏《蓼莪》则孝子悲。称《硕鼠》则贪民去，唱《白驹》而贤士归。是故重华咏《诗》以终己，仲尼读《易》于终身"，是言读《诗》《易》的情感，详见上引陶渊明读《诗》《书》等六经的情况。陶渊明、束晳两人对于《诗经》的同好，下文还将详叙。至若《读书赋》所云"原宪潜吟而忘贱，颜回精勤以轻贫。倪宽口诵而芸耨，买臣行吟而负薪"，四人读书的艰辛，陶渊明更是身体力行。陶诗《咏贫士》其三："原生纳决屦，清歌畅商音。"《饮酒》其十一："颜生称为仁，荣公言有道。屡空不获年，长饥至于老。"将原宪、颜回的贫读，纳入笔端，存于心胸。所不同的是，在读书的乐趣上，他超越了原宪、颜回、倪宽、朱买臣四人，他超越了前人，以"既耕亦已种，时还读我书"，"俯仰终宇宙，不乐复何如？"开创

---

① （清）严可均：《全上古三代秦汉三国六朝文》，中华书局1958年影印本，第1962页上。

了中国古代士人耕读的生活模式。至如《读书赋》末句"圣贤其犹孳孳，况中才与小人"，束皙意在强调读书的重要性，提出勉励。在陶渊明诗文中，主要表现为一种训导子孙的口吻，如《责子》诗说："阿宣行志学，而不爱文术。""天运苟如此，且进杯中物。"对于子孙的读书，抱着一种"有所求而不强求"（袁行霈语）的心态，相对而言，比束皙更洒脱、自然。

第四，陶渊明好奇，而束皙经历过奇事。《晋书·束皙传》记载："太康中，郡界大旱，皙为邑人请雨，三日而雨注，众谓皙诚感，为作歌曰：'束先生，通神明，请天三日甘雨零。我黍以育，我稷以生。何以畴之？报束长生。'"束皙通神明，请雨成功，这样罕见的经历，连同他整理的《穆天子传》、《竹书纪年》一样，对好奇的陶渊明来说，同样值得关注。

第五，在创作上，二人都作有"劝农"作品，表现出对农业及农民关怀的朴素情感，体现出对两晋门阀制度的不满。《晋书·束皙传》记载，束皙"尝为《劝农》诸赋"。《劝农赋》，今作《勤农赋》。辞赋开篇即云："惟百里之置吏，各区别而异曹。考治民之贱职，美莫当乎劝农。"强调农业的重要，并把"劝农"活动作为考察官员政绩的依据。同时面对"仓廪不实，关右饥穷"，他上《广田农议》，力陈"大兴田农，以蕃嘉谷"的重要，建议朝廷兴复虞舜、大禹、后稷"亲农"的传统，徙民垦边，"增广穷人之业，以辟西郊之田"，为"农事之大益"。

陶渊明也作有《劝农》诗一首，叙述农业兴起的源头和农耕的快乐，劝导农耕。在诗中，他说后稷"播殖百谷"，"舜既躬耕，禹亦稼穑"，让百姓丰衣足食。这与束皙《劝农赋》中的观点是很一致的。不同的是，他仿效束皙《读书赋》中的谋篇模式，以圣人出面"说项"，他"拿出儒家《尚书·洪范》中的'八政'，首二端即'食'与'货'。又谓《左传》僖公三十三年所载的冀缺，《论语》中的长沮、桀溺，'犹勤陇亩'，贤达如此，至于众庶，又岂能'曳裾拱手'呢！"[①]从这方面看，《劝农》诗可谓是陶渊明躬耕田园的宣言书。他的《癸卯岁始春怀古田舍诗二首》中说："在昔闻南亩，当年竟未践。屡空既有人，春兴岂自免？凤晨装吾驾，启途情已缅。鸟哢欢新节，泠风送余善。寒竹被荒蹊，地为罕人远。是以植杖翁，悠然不复返。"又说："秉耒欢时务，解颜劝农人。平畴交远风，良苗亦怀新。虽未量岁功，即事多所欣。耕种有时息，行者无问

---

① 魏耕原：《陶渊明论》，北京大学出版社 2011 年版，第 8 页。

津。日入相与归,壶浆劳近邻。长吟掩柴门,聊为陇亩民。"他从官场归来,表达躬耕的决心和欢乐。他厌弃了官场的尔虞我诈,与诸多"素心人"结为"邻曲","春秋多佳日,登高赋新诗。过门更相呼,有酒斟酌之。农务各自归,闲暇辄相思;相思则披衣,言笑无厌时",由此感悟到"衣食当须纪,力耕不吾欺"(《移居》其二)。这种公开宣扬农耕的做法,"在东晋虚誉为荣的社会,确为罕见"。因此有学者对他的农家思想格外看重,这是很有道理的。[①] 总而言之,束晳、陶渊明的"劝农"思想,在以躬耕为"耻"的年代,需要多么大的勇气,后人很难想象。

不过,在两晋门阀社会,他们呼吁农耕的重要,与他们对于阀阅制度的抨击与不满其实是一致的。束晳祖上自西汉宣帝时疏广隐居以来,历世不显;陶渊明祖上自西汉景帝时陶青任宰相以至陶侃,亦历世不显,而陶侃,史称"望非世族,俗异诸华",虽然以军功显世,可仍然被望族戏称"溪狗"。两晋的社会现实,正如与束晳处于同时代的左思《咏史诗》所叱责:"世胄蹑高位,英俊沉下僚。地势使之然,由来非一朝。"与左思一样,束晳在《九品议》中尖锐地指出:"员外侍郎及给事冗从,皆是帝室茂亲,或贵游子弟,若悉从高品。则非本意,若精乡议则必有损。"(《全晋文》卷87)陶渊明虽然没有公开地向阀阅制度表态,但他"所有的田园诗,无不锥处囊中,其刺向虚伪门阀官场的锋芒,无不脱颖而出。他是站在敌视喧嚣官场的角度,描摹田园的宁静;从厌恶上层社会的虚伪,赞美农夫的真淳"[②]。

第六,在文风上,他们的创作都具有生活俗趣,富于幽默感。束晳有著名的《饼赋》,被学者誉为"俗而有致,即为佳构"[③]。开篇他先交代"饼"的来历:"饼之作也,其来近矣。若夫安乾粗粆之伦,豚耳狗舌之属。剑带案盛,䭔䬦髓烛。或名生于里巷,或法出乎殊俗。"其描述饼的芳香诱人、食者的无餍之状,弥见精彩有趣:

> 姝媥咽敕,薄而不绽。巂巂和和,膔色外见。弱如春绵,白如秋练。气勃郁以扬布,香飞散而远遍。行人失涎于下风,童仆空嚼而斜眄。擎器者舐唇,立侍者干咽。尔乃濯以玄醢,钞以象箸。伸要虎

[①] 魏耕原:《陶渊明农家思想的体现与特征》,《陶渊明论》,北京大学出版社2011年版,第6—14页。
[②] 魏耕原:《陶渊明论》,北京大学出版社2011年版,第69—70页。
[③] 徐公持:《魏晋文学史》,人民文学出版社1999年版,第317页。

丈，叩膝偏据。盘案财投而辄尽，庖人参潭而促遽。手未及换，增礼复至。唇齿既调，口习咽利。三筵之后，转更有次。(《全晋文》卷87)①

陶渊明诗文生活气息浓厚，众所熟知。而他富于幽默，论者也多有提及。②兹不赘述，只提最有名的是那首《责子》诗："白发被两鬓，肌肤不复实。虽有五男儿，总不好纸笔。阿舒已二八，懒惰故无匹。阿宣行志学，而不爱文术。雍端年十三，不识六与七。通子垂九龄，但觅梨与栗。天运苟如此，且进杯中物。"通过这首诗，可以"想见其人岂弟慈祥，戏谑可观也"③。

第七，在题材上，他们都创作了歌咏贫士的作品，托贫言志，反衬出追逐利禄的社会世风的丑态。束皙《贫家赋》说：

> 余遭家之辘轲，婴六极之困屯。恒勤身以劳思，丁饥寒之苦辛。无原宪之厚德，有斯民之下贫。愁郁烦而难处，且罗缕而自陈。有漏狭之单屋，不蔽覆而受尘。唯曲壁之常在，时弛落而压镇。食草叶而不饱，常嗛嗛于膳珍。欲恚怒而无益，徒拂郁而独嗔。蒙乾坤之遍覆，庶无财则有仁。涉孟夏之季月，迄仲冬之坚冰。稍煎熇而穷迫，无衣褐以蔽身。还趋床而无被，手狂攘而妄牵。何长夜之难晓，心咨嗟以怨天。债家至而相敦，乃取东而偿西。行乞贷而无处，退顾影以自怜。炫卖业而难售，遂前至于饥年。举短柄之口掘，执偏臁之漏锅。煮黄当之草菜，作汪洋之羹膳，釜迟钝而难沸，薪郁绌而不然。至日中而不熟，心苦苦而饥悬。丈夫慨于堂上，妻妾叹于灶间。悲风噭于左侧，小儿啼于右边。(《全晋文》卷87)④

辞赋以略带夸张的笔法，叙述"余"之贫困生活的体验。徐公持先生认为"余"虽"遭家之辘轲"，而"不以贫为耻，显示出在贫富问题上的坦

---

① (清)严可均：《全上古三代汉魏六朝文》，中华书局1958年影印本，第1963页上。
② 魏耕原：《陶渊明的浪漫与幽默》，《陶渊明论》，北京大学出版社2011年版，第162—176页。此外，还可参看时国强先生论文《陶渊明的幽默》(《九江学院学报》2009年第4期)。不过以上学者的研究，追溯陶渊明幽默的来源时，多只提及左思，而多少忽略了束皙与此之间的关系。
③ 黄庭坚：《陶渊明责子诗后》，《豫章黄先生文集》，《四部丛刊》本。
④ (清)严可均：《全上古三代秦汉三国六朝文》，中华书局1958年影印本，第1962页。

然态度"。又言"既有妻妾，当非真正贫家"①，若如此，则此篇是作者想象虚构之词。而陶渊明《自祭文》、《拟挽歌诗》三首、《形影神》等作品，亦多擅长想象虚构之景。而述贫，陶渊明则是行家里手。如"夏日长抱饥，寒夜无被眠。造夕思鸡鸣，及晨愿乌迁"（《怨诗楚调示庞主簿邓治中》），"竟抱固穷节，饥寒饱所更。披褐守长夜，晨鸡不肯鸣"（《饮酒》其十六），都是表现饥寒交至，日夜不宁，百般煎熬挣扎而很有名的句子。至如他的《咏贫士》七首，前两首是纯然的"自画像"，他把自己置于贫士画廊的首位，后五首写了上古及两汉一系列贫士：荣启期、原宪、黔娄、袁安、张仲蔚、黄子廉，用他们的安贫乐道鼓励自己，写他们亦即写自己，实为夫子自道。②他时常感慨自己"生生所资，未见其术"，拙于谋生，虽然尝试"投耒去学仕"，却不免"深愧平生之志"，所以让子女一起遭受饥寒。《与子俨等疏》说："吾年过五十，而穷苦荼毒（一作少而穷苦）。每以家弊，东西游走。性刚才拙，与物多忤。自量为己，必贻俗患，僶俛辞世，使汝等幼而饥寒。""自余为人，逢运之贫"，使他不由感慨"人生实难"（《自祭文》）。而所幸的是，他富于诗人之情趣，兼有儒者之抱负，而归宿于道家之超脱，所以终其一生，虽然亦多感慨忧虑，而质性自然，终能达顺化之境。③因而他对于贫困之境，始终能够自我化解与坦然面对。他在《咏贫士》中说："岂不实辛苦？所惧非饥寒。"（其五）"何以慰吾怀？赖古多此贤。"（其二）但"富贵非吾愿，帝乡不可期"（《归去来兮辞》）。他不愿意"深愧平生之志"，牢记"先师有遗训，忧道不忧贫"（《癸卯岁始春怀古田舍》）。"居常以待终"④，乐天知命，"不戚戚于贫贱，不汲汲于富贵"，便成为束皙、陶渊明人生最好的自我写照。

第八，在理想上，他们都心仪田畴，创作出了人类的乐土家园模式。束皙的《近游赋》与陶渊明的《桃花源记》表现出惊人的相似性。束皙《近游赋》云：

> 世有逸民，在乎田畴。宅弥五亩，志狭九州。安穷贱于下里，寞玄澹而无求。乘筚辂之偃蹇，驾兰单之疲牛。连捶索以为鞅，结断梗

---

① 徐公持：《魏晋文学史》，人民文学出版社1999年版，第318页。
② 参见魏耕原《陶渊明论》，北京大学出版社2011年版，第52页。
③ 王叔岷：《陶渊明诗笺证稿》，中华书局2007年版，第91页。
④ 《高士传》："贫者，士之常也；死者，命之终也。居常以待终，何不乐也。"

而作鞦。攀莩门而高蹈，揭徘徊而近游。井则两家共一，园则去舍百步。贯鸡觳于岁首，收缫缟于牣互。其男女服饰，衣裳之制。名号诡异，随口迭设。系明襦以御冬，胁汗衫以当热。帽引四角之缝，裙有三条之杀。儿昼啼于客堂，设杜门以避吏。妇皆卿夫，子呼父字。及至三农间隙，遘结婚姻。老公戴合欢之帽，少年著蕞角之巾。（《全晋文》卷87）①

辞赋中对于田畴近游园的风光描述，与《桃花源记》颇有几分相似："土地平旷，屋舍俨然。有良田、美池、桑竹之属。阡陌交通，鸡犬相闻。其中往来种作，男女衣着悉如外人。黄发垂髫，并怡然自乐。"只不过陶渊明的语言更为清新自然。而且陶渊明《桃花源诗》"春蚕收长丝，秋熟靡王税，荒路暧交通，鸡犬互鸣吠"的描述，简直就是辞赋中"贯鸡觳于岁首，收缫缟于牣互"、"设杜门以避吏"的翻版。

陶渊明也另外作有一首颂扬田畴的诗："闻有田子泰，节义为士雄。斯人久已死，乡里习其风。生有高世名，既没传无穷。不学狂驰子，直在百年中。"（《拟古九首》其二）表达自己的敬仰与追求。诗中的田子泰，就是田畴。陈寅恪先生《桃花源记旁证》指出："田畴之谅节高义犹有过于桃源避秦之人。"② 并且引用《魏志·田畴传》来论证《桃花源记》为纪实之文。

第九，在形式上，他们都采用对话体的创作模式。对话体的模式，起源于语录体散文。《论语》即为典型。稍后《孟子》、《庄子》、《韩非子》等散文，均呈现不同的发展形式。自屈原以降，又衍变成主客体问答的对话形式，对两汉、魏晋的辞赋都影响较大。束皙《玄居释》，自称"以拟《客难》"，采用"我"与"门生"的对话形式，托讽言志。陶渊明的辞赋创作，已摆脱了这种模式，而创造性地融入诗文写作中。最典型的如《形影神》三首：《形赠影》、《影答形》、《神释》，以形、影、神三者对话的形式，阐述自己的哲学之道，体现出精巧的艺术构思。又如《饮酒》其九，巧妙地将陶渊明与田父的对话，以诗的语言表现出来。虽然论者多认为此种章法是承袭屈原《楚辞·渔父》，但笔者以为应是远承《渔父》，近袭《玄居释》似乎更为允恰。《玄居释》以门生"劝仕"为题，展开对话。起篇门生提出疑惑："当唐年而慕长沮，邦有道而反甯武。识彼迷

---

① （清）严可均：《全上古三代秦汉三国六朝文》，中华书局1958年影印本，第1962页下。
② 陈寅恪：《桃花源旁证》，《金明馆丛稿初编》，三联书店2001年版，第198页。

此，愚窃不取。"问束皙为何不仕？门生的疑惑，与渔父、田父相仿佛。而束皙作答曰："而道无贵贱，必安其业，交不相羡，稷、契奋庸以宣道，巢、由洗耳以避禅，同垂不朽之称，俱入贤者之流。"足见对隐逸自视之高。

除此之外，《玄居释》中一些思想，在陶渊明诗文中也多能找到相契合者。如"将研六籍以训世，守寂泊以镇俗"、"荣利不扰其觉，殷忧不干其寐"等与六籍相亲、不慕荣利的思想，前文已述。而"福兆既开，患端亦作，朝游巍峨之宫，夕坠峥嵘之壑，昼笑夜叹，晨华暮落，忠不足以卫己，祸不可以预度，是士讳登朝而竞赴林薄"，这种对于官场祸福瞬息变幻的认识与畏惧，竟亦能与陶渊明"对话"。陶渊明《庚子岁五月中从都还阻风于规林》一般多认为是仕宦桓玄时期。诗中的"山川一何旷，巽坎难与期。崩浪聒天响，长风无息时"，寓言政治风波难以预料，仕途充满了险阻。由此"静念园林好，人间良可辞"，萌生急流勇退之心。因而他在《命子》诗中追述祖先功业，感慨"福不虚至，祸亦易来"，遂委之天运，自遗人生。

第十，两人都倾心《诗经》四言诗的创作，他们以各自的风格、气象，肖于《三百篇》。根据汉代《毛诗序》的记载，《诗经》篇目共有311篇，其中《南陔》、《白华》、《华黍》、《由庚》、《崇丘》、《由仪》6篇"有其义而亡其辞"，到西晋时，夏侯湛、潘岳、束皙皆为这6篇补作诗辞。束皙补作《诗经》亡辞是受到夏侯湛、潘岳的启发，他在《补亡诗序》所云"皙与同业畴人，肆修乡饮之礼"，交代了这层意思。不过夏侯湛、潘岳的补作，今皆仅存下《南陔》1篇，而束皙6篇皆存。对于束皙的补作诗，虽然用今天的审美眼光来看，意义不大，价值不高。但是相对而言，"与夏侯湛、潘岳补诗相比，束皙的诗用了比兴、重章等表现手法，文学色彩大大增强，且多章成篇是《诗·小雅》的通例，束皙的补作也最符合这一通例"①。而且夏侯湛、潘岳、束皙"三人的补作不只是体现了他们个人对《诗经》的认识，也代表了当时文人的普遍观念"②。到刘宋时期，刘义庆将他们补亡诗的事视为美谈，写进《世说新语》，就体现了当时盛行的文化风气。

可能正是受这样的时代风气影响，陶渊明对《诗经》亦格外倾心，创作出了自《诗经》以降最可堪诵读的四言诗的篇章，如《停云》、《时

---

① 汪祚民：《诗经文学阐释史（先秦—隋唐）》，人民出版社2005年版，第268页。
② 同上书，第270页。

运》、《荣木》、《归鸟》等。据李剑锋先生研究，陶渊明对《诗经》的接受极为广泛。陶渊明诗文中明显留有《诗经》痕迹的地方多达94处，涉及《诗经·国风》的约40篇，大、小雅20余篇，周、鲁、商三颂5篇。[1] 可见不局限于四言诗的领域，陶渊明对于《诗经》予以全方位接受，并且继承、吸收了它的创作手法，融入自己的作品中，成为继《诗经》之后的又一典范。宋人真德秀高度评价说："渊明之作，宜自为一编，以附于《三百篇》、《楚辞》之后，为诗之根本准则。"[2] 这一看法，得到明代张溥的认同，并因此称誉真德秀是宋人中最"知诗者"。以上可见束晳、陶渊明与《诗经》的密切渊源。

不过，除了《诗经》对他们的共同影响之外，束晳的补亡诗6篇对陶渊明的创作也影响较大。

首先是诗（文）序的影响。众所公认，陶渊明的诗序，以其数量多而质量高，成为中国古代诗人写作诗序的第一人。在陶渊明以前，诗序的创作还处于滥觞阶段，只是偶尔出现。[3] 不过，学人探讨陶渊明之前诗序的渊源时，比较强调张衡《怨诗》序、曹植《赠白马王彪》序、石崇《金谷诗序》、王羲之《兰亭集序》等，而忽略了束晳的诗（文）序对陶渊明的影响。束晳《补亡诗序》云："晳与同业畴人，肄修乡饮之礼。然所咏之诗，或有义无辞，音乐取节，阙而不备。于是遥想既往，思存在昔，补著其文，以缀旧制。"[4] 序言交代补作亡诗的原因，小巧精致，文辞讲究，章法有致。

在文序的承前启后创作上，束晳的重要性更大。可能受到《毛诗序》的影响，两汉辞赋以来，开始有了正文之前的小序，交代写作缘由，但一直局限于辞赋创作领域。到了束晳，则率先突破了这一局限。束晳《吊萧孟恩文》、《吊卫巨山文》两篇散文，前头均有小序，交代写作缘由等内容，在文学的功用上，具有较高的史料价值。《吊萧孟恩文》云："东海萧惠字孟恩者，父昔为御史，与晳先君同僚。孟恩及晳，日夕同游，分义夙著。孟恩夫妇皆亡，门无立副；晳时有伯母从兄之忧，未得自往。致文一篇，以吊其魂；并修薄奠。"序文略叙萧惠的生平事迹，可补史书之

---

[1] 李剑锋：《陶渊明与〈诗经〉》，《陶渊明及其诗文渊源研究》，山东大学出版社2005年版，第297页。
[2] （元）李公焕：《笺注陶渊明集》卷首《总论》，《四部丛刊》本。
[3] 参见魏耕原《陶渊明论》，北京大学出版社2011年版，第211页。
[4] 逯钦立：《先秦汉魏晋南北朝诗》，中华书局1983年版，第639页。

不载的遗憾。《吊卫巨山文》云:"元康元年楚王玮矫诏举兵,害太保卫公及公四子三孙。公世子黄门郎巨山与皙有交好;时自本郡来赴其丧,作吊文一篇,以告其柩。"序文略叙卫恒遇害经过,可与《晋书·武十三王·楚王玮传》、《晋书·卫恒传》、《晋书·束皙传》等传记相补充、印证。这种序文形式,虽然还有脱胎辞赋序言的痕迹,但它已经完成了由辞赋向其他文体的转变。到了陶渊明,得到进一步发展。最典型的如被誉为"东晋第一高文"的《归去来兮辞》,全序共 198 字,在陶渊明序文中为最长,比起 174 字的《五柳先生传》还多出 24 字①,详尽地交代自己辞官的原因,俨然一篇从此告别官场的决别书。还有《桃花源记》,这篇写于《桃花源诗》之前的序文,篇幅竟然比诗歌本身要多出两倍多。《桃花源记》321 字(不含标题),《桃花源诗》160 字。序文所开创的"桃源"世界,为后世瞩目,成为经久不衰的话题。

其次是补亡诗 6 篇对陶渊明诗歌文本的影响。一是描写手法的影响。束皙《补亡诗·由庚》中间几句写景:"木以秋零,草以春抽。兽在于草,鱼跃顺流。四时递谢,八风代扇。"到陶渊明《时运》诗:"山涤余霭,宇暖微霄。有风自南,翼彼新苗。"《己酉岁九月九日》:"蔓草不复荣,园木空自凋。"二人的描写,笔法似乎相近。二是语言的影响。束皙《补亡诗·崇丘》诗云:"瞻彼崇丘,其林蔼蔼。植物斯高,动类斯大。周风既洽,王猷允泰。漫漫方舆,回回洪覆。何类不繁,何生不茂。物极其性,人永其寿。"其中"蔼蔼"一词,形容茂盛高大的样子,其义为束皙所新创。陶渊明《和郭主簿二首》其一:"蔼蔼堂前林,中夏贮清阴。""蔼蔼"一词的运用,即明显承袭束皙。可惜《汉语大词典》首证以陶渊明诗例,而忽略了束皙的首创之功,使得束皙对陶渊明在这方面的影响隐而不彰。又如束皙《补亡诗·南陔》:"彼居之子,色思其柔。眷恋庭闱,心不遑留。""庭闱"一词,亦为束皙新创。李善注:"庭闱,亲之所居。"多指父母居住处。在中国古代语言中,"庭+名词"的构词,数量不多。而可能受束皙的影响,陶渊明也新创有"庭柯"一词。《停云》诗:"翩翩飞鸟,息我庭柯。"庭柯,庭院中的树木。构词方式,与"庭闱"近似。

第十一,两人都重视亲情与友情,创作了感情真挚的悼亡作品。束皙与萧惠、卫恒友善,《晋书·束皙传》记载:"皙与卫恒厚善,闻恒遇祸,自本郡赴丧。"今《全晋文》辑存束皙《吊萧孟恩文》、《吊卫巨山文》

---

① 参见魏耕原《陶渊明论》,北京大学出版社 2011 年版,第 222 页。

二文，皆感情真挚，读之令人生悲。陶渊明也是重感情之人，梁启超先生曾说："读集中《祭程氏妹文》、《祭从弟敬远文》、《与子俨等疏》，可以看出他家庭骨肉间情爱热烈到什么地步。"他留下的《祭程氏妹文》、《祭从弟敬远文》、《悲从弟仲德》等悼亡作品，均泣血动人，发自肺腑。关于这一点，笔者将在本书第四章第二节"陶渊明的情感世界与其诗文创作"中详论。不过，前贤探讨陶渊明有关友情、亲情作品时，多追溯西晋左思等人对他的创作影响，而同样忽略了束晳对他的影响。

第十二，两人文风相似，时人对他们的评价也相似。通过上述束晳作品的大致考察可以见出，束晳的文风朴实，"以写实为主，不尚华靡，与当时的文坛主流不合"①。不管是《吊萧孟恩文》、《吊卫巨山文》、《补亡诗六首》，还是他的《饼赋》、《勤农赋》、《近游赋》、《读书赋》、《玄居释》等作品，都平实俗易，不尚藻采，不务雕饰，"与当时张华的'温丽'、成公绥的'至丽'、'极丽'风格，形成对照，代表了西晋文风中的非主流一端"②。所以《晋书·束晳传》记载："尝为《劝农》及《饼》诸赋，文颇鄙俗，时人薄之。"龚鹏程先生认为，西晋文学的"华靡走回到比较简朴的作风"，而葛洪提倡的"文之质，有点孔子所说要'文质彬彬'的味道"。③葛洪《抱朴子》的文论，所持的"抱朴"主张，即是这一时代风气的体现。陶渊明继葛洪"抱朴"之后，也提出"抱朴守静"、"君子笃素"的观念。详细请参看本书第四章第一节中有关"尚朴与渐进自然的文艺观"的论述。

在两晋崇尚华丽的文艺风气中，束晳等高举"抱朴含真"的大旗，与主流文风相抗衡，从束晳到葛洪，再到陶渊明，是否是束晳开其端，还有待进一步探究。但束晳的崇尚及其与主流文风相悖的做法，对于陶渊明文艺风格的影响是肯定的。

第十三，两人都被朝廷聘为佐著作郎，有较高的作史才能。《晋书·束晳传》记载，束晳的才干被张华所看重，"华召晳为掾，又为司空、下邳王晃所辟。华为司空，复以为贼曹属"，"转佐著作郎，撰《晋书·帝纪》、十《志》，迁转博士，著作如故"。又说："晳才学博通，所著《三魏人士传》，《七代通记》、《晋书·纪》、《志》，遇乱亡失。"

佐著作郎，又称著作佐郎，是著作郎的副职。《晋书·职官志》记

---

① 徐公持：《魏晋文学史》，人民文学出版社1999年版，第317页。
② 同上书，第318—319页。
③ 龚鹏程：《中国文学史》（上），世界图书出版公司2009年版，第144—145页。

载:"著作郎,周左史之任也。汉东京图籍在东观,故使名儒著作东观,有其名,尚未有官。魏明帝太和中,诏置著作郎,于此始有其官,隶中书省。及晋受命,武帝以缪征为中书著作郎。元康二年,诏曰:'著作旧属中书,而秘书既典文籍,今改中书著作为秘书著作。'于是改隶秘书省。后别自置省而犹隶秘书。著作郎一人,谓之大著作郎,专掌史任,又置佐著作郎八人。著作郎始到职,必撰名臣传一人。"①瞿蜕园《历代职官简释》说:"东汉学术之士多于东观著作,魏则有崇文观。历代相沿,皆于宫廷中设置文学著作之机关……然非正官。其专掌著作之正官,则自魏始,置著作郎一人,佐郎一人,隶中书省,后改隶秘书省。主要职务在于修撰国史,与学士之掌他项文学著作者稍不同。著作郎称大著作,著作佐郎则人数较多。"②唐代刘知几《史通·核才》云:"夫史才之难,其难甚矣。《晋令》云:'国史之任,委之著作,每著作郎初至,必撰名臣传一人。'斯盖察其所由,苟非其才,则不可叨居史任。"③可见晋代的著作郎、著作佐郎,都是负责修撰国史的官员,对史学才能要求很高,"著作郎始到职,必撰名臣传一人",晋代史学空前繁盛,盖由此而来。梁启超先生说:"两晋、六朝,百学芜秽,而治史者独盛,在晋尤著。""晋代玄学之外惟有史学,而我国史学界亦以晋为全盛时代。"④束晳"转佐著作郎,撰《晋书·帝纪》、十《志》,迁转博士,著作如故",又著《三魏人士传》、《七代通记》等,可见他的史学才干以及朝廷对他的重视。

　　陶渊明也被聘为著作佐郎,或说著作郎。各家记载稍异。《宋书·隐逸传》:"义熙末,征著作佐郎,不就。"萧统《陶渊明传》云:"征著作郎,不就。"《晋书·隐逸传》记载陶渊明辞彭泽令后,"顷之,征著作郎,不就"。《南史·隐逸传》记载与《宋书》同:"义熙末,征为著作佐郎,不就。"以上"三史一传",对官府征聘陶渊明为著作佐郎,或著作郎,言之凿凿。由此可以推断,陶渊明在史学方面的卓越才干以及被当时官方认可的情形。只可惜官方的征聘被陶渊明拒绝了,今天也没有流传陶渊明撰写的史书作品,他略微带有史传性质的《搜神后记》,又多被视为是他人的托名之作;他的《五孝传》、《四八目》又多被视为伪作。不

---

① (唐)房玄龄等:《晋书》卷24,中华书局1974年版,第735页。
② 瞿蜕园:《历代职官简释》,上海古籍出版社1980年版,第164页。
③ (唐)刘知几撰,(清)浦起龙释:《史通通释》卷9,上海古籍出版社1978年版,第249页。
④ 梁启超:《过去之中国史学界》,《中国历史研究法》,上海古籍出版社1998年版,第16页。

过，他的《五柳先生传》、《命子》诗等，都具有一定的传记色彩。他的《晋故征西大将军长史孟府君传》，被看作是"孟嘉逝世后渊明为他作的别传"①，《世说新语》刘孝标注引该文时题作"孟嘉别传"。唐代官修《晋书·桓温传》所附的《孟嘉传》，大体就是根据陶渊明的《晋故征西大将军长史孟府君传》删改写定的。因而明代张溥《题陶彭泽集》中就有陶渊明"传记近史"的说法。此外，他的《咏贫士》七首，也带有传记的色彩。台湾学者王叔岷先生说："咏贫士组诗，细看来，似乎为贫士传记。以诗歌的方式来撰写贫士传记，亦文亦诗，亦叙亦议。陶公史学才能较高，此亦为一大体现。"②总而言之，虽然今天没有传下陶渊明史学著作的相关记载或内容，但他的史学才华亦是不差的，这是完全可以肯定的。

综上所述，陶渊明与束皙之间的渊源极深，不论是性情，还是时人评价，不论是文学创作，还是史学才华，相似点都很多。所有这些，都促进了陶渊明与束皙及其"汲冢书"的密切关联。

此外，由于个人性格因素的影响，陶渊明对汲冢书倾注了浓厚的热情。他生性好奇，好读奇书，刚出土不久的《穆天子传》与郭璞注的《山海经》自然进入他的阅读视野。关于这一点，我们将在下一节中详述。③

第二节　陶渊明《读山海经》与汲冢书及他的政治观

陶渊明的《读山海经》十三首诗可谓将他的好奇性情发挥至极致。他用奇书、奇光、奇鸟、奇山、奇木等编织而成的瑰奇世界，让好奇的人们驻足静观，流连忘返。

一　陶渊明《读山海经》与汲冢书

陶渊明《读山海经》其一云："泛览周王传，流观山海图。"宋蔡真

---

① 王瑶：《陶渊明集》，人民文学出版社1956年版，第132页。
② 王叔岷：《陶渊明诗笺证稿》，中华书局2007年版，第454页。
③ 关于陶渊明"好奇"、好读奇书的情形，前贤多有讨论。如近年出版的魏耕原先生《陶渊明论》第四章"外淡而内奇：陶诗的审美追求"亦有详论，可参见（北京大学出版社2011年版，第60—66页）。

逸注云："'周王传'一作'周王典',即《周穆天子传》也,乃太康二年汲县民发古冢所得之书也。"① 元李公焕《笺注陶渊明集》也说:"周穆天子传者,太康二年,汲县之民发古冢所获书也。"此处的"周王传"即汲冢出土的《穆天子传》。根据朱希祖先生的研究,《竹书纪年》有和峤初写本与束皙改定本之别,《穆天子传》也有荀勖本和束皙本之别。荀勖的整理本定名《穆天子传》,而束皙的整理本,遵从出土竹书内容,定名《周王游行》。陶渊明此处不称"穆天子"或"穆王传",而称"周王传",可见他阅读的正是束皙整理本。"流观山海图",则指郭璞图赞的《山海经》,郭璞撰《山海经注》及《图赞》。《隋书·经籍志》起居注类载:"《穆天子传》六卷。"注云:"汲冢书,郭璞注。"可知陶渊明所读的《山海经》、《穆天子传》,均为郭璞所注。而题名却作《读山海经》,对此李公焕笺注说:"按读《山海经》、《穆天子传》,止题《读山海经》。"陶渊明读的是不仅只有《山海经》,而且还有《穆天子传》,只不过题目只提《山海经》罢了。这一点陶诗本身交代得很清楚,所以读者也容易达成共识。

笔者要强调的是,其实,陶渊明此时所读的不仅只是《山海经》、《穆天子传》,还应有与"汲冢书"同时出土的《竹书纪年》。只不过陶渊明在创作时,在《读山海经》的标题、诗句中,无法将三者一一都体现出来。但我们解析陶诗时,不能因此只关注《山海经》、《穆天子传》,而遗忘了《竹书纪年》。因为陶渊明当时同步阅读的是《山海经》、《穆天子传》、《竹书纪年》三部书,而非仅是其中的《山海经》、《穆天子传》两部。

首先,三部书作为一个整体,一般同时出现。自"汲冢书"出土后,《山海经》、《竹书纪年》、《穆天子传》三者,在六朝时期,便多掺合在一起。郦道元《水经注》称引《竹书纪年》达93次之多,其注"昆仑山"时说:"《穆天子》、《竹书》及《山海经》,皆埋缊岁久,编韦稀绝,书策落次,难以缉缀。"将三者置于一起论述。郭璞在《注山海经叙》中,多次提及《山海经》对于《竹书纪年》、《穆天子传》的依赖关系。他说:

> 世之览《山海经》者,皆以其闳诞迂夸,多奇怪俶傥之言,莫不疑焉。尝试论之曰:庄生有云:人之所知,莫若其所不知。吾于

---

① 兹据高丽大学藏《精刊补注东坡和陶诗话》引,参考杨焄《宋人〈东坡和陶集〉注本二种辑考》,载蒋寅、张伯伟主编《中国诗学》第17辑,人民文学出版社2013年版,第8页。

《山海经》见之矣。……

案《汲郡竹书》及《穆天子传》，穆王西征，见西王母，执璧帛之好，献锦组之属，穆王享王母于瑶池之上，赋诗往来，辞义可观，遂袭昆仑之丘，游轩辕之宫，眺钟山之岭，玩帝者之宝，勒石王母之山，纪迹玄圃之上，乃取其嘉木艳草，奇鸟怪兽，玉石珍瑰之器，金膏烛银之宝，归而殖养之于中国。穆王驾八骏之乘，右服盗骊，左骖騄耳，造父为御，奔戎为右，万里长骛，以周历四荒，名山大川，靡不登济，东升大人之堂，西燕王母之庐，南轹鼋鼍之梁，北蹑积羽之衢，穷欢极娱，然后旋归。案《史记》说穆王得盗骊騄耳骅骝之骥，使造父御之以西巡狩，见西王母，乐而忘归，亦与《竹书》同。《左传》曰：穆王欲肆其心，使天下皆有车辙马迹焉。《竹书》所载，则是其事也。

……若《竹书》不潜出于千载，以作征于今日者，则《山海》之言，其几乎废矣。①

郭璞提到，由于《山海经》的"闳诞迂夸"、"多奇怪倜傥之言"，引起世人的怀疑。如果不是"汲冢书"：《竹书纪年》、《穆天子传》等的出现，《山海经》便几乎被废掉。他举例说明《山海经》的记载与《竹书纪年》、《穆天子传》可以相互印证，可见三者的密切关系。

此后有学者也注意到这一点，也将三者放在一起综合论述。如明人胡应麟说："(《山海经》乃)战国好奇之士本《穆天子传》之文与事而侈大博极之，杂附以《汲冢纪年》之异闻，《周书·王会》之诡物，《离骚》、《天问》之遐旨，《南华》、《郑圃》(笔者按：《郑圃》指《列子》)之寓言，以成此书。"② 不管胡氏说法是否偏颇，重点是他道出了《山海经》、《竹书纪年》、《穆天子传》三者，以及与《楚辞》、《庄子》、《列子》之间的密切关系。

其次，郭璞注《山海经》、《穆天子传》时，多以《竹书纪年》为证，三者相互印证，形成三部书三位一体的系统布局。关于这一点，方诗铭、王修龄两位先生已经指出："郭璞往往以《纪年》证《穆传》。"③ 兹引述数例为证，以窥见一斑：

---

① 郭璞：《注山海经叙》，袁珂《山海经校注》，上海古籍出版社1980年版，第478—479页。
② (明) 胡应麟：《四部正讹》，《少室山房笔丛》，《四库全书》本。
③ 方诗铭、王修龄：《古本竹书纪年辑证》，上海古籍出版社1981年版，第49页。

1. 《穆天子传》注:"《纪年》曰:穆王北征,行积羽千里。"《山海经·大荒北经》注:"《竹书》亦曰:穆王北征,行流沙千里,积羽千里。"此注《穆天子传》、《山海经》用《竹书纪年》为证。①

2. 《穆天子传》:"天子北征于犬戎。"注:"《纪年》又曰:取其五王以东。"此注《穆天子传》以《竹书纪年》为证。

3. 《山海经·海外东经》注:"《汲冢竹书》:柏杼子往于东海,及三寿,得一狐九尾。"②此注《山海经》用《竹书纪年》为证。

4. 《山海经·西山经》注:"《汲冢书》所谓苕华之玉。"此注释颇为简略,只是略微提及,含有互见的意味。因为《竹书纪年》记载甚详:"后桀伐岷山,岷山女于桀二人,曰琬、曰琰。桀受二女,无子,刻其名于苕华之玉,苕是琬,华是琰。而弃其元妃于洛,曰末喜氏。末喜氏以与伊尹交,遂以间夏。"

至于《竹书纪年》中西周穆王的记载,《穆天子传》、《山海经》印证更多,足见三者的彼此联系。因此龚鹏程先生说:"陶渊明所读的《山海经》为东晋郭璞所批注的。郭璞批注《山海经》时用《竹书纪年》印证周穆王西征的记载,并批评从前的儒者未能考及《竹书》,不能称为'通识瑰儒'。"③正是看到了这一点,并且阐述了《山海经》、《穆天子传》、《竹书纪年》三者的密切关系以及陶渊明对于《竹书纪年》的重视程度。

最后,《竹书纪年》亦记载周穆王事甚多,不仅与《穆天子传》、《山海经》相互印证,而且同样体现在陶渊明的《读山海经》中,可以作为注疏陶诗的重要参证。以方诗铭、王修龄两位先生的《古本竹书纪年辑证》中辑佚的史料为例,该书辑得《竹书纪年·周纪》44条,其中有关周穆王记载12条,占《周纪》的四分之一以上,而周代"自武王灭殷,以至[于]幽王",共有12帝,共257年④,而周穆王一人的史料则占有四分之一以上,足见比例之大,分量之重。可惜历来注释陶诗《读山海

---

① 古书辑佚殊为不易,尤以《竹书纪年》这样的书,出土后复又亡失,辑佚更为艰辛,不敢掠人之美,贪天之功,本书所论证的《山海经》、《穆天子传》与《竹书纪年》三者关系的材料,不特注明外,均参考方诗铭、王修龄《古本竹书纪年辑证》(上海古籍出版社1981年版),为行文简洁,不一一注明页码。

② 王国维著,黄永年校点:《今本竹书纪年疏证》,辽宁教育出版社1997年版,第54页。

③ 龚鹏程:《中国文学史》上册,世界图书出版公司2009年版,第140页。

④ 《史记·周本纪》裴骃《集解》引《汲冢纪年》曰:"自武王灭殷,以至幽王,凡二百五十七年。"

经》时，多据《山海经》、《穆天子传》，而不及《竹书纪年》。究其原因，可能与受到陶渊明《读山海经》诗题及其"泛览周王传，流观山海图"诗句的误导有很大关系。为明晰《竹书纪年》与《山海经》、《穆天子传》及其与陶诗的关系，兹引史料例证如下，请方家共同研习。

1. 《穆天子传》注："《纪年》：穆王元年，筑祇宫于南郑。"此注《穆天子传》用《竹书纪年》为证。

2. 《穆天子传》注："《纪年》曰：北唐之君来见，以一骊马是生绿耳。"又见引于《史记·秦本纪》的裴骃《集解》，引作"郭璞曰：《纪年》云：北唐之君来见，以一骊马是生绿耳。"此注《穆天子传》用《竹书纪年》为证。

3. 《山海经·西山经》注："《竹书》曰：穆王西征，至于青鸟所解。"此注《山海经》用《竹书纪年》为证。

方诗铭、王修龄两位先生引《艺文类聚》卷91《鸟部》记载："《纪年》曰：穆王十三年，西征，至于青鸟之所憩。"又据《艺文类聚》引郭璞赞曰："山名三危，三鸟所憩。往来昆仑，王母是隶。穆王西征，旋轸斯地。"最后得出结论说："是《纪年》原文当作'憩'。"又引《存真》注云："《西山经》云：'三危之山，三青鸟居之。'注曰：'今在敦煌郡，三青鸟主为西王母取食者，别自栖息于此山也。'"① 是《山海经》中所提到的三危之山、三青鸟，亦载于《竹书纪年》，二者相互印证。

4. 《穆天子传》注："《纪年》：穆王十七年，西征昆仑丘，见西王母。其年来见，宾于昭宫。"又《穆天子传》注："《纪年》曰：穆王见西王母，西王母止之曰：'有鸟䎃人。'"又《山海经·西山经》注："《竹书》：穆王（五）十七年，西王母来见，宾于昭宫。"《史记·秦本纪》裴骃《集解》云："郭璞曰：《纪年》云：穆王十七年，西征于昆仑丘，[遂]见西王母。"此《竹书纪年》与《穆天子传》、《山海经》均载周穆王见西王母事。郭璞注《穆天子传》、《山海经》均用《竹书纪年》为证。

5. 《穆天子传》："留昆归玉百枚。"注："留昆国见《纪年》。"此注《穆天子传》用《竹书纪年》为证。惜此条记载《古本纪年》不存。《今本竹书纪年》记载："（穆王）十五年春正月，留昆氏来宾。"

6. 《穆天子传》注："《纪年》曰：穆王西征，还里天下，亿有九万里。"郭璞《注山海经序》云："案汲郡《竹书》及《穆天子传》……穆

---

① 方诗铭、王修龄：《古本竹书纪年辑证》，上海古籍出版社1981年版，第46—47页。

王驾八骏之乘，右服盗骊，左骖騄耳，造父为御，奔戎为右，万里长骛，以周历四荒。名山大川，靡不登济。东升大人之堂，西燕王母之庐，南轹鼋鼍之梁，北蹑积羽之衢，穷欢极娱，然后旋归。"此注《穆天子传》用《竹书纪年》为证。

方诗铭、王修龄两位先生辑引《开元占经》卷四云："《纪年》曰：穆王东征天下二亿二千五百里，西征亿有九万里，南征亿有七百三里，北征七里。"又作案语云："所论即穆王四征，西南北皆见《纪年》，唯'东升大人之堂'未见征引，(《山海经·大荒东经》云：'有大人之国，有大人之市，名曰大人之堂。') 亦不见《穆传》，疑出《纪年》。"[①] 而从方诗铭、王修龄辑佚的成果看，周穆王四方征伐的史料，多只见载于《竹书纪年》，而《穆天子传》、《山海经》均未见。由此可以推断，关于周穆王的某些史料记载，《竹书纪年》远比《穆天子传》、《山海经》还要丰富、全面。

以上仅是根据有限的辑佚史料，尽量恢复《山海经》与刚出土的《竹书纪年》、《穆天子传》一起流行传播的情形。而这些仅存的《竹书纪年》内容，在陶渊明《读山海经》中也可以得到一定的体现。例如《读山海经》第二首咏玉山、王母，"高酣发新谣"；第三首咏玄圃，"恨不及周穆"；第四首咏丹木，"见重我轩皇"；第五首咏青鸟，"朝为王母使，暮归三危山"，等等。这四首诗歌中涉及的内容，都可以在《竹书纪年》中找到确凿的史料出处。而一直以来，我们研读时仅注意到它们和《山海经》、《周穆王传》之间的联系，而将《竹书纪年》忽略在一边。特别值得提到的是，第四首"见重我轩皇"，轩皇，指轩辕黄帝，黄帝食丹木仙去，《竹书纪年》中多有记载。如《意林》卷四引晋代葛洪《抱朴子》记载："《汲冢书》云：黄帝仙去，其臣有左彻者，削木作黄帝之像，帅诸侯奉之。"又《太平御览》卷79《皇王部》引《抱朴子》记载："《汲郡冢中竹书》言：黄帝既仙去，其臣有左彻者，削木为黄帝之像，帅诸侯朝奉之。"此事《太平御览》卷396《人事部》亦引。以上均可见陶渊明《读山海经》与《竹书纪年》之间的密切关系。

二 陶渊明的政治观和他的《读山海经》

陶渊明的《读山海经》创作很特别，不仅因为它的"好奇"，读奇书，用奇光、奇鸟、奇山、奇木等瑰奇意象，而且因为它的创作背景。关于这

[①] 方诗铭、王修龄：《古本竹书纪年辑证》，上海古籍出版社1981年版，第52页。

首诗的创作时间，今贤逯钦立、袁行霈先生等均认为作于归隐初期。① 而古代多数学者认为在易代之后。如明代黄文焕《陶诗析义》说："怆然于易代之后，有不堪措足之悲焉。"永初元年（420），刘裕篡位称帝，建国号宋。时年陶渊明五十六岁。黄文焕所称"易代之后"，则此诗当在宋武帝永初元年（420）之后。香港学者杨勇先生系于宋武帝永初三年（422）陶渊明五十八岁时，认为《读山海经》第一首有"孟夏草木长"句，则诗当作于刘裕弑零陵王后一年。② 丁晏《陶靖节年谱》系于宋永初二年（421）陶渊明五十七岁时作。他说"是年恭帝被弑。《述酒》诗'山阳归下国'，盖以魏弑山阳公喻恭帝。《饮酒》诗以东陵瓜自喻，又以叔、夷西山自喻。《拟古》诗'饥食首阳薇，渴饮易水流'，'枝条始欲茂，忽值山河改'，皆在晋亡之后。《读山海经》诗'巨猾肆威暴，钦䲹违帝旨。明明上天鉴，为恶不可履'，痛斥刘裕；以精卫、刑天自喻。《咏三良》、《咏荆轲》，亦当作于此时，美昔人从死、报仇，所以自伤也。"③

而此时期创作《读山海经》，有两点尤值得关注：一是身处晋、宋易代的敏感时期，陶渊明在创作上必然要面临许多顾忌，所写往往诗歌较为晦涩难懂。创作于这一时期的作品，典型的如《述酒》"辞尽隐语"（汤汉语），《岁暮和张常侍》"含蓄婉转，沉郁顿挫"④，均不易解诂。二是陶渊明《答庞参军》诗序云："吾抱疾多年，不复为文。本既不丰，复老病继之。"此诗系年学者略有分歧，或系于晋恭帝元熙元年（419），或系于宋少帝景平元年（423），或系于宋文帝元嘉元年（424）。⑤ 总之，陶渊明在晋、宋易代之际，创作的作品很少，自称多年"不复为文"，而却忽然写下《读山海经》十三首之多，这不能不让读者认真考虑他的真实创作意图。⑥

因此，前贤多认为《读山海经》十三首有深远的政治寄托。"首篇言兴会所至，览传观图，后十二首之纲"⑦，陈沆说："以定、哀微词，庄辛

---

① 逯钦立先生系于义熙四年（408），时年陶渊明44岁，《陶渊明集》，第277页。袁行霈先生系于义熙二年（406），《陶渊明集笺注》，第394页。
② 杨勇：《陶渊明年谱汇订》，《陶渊明集校笺》，上海古籍出版社2007年版，第460页。
③ （清）丁晏：《陶靖节年谱》，许逸民校辑《陶渊明年谱》，中华书局1986年版，第55页。
④ 袁行霈：《陶渊明集笺注》，中华书局2003年版，第171页。
⑤ 参见袁行霈《陶渊明集笺注》，中华书局2003年版，第117页。
⑥ 魏耕原先生亦有此类似的陈述，参见《陶渊明论》北京大学出版社2011年版，第131页。
⑦ （清）蒋薰：《陶渊明诗集》卷4，《陶渊明诗文汇评》，《陶渊明资料汇编》（下），第289页。

隐语，故托颂慕于前端，寄坎壈于末什。"后十二首，前七首为一类，后五首为一类。前七首的"前四章思盛世之难见，次三章思明良之难遇也"，后五首叙说"夸父邓林，功贻身后，喻宋武暮年，急图易代，二载即殒，徒为子孙之计也。钦䃚、貳负，诛强贼也。精卫、刑天，叹忠义也。末二章，贤士放弃，小人用事，追溯致乱之本也"。"正以定、哀微词，庄辛隐语，故托颂慕于前端，寄坎壈于末什。寓义灼然，宁徒数典。"① 清人吴淞也说："自第二首至第八首皆言仙事，欲求出尘，遂我避世，正悲愤无聊之极，非真欲学仙也。"② 其全篇的分章顺序，"皆元亮读书之血泪次第也"（黄文焕《陶诗析义》），体现他的慷慨悲心。现代学者王瑶注说："诗中慨叹晋室衰亡，推源皆由用人不当；最后遂成篡弑之局，不可收拾。"③ 阐明了诗中的政治寄托。

这十三首诗歌，虽然不能肯定每一篇都有政治寄托，都作为政治诗来解④，但作为组诗，它的整体寄意，则是值得关注的。从组诗的结构与创作意图来看，这十三首诗歌主要流露出两种政治情怀。

第一，超然尘外，欲逃离现实世界。黄文焕《陶诗析义》说："十三首中，初首为总冒，末为总结，余皆分咏'玉台'、'玄圃'、'丹木'，超然作俗外之想，与古帝之思。"针对组诗中一些流露心迹的重要诗句，吴瞻泰指出："'宁效俗中言'，是欲听王母之谣。'在世无所须'，是欲索王母之食。总是眼前苦遭俗物耵，频为出世之想，奇思异趣，超超玄著矣。"⑤ 所以有不少前贤将组诗与屈原的《远游》相类比，强调陶渊明的悲愤之心。典型如王应麟说："陶靖节之《读山海经》，犹屈子之赋《远游》也，'精卫衔微木，将以填沧海。刑天舞干戚，猛志固常在'，悲痛之心，可为流涕也。"⑥《读山海经》第十二首云："鸱鹈见城邑，其国有放士。念彼怀王世，当时数来止。青丘有奇鸟，自言独见尔。本为迷者

---

① （清）陈沆：《诗比兴笺》卷2，上海古籍出版社1981年版，第70—71页。
② （清）吴淞：《论陶》，《陶渊明诗文汇评》，《陶渊明资料汇编》（下），第293页。
③ 王瑶：《陶渊明集》，人民文学出版社1956年版，第105页。
④ 如袁行霈先生针对"夸父"一首说："余以为此篇乃耕种之余，流观之间，随手记录，敷衍成诗，未必有政治寄托。如作谜语观之，求之愈深，离之愈远矣。"（《陶渊明集笺注》，中华书局2003年版，第410页）
⑤ （清）吴瞻泰：《陶诗汇注》卷4，《陶渊明诗文汇评》，《陶渊明资料汇编》（下），第293页。
⑥ （宋）王应麟著，（清）翁元圻等注，栾保群、田松青、吕宗力校点：《困学纪闻》卷18"评诗"，上海古籍出版社2008年版，第1917页。

生，不以喻君子！"诗中借屈原被怀王放逐，联系时局，"晋自王敦、桓温，以至刘裕，不闻黜退，魁柄既失，篡弑遂成。此先生所为托言荒渺，姑寄物外之心，而终推祸原，以致其隐痛也"①。陶渊明深感"举世益多迷人"（黄文焕语），恨不得离开当世，仿效屈原"远游"，随黄帝仙登，从周穆王西游，通过青鸟见到身处世外的西王母。组诗由此流露出的情感，与《桃花源记》的"仙游"尘外的境界颇为相似。这种情感，和《宋书·隐逸传·陶渊明》的记载"（潜）自以曾祖晋世宰辅，耻复屈身后代，自高祖王业渐隆，不复肯仕。所著文章，皆题其年月，义熙以前，则书晋氏年号；自永初以来，唯云甲子而已"大体也是相一致的。"义熙以前，则书晋氏年号"，言外之意，是自义熙元年，陶渊明归隐以后，则不再书晋氏年号，已经作为"明眼人"洞察刘裕的野心。

第二，从历史与现实的双重角度，提出"帝者慎用才"的忠告，表达自己的政治理念。陶渊明《读山海经》十三首诗，如果说对于某些诗歌是否存在政治寄托还存有分歧，那么对于第十二、十三两首诗暗寓寄托，则看法一致。黄文焕《陶诗析义》说："首章专言读书之乐，至第十二章，经内所寄怀者，递举无余矣。却于《经》外别作论史之感，以乐起，以悲终，有意于布置，题只是读山海经，结乃旁及论史，有意于隐藏……盖从晋室所由式微之故寄恨于此，以为《读山海经》之殿，使后人寻绎卒章，则知引援故实以慨世，非侈异闻也。"②其第十三首诗云："岩岩显朝市，帝者慎用才。何以废共鲧？重华为之来。仲父献诚言，姜公乃见猜。临没告饥渴，当复何及哉！"开篇即表明观点："帝者慎用才"，接着运用两个历史典故加以阐述。为叙述方便，笔者先分析第二个典故："仲父献诚言，姜公乃见猜。临没告饥渴，当复何及哉！"典故详见《管子·小称》记载，内容一般人都比较熟悉。陶诗的意思是说：管仲晚年曾经向齐桓公献诚言，让他疏远易牙等四人，结果反被桓公猜疑，但等桓公临死前醒悟过来的时候，一切都晚了。齐桓公一代霸主，由于听信易牙等四人，落得"饥而欲食，渴而欲饮，不能得"的自绝地步。由此"帝者慎用才"的论断自然得出。

第一个典故："何以废共鲧？重华为之来。"上下两句自问自答，上句问：帝尧何以流放共工而杀鲧呢？下句答："重华为之来。"来，语末

---

① （清）陶澍：《靖节先生集》卷4，文学古籍刊行社1956年铅印本。
② （明）黄文焕：《陶诗析义》卷4，《四库全书存目丛书·集部三》（据南京图书馆藏明末刻本影印本），齐鲁书社1997年版。

助词，无义。按照直译，陶诗全句的大意是说帝尧流放共工而杀鲧，是由于听从舜的言论。《史记·尧本纪》也记载："于是舜归而言于帝，请流共工于幽陵……殛鲧于羽山。"言外之意是帝尧听信了舜的言论，流放了共工，杀掉了鲧。

而相比之下，鲧、共工都是敢于进谏的忠义之士。据《韩非子·外储说右上》记载："尧欲传天下于舜。鲧谏曰：'不祥哉！孰以天下而传之于匹夫乎？'尧不听，举兵而诛杀鲧于羽山之郊。共工又谏曰：'孰以天下而传之于匹夫乎？'尧不听，又举兵而诛共工于幽州之都。于是天下莫敢言无传天下于舜。仲尼闻之曰：'尧之知舜之贤，非其难者也。夫至乎诛谏者必传之舜，乃其难也。'一曰：'不以其所疑败其所察则难也。'"在这里，我们看到了与《孟子》尧舜禹禅让美政说法的另一面，当尧欲传帝位于舜时，是鲧和共工极力死谏，可惜反而以此遭遇诛杀之祸。所以陶渊明有"何以废共鲧"的质问，有"献诚言"、"乃见猜"的哀叹，都是由此兴发而来。上述《韩非子》有关尧舜禅让的记载，与《竹书纪年》有颇多吻合之处，这是值得重视的，我们将在下文详论。

那么，上述"何以废共鲧"中有关共工、鲧的典故，又是从何而来的呢？我们可以稍作比较和考察。

有关共工的典故，《山海经·海外北经》记载："共工之臣曰相柳氏，九首，以食于九山。相柳之所抵，厥为泽溪。禹杀相柳，其血腥，不可以树五谷种。禹厥之，三仞三沮，乃以为众帝之台。在昆仑之北，柔利之东。"鲧的典故，《山海经·海内经》记载："洪水滔天。鲧窃帝之息壤以堙洪水，不待帝命。帝令祝融杀鲧于羽郊。鲧复生禹。帝乃命禹卒布土，以定九州。"可知按照《山海经》的记载，犯过失的是共工之臣相柳氏，不是共工，何流放之有？鲧虽然不按帝命行事被杀，但他的儿子禹，完成治水大业，亦不至于是"十恶不赦"之臣！更重要的是，《山海经》记载杀死鲧的是祝融，不是舜。总而言之，按《山海经》记载，不管是共工，还是鲧，无论他们的流放还是被杀，都与舜无涉。可见陶渊明此处运用的典故，不是从《山海经》中来的。

依笔者前文所述，陶渊明《读山海经》十三首虽然题名的是读《山海经》，实际上他同步阅读的是《山海经》、《穆天子传》、《竹书纪年》三部书。在这三部书中，《穆天子传》只记述周穆王事，既然《山海经》中没有"何以废共鲧？重华为之来"典故的相关记载，那么就只可能是《竹书纪年》了。

细考《竹书纪年》，有几点引起笔者注意，兹略论如下，请方家教正。

第三章　陶渊明与汲冢书　77

1.《竹书纪年》记载，鲧为颛顼之子。《山海经·大荒西经》注引《竹书纪年》："《竹书》曰：颛顼产伯鲧，是维若阳，居天穆之阳。"方诗铭、王修龄案语云："《史记·夏本纪》：'鲧之父曰帝颛顼。'索隐：'皇甫谧云："鲧，帝颛顼之子，字熙。"……《系本》亦以鲧为颛顼子。'《山海经·海内经》注引《世本》同，与《竹书》合。"① 由此可见《竹书纪年》的记载可以与《史记》等文献互相印证，不容不信。

而《史记·五帝本纪》有所谓讙（欢）兜、共工、鲧、三苗"四凶"说。② 按《史记》记载，"四凶"均为帝王之子（或后），讙（欢）兜为帝鸿氏之子，共工为少暤氏之子，鲧为颛顼氏之子，三苗为缙云氏（炎帝之苗裔）之子。而据张守节《史记正义》，《史记》说法源自《左传》。③ 又《尚书·舜典》："流共工于幽州，放驩兜于崇山，窜三苗于三危，殛鲧于羽山。"比较可知，《国语》、《左传》等儒家典籍，与《山海经》记载毫不相同。这一点笔者在下一节还将详论。总而言之，不管是《山海经》，还是《国语》、《左传》等儒家典籍，对于共工、鲧的恶行记载，不仅相互矛盾，也很不明晰。

2. 我们再看《竹书纪年》中关于舜的记载。《史记·五帝本纪》正义引《括地志》记载："《竹书》云：昔尧德衰，为舜所囚也。"《广弘明集》卷11法琳《对傅奕废佛僧事》引《汲冢竹书》云："舜囚尧于平阳，取之帝位。"方诗铭、王修龄案语云："刘知几《史通·疑古》两引'舜放尧于平阳'，一云出《汲冢琐语》，一云出《汲冢书》。其云出《汲冢书》者尚有'益为启所诛'、'太甲杀伊尹'、'文丁杀季历'三事，据《晋书·束晳传》及杜预《春秋经传集解后序》，此三事皆出《纪年》，则'舜放尧于平阳'一条当亦为《纪年》之文。其又云出《汲冢琐语》者，盖此事又见《琐语》，不能执此即定其非《纪年》。"笔者按：结合《广弘明集》记载及陶渊明读《山海经》兼及《竹书纪年》，此事出于《竹书纪年》允当。

唐人有些习称《竹书纪年》为《竹书》。如和《括地志》撰写于差不多同一时期由魏征等负责编撰的《隋书·经籍志》记载："《纪年》十

---

① 方诗铭、王修龄：《古本竹书纪年辑证》，上海古籍出版社1981年版，第63页。
② 关于"四凶"的记载，《史记》篇幅较长，不具引。请参看《史记·五帝本纪》，第36页。
③ 张守节《史记正义》云："此以上四处皆《左传》文。或本有并文次相类四凶，故书之，恐本错脱耳。"中华书局1959年版，第37页。

二卷（《汲冢书》，并《竹书同异》一卷）。"① 此处《纪年》即《竹书纪年》，《竹书同异》即《竹书纪年考异》。②

又，《史记·五帝本纪》正义引《括地志》记载："《竹书》云：舜囚尧，复偃塞丹朱，使不与父相见也。"此《竹书》亦当指《竹书纪年》。

由《竹书纪年》记载看，尧在晚年遭到舜的囚禁，并被夺取了帝位，导致父子不能相见。被儒家经典美化的尧、舜禅让制度，在《竹书纪年》的记载中，就只是血腥与暴力。陶渊明对新出土的《竹书纪年》的阅读，对他晚年政治观和历史观的形成，产生了较大影响。由于受到《竹书纪年》记载的影响，陶渊明对儒家美化的尧、舜禅让制度有了新的理解、新的思考（关于这点，下节详论）。

总之，了解陶渊明创作《读山海经》时所阅读之书不限于《山海经》，还包括《竹书纪年》、《穆天子传》，以及《竹书纪年》中"舜囚尧于平阳，取之帝位"等相关记载后，再来解诂"何以废共鲧？重华为之来"就容易多了。陶公借助诗歌要表述的意思是：帝尧听信舜的话，流放了共工，杀掉了鲧，最后自己晚年却被舜囚禁，连父子都不能相见。齐桓公偏信易牙等四人，晚年被他们囚禁，饮食困难，被活活饿死。帝尧、齐桓公，均是一代英明之主，最终都落得个被囚禁自绝的下场。等到他们最后发觉醒悟的时候，一切都已经晚了。全诗末句"当复何及哉"既是对齐桓公事的总结，也是对帝尧事的总结，统摄全篇，意味无穷。吴瞻泰说："公满肚嫉俗之意，却借世外语以发之，寄托深远。末句煞出眼目。"③ 黄文焕《陶诗析义》："（末句）'当复何及哉'一语，大声哀号，哭世之泪无穷。"两者均颇得陶诗深意。陶诗运用的两个典故，虽然对象不同，但是得到的结论都是一样："帝者慎用才"。诗歌通过帝尧、齐桓公事"借题刺世"（孙人龙辑语），隐射东晋被刘裕篡弑之事。邱嘉穗所言"此篇盖比刘裕篡弑之恶也"。

但诗歌似乎也不止于此。细想来，像帝尧、齐桓公这样的英明之主，尚且不免遭宠臣囚禁而帝祚迁移，遑论帝王中的平庸者了！所以清人马璞看破这一点，他说："此《读山海经》十三首，十二首皆出第一首内'俯仰终宇宙'一语，故十二首皆即以《山海》所载之事，慨慷后世之事，

---

① （唐）魏征等：《隋书》卷33，中华书局1973年版，第957页。
② 参见朱希祖《汲冢书考》，中华书局1960年版，第48页。
③ （清）吴瞻泰：《陶诗汇注》卷4，《陶渊明诗文汇评》，《陶渊明资料汇编》（下），第293页。

而晋、宋之事在其中，并不专言晋、宋也。渊明之诗岂易读乎！"① 这就是陶诗的深度。马璞之语，不是故作玄虚，而是正中鹄的，深悟陶诗。

第三节　陶渊明新的历史观与汲冢《竹书纪年》

汲冢书的出土，对后世影响深远，一些历史记载及其由此形成的观念变化，不管世人接受与否，都会激荡起不小的波澜。单以汲冢书出土的文献《竹书纪年》为例，不管是在当时，还是后世，影响都可谓不小。

一　《竹书纪年》的两个版本

《竹书纪年》中的一些历史记载，特别是有关上古史料的记载，如上节谈到的关于尧、舜禅让之事，彻底颠覆了之前儒家典籍的记载。这些历史记载，不管是在出土当时，还是时至今日，都很难完全被学界所接受。正因为如此，《竹书纪年》从出土整理之初，就形成了两个版本、两种系统。

一个是和峤的初定本，另一个是束晳的重定本。《史记》卷44《魏世家》裴骃《史记集解》引荀勖曰："和峤云《纪年》起自黄帝。"② 《晋书·束晳传》："其《纪年》十三篇，记夏以来至周幽王为犬戎所灭，以事接之，三家分，仍述魏事至安釐王之二十年。"③ 朱希祖据此推断说："和峤初写定本则起于黄帝。""盖《纪年》初写本成于和峤，其后束晳重定本则起于夏。其他异同尚多，故《隋书·经籍志》十二卷，附《竹书考异》一卷也。"④ 和峤的初定本，起自黄帝；束晳的重定本，则断自夏朝，从有朝代纪年始。

至于束晳弃黄帝以降至夏代之前的古史的原因，《晋书·束晳传》没有详论，只是记载说："盖魏国之史书，大略与《春秋》皆多相应。其中经传大异，则云夏年多殷；益干启位，启杀之；太甲杀伊尹；文丁杀季历；自周受命，至穆王百年，非穆王寿百岁也；幽王既亡，有共伯和者摄行天子事，非二相共和也。"这一段史书记载大致是摘自束晳的观点。

---

① （清）马璞：《陶诗本义》卷4，《陶渊明诗文汇评》，《陶渊明资料汇编》（下），第310页。
② 《史记》卷44《魏世家》，中华书局1959年版，第1849页。
③ （唐）房玄龄等：《晋书》卷51，中华书局1974年版，第1432页。
④ 朱希祖：《汲冢书考》，中华书局1960年版，第21页、第48页。

其中谈到许多与"经传大异"的例子,尤其是"益干启位,启杀之;太甲杀伊尹;文丁杀季历"等史料,儒家典籍以前从未记载,因此束晳提出异议。可知束晳整理、重定《竹书纪年》时,注重与《春秋》等经传的比照,其中"魏国之史书,大略与《春秋》皆多相应。其中经传大异"云云等记载,可见其浓厚的正统儒家思想。正因为此,他在和峤初定本的基础上,将其中与"经传大异"的黄帝以降至夏代之前的五帝历史记载删去了,同时可能还删去了与"经传大异"的其他内容,如"益干启位,启杀之;太甲杀伊尹;文丁杀季历"等记载,所以导致与和峤的原始初定本,内容相去较远,由此形成《竹书考异》一卷,主要载录和峤初定本、束晳重定本之间的分歧与差异。可惜在两宋之际,《竹书考异》随同汲冢《竹书纪年》一起佚失了。

清代以降,经数代学者相继努力,杂采古书,重新辑考,又形成《古本竹书纪年》、《今本竹书纪年》两个版本,两种系统。虽然学界没有完全形成和峤初定本、束晳重定本与《古本竹书纪年》、《今本竹书纪年》的对应关系。但有些学者提出了自己的看法,如方诗铭、王修龄《古本竹书纪年辑证》,没有因循朱右曾《汲冢纪年存真》、王国维《古本竹书纪年辑校》、范祥雍《古本竹书纪年辑校订补》的惯例,依从和峤初定本,辑考从黄帝开始,而是改从束晳重定本,从夏代开始,而将黄帝以降至夏代之前的五帝佚史,作为附录,置于夏、商、周三代之后。[①] 可见方诗铭、王修龄两位先生对《竹书纪年》五帝佚史这一段史料的谨慎持疑态度。

综上所述,不论是在《竹书纪年》出土之初的初定本、重定本的分歧,还是时至今日《竹书纪年》的今本、古本的异同,都在一定程度反映了不同历史时期学界对于《竹书纪年》中五帝佚史材料的不同意见。这些意见的分歧,恰恰从侧面证实了汲冢《竹书纪年》的出土对后世所产生的深远影响。它不仅推动了史学的发展,订正了史书的若干记载,而且增进了人们对上古史的新认识,由此促进了他们新的历史观的形成。如本章第一节所论,汲冢书特别是《竹书纪年》、《穆天子传》等书的出土,大大丰富了古史的文献记载与史学观念,晋代学者臣瓒、徐广、司马彪等都利用《竹书纪年》来研究古史,单是司马彪一人,就根据《竹书纪年》驳正三国谯周的《古史考》122 条。而同处晋代的陶渊明对于《竹书纪年》的阅读,则结合晋、宋易代的残酷现实和自身的感悟,形成了他的

---

① 方诗铭、王修龄:《古本竹书纪年辑证》,上海古籍出版社 1981 年版。

新历史观。

二　陶渊明新的历史观与《竹书纪年》

笔者在上节论述陶渊明《读山海经》第十三首"何以废共鲧？重华为之来"时谈到，这个典故来自陶渊明阅读的汲冢《竹书纪年》，而非《山海经》。据汲冢《竹书纪年》记载："舜囚尧于平阳，取之帝位。"这一记载，与儒家典籍中尧、舜禅让的仁政学说大相径庭。这对"总角闻道"（《荣木》诗序），饱读《诗》《书》的陶渊明来说，总是很难以接受。面对这一同样的情形，在取舍的态度上，陶渊明与束晳等出现了一些差异。对于这些佚史，束晳采取干脆删去，不让它流传；其他一些人，干脆就不相信它，或者竭力反对它。但生性好奇的陶渊明，面对这些佚史，第一反应可能就是惊讶好奇，而随后，他结合汉、晋以来的历史以及晋、宋易代的现实，与汲冢《竹书纪年》、儒家美化的尧、舜禅让仁政学说等相互碰撞、融合，一种新的历史观在他的思想中形成，并诉诸诗文表现出来。

历来儒家典籍中美化，甚或夸饰的尧、舜、禹的事迹及其禅让的仁政学说，在汲冢《竹书纪年》的记载中都被彻底摧毁。据上一节所引，汲冢《竹书纪年》记载有：

1. 《史记·五帝本纪》正义引《括地志》记载："《竹书》云：昔尧德衰，为舜所囚也。"

2. 《广弘明集》卷11法琳《对傅奕废佛僧事》引《汲冢竹书》云："舜囚尧于平阳，取之帝位。"

3. 《史记·五帝本纪》正义引《括地志》记载："《竹书》云：舜囚尧，复偃塞丹朱，使不与父相见也。"

此外，还有其他记载，例如：

4. 《苏鹗演义》引《汲冢竹书》云："舜篡尧位，立丹朱城，俄又夺之。"

5. 《苏鹗演义》引《汲冢竹书》云："尧禅位后，为舜王之。舜禅位后，为禹王之。"

6. 《史记高祖本纪》张守节《史记正义》引《括地志》记载："《汲冢纪年》云：后稷放帝子丹朱于丹水。"

7. 《史通·疑古》引:"《汲冢书》云:益为启所诛。"
8. 《史通杂说》引《竹书纪年》:"后启杀益。"
9. 《晋书·束皙传》:"(《纪年》)益干启位,启杀之;太甲杀伊尹,文丁杀季历。"①

以上第1—6例,皆记载尧、舜、禹三代之事,7—9例,记载益、启、太甲、伊尹、文丁、季历等事。在权力的交接中,充满了血腥的篡逆和杀戮。特别是第4例,"舜篡尧位",一个"篡"字,赤裸裸地将儒家美化的所谓的尧、舜禅让仁政外衣剥去。其实,所谓的"禅位",就是篡位。

或许有些读者,会怀疑汲冢《竹书纪年》记载的真实性,但这些记载不是个别的出现,而是多次地反复出现,那么它们的真实性,就不能简单否定了。更重要的是,汲冢《竹书纪年》的一些记载,与先秦的非儒家典籍,也可以相互印证。

例如汲冢《竹书纪年》记载的舜囚尧于平阳,逼舜让帝位等事,《韩非子·说疑》篇云:"古之所谓圣君明王者,非长幼弱也及以次序也。以其构党与,聚巷族,逼上弑君而求其利也。""舜逼尧,禹逼舜,汤放桀,武王伐纣,此四王者,人臣弑其君者也,而天下誉之。"而以孟子为代表的儒家学说,竭力美化尧、舜的禅让仁政。《孟子·万章上》说:"尧崩,三年之丧毕,舜避尧之子于南河之南,天下诸侯朝觐者,不之尧之子而之舜;讼狱者,不之尧之子而之舜;讴歌者,不讴歌尧之子而讴歌舜,故曰天也。夫然后之中国,践天子位焉。而居尧之宫,逼尧之子,是篡也,非天与也。"由此形成两种对立的观点。

又如汲冢《竹书纪年》记载的"益干启位,启杀之"事,《韩非子·外储说右下》"潘寿言禹情"注:"言禹传位于益,终令启取之。"《战国策·燕策一》也载:"禹授益,而以启人为吏。及老,而以启为不足任天下,传之益也。启与支党攻益,而夺之天下,是禹名传天下于益,其实令启自取之。"②

而汲冢《竹书纪年》的相关记载,又刚好与上述《韩非子》、《战国策》等诸家说法得以相互印证。而以孟子为代表的儒家仁政学说者不仅

---

① 以上史例,主要参考范祥雍《古本竹书纪年辑校订补》(上海人民出版社1957年版,第6—8页)与方诗铭、王修龄《古本竹书纪年辑证》(上海古籍出版社1981年版,第2、63—65页)。

② 参见方诗铭、王修龄《古本竹书纪年辑证·前言》,上海古籍出版社1981年版,第2页。

不予以承认，反而刻意地美化、修饰。

步入现代社会，没有了古代儒家意识形态的干扰，不少学者已经充分认识到汲冢书的史料价值。如范祥雍先生说："先秦典籍，传世不多，有些书又经过汉儒改动，已非本来面目。纪年是从出土竹简中写定的，尚保存战国时魏史的直接记录。"[①] 方诗铭、王修龄也说："《竹书纪年》所记与传统的记载颇多违异，但是有些记载却与甲骨文和青铜器铭文相符合。"[②] 日本学者小川琢治也说："（汲冢书《穆天子传》等）与《山海经》均未被先秦以后儒家之润色，尚能保存其真面目于今日。比《尚书》、《春秋》，根本史料之价值尤高。"[③] 更有学者称："《竹书纪年》是早于《史记》二百余年的一部'实录'。"[④] 所以，对于汲冢《竹书纪年》"舜篡尧位"等记载，也不能轻易加以否定。

陶渊明在《命子》诗中："悠悠我祖，爰自陶唐。邈为虞宾，世历重光。"以自己的远祖为陶唐（尧）、尧之子丹朱又为虞宾，旷世历代其德重明，他颇以此自豪，可见他对于尧、丹朱的情感，不仅源于儒家经典的熏陶，还有浓厚的宗族血缘的关联。在《命子》诗中，他是以尧、丹朱的后世子孙而自居的。而当他通过阅读汲冢《竹书纪年》，知晓"舜篡尧位"、流放丹朱等记载，不知在心中又将激起怎样的一种异样情感！他或许也深刻感受到了孟子以降儒家典籍记载的粉饰？

加之他身处晋、宋易代的敏感时期，更能由此领悟到所谓"禅位"就是篡位的实质。置身于历史与现实之间，陶渊明由此对古史有了新的认识。

放眼尧、舜、禹三代，所谓的禅位，就是篡位，对前代君王或囚、或杀。往后，是启杀益，太甲杀伊尹，文丁杀季历。再往后，汉、晋所谓的禅位，更是如此。西汉末年，王莽逼汉孺子婴禅位[⑤]；东汉末年，汉献帝禅位于魏王曹丕，被废为山阳公；曹魏末年，少帝常道乡公"禅位于晋嗣王，如汉魏故事"[⑥]，被废为陈留王。到了晋代，篡臣纷起，禅位频频。先是桓温"初望简文临终禅位于己，不尔便为周公居摄。事既不副所望，

[①] 范祥雍：《古本竹书纪年辑校订补·例言》，上海人民出版社1957年版，第1页。

[②] 方诗铭、王修龄：《古本竹书纪年辑证·前言》，上海古籍出版社1981年版。

[③] ［日］小川琢治：《穆天子传·绪言》，转引自王天海《穆天子传全译》，贵州人民出版社1997年版，第174页。

[④] 李民、杨择令、孙顺霖、史道祥：《古本竹书纪年译注·序言》，中州古籍出版社1981年版，第1页。

[⑤] 《汉书》卷99《王莽传》。

[⑥] 《三国志·魏书》卷4《三少帝纪》。

故甚愤怨"(《晋书·桓温传》),欲谋作乱;继而桓温之子桓玄终于篡位称帝,"矫诏使王谧兼太保,领司徒,奉皇帝玺禅位于己。又讽帝以禅位告庙,出居永安宫"(《晋书·桓玄传》);最后是刘裕,晋代皇帝彻底禅位,走向终亡。《晋书·恭帝纪》记载:

> (元熙)二年夏六月壬戌,刘裕至于京师。傅亮承裕密旨,讽帝禅位,草诏,请帝书之。帝欣然谓左右曰:"晋氏久已失之,今复何恨。"乃书赤纸为诏。甲子,遂逊于琅邪第。刘裕以帝为零陵王,居于秣陵,行晋正朔,车旗服色一如其旧,有其文而不备其礼。帝自是之后,深虑祸机,褚后常在帝侧,饮食所资,皆出褚后,故宋人莫得伺其隙,宋永初二年九月丁丑,裕使后兄叔度请后,有间,兵人逾垣而入,弑帝于内房。时年三十六。①

晋恭帝被逼禅位后,废为零陵王,一年后,即被刘裕弑杀,由此开启弑杀废帝的恶端。纵观汉、晋之间血腥的篡逆与弑杀,无一例外地以尧、舜禅位作为他们的合理依据,并尽情地美化、颂扬。例如:

1. 汉、魏禅位:

> 汉献帝诏册说:"咨尔魏王:昔者帝尧禅位于虞舜,舜亦以命禹,天命不于常,惟归有德。……皇灵降瑞,人神告征,诞惟亮采,师锡朕命,佥曰尔度克协于虞舜,用率我唐典,敬逊尔位。"(《三国志·魏书·文帝纪》)

> 裴松之注引袁宏《汉纪》载汉帝诏曰:"夫大道之行,天下为公,选贤与能,故唐尧不私于厥子,而名播于无穷。朕羡而慕焉,今其追踵尧典,禅位于魏王。"

2. 魏、晋禅位:

> 泰始元年冬十二月丙寅,设坛于南郊,百僚在位及匈奴南单于四夷会者数万人,柴燎告类于上帝曰:"皇帝臣炎敢用玄牡明告于皇皇后帝:魏帝稽协皇运,绍天明命以命炎。昔者唐尧,熙隆大道,禅位虞舜,舜又以禅禹,迈德垂训,多历年载。暨汉德既衰,太祖武皇帝

---

① (唐)房玄龄等:《晋书》卷10,中华书局1974年版,第269页。

拨乱济时,扶翼刘氏,又用受命于汉。粤在魏室,仍世多故,几于颠坠,实赖有晋匡拯之德,用获保厥肆祀,弘济于艰难,此则晋之有大造于魏也。"(《晋书·武帝纪》)

3. 晋、宋禅位:

　　晋帝禅位于王,诏曰:"夫天造草昧,树之司牧,所以陶钧三极,统天施化。故大道之行,选贤与能,隆替无常期,禅代非一族,贯之百王,由来尚矣。……予其逊位别宫,归禅于宋,一依唐虞、汉魏故事。"(《宋书·武帝纪》)

后来的宋禅位于齐,齐又禅位于梁,梁又禅位于陈,大体情形都是如此,所以导致整个魏晋南北朝,一连几个世纪,篡逆骤起,政权更替频频。身处汉、晋历史与现实之间的陶渊明,对以尧、舜禅位为幌子的篡逆者行径,原本认识、感受颇深,而值此晋、宋易代之际,他阅读了汲冢《竹书纪年》中舜囚尧逼位的记载,让他形成了一种新的上古历史观。

三　陶渊明新的历史观与诗文创作

魏正申先生曾经"通检陶集",总结出陶渊明的社会发展阶段观,他说:"到陶渊明所处的时代为止,社会经历了两个不同的发展阶段。一个是传说中的三皇五帝的历史阶段,是诗人极力肯定与追求的;一个是'真风告逝'之后直至魏晋的历史阶段,是诗人否定的。……陶渊明认为,以孔子死后的战国为界。第二个阶段又分为前后两期,后期较前期的世风败坏尤烈。"[①] 并针对有人认为的陶渊明是"无君论"的看法,提出异议,"认为陶渊明把上古至晋、宋的历史,分为'黄虞'(即远古传说时代)和'三季后'(即始于夏商周的阶级社会)的两种不同的社会阶段。他对这两种不同社会帝王的态度迥然有别;同时,陶渊明早年和晚年对君主的看法也有变化"[②]。魏先生的看法很有创见,值得进一步深入探究。他意识到的"陶渊明早年和晚年对君主的看法也有变化",非常敏

---

① 魏正申:《论陶渊明的社会发展阶段观》,《陶渊明探稿》,文津出版社1990年版,第111—112页。
② 魏正申:《陶渊明的无君论思想之我见》,《陶渊明探稿》,第131页。

锐。而笔者以为陶渊明的这一变化，可以陶渊明读汲冢《竹书纪年》为界进行划分。陶渊明早年对君主的看法，主要是受到儒家六经观念的影响；晚年的变化，主要是受到《竹书纪年》的影响，对儒家乐道的尧、舜禅位之说产生怀疑，由此改变了所有之前对古史的看法，转而追求一种迷恋上古、高蹈世外的理想。

陶渊明早、晚期的诗文作品中，对舜（重华）的态度迥然有变。在一些早期作品中，他接受儒家历史观的影响，对舜等古帝王充满着颂赞与向往。

一是《劝农》诗："悠悠上古，厥初生民。傲然自足，抱朴含真。智巧既萌，资待靡因。谁其赡之？实赖哲人。哲人伊何？时为后稷；赡之伊何？实曰播植。舜既躬耕，禹亦稼穑。远若周典，八政始食。"诗中提到后稷、舜、禹等"哲人"劝农躬耕之事。此诗袁行霈先生系于"晋孝武帝太元五年（380），渊明二十九岁为州祭酒时所作"①。逯钦立先生系于晋元兴二年（403），时年三十九岁。② 可见该诗为早期作品无疑。

二是《命子》诗："悠悠我祖，爰自陶唐。邈为虞宾，世历重光。御龙勤夏，豕韦翼商。穆穆司徒，厥族以昌。"诗中以远祖陶唐（尧）、尧之子丹朱为虞宾，旷世历代其德重明而自豪。之后又以先祖在夏、商、周三代尽力辅佐，国业昌盛而为荣。《命子》诗，杨勇《陶渊明年谱汇订》系于晋孝武帝太元十六年（391），时年陶渊明二十七岁，生长子俨。③ 袁行霈先生系于晋孝武帝太元十四年（389），时年陶渊明三十八岁，长子俨三岁。④ 亦为陶渊明早期作品无疑。

三是《咏贫士》其三："重华去我久，贫士世相寻。"重华，即舜的号。《庄子·秋水》："孔子曰：'来！吾语女。我讳穷久矣，而不免，命也；求通久矣，而不得，时也。当尧、舜而天下无穷人，非知得也；当桀、纣而天下无通人，非知失也；时势适然。……知穷之有命，知通之有时，临大难而不惧者，圣人之勇也。由处矣，吾命有所制矣。'"其中"当尧、舜而天下无穷人"等语或为此诗所据。此诗亦为陶渊明早期作品。

---

① 袁行霈：《陶渊明集笺注》，中华书局2003年版，第36页。
② 逯钦立：《陶渊明集》，中华书局1979年版，第270页。
③ 杨勇：《陶渊明集校笺》，上海古籍出版社2007年版，第413页。
④ 袁行霈：《陶渊明集笺注》，中华书局2003年版，第44页。

魏耕原先生说："《咏贫士》之作年，有归田之初，义熙十四年（418），或宋武帝永初元年（420），或文帝元嘉二年（425），或者三年。作于晋，作于入宋，说法不一。其实此专言隐居者贫困与孤独，看不出明显的时代痕迹。"① 其说甚是。陶渊明"少而穷苦"（《与子俨等疏》），他自述说："自余为人，逢运之贫。"（《自祭文》）"生生所资，未见其术。"（《归去来兮辞》）所以仅从陶渊明的贫苦判定《咏贫士》诗的作年，立论不够充分。《咏贫士》所云："诗书塞座外，日昃不遑研"，是说饥饿与寒冷，迫使他研读《诗》《书》的精力都没有。纵观陶集，描述阅读《诗》《书》的生活，都是在他的人生早期。《饮酒》其十六："少年罕人事，游好在《六经》。"《辛丑岁七月赴假还江陵夜行涂口》："诗书敦宿好，林园无俗情。"皆是其证。除此之外，没有再特别提到他阅读《诗》《书》等六经典籍，而只笼统地说是"书"，或是具体的书名如《周王传》、《山海图》。陶渊明《与子俨等疏》有"吾年过五十"、"疾患以来，渐就衰损。亲旧不遗，每以药石见救，自恐大分将有限也"等语，颜延之《陶征士诔》也有"年在中身，疢维痁疾，视死如归，临凶若吉"的说法，可见年过五十的"痁疾"对陶渊明的身体造成的伤害很大，精力大不如前。大概由于这样的原因，他晚年多阅读《周王传》、《山海图》之类消遣性的书。因此，陶渊明阅读《诗》《书》等六经典籍与其他书籍的差异，也可以作为我们区分陶渊明作品大致年代的一个标志之一。

而《咏贫士》诗写了上古及两汉一系列贫士：荣启期、原宪、黔娄、袁安、张仲蔚，黄子廉，很像是一组读书笔记，作于早年研读《诗》《书》时期。"先师有遗训，忧道不忧贫"，用他们的安贫乐道鼓励自己。陶渊明老来多病，作文不多，作于晚年的《答庞参军》诗序说："吾抱疾多年，不复为文。本既不丰，复老病继之。"由此可见，《咏贫士》七首作于晚年的可能性不大。结合相关作品，笔者认为，可能作于归隐初期，即义熙二年，时年陶渊明四十二岁。以下将《咏贫士》七首和归隐初期的作品《归去来兮辞》，列表比较如下：

---

① 魏耕原：《陶渊明论》，北京大学出版社2011年版，第115页。

	《咏贫士》七首	《归去来兮辞》
1	翳然绝交游	归去来兮，请息交以绝游
2	人事固以拙，聊得长相从。	尝从人事，皆口腹自役；寔迷途其未远，觉今是而昨非。
3	赋诗颇能工	临清流而赋诗
4	诗书塞座外，日昃不遑研。	悦亲戚之情话，乐琴书以消忧。
5	欣然方弹琴；清歌畅商音	登东皋以舒啸
6	量力守故辙，岂不寒与饥？	余家贫，耕植不足以自给。
7	迟迟出林翮，未夕复来归	世与我而相违，复驾言兮焉求？鸟倦飞而知还。
8	弊襟不掩肘，藜羹常乏斟。	幼稚盈室，缾无储粟。
9	岂忘袭轻裘？苟得非所钦。	富贵非吾愿，帝乡不可期。
10	阮公见钱入，即日弃其官。	公田之利，足以为酒，故便求之。及少日，眷然有归欤之情。
11	岂不实辛苦？所惧非饥寒。	饥冻虽切，违己交病。
12	万族各有托，孤云独无依。	善万物之得时，感吾生之行休。
13	介焉安其业，所乐非穷通。	聊乘化以归尽，乐夫天命复奚疑。

仅根据上表的大致统计，《咏贫士》七首诗与《归去来兮辞》语意相似或相近处，竟达13处之多，二者之间的密切关系，值得我们进一步探讨。

四是《天子孝传赞》称颂"虞舜"、"夏禹"云：

> 虞舜父顽母嚚，事之于畎亩之间，以孝烝烝。是以尧闻而授之，富有天下，贵为天子。以为不顺于父母，若穷而无归，惟闻亲可以得意。苟违朝夕，若婴儿之思恋，故称舜五十而慕。《书》曰："戛击鸣球，搏拊琴瑟以咏，祖考来格。"言思其来而训之。爱敬尽于事亲，是以德教加于百姓，刑于四海。
>
> 夏禹有天下以奉宗庙，然躬自菲薄以厚其孝。孔子曰："禹，吾无间然矣。菲饮食，而致孝乎鬼神；恶衣服，而致美乎黻冕。"禹之德于是称闻。圣人之德无以加于孝敬，孝敬之道，美莫大焉。

这是陶集中称赞舜、禹孝道美德的唯一文字。因为是北朝阳休之在萧统八卷本《陶渊明集》基础上增收的，所以，《四库全书总目提要》、陶澍、梁启超、郭绍虞等以降，多认为非陶渊明所作。袁行霈先生《陶渊明集笺注》"移至书后，编为外编"（《凡例》），不作笺注。而港台学者杨勇先生等力证"为渊明之手笔，固无可疑也"。杨勇先生注云："方宗诚《真诠》云：'《五孝传赞》大抵略述古人之孝，以示诸子者耳，非著述也。观《与子俨等疏》后段勉其兄弟友爱，引古人以示之准，可悟此传为命子之作，非特著以示世者也。'其言甚是。"① 由此推断此文，若果为陶渊明作品，作为"命子之作"，亦当作于早年。

以上是陶渊明早期作品对舜（重华）等的称颂情况。而在他晚年的一些作品中，从传说的帝王一直到唐尧，多所提及，唯独不提虞舜以后的帝王。② 陶渊明晚年作品提到的上古帝王（臣）大致有以下十三位：

一是无怀氏、葛天氏。《五柳先生传》云：

酣觞赋诗，以乐其志。无怀氏之民欤？葛天氏之民欤？

袁行霈先生笺注说："《管子·封禅》：'昔无怀氏封泰山。'尹知章注：'古之王者，在伏羲前。'《吕氏春秋·古乐》：'昔葛天氏之乐，三人操牛尾，投足以歌八阕。'"③ 杨勇先生注云："无怀氏、葛天氏，皆古帝也。或云：无怀氏之时其民甘食而乐居。怀土而重生，鸡犬之音相闻，民至老死不相往来。葛天氏或云为有巢氏，或云在伏羲之前。其治世不言而信，不化而行。"④ 此传的作年，逯钦立先生据吴楚材《古文观止》"刘裕移晋祚，耻不复仕，号五柳先生，此传乃自述其生平"等语，将此文系于永初元年（420）前后⑤，时年陶渊明五十六岁。袁行霈先生说："细审文章意趣，颇为老成，五柳先生之形象亦不类青年。"因而将该诗系于晋安帝义熙十一年（415），认为陶渊明本年"前后与友人交往较多，其狷介之性益发突出，姑且系于本年下"⑥。魏耕原先生认为当作于六十岁以后，即宋文帝元嘉元年（424）。⑦

---

① 杨勇：《陶渊明集校笺》，上海古籍出版社2007年版，第314页。
② 只有两个例外。一个例外是仅有一次提及舜：《读山海经》第十三首"何以废共鲧？重华为之来"，并且是作为反面例证，忠告"帝者慎用才"而提到的；另一个例外，《读山海经》多次提及周穆王，甚至"恨不及周穆，托乘一来游"，表达希冀高蹈世外。这两处，笔者在本章第二节已有详述，可参看。
③ 袁行霈：《陶渊明集笺注》，中华书局2003年版，第506页。
④ 杨勇：《陶渊明集校笺》，上海古籍出版社2007年版，第288页。
⑤ 逯钦立：《陶渊明事迹诗文系年》，《陶渊明集》，中华书局1979年版，第287页。
⑥ 袁行霈：《陶渊明集笺注》，中华书局2003年版，第504页。
⑦ 魏耕原：《陶渊明论》，北京大学出版社2011年版，第250—254页。

二是东户、赫胥氏。《戊申岁六月中遇火》云：

> 仰想东户时，余粮宿中田。鼓腹无所思，朝起暮归眠。既已不遇兹，且遂灌我园。

东户，《淮南子·缪称训》高诱注："东户季子，古之人君。"《春秋元命苞》曰："天地开辟，至春秋获麟之岁，凡二百二十六万七千岁，分为十纪；其第八曰因提纪。"《路史》引《壶书》："因提内分十三氏，凡六十八世；其第四氏即为东户，凡十七世。"丁福保《陶渊明诗笺注》云："东户，为太昊以前古帝王也。""鼓腹无所思"，杨勇先生引《庄子·马蹄篇》云："夫赫胥氏之时，居民不知所为，行不知所之，含哺而熙，鼓腹而游。"① 可见其诗中还隐含了一位上古帝王赫胥氏。

此诗作年，据诗题，可知为晋安帝义熙四年戊申（408），时陶渊明44岁。此诗虽然作于归隐初期，但却是了解陶渊明思想前后发生转变的关键点，是他人生早期、晚年思想转变的分水岭。袁行霈先生说"'仰想东户时'数句，与《桃花源记》参看"，可见其思想的转变。对于诗中思想的变化，可能与政治环境急转直下有关。这年正月，朝廷征车骑将军刘裕为侍中，开府仪同三司，由此陶渊明益知世事不可为，国家的命运，个人的不幸，促使陶渊明感念上古帝王。其思想之心迹，正如钟秀所云："靖节此诗当与《挽歌》三首同读，才晓得靖节一生学识精力有大过人处。其于生死祸福之际，平日看得雪亮，临时方能处之泰然，与强自排解、貌为旷达者，不啻霄壤之隔。大凡躁者处常如变，无恶无怒，无忧无戚；静者处变如常，有恶而安，有忧而解。盖以心有主宰，故不为物所牵，此无他，分定故也。"② 可作为我们了解该诗的一个重要注脚。

三是羲皇上人、伏羲、神农。

> （1）《饮酒》其二十：羲农去我久，举世少复真。汲汲鲁中叟，弥缝使其淳。

羲、农指伏羲、神农。此诗的作年，袁行霈先生系于义熙十三年，指出"《饮酒》诗正作于刘裕加紧篡位晋朝将亡之时"，"且有'邵生'、'三

---

① 此诗笺注，均参考杨勇《陶渊明集校笺》，上海古籍出版社2007年版，第131页。
② （清）钟秀：《陶靖节纪事诗品》，《陶渊明诗文汇评》，《陶渊明资料汇编》（下），第143页。

季'、'伐国'等词以暗示晋将亡也"①。其说甚是,可从。

(2)《与子俨等疏》:少学琴书,偶爱闲静,开卷有得,便欣然忘食。见树木交荫,时鸟变声,亦复欢然有喜。常言:五六月中,北窗下卧,遇凉风暂至,自谓是羲皇上人。

羲皇上人,王瑶先生说:"羲皇,传说中的上古帝王伏羲。羲皇上人,指上古时代的人。"②杨勇先生义同。逯钦立、袁行霈先生等均释义为伏羲氏以前的人。大体意思都近同。此文的作年,一般年谱都系于陶渊明五十岁之后,如逯钦立先生《陶渊明事迹诗文系年》系于义熙十一年,时年陶渊明五十一岁。因为文中明确说"吾年过五十",可见也是晚年的作品。

四是炎帝、帝魁。《感士不遇赋》云:

哀哉!士之不遇,已不在炎帝、帝魁之世。

袁行霈先生笺注说:"《文选》张衡《东京赋》:'昔常恨三坟五典既泯,仰不睹炎帝帝魁之美。'薛综注:'炎帝,神农后也。帝魁,神农名。并古之君号也。'李善注引宋衷《春秋传》:'帝魁,黄帝子孙也。'"③杨勇先生注云:"炎帝,神农氏。帝魁,黄帝子孙。"④各家说法不一。但为上古君王则无疑义。关于此赋作年,魏耕原先生研究指出:"说法颇为纷纭。言及者皆选取其中数语为据,以之作为参照,所取者不同,结论亦异。古直《陶靖节年谱》言'殆彭泽去官后作也',着眼于'宁固穷以济意,不委曲而累己'等语,系于义熙三年(407),即与作于元年《归去来兮辞》相发明。袁行霈先生亦同。逯钦立则系于二年,王瑶注谓与《读山海经》情趣相似,故系于宋永初三年(422)。杨勇年谱亦同。龚斌先生注谓此思想内容多与《饮酒》相近,指义熙末称疾不应征命,作于义熙十一二年间。还有谓作于丁忧家居的元兴二年(403)。期间差异悬

---

① 袁行霈:《陶渊明集笺注》,中华书局2003年版,第506页。
② 王瑶:《陶渊明集》,作家出版社1956年版,第155页。
③ 袁行霈:《陶渊明集笺注》,中华书局2003年版,第441页。
④ 杨勇:《陶渊明集校笺》,上海古籍出版社2007年版,第258页。

隔几近20年。"① 因而，魏先生指出《感士不遇赋》中体现的应是陶渊明晚年的思想，但与归隐初期的《归去来兮辞》确实有较深的渊源，"陶渊明五官三休后的归隐，是以所作《归去来兮辞》为开始，又以晚年所作的《感士不遇赋》作为总结。前者作于血气方刚的四十一岁，后者作于老骥伏枥的近于耳顺之年，前后相距十七八年，但都与他的隐居有绝大关系"②。其说与明代茅坤看法相近："间读先生所著《归去来兮辞》并《五柳先生传》，千年来共谓古之栖逸者流，而以诗酒自放者也。已而予三复之，及读《咏三良》、《咏荆轲》与《感士不遇赋》，其中多呜咽感慨之旨。"③ 茅坤认为《感士不遇赋》与《咏三良》、《咏荆轲》一样，均为晚年感愤之作，应有一定道理。

五是黄帝、唐尧。

(1)《时运》："黄唐莫逮，慨独在余。"

黄唐指黄帝、帝尧。陶集中曾经多次黄帝、帝尧并提，这是最早的一次。而不是我们常说的尧、舜并提。只提尧，而不及舜，因疑此时可能陶渊明已将汲冢《竹书纪年》读过。袁行霈主张将《读山海经》系于义熙二年，即陶渊明归隐后的第一年，可能有一定道理。陈祚明《采菽堂古诗选》说："欣在春华，慨因代变。黄、农之想，旨寄西山。命意独深，非仅独闲。"可见陶渊明此时已是心事重重，与晚年心迹相类。

(2)《赠羊长史》："愚生三季后，慨然念黄虞。"

此诗的诗序说："左军羊长史，衔使秦川，作此与之。"元人刘履《选诗补注》云："义熙十三年，太尉刘裕伐秦，破长安，秦王姚泓诣建康，受诛。时左将军朱龄石遣长史羊松龄往关中称贺。"④ 此说多被后世认同，此诗作于义熙十三年，一般分歧不大。

(3)《读史述九章·夷齐》："采薇高歌，慨想黄虞。"

---

① 魏耕原：《陶渊明论》，北京大学出版社2011年版，第228页。
② 同上书，第216页。
③ （清）陶澍：《诸家评陶汇集》，《靖节先生集》附录，文学古籍刊行社1956年铅印本。
④ （元）刘履：《选诗补注》卷5，明嘉靖养吾堂刊本。

以上两处提及"黄虞",从黄帝到虞舜,是上古政治革命易代的分水岭,虞舜以前是陶渊明所向往的,虞舜以后帝王借助所谓禅让制度,实包藏篡逆野心。前后政治人心变化之大,令陶渊明感慨万千。宋人葛立方《韵语阳秋》说:"观渊明《读史述九章》,其间皆有深意,其尤章章者,如《夷齐》、《箕子》、《鲁二儒》三篇。《夷齐》云:'天人革命,绝景穷居。'"据此杨勇先生推定"本文是其晋、宋易代之后作品无疑也"[1],将此诗系于宋武帝永初元年(420),时年陶渊明五十六岁。其说甚是,可从。

(4)《感士不遇赋》:"望轩唐而永叹,甘贫贱以辞荣。"

轩唐指轩辕氏黄帝、陶唐氏尧。此赋亦为晚年作品,前文已述。

此外,还有单独称引黄帝的,例如:

(5)《读山海经》其四:"岂伊君子宝,见重我轩黄。"

轩黄,指轩辕氏黄帝。《读山海经》的作年,一般认为在晋、宋易代之际,详见本章第二节叙述。

六是天老、容成。《述酒》诗云:

朱公练九齿,闲居离世纷。峨峨西岭内,偃息常所亲。天容自永固,彭殇非等伦。

天、容分别指黄帝时的大臣天老、容成。陶澍注云:"'天容自永固'谓天老、容成,与下彭、殇为对。"袁行霈先生笺注说:"'天老',黄帝之臣,著有《杂事阴道》二十五卷。事见《竹书纪年》上、《列子·黄帝》。容成,黄帝史官,始造律历。《列仙传》:'容成公自称黄帝师,见周穆王,善辅导之术。'"[2]《述酒》诗为被弑杀的晋恭帝(零陵王)所作,晋恭帝卒于宋武帝永初二年(421),各家年谱多系于此年。

综上所述,陶渊明诗文中提及的这十三位上古帝王(臣),均为他晚年的作品。以上这些早、晚期作品中展现出来对于帝王情感的鲜明对比与

---

[1] 杨勇:《陶渊明集校笺》,上海古籍出版社2007年版,第289页。

[2] 袁行霈:《陶渊明集笺注》,中华书局2003年版,第303页。

变化，充分表现出陶渊明历史观及其思想的变化，以及他对上古帝王治世的向往和追求。

《戊申岁六月中遇火》："仰想东户时，余粮宿中田。鼓腹无所思，朝起暮归眠。既已不遇兹，且遂灌我园。"《绎言》引《子思子》记载："东户氏之熙载也，绍荒屯，遗美好，垂精拱默，而九寰以承流。当是之时，禽兽成群，竹木遂长，道上雁行而不拾遗；耕者余饷，宿之陇首。其歌乐而无谣，其哭哀而不声，皆至德之世也。"因此袁行霈先生说："'仰想东户时'数句，与《桃花源记》参看，可见向往原始社会之真淳朴素，乃渊明一贯想法。"① 以这首诗为发端，之后的《桃花源记》、《读山海经》均寄怀世外，表现出他晚年的成熟思想。《述酒》诗："朱公练九齿，闲居离世纷。峨峨西岭内，偃息常所亲。天容自永固，彭殇非等伦。"南宋汤汉注云："朱公，托言陶也。意古别有朱公修炼之事，此特托言陶耳。晋运既终，故陶闲居以避世，明言其志也。"又古直先生《陶渊明诗笺证稿》说："西岭，殆指昆仑山，昆仑仙真之窟，正在西方也。"晚年的陶渊明，常托仙游世外，表现他对古史的看法和晋、宋易代的愤懑。

他说："黄唐莫逮，慨独在余。"（《时运》）又说："愚生三季后，慨然念黄虞。"（《赠羊长史》）接着又说："采薇高歌，慨想黄虞。"（《读史述九章·夷齐》）在他晚年的诗篇中，可谓三致意焉。三季，学者们的解释，一般皆引证《国语·晋语一》："今晋寡德而安俘女，又增其宠，虽当三季之王，不亦可乎？"韦昭注："季，末也。三季王，桀、纣、幽王也。"释义为夏、商、周三代之末。通过上文的考察，笔者认为，这种理解似与陶渊明的历史观总体不谐和。如上文所提，曾经"通检陶集"专力研究陶渊明的社会发展阶段观的魏正申先生，基于对陶渊明历史观念的较深认识，提出"从强调孔子死后各家学派彼此相异而排斥的情况看，'三季后'当指战国时期"② 的说法。结合上文对陶渊明诗文中出现的古帝王的通盘考察，笔者认为"三季"似指尧、舜、禹三代，其义与《国语》中的"三季之王"不同，属于陶渊明的新创词义。③ "愚生三季后"，即谓我生于尧、舜、禹三代之后。所以才有"慨然念黄虞"

---

① 袁行霈：《陶渊明集笺注》，中华书局 2003 年版，第 223 页。
② 魏正申：《论陶渊明的社会发展阶段观》，《陶渊明年探稿》，第 112 页。
③ 魏耕原先生指出："《陶渊明集》有不少创造性词汇，而且其中一部分未被《汉语大词典》所收录，这些大多属于疑难语词，往往索解不易。"（《陶渊明论》，北京大学出版社 2011 年版，第 329 页）"三季"一词大概也属于此类。

之说。按《竹书纪年》记载，黄帝、舜是中国古史的分水岭。舜逼尧退位，开创中国历史的恶例。后世却以"禅让"粉饰，编造出舜作为贤臣孝子的典型。《饮酒》其六："行止千万端，谁知非与是？是非苟相形，雷同共誉毁！三季多此事，达士似不尔。咄咄俗中恶，且当从黄绮。"陶诗每次出现"三季"一词，都和"黄绮"等相联系一起，当是有所寄托而言。《饮酒》其六说："三季多此事，达士似不尔。咄咄俗中恶，且当从黄绮。"《赠羊长史》诗说："愚生三季后，慨然念黄虞。……路若经商山，为我少踌躇。多谢绮与甪，精爽今何如？"诗中的"黄绮"、"绮与甪"，均指秦末汉初隐居商山的东园公、甪里先生、绮里季、夏黄公。四人须眉皆白，故称商山四皓。事见《史记·留侯世家》。这四人的典故，在陶集中一共出现4次。除上两例外，还有《桃花源诗》："嬴氏乱天纪，贤者避其世。黄绮之商山，伊人亦云逝。"《蜡日》："章山有奇歌。"每一次出现，都寄托着陶渊明深切的感慨与理想。《饮酒》诗，正如袁行霈先生笺注所说："诗曰'三季'盖隐指晋末。渊明处是非之时，欲超乎是非，而自甘隐居也。"① 《赠羊长史》，如陶澍所注："闻人倓曰：刘裕平关中，越二年即受禅。陶公此诗，念黄、虞，谢绮、甪，盖致慨于晋、宋之间也。"《桃花源记及诗》，王叔岷云："四皓所处秦、汉易代之际，退隐商山；陶公处晋、宋易代之交，退隐田园。其境遇相似。桃花源诗及记，以四皓、伊人之避秦寄意，非偶然也。"②《汉书·王贡两龚鲍传序》："汉兴有园公、绮里季、夏黄公、甪里先生，此四人者，当秦之世，避而入商雒深山，以待天下之定也。"按陶公所处时代，与四皓时代相似，寄寓相似。陶公多次用商山四皓不事刘汉，暗示自己不事刘宋。

其实，此处正如马璞所言，陶公"慨慷后世之事，而晋、宋之事在其中，并不专言晋、宋也"③，而是针对整个"三季"后而言，既说"愚生三季后，慨然念黄虞"，又说"三季多此事，达士似不尔。咄咄俗中恶，且当从黄绮"。如前文所详述，通过读汲冢《竹书纪年》，得知舜囚尧篡位；《读山海经中》："何以废共鲧？重华为之来。"又是舜向尧进言而放逐共工、诛杀鲧的。这些史实，于《竹书纪年》等史料皆有征。所以陶渊明在"愚生三季后，慨然念黄虞"之后紧接着说："得知千载外，正赖古人书。"怎么知晓千年以前的事情呢？"正赖古人书"。什么样

---

① 袁行霈：《陶渊明集笺注》，中华书局2003年版，第252页。
② 王叔岷：《陶渊明诗笺证稿》，中华书局2007年版，第517页。
③ （清）马璞：《陶诗本义》卷4，《陶渊明诗文汇评》，《陶渊明资料汇编》（下），第310页。

的书才是真正的"古人书"？此处应指未经汉儒改动的书。而西晋刚出土的汲冢书，正属于此类。所以，此处的"正赖古人书"，即指汲冢书《竹书纪年》、《穆天子传》等。为什么要强调这点？陶渊明晚年通过《竹书纪年》等汲冢书，意识到汉儒以后的典籍记载，都不是真实的历史。所以他在《桃花源记》中着意强调说："乃不知有汉，无论魏晋。"否定汉、晋以来的历史。而通过阅读《竹书纪年》等"古人书"，让他了解到汉、晋以来的名为禅位实即篡逆的虚伪政治，并不仅仅起源于汉，而是发端于舜。被儒家美化的尧舜禅位，竟是舜因尧而自篡的。舜的伪孝伪行，让他感触到自舜以下整个世风的虚伪。所以他感慨"愚生三季后，慨然念黄虞"；感慨"三季"之后，"是非苟相形，雷同共誉毁"。在畅怀心迹的《饮酒》二十首中，他再三致意，表达同样一种感受。第三首说："道丧向千载，人人惜其情。"起意还比较含蓄。到第六首说："行止千万端，谁知非与是？是非苟相形，雷同共誉毁！三季多此事，达士似不尔。咄咄俗中恶，且当从黄绮。"已经比较直露。到第二十首："羲农去我久，举世少复真！"简直就是宣泄而出。

在《感士不遇赋》中，他更是进一步地尽情渲染，开篇即说：

夫履信思顺，生人之善行；抱朴守静，君子之笃素。自真风告逝，大伪斯兴，间阎懈廉退之节，市朝驱易进之心。怀正志道之士，或潜玉于当年；洁己清操之人，或没世以徒勤。故夷皓有安归之叹，三闾发已矣之哀。悲夫！……咨大块之受气，何斯人之独灵！禀神智以藏照，秉三五而垂名。或击壤以自欢，或大济于苍生。靡潜跃之非分，常傲然以称情。世流浪而遂徂，物群分以相形。密网裁而鱼骇，宏罗制而鸟惊。彼达人之善觉，乃逃禄而归耕。山嶷嶷而怀影，川汪汪而藏声。望轩唐而永叹，甘贫贱以辞荣。……嗟乎！雷同毁异，物恶其上。妙算者谓迷，直道者云妄。坦至公而无猜，卒蒙耻以受谤。虽怀琼而握兰，徒芳洁而谁亮。哀哉！士之不遇，已不在炎帝、帝魁之世。

自炎帝、帝魁、羲农、轩辕、唐尧之后，"真风告逝，大伪斯兴"。《扇上画赞》说："三五道邈，淳风日尽。九流参差，互相推陨。""缅怀千载，托契孤游。"在"淳风日尽"的世风之下，效仿先贤隐逸，"缅怀千载，托契孤游"成为他最希冀的人生快事。不管是《读山海经》中的"恨不及周穆，托乘一来游"，还是他笔下虚构的仙境世界"桃花源"，都成为他新历史观的写照,他晚年政治理想的寄托。陶澍说:"窃意桃源之事,以避秦为言,至云'无论魏、晋。'乃寓意于刘裕,托之秦借以为喻耳。近时胡宏仁仲云:'先生高步窘末代,雅志不肯为秦民。故作斯文写幽意,要似寰海离风尘。'其说得之矣。"① 此中道破陶渊明创作《桃花源记》的寓意和寄托。

《桃花源记》:"自云先世避秦时乱,率妻子邑人,来此绝境,不复出焉,遂与外人间隔。问今是何世,乃不知有汉,无论魏晋。"《桃花源诗》:"嬴氏乱天纪,贤者避其世。黄绮之商山,伊人亦云逝。"秦朝、嬴氏,是陶集中自尧、舜、禹三代之下,唯一被提及的王朝与帝王(周穆王例外)。这其中谜团太多,寓意太深。一般论者认为"嬴氏乱天纪"是实指晋宋的现实。这话不错。但他的典故从何而来?有论者又将"嬴氏"解释为秦始皇。但如何将"嬴氏乱天纪"与秦始皇搭上关系,往往语焉不详。因此,"嬴氏乱天纪"到底何意?而依据史实,商山四皓隐居在秦末,应与"嬴氏乱天纪"没有关系,这其中怎么解释?所谓"秦时乱",又指的是什么?所有这些,恐怕都难以索解。而《桃花源诗》:"虽无纪历志,四时自成岁。"按典籍记载,我国"纪历志"始于虞舜,即唐尧禅位、虞舜监国时期。《尚书·虞书·尧典》记载:"昔在帝尧,聪明文思,光宅天下。将逊于位,让于虞舜,作《尧典》。……帝曰:'咨!汝羲暨和。期三百有六旬有六日,以闰月定四时,成岁。允厘百工,庶绩咸熙。'"后世典籍多将其归于唐尧时期,而按《尚书》记载可知,虽然仍是尧的年号,但当时尧已经逊位,政由舜出。所以,"纪历志"实际是始于舜的。

由此可知,"虽无纪历志,四时自成岁",表达的历史观念和"愚生三季后,慨然念黄虞"实质一样,向往唐尧以前的上古帝王,在思想上否定自虞舜禅位以下的历史,直至"乃不知有汉,无论魏晋",否定整个"三季后"的历史王朝,"晋、宋之事在其中,并不专言晋、宋"。但这样的思想,绝不是所谓"无君论",他自谓是无怀氏之民、葛天氏之民,自谓是羲皇上人,仰想东户,慨想黄虞,"要似寰海离风尘",向往风气淳真的上古时代。只有真正把握住了这些,才能对陶渊明的历史观念与政治理想有一个更为通透的理解和认识。

---

① (清)陶澍:《靖节先生集》卷6,文学古籍刊行社1956年铅印本。

第四章　陶渊明的文艺创作之微观

囿于各种因素的制约与影响，陶渊明的文艺思想或罕有论及，或罕有论全，难以举其全貌。这也从一个侧面正反映了陶诗的深邃、不好读。陶渊明的文艺思想，罕有论及者，如罗宗强先生所说："在中国文学理论批评史上，陶渊明向不为人所注意，罕有论及之者。这大概是因为他没有留下文学理论和文学批评的文字的缘故。但是，在中国文学思想史上，却不得不谈陶渊明。他在文学题材、审美趣味和人生境界和艺术境界诸方面，为中国文学思想的发展提供的东西，可以是划时代的，影响至为深远的。"[①] 陶渊明的文艺思想，罕有论全者，如魏耕原先生所说："陶渊明的文艺思想，或美学思想，论者向来以'平淡'、'自然'、'真率'为结论。把'自娱'说看作他的创作理想，陈陈相因，从无异词。""陶渊明的创作意识与审美意识也存在着矛盾与复杂性，论者往往就其一点，忽视其他，或人为地不及其余，依此为据，难免不出现偏差。"[②] 陶渊明属于矛盾型、多面性的文学人物，被顾随先生称之为"最难解"的诗人，他的文艺思想因而也呈现出多面性的特征。鉴于此，笔者拟结合前贤研究和陶渊明诗文作品，对于他的文艺思想加以综合考察，以力求全面把握。

第一节　陶渊明文艺思想的综合考察

一　"立言以不朽"的创作观

《史记·孔子世家》记载："子曰：'弗乎弗乎，君子病没世而名不称焉。吾道不行矣，吾何以自见于后世哉？'乃因史记作春秋，上至隐公，

[①] 罗宗强：《魏晋南北朝文学思想史》，中华书局 1996 年版，第 165 页。
[②] 魏耕原：《陶渊明论》，北京大学出版社 2011 年版，第 60 页、第 156 页。

下讫哀公十四年，十二公。"孔子汲汲奔走于当时的诸侯各国，没有实现他的政治理想，晚年回到鲁国，退而整理诗书礼乐，作《春秋》，成为后世立德、立言的典范。

《左传·襄公二十四年》记载：

> 二十四年春，穆叔如晋。范宣子逆之，问焉，曰："古人有言曰，'死而不朽'，何谓也？"……穆叔曰："大上有立德，其次有立功，其次有立言，虽久不废，此之谓不朽。"

自此以降，立德、立功、立言三不朽的观念，与《左传》等典籍一起，成为儒家思想文化的代表，影响着后世人们的人生价值取向和追求。

陶渊明是孔子以降，颇具有儒家襟抱之人。明、清以来的学者，多称誉他的圣贤之志。清代刘熙载说："陶诗有'贤哉回也'，'吾与点也'之意，直可嗣洙、泗遗音。其贵尚节义，如咏荆轲、美田子泰等作，则亦孔子贤夷、齐之志也。"① 方宗诚也说："陶公实志在圣贤，非诗人也。"②两者均将陶渊明的志向与孔子并提。梁启超先生说："渊明本是儒家出身，律己甚严，从不肯有一丝苟且卑鄙放荡的举动。……他只是平平实实将儒家话身体力行。""他虽然生长在玄学佛学氛围中，他一生得力处和用力处都在儒学。"③ 陶渊明是晋、宋儒学衰微时代孔子言行的践行者。黄仲仑先生说："孔子的学术思想，是我国的正统，数千年的历史文化，皆渊源于孔子学说。人们宗师孔子，尊重儒学，当然是天经地义的事。可是当魏晋时期的东晋，道家思想复盛，佛家输入流行，加以时局动荡，生活不安，甚至身家性命都没有保障。因而当时的士人，不入道家去求仙，就进佛门谈虚空，养成那一时代崇尚清谈，不务实际的风气。像'竹林七贤'者，比比皆是。然而渊明先生虽生在东晋，最重儒学，尤其对那'汲汲鲁中叟，弥缝使其淳'的圣者，更是非常仰慕，十分崇拜。他不仅对儒家经术造诣高深，而且笃实践履，安贫固穷，是一位具有'仁者'襟怀的人。"④《论语·为政》记载：

---

① （清）刘熙载：《艺概》卷2《诗概》，上海古籍出版社1978年版，第54页。
② （清）方宗诚：《陶诗真诠》，《陶渊明研究资料汇编》（上），第253页。
③ 梁启超：《陶渊明之文艺及其品格》，《陶渊明》，《饮冰室合集》第12册，中华书局1989年影印本，第10页。
④ 黄仲仑：《陶渊明作品研究》，（台北）帕米尔书店1965年版，第258页。

> 子曰:"吾十有五而志于学,三十而立,四十而不惑,五十而知天命,六十而耳顺,七十而从心所欲,不逾矩。"

陶渊明的人生志向与子女教育,都是严格参照孔子设定的这个人生规划来实践的。

1. 十五志于学。陶渊明《荣木》自序云"总角闻道"。总角,借指童年。其年龄亦可在十五六岁。《陈书·韩子高传》:"子高年十六,为总角,容貌美丽,状似妇人。"可知陶渊明所称的"总角闻道",与孔子的"十五志于学"的密切关系。陶渊明对子女的教育,更是按照孔子的人生来规划的。陶渊明《责子》诗云:"虽有五男儿,总不好纸笔。阿舒已二八,懒惰故无匹。阿宣行志学,而不爱文术。雍、端年十三,不识六与七。"诗中"阿宣行志学",是说阿宣即将到十五岁"志于学"的年龄,但是不喜欢"文术"。"阿舒已二八",二八,一作"十六"。阿舒已年过十五岁,正在"志学"阶段,但是"懒惰故无匹",不愿意学习上进。而雍、端年仅十三岁,尚不到"志于学"的年龄,不能识数。"雍、端年十三,不识六与七"二句,学人或理解成陶翁嗜酒,导致儿子智力低下;或理解为陶翁的幽默,此乃戏语,不可当真。而从陶渊明恪守孔子"十五志于学"的人生信条来看,笔者认为此处应该是:雍、端两人年仅十三岁,尚不到"志于学"的年龄,陶公还没有对他们进行文化学习的教育,所以他们还处于尚不能识数的懵懂阶段。

他甚至给长子陶俨取字为"求思",以希企赶上孔子之孙子思之意。《命子》诗云:"卜云嘉日,占亦良时。名汝曰俨,字汝求思。温恭朝夕,念兹在兹。尚想孔伋,庶其企而。"孔伋,为孔子之孙,字子思。相传他忠实地继承了孔子的儒学思想。陶渊明给长子取字"求思",可见其深意。

2. 三十而立。陶渊明在将近三十时出仕为官,亦意在践行孔子的"三十而立"之教。这在他的一些诗文中,都有所体现。典型的如《饮酒》其十九:"畴昔苦长饥,投耒去学仕。是时向立年,志意多所耻。"《辛丑岁七月赴假还江陵夜行涂口》:"闲居三十载,遂与尘事冥。诗书敦宿好,林园无俗情。"

3. 四十不惑。孔子认为,四十是人生事业的标志转折期。《论语·阳货》:"子曰:'年四十而见恶焉,其终也已。'"《论语·子罕》:"子曰:'后生可畏,焉知来者之不如今也?四十、五十而无闻焉,亦不足畏也已。'"孔子认为一个人到了四十岁,还没有什么大的作为,那么他这一辈子就完了。① 所以，陶渊明在《荣木》诗中说："先师遗训，余岂云坠。四十无闻，斯不足畏！"又《连雨独饮》云："自我抱兹独，俛俛四十年。"又《戊申岁六月中遇火》云："总发抱孤念，奄出四十年。"这些诗都强烈地表述出对自己功业未建的忧心与失落。因而他在四十岁，又主动求仕，出任彭泽令，"仲秋至冬，在官八十余日"，"于是怅然慷慨，深愧平生之志"，决意不再出仕。正如魏耕原先生所说，陶渊明的仕与隐，都是按照孔子三十而立与四十不惑的名言来安排的。他依从孔夫子三十而立与四十不惑的人生历程，二十九岁出仕，四十一岁归隐，已提前一年学仕，而大彻大悟的"不惑"亦向后推移了一年。② 确实如此。陶渊明按照孔子的人生信条，对自己的或仕或隐，作出了最后的抉择。

4. 五十知天命。陶渊明《杂诗》其六云："昔闻长者言，掩耳每不喜。奈何五十年，忽已亲此事。求我盛年欢，一毫无复意。去去转欲远，此生岂再值。倾家时作乐，竟此岁月驶。有子不留金，何用身后置。"年过五十，陶渊明自言已能深切体会昔日的"长者言"，所称"有子不留金，何用身后置"等，均可谓知天命之言，并以此来安排身后之事。《与子俨等疏》说："吾年过五十，而穷苦荼毒（一作少而穷苦），每以家弊，东西游走。性刚才拙，与物多忤。自量为己，必贻俗患。俛俛辞世，使汝等幼而饥寒。余尝感孺仲贤妻之言，败絮自拥，何惭儿子。此既一事矣。"在这篇疏文中，陶渊明开始反思、总结自己的人生，并借病患之际对身后事作出交代。

5. 六十耳顺。按照一般说法，陶渊明享年六十三岁，而自年过五十患疟疾以来，此时他早已年老力衰，不见他提及孔子的"六十而耳顺"，或与他"抱疾多年，不复为文"（《答庞参军》）有着密切关系。

在音乐方面，亦复如此。陶公一生，与音乐早结不解之缘，从"少学琴书"到"弱龄寄事外，委怀在琴书"，中年更是"乐琴书以消忧"，晚年仍旧"载弹载咏"、"和以七弦"。③ 陶公终其一生对音乐的爱好情感，也是与孔子密不可分的。金元时期，李治曾经批评王若虚错解陶公不通音律时说："《论语·述而》篇：'叶公问孔子于子路，子路不对。子曰："女奚不曰，其为人也，发愤忘食，乐以忘忧，不知老之将至云尔。"'孔子自言乐以忘忧，自谓乐道以忘忧也；孔子乐道以忘忧，渊明

---

① 译文参考杨伯峻《论语译注》，中华书局1980年版，第191页。
② 魏耕原：《陶渊明论》，北京大学出版社2011年版，第24、27页。
③ 参见钟优民《陶学发展史》，吉林教育出版社2000年版，第151页。

乐琴书以忘忧，恶乎不可。"（《敬斋古今黈》）李氏抬出孔子驳斥对方，正是看到了陶渊明情感深处与孔子的一脉相承之处。

总而言之，在失意的人生中，在儒学衰微的晋、宋时代，陶渊明始终恪守着孔子的遗训。他在《荣木》诗中说："先师遗训，余岂云坠？"《癸卯岁始怀古田舍》诗中又说："先师有遗训，忧道不忧贫。"直接称孔子为先师，足见他的敬仰与倾慕。

陶渊明诗文作品中，多达数十处引用《论语》等儒家典籍。清人沈德潜说："晋人诗旷达者征引老、庄，繁缛者征引班、扬，而陶公专用《论语》。汉人以下，宋儒以前，可推圣门弟子者，渊明也。"① 细读陶渊明诗文的人，都有体会：陶渊明的人生、志向、性情、诗风等诸多方面，都与孔子儒家思想融为一体，密不可分。他的壮志，他的豪侠性格与豪放诗风，都"应该联系到陶渊明一生的思想道路来分析。从少年时代的'猛志逸四海'，中年的'日月掷人去，有志不获骋'，到老年的'猛志固常在'，这里显然有一种济世的热情贯注着他的一生"②。

即使有人仅仅将他看作是一名隐士，按照专门从事中国早期隐逸文化研究的学者文青云先生的分析，如果从儒家的隐逸定义出发，所谓的隐士，就只能是儒生。"隐逸是春秋后期和战国时期的产物。并且在很大程度上从孔子本人的思想生发出来的。"③ 不管是陶渊明的出仕，还是归隐，都与孔子的思想学说紧密相连。

《论语·泰伯》记载："子曰：'笃信好学，守死善道。危邦不入，乱邦不居。天下有道则见，无道则隐。邦有道，贫且贱焉，耻也；邦无道，富且贵焉，耻也。'"对于这一思想，文青云先生解释说："孔子从不轻视臣子对于君主的义务，他也不认为那种义务可以轻易抛开。他的基本原则只是一个表述而非直接付诸实践：只要可以推行'道'，君子就可以做官任职；而一旦已经不可能推行'道'，他就必须辞职，以避免道德上的妥协。孔子这种对于出仕与引退的恰当时机的敏锐洞察，正是孟子对孔子大加称赞之处。""一个正直的人，不仅有权利而且有义务，按照他自己

---

① （清）沈德潜：《古诗源》卷9，人民文学出版社1977年版，第204页。
② 廖仲安：《陶渊明》，上海古籍出版社1999年版，第62页。
③ ［澳］文青云：《岩穴之士——中国早期隐逸传统》，徐克谦译，山东画报出版社2009年版，第10、17页。

对正义的理解，决定应当为谁提供服务以及何时应当引身而退。"① 儒家抱定的是"学而优则仕"（《论语·子张》）的观念。"孔子自己的生平表明了他的坚定信念，即有道之人有必要周游列国，直至找到一位愿意将他的理念付诸实践的统治者。……君子可以清醒地服务于任何统治者，只要这个统治者能节制不良行为，并显示某种希望，能将提供给他的光明原则付诸实践。"② 为此孔子周游列国，为实践他的政治理念而奔走，知其不可为而为之；晚年退而编次诗书礼乐，作《春秋》。

陶渊明的仕宦、隐逸、著书，都一一仿效孔子。他先后五次出仕，力图有所作为，所以后人最懂得其心者，都将他与张良、诸葛亮相并提，可惜没有遇上刘邦、刘备等贤能之主，遇上的都是桓玄、刘裕等野心篡逆之徒，身处"无道之世"，陶渊明除了归隐之外，别无他途。因而方宗诚说："渊明非无志于天下也，特生当天下无道之时，不得不隐耳。"又说："渊明盖志希圣贤，学期用世，而遭时不偶，遂以乐天安命终其世耳。"③ 黄仲仑先生也说："渊明先生是有壮志的人……试看他青年时期，'猛志逸四海'，曾两次任参军，继又任彭泽令都想为国家社会，作一番事业。无奈天下纷乱，政治黑暗，不能实现其抱负，完成其理想。只有'养真衡茅下'、'聊为陇亩民'，以诗文自励，煮酒自娱。与孟子周游列国，而道不行，退而与公孙丑万章之徒，著述问难，如出一辙。"④ 陶渊明立功不成，只得退而求其次，仿效孔子以立言不朽名世。

老一辈陶学家李华、魏正申先生等对于这一点，反复申论，阐述较深。李华先生说："古人讲三不朽，应该说渊明一直是心向往之，我们从他的《命子》诗、《孟府君传》、《读史述》、《杂诗》、《感士不遇赋》里，即可透见其中消息。但他也清楚地知道，既然自己政治上难有作为，就只好致力于立言了。所以政局的变化、时代的风气、自己的境遇和人格、思想上的困惑和矛盾以及对人生意义的理解和探讨等，都在他的诗文里集中地反映着。"⑤ 又说陶渊明"大概不甘心，所以写作诗文，既以自慰，也

---

① ［澳］文青云：《岩穴之士——中国早期隐逸传统》，徐克谦译，山东画报出版社2009年版，第25、27页。
② 同上书，第25—26页。
③ （清）方宗诚：《陶诗真诠》，《陶渊明研究资料汇编》（上），第254—255页。
④ 黄仲仑：《陶渊明作品研究》，（台北）帕米尔书店1965年版，第52页。
⑤ 李华：《陶渊明的人生价值观念》，《陶渊明新论》，北京师范学院出版社1992年版，第187页。

是希望在千百年后,能'垂空文以自现',让后人了解他的境遇和他的人格"①。魏正申先生先后作有《论陶渊明以诗文传世的思想》、《再论陶渊明以诗文传世的思想》、《三论陶渊明以诗文传世的思想》,分别从陶渊明注重生前功业、身后声名以及面临现实政治不得不转而从文;从"声名自传于后"的"不朽之盛事"的时代氛围;陶渊明以诗文传世思想的渊源等方面,进行详细探讨,强调"陶渊明一生中,注重生前功业、身后声名的思想,反映在陶集的许多诗文里。……反映了陶渊明以儒学的积极用世精神","陶渊明对文学创作事业的追求是从政不可得的转志,是遵照儒教用世精神的积极进取,表现了一种建立功业的强烈意识"②。由此可见陶渊明希冀效仿孔子,"立言以不朽"的人生追求。

近年也有论者提出一些异议说:"首先应该承认,儒家'立德、立功、立言'的人生价值取向在陶渊明头脑中刻有深刻的印记。但与众不同的是,陶渊明并不满足于这样一种人生皈依的指向。在玄学思潮的熏陶与启示下,他有着自己的独立思考,并找出了自己的答案。……陶渊明既对儒家'三不朽'的价值观心存疑虑,其对曹丕以来文章为'经国之大业,不朽之盛事'的文学观自也不会深信。他的创作基本上都属于遣怀和自娱的性质。"③坦率地讲,这种观点,太过于强调玄学思潮对陶渊明的影响,而忽视了陶渊明诗文中本身流露出的以儒家为旨归的人生归宿探求。立德高不可攀,陶渊明原本没有奢求;而陶渊明五次出仕,即在于立功的追求;归隐以后,立功无望,他退而求其次,非常在意于立言的人生追求。而陶渊明对曹丕的文学观到底持何种态度,在其文集中并未有明确流露。事实上,在陶渊明所处的晋、宋时期,曹丕的文学观对时人并未产生多大的影响。④ 但是将陶渊明的创作,单纯地认为"基本上都属于遣怀和自娱的性质",实也不免偏颇。

陶渊明四十一岁归隐之后,冀"立言以不朽",开创中国文人读书、

---

① 李华:《陶渊明诗文赏析集·前言》,巴蜀书社1988年版。
② 魏正申:《陶渊明评传》,文津出版社1996年版,第99—129页。关于这方面的论述,还参见孟国中《论陶渊明的"不朽"价值追求》一文(《西安电子科技大学学报》2007年第2期)。
③ 杨合林:《陶渊明诗在东晋南北朝的被读解》,《文艺理论研究》2002年第2期,第48页。
④ 关于此点的详细论述,请参见笔者《一至五世纪文学观念的嬗变——兼论"文学自觉时代"之命题》,《古代文学理论研究》第34辑,华东师范大学出版社2012年版。

教书①、写书的生活方式，成为"穷则独善其身"儒家知识分子的典型。顾随先生曾经比较陶渊明、杜甫两人的创作时说："以写而论，老杜可为诗圣；若以态度论之，当推陶渊明。老杜是写，是能品而几于神，陶渊明则根本是神品。"②杜甫幸逢盛唐，心中以"立功"为上，而陶渊明归隐守拙，退而以"立言"为尚，故而两人有此之别。

台湾学者潘重规先生曾经针对《圣贤群辅录》是否为伪作展开细致探讨，他称道："细箍《四八目》（笔者按：即《圣贤群辅录》）全文，以余观之，实陶平日读书之札记，盖有疾没世而名不称之感。"（《圣贤群辅录新笺》）唐代李善在班固《幽通赋》："要没世而不朽兮，乃先民之所程"句下注引说："《论语》子曰：'君子疾没世而名不称焉。'《左氏传》穆叔曰：'鲁有先大夫臧文仲，既殁，其言立，此之谓不朽。'"可见"疾没世而名不称之感"，也是儒家"立言不朽"的思想反映，而按潘先生所称，《圣贤群辅录》不仅不是伪作，恰也是陶公"立言不朽"文艺思想的又一体现。

陶渊明这种"立言不朽"的思想，在诗文中也有所流露。他在《祭从弟敬远文》中，称誉堂弟敬远："言合训典，行合世范。德义可尊，作事可法，遗文不朽，扬名千载。"在《卿大夫孝传赞》中更是称誉孔子："其色能温，其言则厉。乐胜朋高，好是文艺。"其实，从上述作品中他对敬远、孔子的称扬来看，均是立德、立言并提，可见陶渊明在立功无望的情况下，不仅希冀立言以不朽，而且注重立德的不朽。从后世的接受来看，他确实做到了立德、立言的"双不朽"。在他逝世后，好友颜延之在《陶征士诔》中私谥他为"靖节征士"，褒扬其德行；同时对"渊明诗文爱之至深，寝馈至深"③，对其文学评价极高。萧统《陶渊明集序》云："余爱嗜其文，不能释手，尚想其德，恨不同时。"李调元说："陶渊明生于晋末，人品最高，诗亦独有千古，则又晋之集大成也。"④均对其道德、文章双双仰慕不已，陶渊明立德、立言"双不朽"的人生追求，对后世

---

① 陶渊明《感士不遇赋并序》："余尝以三余之日，讲习之暇，读其文，慨然惆怅。"《宋书》等正史记载，"潜有脚疾，使一门生二儿舆篮舆"，从"门生"、"讲习"等看来，陶渊明归隐后曾经有过教书活动。

② 顾随讲，叶嘉莹笔记，顾之京整理：《顾随诗词讲记》，中国人民大学出版社2006年版，第85页。

③ 邓小军：《陶渊明政治品节的见证——颜延之〈陶征士诔并序〉笺证》，《北京大学学报》2005年第5期，第90页。

④ （清）李调元：《雨村诗话》，《陶渊明研究资料汇编》（上），第213页。

影响深远。

二 "发愤以抒情"的创作观

汉代司马迁在《史记·太史公自序》中提出了著名的"发愤著书"的文艺创作观。他说：

> 于是论次其文。七年而太史公遭李陵之祸，幽于缧绁。乃喟然而叹曰："是余之罪也夫！是余之罪也夫！身毁不用矣。"退而深惟曰："夫《诗》《书》隐约者，欲遂其志之思也。昔西伯拘羑里，演《周易》；孔子厄陈蔡，作《春秋》；屈原放逐，著《离骚》；左丘失明，厥有《国语》；孙子膑脚，而论兵法；不韦迁蜀，世传《吕览》；韩非囚秦，《说难》、《孤愤》；《诗三百篇》，大抵贤圣发愤之所为作也。此人皆意有所郁结，不得通其道也，故述往事，思来者。"于是卒述陶唐以来，至于麟止，自黄帝始。①

这一思想，对后世文艺创作产生了重要的启示和影响。尤其以司马迁虽然身遭宫刑，而《史记》传于后世，赢得不朽的声誉，更是激励世人发愤而著书。陶渊明《感士不遇赋》序云：

> 昔董仲舒作《士不遇赋》，司马子长又为之。余尝以三余之日，讲习之暇，读其文，慨然惆怅。夫履信思顺，生人之善行。抱朴守静，君子之笃素。自真风告逝，大伪斯兴，间阎懈廉退之节，市朝驱易进之心。怀正志道之士，或潜玉于当年；洁己清操之人，或没世以徒勤。故夷皓有安归之叹，三闾发已矣之哀。悲夫！寓形百年，而瞬息已尽；立行之难，而一城莫赏。此古人所以染翰慷慨，屡伸而不能已者也。夫导达意气，其惟文乎？抚卷踌躇，遂感而赋之。

董仲舒《士不遇赋》开篇即云："呜呼嗟乎，遐哉邈矣。时来曷迟，去之速矣。屈意从人，非吾徒矣。正身俟时，将就木矣。悠悠偕时，岂能觉矣！心之忧兮，不期禄矣。皇皇匪宁，祇增辱矣。努力触藩，徒摧角矣。"司马迁《悲士不遇赋》："悲夫士生之不辰，愧顾影而独存。恒克己而复礼，惧志行之无闻。谅才韪而世戾，将逮死而长勤。虽有形而不彰，

---

① （汉）司马迁：《史记》卷130，中华书局1959年版，第3300页。

徒有能而不陈。何穷达之易惑？信美恶之难分。时悠悠而荡荡，将遂屈而不伸。"又云："没世无闻，古人惟耻。"袁行霈先生说："文学作品中之'士不遇'主题滥觞于屈原《离骚》、宋玉《九辩》。"①屈原、宋玉、董仲舒、司马迁等，深感人生不幸之遭际，发愤而抒情，著书立言以传世。对陶渊明而言，他们是激励自己的榜样。

因而，在《感士不遇赋》序文中，他先强调士风蜕变，立德之难："自真风告逝，大伪斯兴，间阎懈廉退之节，市朝驱易进之心"；继而强调立功之不易："怀正志道之士，或潜玉于当年；洁己清操之人，或没世以徒勤。故夷皓有安归之叹，三闾发已矣之哀"，从而自然引出发愤抒情，立言存世的重要性；而最后感慨说："悲夫！寓形百年，而瞬息已尽；立行之难，而一城莫赏。此古人所以染翰慷慨，屡伸而不能已者也。夫导达意气，其惟文乎？"

古人"染翰慷慨"，"屡伸而不能已"，所以有不朽名作传世。这一表述，与上引司马迁所云"《说难》、《孤愤》；《诗三百篇》，大抵贤圣发愤之所为作也"（《史记·太史公自序》）的意思大体一致。陶渊明所称的"古人"，既包括了司马迁文中所列举的周文王、孔子、屈原、左丘、孙子、吕不韦、韩非子等古贤，也包括汉代以来董仲舒、司马迁等古贤。

"夫导达意气，其惟文乎"，明确地提出作"文"可以"导达意气"，借文可以宣泄"士不遇"之情感。接着说"抚卷踌躇，遂感而赋之"，交代《感士不遇赋》即是在这样的情境下创作出来的，乃"发愤以抒情"之作。这一表述，也和上引司马迁所云"此人皆意有所郁结，不得通其道也，故述往事，思来者。于是卒述陶唐以来，至于麟止，自黄帝始"，交代《史记》创作的缘由相仿佛。司马迁的《史记》、《悲士不遇赋》，都是发愤著书之作，对陶渊明的文艺思想及《感士不遇赋》等作品的创作也影响至深。

正如魏耕原先生所说："社会现实的不平必然激生文学作品愤慨不平，这里已发韩愈'不平则鸣'之先声。司马迁的发愤著书，屈原的发愤抒情，使他想到了商山四皓《紫芝歌》'唐虞世远，吾将安归'的悲叹，以及屈原《离骚》'已矣哉！国无人莫我知兮，又何怀乎故都'的悲鸣，由此显明提出：'夫导达意气，其惟文乎！'就是要把文学作品作为表抒作者观念与情感的载体，它能'导达'发泄心中不平与愤慨。"②明

---

① 袁行霈：《陶渊明集笺注》，中华书局2003年版，第435页。
② 魏耕原：《陶渊明论》，北京大学出版社2011年，第157页。

代张溥《汉魏百三家集》《陶彭泽集》中说:"《感士》类子长之倜傥。"①钟优民先生也说:"考察陶渊明的作品,在哲学思想上对他影响最深的当首推司马迁。……陶渊明的创作道路和中国古代不少有抱负而未见重用、甚至遭到迫害的作家走过的道路是接近的。司马迁曾经指出:'昔西伯拘羑里,演《周易》……'(笔者按:原文见上文所引,兹省略)故述往事,思来者。"②均指出了司马迁发愤著书对陶渊明创作影响的深层关系。

顾随先生曾将这种"发愤以抒情"的文艺创作,从心理学的角度阐发为一种"报复"心理。他说:"诗人不是宗教家,很难不断烦恼入菩提,而又非凡人,苦恼实不可免,于是要解除,所以多逃之于酒。《庄子·养生主》:'道也,进乎技矣。'如王羲之写字,一肚子牢骚不平之气、失败的悲哀,都集中在写字上了。八大山人的画亦然。在别的方面都失败了,然而在这方面得到极大成功。假如分析其心理,这就是一种'报复'心理。在哲学伦理学上讲,报复不见得好;但若善于利用,则不但可一艺成名,甚且近乎道矣。右军一生苦痛得很,他事业失败了,而写字成功了;曹孟德若事业上失败,其诗一定更成功。"③同处于东晋时代,陶渊明、王羲之有许多相似之处,包括失败的悲哀、牢骚不平。他们都有理想,极有政治眼光,想有所作为,但都难以施展抱负;待到希望难以兑现,就辞职或归隐,都毅然向官场宣告辞别;他们艺术的巅峰,都出现在辞官以后,是政治的失败,促成他们的艺术成功。④晚清刘鹗曾在《老残游记·自叙》中总结性地说:"《离骚》为屈大夫之哭泣,《庄子》为蒙叟之哭泣,《史记》为太史公之哭泣,《草堂诗集》为杜工部之哭泣;李后主以词哭,八大山人以画哭,王实甫寄哭泣于《西厢》,曹雪芹寄哭泣于《红楼梦》……其感情愈深者,其哭泣愈痛:此洪都百炼生所以有《老残游记》之作也。"此番论述继承《史记》"孤愤"之说,发愤抒情的传统,更进一步推而广之。

南宋大诗人陆游首次从发愤著述的角度,论证了陶诗之所以高出流辈的伟大之处。他认为"盖人之情,悲愤激于中而无言,始发为诗",肯定

---

① (明)张溥著,殷孟伦注:《汉魏六朝百三家集题辞注》,中华书局2007年版,第206页。
② 钟优民:《陶渊明论集》,湖南人民出版社1981年版,第188、230—231页。
③ 顾随讲,叶嘉莹笔记,顾之京整理:《顾随诗词讲记》,中国人民大学出版社2006年版,第31页。
④ 关于陶渊明与王羲之的详细比较,请参见魏耕原《陶渊明论》第十章"陶诗与王羲之《兰亭序》法帖艺术规律的共性",第177—191页。

陶公"激于不能自已，故其诗为百代法"（《淡斋居士诗序》）①。

和王羲之等人一样，陶渊明一生也苦痛得很，在他欲"大济于苍生"、"发忠孝于君亲，生信义于乡闾"（《感士不遇赋》）的理想破灭后，他也"逃之于酒"。元代刘履《选诗补注》："靖节退归之后，世变日甚，故每每得酒，饮必尽醉，赋诗以自娱。此昌黎韩氏所谓'有托而逃焉'者也。"②他寄迹于酒，遣兴咏怀，发愤以抒情，陶写心迹。清人吴菘评论说："《饮酒》二十首，起曰'日夕欢相持'，结曰：'君当恕罪人'，遥作章法。而中或言酒，或不言酒，谓之首首言酒可，谓之非言饮酒亦可。自序云辞无诠次，不过醉后述怀，偶得辄题耳，不得太执着也。如必以《饮酒》为专言饮酒，则《述酒》亦止谓之述酒乎？开口便引召生东陵以自况，明明说代谢，讵云饮酒乎哉！"③指出陶渊明《饮酒》、《述酒》诗等，借酒言志，发愤抒情的深意。萧统《陶渊明集序》云："有疑陶渊明诗，篇篇有酒。吾观其意不在酒，亦寄酒为迹者也。"亦即由此而感发。总而言之，陶渊明虽然无法实现"大济于苍生"的壮志，归隐田园，遁迹于酒，但因此发愤以抒情，在诗文上却获得巨大成功，摘得隐逸诗人之宗的桂冠，以文名、隐名著于后世。

三 "文艺以自娱"的创作观

中国古代文学作家中，公开宣称"文艺以自娱"的，最早大概是陶渊明。陶渊明在被时人视为"自况"、"实录"的《五柳先生传》中，自述生平行状说：

> 常著文章自娱，颇示己志。忘怀得失，以此自终。……酣觞赋诗，以乐其志。

同时，他在《饮酒》二十首诗序中也说道：

> 余闲居寡欢，兼比夜已长，偶有名酒，无夕不饮，顾影独尽，忽焉复醉。既醉之后，辄题数句自娱，纸墨遂多，辞无诠次，聊命故人书之，以为欢笑尔。

---

① 参见钟优民《陶学发展史》，吉林教育出版社2000年版，第93页。
② （元）刘履：《选诗补注》，《陶渊明诗文汇评》，《陶渊明研究资料汇编》（上），第154页。
③ （清）吴菘：《论陶》，《陶渊明诗文汇评》，《陶渊明研究资料汇编》（上），第157页。

因此，陶渊明作文以自娱的创作观念，便为世人所熟悉。正如黄仲仑先生所说："他以写作诗文，当作乐事，所以写作起来，真情流露，非常自然，绝无矫揉雕饰。"① 一旦遇上良辰、美景、赏心、嘉友时，陶渊明便创作诗文，以供娱乐消遣。

他以得久相思慕嘉友而自娱创作。《移居》其二云："春秋多佳日，登高赋新诗。过门更相呼，有酒斟酌之。农务各自归，闲暇辄相思；相思则披衣，言笑无厌时。此理将不胜，无为忽去兹。衣食当须纪，力耕不吾欺。"这是为初移居南村时为思慕良友而终得相聚首登高欢娱所作。观《移居二首》，尤以《移居》其一开篇最为典型："昔欲居南村，非为卜其宅。闻多素心人，乐与数晨夕。怀此颇有年，今日从兹役。"因而陶渊明此时自娱创作的心境可知。

他以挣脱官场樊笼而自娱创作。《归去来兮辞》云："怀良辰以孤往，或植杖而耘耔。登东皋以舒啸，临清流而赋诗。聊乘化以归尽，乐夫天命复奚疑！"归隐初期，陶渊明"久在樊笼里，复得返自然"，其心情之欢欣，观《归去来兮辞》全篇可知。所以他"登东皋以舒啸，临清流而赋诗"，颇尽自娱之乐。

他以归隐携子同弱、呼朋唤友游乐而自娱创作。《归园田居》其四："久去山泽游，浪莽林野娱。试携子侄辈，披榛步荒墟。"又《杂诗》其四："丈夫志四海，我愿不知老。亲戚共一处，子孙还相保。觞弦肆朝日，樽中酒不燥。缓带尽欢娱，起晚眠常早。"陶渊明归隐田园后，朝夕与亲人相处，尽享天伦之乐，颇得其中之娱情。在《游斜川》中，他自述说："辛丑（一作酉）正月五日，天气澄和，风物闲美。与二三邻曲，同游斜川。临长流，望层（一作曾）城，鲂鲤跃鳞于将夕，水鸥乘和以翻飞。彼南阜者，名实旧矣，不复乃为嗟叹。若夫层城，傍无依接，独秀中皋，遥想灵山，有爱嘉名。欣对不足，率尔（一作共尔）赋诗。""中觞纵遥情，忘彼千载忧。且极今朝乐，明日非所求。"面对良辰佳景，他"率尔赋诗"，真情流露，撰文自乐。

他以晚年寂寥无友，后生突然慕名来访而欢欣作诗。《答庞参军》诗云："衡门之下，有琴有书。载弹载咏，爰得我娱。岂无他好，乐是幽居。朝为灌园，夕偃蓬庐。……伊余怀人，欣德孜孜。我有旨酒，与汝乐

---

① 黄仲仑：《陶渊明作品研究》，（台北）帕米尔书店1965年版，第327页。

第四章　陶渊明的文艺创作之微观　111

之。乃陈好言，乃著新诗。一日不见，如何不思。"① 此诗的创作情形，与《扇上画赞》所作极为相似："美哉周子，称疾闲居。寄心清尚，悠然自娱。翳翳衡门，洋洋泌流。曰琴曰书，顾眄有俦。饮河既足，自外皆休。缅怀千载，托契孤游。"栖迟衡门，为好友而赋诗，拥琴书自乐。

不过，陶渊明的诗文创作，并非论者所云"基本上都属于遣怀和自娱的性质"②。正如魏耕原先生所强调："陶渊明的创作意识与审美意识也存在着矛盾与复杂性，论者往往就其一点，忽视其他，或人为地不及其余，依此为据，难免不出现偏差。……关于创作意识，《五柳先生传》有明显的简洁说明：'常著文章自娱，颇示己志。''自娱'与'示志'是两种截然不同的目的，陶的意识是说：以'自娱'为主，其中往往也有些示志。陶诗确有些自娱之作，如《止酒》就属于文字游戏。"③ 可见，即便是《五柳先生传》中的自况"常著文章自娱"，也须全面地看，通盘考察。而《饮酒》二十首诗序中所说："题数句自娱。"以创作《饮酒》二十首为"自娱"之说，就更是具有"烟幕弹"的味道了。其中最能露出本相的，莫过于《饮酒》二十首末二句了："但恨多谬误，君当恕醉人。"古直先生说："中多托讽之辞，故以醉自饰之。"（《陶渊明诗笺》）如此，"自娱"之说则无从谈起。"托讽"兴寄与自娱消遣，创作动机自然两别。因此，从诗歌作品的实际内容来看，《饮酒》二十首寄迹于酒，"托讽"兴寄，实则体现出陶渊明发愤抒情的创作隐衷。而诗序所云"题数句自娱"，仅只是表象，远非创作真相。又如上文所引述的《游斜川》，诗序所云"天气澄和，风物闲美"，"欣对不足，率尔赋诗"，亦远非创作真相。据学者研究，《游斜川》赋诗，"乃仿效石崇、王羲之等贵族行径"，陶渊明"五十而游斜川，显然意在继承晋朝典制及贵族遗习"④，绝非简单出游、赋诗。

总而言之，文艺以"自娱"的创作观念，在陶渊明的诗文作品及其文艺思想中，确实有一定的体现。它的出现，反映了文学自觉创作的思潮，值得我们重视。但是，如果一味简单地相信陶渊明诗文中所自叙的"自娱"创作说，则不免为他的表象所迷惑；如果将他的文学创作，认为

---

① 陶渊明晚年与庞参军交往，在"抱疾多年，不复为文"（五言诗《答庞参军》诗序）的情况下，破例创作了《答庞参军》四言、五言各一首，可见此时"著诗"的欢乐心境。
② 杨合林：《陶渊明诗在东晋南北朝的被读解》，《文艺理论研究》2002 年第 2 期，第 48 页。
③ 魏耕原：《陶渊明论》，北京大学出版社 2011 年，第 156 页。
④ 逯钦立：《陶渊明事迹诗文系年》，《陶渊明集》，中华书局 1979 年版，第 281 页。

"基本上都属于遣怀和自娱的性质",则离陶渊明文艺创作的真相更远。

四 文艺为生活常态化日记式写作

陶渊明是最早有意识地将自己的日常生活状态写入文学作品的诗人。朱自清先生在为萧望卿《陶渊明批评》所作的序里赞成作者所说:到了陶渊明,"才是更广泛的将日常生活诗化","用比较接近说话的语言",认为"是很得要领的",并将自己的书序取名为《日常生活的诗》。①陶渊明的文学作品,呈现出一种生活常态化的日记式写作。因此,袁行霈先生说:"陶渊明的诗和生活完全打成一片。"②可谓悟陶至言。龚鹏程先生也说,陶渊明"从人的基本角度去想问题","渊明所写,才是一般人的日常性生活"③。这成为陶渊明文艺思想及其创作的重要体现方式。

他将身边的日常事物入诗,"随其所见,指点成诗,见花即道花,遇竹即说竹,更无一毫作为"(宋施德操《北窗炙輠录》),完全都是性情率真地流露,自然拈来,写入诗中,无一丝矫揉造作,所以陶诗总是读来很真,即是缘于他对生活真实的描绘。清代刘熙载说:"诗可数年不作,不可一作不真。陶渊明自庚子距丙辰十七年,作诗九首,其诗之真更须问耶?彼无岁无诗,至乃无日无诗者,意欲何明?"④诗歌创作成了陶渊明生活不可分割的重要组成部分。陶渊明的"无日无诗",似乎和王子猷的"无日无竹"⑤一样,都成为魏晋士人典型个性的最终体现。

1. 日常喝酒与文学创作。陶渊明"性嗜酒",寄迹于酒,所以"有疑陶诗,篇篇有酒"。喝酒是他的日常生活常态,而喝酒作诗,也因此每每成为他文学创作的主题。《拟古》其七:"达曙酣且歌。"《五柳先生传》:"酣觞赋诗。"《自祭文》:"酣饮赋诗。"《读山海经》:"高酣发新谣。"《乞食》:"谈谐终日夕,觞至辄倾杯。情欣新知欢,言咏遂赋诗。"《答庞参军》:"我有旨酒,与汝乐之。乃陈好言,乃著新诗。"《自祭文》:"捽兀穷庐,酣饮赋诗。"《饮酒》二十首诗序:"偶有名酒,无夕不饮,顾影独尽,忽焉复醉。既醉之后,辄题数句自娱。"……在陶渊明

---

① 朱自清:《日常生活的诗——萧望卿〈陶渊明批评〉序》,《朱自清古典文学论文集》,上海古籍出版社1981年版,第89—90页。
② 袁行霈:《陶渊明研究》,北京大学出版社1997年版,第72页。
③ 龚鹏程:《中国文学史》(上),世界图书出版公司2009年版,第153页。
④ (清)刘熙载:《艺概》卷2《诗概》,上海古籍出版社1978年版,第55页。
⑤ 《世说新语·任诞》46:"王子猷尝暂寄人空宅住,便令种竹。或问:'暂住何烦尔?'王啸咏良久,直指竹曰:'何可一日无此君?'"

的日常生活中，喝酒与文学创作，如一对孪生兄弟，几乎形影不离。

2. 日常读书与文学创作。陶渊明性好静，喜读书自乐。《与子俨等疏》："少学琴书，偶爱闲静，开卷有得，便欣然忘食。见树木交荫，时鸟变声，亦复欢然有喜。"《答庞参军》："衡门之下，有琴有书。载弹载咏，爰得我娱。"《读山海经》其一："既耕亦已种，时还读我书。穷巷隔深辙，颇回故人车。泛览周王传，流观山海图。俯仰终宇宙，不乐复何如？"《归去来兮辞》："悦亲戚之情话，乐琴书以消忧。"……均自言读书之乐。他精通六经，博采众史，旁涉杂书，"好读书，不求甚解"，这些构成他精神富足的日常生活。

更为重要的是，陶渊明将日常读书与文学创作有机地结合在一起，以读书、作文为日常生活的双重乐趣。他精通六经及诸子典籍，不经意间在他的诗文创作中流露出来。据粗略统计，陶诗引《庄子》49 次、《论语》37 次，《列子》21 次，① 《诗经》94 次②，至如《五孝传》、《圣贤群辅录》等作品，更是陶渊明结合平日的读书札记撰写而成。③ 清人陈澧说："集《圣贤群辅录》卷末云：'凡书籍所载及故老所传，善恶闻于世者，盖尽于此矣。'今数其所引书，凡四十余种。以一卷之书，而采摭之博如此；且每条记其所出，尤谨严有法。"④ 可见陶渊明平日读书与创作的密切关系。

至于博采众史、旁涉杂书的一些体会，陶渊明更是直接将之陶写出来。如有《读史述九章》，因读司马迁《史记》而写；《咏贫士》七首似因读皇甫谧《高士传》而写；《读山海经》十三首为读郭璞《山海经》图注本等而写；还有《拟古九首》，虽然未标明所拟者何，但从其题名为"拟"，亦当必有所据。所有这些，都是以组诗的方式加以创作，更可见读书与创作的密切关系。

3. 日常生活琐事与文学创作。陶诗是陶渊明日常生活的反映，陶渊明的日常生活点滴，同时倒影在他的诗文作品中。二者交相辉映，荡漾起

---

① 兹从朱自清据古直先生笺定本的统计数字，请参见朱自清《陶诗的深度——评古直〈陶靖节诗笺定本〉》，(《朱自清古典文学论文集》，上海古籍出版社 1981 年版，第 568 页)

② 李剑锋先生《陶渊明与〈诗经〉》中说："据笔者初步统计，陶诗文中明显留有《诗经》痕迹的地方多达九十四处（含重复者二十余处），涉及陶诗文三十六首（篇）。"(《陶渊明及其诗文渊源研究》，山东大学出版社 2005 年版，第 297 页)

③ 《五孝传》、《圣贤群辅录》是否为陶渊明作品，颇有争议，兹暂从杨勇先生的看法，详细请参见杨勇《陶渊明集校笺》(上海古籍出版社 2007 年版，第 314、324 页)

④ (清) 陈澧：《东塾杂俎》卷 3，《陶渊明诗文汇评》，《陶渊明资料汇编》(下)，第 248 页。

伏，展现了陶渊明生活与文学创作瑰奇灿烂的丰富世界。

第一类，仕宦生活。陶渊明五次出仕为官，除第一次出仕没有诗文外，其余的为桓玄幕僚（《庚子岁五月中从都还阻风于规林诗二首》、《辛丑岁七月赴假还江陵夜行涂中》），仕镇军、建威将军参军（《始作镇军参军经曲阿》、《乙巳岁三月为建威参军使都经钱溪》），辞彭泽令前后经过（《归去来兮辞》），均有诗文叙述仕宦的行迹和思想。

第二类，交游生活。陶渊明一生虽然不喜交游，但也有不少挚友，因此而创作了多达二三十首的诗文，如《酬刘柴桑》、《和刘柴桑》、《答庞参军》、《赠羊长史》等，来叙述平生与朋友的交往。这一作品的数量，几乎占陶渊明诗文总量的四分之一。可见其日常朋友交往与文学创作的密切程度。

第三类，田园归隐生活。陶渊明辞官归隐之后，归隐田园，开辟了田园诗创作的文学新领域，因此赢得"田园诗人"的桂冠。他将日常田园生活，融入诗歌作品之中，给东晋诗坛带入一股清新的文学风气。

第四类，对政治时局的看法。陶渊明处于晋、宋易代的敏感时期，有许多诗文作品记载了他此时的心境。典型的如《述酒》诗、《岁暮和张常侍》等，委婉含蓄地表达自己对于晋、宋易代的情感和立场。《饮酒》二十首更是以"闲居寡欢"，"无夕不饮"的日常方式，表达自己的强烈感受。

第五类，家庭生活琐事。陶渊明极重感情，除国事、友情外，他倾心于亲情。这些描述家庭琐事的诗文，或叙"携子""命室"出游之乐，或述"相见无杂言，但道桑麻长"之欢。诗文的心境，随着日常生活或忧或喜，或愤或恨。诗文的内容，辐射陶渊明生活的方方面面。"秉耒欢时务，解颜劝农人"（《癸卯岁始春怀古田舍》其二），"夏日长抱饥，寒夜无被眠。造夕思鸡鸣，及晨愿乌迁"（《怨诗楚调示庞主簿邓治中》），写他生活的欢乐与悲愁；"夙兴夜寐，愿尔斯才。尔之不才，亦已焉哉！"（《命子》）"虽有五男儿，总不好纸笔"，"通子垂九龄，但觅梨与栗"（《责子》），写他对子女的期待与无奈；"三千之罪，无后为急。我诚念哉，呱闻尔泣"，"厉夜生子，遽而求火"（《命子》），写他想望生子的迫切和生子后的激动心情；"感惟崩号，兴言泣血"（《祭程氏妹文》），"望旐翩翩，执笔涕盈"（《祭从弟敬远文》），写他哀悼亲人亡逝的伤感；"疾患以来，渐就衰损。亲旧不遗，每以药石见救，自恐大分将有限也"（《与子俨等疏》），写他疾患的点滴；"汝辈稚小家贫，每役柴水之劳，何时可免？"（《与子俨等疏》）写他为父的慈爱；"凯风寒泉之思，寔钟厥心"(《晋故征西大将军长史孟府君传》),写他对慈母的缅怀;……读着这些诗文,陶渊明生活的酸甜苦辣,欢乐愁苦,点点滴滴,一一跃于眼前。所以,从这个意义上而言,陶渊明的诗文具有"诗史"的特征,既反映了时代状貌,更记录了他自我的生命印记。

《饮酒》二十首诗序云:"余闲居寡欢,兼比夜已长,偶有名酒,无夕不饮,顾影独尽,忽焉复醉。既醉之后,辄题数句自娱,纸墨遂多,辞无诠次,聊命故人书之,以为欢笑尔。"从"聊命故人书之"等语看来,陶渊明最初已有意识地自编文集,虽然自称是"以为欢笑尔",但这绝不是他的真话。自编文集,以传于世,也再次证明"题数句自娱"只是表象。郭绍虞先生考察陶集版本时,评定陶渊明的自编本说:"其最初传写之本,只是依其所作先后,次第录写,不分诗文。"[①] 其间以年月为纲目,可纵观一生的行迹。这个自编陶集的存在,是陶渊明日常生活日记式写作的又一个印证。可惜今本陶集编次,已经淆乱[②],当初陶集的先后次第,已很难探寻。

龚鹏程先生将陶渊明的这一日常生活化的写作,称誉为"人的发现"。他提出陶渊明是"躬耕陇亩,'力耕不吾欺'的一般人","非帝王、非将相、非英雄、非奇才、非名士、非畸人、非浪子、非流氓,不是某种特殊的人,他就只是个人。人生着、活着、动着,要吃饭、要喝酒,可仕、也可隐,也劳动以糊口、闲来也弄点文艺,陶渊明大体都与一般人一样","因此他才能从人的基本角度去想问题"。[③] 这一看法,有助于我们对于陶渊明文艺思想及其创作的深入理解,有助于对他富于日常生活化气息作品的体悟。

五 尚朴与渐进自然的文艺观

龚鹏程先生认为,东晋文学"以质校文",从西晋文学的"华靡走回到比较简朴的作风","东晋初年,才学俱胜者,郭璞之外,宜推葛洪",

---

[①] 郭绍虞:《陶集考辨》,《照隅室古典文学论集》,上海古籍出版社1983年版,第268页。
[②] 郭绍虞先生说:"大抵今本陶集编次,率承昭明本来。其最初传写之本,只是依其所作先后,次第录写,不分诗文,故觉其颠乱,而次第亦不易窥寻,至昭明本始以文本分篇,故阮氏称为'编录有体',而诗文既分,则于陶诗纪事之作,可以窥其一生经历者,亦转觉其'次第可寻',而不知其转失陶集本来面目也。"(《照隅室古典文学论集》,上海古籍出版社1983年版,第268页)
[③] 龚鹏程:《中国文学史》(上),世界图书出版公司2009年版,第153页。

而葛洪提倡的"文之质,有点孔子所说要'文质彬彬'的味道"。① 葛洪《抱朴子》的文论,所持的"抱朴"主张,即是这一时代风气的体现。

陶渊明继葛洪"抱朴"之后,也提出"抱朴守静""君子笃素"的观念。他在《感士不遇赋序》一开篇即说:

> 昔董仲舒作《士不遇赋》,司马子长又为之。余尝以三余之日,讲习之暇,读其文,慨然惆怅。夫履信思顺,生人之善行。抱朴守静,君子之笃素。

他是在读董仲舒《士不遇赋》、司马迁《悲士不遇赋》以及自己创作《感士不遇赋》时提出的,折射出他的文艺与创作思想。他在《劝农》诗中也说"傲然自足,抱朴含真",体现出他的日常生活方式。

因而"抱朴含真"、"笃素守静"的日常生活方式与性情和他的文艺思想及创作实践自然融合,给人以一身静穆的审美感受。有学者称誉陶渊明的这一风格时说:"那是一种渊博的,几乎是完美的素朴,仿佛一个富翁底浪费的朴素,他穿的衣服是向最贵的裁缝定做,而它底价值你一眼看不出来的;他只吃水果,这水果却是他费了很大的工本在自己园里培植的。因为朴素有两种:一种是原始的,来自贫乏;另一种却生于过渡,从滥用觉悟过来。"② 他的素朴,融合着他人格的恬静、自然与真挚,所以人们由此更容易想到他人格的伟大。龚鹏程先生说:"渊明诗的这些特点对后世追求超越语言华美之层次,达到浑朴境界,所谓'看似寻常最奇崛,成如容易却艰辛',或'不求工而自工'的诗人格外有所启发,难怪陆游读陶要感慨道'我诗慕渊明,恨不造其微'了。"③

陶渊明的诗句,如写雪:"倾耳无希声,在目皓已洁。"(《癸卯岁十二月中作与从弟敬远》) 笔墨不多,却"只十字而雪之轻虚洁白,尽在是矣,后来者莫能加也"④。写归田园生活:"暧暧远人村,依依墟里烟。狗吠深巷中,鸡鸣桑树颠。"(《归园田居》其一) 景色生动,恬淡闲适,

---

① 龚鹏程:《中国文学史》(上),世界图书出版公司 2009 年版,第 144—145 页。
② [法] 保罗·梵乐希:《法译〈陶潜诗选〉序》,见梁宗岱《诗与真·诗与真二集》,外国文学出版社 1984 年版,第 188 页。
③ 龚鹏程:《中国文学史》(上),世界图书出版公司 2009 年版,第 156 页。
④ (宋) 罗大经:《鹤林玉露》卷 5 "渊明咏雪",中华书局 1997 年版,第 322 页。

"直吐露真情来,无一修饰之语,而其间有无穷妙味,是陶诗之真面也"①。写读书生活:"既耕亦已种,时还读我书。""微雨从东来,好风与之俱。"素朴自然,"淡雅疏放"(清代张潮语),毫无矫揉之迹。南朝钟嵘在《诗品》称道陶诗:"文体省净,殆无长语。"对此番评论,龚鹏程解释说:"陶氏弃文就朴,放掉一切多余的修饰与无聊的废话,所以说他'殆无长语'。把这些放弃了,文体自然省净。从伦理上说,此等文体之选择,即表现了作者删繁就简、捐华崇实的态度。"②

在陶渊明的诗文世界中,"他和村民出游、闲谈、饮酒,都用极简约的白描来记录,语言洁净得就像清水中的白沙,纯净得像经过淘洗,没有任何杂质。陶诗语言的省净,至此臻于极致。它来自简朴生活,经过汗水的洗濯,是用纯朴的农夫般的感情浇灌出来的'省净',是通过长期辛劳耕耘而得来的'村夫子'的语言,它干净明爽,就像溪边荠菜花那样素朴可爱"③。所有这些文艺的美学感受,都源于陶渊明"抱朴含真"、"笃素守静"的自然性情在诗文中的随意流露抒写。

当然,陶渊明诗文并非一味朴质,钟嵘说:"世叹其质直,至如'欢然酌春酒''日暮天无云',风华清靡,岂直为田家语耶?"陶渊明作品中质直之中,不乏风华清靡,体现了陶渊明文艺思想和创作的复杂与丰富。因而苏轼评陶诗"外枯而中膏,似澹而实美"(《东坡题跋》卷2)。黄庭坚更是深有感触地说:"血气方刚时,读此诗如嚼枯木;及绵历世事,如决定无所用智。每观此篇,如渴饮水,如欲寐得啜茗,如饥啖汤饼。今人亦有能同味者乎?但恐嚼不破耳。"④ 体现了陶诗文艺创作中"朴"与"华"、"质"与"腴"的辩证关系。

魏耕原先生说,陶诗"既质直简朴,又奇绝精拔"。"钟嵘谓陶'其源出于应璩,又协左思风力',是说质朴为其本色,又挟带慷慨不群的激烈情怀。朱熹也说陶诗平淡,随后又看出豪放的一面。所论两端,不是前后分开,井水不犯河水,而是往往交融,就像'悠然望南山'与'而无车马喧'一样化合在一起"⑤。这一切,颇得力于陶渊明本真自然的性情,

---

① [日]近藤元粹评订:《陶渊明》卷2,《陶渊明诗文汇评》,《陶渊明资料汇编》(下),第54页。
② 龚鹏程:《中国文学史》(上),世界图书出版公司2009年版,第155页。
③ 魏耕原:《陶渊明论》,北京大学出版社2011年版,第103页。
④ (宋)黄庭坚:《书陶渊明诗后寄王吉老》,《豫章黄先生文集》卷26,《四部丛刊》本。
⑤ 魏耕原:《陶渊明论》,北京大学出版社2011年版,第103页。

即"渐近自然"的化合。

"渐近自然",是陶渊明《晋故征西大将军长史孟府君传》语,文中描述外祖父孟嘉的性情时说:

> 好酣饮,逾多不乱。至于任怀得意,融然远寄,傍若无人。温尝问君:"酒有何好,而卿嗜之?"君笑而答曰:"明公但不得酒中趣尔。"又问听妓,丝不如竹,竹不如肉,答曰:"渐近自然。"

李长之先生曾说:"关于爱好自然,陶渊明也酷似其外祖。……'渐进自然',也就正是陶诗中所谓'久在樊笼里,复得返自然',对自然也同样有那样的情感。"① 李长之同时还指出:"陶渊明所理想的《桃花源》尤像《列子·黄帝篇》所说黄帝梦游的华胥国:'其国无帅长,自然而已;其民无嗜欲,自然而已。'"② 仅从李长之先生所论,均可见陶渊明与自然之间的距离与情感。

陶渊明生性爱好自然。他在《归园田居》其一说:"少无适俗韵,性本爱丘山。……羁鸟恋旧林,池鱼思故渊。……久在樊笼里,复得返自然。"在他出仕为官的那几年,其"性本爱丘山"一面时常流露。出仕桓玄帐下时说:"静念园林好,人间良可辞。"(《庚子岁五月中从都还阻风于规林》)"诗书敦宿好,林园无俗情。"(《辛丑岁七月赴假还江陵夜行涂口》)出仕刘裕镇军将军参军时说:"目倦川涂异,心念山泽居。望云惭高鸟,临水愧游鱼。"(《始作镇军参军经曲阿》)直至"觉今是而昨非",不愿再为"五斗米而折腰",在《归去来兮辞》说:"及少日,眷然有归欤之情。何则?质性自然,非矫励所得。饥冻虽切,违己交病。……于是怅然慷慨,深愧平生之志。"他的辞官归隐,就是因为"质性自然","深愧平生之志"。

梁启超先生说:"他最能领略自然之美,最能感觉人生的妙味。在他的作品中,随处可以看得出来。……自然界是他爱恋的伴侣,常常对着他微笑。他无论肉体上有多大苦痛,这位伴侣都能给他安慰。因为他抓定了这位伴侣,所以在他周围的人事,也都变成微笑了。"③ 如他在

---

① 李长之:《陶渊明传论》,天津人民出版社 2007 年版,第 23—24 页。
② 同上书,第 137 页。
③ 梁启超:《陶渊明之文艺及其品格》,《陶渊明》,《饮冰室合集》第 12 册,中华书局 1989 年影印本,第 15 页。

归隐初期所作的《归园田居》其三:"种豆南山下,草盛豆苗稀。晨兴理荒秽,带月荷锄归。道狭草木长,夕露沾我衣。衣沾不足惜,但使愿无违。"亲近自然,淡忘世俗;言语耕种,风度依依。尤以"带月荷锄归",那么真切自然,"它像一尊极为美化的雕塑,处处都被溶溶月光映照沐浴起来"①。其中情境,"好像月亮也是为了和他做伴,才不知不觉被带回村来"②。

又如《移居》其一:"昔欲居南村,非为卜其宅。闻多素心人,乐与数晨夕。怀此颇有年,今日从兹役。弊庐何必广,取足蔽床席。邻曲时时来,抗言谈在昔。奇文共欣赏,疑义相与析。"其二:"春秋多佳日,登高赋新诗。过门更相呼,有酒斟酌之。农务各自归,闲暇辄相思;相思则披衣,言笑无厌时。此理将不胜,无为忽去兹。衣食当须纪,力耕不吾欺。"与素心好友的交往,让他欢欣尽兴,淡忘了一切世俗苦痛。"他们'农忙各自归,闲暇辄相思。相思则披衣,言笑无厌时',农忙则各自辛苦,闲时随即可以笑言聊天。'披衣'见其简率,没完没了的'无厌时'可见无拘无束,热情备至。'辄'与'则'见出不假思索,人和人之间没有任何的隔膜与嫌隙,他们的'言笑'不选择时间,不考虑繁文缛节,一切都是那么真率自然。"③陶渊明崇尚自然,不饰雕琢,诗中类似的名句众多。其中单以清人袁守定的例举为例,他说:"陶诗以'良辰入奇怀,挈杖还西庐','平畴交远风,良苗亦怀新','众鸟欣有托,吾亦爱吾庐','桐庭多落叶,慨然已知秋','鸟哢欢新节,泠风送余善','微雨从东来,好风与之俱','采菊东篱下,悠然见南山','不知复有我,安知物为贵','未言心先醉,不在接杯酒',为集中最高妙之句。"④关于这些,学者历来论述颇多,兹不赘举。对于陶渊明"渐近自然"的创作成就,学者亦多有论及。如明代学者焦竑整编陶集时,在《陶靖节先生集序》中说:

靖节先生人品最高,平生认真推分,忘怀得失,每念其人,辄慨然有天际真人之想。若夫微衷雅抱,触而成言,或因拙以得工,或发

---

① 魏耕原:《陶渊明论》,北京大学出版社 2011 年版,第 101 页。
② 葛晓音:《陶诗的艺术成就》,《汉唐文学的嬗变》,北京大学出版社 1990 年版,第 271 页。
③ 魏耕原:《陶渊明论》,北京大学出版社 2011 年版,第 102 页。
④ (清)袁守定:《佔毕丛谈》卷 5,《陶渊明研究资料汇编》,《陶渊明资料汇编》(上),第 208 页。

奇而似易，譬之岭玉渊珠，光采自露，先生不知也。①

指出陶渊明诗中佳趣真情，自然流露而不觉，这历来也被奉为诗歌创作的最高境界，学人亦多有论及。如明人谢榛说："自然妙者为上，精工者次之，此着力不着力之分，学之者不必专一而逼真也。专于陶者失之浅易，专于谢者失之饾饤，孰能处于陶谢之间，易其貌，换其骨，而神存千古？而子美云'安得思如陶谢手'，此老犹以为难，况且他者乎？"② 明人杨时也说："陶渊明诗所不可及者，冲澹深粹，出于自然。若曾用力学，然后知渊明诗非着力之所能成。"③ 均指出陶诗自然高妙的创作佳境，令人感到"高山仰止"，不可企及。

当然，并不是说陶诗崇尚自然真趣，就没有一丝雕琢修饰之语。陶诗崇尚自然的同时，也有雕饰风华的一面。南朝钟嵘在在《诗品》中就列举陶诗的名句"欢言酌春酒"、"日暮天无云"等，谓为"风华清靡"，不止为"田家语"。后世尤以清人马星翼最能把握其中的辩证关系，他说："陶诗以自然为贵，谢诗以雕镂为工。……若深入其中，自不相混。陶诗固多自然，亦有炼句，如'凉风起将夕，夜景湛虚明'，'寒气冒山泽，游云倏无依'，'清气澄余滓，杳然天界高'，但非如谢公之炼，读者当自得其趣耳。"④ 只不过，陶渊明诗文的雕琢词句，让人不易觉察。清人马位说："人知陶诗古淡，不言其有琢句处，如'微雨洗高林，清飙矫云翻'，'神渊写时雨，晨色奏景风'，'青松夹路生，白云宿檐端'，诗固不于字句求工，即如此等句，后人极意做作，不及也，况大体乎？"⑤ 因为陶渊明胸次涵养极高，不刻意求工而自工，加之他性情真率自然，"抱朴守静"，后人效仿，难以企及，势在必然。

正如袁行霈先生所说："陶诗的美在于真，也就是自然。这同他的思想、生活和为人是完全一致的。他作诗不存祈誉之心，生活中有了感触就诉诸笔墨，既无矫情，也不矫饰，一切如实说来，真率而又自然。……陶

---

① （明）焦竑：《陶靖节先生集序》，《陶渊明研究资料汇编》，《陶渊明资料汇编》（上），第143页。
② （明）谢榛著，宛平校点：《四溟诗话》卷4，人民文学1961年版，第。
③ （明）杨时：《龟山先生语录》卷1，《四部丛刊》本。
④ （清）马星翼：《东泉诗话》卷1，《陶渊明研究资料汇编》，《陶渊明资料汇编》（上），第228页。
⑤ （清）马位：《秋窗随笔》，丁福保《清诗话》，上海古籍出版社1978年版，第827页。

渊明爱的是自然，求的是自然，自然就是他最高的美学理想。"[1] 上文已论，陶渊明的性情与创作，皆力行"抱朴含真""笃素守静"的理念，他的"渐进自然"，与他人格中的素朴、恬静和真挚交融在一起，编织了陶渊明人生和文艺创作中的又一道奇特景观。

六 文艺实用主义的创作观

东晋文学从葛洪开始，开始提倡质朴文风，文艺风气渐有变革。同时，葛洪还强调文章写作应面向现实，强调实用性，认为文章内容切合世用。[2] 他对于文学的教化功能，极为推尊。他说："是以圣人实之于文，铸之于学。夫文学者，人伦之首，大教之本也。"（《抱朴子》轶文，《太平御览》卷 607 引）认为文学有益于人伦教化，具有较强的实用价值。东晋伊始，为变革西晋华靡之风，葛洪这一文艺观念的提出，同样对稍后陶渊明的文艺思想及其创作产生了一定影响。

实用的文学观念，在陶渊明文艺思想及其创作中，主要典型体现为两种表现方式。

第一，文学是陶渊明作为思想交锋、日常交往的一种媒介。诗文是他用作思想论战的武器。《形影神》诗序："贵贱贤愚，莫不营营以惜生，斯甚惑焉。故极陈形影之苦，言神辨自然以释之。好事君子，共取其心焉。"根据诗序的记载，论者多认为他是针对当时慧远等"形尽神不灭论"思想进行的坚决斗争。[3] 同时，诗文也是他思想情感交往的工具之一。他用诗歌表达心迹，如《拟古》其六：

> 苍苍谷中树，冬夏常如兹。年年见霜雪，谁谓不知时？厌闻世上语，结友到临淄。稷下多谈士，指彼决吾疑。装束既有日，已与家人辞。行行停出门，还坐更自思。不怨道里长，但畏人我欺。万一不合意，永为世笑之。伊怀难具道，为君作此诗。

宋代汤汉注曰："前四句兴而比，以言吾有定见，而不为谈者所眩，似谓

---

[1] 袁行霈：《陶诗的自然美》，《陶渊明研究》，北京大学出版社 1997 年版，第 71 页。
[2] 参见徐公持《魏晋文学史》，人民文学出版社 1999 年版，第 504 页。
[3] 参见钟优民《陶渊明论稿》，湖南人民出版社 1981 年版，第 167 页。又可参见邓小军《陶渊明与庐山佛教之关系》，《中国文化》第十七、十八期。

白莲社中人也。"① 清代邱嘉穗进而说："公（笔者按：指汤汉）以稷下谈士目东林诸名人，欲就决疑而中止，其终不肯入社，甚且已到寺门，闻钟攒眉而回车远避，即此诗意也。"② 陶渊明通过诗歌，以书信的形式，向以慧远为核心的白莲社中人回复，自己不愿入社。像这种表白心迹，诉说苦楚，与友人往来的思想交流，多出现在他交游诗文中。又如《饮酒》其九：

> 清晨闻叩门，倒裳往自开。问子为谁与？田父有好怀。壶浆远见候，疑我与时乖。褴缕茅檐下，未足为高栖。一世皆尚同，愿君汩其泥。深感父老言，禀气寡所谐。纡辔诚可学，违己讵非迷！且共欢此饮，吾驾不可回。

李公焕《笺注陶渊明诗》引赵泉山语曰："时辈多勉励靖节以出仕，故作是篇。"③ 通过诗歌，陶渊明向世人告白自己归隐的决心和勇气。不过以上几首诗歌创作，不同于一般的日常化诗歌创作，它更多地表达的是向社会世俗官场诀别，与佛教高僧、白莲社团的思想论战，因而其文学创作呈现出一定的社会功用价值。

第二，文学成为陶渊明述说祖宗功业、训导子孙的凭借，具有一定实用价值。陶渊明在《有会而作》诗序中说："旧谷既没，新谷未登。颇为老农，而值年灾。日月尚悠，为患未已。登岁之功，既不可希。朝夕所资，烟火裁通。旬日以来，始（一作日）念饥乏。岁云夕矣，慨然永怀。今我不述，后生何闻哉！"诗句中有云："弱年逢家乏，老至更长饥。……馁也已矣夫，在昔余多师。"由此可见，"今我不述，后生何闻哉？"明显具有以诗歌形式，将自己生平遭遇教育子孙的训导目的。此外，还有如通过《命子》诗，对儿子进行家族历史教育；《与子俨等疏》，临终遗令五子相爱；《杂诗》组诗中，提出子孙要自力更生，不靠祖宗存金等。这些均是训导子孙的好篇章，尤其是《与子俨等疏》、《命子》等作品，具有《尚书》中"训"、"告"、"命"等上古文体的崇尚实用的文

---

① （宋）汤汉注：《陶靖节先生诗》卷4，中华书局1988年据北京图书馆藏宋朝刻本原大影印。
② （清）邱嘉穗：《东山草堂陶诗笺》卷4，清乾隆邱步洲重校刻本。
③ 袁行霈先生说："赵说为是。"（《陶渊明集笺注》中华书局2003年版，第258页）方东树云："注谓时必有人劝公出仕者，是也。"（《昭昧詹言》卷4，人民文学出版社1961年版，第114页）

艺遗风。

　　陶渊明曾祖父陶侃以军功起家，是一位粗鄙武夫，以此为士族瞧不起（当然也有其他原因）。因而陶侃的显赫功名事迹，亦多不为文学家或史家所载。《世说新语·文学》记载：

> 袁宏始作《东征赋》，都不道陶公。胡奴诱之狭室中，临以白刃，曰："先公勋业如是！君作《东征赋》，云何相忽略？"宏窘蹙无计，便答："我大道公，何以云无？"有诵曰："精金百炼，在割能断。功则治人，职思靖乱。长沙之勋，为史所赞。"

　　袁宏作《东征赋》，却不道及陶侃功业，在陶侃之子的胁迫之下，才不得已添上几句赞语。余嘉锡先生说："陶侃为庾亮所忌，于其身后奏废其子夏，又杀其子称，由是陶氏不显于晋。当宏作赋时，陶氏式微已甚。其孙虽嗣爵，而名宦不达。陶范虽存，复不为名士所与。……非必胡奴（陶范）之为人果得罪于清议业，直以其家出自寒门，摈之不以为气类，以示流品之严而已。宏之不道陶公，亦由是耳。"① 正是渊源于此，陶公奋力创作，也有弥补这方面的遗憾之意。所以，在《命子》诗中，他历叙祖先功业，称道陶侃功绩时用语甚详："在我中晋，业融长沙。桓桓长沙，伊勋伊德。天子畴我，专征南国。功遂辞归，临宠不惑。孰谓斯心，而可近得？"为先祖功业而自豪，溢于言表。

　　同时，他又专门为外祖父孟嘉作传：《晋故征西大将军长史孟府君传》，孟嘉作为东晋征西大将军桓温长史，赖陶公此传，事迹多传于世，《世说新语》及刘孝标注引、《晋书·孟嘉传》等，多得益于陶公此传的记载。

　　此外，还有上文所引述的《游斜川》，诗序所云"天气澄和，风物闲美"，"欣对不足，率尔（一作共尔）赋诗"，其实远非陶渊明创作的真实意图。据学者研究，《游斜川》赋诗，"乃仿效石崇、王羲之等贵族行径"，陶渊明"五十而游斜川，显然意在继承晋朝典制及贵族遗习"②，绝非简单的出游、赋诗。

---

① （南朝·宋）刘义庆著，（南朝·梁）刘孝标注，余嘉锡笺疏，周祖谟、余淑宜、周士琦整理：《世说新语笺疏》，上海古籍出版社1993年版，第274页。
② 逯钦立：《陶渊明事迹诗文系年》，《陶渊明集》，中华书局1979年版，第281页。另参见刘跃进《兰亭雅集与魏晋风度》一文，《安徽大学学报》2011年第4期。

而与此同时,陶渊明希望自己的文艺思想及创作,能够教育并传给子孙们,但子孙的不争气、不成材,让他无可奈何,只能听天由命,一切顺其自然。《命子》诗其十:"夙兴夜寐,愿尔斯才。尔之不才,亦已焉哉。"《责子》诗:"虽有五男儿,总不好纸笔。……阿宣行志学,而不爱文术。"反复地渲染、流露出这一心迹。因而他的这一文艺思想及其创作,颇值得我们加以重视。

总之,不管是上述哪一种文艺思想及其创作表现方式,也都不足以涵盖陶渊明诗文作品中所反映出的具有实用功利价值的文学观念。因为这一创作理念和风格,已经深深地渗入在陶渊明作品中。它们留给后世读者的感受,通常是以一个整体的形象而出现。南朝萧统《陶渊明集序》说:

> 夫自炫自媒者,士女之丑行;不忮不求者,明达之用心。是以圣人韬光,贤人遁世。……尝谓有能观渊明之文者,驰竞之情遣,鄙吝之意祛,贪夫可以廉,懦夫可以立。岂止仁义可蹈,爵禄可辞!不劳复傍游太华,远求柱史。此亦有助于风教也。[1]

萧统高度赞扬陶渊明诗文"有助于风教"的巨大意义:"驰竞之情遣,鄙吝之意祛。贪夫可以廉,懦夫可以立。"陶渊明的这些诗文作品,成为后世人们心灵世界与世俗社会的洗涤剂和缓冲剂,给人以很强的情感熏陶与教化,消除内在心灵的矛盾与杂质,摆脱生活的痛苦与紧张,获得生存的勇气和力量。

现代台湾学者黄仲仑先生在评论陶渊明《感士不遇赋》时说:"读其文,真可使驰竞之情遣,鄙吝之意祛。萧统说先生之文,大有助于教风,诚非虚语。"又说:"最可贵者,渊明先生的作品,欣赏起来,不仅引人入胜,而且有益教化,足以移风易俗。读他那高雅诗篇,其真能使顽夫廉,懦夫有立志,感其高风,皭皭乎不可尚矣。读到那壮志的诗,大有旋乾转坤,力挽狂澜之概。转头来读他那些田园乐的诗,觉得那些美丽的自然风光,日出而作,日入而息的恬静农庄生活,使人油然而生家园之恋。欣赏他底'咏贫士'诗,似与颜子箪食瓢饮,安于陋巷之心情相接。读到他那奋勉自励的诗,完全是学孔子'加我数年,五十以学易'之趣。所以渊明的作品,是如食珍馐,其味无穷。……渊明的作品……慢慢品

---

[1] 《梁昭明太子集》卷4,《四部丛刊》影印宋刊本。

尝，对德业的进步，有很大的帮助；对身心的健康，亦有莫大的裨益。"[1]可见陶渊明通过自己的创作，将葛洪所谓"夫文学者，人伦之首，大教之本也"的文艺思想发挥得淋漓尽致，并对后世产生了深远的影响。

七 "诗以群"的创作观

《论语·阳货》："子曰：'小子何莫学夫《诗》？《诗》可以兴，可以观，可以群，可以怨。'"陶渊明将孔子"兴""观""群""怨"的诗学思想融入自己的文学创作中。前面所述的陶渊明"发愤抒情"的创作，已体现了"兴"、"怨"的诗学传统；陶渊明日常生活常态化写作，也体现出"观"的诗学传统，因而此处笔者专谈陶渊明对孔子《诗》可以"群"的诗学传统的继承和发扬。

陶渊明是一位很重视"《诗》可以'群'"的诗人。在他一百余首诗歌中，涉及与朋友交往的诗篇达二三十首，所占的比例很大。在陶渊明之前，没有一位作家具有如此比例的交游诗文创作；在陶渊明身后，也鲜有人做到。为此，笔者在本书中，专设有一章，探讨他的交游及诗文创作。

魏正申先生说："诗人（笔者按：指陶渊明）的创作走了一条与友朋、文人、邻曲相切磋，不断提高自己写作水平的道路。……陶渊明一生中多次开展小型的诗歌创作活动，也体现了诗人重视文学创作的特点。这些活动往往与远游或饮酒相并。""在这些小型诗歌创作活动中产生的好些作品，是诗人的力作。"[2] 曹道衡[3]、李剑锋[4]先生更是先后从"江州文学集团"、江州文学氛围入手，考察出陶渊明文学创作与当时江州文学集团之间的密切关系。

陶渊明小型诗歌创作活动，最具典型性和代表性的是《游斜川》。诗序交代："辛丑（一作酉）正月五日，天气澄和，风物闲美。与二三邻曲，同游斜川。……欣对不足，率尔（一作共尔）赋诗。悲日月之遂往，悼吾年之不留。各疏年纪乡里，以记其时日。"这可看作是一次文学创作集会。学者论述颇多。

五言诗《答庞参军》诗序云："三复来贶，欲罢不能。自尔邻曲，冬春再交。款然良对，忽成旧游。俗谚云：数面成亲旧。况情过此者乎？人

---

[1] 黄仲仑：《陶渊明作品研究》，（台北）帕米尔书店1965年版，第119、5页。
[2] 魏正申：《陶渊明探稿》，文津出版社1990年版，第63—64页。
[3] 曹道衡：《中古文学史论文集续编》，（台北）文津出版社1994年版。
[4] 李剑锋：《陶渊明及其诗文渊源研究》，山东大学出版社2005年版，第268—295页。

事好乖,便当语离。杨公所叹,岂惟常悲?吾抱疾多年,不复为文。本既不丰,复老病继之。辄依《周礼》往复之义,且为别后相思之资。"陶渊明不顾老病之躯,为"依《周礼》往复之义",竟在"抱疾多年,不复为文"的情况下,破例创作了《答庞参军》五言诗、四言诗及序言各一首,体现了他"诗可以群"的文学理念。

除此之外,其他如《酬丁柴桑》、《和胡西曹示顾贼曹》、《岁暮和张常侍》、《和郭主簿二首》、《和刘柴桑》、《酬刘柴桑》、《五月旦作和戴主簿》等,均为诗歌往来唱和;而《赠长沙公族孙并序》、《赠羊长史并序》、《与殷晋安别并序》、《怨诗楚调示庞主簿邓治中》、《示周续之祖企谢景夷三郎》等,均为主动赠示。通过唱和诗,可见其中诗歌创作往来之频繁,如刘柴桑,有"和"有"酬";与郭主簿,一次唱和两首。后一组赠示的五首诗歌中,前三首并作有序言,后二首虽然没有序言,但所"示"的对象,多达二到三人,可见集体创作的文学意识极强。

其余诗文,如《答庞参军》"我有旨酒,与汝乐之。乃陈好言,乃著新诗",《乞食》"谈谐终日夕,觞至辄倾杯。情欣新知劝(一作欢),言咏遂赋诗",《移居》其一"邻曲时时来,抗言谈在昔。奇文共欣赏,疑义相与析",《移居》其二"春秋多佳日,登高赋新诗",《拟古》其六"伊怀难具道,为君作此诗",皆交代陈述作诗的目的,"诗以群"的文学创作情感,自然流露而出。

总之,通过以上对陶渊明诗文创作的考察,可知陶渊明对孔子儒家诗学观念的自觉认同、创新和发展。

八 仿效与创作

宋代黄庭坚说:"自作语最难。……古之能为文章者,真能陶冶万物,虽取古人之陈言入于翰墨,如灵丹一粒,点铁成金也。"① 朱熹也说:"前辈作文者,古人有名文字皆模拟作一篇,故后有所作时左右逢源。"② 两人均指明模拟、仿效与创作之间有极为密切的关系。

仿效,体现出以榜样为依归的创作力量。在文艺思想上,陶渊明仿效孔子,"立言以不朽";仿效司马迁,"发愤以抒情"。在具体的文学创作上,他的《闲情赋》、《感士不遇赋》、咏史诗等,无不仿效前代的文学样

---

① (宋)黄庭坚:《答洪驹父书》,《豫章黄先生文集》,《四部丛刊》本。
② (宋)朱熹著,黎德靖编,王星贤点校:《朱子语类》卷139,中华书局1986年版,第3321页。

式。陶渊明《闲情赋》序曰：

> 初，张衡作《定情赋》，蔡邕作《静情赋》，检逸辞而宗澹泊。始则荡以思虑，而终归闲正。将以抑流宕之邪心，谅有助于讽谏。缀文之士，弈代继作。并因触类，广其辞义。余园间多暇，复染翰为之。虽文妙不足，庶不谬作者之意乎？

明代何孟春在"弈代继作"句下注云："赋情始楚宋玉、汉司马相如，而平子、伯喈继之为《安》、《静》之辞。而魏则陈琳、阮瑀作《止欲赋》，王粲作《闲邪赋》，应玚作《正情赋》，曹植作《静思赋》，晋张华作《永怀赋》，此靖节所谓弈代继作，并因触类，广其辞义者也。"（《陶靖节集》卷5）由此可见《闲情赋》创作题材渊源变化的大体情形。现代学者钟优民说："可知男女情爱原是宋玉以来历代文人吟咏的共同主题，《闲情赋》明显地存在仿效前人的痕迹，自称'文妙不足'，大有自愧不如的味道。"① 而其中的"庶不谬作者之意"，意谓虽然文妙不足，但庶几不违背张衡等原作者之主旨②，更有强调仿作的味道了。

又《感士不遇赋》序云："昔董仲舒作《士不遇赋》，司马子长又为之。余尝于三余之日，讲习之暇，读其文，慨然惆怅。……此古人所以染翰慷慨，屡伸而不能已者也。夫导达意气，其惟文乎？抚卷踌躇，遂感而赋之。"序文交代了《感士不遇赋》创作与前代辞赋创作的渊源关系。袁行霈先生说："文学作品中之'士不遇'主题盖滥觞于屈原《离骚》、宋玉《九辩》。此赋乃读董仲舒之《士不遇赋》、司马迁之《悲士不遇赋》，有感而作。"③ 陶渊明不仅承袭前代文学的创作样式，而且融入自己的性情与生活遭际，由此而在仿效中总能推陈出新，充分地展现陶渊明自我的个性思想和文艺创作。其《闲情赋》、《感士不遇赋》、咏史诗的创作，无不如此。尤其是《闲情赋》，此赋的作年与主题，向来众说纷纭，而无定论。《闲情赋》"并因触类，广其辞义"的蓝本有张衡《定情赋》、蔡邕《静情赋》等，多只是残篇断语，见于类书。而至今保存完整者，仅有陶渊明的《闲情赋》，可见它的独特魅力。④ 此外，李文初先生甚至认为陶

---

① 钟优民：《陶渊明论稿》，湖南人民出版社1981年版，第197页。
② 参见袁行霈《陶渊明集笺注》，中华书局2003年版，第453页。
③ 袁行霈：《陶渊明集笺注》，中华书局2003年版，第435页。
④ 参见魏耕原《陶渊明论》，北京大学出版社2011年版，第173页。

渊明的《咏二疏》、《咏三良》、《咏荆轲》等作品，都是他青少年时期的模拟、仿效之作。① 总之，陶渊明在仿效、模拟的文学创作中发展成熟起来，成就了他的伟大。

综上所述，我们所探讨的八个方面，体现了陶渊明文艺思想及其创作的多重性、复杂性，也可见陶渊明思想及其诗文创作的深度。这或许与陶渊明充满矛盾的个性和人生密不可分。台湾学者王叔岷先生说："综观陶公一生，因为处在晋、宋易代之交，他是非常悲观的人；由于深得田园之趣，也是非常乐观的人；他是非常谦和的人。由于寄言'不知有汉，无论魏、晋'（《桃花源记》），也是非常骄傲的人；他是非常寂寞的人。由于与大自然为友，也是非常不寂寞的人。陶公的性情，在一'真'字；陶公的节操，在一'贞'字；陶公的襟怀，在一'达'字；陶公的生活，在一'勤'字。他从最辛苦的生活中，体验出至乐；从最平凡的生活中，显露出清高；从最切实的生活中，表现出超脱。他的为人和他的诗，所以不可及者在此。"② 魏耕原先生也说："可以说陶是最充斥矛盾的诗人，论者亦人言人殊。或横岭侧峰，或视朱成碧，以至于纷纭不已。""在中国诗人中，陶渊明既平凡而又充满个性，既伟大而又充斥矛盾。陶诗属于诗化的哲学，哲学的诗化。因而，他曾被称为'中古时代之大思想家'（陈寅恪语），可以说，也是中国诗人中的'大思想家'。他的思想看似纯净而又复杂，外似旷达而内具矛盾。"③ 因此，陶渊明个性、生活、思想的多样性与复杂性，正是构成他文艺思想及创作多样化的内在原因。

第二节 陶渊明的情感世界与其诗文创作

在中国文学创作中，历来重视感情的抒发，重视文学与感情之间的关系。④ 陶渊明虽然作为隐士闻名于世，他在"五官三休"之后，最终选择了一条独善其身的躬耕道路，但他形隐心不隐，并未忘怀苍生，诀别现实。终其一生，他的内心世界始终极其丰富而炽热，感情醇厚而真朴。他

---

① 李文初：《陶渊明论略》，广东人民出版社 1986 年版，第 92—96 页。
② 王叔岷：《陶渊明诗笺证稿》，中华书局 2007 年版，第 547 页。
③ 魏耕原：《陶渊明论·弁叙》，北京大学出版社 2011 年版，第 4 页。
④ 文学与感情关系，参见胡怀琛《诗歌与感情》，《中国文学辨正》，商务印书馆 1927 年版，第 91—97 页。

的感情与文学创作迸发出来的焰火辉映古今，慰人心灵。

不过，陶渊明内心深处的炽热情感，不是嗜陶、品陶极深的人，可能是不易领会的。针对前贤的误解，梁启超先生在他的《陶渊明》中强调了三点："第一，须知他是一位极热烈极有豪气的人。……渊明是极热血的人，若把他看成冷面厌世一派，那便大错了。第二，须知他是一位缠绵悱恻最多情的人。……第三，须知他是一位极严正——道德责任心极重的人。"①

陶渊明的情感，丰富而复杂。顾随先生称："陶渊明诗有丰富热烈的情感，而又有节制，但又自然而不勉强。"② 又称他是古代诗人中"蜕化"的典型，"既非出世的一丝不挂，又非入世的挑战、奋斗，是'结庐在人境，而无车马喧'。这种境界是欢喜还是苦恼？这种是人情味的，然亦非常人所能，如陶公之将入世出世打成一片"③。这样的诗人古今罕见，他与一般能出世入世的人的区别还在于他的极为浓郁的诗人情感。顾随先生说："做诗人是苦行，一起感情需紧张（诗感），又须低落沉静下去，停在一点，然后再起来，才能发而为诗。诗感是诗的种子、佳种，沉落下去是酝酿时期，然后才有表现。"④ 陶渊明将一切炽热的情感都化作了诗歌。清代杨夔生《兔园掌录》说："陶公终日为儿子虑，虑及僮仆、衣食、诗书，何其真也；将儿子贫苦、愚拙种种烦恼都作下酒物，何其达也。近情之至，忘情之至。"⑤ 他将对子女、家人、妻子、友朋、国家的情感，一一都化作了诗。他的生活、情感与诗歌，三位一体，相互熔铸，不分彼此。只不过，时过境迁，诗歌成了他的生活与情感的载体，成为后世了解他情感心扉世界的一扇窗口。

一　亲情与诗文创作

梁启超先生曾经强调陶渊明"是一位缠绵悱恻最多情的人"，并且阐述说："读集中《祭程氏妹文》、《祭从弟敬远文》、《与子俨等疏》，可以看出他家庭骨肉间情爱热烈到什么地步。"⑥ 这是很有见地的。

---

① 梁启超：《陶渊明》，《饮冰室合集》第12册，中华书局1989年影印本，第5—8页。
② 顾随讲，叶嘉莹笔记，顾之京整理：《顾随诗词讲记》，中国人民大学出版社2006年版，第28页。
③ 同上书，第25页。
④ 同上书，第33页。
⑤ （清）杨夔生：《兔园掌录》，《陶渊明资料汇编》（下），第260页。
⑥ 梁启超：《陶渊明》，《饮冰室合集》第12册，中华书局1989年影印本，第7页。

陶渊明诗文中，多次使用"亲戚"一词。《杂诗》："亲戚共一处，子孙还相保。"《挽歌诗》其三："亲戚或余悲，他人亦已歌。"《归去来兮辞》："悦亲戚之情话。"亲戚，在这里是表示与自己有血缘或婚姻关系的人。翻览陶集，他的那份浓烈亲戚情感，随处可见。

陶渊明爱子之心深厚。李长之先生在《陶渊明传论》中说得好："正是由于儒家思想，使陶渊明浓厚地表现了封建社会中家人父子的伦理感情。像他对于刘遗民所说的'直为亲旧故，未肯言索居。'一直到他晚年，他也仍然说：'丈夫志四海，我愿不知老。亲戚共一处，子孙还相保。'他在外飘荡太久了，他急于回家的主要理由便是：'一喜侍温颜，再喜见友于。'他对于父母、亲旧、兄弟的感情是如此。他对于孩子的情感更超乎此。像他为儿子写了《命子》诗、《责子》诗，还写了《与子俨等疏》。他把子女对自己的安慰看作高于一切，'弱子戏我侧，学语未成音。此事真复乐，聊用忘华簪。'后来的大诗人杜甫笑他：'陶潜避世翁，未必能达道。有子贤与愚，何必挂怀抱。'我们在这里不想反讥杜甫也同样是对孩子'挂怀抱'的，但我们却要指出陶渊明对子女的情感是非常突出的。我们试看他《归去来兮辞》中说的他回家的情景，'稚子候门'，'携幼入室，有酒盈樽'。再看他《酬刘柴桑》诗中说的'今我不为乐，知有来岁否？命室携童弱，良日登远游。'可见他一回家，就一定是被孩子们包围着，一片欢笑声；他一出门，就一定是大的小的都跟随着他。"①陶渊明与孩子们非常亲近，在他们相处的欢乐世界里，无严父之颜，无训斥之音。他自己也始终拥有一颗童心，存有一片童真，亲近自然，亲近稚童，在远离官场的尘嚣中找到欢乐，找回自我。黄仲仑先生说："如为人父母者，对于儿童没有深厚的同情，或是自己没有保持住儿童的天真，都不能说出简切深刻的话。"② 确然如此。

陶渊明对孩子的慈祥之爱，时常活现于笔墨间。就连引来争议的《责子》诗，亦复如此。从题名上，正如黄仲仑先生所说："所题云'责子'者，因爱之甚耳。"③ 而诗歌之内容，宋人黄庭坚解之最真："观渊明之诗，想见其人岂弟慈祥，戏谑可观也。俗人便谓渊明诸子皆不肖，而渊明愁叹见于诗，可谓痴人前不得说梦也。"④ 陶渊明的这些爱子情怀，深

---

① 李长之：《陶渊明论》，天津人民出版社2007年版，第133—134页。
② 黄仲仑：《陶渊明作品研究》，（台北）帕米尔书店1965年版，第270页。
③ 同上书，第228页。
④ 黄庭坚：《陶渊明〈责子〉诗后》，《豫章黄先生文集》，四部丛刊本。

深地影响着后世,对后世很多作家的文学创作,影响可谓深远。

不过,陶公虽爱子,也并非一味地溺爱,而是要求他们自食其力,孝悌友爱。例如《杂诗》其七:"有子不留金。何用身后置。"这首诗作于陶渊明五十岁患重病那年。诗中令其子自食其力,自力更生,不留产业,以此作为教子之道。《与子俨等疏》也说:"汝辈稚小家贫,每役柴水之劳,何时可免?"可见陶渊明教子自食其力的教育之道。《与子俨等疏》又说:"然汝等虽不同生,当思四海皆兄弟之义。"《与子俨等疏》也作于陶渊明五十岁患重病之时。陶渊明"自恐大分将有限",临终教育其子和睦相处,恪守兄弟之义。

陶渊明爱妻以款款深情。陶渊明归隐田园之后,时常与妻子、孩子们一起去远游,享受天伦之乐,足见他对妻子、孩子的深情。《酬刘柴桑》诗:"命室携童弱,良日登远游。"《诸人共游周家墓柏下》诗:"今日天气佳,清吹与鸣弹。感彼柏下人,安得不为欢。"这些诗均描述其与家人共处时的欢乐情怀。陶渊明三十丧妻,《怨诗楚调示庞主簿邓治中》"始室丧其偏",即叙其事。"余尝感孺仲贤妻之言,败絮自拥,何惭儿子?此既一事矣,但恨邻靡二仲,室无莱妇",表达对孩子的关爱,同时引用王霸妻的典故,点明妻子的贤能,表达对她的怀念之情。陶公续娶翟氏,两人志同道合。萧统《陶渊明传》称道:"其妻翟氏亦能安勤苦,与其同志。"《南史》本传亦云:"夫耕于前,妻锄于后。"可见陶渊明与翟氏,夫唱妇随,传为美谈。

有时,陶渊明也会因为自己隐居不仕而使妻儿贫困感到愧疚。《咏贫士》:"一朝辞吏归,清贫略难俦。年饥感仁妻,泣涕向我流。丈夫虽有志,固为儿女忧。"此处可与史传记载中陶渊明妻子翟氏的贤惠,陶渊明诗文中叙述的愧对儿女事结合起来。陶渊明作有《闲情赋》,后人对其主旨解读分歧较大。不少学者将它视为爱情赋。如果真是爱情赋,陶渊明为自己的妻子而写,那就更可见他对妻子的深情厚意了。梁启超先生曾经提及说:"集中写男女情爱的诗,一首也没有,因为他实在没有这种事实。但他却不是不能写。《闲情赋》里头,'愿在衣而为领,……'底下一连叠十句'愿在……而为……',熨贴深刻,恐古今言情的艳句,也很少比得上。因为他心苗上本来有极温润的情绪,所以要说便说得出。"[①] 钟优民更进一步阐发说:"分析这篇情赋,自然会联系到陶渊明发妻早丧的爱情悲剧。这种人生的不幸带给陶渊明精神上的痛苦,不能不在创作中反映

---

① 梁启超:《陶渊明》,《饮冰室合集》第12册,中华书局1989年影印本,第7页。

出来,《闲情赋》就明显地印上了这种隐痛幽怨的泪痕。细味全赋,气氛凄切哀婉,缠绵悱恻,在脉脉温情的面纱下,不时透漏出'始室丧其偏'的悲凉心境;在一往情深地追慕那'旷世以秀群'的绝代佳人的同时,屡屡泄露出对那'推我而辍音'的昔日情侣的深切怀念。"① 在辞赋中,陶公将自己处境贫寒的妻子,想象为一位雍容华贵、才貌绝世的贵妇人。这一文学的笔法,与杜甫笔下的妻子"清辉玉臂",如出一辙。

陶渊明对亲属亦饱含深情。对此,魏正申先生说得好:"陶令亲属不多,但在陶集中,对其亲属几乎都有提及。《命子》诗记其曾祖、祖父、父亲;《庚子岁五月中从都还阻风于规林二首》颇述念母之情;《祭程氏妹文》深感庶母早逝之痛;《归去来兮辞序》中记述叔父陶夔帮助入仕之恩;《晋故征西大将军长史孟府君传》颂外公之德操;《责子》、《与子俨等疏》,多言爱子之情。"陶渊明笔下的《祭程氏妹文》、《祭从弟敬远文》、《悲从弟仲德》三篇祭悼文,更是深情哀婉,催人泪下,非感情之至深至厚者,不能言传其情。

陶渊明的父亲早逝,他在《命子》诗中称颂父亲的美德"瞻望弗及",感慨嘘唏。他的母亲年老,颜延之《陶征士诔》说陶渊明出仕的本心是为了赡养老母:"母老子幼,就养勤匮。远惟田生致亲之议,追悟毛子捧檄之怀。"可见陶渊明的至孝之心。他出去没有多久,就回家省亲。《庚子岁五月中从都还阻风于规林二首》诗中流露出他对于老母的眷念,离家后慨叹于"久游念所生",回家时有"行行循归路,计日望旧居",到家后是"一欣侍温颜,再喜见友于",孝悌之情,溢于言表。②

对于身处同时代的同宗长沙公陶延寿,陶渊明也非常热情。在《赠长沙公》中,叙说他路过浔阳,相认宗亲,一方面共同缅怀陶侃等祖辈的功绩,另一方面赞美陶延寿继承祖业的才华,言辞恳切,发自肺腑,令人感动。

自陶侃、周访以降,陶、周两家世婚。《诸人共游周家墓柏下》描叙陶渊明游历周家墓,因而作诗纪念。周家为陶家姻亲,在陶渊明笔下,情意殷殷。诗云:"今日天气佳,清吹与鸣弹。感彼柏下人,安得不为欢!"丁福保《陶渊明诗笺注》引苏氏语曰:"古无弹琴于墓上之礼,此言正唯

---

① 钟优民:《陶渊明论集》,湖南人民出版社 1981 年版,第 198 页。
② 此处叙述参考了黄仲仑《陶渊明作品研究》,(台北)帕米尔书店 1965 年版,第 269 页。黄仲仑先生也多致力于陶公亲情的解读,他将陶集作品分为十二章,"整理成一部较有系统的书",其中专设"亲族篇",与"田园篇"等并列。

感墓中之人，则安得而不弹乎？"诚如是，则益见陶渊明对于周家姻亲的情感。

二 友情与诗文创作

陶渊明是特别重友情的人，他对待朋友坦诚、热情，纯出于一片天然笃实之情，毫无做作，醇厚率真之至。《宋书》本传记载："潜尝往庐山，（王）弘令潜故人庞通之赍酒具于半道栗里要之，潜有脚疾，使一门生二儿舁篮舆，既至，欣然便共饮酌，俄顷弘至，亦无忤也。"萧统《陶渊明传》说："贵贱造之者，有酒辄设。渊明若先醉，便语客：我醉欲眠，卿可去。其真率如此。"他交友广泛，上至上司，下至田父野老，旁及方外僧人。其交游之详细情形，笔者已设有"陶渊明交游考论"专章探讨，兹仅就其友情与诗文创作稍加叙述。

对于陶渊明对待友情的态度，梁启超有极高的评价。梁先生说："他对朋友的情爱又真挚，又秾挚，如《移居》篇写的'春秋多佳日，登高赋新诗。过门更相呼，有酒斟酌之。农务各自归，闲暇辄相思。相思则披衣，言笑无厌时。'一种亲厚甜美的情意，读起来真活现纸上。他那'闲暇辄相思'的情绪，有《停云》一首写得最好，这些诗真算得温柔敦厚情深文明了。集中送别之作不多。内中如《答庞参军》的结句：'情通万里外，形迹滞江山。君其爱体素，来会在何年。'只是很平淡的四句，读去觉得比千尺的桃花潭水还情深哩。"①

陶渊明重视友情，渴望知音，在晋、宋易代的多事之秋，他在作品中，时常慨叹、陈述没有知音朋友的痛苦心情。《停云》诗自序云："《停云》，思亲友也。樽湛新醪，园列初荣，愿言不从，叹息弥襟。"诗中又云："静寄东轩，春醪独抚。良朋悠邈，搔首延伫。""安得促席，说彼平生。""岂无他人，念子实多。"寻觅知音良朋，情意殷殷。作于同时期的《时运》诗自序亦云："《时运》，游暮春也。春服既成，景物斯和，偶影独游，欣慨交心。"对此，钱锺书先生分析说："陶潜《时运》诗《序》：'偶影独游，欣慨交心'，《杂诗》之二：'欲言无余和，挥杯劝孤影'，《饮酒》诗《序》：'顾影独尽，忽焉复醉'；曰'独'、'无余和'，其'顾影'、'偶影'、'劝影'，亦正'形影'之'相吊'、'自怜'耳。"②钱先生之论，深揭陶公内心之孤独，正中鹄的。

---

① 梁启超：《陶渊明》，《饮冰室合集》第12册，中华书局1989年影印本，第7页。
② 钱锺书：《管锥编》第3册，第1062页。

人生知音难遇，陶公在《怨诗楚调示庞主簿邓治中》中说："慷慨独悲歌，钟期信为贤。"用钟子期、俞伯牙一典，抒发知音难觅的感慨。在《示周续之祖企谢景夷三郎》中，他以"老夫有所爱，思与尔为邻。愿言诲诸子，从我颍水滨。"敦促同为"浔阳三隐"之一的周续之，跟随自己继续隐居。

一旦遇上诸多知己，其欢快之情，则跃然可见。如《移居》其一："昔欲居南村，非为卜其宅。闻多素心人，乐与数晨夕。怀此颇有年，今日从兹役。弊庐何必广？取足蔽床席。邻曲时时来，抗言谈在昔。奇文共欣赏，疑义相与析。"又如《诸人共游周家墓柏下》："今日天气佳，清吹与鸣弹。感彼柏下人，安得不为欢？清歌散新声，绿酒开芳颜。未知明日事，余襟良已殚。"及时行乐，乐不可尽言。其中，最典型的是《游斜川》记述的集会。学者们历来将它与石崇的金谷集会、王羲之等人的兰亭集会相联系。从诗序"天气澄和，风物闲美，与二三邻曲，同游斜川"，"欣对不足，率尔（一作共尔）赋诗"及诗句"中觞纵遥情，忘彼千载忧。且极今朝乐，明日非所求"等描述中，均可见陶公极高的兴致，快乐的心情。良朋越多，陶公心情越是欢快，其重视友情由此可见一斑。

晚年贫病交加，不少良朋离他而去。有后生庞参军慕名前来，陶公不顾病弱之躯，一口气作了《答庞参军》两首，表达欢快心情。其序言云："三复来贶，欲罢不能。自尔邻曲，冬春再交，款然良对，忽成旧游。俗谚云：数面成亲旧。况情过此者乎？人事好乖，便当语离，杨公所叹，岂惟常悲？吾抱疾多年，不复为文。本既不丰，复老病继之。辄依《周礼》往复之义。且为别后相思之资。"诗歌又说："相知何必旧，倾盖定前言。有客赏我趣，每每顾林园。谈谐无俗调，所说圣人篇。或有数斗酒，闲饮自欢然。"表现出晚年少有的交友之欢乐。初识庞参军，"忽成旧游"，这样的友情，没有深厚的情感，是不可能做到的。

陶渊明与良朋交往，诲人不倦。《答庞参军》中先说："我实幽居士，无复东西缘。"又说："君其爱体素，来会在何年？"《与殷晋安别》更是强调："良才不隐世，江湖多贱贫。"对朋友诸多勉励。颜延之在《陶征士诔》中回忆两人交往时说："自尔介居，及我多暇。伊好之洽，接阎邻舍，宵盘昼憩，非舟非驾。念昔宴私，举觞相诲，独正者危。"陶渊明对待友情的真诚与醇厚，不仅交到了一些知音好友，而且赢得了他们的尊敬。陶公离世，"近识悲悼，远士伤情。"（《陶征士诔》）桃李不言，下自成蹊。他们以私谥的形式，赞美陶公的德与行。《陶征士诔》云："若其宽乐令终之美，好廉克己之操，有合谥典，无愆前志。故询诸友好，宜谥曰靖节征士。"私谥"靖节征士",世号"靖节先生",均体现出对其崇高人格的无限敬仰,如《诗经》中所言"高山仰止,景行行止"。

三 国家情感与诗文创作

孟子有言:"老吾老,以及人之老;幼吾幼,以及人之幼。天下可运于掌。"(《孟子·梁惠王上》)陶渊明亦可谓得之矣。萧统《陶渊明传》记载,陶渊明出仕彭泽令,"不以家累自随,送一力给其子书曰:'汝旦夕之费,自给为难。今遣此力助汝薪水之劳。此亦人子也,可善遇之。'"这一记载,一方面体现出陶渊明对诸子的慈爱,"他只要有一点办法,总不忘其子。故为彭泽令即遣一力子以助其子薪水之劳"①;另一方面,"'此亦人子也,可善遇之'一语,可以看出渊明'幼吾幼以及人之幼'之心。按魏晋时代,是贵族统治。阶级制度,门阀之见,划分最清楚。在这个社会中,竟对一位仆人,施以仁慈,平等待遇。"② 此真可谓"所谓临人而有父母之心者也"。这与后来唐代诗人杜甫的"安得广厦千万间,大庇天下寒士俱欢颜,风雨不动安如山。呜呼!何时眼前突兀见此屋,吾庐独破受冻死亦足"(《茅屋为秋风所破歌》)一样,表现的都是仁慈悲悯的大爱情怀。"身无半文,心忧天下"。身处晋、宋易代之际,身陷贫病潦倒之境,陶公推己及人,由家而国,表现出浓郁的忠愤情怀与遗民情结。清代士大夫张之洞在对待仆人上也以陶公为榜样。他在《复双亲书》中说:"陶渊明训其子曰'此亦人子也,可善视之。'儿今亦曰'此亦人母,应推己及之。'故接得训谕,已急行通知阿祥,嘱于五日束装返里,一视母病,并准其给假三月,不扣工资。"(《张之洞家书》)恻隐仁爱之心,一如陶公。

尽管对于陶渊明的晋世情结,向来争议较大,但他骨子里的"金刚怒目"的情感,恐怕是谁也不能轻易否定的。梁启超先生虽然不赞成陶诗"几乎首首都是惓念之作",但他也认可陶渊明对于国家的忠贞情怀。他强调说:"以那么高节那么多情的陶渊明,看不上那'欺负孤儿寡母取天下'的新主,对于已覆灭的旧朝不胜眷恋,自然是情理内的事。依我看,《拟古》九首,确是易代后伤时感事之作。这些诗歌都是从深痛幽怨发出来。个个字带着泪痕,和《祭妹文》一样的情操。顾亭林批评他道:'淡然若忘于世,而感愤之怀,有时不能自止而微见其情者,真也',这

---

① 黄仲仑:《陶渊明作品研究》,(台北)帕米尔书店1965年版,第19页。
② 同上。

话真能道出渊明真际了。"①就连朱自清先生也承认《述酒》诗和《拟古》诗第九首是"陶诗里可以确指为'忠愤'之作者"②。所以萧统很早就称道说"有疑陶渊明诗，篇篇有酒。吾观其意不在酒，亦寄酒为迹者也。""语时事则指而可想，论怀抱则旷而且真"（《陶渊明集序》），指出陶渊明作品讽喻、寄托的色彩是很重的。

众所熟知，陶渊明的国家政治情怀，最早在沈约的《宋书》中已有记载："潜弱年薄宦不洁去就之迹，自以曾祖晋世宰辅，耻复屈身后代，自高祖王业渐隆，不复肯仕。所著文章，皆题其年月，义熙以前，则书晋氏年号，自永初以来，唯云甲子而已。"尽管对这一记载，后世争议比较大，但陶渊明"自高祖王业渐隆，不复肯仕"则是肯定的。因此，后人不断地将他与张良、诸葛亮相并提。身经升平盛唐和安史之乱的颜真卿，最早把陶渊明比作张良："张良思报韩，龚胜耻事新。狙击不肯就，舍生悲缙绅。呜呼陶渊明，奕叶为晋臣。自以公相后，每怀宗国屯。题诗庚子岁，自谓羲皇人。手持《山海经》，头戴漉酒巾。兴逐孤云外，心随还鸟泯。"（《咏陶渊明》）到了明清时期，国家多灾多难，更多的人将陶渊明看作忠臣义士。他们把他看作是汉代的张良、三国的诸葛亮，只不过，没有遇上刘邦、刘备那样的人。不然，他也可以像张良、诸葛亮一样，干出一番经天纬地、轰轰烈烈的事业来。"张良本为韩仇出，诸葛宁知汉祚移。"（虞集《挽文山丞相》）可见陶渊明忠于晋室的本心。

陶渊明饱读儒家《诗》《书》，早年"猛志逸四海"（《杂诗》其五）的是他，中年唯恐"空负头上巾"（《饮酒》其二十）的也是他，晚年"猛志固常在"（《读山海经》其十）的还是他，他的儒家情怀，他的国家情感，始终没有放弃，不管是"《诗》《书》敦宿好"的青壮年时期，还是"五官三休"的积极仕宦时期，抑或是晋、宋易代的苦闷与黑暗时期。对于陶渊明的豪侠性格、国家情感，老一辈陶学家廖仲安先生说得好，这"应该联系到陶渊明一生的思想道路来分析。从少年时代的'猛志逸四海'，中年的'日月掷人去，有志不获骋'，到老年的'猛志固常在'，这里显然有一种济世的热情贯注着他的一生"③。虽然壮志未酬，但是壮心不已，他的国家情感与他的亲情、友情一起，贯穿并伴随他的人生始终，并且同样热烈而浓挚。

---

① 梁启超：《陶渊明》，《饮冰室合集》第 12 册，中华书局 1989 年影印本，第 8 页。
② 朱自清：《陶诗的深度》，见《朱自清说诗》，上海古籍出版社 1997 年版，第 231 页。
③ 廖仲安：《陶渊明》，上海古籍出版社 1999 年版，第 62 页。

四 小结

据传闻一多先生十七岁时,曾经撰文称庄子是天下第一大情圣,后来又在《庄子》篇中称"庄子是开辟以来最古怪最伟大的一个情种"[①]。梁启超先生也有一篇《情圣杜甫》[②],称颂杜甫是一位多情的人。

陶渊明与庄子、杜甫,三者之间的关系极为密切。陶渊明在诗文中,引用《庄子》的地方最多;陶渊明的诗文,尤其是亲人、友人、国家的情感与文学创作的关系对杜甫的影响至为深远。

顾随先生说:"古人创作时将生命精神注入,盖作品即作者之表现。""凡诗可以代表一诗人整个人格者,始可称之为代表作。诗所表现是整个人格的活动。""从前以为陶必有与常人不同处,但今觉其似与老杜一鼻孔出气。他心中时而是乌鸦的狂躁,时而是小鸟的歌唱;时而松弛,时而紧张。但以之评其诗则不可。他的诗还没有这么大差异,只是时而严肃,时而随便;时而高兴,时而颓唐;时而松弛,时而紧张。"[③] 诗歌作为作家人品、情感的体现,可见陶渊明内心情感世界之丰富,不亚于梁启超先生所称的"情圣"杜甫。

王叔岷先生曾就《乞食》诗解读说:

> 龚自珍杂诗三首之三:"陶潜磊落性情温,冥报因他一饭恩。颇觉少陵诗吻薄,但言'朝扣富儿门'。"陶公不为五斗米折腰之傲;一餐思报之温,并见其性情之真。[④]

可见在龚自珍等人眼里,甚至有将杜甫比下去的理由。杜甫《遣兴》诗:"陶潜避世翁,未必能达道。有子贤与愚,何必挂怀抱。"说陶渊明未能懂得达生之道,反而对儿女过分操心[⑤],把儿女的"贤与愚"老是记挂在心上。对于杜甫的评价,如果我们换一个角度来看,恰恰折射出陶渊明对儿女的挚爱与关怀之情,似比杜甫还要深厚。

[①] 闻一多:《周易与庄子研究》,《闻一多学术文钞》,巴蜀书社2003年版,第79页。

[②] 梁启超:《情圣杜甫》,《饮冰室合集》第5册,中华书局1989年影印本,第5页。第37—50页。

[③] 以上引文依次见于顾随讲,叶嘉莹笔记,顾之京整理《顾随诗词讲记》,中国人民大学出版社2006年版,第1页、第5页、第85页。

[④] 王叔岷:《陶渊明诗笺证稿》,中华书局2007年版,第138页。

[⑤] 参考钟优民《陶学发展史》,吉林教育出版社2000年版,第35页。

陶渊明之情感世界，亦不弱于庄子。清代学者胡文英高度评价庄子说："庄子最是深情。人第知三闾之哀怨，而不知漆园之哀怨有甚于三闾也。盖三闾之哀怨在一国，而漆园之哀怨在天下；三闾之哀怨在一时，而漆园之哀怨在万世。"① 胡文英慧眼独具，指出庄子（漆园）的深情超乎三闾大夫屈原，其"在天下"、"在万世"，超越了一时一地一人一国，所以比屈原还要深情。闻一多称颂庄子为"情种"，正是建立在此基础上的。而陶渊明的深情，在清人眼里，亦复如此。清人钟秀说："（陶公诗篇）全是民胞物与之胸怀，无一毫薄待斯人之意，恍然见太古，不独亲其亲，不独子其子，景象无他，其能合万物之乐，以为一己之乐者，在于能通万物之情，以为一己之情也。"② 钟秀认为陶渊明"不独亲其亲"、"不独子其子"，超乎"一己"，"能通万物之情"，因此亦可谓"最是深情"者。

陶渊明情感丰富，包罗甚广，罕有人及。如果按照梁启超先生称颂庄子、杜甫为"情圣"的思路，陶渊明确实可与二人比肩而不逊色。正如胡晓明先生所说：

> 通观陶渊明人格，其一大特色，其诗人之天性，即富于深情。名山论曰："渊明多爱。爱君，故《咏三良》；爱亲友，故赋《停云》。又曰：'山泽久见招，胡事乃踌躇。直为亲旧故，未忍言索居。'虽语默殊势如殷晋安，而曰：'脱有经过便，念来存故人。'厚之至也。爱同气，以妹丧去职，祭文至云'崩号'、'泣血'。《悲从弟仲德》，泪应心零。《祭从弟敬远》，情深爱厚，友之至也。爱同姓，长沙族祖，昭穆既远，而四言赠别，临路凄然，仁之至也。爱稚子，如云'弱子戏我侧，学语未成音。此事真复乐，聊用忘华簪。'慈之至也。爱奴仆，送一力子给其子曰：'此亦人子也，可善遇之。'恕之至也。乃至于《闲情》十愿，'为席'、'为履'，傥亦用爱之过乎？"③

胡晓明先生引用钱振锽的评论，从七个方面对陶渊明"富于深情"的天性进行了较为全面系统的阐述。从对待君王、亲友、兄弟姊妹、同宗兄

---

① （清）胡文英：《庄子独见》，华东师范大学出版社2011年版，第5页。
② （清）钟秀：《陶靖节纪事诗品》，《陶渊明资料汇编》（上），第245页。
③ 胡晓明：《略论钱振锽的陶渊明评论》，《九江学院学报》2010年第4期《陶渊明研究专辑》，第69页。

弟、儿女、仆人、妻子等角度，称扬陶渊明"厚之至"、"友之至"、"仁之至"、"慈之至"、"恕之至"的人格美德。结合此段评论可知，陶公洵可谓天地间至情至深之人。

《论语·颜渊》："樊迟问仁。子曰：'爱人。'"正如黄仲仑先生所说："渊明一生行谊近于人情，更富于热情，这完全得力于儒学。"[1] 陶渊明为天地间之至爱仁者。仁者多爱，陶渊明不仅爱人，而且爱物。他爱微雨，爱新苗，爱双燕、爱众鸟，他亲近自然，"性本爱丘山"的他，将大自然万物悉数揽入他的仁爱之中，发自于心，形之为诗，以宇宙中至醇、至真、至大的情感，酵酿出天地间极真、极善、极美的文字。所以，他的境界，他的情感，他的文字，实不可企及。

第三节 陶渊明的"自我"与文学的自觉

陶渊明的不为五斗米折腰，"许饮则往"、"忽攒眉而去"[2] 给人的"自我"印象实在太强烈了。加上他在《五柳先生传》中"九不主义"[3] 的自我宣称，他被目为是"闭关"的放人似乎就很自然了[4]。

他的诗文里"我"字随处可见，从《时运》"袭我春服""我爱其静""黄唐莫逮，慨叹在余"，到《拟挽歌辞》的"肴案盈我前，亲旧哭我傍"，一百来首诗文中"我"字凡数百见。据魏耕原先生统计："一部陶诗凡124首，用'我''予''吾'共245次，平均每篇接近两次。"远超乎以抒情主人公闻名的屈原，"一部《离骚》凡374句，用'我'、'朕'、'吾'、'余'、'予'共77次，平均四句稍多即用一次"[5]。此外，陶渊明的杂文、辞赋、祭疏等12篇作品中，用"我"、"吾"的频率也达45次，平均每篇接近3次，尤其是在《与子俨等疏》、《祭程氏妹文》、《祭从弟敬远文》、《自祭文》等4篇作品中，用"我"、"吾"竟高达25

---

[1] 黄仲仑：《陶渊明作品研究》，（台北）帕米尔书店1965年版，第265页。
[2] 佚名：《莲社高贤传》，汉魏丛书本。
[3] 《五柳先生传》云："先生不知何许人也，亦不详其姓字。""不慕荣利。好读书，不求甚解。""性嗜酒，家贫不能常得。""既醉而退，曾不吝情去留。环堵萧然，不蔽风日。""不戚戚于贫贱，不汲汲于富贵。"
[4] 隋代王通《文中子·立命篇》云："或问陶元亮，子曰：'放人也。《归去来》有避地之心焉，《五柳先生传》则几于闭关也。'"
[5] 魏耕原：《陶渊明论》，北京大学出版社2011年版，第291页。

次，平均每篇 6 次多。这样的使用频率，程度不逊于"篇篇有酒"的"酒"。这种"自我"的"膨胀"，是魏晋以来阮籍、嵇康倡导的"越名教而任自然"与两晋名士风流高张的必然结果。只不过陶渊明以归隐田园的独善方式，加上特定时代氛围的影响，历史的机遇使他成了这股追求"自我"人性复苏潮流的集大成者，一位出色的旧时代的终结者。他长于自魏晋以来文学逐步走向自觉的时代，这种自我寻求与文学自觉的结合，使文学真正开始成为"人"的文学，在文学中全方位地灌注了"人"的"自我"生命力。他以"自我"为钥匙，开启了文学新的征程，文学的历史在他的脚下从此一分为二。因而罗宗强先生称述他是一个旧时代的结束者："他标志着玄学思潮成为社会思潮主流的终结"，但同时他又是新时代的开创者："他为中国士人提供了一种令人神往的人生境界，也为中国文学带来了一种全新的趣味"[①]。

一 "归去来兮"的自得与文学的自觉、创新

一曲《归去来兮辞》，载着与俗世的告别，载着崇尚个性的悠然自得，归隐了。如果说归隐的陶渊明单单是隐士的风流，就定然不会享有后世偌大的殊荣。他不同于其他隐士的伟大之处，恰恰在于他的文学，是他那人性自我的寻求与文的自觉结成姻亲的文学，成就了他的隐士声名。这一点，清人乔亿说得非常到位："渊明人品，不以诗文重，实以诗文显。试观两汉遗民，若二龚、薛方、逢萌、台佟、矫慎、法真诸人，志洁行芳，类不出渊明下，而后世名在隐逸间。渊明妇孺亦解道其姓字，由爱其文词，用为故实，散见于诗歌曲调之中者众也。汉末如黄宪、徐稺、申屠蟠、郭泰、管宁、庞德公、司马徽，与晋陶潜皆第一流人，而陶更有诗文供后人玩赏。"[②] 也正是在这层意义上，梁代钟嵘《诗品》盛称他为"古今隐逸诗人之宗"[③]。这一切都归根于陶渊明的自我寻求与文学自觉的双重意识。

早年拥有远大抱负的陶渊明在经过多次仕宦生活的折腾后，终于清醒地认识到"神农去我久，举世少复真"（《饮酒》其二十）、"重华去我久，贫士世相寻""赐也徒能辩，乃不见吾心"（《咏贫士》其三），意识

[①] 罗宗强：《魏晋南北朝文学思想史》，中华书局 1996 年版，第 173 页。
[②] 郭绍虞编选，富寿荪校点：《剑溪说诗》，《清诗话续编》，上海古籍出版社 1983 年版，第 1100 页。
[③] 周振甫：《诗品译注》，中华书局 1998 年版，第 66 页。

到"黄唐莫逮,慨叹在余"(《荣木》)、"愚生三季后,慨然念黄虞""路若经商山,为我少踌躇"(《赠羊长史》),"自我"始终高标独立,不融于俗世。他那份"自我"感确实很强:"既已不遇兹,且遂灌我园"(《戊申岁六月中遇火》)。既然俗世不称意,那就"长吟掩柴门,聊为陇亩民""是以植杖翁,悠然不复返"(《癸卯岁始春怀古舍》),在远离尘嚣的穷巷里精心营造起"自我"的田园精神世界。他有"奇文共欣赏,疑义相与析"的朋友圈子,与同为"浔阳三隐"的刘遗民、周续之唱和诗文。周续之出山讲礼,他反复向周续之施加压力:"念我意中人""从我颍水滨"(《示周续之祖企谢景夷三郎》),"我"之世界与世俗世界俨然形成一道不可逾越的鸿沟。在这个性情"自我"的王国里,他可以无拘无束地饮酒:"何以称我情,浊酒且自陶"(《己酉岁九月九日》),"不求甚解"地读书:"众鸟欣有托,吾亦爱吾庐。既耕亦已种,时还读我书。""欢然酌春酒,摘我园中蔬。微雨从东来,好风与之俱。泛览周王传,流观山海图。俯仰终宇宙,不乐复何如?"(《读山海经》其一)他好读书,"开卷有得,便欣然忘食"(《与子俨等疏》)[①]。在书中摆脱俗世的尘累,时时寻求自我的心得与快意,成为他隐居田园生活的交响曲。这些内心的袒露与自白,一切那么平淡、质朴而又真实,甚或夹杂着愤激,却宛如是这位隐士日常生活的日记和自我小传,处处萦绕着他的自我痕迹,他的所思、所想、所怨、所愤、所为。这些日记式的小传,是屈原以来心灵文学的又一次承继和创新。

这位主人公自我文学形象的逼真呈现与后世的妇孺皆晓,得益于他自身的文学自觉意识。从《左传》中"立德、立功、立言"的"三不朽",到司马迁的"恨私心有所不尽,文采不表于世"的自觉的萌芽,再经过曹丕"经国之大业,不朽之盛事"所倡导的魏晋文学洪流的洗礼,到陶渊明时,他已成长为一名摆脱功利的真正的文学自觉者。文学在他手中,不仅仅不再是经学的附庸,而且已摆脱俗世物质经济的牵绊与拘束。他归田园居,躬耕自守,屋舍遭大火焚烧,衣食无着,却始终笔耕不辍,名篇传世。甚至在他乞食时,也言咏赋诗不断。《乞食》诗云:"情欣新知劝(一作欢),言咏遂赋诗。"一种摆脱世俗功利的纯文学创作冲动已融入他的血液。在他这里,生活与诗文创作已经融二为一,缺少任何一者都是不完美的。晚年他曾惋惜地说:"吾抱疾多年,不复为文,本既不丰,复老病继之。"(《答庞参军》序)言语间不无无限的遗憾与痛心。对于创作的

[①] 《五柳先生传》云:"好读书,不求甚解,每有会意,便欣然忘食。"

动机与心态，他曾公开宣称道："今我不述，后生何闻哉？"（《有会而作》）这种对日常生活琐事的自觉记载与流传意识，与那种追求立言不朽，企羡文章流传后世的传统心态，虽直接相承的，但又不尽相同。它更多渗透的是一种自我个性的张扬，一个文学撰述的自觉使命，是自发的，也是自觉的。文学在陶渊明手中才真正成为作家自我个性自由的抒发与创造，摆脱了任何外在的羁绊，获得了独立。他的文学世界里，没有官样的文书，没有虚意的奉迎，没有无聊的应酬，没有无病的呻吟，篇篇珠玑，兴会而来。"今我不述，后生无闻"，一种文学现时创作与来世影响的共相斟酌，构成了这位文学自觉者汲汲追求的动力源泉。大自然是他的创作兴会之处，他常携二三友朋登高远游赋诗。有企羡金谷宴会、兰亭集聚文学盛会的斜川之游，"率尔（一作共尔）赋诗"（《游斜川》），被称为是山水诗的早期篇章；有移居后的"奇文共欣赏，疑义相与析""春秋多佳日，登高赋新诗"（《移居》）；有良朋间的"我有旨酒，与汝乐之，乃陈好言，乃著新诗"（《答庞参军》）活动。他太爱赋诗著文了，他自画小像的传记——《五柳先生传》中说自己"常著文章自娱，颇示己志"，不止一次地说自己喜欢"酣饮赋诗"（《五柳先生传》《自祭文》）。他"归去来兮"，息交绝游，在宁静的山水幽畔，"临清流而赋诗"（《归去来兮辞》），赋诗几乎成了他日常生活的全部。

　　文学的自觉还在于他彻底摆脱了世俗功利，如同他高蹈扬厉的个性自我一样。《饮酒》二十首自序云："余闲居寡饮，兼比夜已长，偶有名酒，无夕不饮，顾影独尽，息焉复醉，既醉之后，辄题数句自娱，纸墨遂多，辞无诠次，聊命故人书之，以为欢笑尔。"学界因此有人评述他的文学思想为"自娱说"。但陶渊明《五柳先生传》自序说，文章的自娱，在于"颇示己志"。这种"志"不再是先秦以来"诗言志"的传统内涵，而是在"诗缘情"感发下的一种新发展。"志"即陶渊明田园世界自我"独超众类"的性情，其内容也较自魏晋有文学自觉意识以来，有了更多丰富与发展。陶渊明的旷代知音昭明太子萧统说他的"文章不群，词采精拔，跌宕昭彰，独超众类，莫之与京"（《陶渊明集序》）。寥寥数语，即窥破了昂扬自我个性的感发乃是陶诗生命力所在的真谛。陶渊明的这种"辞无诠次"自娱诗文，也因这位知音的揄扬而盛传于世。数百年之后，他的另一位知音北魏阳休之，仍能看到这部陶渊明生前亲自编检的"编比颠乱，兼复阙少"[①]的陶集原貌。可见他这种"辞无诠次""以为欢笑"

[①]（清）陶澍：《诸本序录》，《靖节先生集》卷首，文学古籍刊行社1956年版。

的诗文的生命力。这种强大的生命力,与他那种看起来似乎对诗文不甚珍重而目为欢笑儿戏的诡论之间形成的一种矛盾悖论,而这种矛盾悖论恰恰又在于这种儿戏式的诡论本身。

陶渊明诗文前的小序,也是他文学自觉与个性"自我标榜"的产物。他所作的重要诗文都有着较为精心别致的序言,或阐明作诗的目的,或叙述作诗时的心迹,或点发诗文的主旨,这都是他有意为文的用心良苦的表现。不管是"《停云》,思亲友也"、"时运,游暮春也"、"荣木,念将老也",还是"余于长沙公为族祖"、"余闲居,爱重九之名"、"余闲居寡欢",都要特意着上重重的"我"的鲜明色彩。他在这种日记式的文学创作中,分明浸透的是昂扬的"自我"意识。自我崇尚中孕养的是蠕蠕而动的文学自觉,文学自觉里又闪烁的是自我的身影,二者在陶渊明这里一旦融合,马上具有了一种惊人的魅力,一种经久不衰的文学与人格的双重魅力。

二 田园诗物象与诗化主人公形象

田园诗的出现,促使陶渊明结束了一个旧时代,开创了一个新时代,是"自我超越"哲学的终结与创新,其价值与意义无论怎么评价都不过分。葛晓音先生曾盛赞它的出现是个奇迹。田园诗中展现与追求的绝对主体性和超越的"自我"世界,令人倍感新奇。陶渊明"不为五斗米折腰",归田园居后便倾心于营造自我的田园世界。在这个自由王国里,什么都是"我"的,都着"我"之色,为"我"而来,因"我"而动:"夕露沾我衣"、"薪者向我言""遇以濯吾足,漉我新熟酒"(《归园田居》)、"有客赏我趣""我实幽居士"(《答庞参军》)、"回飚开我襟""弱子戏我侧"(《和郭主簿》)、"故人赏我趣,契壶相与坐""不觉知有我"(《饮酒》其十四)……仪平策先生说:"在这些诗句里,所贯穿的是一种浓烈的自傲、自足、自得之情愫,一种真正的'自我'生命意识的醒觉。""在陶渊明的田园诗中,我们强烈感觉到的主要不是田园之美,而是作者对于'自我'之独善、超越、和乐、自由人格的执着关注与铸造。"① 在这个"自我"的小世界里,饱受儒家思想影响的陶渊明沉浸于温馨的家庭生活之中。陶渊明叙述亲情、家庭生活的诗文,在陶集中占的比重不少。如叙及祖先的有《赠长沙公》、《晋故征西大将军长史孟府君

---

① 陈炎主编,仪平策著:《中国审美文化史》(秦汉魏晋南北朝卷),山东画报出版社 2000 年版,第 357 页。

传并赞》；伤悼兄弟姊妹的有《悲从弟仲德》、《癸卯岁十二月中作与从弟敬远》、《祭程氏妹文》、《祭从弟敬远文》；叙述祖先功业、教导子弟的有《命子》、《责子》、《与子俨等疏》、《有会而作》。这些均可见他归隐后的兴趣所在和对文学创作主题的创新。但"自我"的身影并没有因此而减弱，他还时时流露着对祖宗功业的自豪和自己抱负未成、子弟懵懂的无奈。《赠长沙公》开头就说："余于长沙公为族祖，同出大司马。"家族史诗《命子》诗开头也说："悠悠我祖，爱自陶唐。"《责子》诗云："虽有五男儿，总不好纸笔。阿舒已二八，懒惰故无匹。阿宣行志学，而不爱文术。雍端年十三，不识六与七。通子垂九龄，但觅梨与栗。天运苟如此，且进杯中物。"以拉家常式的第一人称口吻娓娓道来，自抒胸臆，成为新颖的创作模式。这一文学形式，对后来的杜甫、辛弃疾影响很大。此外，陶渊明的《归园田居》五首对后世的影响也很大，江淹的拟作就曾被作为陶渊明《归园田居》的第六首，达到以假乱真的地步。陶诗中的"漉我新熟酒，只鸡招近局"，也直开孟浩然《过故人庄》"故人具鸡黍"的先声。

　　陶渊明将他的人格美与"自我"的情操寄托于飞鸟、松柏、秋菊、幽兰等自然物象之中。这些学界讨论颇多。东晋王献之狷介清高，不可一日无竹；刘宋鲍照贫寒孤介，借霜梅以泄不平。陶渊明也在这些自然物象中融入深深的"自我"色彩。在陶渊明笔下，不仅使飞鸟意象空前活跃，闪烁着人格魅力的"田园鸟"从此进入诗歌的视野，而且使松、菊、兰等意象首次与隐士君子形象在文学中相融为一。松、兰、梅、菊"四君子"深厚文化内涵的最终形成，其肇始之功莫不渊源于此。陶渊明的这种"自我"陈述，还寄托在社会人事之中。他歌咏前代的高士，在他的笔端，隐士形象大量的出现在诗歌里，与前人皇甫谧等《高士传》的那种史传式的叙述相比，已成为文学题材的一种创新。他对这些隐士充满着敬仰，深寄着"自我"的情怀："仲蔚爱穷居，绕宅生蒿蓬。翳然绝交游，赋诗颇能工。举世无知者，止有一刘龚。此士胡独然？寔由罕所同。介焉安其业，所乐非穷通，人事固以（一作已）拙，聊得长相从。"（《咏贫士》其六）俨然是陶渊明自身的生动写照。甚至在自己一生功业无成时，他还在默默念叨着："孟公不在兹，终以翳吾情。"（《饮酒》其十六）"孟公"即上首诗中的刘龚，仲蔚仅有的一个知音。诗中直叙"孟公不在兹"，俨然自身就是仲蔚。他归田园居，也如仲蔚一样"息交以绝游"，"临清流而赋诗"（《归去来兮辞》）。行迹如此刻意地模仿，在陶渊明一生中好像是绝无仅有的，也体现着他对这位"赋诗颇能工"前辈高士的敬仰与攀肩。是"赋诗"的共同爱好，使他们两颗心灵能够古今同一，产生深深的共鸣；是文学让陶渊明对这位古贤有着刻骨铭心的印记，并以之自比。他爱读奇书，正如鲁迅所说，"金刚怒目"式的不平静的一面，正是通过读《史记》、《山海经》，借助于荆轲、精卫等形象中凸显出来的。这也是他强烈的自我意识与东汉以来咏史诗相结合的又一种文学打造。

三 生死哲思：文学生命主题的挣扎样态

陶渊明的生死意识，向来被认为是超越生死的一种自然观。这样造成的只是简单化的误读（问题的复杂性有专文另谈）。受魏晋"忧生之嗟"的影响，加上陶渊明"中身"患疾，心力交瘁，因而他倍感生命的短暂："日月掷人去，有志不获骋。"时间的流逝与功业未成、华发早生之间拉开一道不可逾越的鸿沟。在功业的失意中，这种意识更为强烈："日月有环周，我去不再阳"（《杂诗》其三）、"开岁倏五十，吾生行归休"（《游斜川》）、"岁月有常御，我来淹已迟"（《杂诗》其十）、"所以贵我身，岂不在一生。人生能复几，倏如流电惊"（《饮酒》其三）、"家为逆旅舍，我如当去客"（《杂诗》其七）。回首往事，功业顿成空，到头来才猛然发觉人生只不过如旅店之借宿，人是其中匆匆过客。这种生命的焦虑与苦恼是人之常情，也是陶渊明的一种生存状态。尽管生不如意，偶尔也会发出言不由衷的牢骚话（第二种生存状态）："我无腾化术，必尔不复疑。愿君取吾言，得酒莫苟辞"（《形赠影》）、"今我不为乐，知有来岁不？"（《酬刘柴桑》），但他骨子里却充满坚定的自我抗争的信心（第三种生存状态，也是最有个性的一种）。在他的"自我"世界，不仅可以与疾驶的时间相抗争，而且可以使时间围绕着"我"为中心，受"我"的影响与驾驭。"人为三才中，岂不以我故？"（《神释》），万物之中，"谓人最灵智"（《形赠影》），人为万物之长，自然在时间中也可以依然故我，我行我素，来之不惊，去之不愕："纵浪大化中，不喜亦不惧。应尽便须尽，无复独多虑？"（《神释》）他甚至乐意与时间赛跑，追求逝去的光阴，在逝去的时光中，让时间在那儿永驻，这是一个功业未成的失意者对过去的留恋。"丈夫志四海，我愿不知老"（《杂诗》其四）、"求我盛年欢，一毫无复意"（《杂诗》其六），在对时间一厢情愿的"自我"主观深处，永远都没有衰老的意识，"烈士暮年，壮心不已"，年已暮，心仍壮。虽然任何人都无法抗拒衰老的自然法则，但他非常执拗、自我，即使已经死去了，也还有着强大的意念。"魂气散何之，枯形寄空木。娇儿索父啼，良友抚我哭"、"肴案盈我前,亲旧哭我傍"、"严霜九月中,送我出远郊"(《拟挽歌辞》),在生命终结之时,他仍似乎清醒感觉到自然的物事、亲友的哭啼,这不正是那种强烈的自我与死抗争的意识的反映吗?

四 余论

清代钟秀说:"后人云晋人一味狂放,秀谓陶公所以异于晋人者,全在有人我一体之量。""(其诗)景象无他,其能合万物之乐,以为一己之乐者,在于能通万物之情,以为一己之情也。(不然则仅)得隐之皮貌,未得隐之精神;得隐之地位,未得隐之性情。"① 钟秀对陶渊明异于晋人和一般隐士"独超众类"的"自我"性情的评述,洵为得论。陶渊明是魏晋以来文人自觉的集大成者,他有抚无弦琴、不为五斗米折腰的阮籍、王羲之式的名士风流;他挂巾归隐,也就成就了他独善其身的"自我",所以他又有名士们所企慕的文人隐士风流。东晋政局和名士统治的短暂时代,是陶渊明"自我"个性得以酝酿、成长、张扬的沃土与良机。在这方面,稍晚的谢灵运远没有他幸运,谢灵运赶上的是寒族军阀统治的时代,那种名士个性张扬的氛围也就不复存在。所以谢诗比起陶诗来,要内敛得多,他注重内在的感悟,"自我"的迹象远没有那么强烈,景物描写也客观化了,成了一种写实的描摹,写实山水因此在他笔下兴起。往后的谢朓比起谢灵运来更加内敛,甚至不得不以牺牲文学为代价("末篇多踬");鲍照、江淹也都因"文高见忌",不敢张扬自我才性,落得个"才尽"之名。因而比较起来,陶渊明是个不幸中的幸运者。就算是"天子呼来不上船,自称臣是酒中仙"的"谪仙人"李白,也有"我独出不得"的苦闷和放金还山的被驱逐的遭遇,所以他最企慕陶渊明的自我风流:"陶令日日醉,不知五柳春。素琴本无弦,漉酒用葛巾。清风北窗下,自谓羲皇人。何时到栗里,一见平生亲。"(《戏赠郑溧阳》)、"梦见五柳枝,已堪挂马鞭。何日到彭泽,狂歌陶令前。"(《寄韦南陵冰……》)。陶渊明的这种强烈"自我"的确感染着每个时代,令人羡慕不已,怪不得鲁迅先生说:"陶潜先生在后人的心目中,实在飘逸得太久了。"② 正是就陶渊明的"自我"情性对后世的深远影响而言的。

或许,顾随先生的话为我们解答了陶渊明的"自我"与文学创作之

---

① (清)钟秀:《陶靖节纪事诗品》,《陶渊明研究资料汇编》,《陶渊明资料汇编》(上),第245页。

② 鲁迅:《题未定草》(六),《且介亭杂文二集》,人民文学出版社1973年版,第171页。

间的奥秘。顾先生说："文人是自我中心，由自我中心至自我扩大至自我消灭，这就是美，这就是诗。否则，但写风花雪月美丽字眼，仍不是诗。"① 这也道出了文学家创作的真谛。

第四节　陶渊明与范晔的文艺创作关系之比较
——以《五柳先生传》为例

刘师培先生说："晋、宋之际，若谢混、陶潜、汤惠休之诗，均自成派。至于宋代，其诗文尤为当时所重者，则为颜延之、谢灵运。颜、谢而外，文人辈出，以傅亮、范晔、袁淑、谢瞻、谢惠连、谢庄、鲍照为尤工。"② 陶渊明与范晔同为晋、宋时期的诗、文名家，他们之间的关系如何，历来似无人关注。本节以陶渊明《五柳先生传》为个案，拟对二人之间的关系及相关问题作以考察。

一　陶渊明与范晔的家族及思想比较

陶渊明（365—427）与范晔（398—445）同处于晋、宋易代之际，虽然二人命运结局迥异，陶病卒，范谋反被诛，但都留下了丰硕的诗文成果。陶渊明田园诗独步天下，为"隐逸诗人之宗"；范晔《后汉书》独超众类，跻身"前三史"之列，成为晋、宋文坛的两朵奇葩。

陶渊明祖上靠军功起家，曾祖父陶侃为东晋大司马，功勋显赫；范晔祖上俱是硕儒经师，世擅儒学，曾祖父范汪博学多通，善谈名理，有《祭典》三卷，《尚书大事》二十卷传世。陶侃、范汪都因从讨郭默而受封。范晔的祖、父辈和陶渊明有一定的渊源。范晔祖父范宁曾为豫章太守，豫章为江州治所，陶渊明居住之地浔阳即在江州境内，靠近范宁的讲学之地。尚永亮先生曾在比较这种影响关系时说："如果以晋哀帝兴宁三年（365）为渊明的出生年，则太元五年（380），他十五岁；太元十六年（391），他二十六岁。这个年龄正是求学求知的时候，当地的儒学又颇为兴盛，受其影响当在情理之中。这种社会影响，应该是他儒学观念形成的

---

① 顾随讲，叶嘉莹笔记，顾之京整理：《顾随诗词讲记》，中国人民大学出版社2006年版，第5页。

② 刘师培：《中国中古文学史讲义》，《刘师培中古文学论集》，中国社会科学出版社1997年版，第68页。

一个重要因素。"① 由此可见陶渊明的思想形成与范宁之间的密切关系。

此外，陶渊明与庐山高僧慧远法师交往甚密，得到慧远的特别优待。慧远"将诗博绿醑与陶潜，别人不得"②。而范宁曾是慧远的心仪之师。《东林莲社十八高贤传·慧远法师传》记载："法师幼而好学，年十三随舅令狐氏游学许洛，博综六经，尤善庄老，宿儒先进莫不服其深致。二十一欲渡江，从学范宁。适石虎暴死，南路梗塞，有志不遂。"所以《东林莲社十八高贤传》将陶渊明、范宁等同列入《不入社诸贤传》，正是因为他们的相同之处。范晔父亲范泰虔心佛教，与王弘、颜延之"并挹敬风猷相从问道"③。范泰是否与陶渊明相往来，文献无征。王弘、颜延之却与陶渊明交好。《晋书》等陶渊明本传多记载王弘拜见陶渊明不遂而邀陶渊明于庐山半道饮酒事，今传陶集中有《于王抚军座送客》诗，通常被视作王、陶交游的依据；颜延之于陶渊明生前赠予二万钱，死后作《陶征士诔》，忆述平生交情。总体说来，虽然无可考证范宁、范泰与陶渊明之间的交往，但是由于他们的交游圈相同，从而推断范氏父子与陶渊明之间最起码应是相互知晓的。他们都与东晋江州文化的繁盛密切相关，有着地理上的关系④。范晔出生时，陶渊明三十四岁，正值陶渊明出仕之期；晋宋易代时，范晔二十二岁，陶渊明在刘宋王朝生活八年后去世。在范晔四十八年的短暂人生中，与陶渊明共同度过了整三十个春秋。又由于父辈的关系，因而范晔不可能不受陶渊明的影响，二人之间体现出一定的渊源关系。

第一，陶、范都重视儒家文化，强调忠义气节。晋、宋时期，玄风正炽，佛教方滋，儒学走向消歇，在这样的世风中，陶、范可谓是扛儒家之大旗的重要人物。陶渊明的思想体系丰富驳杂，但儒家思想无疑是其主要的。正如梁启超先生所指出的，陶渊明"虽生长在玄学、佛学氛围中，一生得力处和用力处，却都在儒学"⑤。范晔祖辈世代为儒学宗师，儒学家风浓厚，晋宋之际，儒学式微，直接促发了范晔《后汉书》的创作。

---

① 尚永亮：《陶渊明的思想及其成因略论》，《经典解读与文史综论》，中国社会科学出版社2012年版，第183页。
② 贯休《再游东林寺作五首》第四首诗之原注，《全唐诗》卷836，中华书局1979年版。
③ 《东林莲社十八高贤传·道生法师传》，（元）陶宗仪《说郛》卷57下，上海古籍出版社1988年影印本。
④ 参见李剑锋《陶渊明及诗文渊源研究》，山东大学出版社2005年版，第251页。
⑤ 梁启超：《陶渊明之文艺及其品格》，《陶渊明》，《饮冰室合集》第12册，中华书局1989年影印，第10页。

究其实质，陶、范之崇尚儒家文化，在以下两方面共性极为突出。

一是对《论语》典籍的引用。据李剑锋先生统计，"在陶渊明诗文中，至少有三十二题共六十八处明显打上了《论语》印记"[1]。出于家族的影响，范晔对《论语》的引用频率极高。在他的《后汉书》中，对《论语》似乎格外熟悉和青睐，经常会不经意地流露于笔端。那些经典的话语，在行文中不时脱口而出，在语调和情感上都非常相似。范晔《后汉书》大量运用虚词的写法，完全是承传《论语》遗风。《论语》特别好用虚词、语气词，其中"也、者、乎、矣、焉、哉"的出现频率特别高，据杨伯峻《论语词典》统计："也"469次，"乎"140次，"矣"138次，"者"202次，"焉"88次，"哉"45次，共1082次。这六个字出现频率的排列次数，在《后汉书》中，也是相差不多的。仅以论赞为例，"者"字共出现286次，"也"219次，"矣"150次，"乎"140次，"焉"99次，"哉"，60次，共计954次。

二是对晋、宋易代的看法。陶渊明以"耻事二姓"拒绝出仕的隐居方式，表明了对晋、宋易代的鲜明立场。《宋书》本传说他"自以曾祖晋世宰辅，耻复屈身后代，自高祖王业渐隆，不复肯仕。所著文章，皆题其年月，义熙以前，则书晋氏年号；自永初以来，唯云甲子而已"。因而后世不少人把他当作忠义守节之士。所有这些，结合晋、宋史实来看，都是不无道理的。范晔《后汉书》倡导"君子之于忠义，造次必于是，颠沛必于是"（《卢植传论》）的忠义守节精神。《后汉书》"表死节，褒正直，而叙杀身成仁之为美"[2]，历来备受称道。"《陈蕃传论》，以汉乱而不亡百余年，为蕃等之力；《孔融传论》，以曹操不敢及身篡汉，为融之功；《儒林传论》，以汉经学世笃，桓灵以后，国势崩离而群雄不敢遽篡者，皆为儒学之效。"[3] 东汉社会从中后期开始，上层早已腐朽，但它在风雨飘摇里，仍然苟延残喘了百余年之久。原因就在于它的中下层还没有坏，"声教废于上，而风俗清乎下"（《荀韩钟陈传论》）；在于它那深厚的儒学风气熏陶下的一批批忠义之士的浴血奋战，杀身成仁。即范晔所论的："汉世乱而不亡，百余年间，数公之力也。"（《陈蕃传论》）是儒学的忠义之士，用他们的胸膛和脊梁，苦苦支撑着这座本应早已崩塌的大厦。范晔所处的刘宋时期，天下仍然处于分裂状态。虽然刘宋王朝做过几

---

[1] 李剑锋：《陶渊明及诗文渊源研究》，山东大学出版社2005年版，第87页。
[2] （清）王鸣盛著，黄曙辉点校：《十七史商榷》，上海书店出版社2005年版，第253页。
[3] 戴蕃豫：《范晔与其〈后汉书〉》，商务印书馆1941年版，第60页。

次北伐的努力，但是都以失败而告终。统一国家的愿望既然难以实现，天下人大多失望，闲散下来，问起道来。于是一时间，谈庄论道的清客特别多。在晋宋等朝代的更替中，忠贞守节之士没有了，大多是随波逐流、没有政治立场的应声虫。像东汉时代李固、陈蕃那样的股肱朝臣已经没有了。士族大姓与皇朝之间的那种精忠效死，已经荡然无存。原来司马氏朝的臣民，到了刘宋王朝，却又做了刘氏的臣民。王朝改了姓氏，可做大臣的，多数还是那班人马。人们似乎淡忘了儒学，也淡忘了他们的祖先曾经誓死守护的忠义。他们"与时推迁，为兴朝佐命，以自保其家世，虽市朝革易，而我之门第如故。此江左风会习尚之极敝也"[1]。范晔撰《后汉书》，力倡儒学忠义守节，即源于这一世俗风气。白寿彝先生曾指出，范晔的节义思想有针砭现实的一面，他认为《后汉书》传论中的一些议论"对于魏晋以来只知保全禄位的世族来说，是一个很严肃的讽刺"[2]。足见范晔虽然出仕刘宋新朝，但他却对晋、宋易代之际如何把握忠义操守，极有分寸。从《后汉书》中所反映的思想倾向性看来，他与陶渊明又是极为接近的。范晔后来的被诬谋反受诛，或与此有一定的关联。

第二，陶、范都情归东汉，对东汉及其历史人物格外偏爱。陶渊明的诗文创作多专情于东汉历史及人物。他在《闲情赋序》中说："初，张衡作《定情赋》，蔡邕作《静情赋》，检逸辞而宗澹泊。始则荡以思虑，而终归闲正。将以抑流宕之邪心，谅有助于讽谏。……余园闾多暇，复染翰为之。虽文妙不足，庶不谬作者之意乎？"仿效东汉张衡、蔡邕，成为他《闲情赋》创作的主要动机。有论者提出，他的《归去来兮辞》在题材和立意上也都受到张衡《归田赋》的影响，这是很有道理的。[3] 足见他的辞赋创作受东汉辞赋影响之深。他的《五孝传赞》之《士孝传赞》中的孔奋、黄香均为东汉人，占其篇幅的一半，《庶人孝传赞》的四人全为东汉人。《五孝传赞》歌咏的人物除西汉河间惠王外，相对集中在先秦与东汉两个时期，可见东汉一朝在陶渊明心中的地位。在《集圣贤辅录》中，东汉圣贤的比重更大。文中历数先秦圣贤之后，西汉圣贤仅一笔带过，重心着眼东汉：逢萌、徐房、李云、王遵"四子"，邓禹等中兴二十八将，河西五守，顺帝八使，韦氏三君，杨氏四公，袁氏五公，五处士，汝南六孝廉，党锢之三君、八俊、八顾、八及、八厨，魏文帝旌表之二十四贤，

---

[1] （清）赵翼著，王树民校证：《廿二史札记校证》卷12，中华书局2001年版。
[2] 白寿彝：《中国史学史论集》，中华书局1999年版，第139页。
[3] 李剑锋：《陶渊明及诗文渊源研究》，山东大学出版社2005年版，第394页。

凉州三明，荀氏八龙，公沙五龙，济北五龙，京兆三休等近百人，占《集圣贤辅录》中圣贤数量的一半以上。

东汉时代的独特魅力，也感召着立志要挽救衰颓之儒学的范晔。东汉的时代魅力，吸引着范晔，让他个人的理想、遭遇，与这个时代产生了深深的共鸣。东汉史成为他自我理想、情感表达的凝聚点和激发点。儒学的衰微，借助于史学"曲线救国"，挽救当下衰颓的儒学，成为范晔选择东汉史的重要原因。作为累代硕儒的家学传承者，这可能是新的时代风气里不得已的最好选择。借助史书的形态，来奖崇儒学，弘扬儒学，借助史学的流行，来推行儒学。在《后汉书》中，范晔对中兴二十八将、党锢之圣贤，魏文帝旌表之二十四贤等，都倾注了极大的精力与情感。所有这些，不能不说陶、范虽然人生旨趣各异，却殊途同归。

第三，陶、范对隐士的态度较多相似。东汉是隐逸文化发展的重要时期。朝廷对岩穴之士的重视，直接刺激隐逸风气的盛行。陶渊明归隐田园，心向东汉。他的"仕不得志"，归园田居，取效东汉张衡①；他的不为五斗米折腰事督邮小人，更是仿效东汉赵晔。据孙吴时期的谢承《后汉书》记载："赵晔少尝为县吏，奉檄送督邮，晔心耻于厮役，遂弃车马去。到犍为资中，诣杜抚受韩诗，究竟其术。"② 陶渊明仿效东汉隐逸之士，直接化为具体行动，可见其倾心之程度。范晔是最早创撰隐逸（逸民）类传的史学家。他的逸士情结，亦有家学渊源。《后汉书·逸民传论》说："先大夫宣侯，尝以讲道余隙，寓乎逸士之篇。至《高文通传》，辍而有感，以为隐者也，因著其行事而论之曰……"《逸民传》文笔扑朔迷离，摇曳惝恍，极具文采，为后世广泛关注。王鸣盛称道说："今读其书，贵德义，抑势利，进处士，黜奸雄，论儒学则深美康成，褒党锢则推崇李、杜，宰相多无述而特表逸民，公卿不见采而唯尊独行，立言若是，其人可知。"③ "宰相多无述而特表逸民"，足见范晔对逸民的心仪，肯定他们的道德操守与人生价值。从这些角度看，他与陶渊明又是较为相似的。

二 陶渊明、范晔的文艺创作与建安风骨

在文学史的进程上，陶渊明诗、范晔《后汉书》为传承"风骨"的

---

① 萧统《文选》李善注《归田赋》："张衡仕不得志，欲归去田，因作此赋。"
② （唐）虞世南撰，（清）孔广陶校注：《北堂书钞》卷103，中国书店1989年影印本。
③ （清）王鸣盛著、黄曙辉点校：《十七史商榷》卷36，第252页。

重要一环，它们上承"建安风骨"，下启陈子昂诗风。这是陶、范又一大共性之处。

陶渊明诗文中多有风骨之篇。宋代朱熹说陶诗"自豪放，但豪放得不觉耳。其露出本相者，是《咏荆轲》一篇"。鲁迅先生也特别强调陶诗中的"金刚怒目"式的一面。其《咏荆轲》诗自是曹魏阮瑀咏荆轲诗的继承与发展。钟嵘《诗品》评陶诗说："其源出于应璩，又协左思风力。"又评应璩诗说："祖袭魏文。"称他师法魏文帝曹丕。《文心雕龙·明诗》也说："若乃应璩《百一》，独立不惧，辞义贞，亦魏之遗直也。"应璩诗歌得曹魏遗风，陶诗"源于应璩"，足见陶诗对曹魏诗风的承继。又，钟嵘评左思诗："其源出于公幹。"刘公幹（刘桢）亦为建安文学之健将，亦足见陶诗与建安风骨之关系。陈祚明《采菽堂古诗选》云："太冲（左思）一代伟人，胸次浩落，洒然流咏。似孟德（曹操）而加以流丽，仿子建（曹植）而独能简贵。创成一体，垂式千秋。"左思在继承建安风骨的基础上而独具气象，陶渊明则在左思、建安诸子的基础上更是巍然自成一家。萧统《陶渊明集序》说："其文章不群，辞彩精拔，跌宕昭彰，独超众类，抑扬爽朗，莫之与京。横素波而傍流，干青云而直上。……观渊明之文者，驰竞之情遣，鄙吝之意祛，贪夫可以廉，懦夫可以立。"其风骨与气势确乎一洗晋、宋卑弱、纤靡之音声。

范晔及其《后汉书》中所倡导和体现的文学思想与建安风骨也有较多相似的地方，就拿它们和曹丕《典论》中的文论思想作些比较吧。首先，曹丕和范晔都景慕贾谊的文风①。曹丕说："余观贾谊《过秦论》，发周秦之得失，通古今之滞义，洽以三代之风，润以圣人之化，斯可谓作者矣。"（《典论》佚文）而范晔作《后汉书》则自诩为"往往不减《过秦》篇"，"又欲因事就卷内发论，以正一代得失"。其次，他们都强调"气之清浊"。曹丕强调："文以气为主，气之清浊有体，不可力强而致。譬诸音乐，曲度虽均，节奏同检，至于引气不齐，巧拙有素，虽在父兄，不能以移子弟。"范晔则强调："情志所托，故当以意为主，以文传意。然后抽其芬芳，振其金石耳。"又说："性别宫商，识清浊，斯自然也。"气也好，意也罢，都是"风骨"的重要内涵，再加上对清浊的讲求，范晔与建安风骨之间的承继关系，不能不说这些就是端倪。

陶渊明、范晔身处六朝，"若夫六朝之弱，五季之微，气象衰飒，文

---

① 贾谊之文风慷慨，斋藤正谦先生说："贾谊、晁错之慷慨……故能有斯气，而后有斯文也。"又说："贾谊、晁错之文，有豪杰气象。"（斋藤正谦《拙堂续文话》卷8）

章亦不能振也。但乱世之人，慷慨思奋，喜非常事，故其文豪健，非衰世可比"①。"气振者，文不求而至。唯气莫振于忠义……激烈愤切，足以慑服群奸之心。是亦忠义之气发为文章者矣。"②范晔《后汉书》中不但忠实记载了许多有儒学风骨的慷慨之士，而且饱含激情，笔挟风力，创作了许多议论风生的文字。在"兴寄都绝"的六朝靡丽文风中，"东汉以后，道日丧，儒学不过论明堂，议丧服，文章不过留连光景之作"③。总之，陶诗、《后汉书》中的许多"风骨"之篇，恰好反衬了六朝文学的不足，也正弥补了这个时期儒学"风骨"与文学风骨的缺失。

三 陶、范热衷"不"字创作的奇情

《宋书·陶渊明传》记载："潜少有高趣，尝著《五柳先生传》以自况……时人谓之实录。"在这篇传记里，陶渊明似乎成了用"不"字最为起劲的人："先生不知何许人也，亦不详其姓字。""不慕荣利。好读书，不求甚解""性嗜酒，家贫不能常得。""既醉而退，曾不吝情去留。环堵萧然，不蔽风日。""不戚戚于贫贱，不汲汲于富贵。"这个"九不主义"的大胆自我宣称，被后世目为"闭关"的放人④。范晔是生于陶渊明之后的人，他也企羡名士风流，或许是陶渊明"九不主义"给他留下的印象太深了，当他写到自己仰慕的东汉名士时，由不得也多用几个"不"字。范晔是不得志才作《后汉书》的，这样，在写到寄托着他自己身世之感的传主时，他便不由自主地在他们身上多贴几个"不"字标签。他似乎有意要超过前辈陶渊明，要用"十不"，而且是成批量的用。他笔下人物大力用"不"字来描摹的，首先便是桓谭。《桓谭传》说桓谭："遍习《五经》，皆诂训大义，不为章句"，"简易不修威仪"，"哀、平间，位不过郎"，"贤不能用，遂不与通"，"王莽居摄篡弑之际，天下之士，莫不竞褒称德美，作符命以求容媚，谭独自守，默然无言"，"世祖即位，征待诏，上书言事失旨，不用"，"书奏，不省"，更以"臣不读谶"而险被杀头，直至"叩头流血，良久乃得解。出为六安郡丞，意忽忽不乐，道病卒"。与桓谭同传的冯衍，就更是

---

① ［日］斋藤正谦：《拙堂文话》卷2，王水照、吴鸿春编：《日本学者中国文章学论著选》，上海古籍出版社1994年版，第21页。
② ［日］斋藤正谦：《拙堂续文话》卷8，上海古籍出版社1994年版，第185页。
③ ［日］斋藤正谦：《拙堂文话》卷3，上海古籍出版社1994年版，第38页。
④ 隋代王通《文中子·立命篇》云："或问陶元亮，子曰：'放人也。《归去来》有避地之心焉，《五柳先生传》则几于闭关也。'"

通篇的"不主义"者了。范晔写他:"幼有奇才,年九岁,能诵《诗》,至二十而博通群书。王莽时,诸公多荐举之者,衍辞不肯仕";天下兵起之时,从更始将军廉丹讨伐山东,劝说廉丹,"丹不能从"、"丹不听,与赤眉战死。衍乃亡命河东";"光武而即位,(鲍)永、衍等疑不肯降"、"不从";光武"帝怨衍等不时至,永以立功得赎罪,遂任用之,而衍独见黜";"顷之,帝以衍为曲阳令,诛斩剧贼郭胜等,降五千余人,论功当封,以逸毁,故赏不行","建武六年日食,衍上书陈八事,书奏,帝将召见。……王护等惧之,即共排间,衍遂不得入";"后卫尉阴兴、新阳侯阴就以外戚贵显,深敬重衍,衍遂与之交结,是由为诸王所聘请,寻为司隶从事。帝惩西京外戚宾客,故皆以法绳之,大者抵死徙,其余至贬黜。衍由此得罪,尝自诣狱,有诏赦不问。西归故郡,闭门自保,不敢复与亲故通";"建武末,上疏自陈,书奏,犹以前过不用。""衍不得志,退而作赋",等等。在这十多个"不"字当中,全是莫名的怨恨、谗言、毁谤、排挤与祸患。冯衍才华盖世,蹉跎一生,不得志而作《显志赋》,范晔不得志而作《后汉书》。《显志赋》中,一开篇就是满眼"不"字:

> 冯子以为夫人之德,不碌碌如玉,落落如石。风兴云蒸,一龙一蛇,与道翱翔,与时变化,夫岂守一节哉?用之则行,舍之则臧,进退无主,屈申无常。故曰:"有法无法,因时为业,有度无度,与物趣舍。"常务道德之实,而不求当世之名,阔略杪小之礼,荡佚人间之事。正身直行,恬然肆志。顾尝好俶傥之策,时莫能听用其谋,喟然长叹,自伤不遭。久栖迟于小官,不得舒其所怀,抑心折节,意凄情悲。夫伐冰之家,不利鸡豚之息;委积之臣,不操市井之利。况历位食禄二十余年,而财产益狭,居处益贫。惟夫君子之仕,行其道也。虑时务者不能兴其德,为身求者不能成其功,去而归家,复羁旅于州郡,身愈据职,家弥穷困,卒离饥寒之灾,有丧元子之祸。

八个"不"字,连上两个"无"字,也成十个了。冯衍生活的时代比陶渊明要早,看来陶渊明《五柳先生传》的"九不主义",倒像是从冯衍《显志赋》中学来的。再细比较他们的用"不",就更有几分相像了。

范晔用"不"字似乎用得上瘾,一时间竟收不住了。在《冯衍传》结尾又用了一连串,写冯衍坎壈于时说:

> 然有大志,不戚戚于贱贫。居常慷慨叹曰:"衍少事名贤,经历

显位，怀金垂紫，揭节奉使，不求苟得，常有陵云之志。三公之贵，千金之富，不得其愿，不概于怀。贫而不衰，贱而不恨，年虽疲曳，犹庶几名贤之风。修道德于幽冥之路，以终身名，为后世法。"居贫年老，卒于家。

范晔创作的这个"六不"的冯衍画像，简直是地道的《五柳先生传》的翻版了。对"不"字的热衷，从冯衍到陶渊明，再到范晔，一脉相承。

《郑玄传》的"不"字也用得很多，文中记载：

> 玄少为乡啬夫，得休归，尝诣学官，不乐为吏，父数怒之，不能禁。遂造太学受业，师事京兆第五元先。以山东无足问者，乃西入关，因涿郡卢植，事扶风马融。融素骄贵，玄在门下，三年不得见，乃使高业弟子传授于玄。玄日夜寻诵，未尝怠倦。……及党事起，乃与同郡孙嵩等四十余人俱被禁锢，遂隐修经业，杜门不出。……灵帝末，党禁解，大将军何进闻而辟之。州郡以进权威，不敢违意，遂迫胁玄，不得已而诣之。进为设几杖，礼待甚优。玄不受朝服，而以幅巾见。一宿逃去。……后将军袁隗表为侍中，以父丧不行。……董卓迁都长安，公卿举玄为赵相，道断不至。……大将军袁绍总兵冀州，绍乃举玄茂才，表为左中郎将，皆不就。

这"十不"主要写两大方面：修学与辞官，二者贯穿郑玄的一生。同桓谭、冯衍一样，"十不"成为传记的骨架和轴心。

郑玄与陶渊明有着很多相同因子，不由得吸引住我们。《郑玄传》著录了郑玄《戒子益恩书》，陶渊明《与子俨等疏》等或许就受此影响。可以对比如下：

郑玄《戒子益恩书》	陶渊明诗文
吾家旧贫，不为父母群弟所容。	余家贫，耕植不足以自给。（《归去来兮辞》）
年过四十，乃归供养，假田播殖，以娱朝夕。	吾年过五十，而穷苦荼毒。（《与子俨等疏》）怀良辰以孤往，或植杖而耘耔。登东皋以舒啸，临清流而赋诗。（《归去来兮辞》）
家今差多于昔，勤力务时，无恤饥寒。菲饮食，薄衣服，节夫二者，尚令吾寡恨。	汝辈幼小，家贫无役，柴水之劳，何时可免。念之在心，若何可言！（《与子俨等疏》）
若忽忘不识，亦已焉哉！	尔之不才，亦已焉哉！（《命子》）

此外，郑玄《戒子益恩书》中还有如"今我告尔以老，归尔以事，将闲居以安性，贾思以终业"等语，对陶渊明《归去来兮辞》恐怕启发也是很大的。

高士申屠蟠的传记中"不"字也反复出现：

> （申屠蟠）九岁丧父，哀毁过礼。服除，不进酒肉十余年。每忌日，辄三日不食。后郡召为主簿，不行。……遇司隶从事于河、巩之间，从事义之，为封传护送，蟠不肯受，投传于地而去。……太尉黄琼辟，不就。再举有道，不就。……大将军何进连征不诣，进必欲致之，使蟠同郡黄忠书劝，蟠不答。中平五年，复与爽、玄及颍川韩融、陈纪等十四人并博士征，不至。明年，董卓废立，蟠及爽、融、纪等复俱公车征，惟蟠不到。众人咸劝之，蟠笑而不应。

一连用了十多个"不"字，足见范晔对高士的青睐。

又如《张衡传》开篇即云：

> （张衡）虽才高于世，而无骄尚之情。常从容淡静，不好交接俗人。永元中，举孝廉不行，连辟公府不就。大将军邓骘奇其才，累召不应。

连用"五不"开篇亮相，将张衡性情和盘托出，为全篇张目。

再如《文苑·杜笃传》开篇写道：

> 笃少博学，不修小节，不为乡人所礼。居美阳，与美阳令游，数从请托，不谐，颇相恨。……以关中表里山河，先帝旧京，不宜改营洛邑，乃上奏《论都赋》。

"不"字频率出现得多了，也便成为一种模式和套路，范晔却仍旧不厌其烦的重复叙述着。"不"字弹奏了这些不幸者的人生悲剧，声波激越起他们生命的音符，长久地在我们耳畔边盘旋、回响。

《文则》说："载言之文，有不避重复。"又说："文有数句，用一类字，所以壮文势，广文义也，然皆有法。"① 用此来评述《五柳先生传》、《后汉书》反复用"不"字的回环复沓之美，也足以当之。

---

① （宋）陈骙著，王利器校点：《文则》，人民文学出版社1998年版，第19、30页。

第五章　陶渊明的艺术审美与文学修辞

艺术审美与文学修辞是一位作家才情的体现，如果运用得体，可以使文章熠熠生辉，生气盎然，读来余味无穷。身处东晋时代的陶渊明，将时代的风气和自我的才情有机地结合一起，成就了他文集中特有的艺术与修辞臻境。

第一节　陶渊明诗文的审丑意识

艺术的审丑，也是艺术世界中一个非常重要的话题，尤其是在中国艺术中，审丑的美学观念更是独特而乖张，更是值得关注。

一　老、庄的审"丑"发轫

朱良志先生曾经指出："在美学研究中，丑是与美相对的概念，研究美，必然会注意到丑。""丑是中国美学研究中不可忽视的问题，甚至是它的核心问题之一，丑的内涵远比在西方美学中复杂。"又说："在中国，美的学说不是将丑排除在视野之外，而是有意引入丑的概念，讨论美的问题。在美的研究中，丑具有和美同等重要的意义，丑不是美的负面概念，而是与美相对存在从而决定美是否真实的概念。""中国美学重视丑，在一定程度上是为了质疑美。为了回答美，老子引入恶（丑）这个概念。他说：'天下皆知美之为美，斯恶已；皆知善之为善，斯不善已。'……老子认为：美和丑、善和恶都是相对而言的，人们说这个东西是美的，就有个丑的概念相比衬，没有美，也就没有丑。"[1] 丑在中国美学中具有不同于西方美学的典型意义，自老子以降，丑与作为美的比衬，受到人们的重视。

---

[1] 朱良志：《真水无香》，北京大学出版社2009年版，第39—40页。

庄子是中国第一位全方位将"丑"纳入笔端，走进生活的人。在庄子的生活与创作世界中，"他好像整天是在山野里散步，观看着鹏鸟、小虫、蝴蝶、游鱼，又在人间世里凝视一些奇形怪状的人：驼背、跛脚、四肢不全、心灵不正常的人"①。老、庄的对美、丑区别与探寻，带动了后世追求"丑"的艺术风尚。②

东晋陶渊明身处老、庄思想盛行的年代，自然不免受到他们思想学说的熏陶与影响。朱自清先生曾经根据古直先生的《陶靖节诗笺定本》得出结论说："从古笺定本引书切合的各条看，陶诗用事，《庄子》最多，共四十九次，《论语》第二，共三十七次，《列子》第三，共二十一次。"朱先生又考证陶渊明的"真淳"二字，皆源出于老、庄："真"字出于《庄子·渔父篇》，"淳"字出于《老子》五十八章。因此他说："'真'和'淳'都是道家的观念，而渊明却将'复真''还淳'的使命加在孔子身；此所谓孔子学说的道家化，正是当时的趋势。所以陶诗里主要思想实在还是道家。"③ 在此笔者无意争论陶诗的主要思想是道家还是儒家，只是想引用古直的笺注以及朱自清的评论来证明陶渊明受到老、庄思想影响的具体情况。而老、庄思想，尤其是庄子的文艺思想对于陶渊明的崇尚自然（"真"）等方面的影响很大。同时，庄子的审丑的理念，也对陶渊明的文学审美与创作产生了较大影响。

二 陶渊明审丑意识的表现形态

最早谈及陶渊明诗文有审丑意识的是顾随先生。他说：

中国诗传统精神不说丑恶之事，陶诗不然。
披褐守长夜，晨鸡不肯鸣。（《饮酒》第十六首）——寒。
饥来驱我去，不知竟何之。（《乞食》）——饥。
造夕思鸡鸣，及晨愿乌迁。（《怨诗楚调示庞主簿邓治中》）——赶快活完了事。④

---

① 宗白华：《美学散步》，上海人民出版社 2005 年版，第 1 页。
② 参见朱良志《真水无香》，北京大学出版社 2009 年版，第 39—61 页。
③ 朱自清：《陶诗的深度——评古直〈陶靖节诗笺定本〉》，《朱自清古典文学论文集》，上海古籍出版社 1981 年版，第 569 页。
④ 顾随讲，叶嘉莹笔记，顾之京整理：《顾随诗词讲记》，中国人民大学出版社 2006 年版，第 83 页。

顾随先生从陶渊明写饥、寒的句子中，读出了陶渊明诗歌中的审丑观念，并且予以了充分肯定。他说："美与善是人生色彩，丑与恶也是人生色彩。"① 笔者受顾先生的启发，将陶渊明诗文审丑的具体内涵，梳理为以下八个方面。

1. 不以躬耕为耻，以作田家语为乐。陶渊明的"躬耕"生活与"田家语"创作，在东晋门阀社会，都是与世俗审美背道而驰的。这从萧统称誉陶渊明"不以躬耕为耻"，钟嵘"世叹其质直，至如'欢言酌春酒'，'日暮天无云'，风华清靡，岂直为田家语邪？"的斥责之中，均可以看出当时人们的世俗审美与评价。陶渊明违逆世俗审美，确实需要极大的勇气。自先秦以来，儒家虽然重视农业，但不主张君子士人自己就去耕作，耕作乃小人之事。② 陶渊明《劝农》诗"孔耽道德，樊须是鄙；董乐琴书，田园不履"，说的就是这回事。不过，他不仅不以此为耻，反以为乐。躬耕的自由生活，让他感受到远离世俗、亲近自然的乐趣。《归园田居》其二："野外罕人事，穷巷寡轮鞅。白日掩荆扉，虚室绝尘想。时复墟曲中，披草（一作衣）共来往。相见无杂言，但道桑麻长。桑麻日已长，我土日已广。常恐霜霰至，零落同草莽。"《癸卯岁始春怀古田舍》其一："鸟哢欢新节，泠风送余善。……是以植杖翁，悠然不复返。"《癸卯岁始春怀古田舍》其二："秉耒欢时务，解颜劝农人。平畴交远风，良苗亦怀新。虽未量岁功，即事多所欣。耕种有时息，行者无问津。日入相与归，壶浆劳近邻。长吟掩柴门，聊为陇亩民。"一分耕耘，一分收获，真诚素朴的生活，使他决心归隐田园，发誓"聊为陇亩民"，"悠然不复返"。作者从农民朋友那里得到的感受与力量——"衣食当须纪，力耕不吾欺"，和"大伪斯兴"的官场，是两个真伪迥然不同的世界。③ 他的"质直""省净"的"田家语"，终于冲破时代的阴霾，响彻后世，为他摘得"田园诗人"的桂冠。这种在当时被视为"丑"的"田家语"，终于成了代表这个时代至美的诗歌，这一情形正如顾随先生所说："诗的最高境界是无意，岂止无是非，甚至无美丑，而纯是诗。如此方为真美，诗

---

① 顾随讲，叶嘉莹笔记，顾之京整理：《顾随诗词讲记》，中国人民大学出版社2006年版，第84页。

② 《论语·子路》："樊迟请学稼。子曰：'吾不如老农。'请学为圃。曰：'吾不如老圃。'樊迟出。子曰：'小人哉，樊须也！上好礼，则民莫敢不敬；上好义，则民莫敢不服；上好信，则民莫敢不用情。夫如是，则四方之民襁负其子而至矣，焉用稼？'"

③ 参见魏耕原《陶渊明论》，北京大学出版社2011年版，第102页。

的美。"① 可见美、丑之间，没有必然的界限。所谓美丑的概念与转换，也时常会因个人主观情愫或时代审美风尚发生一定的变化。

2. 不以无酒为病。萧统在《陶渊明集序》中称誉陶渊明"不以躬耕为耻"的同时，又称赞他"不以无财为病"。陶渊明性嗜酒，他时常将他无酒可饮的这种贫窘，写入作品中，毫不以此为意。《拟挽歌辞》其一："在昔无酒饮，今但湛空觞。"《九日闲居》："余闲居，爱重九之名。秋菊盈园，而持醪靡由。空服其华。"陶渊明爱饮菊花酒，可是贫困到无钱买酒，只得空服菊花。《五柳先生传》自序云："性嗜酒，家贫不能常得。亲旧知其如此，或置酒而招之。造饮辄尽，期在必醉；既醉而退，曾不吝情去留。"将家贫无酒可饮的窘态，亲戚置酒招之的情境，自己饮酒醉态的描摹，一一见之于笔端。

3. 自叙醉酒的丑态。《饮酒》二十首为一组陶渊明集中写饮酒的诗歌，多次写到他醉酒的醺醺丑态。陶渊明好饮酒，但酒量不大，而其中之醉态，其实是清醒者语。《饮酒》其十三："寄言酣中客，日没烛当炳。"《饮酒》其十四："故人赏我趣，挈壶相与至。班荆坐松下，数斟已复醉。父老杂乱言，觞酌失行次。不觉知有我，安知物为贵。"杂乱言、失行次，描摹醉酒后悠然恍惚之状，全然"丑"态百出。

4. 展现饥饿、贫寒愁苦之丑。《五柳先生传》自序说："环堵萧然，不蔽风日，短褐穿结，箪瓢屡空。"生活的贫窘，使他备受饥寒交迫之痛苦。在他的诗文中一次次地诉说平生的贫苦之状：

（1）旧谷既没，新谷未登。颇为老农，而值年灾。日月尚悠，为患未已。登岁之功，既不可希。朝夕所资，烟火裁通。旬日已来，始（一作日）念饥乏。岁云夕矣，慨然永怀。今我不述，后生何闻哉！②

弱年逢家乏，老至更长饥。菽麦实所羡，孰敢慕甘肥！怒如亚九饭，当暑厌寒衣。岁月将欲暮，如何辛苦悲。常善粥者心，深恨蒙袂非。嗟来何足吝，徒没空自遗。斯滥岂彼志？固穷夙所归。馁也已矣夫，在昔余多师。（《有会而作》）

（2）自余为人，逢运之贫。箪瓢屡罄，絺绤冬陈。含欢谷汲，

---

① 顾随讲，叶嘉莹笔记，顾之京整理：《顾随诗词讲记》，中国人民大学出版社 2006 年版，第 40 页。

② 小字为《有会而作》诗序。

行歌负薪。翳翳柴门,事我宵晨。(《自祭文》)

(3) 吾年过五十,而穷苦荼毒(一作少而穷苦),每以家弊,东西游走。(《与子俨等疏》)

(4) 结发念善事,僶俛六九年。弱冠逢世阻,始室丧其偏。炎火屡焚如,螟蜮恣中田。风雨纵横至,收敛不盈廛。夏日长抱饥,寒夜无被眠。造夕思鸡鸣,及晨愿乌迁。(《怨诗楚调示庞主簿邓治中》)

(5) 屡空不获年,长饥至于老。(《饮酒》其十一)

(6) 竟抱固穷节,饥寒饱所更。弊庐交悲风,荒草没前庭。披褐守长夜,晨鸡不肯鸣。(《饮酒》其十六)

(7) 畴昔苦长饥,投耒去学仕。将养不得节,冻馁固缠己。(《饮酒》其十九)

从上文自诉中可以见到,陶渊明自一出生就"逢运之贫","少而穷苦","弱年逢家乏",年二十九出仕,因贫而仕,近四十二岁归隐,这十三年中经济状况稍好之外,"老至更长饥",或云"长饥至于老",一生基本上均为饥贫所困。尤以《怨诗楚调示庞主簿邓治中》:"夏日长抱饥,寒夜无被眠。造夕思鸡鸣,及晨愿乌迁。"[1]《饮酒》其十六:"披褐守长夜,晨鸡不肯鸣。"所描述的饥贫情形,让人读来"触目惊心"!

陶渊明还有篇《乞食》诗,虽然对于他的主旨还争论不休,但凡是读过的人都不会忘记:"饥来驱我去,不知竟何之;行行至斯里,叩门拙言辞。"写他因饥饿而求乞,尽现他为饥饿所驱的情形,"叩门拙言辞"的狼狈。他有《咏贫士》七首,《咏贫士》其二:"凄厉岁云暮,拥褐曝前轩。倾壶绝余沥,窥灶不见烟。"诗中极言在寒冷的严冬,尚无败絮可拥[2],只能"拥褐曝前轩",其寒冷可知;又写"倾壶绝余沥,窥灶不见烟",无酒无食,其饥饿可知。"饥寒的威胁使他似乎发慌心跳,明明知道炊烟已断,但还是不由自主地时不时'窥'视,是不是灶火已举,有什么惊异而兴奋的发现。"[3] 诗人从激动的热望中写出悲凉的失望。如此的艰辛,让诗人感受到了晚年的生活,"了无一可悦"。《癸卯岁十二月中作与从弟敬远》:"劲气侵襟袖,箪瓢谢屡设。萧索空宇中,了无一可

---

[1] 梁启超说:"此二语言夜则愿速及旦,旦则愿速及夜,皆极写日子之难过。"
[2] 陶渊明《与子俨等疏》:"败絮自拥。"
[3] 魏耕原:《陶渊明论》,北京大学出版社2011年版,第169页。

悦。"饥贫到了"寒馁常糟糠"(《杂诗》其八),"被服常不完。三旬九遇食。"(《拟古》其五)"弊襟不掩肘,藜羹常乏斟。"(《咏贫士》其三)甚至在离开人世时,竟是衣不蔽体。"一旦寿命尽,弊服仍不周。"(《咏贫士》其四)以至于他在离开人世前的绝笔中感叹:"人生实难"!(《自祭文》)陶渊明虽然不是在刻意地审丑,只是借诗文传写自己生活印迹,但足以令人读来久久不能平静。清代陶澍在《乞食》诗下注云:"非独余哀之,举世莫不哀之也。饥寒常在身前,功名常在身后,二者不相待,此士之所以穷也。"(《陶靖节先生集》卷2)确然如此。古今文人,写生活之贫苦窘况,笔端之淋漓丑态,未尝有若陶渊明者。

5. 丑秽之物,见诸笔端。顾随先生曾经谈及文学审丑时说:"既生活就要观察,就要尝出过滋味。客观地看,文学不但允许一部分罪恶存在,而且还要去观察欣赏它。'月黑杀人地,风高放火天',比那无聊文人饮酒看花还不道德,但亦可写为诗。因其得到其中之意、味、趣。宗教不承认,而文学承认。"[①] 在陶渊明笔下,虽然不会有描述"罪恶"的存在,但对于一些丑秽的物象,还是时有描写的。如《归园田居》其三"晨兴理荒秽",《归园田居》其四"披榛步荒墟"、"井灶有遗处,桑竹残朽株"、"死没无复余"。荒秽、荒墟、残朽之景,历历在目。又如《拟古》其四:"松柏为人伐,高坟互低昂;颓基无遗主,游魂在何方?"《拟挽歌辞》其一:"昨暮同为人,今旦在鬼录。魂气散何之,枯形寄空木。"坟墓、游魂、鬼录、枯形、棺木等意象,不免丑秽阴森可怖,而陶渊明一一摄于笔端,似乎毫不以为意。

6. 以残缺、简易为美。陶渊明生活追求素朴简易,因此也影响到他的文学审美状态。《归园田居》其五:"日入室中暗,荆薪代明烛。"诗中的"荆薪代明烛",实在是简易之极。又如《止酒》诗,魏耕原先生说:"陶的《止酒》前边说:'坐止高荫下,步止荜门里。好味止园葵,大欢止稚子。'……陶诗这几句以简陋易为者为美,以残缺为美,这正是从庄子以丑为美而来,在平和中散发一种淡淡的幽默。""庄子以丑为美……庄子长于讽刺,这两方面都对陶渊明有深刻影响。"[②] 此外,如《杂诗》其七:"寒风拂枯条,落叶掩长陌。"残败枯涩之景,也为陶渊明所捕捉,叙说自然生命之无常,当随化迁,一切顺其自然。

[①] 顾随讲,叶嘉莹笔记,顾之京整理:《顾随诗词讲记》,中国人民大学出版社2006年版,第38页。

[②] 魏耕原:《陶渊明论》,北京大学出版社2011年版,第175—176页。

7. 日常生活、社会生活的丑窘之态。陶公性情淳真,将生活中的所见所想所思,全部真切地流露出来,不论美丑善恶。《杂诗》其六:"昔闻长者言,掩耳每不喜。奈何五十年,忽已亲此事。"自述早年不喜长者叮咛的性格"缺陷"。《饮酒》其九:"清晨闻叩门,倒裳往自开。"描述清晨开门的窘态。《命子》:"嗟余寡陋,瞻望弗及。顾惭华鬓,负影只立。三千之罪,无后为急。我诚念哉,呱闻尔泣。"诉说急切盼子的窘状。《咏贫士》其七:"一朝辞吏归,清贫略难俦。年饥感仁妻,泣涕向我流。丈夫虽有志,固为儿女忧。"描述辞官归隐后为饥饿所迫的艰难与内心愧疚。《责子》:"虽有五男儿,总不好纸笔。阿舒已二八,懒惰故无匹。阿宣行志学,而不爱文术。雍、端年十三,不识六与七。通子垂九龄,但觅梨与栗。天运苟如此,且进杯中物。"自曝五子顽劣不学的家丑以及为父的无可奈何。《示周续之祖企谢景夷三郎》:"负疴颓檐下,终日无一欣。药石有时闲,念我意中人。"病重中缺医少药,盼望亲朋救济。《与子俨等疏》:"吾年过五十,而穷苦荼毒(一作少而穷苦)。每以家弊,东西游走。性刚才拙,与物多忤。自量为己,必贻俗患。俛俛辞世,使汝等幼而饥寒。余尝感孺仲贤妻之言,败絮自拥,何惭儿子。此既一事矣。但恨邻靡二仲,室无莱妇,抱兹苦心,良独内愧。"自陈生活的贫苦、性格的"缺憾"以及累及家人的愧疚。以上种种,陶渊明将家中、心中的诸般不可外扬的丑事,均通过作品传达出来。

对于社会生活中的一些丑恶之状,虽然拘于惧祸的心态,有所顾忌或隐晦,不敢直接宣泄,但有时也会借史寄怀,含蓄表达。《拟古》其四:"迢迢百尺楼,分明望四荒。暮作归云宅,朝为飞鸟堂。山河满目中,平原独茫茫。古时功名士,慷慨争此场。一旦百岁后,相与还北邙。松柏为人伐,高坟互低昂。颓基无遗主,游魂在何方?荣华诚足贵,亦复可怜伤!"揭露人世的纷争,追名逐利的丑态以及死后的萧条。《感士不遇赋》:"自真风告逝,大伪斯兴,闾阎懈廉退之节,市朝驱易进之心。……淳源汩以长分,美恶作以异途。……雷同毁异,物恶其上,妙算者谓迷,直道者云妄。坦至公而无猜,卒蒙耻以受谤。……审夫市之无虎,眩三夫之献说。悼贾傅之秀朗,纡远辔于促界。悲董相之渊致,屡乘危而幸济。感哲人之无偶,泪淋浪以洒袂。"在这篇辞赋中,陶渊明将社会世风的虚伪,美恶不分,雷同毁异,谗言诽谤四起,猜忌恶疑盛行等诸般丑恶之状,尽使落于笔端。

8. 好用丑辞。在作品中,陶渊明多使用"颓"、"弊"、"荒"、"墟"、"穷巷"等词语,流露出审丑的艺术喜好。陶公好用"颓"字例,如《拟古》其四"颓基无遗主"、《丙辰岁八月中于下潠田舍获》"三四星火颓"、《九日闲居》"菊为制颓龄"、《杂诗》其五:"荏苒岁月颓"、《杂诗》其七"弱质与运颓"。以"颓"字传达出衰败、朽坏、青春不再,乃至生命枯竭的丑态。《示周续之祖企谢景夷……》:"负疴颓檐下,终日无一欣。"魏耕原先生释义说:"此言贫病无欢。颓檐,诸家均无释,当谓穷屋矮檐。'颓檐'之言矮檐,犹'颓肩'之言削肩或窄肩。陶之《闲情赋》'愿在发而为泽,刷玄鬓于颓肩',削肩相对于不美的宽肩而言,犹矮檐相对高檐而言。此为陶之创词。"①颓檐,即穷屋矮檐,相对高檐而言,局促、不美之极。与"颓檐"相应的,是"弊庐"。《移居》其一:"弊庐何必广,取足蔽床席。"陶渊明好用"弊"字。《饮酒》其十六:"竟抱固穷节,饥寒饱所更。弊庐交悲风,荒草没前庭。"《与子俨等疏》:"穷苦荼毒(一作少而穷苦),每以家弊,东西游走。"《咏贫士》其三:"弊襟不掩肘,藜羹常乏斟。"《咏贫士》其四:"一旦寿命尽,弊服仍不周。""弊",犹言破损、败坏,尤以上述"弊襟""弊服""弊庐"等词,极尽穷酸寒苦之状。

与这一审美情境相近的,还有如"穷巷"一词。穷巷,犹言冷僻简陋的小巷。陶渊明也常用。《戊申岁六月中遇火》"草庐寄穷巷"、《归园田居》其二"穷巷寡轮鞅"、《读山海经》其一"穷巷隔深辙"。虽然居所冷僻简陋,生活穷酸寒苦,而陶公乐以忘忧,不觉其苦。如其"荒"字的频频使用中,透露出他寂苦中带有的闲居归隐之乐。《归去来兮辞》:"乃瞻衡宇,载欣载奔。三径就荒,松菊犹存。"《归园田居》其一:"开荒南野际,守拙归园田。"《归园田居》其三:"晨兴理荒秽,带月荷锄归。"《归园田居》其四:"久去山泽游,浪莽林野娱。试携子侄辈,披榛步荒墟。"《癸卯岁始春怀古田舍》:"寒草被荒蹊,地为罕人远。"《丙辰岁八月中于下潠田舍获》:"郁郁荒山里,猿声闲且哀。"《饮酒》其十五:"贫居乏人工,灌木荒余宅。"《桃花源诗》:"荒路暧交通,鸡犬互鸣吠。"《拟挽歌辞》其二:"昔在高堂寝,今宿荒草乡。"《拟挽歌辞》其三:"荒草何茫茫,白杨亦萧萧。"陶渊明旷达自适,以苦为乐,以丑为美,成就了他人格的伟大,诗文的不朽。

三 陶渊明审丑意识出现的成因略析

陶渊明审丑意识的出现,大致由于时代审美风尚和个体兴趣使然。

---

① 魏耕原:《陶渊明论》,北京大学出版社 2011 年版,第 332 页。

其一，魏晋时期，最鲜明的特色就是"遗貌取神"的审美倾向。书法家王僧虔说："书之妙道，神彩为上，形质次之。"画家顾恺之说："传神写照正在阿堵中。"在形、神的关系处理上，艺术家普遍重视内在的"神"韵，而忽略外在的感性形貌。陶渊明也有《形影神》三首，表达对神、形关系的认识。对于陶渊明《形影神》之本源与魏晋思想之关系，逯钦立先生已有详细梳理①，兹不赘论。从逯先生的溯源探讨中不难看出，陶渊明的"形""神"观念和时代同步。魏晋人看到了"神"对"形"突破的可能性，即以表现、反叛"美"的形式——丑，来描述他们独特的艺术感受。陶渊明的审丑意识，即是这一时风的反映。

其二，陶渊明的审丑意识，是他平淡、自然、真朴诗风的另一种表现形式。唐代皎然在《诗式》中说："诗不假修饰，任其丑朴，但风韵正，天真全，即名上等。"丑朴、不假修饰的诗歌，最近自然、真淳、平淡的艺术臻境。正如朱良志先生说："崇尚'丑'，是对人的生命真实的追求。"② 陶渊明的审丑意识，使得他的诗歌创作更为接近朴质天然的生命真实境界。正是因为如此，我们随意翻览陶渊明诗文集，他笔下的诸般"丑态"：不以躬耕为耻、不以无酒为病，醉酒、饥饿、穷寒的丑态，自然的丑秽之物，社会生活丑恶之状，便会扑面而来。它们节奏、秩序混乱不堪，不合乎规矩，也不符合人们审美习惯，但这一切都是生活、生命的真实反映。顺乎自然，不假修饰，不劳人力，一切都体现出艺术的最高法则。因此，从这层意义上来看，我们关于陶诗所谓"平淡"、"田家语"、"质直"、"古拙"的领悟，究其实质，都是陶渊明在个体审丑观念的基础上，返璞归真，返归自然，以自然为最高审美准则的艺术追求和反映。

第二节　陶渊明诗文中的隐语修辞

陈望道先生《修辞学发凡》中讨论"藏词"修辞时，曾经举陶诗为例说："例如陶渊明的诗（《庚子岁五月中从都还阻风于规林》）中便有这么二句：'一欣侍温颜，再喜见友于。'利用《尚书》上'友于兄弟'

---

① 逯钦立：《〈形影神〉诗与东晋之佛道思想》，《汉魏六朝文学论集》，陕西人民出版社1981年版，第218—246页。
② 朱良志：《真水无香》，北京大学出版社2009年版，第50页。

一句成语，把'友于'来贴套'兄弟'。"① 可见陶渊明对于"藏词"修辞的灵活运用。藏词，是有意把需要突出的字词隐藏于语句中的一种修辞方法。鲍善淳界定说："所谓'藏词'，是指对古书词语的隐语型割截，即取古书中的语句，将其中表达自己意思的词语割弃隐去，而用保留下来的相邻部分代替。"② 可见，藏词是一种特殊的隐语修辞。它含而不露，寓意隽永，别有一番韵味。

一 何谓"隐语"

隐语，又称为"廋词"或"廋辞"。《太平广记》卷174引《嘉话录·权德舆》："或曰：廋词何也？曰：隐语耳。"③ 宋代周密《齐东野语·隐语》："古之所谓廋词，即今之隐语，而俗所谓谜。"④ 隐语，指不直说本意而借别的词语来暗示的话，类似今天常说的谜语。《国语·晋语五》记载："有秦客廋辞于朝，大夫莫之能对也。"韦昭注云："廋，隐也。谓以隐伏谲诡之言，问于朝也。东方朔曰：'非敢诋之，乃与为隐耳。'"⑤ 可见隐语具有委婉含蓄，而不直露的特征。

"隐语"一词，最早出现于汉代。《汉书·东方朔传》："舍人不服，因曰：'臣愿复问朔隐语，不知，亦当榜。'"⑥ 因而南朝刘勰《文心雕龙·谐隐》所云"隐语之用，被于纪传"⑦，即由此而来。清代周寿昌《汉书注校补》云："案《艺文志》有《隐语》十八篇，世谓之廋辞，亦谓之谜。《说文》：谜，隐语也。《文心雕龙》云：自魏代以来，颇非俳优，而君子化为隐语。隐也者，迥互其辞，世昏迷也。鞠穷庚癸，见《左传》，即隐之权舆；郡姓名诗，见《孔北海集》；黄娟幼妇，见蔡邕题碑；井谜，见《鲍照集》，皆继朔而起者也。"赵翼《陔余丛考·谜》云："谜即古人之隐语……刘歆《七略》有《隐书》十八篇，则并有辑为书者，然皆不传，惟'卯金刀'、'千里草'之类，出于风谣者，略存一二。至东汉末乃盛行，谓之'离合体'，如蔡中郎书曹娥碑阴'黄绢幼妇，外

---

① 陈望道：《修辞学发凡》，上海教育出版社1997年版，第13页。
② 鲍善淳：《"藏词"论略》，《修辞学习》1994年第3期。
③ （宋）李昉等：《太平广记》卷174，上海古籍出版社1990年影印本。
④ （宋）周密撰，张茂鹏点校：《齐东野语》卷20，中华书局1983年版，第378页。
⑤ （三国）韦昭注：《国语》卷11，上海书店1987年影印版，第144页。
⑥ （汉）班固著，颜师古注：《汉书》卷65，中华书局1962年版，第2844页。
⑦ （南朝·梁）刘勰著，范文澜注：《文心雕龙注》，人民文学出版社1998年版，第271页。

孙虀臼'，杨修解之，谓'绝妙好辞'四字也。"① 从西汉东方朔时起，到西汉末年刘歆的《隐书》出，隐语已是大行于世。加之东汉谶纬思想盛行，使得隐语在东汉时期得到长足发展，进而影响到文学领域的创作，如东汉"离合体"诗歌的盛行，可见一斑。

刘跃进先生认为这种谐音隐语在东汉后期，特别是东晋南朝后尤其盛行，以至深入到了当时社会各个阶层，道教在东晋南朝的广泛流传是其中最重要的因素。刘先生说："道教兴起于东汉中后期，但是它的渊源却可以上溯到秦汉乃至更早，而秦汉时期的宗教神学、谶纬迷信以及神仙方术思想起到了催化剂的作用。这里特别值得注意的是谶纬神学。谶纬作者为达到媚帝求荣，以售其术的用心，主要采取的方法就是利用语言的隐语谐音来为某种政治目的服务。"② 以上所论极是。

陈寅恪先生曾经多次叙及陶渊明为东晋天师道信徒③，倘若从刘跃进先生对隐语与道家流传的关系看来，陶渊明对隐语修辞的重视，似乎也可以作为陶渊明与天师道关系的又一佐证。

自东汉以降，"'卯金刀'、'千里草'"、"代汉者当涂高"等谶纬谣谚，日益以隐语的形式流行于世，对政治家或野心家产生了较大影响。魏晋以后，隐语的发展伴随政权的频繁更替，而日渐深广。由政治领域而影响到文学创作及文艺评论。以本篇所论，与陶渊明关系密切者。如《晋书·陶侃传》记载："或云'侃少时渔于雷泽，网得一织梭，以挂于壁。有顷雷雨，自化为龙而去'。又梦生八翼，飞而上天，见天门九重，已登其八，唯一门不得入。阍者以杖击之，因陨地，折其左翼。及寤，左腋犹痛。……及都督八州，据上流，握强兵，潜有窥窬之志，每思折翼之祥，自抑而止。"④ 天子九门，陶侃飞至八门而坠地，言其仅能位极人臣，所以虽然潜有觊觎之心，但终不敢行篡逆之事。晋、宋之际，有隐语说"晋祚尽昌明"（《晋书·武帝纪》），又说"昌明之后有二帝"（《晋书·恭帝纪》）。昌明是简文帝的字。刘裕在谋将篡位之前，秘密派人缢杀了简文帝之子安帝，拥立恭帝，就是为了应验"昌明之后有二帝"的隐语。

---

① （清）赵翼著，栾保群、吕宗力校点：《陔余丛考》卷22"谜"，河北人民出版社2003年版，第412页。
② 刘跃进：《道教的流传与江南民歌隐语》，《古典文学文献学丛稿》，学苑出版社1999年版，第165页。
③ 参见陈寅恪《陶渊明之思想与清谈之关系》、《〈魏书·司马睿叡传〉"江东民族"条释证及推论》、《天师道与滨海地域之关系》等专论。
④ （唐）房玄龄等：《晋书》卷66，中华书局1974年版，第1779页。

陶渊明身处晋、宋之际，隐语在当时社会流行之盛，可见一斑，因而在一定程度上影响到他的诗文创作。

陶渊明之后，南朝刘勰在《文心雕龙》中专有《谐隐》一篇，意在为文学创作中所出现的"谐辞隐语"作专门论述。他阐释"隐语"的作用说："隐语之用，被于纪传。大者兴治济身，其次弼违晓惑。盖意生于权谲，而事出于机急，与夫谐辞，可相表里者也。"又说："昔楚庄、齐威，性好隐语。至东方曼倩，尤巧辞述。但谬辞诋戏，无益规补。自魏代以来，颇非俳优，而君子嘲隐，化为谜语。谜也者，回互其辞，使昏迷也。或体目文字，或图象品物，纤巧以弄思，浅察以衒辞，义欲婉而正，辞欲隐而显。"① 魏晋以来，由于政治时局的影响，文学创作中的隐语修辞日渐通行。所谓"义欲婉而正，辞欲隐而显"，叙述隐语修辞的特征。不过，刘勰又说："然文辞之有谐讔，譬九流之有小说，盖稗官所采，以广视听。"他从儒家正统文艺思想出发，对文学中出现的隐语修辞评价并不是很高，认为隐语为"稗官所采"，将它与"谐辞"归为一类。单从《文心雕龙》专辟"谐隐"一节来看，反映出隐语修辞在魏晋以降至萧梁时期发展的繁盛，以及为评论家所重视的情形。

陶渊明诗文中的隐语廋词，自南宋汤汉注《述酒》时起，早已为人所关注。时至今日，学者虽然有所论及，但总体仅限于《述酒》等诗。也有学人根据国外莱柯夫的概念隐喻理论对陶渊明诗歌进行了分析。莱柯夫1989年出版《超越冷静的理性——诗歌隐喻的向导》，他认为隐喻不仅是一种修辞手法，更是语言与思维的基本方式，是人类认知的基本工具，是从一个具体的概念域（源域）到一个抽象的概念域（靶域）的系统映射。为此，唐汉娟的《陶渊明诗歌中的概念隐喻》一文，引入概念隐喻，将陶渊明诗歌分成生命隐喻、时间隐喻、死亡隐喻、名利隐喻、饮酒隐喻、情感隐喻和田园隐喻，从七个方面，对陶渊明诗歌的隐语进行了跨文化、跨语言的探讨。② 这样的探讨，不失为研读陶渊明的隐语修辞提供了一个视角。而笔者试图依托本土的文学理论，对陶渊明诗文中的隐语修辞作综合的考察，以使此问题能有所深入。以下文中所论，笔者虽然尽量综合参考前贤诸说的基础上，断以己意，但仍难免臆测之说，敬请方家指正。

---

① （南朝梁）刘勰著，范文澜注：《文心雕龙注》，人民文学出版社1998年版，第271页。
② 《陶渊明诗歌中的概念隐喻》一文，为湖南大学外国语言学及应用语言学硕士唐汉娟2008年的硕士毕业论文。

二 《述酒》诗与隐语

凡细读过陶渊明诗文的人，都会感觉《述酒》诗难解。这与诗中大量采用廋词修辞具有极大关系。朱自清先生说："《述酒》诗'廋词'太多。"① 王瑶先生说："像'述酒'诗就用廋词写得那么隐晦。"② 廋词，又称隐语，前贤诸家论及时，往往多称"廋词"。本文为了与现代修辞相一致，故称为隐语。

《述酒》诗之所以晦涩难懂，与其创作背景密切相关。《述酒》一诗，南宋以前无人解诂。北宋黄庭坚说："此篇有其义而亡其辞，似是读异书所作，其中多不可解。"③ 直到北宋末年的韩驹，在解释"山阳归下国"时，揣度说："盖用山阳事，疑是义熙以后有所感而作也。"④ 到了南宋，汤汉在韩驹的基础上，首次对全诗进行了全面的笺注，使诗中的隐语逐渐破解。对于此诗的写作背景，汤汉云：

> 按晋元熙二年六月，刘裕废恭帝为零陵王。明年以毒酒一甖授张祎，使酖王，祎自饮而卒。既又令兵人逾垣进药，王不肯饮，遂掩杀之。此诗所为作，故以《述酒》名篇也。诗辞尽隐语，故观者弗省，独韩子苍以'山阳下国'一语疑是义熙后有感而赋。予反覆详考，而后知决为零陵哀诗也。因疏其可晓者，以发此者未白之忠愤。⑤

汤汉此说，得到较多学者的充分认可。逯钦立先生《述酒诗题注释疑》说："汤注此篇，大体明确。而其以刘裕遣张祎酖恭帝事，说明《述酒》名篇之意，尤卓绝不刊之论。"⑥ 邓小军先生也称道汤汉"对解读《述酒》作出突破性贡献"⑦。因此，后世学者解读《述酒》诗时，多遵从汤汉之说。笔者即借鉴汤汉注等前贤成果，对《述酒》诗中具有代表

---

① 朱自清《陶诗的深度——评古直〈陶靖节诗笺定本〉》，《朱自清古典文学论文集》，上海古籍出版社1981年版，第570页。
② 王瑶：《关于陶渊明》，《中古文学史论集》，上海古典文学出版社1956年版，第195页。
③ （元）李公焕：《笺注陶渊明集》卷3所引，《四部丛刊》本。
④ （元）李公焕：《笺注陶渊明集》卷3所引，《四部丛刊》本。
⑤ （宋）汤汉：《陶靖节先生诗注》卷3，中华书局1988年据北京图书馆藏宋朝刻本原大影印。
⑥ 逯钦立：《述酒诗题注释疑》，《汉魏六朝文学论集》，陕西人民出版社1984年版。
⑦ 邓小军：《陶渊明〈述酒〉诗补证：——兼论陶渊明在晋宋之际的政治态度及其隐居前后两期的不同意义》，《北京化工大学学报》（社会科学版）2002年第1期，第29页。

性的一些隐语修辞作以分析，以见陶公诗文创作之特色。

1.《述酒》诗开篇："重离照南陆，鸣鸟声相闻。"

汤汉《陶靖节先生诗注》云："司马氏出重黎之后，此言晋室南渡，国虽未末，而势之分崩久矣。"重离，音重黎，隐指司马氏。司马氏为重黎之后，司马迁《太史公自序》交代自己的家族渊源："昔在颛顼，命南正重以司天，北正黎以司地。唐虞之际，绍重黎之后，使复典之，至于夏商，故重黎氏世序天地。其在周，程伯休甫其后也。当周宣王时，失其守而为司马氏。"① 晋代司马氏皇室也以重黎子孙自居。《晋书·礼志下》："及（晋）武帝平吴，混一区宇，太康元年九月庚寅，尚书令卫瓘等奏曰：'大晋之德，始自重黎，实佐颛顼，至于夏商，世序天地。其在于周，不失其绪。'"又《晋书·宣帝纪》："宣皇帝讳懿，字仲达，姓司马氏。其先出自帝高阳之子重黎，为夏官祝融，历唐、虞、夏、商，世序其职。及周，以夏官为司马。其后程柏休父，周宣王时，以世官克平徐方，锡以官族，因而为氏。"所述与司马迁大致相同。可见陶诗以"重离"隐语晋代皇室司马氏。

《晋书·宣帝纪》所载："其先出自帝高阳之子重黎，为夏官祝融。"祝融为火正，主南方。《史记·楚世家》："重黎为帝喾高辛居火正，甚有功，能光融天下，帝喾命曰祝融。"所以司马氏又为火正祝融之后，下句"秋草虽未黄，融风久已分"，即本此。"重离照南陆"，即司马氏统治南方，隐语晋室南迁，建立东晋，其时名臣辈出，"鸣鸟声相闻"，言凤鸟鸣声先后相闻，乃是对东晋初至东晋中叶王导、温峤、陶侃、谢安、谢玄等功臣先后辈出、安邦定国业绩的赞美。② 不过，经桓玄、刘裕篡逆之后，晋室已然衰落。诗云："秋草虽未黄，融风久已分。"以"融风"等为隐语，暗喻司马氏（祝融之后）的势力已经没落，威望已经扫地。

2. 豫章抗高门，重华固灵坟。

诗中"豫章"、"重华"等，皆用隐语。"豫章抗高门"，逯钦立先生引古直笺注云："'此著刘裕篡晋之阶也。'《晋书》：义熙二年，论建义功，封裕豫章郡公。发迹豫章，遂干大位。故曰豫章抗高门也。"又说：

---

① （汉）司马迁：《史记》卷130，中华书局1959年版，第3285页。
② 关于"鸣鸟声相闻"的解释，参见邓小军《陶渊明〈述酒〉诗补证：——兼论陶渊明在晋宋之际的政治态度及其隐居前后两期的不同意义》，《北京化工大学学报》（社会科学版）2002年第1期，第27—28页。

"按《晋书·桓玄传》：玄窃据朝政后，即'讽朝廷以己平元显功封豫章公'。可见桓玄、刘裕之篡，皆以封豫章为始。"① "重华固灵坟"一句，几经学者阐发，意思始显。汤汉注云："重华，喻恭帝禅宋也。"吴正传《诗话》："重华句，恭帝废为零陵王，舜冢在零陵九疑，故云尔。"黄文焕也说："固灵坟，隐言恭帝之死也矣。"重华即舜，晚年南巡，死后葬于零陵。《史记·五帝本纪》记载："（舜）南巡狩，崩于苍梧之野。葬于江南九疑，是为零陵。"《史记集解》引《皇览》曰："舜冢在零陵营浦县。其山九溪皆相似，故曰九疑。"而晋恭帝禅位后，被刘裕废为零陵王。《晋书·恭帝纪》："（元熙）二年，刘裕至于京师。傅亮承裕密旨，讽帝禅位，……刘裕以帝为零陵王，……宋永初二年九月丁丑，裕使后兄叔度请后，有间，兵人逾垣而入，弑帝于内房。"因此，陶渊明在诗中以"重华固灵坟"隐语晋恭帝的死。

3. 山阳归下国，成名犹不勤。

"山阳归下国"，北宋末年的韩驹说："盖用山阳事，疑是义熙以后有所感而作也。"② 由此开启《述酒》诗隐语的解读之谜。在"山阳归下国"的下句"成名犹不勤"，汤注在韩驹的基础上，接着解释说："魏降汉献帝为山阳公，而卒弑之。《谥法》：'不勤成曰灵。'古之人主不善终者，有灵若厉之号。此正指零陵先废而后弑也。曰犹不勤，哀怨之词也。"③ 从此，对解读《述酒》作出突破性贡献。明代黄文焕《陶诗析义》说："献帝为山阳公十五年始卒，而零陵王乃以次年进毒不遂，竟加掩杀，不得如献帝之偷余生矣。裕之视丕，倍忍心矣。"④ 因此，陶渊明在诗中，以山阳公汉献帝禅位让国被弑杀，来隐语晋恭帝禅位让国被弑杀的现实。语意含蓄，而使刘裕之罪行隐于其中。

4. 朱公练九齿，闲居离世纷。峨峨西岭内，偃息得所亲。

汤汉注："朱公，托言陶也。"逯钦立先生注："越范蠡自称陶朱公，诗本此。"⑤ 可见陶渊明以"朱公"，特隐去"陶"字，以表明自己的志

---

① 逯钦立：《陶渊明集》卷3，中华书局1979年版，第103页。
② （元）李公焕：《笺注陶渊明集》卷3所引，《四部丛刊》本。
③ （宋）汤汉：《陶靖节先生诗注》卷3，中华书局1988年据北京图书馆藏宋朝刻本原大影印。
④ （明）黄文焕：《陶诗析义》卷3，《四库全书存目丛书·集部三》（据南京图书馆藏明末刻本影印）本，齐鲁书社1997年版。
⑤ 逯钦立：《陶渊明集》卷3，中华书局1979年版，第105页。

向。邓小军先生说："此四句诗连读，尚另有一重要意义显示，有待说明。前二句言：我早已如陶朱公归隐养生，远离世间纷争；后二句言：而今则更如夷齐高隐西山，作殷之遗民，义不食周粟。此是借以表示，自己在晋朝时隐居不仕，只是因为'质性自然'、不愿'心为形役'（《归去来兮辞》）；在晋亡后隐居不仕，则是作晋之遗民，义不奉刘宋正朔。由此可见，此四句诗，是用上下对比句法，表明自己隐居前后两期之不同性质。"① 邓先生所评，深得陶渊明此处的隐语深意。

总之，《述酒》一诗，是陶渊明运用隐语修辞最具代表性的一篇，其中隐语修辞所蕴含的谜语大体陆续为学人所破解，本书囿于篇幅，仅举出四例，聊以窥其全貌。

三 《蜡日》诗、"南山"与隐语

《蜡日》一诗，也向来晦涩难解。一般公认它比《述酒》诗还难解。陶公诗文作品，历来不解之谜甚多。如《述酒》诗经汤汉注疏后，意思稍解，而《蜡日》诗，至今未有通解，取得大家一致认同。因而台湾学者黄仲仑先生说："这首诗，自来注释家，皆云不知其意，更不详作于何时。"② 清人吴骞《拜经楼诗话》说："陶靖节诗，大率和平冲淡，无艰深难解者，惟《述酒》一篇，从来多不得其解。或疑有舛讹。至宋韩子苍，始决为哀零陵王而作，以时不可显言，故多为廋辞隐语以乱之。汤文清汉复推究而细释之，陶公之隐衷，始晓然表白于世。昔《蜡日》诗，旧亦编次《述酒》之后，而文清未注。予读之，盍犹乎《述酒》意也。爰为补释于左，俟考古者论定焉。……"③ 认为与《述酒》诗相同，是陶渊明为刘宋篡晋时伤感之作。不过，吴骞仿照汤汉的《述酒》诗注释，而补释《蜡日》的相关笺注，向来认同者极少。其同时代的陶澍说："此诗不知所谓，不敢强解，吴说迂晦，恐未必然。"④ 邱嘉穗也说："通篇俱不着题，后四语未详其义。"⑤ 袁行霈先生也说："吴说过于曲折，难以置

---

① 邓小军：《陶渊明〈述酒〉诗补证：——兼论陶渊明在晋宋之际的政治态度及其隐居前后两期的不同意义》，《北京化工大学学报》（社会科学版）2002 年第 1 期，第 29 页。
② 黄仲仑：《陶渊明作品研究》，（台北）帕米尔书店 1965 年版，第 177 页。
③ （清）吴骞：《拜经楼诗话》卷 3，《丛书集成》本。
④ （清）陶澍：《靖节先生集》卷 4，文学古籍刊行社 1956 年铅印本。
⑤ （清）邱嘉穗：《东山草堂陶诗笺》卷 3，清乾隆邱步洲重校刻本。

信。……末两句费解,姑存疑可也。"① 当代的港台学者潘重规、杨勇等②都对《蜡日》诗多有解说,但似乎未得学术界一致认同。③

不过,潘重规先生认为的《蜡日》诗的隐晦不可解,皆因一字之故的观点,颇值得关注。他说:"此诗章山,盖即商山;以一字未憭,致使全诗皆晦。"《蜡日》诗末二句云:"未能明多少,章山有奇歌。"学者历来认为此诗之晦涩难解,主要在于末二句,而潘重规先生则指出关键在于"章山"之"章"字的难解上。潘重规先生指出:"商、章古本同声。《说文》:'商从冏,章省声。'《汉书·律历志》上:'商之为言章也。'《风俗通·声音》引刘歆《钟律书》说:'商者,章也,物成熟,可章度也。'……是商、章同音,本可通用。又陶公《四八目》八厨:'少府东莱曲城王商,字伯义。'自注云:'海内贤智王伯义。《后汉书》作王章。'是亦商、章字通之证。章山有奇歌,即商山四皓歌。"④ 由此推断出诗歌的主旨,与陶渊明的另一首提到商山四皓的《赠羊长史诗》意旨相近。持同样看法的还有台湾学者黄仲仑先生。他说:"此诗说'奇歌',乃指'四皓歌',与《赠羊长史》:'清谣'其意则一。诗说:'章山有奇歌',是隐喻自己的归田之乐。"因此将《蜡日》归入"田园篇"。⑤ 如果潘、黄等先生之说可以成立,那么在诗中,陶渊明则是借"商"、"章"的同音通假,来表达自己的归隐深意,用"章山有奇歌"代指商山"四皓歌"。

商山,因在终南山中,有时又称南山,因此商山四皓,有时又称南山四皓。而南山,在陶渊明诗文中,有时意思也隐晦不明。著名的《归园田居》诗:"采菊东篱下,悠然见南山。"丁福保《陶渊明诗笺注》云:

---

① 袁行霈:《陶渊明集笺注》,中华书局2003年版,第312页。
② 潘先生观点,参见潘重规《蜡日诗解》(《人生杂志》第326期);杨先生观点,参见杨勇《陶渊明集校笺》"蜡日"一诗的解说(上海古籍出版社2007年版,第182页)。
③ 对于"章山有奇歌",范子烨先生亦有新解,参见"风雪梅柳中的诗学妙赏:《蜡日》诗'章山有奇歌'解"(《悠然望南山:文化视域中的陶渊明》,东方出版中心2010年版)。
④ 转引自杨勇《陶渊明集校笺》,上海古籍出版社2007年版,第182—183页。
⑤ 黄仲仑先生同说:"'章山'的'章'字,与'商'字古声同。《说文》:'商从冏,章省声。'《汉书·律历志》:'商之为言章也。'《风俗通·声音》引刘歆《钟律书》说:'商者,章也,物成熟可章度也。'是商章同音可通用。章与商既同音又可通用,则章山即商山,渊明先生诗文中对商山常用。《桃花源诗》:'黄绮之商山,伊人亦云逝。'《赠羊长史》:'路若经商山,为我少踌躇。多谢绮与甪,精爽今如何?'"(黄仲仑:《陶渊明作品研究》,帕米尔书店1965年版,第178—179页)

"南山,指庐山而言。"台湾学者王叔岷先生却指出说:"陶诗'南山'三见,丁氏谓此指庐山,在南故曰'南山。'《归园田居》之三:'种豆南山下。'《杂诗》之七:'南山有旧宅。'是否指庐山,未敢遽断。《诗·小雅·天保》:'如南山之寿。'《御览》九九六引《本草经》:'菊,一名延年。'此诗上句言菊,下句言'南山。'延年益寿,可谓巧合。然如必谓陶公之意在延年益寿,则此诗之意境迥别矣!"① 王叔岷先生指出"采菊东篱下,悠然见南山"中的"南山",并不一定指庐山,而有可能指终南山。这样一来,采菊以延年,南山以增寿,陶诗的意境就与延年益寿密切相关。而与一般学者所论的悠然忘情、趣闲累远的情境大相径庭了!② 由此可见,陶诗中"南山"隐语所引发的歧解。"采菊东篱下,悠然见南山"一诗所蕴含的深意,顾随先生早已强调指出:"'采菊东篱下,悠然见南山。'千古名句。也是千古的谜,究为何意,无人懂。悠然的是什么?若作见鸡说鸡、见狗说狗,岂非小儿,更非渊明。可以说是把小我没入大自然之内了。读陶诗不能只看'采菊东篱下,悠然见南山。'一面。"③ 足见此诗以及陶诗之难解,超乎我们想象。

四 陶渊明诗文隐语修辞的表现方式

纵观陶集作品,陶渊明诗文的隐语修辞方式,比较丰富多样,以陶公才学之博识,涵养之渊深,笔者很难达乎其中之万一。而笔者以孤陋之鄙,略能窥陶公诗文之一端,则亦足矣,幸矣!陶公诗文的隐语修辞方式,笔者暂拟分成四类,借以管中窥豹,以见一斑。

1. 以酒为媒介,以酒作隐语。南朝萧统《陶渊明集序》云:"有疑陶渊明诗,篇篇有酒。吾观其意不在酒,亦寄酒为迹者也。""语时事则指而可想,论怀抱则旷而且真。"指出陶渊明借酒作隐语,"寄酒为迹",所谓"篇篇有酒","语时事则指而可想",则可见陶渊明作品隐语修辞的丰富、广阔和深邃。

正始名士阮籍的饮酒与《咏怀》诗创作,给予陶渊明饮酒及其诗文

---

① 王叔岷:《陶渊明诗笺证稿》,中华书局2007年版,第292页。
② 宋代晁补之说:"东坡云陶渊明意不在诗,诗以寄其意耳。'采菊东篱下,悠然见南山',则既采菊又望山,意尽于此,无余蕴矣,非渊明意也。'采菊东篱下,悠然见南山',则本自采菊,无意望山,适举首而见之,故悠然忘情,趣闲而累远,此未可于文字精粗间求之。"(《鸡肋集》卷33《题陶渊明诗后》)
③ 顾随讲,叶嘉莹笔记,顾之京整理:《顾随诗词讲记》,中国人民大学出版社2006年版,第86页。

创作的影响很大。正如魏耕原先生分析说:"阮籍沉湎于酒,'不独由于他的思想,大半倒在环境','只好多饮酒,少讲话'(鲁迅语)。同样处于易代之际的陶渊明,不仅好饮酒,而且把饮酒大量写进诗中。陶诗共59题124首,题目看到酒的就有《连雨独饮》、《饮酒》二十首、《述酒》、《止酒》,诗中写到酒的超过其诗总数的一半。陶集最难解的一首诗就是《述酒》,用来写当时刘裕酖杀恭帝的政治大新闻。直到南宋才被逐渐解密。唯一一首文字游戏诗,也是用来写《止酒》的。酒在陶诗的意境与结构上有特殊作用,……他借酒叙述惊人骇闻的弑逆,发抒时代革易的大感慨,以及自己的孤独困惑与寂寞,也给他的诗的阐释增加了一定的困惑。"① 所以陶渊明的《述酒》、《止酒》诗等,向来比较晦涩难懂,这与陶渊明大量运用以酒作隐语的创作方式密不可分。

《述酒》诗的隐语,上文大体已述。《止酒》诗之歧解,多因诗中颇具奇趣的二十个"止"字,这些"止"字嵌于诗句之中,错落有致。钱锺书先生在提及其中的隐语之趣时说:"一字双关两意。……涉笔成趣,以文为戏,词人之所惯为,如陶潜《止酒》诗以'止'字之归止、流连不去('居止'、'闲止')与制止、拒绝不亲('朝止'、'暮止')二义拈弄。……盖修词机趣,是处皆有。"② 学人对"止"字含义的理解不同,对全诗意旨的把握也各不相同。清人温汝能说:"'止'之为义甚大,人能随遇而安,即得所止。渊明能饮能止,非役于物,非知道者不能也。丹厓谓其乏酒,作游戏言,其视渊明固浅。陈祚明竟谓其故作创体,不足为法,则尤苛论古人。不思渊明诗品纯乎天趣,此等诗非渊明不能作,亦惟渊明始可作。"③ 温汝能指出,陶渊明将诗旨深意隐喻其中,而"纯乎天趣",无迹可寻,足见陶诗的深度。

至于《饮酒》二十首等诗中的隐语,亦是如此。明人钟惺曾经评论《饮酒》二十首说:"观其寄兴托言,觉一部陶诗皆可用饮酒作题,其妙在此。若以泛与切两字求之,不读陶诗可也。"④ 其说与所谓陶诗"篇篇有酒"意同。《饮酒》二十首,总体也以酒为隐语,颇多微意深旨,曲折顿挫,无限佳趣。单以组诗末二句:"但恨多谬误,君当恕醉人"为例,

---

① 魏耕原:《陶渊明论》,北京大学出版社2011年版,第153页。
② 钱锺书:《管锥编》第2册,中华书局1986年版,第459页。
③ (清)温汝能:《陶诗汇评》卷3,《陶渊明诗文汇评》,《陶渊明资料汇编》(下),第203页。
④ (明)钟惺、谭元春:《古诗归》卷9,《丛书集成》本。

宋代苏东坡说："陶诗云：'但恨多谬误，君当恕醉人。'此未醉时说也，若已醉，何暇忧误哉？然世人言醉时是醒时语，此最名言。"① 至明代黄文焕也说："自责自解，意最曲折。"清代温汝能也说："故读是诗者，不必作饮酒观，而渊明之意量远矣。"这些均指出饮酒诗隐语的深意。因此在不少作品中，陶渊明通过以酒作隐语，表达他的弦外之音，借酒避祸。

2. 以典故为隐语。陶渊明诗文用典，后世多不能晓。宋代刘克庄说："渊明有《述酒》诗，自注云：'仪狄造，杜康润色之。'而终篇无一字及酒。山谷谓《述酒》一篇盖阙，此篇多不可解。……汤《笺》出，然后一篇之义明。其间如'峡中纳遗薰'、'朱公练九齿'之句。"《述酒》诗，包括其中一些典故，虽然经过汤汉的笺注后，文意通晓，但对于陶诗自注所云："仪狄造，杜康润色之。"仪狄、杜康典故的确切之义，至今仍然未有人能够通解。刘克庄接着又说："又《咏贫士》云：'阮公见钱入，即日弃其官'；又云：'昔在黄子廉'；二事未详出处，子廉之名仅见《三国志·黄盖传》，清贫事无所考。伯纪阙义，以质于余，余亦不能解。"② 刘克庄所提的这两个典故，至今亦无人能解。陶渊明诗文之隐晦难懂，自北宋陶集流行以降，学人就已感受颇深。宋人吕本中曾说："渊明、退之诗，句法分明，卓然异众，惟鲁直为能深识之。学者若能识此等语，自然过人。阮嗣宗诗亦然。"③ 他将陶诗与阮籍等诗并论，而"阮旨遥深"（《文心雕龙·明诗》）已是共识，吕本中虽然称黄庭坚能识陶诗，但对于《述酒》等诗及上述典故，黄庭坚也自称"多不能解"。由此可见真正读懂陶诗之不易，完全读懂其中的一些典故，更为不易。

陶渊明诗文中的有些典故，虽然易懂能识，但因为它的隐语修辞方式，所以产生的分歧也大。最典型的如陶诗中的三良、荆轲等典故。明代茅坤说：

> 间读先生所著《归去来兮辞》并《五柳先生传》，千年来共谓古之栖逸者流，而以诗酒自放者也。已而予三复之，及读《咏三良》、《咏荆轲》与《感士不遇赋》，其中多呜咽感慨之旨。予独疑晋室之

---

① （宋）苏轼著，屠友祥校注：《东坡题跋》卷2"书渊明诗二则"，上海远东出版社1996年版，第105页。
② （宋）刘克庄：《后村先生大全集》卷177，《四部丛刊》本。
③ （宋）吕本中：《童蒙诗训》"鲁直识渊明退之诗"，郭绍虞《宋诗话辑佚》"附录"，中华书局1980年版，第588页。

倾，窃欲按张子房故事，以五世相韩故，而行击博浪沙中者；然子房创谋虽无成，犹借真人起丰、沛，附风云，稍及依汉以亡秦也。嗟乎！先生独不偶，故其言曰："一朝长逝后，愿言同此归。"又曰："惜哉剑术疏，奇功遂不成！其人虽已没，千载有余情。"又曰："伊古人之慷慨，病奇名之不立，屈雄志于戚竖，竟尺土之无及。"然则先生岂盼盼然咏泉石，沉冥麴蘖者而已哉！吾悲其心悬万里之外，九霄之上，独愤翮之絷而蹄之蹶，故不得已以诗酒自溺，踯躅徘徊，待尽丘壑焉耳。①

茅氏所论，将陶渊明《咏三良》、《咏荆轲》诗中的隐喻深意，阐发至深，影响后世，几成定论。然而，也有不同的声音，不同的读解。当代李文初先生力排众说，而谈述自己的见解说：

《咏二疏》、《咏三良》、《咏荆轲》这三首咏史诗，以往多认为是晋宋易代后的作品。说它们吊古伤今，托意深微，种种附会曲说，不胜枚举。究其根由，概由年号甲子、耻辱事二姓之说派生而来。此说既破，这些论说也就无从立足了。……其实，《咏三良》乃是一首普通的诗。……陶渊明此诗受曹、王二诗的影响，是十分明显的。把它看成陶渊明青少年时代的模拟习作，无论从哪一方面说，都较合乎情理。《咏荆轲》这首诗，人们多以为涵蕴深微，有很强的现实政治内容，我以为……在陶渊明的笔下，荆轲是刺客而不是'忠臣'，为国为君报仇雪恨的壮烈之举。很明显，这是陶渊明读《史记·刺客列传》时写下的一首咏史诗，他用诗的语言和形象，对司马迁的原文原义作了准确而精要的概括，在内容上虽无创新，但也确实反映了青少年时代陶渊明的虎虎生气；……是学习前人的模拟之作。②

同是《咏三良》、《咏荆轲》诗，同是对陶渊明笔下三良、荆轲典故的理解，而茅坤、李文初两人得出的观点，迥然有别。

又如《读山海经》组诗，陈沆阐释说："正以定、哀微词，庄辛隐语，故托颂慕于前端，寄坎壈于末什。寓义灼然，宁徒数典。"③ 借助典

---

① （清）陶澍：《诸本序录》，《靖节先生集》卷首，文学古籍刊行社1956年铅印本。
② 参见李文初《陶渊明论略》，广东人民出版社1981年版，第92—96页。
③ （清）陈沆：《诗比兴笺》卷2，上海古籍出版社1981年版，第70—71页。

故隐语而抒发情感。以"夸父逐日"典故隐语为例,《读山海经》其九:"夸父诞宏志,乃与日竞走。俱至虞渊下,似若无胜负。神力既殊妙,倾河焉足有?余迹寄邓林,功竟在身后。"古贤多认为诗中藉典故隐语而寓意远大。明人黄文焕说:"寓意甚远甚大。天下忠臣义士,及身之时,事或有所不能济,而其志其功足留万古者,皆夸父之类,非俗人目论所能知也。胸中饶有幽愤。"[①] 清人邱嘉穗说:"此言夸父穷力追日,与下'精卫填海','刑天猛志',皆陶公借以自况,欲诛讨刘裕,恢复晋室,而不可得也。"[②] 清人陶澍也说:"此盖笑宋武垂暮举事,急图禅代,而志欲无厌,究其统治所贻,不过一隅之荫而已。乃反言若正也。"[③] 三人从不同的角度,注解陶诗中"夸父"典故的隐语深意。虽然三人出发点一致,但看法并不一致。黄文焕笼统强调陶公"胸中饶有幽愤",后来邱嘉穗"而不可得也"的理解,与其"事或有所不能济"的看法,倒也近似。而陶澍的理解,与黄、邱两人相去较远。由此可见,同一个典故,尽管出发点一致,但歧义很大。针对上述理解上的歧义,袁行霈先生说:"余以为此篇乃耕种之余,流观之间,随手记录,敷衍成诗,未必有政治寄托。如作谜语观之,求之愈深,离之愈远矣。"[④] 认为夸父诗,没有什么隐语深意,如果硬要作谜语来解,只会离诗歌本身愈远。以上理解上的分歧,均可见陶诗典故隐语的隐晦不易解之处。

3. 以谐音、婉辞为隐语。陶公有时借谐音以作隐语修辞,婉转地传达出作品中的深意。如上文所论的《述酒》诗中"重离照南陆",借助"重离"与"重黎"的谐音,隐指司马氏。[⑤] 又如上文所论的《蜡日》诗中"章山有奇歌",借"商"、"章"古本同声,用"章山"隐语"商山",以"章山有奇歌"隐语商山四皓之歌。

又如《五柳先生传》,何谓"五柳先生"?作品自言"宅边有五柳树,

---

① (明)黄文焕:《陶诗析义》卷4,《四库全书存目丛书·集部三》,据南京图书馆藏明末刻本影印本,齐鲁书社1997年版。
② (清)邱嘉穗:《东山草堂陶诗笺》卷4,清乾隆邱步洲重校刻本。
③ (清)陶澍:《靖节先生集》卷4,文学古籍刊行社1956年铅印本。
④ 袁行霈:《陶渊明集笺注》,中华书局2003年版,第410页。
⑤ 元代吴师道《吴礼部诗话》:"愚谓'离'为'黎',则是陶公改讹其字以相乱。离,南也,午也。重黎,典午再造也。止作晋南渡说,自通。"所谓"陶公改讹其字以相乱",即是陶公借助谐音而作隐语。重黎,为火正,本有南方之义。所以,不必再取"离为火"(《周易·说卦》)之意。

第五章 陶渊明的艺术审美与文学修辞 179

因以为号焉。"这应不是作者取号的真实意图。① 笔者怀疑"五柳"或为"无刘"之谐音，即对刘宋政权的不予承认。《五柳先生传》作于刘宋建立之后，魏耕原先生在辨析诸家作年歧说的基础上，考证"《五柳先生传》作于 60 岁后"②，即宋文帝元嘉元年（424）之后。陶渊明的"五柳"谐音"无刘"的隐语深意，与沈约《宋书·隐逸传·陶潜》的记载"（潜）自以曾祖晋世宰辅，耻复屈身后代，自高祖王业渐隆，不复肯仕。所著文章，皆题其年月，义熙以前，则书晋氏年号；自永初以来，唯云甲子而已"，在情感上，二者很明显是相通的。

有时，陶渊明似乎也借助婉辞的隐语方式，委婉含蓄地来表露心迹。典型的如《归园田居》其一开篇所云："少无适俗韵，性本爱丘山。误落尘网中，一去三十年。"对于诗中的"三十年"的理解，历来解说甚多，分歧甚大。清代陶澍《靖节先生集》云："何注：'刘履曰："三"当作逾，或在"十"字下。'按靖节年谱，'太元十八年起为州祭酒，时年二十九，正合《饮酒》诗"投耒去学仕，是时向立年"之句。以此推之，至彭泽退归，才十三年。此云"三十年"，误矣。'澍按吴仁杰'以此诗为义熙二年彭泽归后所作。自出仕为州祭酒，至去彭泽而归，才岁星一周。不应云"三十年"，当作一去十三年。'刘说所本也。"③ 现代学者逯钦立先生认为："三十年，乃十年之夸词。十而称三十，古有其例。如《史记·匈奴传》：'秦灭六国，而始皇使蒙恬将十万之众，北击胡。'《蒙恬传》则称：'乃使蒙恬将三十万众，北伐戎狄。'可以作证。出仕十余年，而夸言三十，极言其久。"④ 龚斌先生则认为："三十年：当作'已十年'。'三'为'已'之讹。《杂诗》其十：'荏苒经十载，暂为人所羁。'可知渊明在仕途前后十年。"⑤ 魏耕原先生认为："十三，古书常误作'三十'，如杜甫《奉赠韦左丞丈二十二韵》'骑驴三十载'，当作十三载。"⑥ 此外，李华先生还作有专文《说"三十年"》一篇⑦，对历来学者对于

---

① 张哲俊先生认为，陶渊明五柳先生的称呼，"其中必然有深刻的意义，显然不是随意而称"（《陶渊明五柳的误读与演变》，《北京师范大学学报》2010 年第 4 期）。
② 魏耕原：《陶渊明论》，北京大学出版社 2011 年版，第 250—254 页。
③ （清）陶澍：《靖节先生集》卷 2，文学古籍刊行社 1956 年铅印本。
④ 逯钦立：《陶渊明集》，中华书局 1979 年版，第 41 页注 2。
⑤ 龚斌：《陶渊明集校笺》，上海古籍出版社 1996 年版，第 76 页注 4。
⑥ 魏耕原：《陶渊明论》，北京大学出版社 2011 年版，第 56 页注。此处研究引述，也多参考魏先生所引，谨致谢忱。
⑦ 李华：《陶渊明〈归园田居〉词语考释四题》，《陶渊明新论》，第 79—81 页。

"三十年"的解说，有一个更为全面的梳理，并对王质《栗里谱》、逯钦立《陶渊明集》、杨勇《陶渊明年谱汇订》等三家代表性说法，一一作有辨正分析，请详细参看。综上可见，对于"三十年"看法上的分歧，迄无定论。而结合同时代的隐语修辞来看，陶渊明似乎有意将"十三"颠倒为"三十"，以婉转的隐语方式，表示自己的仕宦时间之长，实质是"反言若正"，正话反说，从反面说明自己的仕宦时间极短，表明对于官场的厌倦与诀别。按照一般说法，陶渊明在太元十八年（393）出仕，时年二十九岁，到义熙元年冬十一月辞官归隐，时年约四十一岁，粗略计算，首尾恰好十三年。而陶公以隐语婉辞的方式，故意颠倒说成是"三十年"，从反面极言自己仕宦时间之短（其中还包括为母丧丁忧三年，以及仕宦间断中的其他闲居时间），这与他少壮时期所追求的"猛志逸四海"、"大济于苍生"的仕宦理想，显然是大相违背的。

所以，陶渊明将"十三年"故意颠倒为"三十年"，以言其多，实质是隐语其少。这一修辞方式，是学习仿效同时代郭璞的。郭璞作为同时代人，对陶渊明影响较大。如陶渊明所读的《山海经》、《穆天子传》等奇书，都是郭璞所注疏的。郭璞博物志奇，可整个思想都是儒家式的，其文风抱朴守质，经葛洪而影响到陶渊明。为此龚鹏程先生说："东晋文人，若郭璞为中兴之冠冕，则陶渊明就是这个时代的压轴。"① 可见郭璞与陶渊明之间的承传关系。郭璞以卜筮闻名于世，《晋书·恭帝纪》记载：

> 始，元帝以丁丑岁称晋王，置宗庙，使郭璞筮之，云"享二百年。"自丁丑至禅代之岁，年在庚申，为一百四岁。然丁丑始系西晋，庚申终入宋年，所余惟一百有二岁耳。璞盖以百二之期促，故婉而倒之为二百也。②

郭璞授命给晋朝国祚卜筮，结果为一百零二年，郭璞嫌其短促，故用隐语婉辞加以颠倒，说成是二百年。因此，由郭璞例来看，这样的隐语婉辞方式，似乎在当时较为流行。陶渊明故意将"三十年"说成是"十三年"，大约也是受到这一风气影响的结果。

4. 以讽隐作隐语。讽隐修辞，即是通过委婉的语言暗示或讥刺、隐喻。在陶渊明诗文中，笔者认为比较典型的是寓言体和比兴体的隐语修

---

① 龚鹏程：《中国文学史》上册，世界图书出版公司2009年版，第152页。
② （唐）房玄龄等：《晋书》卷10，中华书局1974年版，第270页。

辞。如《桃花源记》及《桃花源诗》具有较强的寓言性质。而诗中所云"嬴氏乱天纪,贤者避其世。黄绮之商山,伊人亦云逝",更是具有较深的寓意。陶渊明多次运用商山四皓不事刘汉,暗示自己不事刘宋。《汉书·王贡两龚鲍传序》:"汉兴有园公、绮里季、夏黄公、甪里先生,此四人者,当秦之世,避而入商雒深山,以待天下之定也。"陶渊明所处时代,与四皓时代相似,所以寄寓也相似。陶渊明作品四次出现"商山四皓"用例,《赠羊长史》:"路若经商山,为我少踌躇。多谢绮与甪,精爽今何如?"《饮酒》其六:"咄咄俗中愚,且当从黄、绮。"《蜡日》:"章山有奇歌。"《集圣贤群辅录》上也列有四皓。清代陶澍《靖节先生集》说:"窃意桃源之事,以避秦为言,至云'无论魏、晋。'乃寓意于刘裕,托之秦借以为喻耳。近时胡宏仁仲云:'先生高步窘末代,雅志不肯为秦民。故作斯文写幽意,要似寰海离风尘。'其说得之矣。"① 当代台湾学者王叔岷先生也说:"四皓所处秦、汉易代之际,退隐商山;陶公处晋、宋易代之交,退隐田园。其境遇相似。桃花源诗及记,以四皓、伊人之避秦寄意,非偶然也。"② 陶公以商山四皓的典故,通过寓言的隐语方式,巧妙地表达自己对于晋、宋易代的情感。

《饮酒》其九:"清晨闻叩门,倒裳往自开。问子为谁欤?田父有好怀。壶浆远见候,疑我与时乖。褴缕茅檐下,未足为高栖。一世皆尚同,愿君汨其泥。深感父老言,禀气寡所谐。纡辔诚可学,违己讵非迷!且共欢此饮,吾驾不可回。"廖仲安先生称誉:"这是一篇寓言性的诗。"③ 诗中通过寓言的隐语方式,婉转地向世人告白自己归隐的勇气和决心。清代方东树所谓"又幻出人来,校之就物言,更易托怀抱矣"④,也肯定了诗中藉寓言以抒发怀抱的创作方式。

陶渊明诗文中的比兴体运用非常广泛。自然物象的变化、人际关系的往来,都可以成为陶公笔下比兴托隐的题材。正如魏耕原先生所说:"这些题材,即按传统而言,亦可用为喻体,作为比兴,何况陶的时代本非可以畅所欲言,故不少论者采用比兴阐释。有些诗通体比兴,亦不出本体,阐释多歧自然滋生。陶诗中有不少飞鸟、树木题材,固然多认为在写作者自己,然而写自己的什么,这样又有了多样的解释。……陶渊明的比兴体

---

① (清)陶澍:《靖节先生集》卷6,文学古籍刊行社1956年铅印本。
② 王叔岷:《陶渊明诗笺证稿》,中华书局2007年版,第517页。
③ 廖仲安:《陶渊明》,上海古籍出版社1999年版,第43页。
④ (清)方东树著,汪绍楹校点:《昭昧詹言》卷4,人民文学出版社1961年版,第114页。

诗，就像给读者留下了填充题，由于题干并无对题旨明确的限定，所以后人填写的内容并不一致。陶的一生有所欲为而不能为，有所欲言而不能畅言，所以比兴、暗示、隐晦就成了他常常操起的'武器'，来表抒自己的观念与感慨。"①《饮酒》其八："青松在东园，众草没奇姿。"诗中用孤松自比。《拟古》其三："仲春遘时雨，始雷发东隅。众蛰各潜骇，草木从横舒。翩翩新来燕，双双入我庐。"诗中以燕子作比兴，寄托眷恋故朝，悲悼晋室的情感。最典型的如《拟古》其九："种桑长江边，三年望当采。枝条始欲茂，忽值山河改。柯叶自摧折，根株浮沧海。春蚕既无食，寒衣欲谁待？本不植高原，今日复何悔！"比兴隐语之意，尤为浓厚。诗人以桑树起兴，比拟、代言晋朝。清人吴菘说："'种桑长江边'，乃托物以兴'山河改'耳。"（《论陶》）今人廖仲安先生说，西晋傅咸《桑树赋》序说："世祖（晋武帝）昔为中垒将军，于直庐种桑一株，迄今三十余年，其茂盛不衰。皇太子（即晋惠帝）入朝，以此庐为便坐。后来陆机、潘尼都作过桑赋，都以桑树作为晋朝兴起之象征。刘裕于公元418年立恭帝，公元420年逼恭帝禅位，前后正好三年。本来希望恭帝在三年内政治上有所建树，固本自立，不料毫无成绩，即遭政变，根株全毁。追溯原因，正在于不该种桑江边（意指不该依赖刘裕），当时既未植根于高原，如今事情已悔之无及。比兴之中，寄托了一片沉痛的心情，深注了自己依恋晋朝之意。"②沈德潜说："欲言难言，陶公根本节目，全在此种。"③ 明代黄文焕："此一篇大奏疏也。"（《陶诗析义》）这些均道出此诗中的比兴深意。

　　陶渊明诗文多作隐语，古贤论述颇多。清代陈祚明说："千秋以陶诗为闲适，乃不知其用意处。朱子亦仅谓《咏荆轲》一篇露本旨。自今观之《饮酒》、《拟古》、《贫士》、《读山海经》，何非此旨？但稍隐耳！"④ 宋代汤汉《陶靖节诗集注自序》云：

　　　　陶公诗精神高妙，测之愈远，不可漫观也。不事异代之节，与子房五世相韩之义同。既不为狙击震动之举，又时无汉祖者可托以行其志，故每寄情于首阳、易水之间。又以《荆轲》继二疏、三良而发

---

① 魏耕原：《陶渊明论》，北京大学出版社2011年版，第155页。
② 廖仲安：《陶渊明》，上海古籍出版社1999年版，第58页。
③ （清）沈德潜：《古诗源》卷9，中华书局1977年版，第206页。
④ （清）陈祚明：《采菽堂古诗选》卷13，上海古籍出版社2008年版，第388页。

咏，所谓'扶己有深怀，履运增慨然'，读之亦可以深悲其志也已。平生危行逊言，至《述酒》之作，始直吐忠愤，然犹乱以廋词。千载之下，读者不省为何语。是此翁所深致意者，迄不得白于后世，尤可以使人增欷而累叹也。

汤汉是较早提及陶渊明廋词、隐语修辞的学者，尤其他对《述酒》一诗的注解，为后世开创了解读陶渊明诗文的又一道智慧之门。

而陶渊明借隐语修辞为"迷雾"，使他的诗文千百年读来，至今仍然聚讼纷纭，仍然每每让人读出新意。以时代而论，正如郭绍虞先生说："历来论陶之语，每如盲人们摸象各得一端，罕有能举其全者"，"如唐人视为酒徒或隐士，宋人视为道学家，明人视为忠臣烈士，清人视为学者，而近人且有称为劳农者"。① 以个体而论，或如黄庭坚所说："血气方刚时，读此诗如嚼枯木；及绵历世事，如决定无所用智。每观此篇，如渴饮水，如欲寐得啜茗，如饥啖汤饼。今人亦有能同味者乎？但恐嚼不破耳。"② 或更如顾随先生所说："读陶集四十年，仍时时有新发现，自谓如盲人摸象。陶诗之不好读，即因其人之不好懂。陶之前有曹，后有杜，对曹、杜觉得没什么难懂，而陶则不然。"③ 陶渊明其人已不易懂，加之诗文又多以隐语作修辞，更是不易读懂，由此形成了陶渊明及其诗文的深度，一种独具魅力的深度。

第三节 陶集喜用字词及其现象研究

陶渊明作为情感型而才华独具的伟大诗人，留给后世的文学财富呈现出广角度、长辐射的影响。他的遣词造句与独特情性相结合，便绽放出异样的奇葩，令人驻足留恋。陶渊明以独特的兴趣爱嗜，时常在诗文中流露出他对一些字词的偏好，反复多次地使用同一个字词，从而构成了他独特的诗歌语言风貌。

最早较多关注陶诗喜用字词现象的是当代台湾学者王叔岷先生。王先

---

① 郭绍虞：《陶集考辨》，《照隅室古典文学论集》，上海古籍出版社1983年版，第306—307页。
② （宋）黄庭坚：《书陶渊明诗后寄王吉老》，《豫章黄先生文集》卷26，《四部丛刊》本。
③ 顾随讲，叶嘉莹笔记，顾之京整理：《顾随诗词讲记》，中国人民大学出版社2006年版，第80页。

生在他的《陶渊明诗笺证稿》中,以笺注或案语的方式,对陶诗的喜用字词现象进行了爬梳,有时并加以精彩评论。[①] 今吸收王先生的成果,对陶诗喜用字词现象加以整理研究,以期读者对这一现象能有更深的感受。

一　陶集喜用字词的类型分析

作为诗人,按照自己的性情,在文学创作中不断地重复一些喜好的字词,陶渊明恐怕算是第一位。他以天才的诗情,形成独特的喜用字词的语言艺术风貌。

第一,它们词性丰富,涵盖范围广,不少创造性词汇。从词性上看,陶集中的这些喜用字词几乎涵盖了所有的词性类别,如名词、动词、形容词、副词、连词、疑问词,以及词组等,其中以动词类的字词和词组出现的频率最高。

《陶渊明集》中有不少创造性词汇,其中一些词汇被创造后,即成为陶渊明笔端喜用的词汇。例如"人事"一词,陶渊明喜用,作品中凡7见。"人事"一词虽然不是新词,而陶渊明赋予新义。如《归去来兮辞》:"尝从人事,皆口腹自役。"王瑶注:"人事,指仕途。"《祭从弟敬远文》:"余尝学仕,缠绵人事。"《饮酒》其十六:"人事固以(一作已)拙,聊得长相从。"均是其义。又例如"借问"一词,陶集喜用,凡4见。"借问"一词虽然不是新词,而陶公赋予新义。如《悲从弟仲德》:"借问为谁悲?怀人在九冥。"此处"借问"是假设性问语,上句问,下句作答。又如《归园田居》其二:"借问采薪者:'此人皆焉如?'薪者向我言:'死殁无复余。'"这种句式,自陶集喜用之后,成为后世古诗中的常见句式。

还有些陶集中的喜用词汇,至今未被得到充分的重视,未被《汉语大词典》等大型辞书所收录。例如"空自"一词,唐诗中常用,为陶渊明首创,陶集喜用,凡2见:《己酉岁九月九日》:"蔓草不复荣,园木空自凋。"《有会而作》:"嗟来何足吝,徒没空自遗。"而《汉语大词典》书证最早用南朝梁何逊《哭吴兴柳恽》诗,晚于东晋陶渊明。

第二,在各类字词,陶渊明尤其喜用动词、副词,往往在五言诗句中的第三字上大量运用。陶集喜用"爱"字,多在五言诗中的第三字使用:

　　少无适俗韵,性本爱丘山。(《归园田居》其一)
　　众鸟欣有托,吾亦爱吾庐。(《读山海经》其一)

[①] 王叔岷:《陶渊明诗笺证稿》,中华书局2007年版。

阿宣行志学，而不爱文术。(《责子》)
日月依辰至，举俗爱其名。(《九日闲居》)
彭祖爱永年，欲留不得住。(《形影神》)
君其爱体素，来会在何年？(《答庞参军》)
仲蔚爱穷居，绕宅生蒿蓬。(《咏贫士》其六)
王子爱清吹，日中翔河汾。(《述酒》)
悲风爱静夜，林鸟喜晨开。(《丙辰岁八月中于下潠田舍获》)

又喜用"散"字，也多在五言诗中的第三字，亦颇具劲道。例如：

迥泽散游目，缅然睇层丘。(《游斜川》)
清歌散新声，绿酒开芳颜。(《诸人共游周家墓柏下》)
魂气散何之？枯形寄空木。(《挽歌诗》其一)
盥濯息檐下，斗酒散襟颜。(《庚戌岁九月中于西田获早稻》)

五言诗中的第三字，也喜用"聊"字，表达一种自遣、释然、舒脱的襟怀，例如：

弱女虽非男，慰情聊胜无。(《和刘柴桑》)
拨置且莫念，一觞聊可挥。(《还旧居》)
开春理常业，岁功聊可观。(《庚戌岁九月中于西田获早稻》)
虽无挥金事，浊酒聊可恃。(《饮酒》其十九)
一觞聊独进，杯尽壶自倾。(《饮酒》其七)

类似的语词用例还有很多，如"良"、"在"、"望"、"抱"、"纵"、"冠"、"酣"、"肆"等，它们在五言诗中的第三字位置，无不新颖别致，韵味无穷，仿佛行走于山阴道上，令人目不暇接，流连忘返。

此外值得一提的是，陶诗五言诗第四字上特别喜用形容词性的"余"字，构成了陶诗特有的语言风貌，其用例甚多：

园蔬有余滋，旧谷犹储今。(《和郭主簿》)
贤圣留余迹，事事在中都。(《赠羊长史》)
清气澄余滓，杳然天界高。(《己酉岁九月九日》)
风雪送余运，无妨时已和。(《蜡日》)

庭宇翳余木，倏忽日月亏。（《杂诗》）
放意乐余年，遑恤身后虑。（《咏二疏》）
倾壶绝余沥，窥灶不见烟。（《咏贫士》）
桑竹垂余荫，菽稷随时艺。（《桃花源诗》）
怡然有余乐，于何劳智慧。（《桃花源诗》）
亲戚或余悲，他人亦已歌。（《拟挽歌辞》）
往燕无遗影，来雁有余声。（《九日闲居》）
户庭无尘杂，虚室有余闲。（《归园田居》）
阶除旷游迹，园林独余情。（《悲从弟仲德》）
素砾皛修渚，南岳无余云。（《述酒》）
暧暧空中灭，何时见余晖。（《咏贫士》）
其人虽已没，千载有余情。（《咏荆轲》）
鸟哢欢新节，泠风送余善。（《癸卯岁始春怀古田舍》）

第三，陶渊明喜用叠字，不少叠字多次出现在陶集，有一些叠字为陶渊明首创。这些反复运用的叠字，通常用于表现时间或空间概念，表达陶渊明的生命体验。"遥遥"，陶集凡9见，在陶渊明以前，"遥遥"仅有"形容距离远"的意义，而陶渊明将其词义扩大为"形容时间长"的意思，将"遥遥"一词赋予新义，在空间意义的基础上拓展出时间的含义，使之具有了空间与时间上的两重含义。《赠长沙公》："遥遥三湘，滔滔九江。"此用旧义，形容距离远。而《庚戌岁九月中于西田获早稻》："遥遥沮溺心，千载乃相关。"《杂诗》其十一："愁人难为辞，遥遥春夜长。"均为首创新义，形容时间长。

"悠悠"，陶集凡8见，也有同时表达空间和时间概念的意思。《劝农》"悠悠上古，厥初生民"，《命子》"悠悠我祖，爰自陶唐"，均表示时间的久远。而《饮酒》其十九"世路廓悠悠，杨朱所以止"，表示空间的遥远。

此外，还有"迟迟"、"去去"等叠字，均与时间概念有一定关联。迟迟，表示行动迟缓或眷念依恋。《咏贫士》其一："迟迟出林翮，未夕复来归。"《悲从弟仲德》："迟迟将回步，恻恻悲襟盈。""去去"一词，虽然汉朝已有人使用[①]，表示"远去"，属于空间概念，但表示永别、死

[①] "去去"一词最早用例为西汉苏武《古诗》："参辰皆已没，去去从此辞。"是否为苏武本人所作，尚有争议。

亡之意，转为时间概念，亦为陶渊明首创。"去去"一词，陶集凡 4 见：《和刘柴桑》："去去百年外，身名同翳如。"《杂诗》其六："去去转欲远，此生岂再值。"《杂诗》其七："去去欲何之？南山有旧宅。"《饮酒》其十二："去去当奚道！世俗久相欺。"均表示永别、死亡之意。

二 陶诗喜用字词与陶渊明文艺风格之关系

陶诗喜在五言诗的第三字上下功夫，往往多妙字，令人称赏不已，由此形成独特的艺术风貌。《杂诗》其二："气变悟时易，不眠知夕永。欲言无予（一作余）和，挥杯劝孤影。日月掷人去，有志不获骋。念此怀悲凄，终晓不能静。"王叔岷先生称道说："劝字绝佳！所劝者孤影而已。二句最见陶公之寂寞；亦见陶公之孤高。"又云："掷字绝佳！"[1]魏耕原先生说："其中的'掷'、'骋'为最强的音符，果绝得让人喘不过气，棱角分明，气势逼人。特别是那个'掷'真可掷地有声，诗人简直成了时间老人手中的铅球，平淡的'去'字，被'掷'字扔得呼呼生风。连末尾的'静'字，也非动不可了。"[2]

又如"抱"字，《怨诗楚调示庞主簿邓治中》："夏日长抱饥，寒夜无被眠。"《连雨独饮》："自我抱兹独，俛俛四十年。"《戊申岁六月中遇火》："总发抱孤念，奄出四十年。"《述酒》："流泪抱中叹，倾耳听司晨。""抱"本为狠重字，加之其句中的位置，推波助澜出极强的力道，"比实际动态更具有表现力"[3]。这在其他诗人作品中是绝难见到的。具有同样艺术效果的还有"开"字：

　　清歌散新声，绿酒开芳颜。（《诸人共游周家墓柏下》）
　　凯风因时来，回飙开我襟。（《和郭主簿》其一）
　　芳菊开林耀，青松冠岩列。（《和郭主簿》其二）
　　朝霞开宿雾，众鸟相与飞。（《咏贫士》其一）

这些"开"字位于五言诗句的第三字，顿挫铿锵，抑扬爽朗，气势磅礴，充满力量，力度感强，极富艺术张力。

陶集喜用"慷慨"一词，凡 8 见。"慷慨"原来是建安诗人的"关键

---

[1] 王叔岷：《陶渊明诗笺证稿》，中华书局 2007 年版，第 395 页。
[2] 魏耕原：《陶渊明论》，北京大学出版社 2011 年版，第 82 页。
[3] 同上书，第 88 页。

词",陶诗不仅吸纳"左思风力",而且取法乎源头。《杂诗》其九说"惆怅念常餐,慷慨思南归",其十又说"我来淹已弥,慷慨忆绸缪"。他如《怨诗楚调示庞主簿邓治中》"慷慨独悲歌,钟期信为贤",《拟古》其四"古时功名士,慷慨争此场",《咏荆轲》"素骥鸣广陌,慷慨送我行",《归去来兮辞序》"于是怅然慷慨,深愧平生之志",《感士不遇赋序》"此古人所以染翰慷慨,屡伸不能已者也","伊古人之慷慨,病奇名之不立"。陶渊明性情雅好慷慨,谭嗣同"以为陶公慷慨悲歌之士"[1]。钟嵘《诗品》称陶诗"其源出于应璩,又协左思风力",常言道:"文如其人",陶渊明之文品与人品可谓珠联璧合。单从陶渊明喜用"慷慨"一词上,即可窥见一斑。

《饮酒》其五:"采菊东篱下,悠然见(望)南山。"自苏东坡以降,对于到底"见"好,还是"望"好,一直争论不断。其实,就内证材料而言,陶集喜好用"望"字,凡20见,尤其喜好在五言的第三字位置用。《和郭主簿》其一"遥遥望白云,怀古一何深",《庚子岁五月中从都还阻风于规林》其一"行行循归路,计日望旧居",《拟古》其四"迢迢百尺楼,分明望四荒",其九"种桑长江边,三年望当采",《读山海经》其三"西南望昆墟,光气难与俦",其六"逍遥芜皋上,杳然望扶木"。这些"望"字,充满一种渴望与期待,略加品味,便觉韵味无尽。《饮酒》其五:"采菊东篱下,悠然望(见)南山。"如果用"望"字,便与陶集中其他"望"字之深味同曲同工。

最早喜欢并仿作陶渊明田园诗的大才子江淹,其拟《陶征君田居》诗云:"种苗在东皋,苗生满阡陌。虽有荷锄倦,浊酒聊自适。日暮巾柴车,路暗光已夕。归人望烟火,稚子候檐隙。问君亦何为,百年会有役。但愿桑麻成,蚕月得纺绩。素心正如此,开径望三益。"这首诗作为《归园田居》其六,长期被编入陶集,可见其以假乱真水平之高。江淹在这首诗的五言诗第三字连连使用"望"字:"归人望烟火"、"开径望三益",足见他对陶诗此类"望"字用法的青睐。

与之相比,陶集虽然也喜好用"见",并多达40多处,但作为五言诗第三字位置的,在艺术表现力上,似均不及"望"字突出。可以悉数罗列如次:"荒涂无归人,时时见废墟"(《和刘柴桑》)、"一欣侍温颜,再喜见友于"(《庚子岁五月中从都还阻风于规林》其一)、"历览千载书,时时见遗烈"(《癸卯岁十二月中作与从弟敬远》)、"凝霜殄异类,

---

[1] 谭嗣同:《致刘淞芙书二》,《谭嗣同全集》卷1,中华书局1981年版,第11页。

卓然见高枝"(《饮酒》其八)、"暧暧空中灭,何时见余晖"(《咏贫士》其一)、"赐也徒能辩,乃不见吾心"(《咏贫士》其三)、"从来将千载,未复见斯俦"(《咏贫士》其四)、"阮公见钱入,即日弃其官"(《咏贫士》其五)、"鸱鸹见城邑,其国有放士"(《读山海经》其十一)、"年年见霜雪,谁谓不知时"(《拟古》其六)。以上"见"字,虽然也位于五言诗第三字,但似不及上文所讨论的其他动词那样出彩。由此为切入口,可以帮助判定到底是"悠然望南山",还是"悠然见南山",二者谁更接近陶诗的真实。

陶诗喜用"借问"一词,凡4见:《悲从弟仲德》"借问为谁悲?怀人在九冥",《归园田居》其二"借问采薪者:'此人皆焉如?'薪者向我言:'死殁无复余'",《咏二疏》"借问衰周来,几人得其趣?游目汉廷中,二疏复此举",《桃花源诗》"借问游方士,焉测尘嚣外?愿言蹑清风,高举寻吾契"。以上"借问"一词所引导的诗句,表达的都是一种假设性问语,"借问"所引为上句,下句即作者自答,上下句之间形成自问自答的结构模式。这一模式为陶渊明首创,到了唐代,杜甫对这一结构模式多有吸收,逐渐发展为"以文为诗",诗歌散文化创作的经典结构模式。对于陶渊明诗歌艺术中的"以文为诗"、诗歌的散文化,学者多有阐述,兹不赘述。①

此外,陶诗喜用"而"、"之"、"兹"、"岂"等大量虚词,将诗歌的散文化特征表现得更加淋漓尽致。这一点,魏耕原先生研究很深,他说:"散文常用代词'之',在陶诗中俯拾皆是……见于散文而不大常用的'兹',于诗尤为罕见,陶诗却乐用而不倦。至于带有浓重感情的疑问代词'岂',数量就更为可观。陶诗凡用虚词有:之,兹,尔,此,然,斯,伊,者,其,我,吾,予,此为代词;岂,安,讵,胡,何(何必、何事),奚,遑,如何,孰,谁,焉,宁,可,此为疑问代词;亦,且,而,虽,此为连词;也,哉,矣,曰,伊,此为语气助词;已,甫,聿,云,薄,乃,爰,庶,此为副词,另外还有极频繁使用的词缀'复',凡计45词,数量可谓叹为观止,种类可谓琳琅满目,大有空前绝后之概括。它们散见于陶诗,不觉其多,一经聚拢,则构成一道特殊的风景线,让人

---

① "以文为诗"的研究,见于高建新《"以文为诗"始于陶渊明》,《内蒙古大学学报》2002年第4期;陶渊明诗歌散文化的研究,参见魏耕原《陶渊明论》之"论陶渊明诗的散文美"一章,北京大学出版社2011年版,第192—202页。

眼花缭乱。"① 陶诗正是大量通过这种喜用字词的频繁运用，彰显出它独特的艺术魅力，同时寄托着丰富而深厚的思想内蕴。

三 陶诗喜用字词与陶渊明思想之关系

作为诗人而言，文字即是他们个体生命、精神灵魂的载体，他们深邃的思想最终需要通过文字记录下来，他们的思想心迹，也就悄然地流淌在这些字里行间。梁宗岱先生说得好："在创作最高度的火候里，内容和形式是像光和热般不能分辨的。正如文字之于诗，声音之于乐，颜色线条之于画，土和石之于雕刻，不独是表现情意的工具，并且也是作品底本质。……其实有些字是诗人们最隐秘最深沉的心声，代表他们精神底本质或灵魂底怅望的，往往在他们凝神握管的刹那有意无意地流露出来。这些字简直就是他们诗境底定义或评语。"② 梁先生接着还说："陶渊明诗里的'孤'字，'独'字……都是能够代表他们人格底整体或片面的。"根据魏耕原先生统计，"孤"字在陶集大约用了 24 次之多，"孤"与"独"合计，至少在 40 次左右。几近其作品总数的 1/3。陶渊明在东晋，也确实是个特行独立不合时宜的狷者，他的诗充满孤独，这么多的"孤"与"独"字，不仅是陶渊明癖爱的字眼，能够代表他的"人格底整体或片面"，而且也可以见出他用语的个性特征来。③

陶渊明是个矛盾型的人，这不仅表现在他作品豪放、平淡诗风并存等艺术风格上，也体现在他创作时喜用的字词上。"在"的使用，即是典型一例。"在"字陶诗中出现频繁，高达 83 处。这些"在"字，主要流露出两类截然不同的思想：（1）表示一种虚无、模糊、抽象的不定在，不真实，不可知；（2）有时又表示一种具体、实在、可知，给人以踏实、可靠之感。前者如《答庞参军》"君其爱体素，来会在何年"，意即告别在即，相会无期；《赠羊长史》"贤圣留余迹，事事在中都"，意即距离遥远，历史久远，渺不可寻；《悲从弟仲德》"借问为谁悲？怀人在九冥"，意即阴阳两隔，相见无缘；《辛丑岁七月赴假还江陵夜行涂口》"商歌非吾事，依依在耦耕"，意即虽然眷念田园，却身已在宦海，心口不一；《神释》"三皇大圣人，今复在何处"，《拟古》其四"颓基无遗主，游魂在何方"，意即邈无寻处。后者如《始作镇军参军经曲阿》"弱龄寄事外，

---

① 魏耕原：《陶渊明论》，北京大学出版社 2011 年版，第 200 页。
② 梁宗岱：《谈诗》，《梁宗岱批评文集》，珠海出版社 1998 年版，第 78 页。
③ 魏耕原：《陶渊明论》，北京大学出版社 2011 年版，第 83 页。

委怀在琴书",《饮酒》其五"结庐在人境,而无车马喧",其八"青松在东园,众草没奇姿",其十六"少年罕人事,游好在六经",《杂诗》其八"代耕本非望,所业在田桑",均表示的是一种具体真实的存在,是一个可知可感的世界。单从"在"字的使用上,可以看出在陶渊明心中,有真实的世界,也有想象的世界,现实与浪漫并存,他的艺术创作也正围绕着这两个世界、两种风格而展开。

正是现实与浪漫的性情兼具,陶渊明中年弃官归隐以后,饱受饥饿、灾害、贫穷的煎熬,甚至于乞食,却能苦中作乐,始终保持欢欣。陶集中"欢"、"欣"、"喜"三字的出现频率较高,"欢"字28次,"欣"字30次,"乐"字30次,"喜"字9次,总数达107次,几乎每一篇就会出现一次。从频率上讲,陶渊明恐怕是使用"欢""欣"字词最频繁的诗人了。如果套用萧统《陶渊明集序》中的话,陶诗不仅"篇篇有酒",而且"篇篇有乐"了。这酒与欢乐,成了帮助他度过苦难人生的两样法宝。细加探究,他的这些"欣""乐",主要源于以下七个方面。

1. 摆脱官场束缚,回归自然,回归本性的欢欣。陶公自言"少无适俗韵,性本爱丘山"(《归园田居》),又言"商歌非吾事,依依在耦耕"(《辛丑岁七月赴假还江陵夜行涂口》),他并不羡慕官场,"守拙归园田"最终成为他人生快意的选择,《感士不遇赋》即云:"既轩冕之非荣,岂缊袍之为耻?诚谬会以取拙,且欣然而归止"。既然做官不如意,那就归园田居,在经历五番官场的折腾之后,"觉今是而昨非",毅然辞官归隐。他告别官场,回归园田的那份欢快,永远地留在了他那篇经典的《归去来兮辞》之中。"舟遥遥以轻飏,风飘飘而吹衣。问征夫以前路,恨晨光之熹微。乃瞻衡宇,载欣载奔。僮仆欢迎,稚子候门。三径就荒,松菊犹存。携幼入室,有酒盈樽。引壶觞以自酌,眄庭柯以怡颜。"句式参差,长短变化,时用慢镜头,时用快镜头。慢镜头里透出一份从容自得的闲静,远离官场的欢快;快镜头"急速中更透出一股兴奋,想象得异常逼真。读者的心情也进入了他的一连串的欢欣之中,甚至于入室之'携幼'的细节,都那样让人陶醉!"①

2. 读书惬意生活。被时人视为"实录"的《五柳先生传》中,陶渊明自述性情说:"好读书,不求甚解。每有会意,便欣然忘食",足见他的读书之乐趣。《读山海经》其一说:"孟夏草木长,绕屋树扶疏。众鸟欣有托,吾亦爱吾庐。既耕亦已种,时还读我书。穷巷隔深辙,颇回故人

---

① 魏耕原:《陶渊明论》,北京大学出版社2011年版,第224页。

车。欢然酌春酒，摘我园中疏。微雨从东来，好风与之俱。泛览周王传，流观山海图。俯仰终宇宙，不乐复何如?"读书惬意之佳境，令人神往不已。清人吴淇说："'乐'字作诗之根本，即孔颜之乐处。靖节会得孔颜乐处，偶为读书而发。书上着一'我'字，自有靖节所读一种书，不专指《山海经》与《周穆传》。二书原非圣人之书，乃好事者所作……只是偶尔借他消夏耳。……盖靖节因乐而读《山海经》，非读《山海经》而后乐也。"① 确然，陶渊明胸中自有快乐，读什么书，并不重要。不过《山海经》与《周穆传》等奇书，甚是合乎陶渊明好奇之性情，自然极乐之至。

3. 饮酒的欢欣。陶渊明性嗜酒，"逾多不乱"，好饮为乐，《时运》诗云："挥兹一觞，陶然自乐。"无酒则不乐，《岁暮和张常侍》说："屡阙清酤至，无以乐当年。"只要有酒，他可以欢乐一整天，《饮酒》其一说："忽与一觞酒，日夕欢相持。"他更快意于和朋友一起饮酒，呼朋唤友，乐在其中。《答庞参军》说："我有旨酒，与汝乐之"，《杂诗》其一说："得欢当作乐，斗酒聚比邻。"《答庞参军》更说："谈谐无俗调，所说圣人篇。或有数斗酒，闲饮自欢然。"酒是最好的催化剂，可以将他的快乐升华到极致，恣意尽兴。他说要"放意乐余年"（《咏二疏》），还说要"倾家时作乐"（《杂诗》其六)，他是乐在兴头，乐在酒中，乐此不疲。

4. 自娱自乐的创作。读书、饮酒、交友、赋诗，四维一体，成为陶渊明归隐园田后日常生活乐趣的丰富写照。他与朋友一起读书，拥书自乐，"奇文共欣赏，疑义相与析"（《移居》）；他与朋友一块饮酒、赋诗，《答庞参军》："我有旨酒，与汝乐之。乃陈好言，乃著新诗。"即使在一些特殊的场合，也不例外，《乞食》诗云："谈谐终日夕，觞至辄倾杯。情欣新知欢，言咏遂赋诗。"他与朋友一起仿效金谷、兰亭集会，作斜川之游，"欣对不足，率尔（一作共尔）赋诗"（《游斜川序》）。读书、饮酒、交友、赋诗，似乎成了陶渊明中晚年归隐生活的乐趣之全部。

《五柳先生传》自述说"酣觞赋诗，以乐其志"，《归去来兮辞》"登东皋以舒啸，临清流而赋诗"，饮酒、舒啸、赋诗，自娱自乐。《饮酒》二十首自序说："余闲居寡欢，兼比夜已长，偶有名酒，无夕不饮。顾影独尽，忽焉复醉。既醉之后，辄题数句自娱。纸墨遂多，辞无诠次。聊命

---

① （清）吴淇：《六朝选诗定论》，北京大学北京师范大学中文系、北京大学中文系文学史教研室《陶渊明诗文汇评》，《陶渊明研究资料汇编》（下），中华书局2004年版，第293页。

故人书之，以为欢笑尔。"饮酒自乐，赋诗自娱，能达此佳境者，何其少矣!

5. 亲戚、友朋的欢心。陶渊明很注重友情，他与朋友相处，无不快乐，并且留下三四十首诗，占文集总数的1/3，几乎每三四首中就有一首是谈及朋友的。他在《酬丁柴桑》中说："放欢一遇，既醉还休。实欣心期，方从我游。"在《答庞参军》中说："伊余怀人，欣德孜孜。我有旨酒，与汝乐之。乃陈好言，乃著新诗。一日不见，如何不思。"好客之情，待客之谊，思客之深，溢于言表。子曰："有朋自远方来，不亦乐乎?"(《论语·学而》) 由此可见，陶渊明是一位儒家君子之道的忠实践行者。

陶渊明也很重视亲情，以一家人团聚平安为乐。出去做官时，他就盼望归家，"行行循归路，计日望旧居。一欣侍温颜，再喜见友于"(《庚子岁五月中从都还阻风于规林》其一)，见到母亲、兄弟，喜乐开颜，忘却疲倦。辞官归来，他"悦亲戚之情话，乐琴书以消忧"(《归去来兮辞》)，"亲戚共一处，子孙还相保"(《杂诗》)，一家人的团聚、幸福快乐，甚至超越了酒中的快乐。"好味止园葵，大欢止稚子"(《止酒》)，相比之下，他最以小儿为乐。"虽有五男儿，总不好纸笔。阿舒已二八，懒惰固无匹。阿宣行志学，而不爱文术。雍端年十三，不识六与七。通子垂九龄，但觅梨与栗。天运苟如此，且进杯中物"(《责子》)，五子不长进，他并不以此为忤，反以为乐。"乐夫天命复奚疑"，体现出崇尚自然、安贫乐道的自足之乐。

6. 自甘贫贱、安贫乐道、知足常乐的胸襟。不在宦途的陶渊明，虽然力耕自食，但不免于饥饿，困顿不堪，而他始终安贫乐道，知足常乐，晏然自处。从他年轻时起，"弱龄寄事外，委怀在琴书。被褐欣自得，屡空常晏如"(《始作镇军参军经曲阿作》)。归隐以后，他躬耕自乐，先说"秉耒欢时务，解颜劝农人"，又说"虽未量岁功，即事多所欣"，还说"缓带尽欢娱，起晚眠常早"(《杂诗》其四)，有时即使是饥饿初饱，他也称心自乐，所谓"饥者欢初饱，束带候鸣鸡"(《丙辰岁八月中于下潠田舍获》)，"人亦有言，称心易足"(《时运》)，都与他知足常乐、安贫乐道的博大胸襟不可分。

7. 看破生死的达观。陶渊明辞官归隐，"聊乘化以归尽，乐夫天命复奚疑"(《归去来兮辞》)，就已经看破了世俗功名利禄，甚至也看破了生死，旷达之至。他说："纵浪大化中，不喜亦不惧。应尽便须尽，无复独多虑。"(《形影神》) 一切不必挂怀，"虽留身后名，一生亦枯槁。死去何所知？称心固为好"(《饮酒》其十一)，只要称心便好，保持这样的状态，"乐天委分，以至百年"(《自祭文》)。即使百年之后，也不足为惧，"死去何所道，托体同山阿"(《拟挽歌辞》)。

《庄子·缮性》云："古之所谓得志者，非轩冕之谓也，谓其无以益其乐而已矣。"陶渊明的"欣""乐"，大致也类乎此。他不慕荣利，视荣华富贵等一切物质为外物。他的人生信念是"倾身营一饱，少许便有余"(《饮酒》其十)，他的思想基础是"先师有遗训，忧道不忧贫"(《癸卯岁始春怀古田舍》)。试问，拥有如此信念，达到如此觉悟，又怎能不常乐呢？

在陶渊明"欣""乐"的世界里，儒、道两家的思想已经交相融汇，不分彼此。"倾身营一饱，少许便有余"，是庄子"鹪鹩巢于深林，不过一枝；偃鼠饮河，不过满腹"式的知足；"先师有遗训，忧道不忧贫"，俨然以儒家道统的传承者自居。究其原因，正如王叔岷先生所说："综观陶公一生，他所最敬仰的圣者，是孔子和庄子，这对于陶公的人德与诗品，有莫大的影响。他的《荣木》诗：'先师遗训，余岂云坠？'《癸卯岁始春怀古田舍》诗：'先师有遗训，忧道不忧贫。'直接称孔子为先师。……陶公最倾慕的是庄周……研究陶公的为人和诗，《论语》及《庄子》两部书关系非常大，非常深。"①

台湾学者黄仲仑先生说："渊明不是个简单的人，他的精神生活很丰富。他底'时运''叙'中最后一句话是'欣慨交心'，这句话可以总结他的精神生活。他有感慨，也有欣喜；惟其有感慨，那种欣喜是由冲突调和而彻悟人生真理的欣喜，不是浅薄的嬉笑；惟其有欣喜的那种感慨，有适当的调剂，不只是奋激倖狂，或是神经质的感伤。他对于人生悲喜剧两方面都能领悟。所以他在愤慨中，仍无损于他那种励进奋发之心，时时都在说：'及时当勉励，岁月不待人。'陶渊明这个人，真是奇特，贫穷不怕，病痛不怕，环境困苦也不怕，直是勇猛精进，这是什么道理？因为人生必有嗜好，而后有趣味，有快乐。渊明先生的嗜好，是读书。唯有读书之乐，其乐是无穷的。能陶养性情，增进学问，使人迁善，而有高尚的节操，达于完美的境界。渊明读的书很广，儒释道三家他都有读，不过他只吸取道释之长，而以儒为中心，所以无日不乐，不为外物所移。"② 这总体概括了陶渊明的无日不乐，陶集的篇篇有乐。

---

① 王叔岷：《陶渊明诗笺证稿》，中华书局2007年版，第542页。
② 黄仲仑：《陶渊明作品研究》，(台北) 帕米尔书店1965年版，第233页。

总之，正如梁启超先生所说："而且可以说（陶渊明）是世界上最快乐的一个人。他最能领略自然之美，最能感受人生的妙味。"无论什么时候，不论翻到陶集的哪一篇作品，都能切身地感受到他对生活的热爱，他快乐的音容笑貌，虽然物质始终匮乏，虽然有时不免愤激，但他的内心世界始终充溢的是快乐，是一种向上的力量，他有一颗强大的心。

四 陶集喜用字词现象的原因分析

形成陶集喜用字词现象的原因可能较多，以笔者理解，主要有以下三个方面。

1. 时代的因素。每一个时代都有自身的语言习惯，如建安文学雅好慷慨，"慷慨"一词使用频繁；东晋玄言尚谈名理，"名""理"二字，多见于篇籍。以陶诗而论，身处晋宋，不能免于时风浸染。陶诗"慷慨"一词，凡8见，钟嵘称"其源出于应璩，又协左思风力"，见其远承应璩、近袭左思的脉络关系。"理"字陶集凡13见，像"理也可奈何，且为陶一觞"（《杂诗》其八），"有感有昧，畴测其理"（《感士不遇赋》），"此理如不胜？无为忽去兹"（《移居》），"即理愧通识，所保讵乃浅"（《癸卯岁始春怀古田舍》）等，都还有玄言诗歌的影子。陶渊明和其他魏晋诗人一样，喜用当时流行使用的一些词汇，这不仅无可非议，而且反映出陶渊明与时代文学风尚相互融合的一面。像"谁言"、"斗酒"、"托身""甘"、"肆"等字词，都是魏晋人所喜用的，陶集也不免喜好。单举"肆"字来说，陶集"肆"字作动词用，凡6见，每处都精彩："迁化或夷险，肆志无窊隆"（《五月旦作和戴主簿》），"负杖肆游从，淹留忘宵晨"（《与殷晋安别》），"晨出肆微勤，日入负耒还"（《庚戌岁九月中于西田获早稻》），"舣弦肆朝日，樽中酒不燥"（《杂诗》其四），"臣危肆威暴，钦駓违帝旨"（《读山海经》其十一），"相命肆农耕，日入从所憩"（《桃花源诗》）。阮籍《咏怀诗》"漭漭瑶光中，忽忽肆荒淫"，"肆侈陵世俗，岂云永厥年"；嵇康《赠兄秀才入军诗》"贵得肆志，纵心无悔"，《与阮德如诗》"未若捐外累，肆志养浩然"；王玄之《兰亭诗》"消散肆情志，酣畅豁滞忧"，皆是魏晋人喜用"肆"字之例。不过，陶渊明对"肆"字的使用更加频繁，位置又多在五言诗的第三字上，所以就显得格外突出。

2. 作者的因素。陶渊明对一些字词的格外偏好，体现了他独特的艺术风格，以此呈现出很强的个性特征和鲜明的作家烙印。陶渊明喜用"不"字，其《五柳先生传》连用9个"不"字，"先生不知何许人也，亦不详其姓字","不慕荣利。好读书，不求甚解","性嗜酒，家贫不能常得","既醉而退，曾不吝情去留。环堵萧然，不蔽风日","不戚戚于贫贱，不汲汲于富贵"。这篇文章带有陶渊明鲜明的个性特征，成为中国文学长河中的一篇经典奇文。陶渊明喜用"吾"、"我"、"余"，据统计，"一部陶诗凡124首，用'我''予''吾'共245次，平均每篇接近两次"，远超乎以抒情主人公闻名的屈原，"一部《离骚》凡374句，用'我'、'朕'、'吾'、'余'、'予'共77次，平均四句稍多即用一次"①。《与子俨等疏》、《祭程氏妹文》、《祭从弟敬远文》、《自祭文》等4篇散文作品中，用"我""吾"竟高达25次之多，平均每篇6次多。如此的使用频率，程度不逊于"篇篇有酒"的"酒"。足见陶渊明追求自我、高蹈世情的一面。

3. 喜用字词的重复出现，展现了陶渊明的思想情感。如上文所重点讨论的对"欣"、"乐"等字词的钟爱，有助于全方位地展现一个真性情的陶渊明。还有如本书第二章所讨论的陶渊明喜用"静"、"恨"二字，达十余次之多，也充分地展现了陶渊明处于晋、宋易代之际思想的苦闷与矛盾。

清人徐增说："古人要见本事，偏要弄出重复字来。今人却以此为病，看诗以无一重字者为佳。……夫一首诗，上下二解，各自分开，又何必忌重复也。大人不修边幅，此正见其大手笔处。"② 此处虽然评论的是一首诗的重复字，但对于陶集中那些重复出现的喜用字词，也同样适合。陶集中那些喜用字词的大量运用，正是陶渊明大手笔的高妙处。其创作才情，罕有其匹，因而形成一座独特的艺术高峰。

---

① 魏耕原：《陶渊明论》，北京大学出版社2011年版，第291页。
② （清）徐增：《而庵说唐诗》卷15王维"辋川闲居"诗下注，吉林大学图书馆藏清康熙宝诰堂刻本。

第六章　陶渊明交游考论及其晚年思想心态

第一节　引论：考据与时代思想

　　陈寅恪先生曾在《敦煌劫余录序》中说过："一时代之学术，必有新材料与新问题。取用此材料，以研求问题，则为此时代之新潮流。治学之士得预此潮流者，谓之预流。其未得预者，谓之未入流。此古今学术史之通义。"① 考证之学自清代中叶开始，盛极一时，伴随清季衰亡，研究此学问者早不可"谓之预流"。然其"未入流"者，仍有其存在的现实价值。对初学者而言，考据式的梳理大有裨益于熟悉典籍、掌握基本文献、夯实学业功底，为其学术批判之嚆矢，亦可为日后义理思辨、文化广角等一切宏观研究的基础或开始。梁启超说："治玄学者与治神学者或无须资料，因其所致力者在瞑想、在直觉、在信仰，不必以客观公认之事实为重也。治科学者，无论其为自然科学，为社会科学，罔不恃客观所能得之资料以为其研究对象。"② 先生之语诚可视为治学的圭臬。傅璇琮先生曾单就古典文学学科说过："古典文学研究的结构，大体如同建筑工程，可分为基础设施和上层建筑。"③ 他所说的基础设施包括：（1）古典文学基本资料的整理，包括文学作品总集、历代作家别集的校点、笺注、辑佚、新编。（2）作家、作品基本史料的整理研究，包括撰写作家传记、文学活

---

① 《历史语言所集刊》第1册第1分册，江苏古籍出版社1999年重印本，第231页。
② 梁启超著，汤志钧导读：《中国历史研究法》，上海古籍出版社1998年版，第40页。
③ 傅璇琮：《中国古典文学史料研究丛书·总序》，载洪湛侯《诗经学史》，中华书局2002年版，第2页。

动、编年、作品系年，以及写作本事流派演变的记述与考证等①。众所周知，古典文学的研究寄希望于重大新材料的发现，似乎只是一种主观的幻想。西方思潮的引入固然可以呈现一时的新潮，但毕竟只是异土的嫁接，成活率很低，生长期也不长。究其原因，是它可能不符合中国国情，所以自20世纪80年代备受青睐后，风采已渐减。代之而起的是对中国本土文化的思考，呼唤传统精神的回归，民族性的张扬，或主张古典的现代阐释，或着重于过去历史的客观再现，用非功利的眼光来重新挖掘历史，整理出历史的原貌，积淀传统。再伴随着"中华民族的伟大复兴"的召唤，回归民族本位蔚然成风。从这个意义上说，古典文学又可谓是"预流"者，在占有非"新材料"基础上"研求问题"的预流。

本章的撰写为考据式研究，对象为陶渊明交游。通过考据欲达到三个目的：一是对渊明生平史料进行匡正整理，以作为深层次宏观考察的基础。二是通过厘清陶渊明的交游对象，考察其在晋宋时代风气影响下的思想变化轨迹；同时通过对他思想的通盘把握，反过来对陶渊明的生平史料作出一定的修订和补充。三是在对其史料甄辨剔抉的过程中，看出历来对陶渊明人文精神的大体接受与传承状况，这一传承状况的回忆，对我们审视传统无疑有很大的启发和借鉴。

管仲曰："观其交游，则其贤不肖可察也。"（《管子·权修》）因而，以交游为视角，为我们读陶提供又一面镜子。

对陶渊明交游的考察，前贤多用年谱形式，自南宋王质《栗里谱》开始，一直到今人逯钦立、袁行霈先生，都采用这种形式。年谱之外，现代朱光潜先生始有专文研究，在他的《陶渊明》一文中，首次把陶渊明的交游作为一个专题，并采用社会文化的视角，结合交游来考察渊明的生平、思想，并将陶渊明的交游概括为四种类型。② 这一概括奠定了后来学者研究的基本框架。如魏正申先生的《论陶渊明的友朋观》、《陶公与颜延之的交往新解》③，龚斌先生的《陶渊明的交游及交友之道》④，王定璋先生的陶渊明交游之谜研究⑤，都在朱先生的基础之上作了拓展和延伸，

---

① 傅璇琮：《中国古典文学史料研究丛书·总序》，洪湛侯《诗经学史》，中华书局2002年版，第2页。
② 朱光潜：《诗论》，安徽教育出版社1997年版，第232—235页。
③ 魏正申：《陶渊明探稿》，文津出版社1990年版，第100—108页。
④ 龚斌：《陶渊明传论》，华东师大出版社2001年版，第66—84页。
⑤ 王定璋：《陶渊明悬案揭秘》，四川大学出版社1996年版，第91页。

结合了历来年谱考察的新成果，让人更好地了解渊明其友、其人、其思想。本章就是在此基础上形成的，在考证之前，有几点值得说明：

1. 本章考证的范围囊括了陶渊明诗文及相关史料中出现的全部交游对象。

2. 这些对象将尽量参照以往的年谱研究，以人物为中心予以陈列，人物与诗文相结合，在考察人物的同时主要考察诗文，章学诚云："文集者，一人之史也。"[1] 围绕诗文，勾勒其交游圈。为清晰起见，本章末尾附有交游年表及交游的诗文与人物考察的量化示意图。

3. 陶渊明一生的形迹与其思想紧密相连，交游的亲疏远近状况可以反观其思想的嬗变渐进过程，因此文章大体上以时间为序，以人物为中心，叙其交游。

4. 对陶渊明的确切享年，在无法推翻《宋书》记载之前，仍然采用沈约的六十三岁之说。考证时的年谱主要依照逯钦立先生的《陶渊明事迹诗文系年》（以下省称《系年》），同时参考诸家陶渊明年谱，并力求达到以此次交游考证来弥补或完善以往年谱考证之不足的目的。

第二节　庞遵、羊松龄、张野与晚年之陶渊明

陶渊明生性好静，似不甚喜好交游。《时运》诗"我爱其静，寤寐交挥"，《与子俨等疏》"少学琴书，偶爱闲静，开卷有得，便欣然忘食"，皆自述其性情。徐公持先生说他"性格内向，不好活动，亦不好交游"[2]。他有时"息交绝游"，拥琴书以自娱。"息交游闲业，卧起弄书琴"（《和郭主簿》其一），"翳然绝交游，赋诗颇能工"（《咏贫士》其六），"既耕亦已种，时还读我书。穷巷隔深辙，颇回故人车"（《读山海经》其一），均自言其中之乐。他辞彭泽令后，说"归去来兮，请息交以绝游。世与我而相违，复驾言兮焉求？"（《归去来兮辞》），以告别官场的朋友。

尽管如此，他也有不少故交。《饮酒》二十首自序："既醉之后，辄题数句自娱，纸墨遂多，辞无诠次，聊命故人书之，以为欢笑尔。"《饮酒》其十四："故人赏我趣，挈壶相与至。班荆坐松下，数斟已复醉。"

---

[1] （清）章学诚：《〈韩柳二先生年谱〉书后》，《文史通义》卷8，辽宁教育出版社1998年，第231页。

[2] 徐公持：《魏晋文学史》，人民文学出版社1999年版，第567页。

《自祭文》:"陶子将辞逆旅之馆,永归于本宅。故人凄其相悲,同祖行于今夕。"他与"故人"一起作文,共饮酒,同悲欢。他是一个渴望友情、苦觅知音的重情感之人。在《怨诗楚调示庞主簿邓治中》中,他慨叹与庞遵等人已是分道殊途,不禁无限伤感:"慷慨独悲歌,钟期信为贤。"在《移居》二首中,他为觅到知音而无比激动:

昔欲居南村,非为卜其宅。闻多素心人,乐与数晨夕。怀此颇有年,今日从兹役。弊庐何必广,取足蔽床席。邻曲时时来,抗言谈在昔。奇文共欣赏,疑义相与析。

春秋多佳日,登高赋新诗。过门更相呼,有酒斟酌之。农务各自归,闲暇辄相思。相思则披衣,言笑无厌时。此理将不胜,无为忽去兹。衣食当须纪,力耕不吾欺。

陶渊明性情纯真,珍视友情。李剑锋先生提到,珍视友情也是司马迁和《史记》在价值观念方面对陶渊明的重要影响。他说:"司马迁对于友谊的切肤之感,李长之在《司马迁之人格与风格》第五章第三节《司马迁与友情——司马迁交游考》中有一段动情的论析:'像司马迁这样生来就富有情感的人,他之渴望人情的温暖是当然的。……友情!是枯燥冷冽的人生中的甘露,司马迁便更是渴望,而且要求得极为急切!你看他记载管仲、鲍叔的一段是多么动人。'……陶渊明在《与子俨等疏》中以'鲍叔、管仲,分财无猜'殷切叮嘱儿子们团结友爱。其《读史述九章·管鲍》直接以《史记》本传为触发而写道:'知人未易,相知实难。淡美初交,利乖岁寒。管生称心,鲍叔必安。奇情双亮,令名俱完。'文中对管仲、鲍叔淡泊如水的金石之交发出由衷的赞叹。同司马迁渴望友情一样,陶渊明也表达'相知人'的热切渴望。"[1] 梁启超先生称赞陶渊明"对朋友的情爱又真挚,又秾挚",说"如《答庞参军》的结句:'情通万里外,形迹滞江山。君其爱体素,来会在何年。'只是很平淡的四句,读去觉得比千尺的桃花潭水还情深哩"[2]。由此可见,陶渊明对友情的重视程度。在他的作品中,与朋友往来的专门的交游诗文作品多达20多首,如果将《移居》诗等相关交游的作品也算上的话,数量就更多。可见陶渊明交游

---

[1] 李剑锋:《陶渊明及其诗文渊源研究》,齐鲁书社2005年版,第408页。
[2] 梁启超:《陶渊明之文艺及其品格》,《陶渊明》,《饮冰室合集》第12册,中华书局1989年影印,第7页。

诗文的创作，在陶集园圃中，却也是个不小的景观。单是数量而论，120多首陶诗中，交游诗就占有三四十首，三分陶诗有其一。如此丰富而纯情的交游作品，堪称中国古代文学大观园中的异彩。更为我们读陶、了解陶渊明的生平思想，洞开了又一扇心灵的窗扉。

一 《联句》诗及其联句人物考察

陶渊明的《联句》诗，向来罕有人提及。由于联句诗体在陶渊明诗中突然出现，不少学者怀疑它的真实性。南宋汤汉《陶靖节先生诗注》，将其置于篇末，与伪诗混编在一起。但是否为伪诗，原因是什么，却没有说明。① 这种做法历代相袭，到了明代，张自烈评阅的《笺注陶渊明集》径直将《联句》诗如同其他伪诗，删去不提。② 清代马璞注本承袭张自烈的做法，也删汰不录。他说：

> 陶诗伪作汤汉注已将可疑者附刊于后，如《杂诗》（袅袅松标崖）一首，《联句》诗及《归园田居》第六首江淹拟作，《问来使》诸诗，均已明辨其伪，然汤汉犹存《四时》一诗，黄文焕析义、吴瞻泰汇注，并去《四时》诗，然又录《联句》诗，此凡属可疑均汰不录。③

其实是马璞误以为《联句》诗汤汉"已明辨其伪"，故不明白黄文焕等"又录《联句》诗"的意图，反而仿效张自烈又作出删汰之举，不免谬误。今人所作《陶渊明研究资料汇编》，对《联句》诗未予收录，也没有原因说明。④ 但《汇编》中大量收录了《四八录》、《群辅录》等伪作的资料，如此看来，《联句》诗的不被收录就不是因为伪诗的缘故，而很可能是因数据资料极少而被疏忽遗漏了。以上是《联句》诗可考的被存疑或删汰的简单情况。以下将对《联句》诗进行全面考察，从分析《联句》思想内容，考察参加联句的人物入手，充分肯定《联句》诗是陶渊明等人所作，而非伪诗，并试着对其进行编年。

---

① （宋）汤汉：《陶靖节先生诗注》卷4，中华书局1988年据北京图书馆藏宋朝刻本原大影印。
② （明）张自烈：《笺注陶渊明集》，明崇祯六年（1633）本。
③ 转引郭绍虞《陶集考辨》，《照隅室古典文学论集》，上海古籍出版社1983年版，第321页。
④ 北京大学中文系文学史教研室：《陶渊明资料汇编》，中华书局2004年版。

联句始于《柏梁台诗》,经蒋寅、王晖等先生考证①,基本已成共识。刘勰《文心雕龙·明诗》云:"联句共韵,则柏梁余制。"《三辅黄图》卷五"台榭"条说:"柏梁台,武帝元鼎二年(前115)春起此台,在长安城中北阙内。《三辅旧事》云:'以香柏为梁也。帝尝置酒其上,诏群臣和此诗,能七言诗者乃得上。'"又观逯钦立先生《先秦汉魏晋南北朝诗》所录现存的柏梁台诗,联句全为七字句,先有人出一句,后来者依韵相对也出一句,然后前者或后来者再复对之,如此相继成章,每人一句一韵。柏梁以降,有西晋贾充的《与妻李夫人联句》②,为贾充与前夫人李婉联作而成,每人两句相互递联成篇,共十二句,是对《柏梁台诗》每人一句一韵的发展。

陶渊明《联句》诗将《柏梁台诗》的一人一句发展为每人四句,各两韵,十六句,开启了联句制作的新境界,为后人所竞相仿效。明人吴讷《文章辨体序说》"联句诗"条云:"按联句始著于《陶靖节集》,而盛于退之、东野。考其体,有人作四句,相和成篇,若《靖节集》中所载是也。又有人作一联,若子美与李尚书之芳及其甥宇文彧联句是也。复有先出一句,次者对之,就出一句,前人复对之,相继成章,则昌黎、东野《城南》之作是也。"③肯定了陶渊明的开风气之先,后世的杜甫、韩愈、孟郊均在此基础上承继发展而来。也正是这层意义,对于陶渊明的《联句》,今人吴在庆先生等继而称述说:"自此以后,诗人聚会,联句作诗遂成风尚。"④以上论述都充分肯定了陶渊明《联句》在联句诗体上的地位。

《联句》诗为四人联句,前三联依次为陶渊明、循之、愔之,末联仅见李公焕本署名"陶渊明",其余各本未见署名。依照文中的分析(见下文),《联句》思想主题一贯而下,先由陶渊明表现出犹豫与迷惑的入仕态度,后三人则沿其思路,或解惑,或鼓励,或安慰,构成一个整体。《联句》体例是先一人出四句,次者对之,亦出四句,后来者再续之,如此相续成章。据此末联不可能是陶渊明复和。笔者认为《联句》第四人

---

① 关于《联句》诗的源头问题,蒋寅先生有较详细的研究,参见《大历诗人研究》"大历之前的联句历史"一节,中华书局1995年版,第147—150页。《柏梁台诗》的考察,参见王晖先生《柏梁台诗考》,《文学遗产》2006年第1期。

② 逯钦立校注:《先秦汉魏晋南北朝诗》,中华书局1983年版,第587页。

③ (明)吴讷著,于北山校点:《文章辨体序说》,人民文学出版社1962年版,第57页。

④ 吴在庆、赵现平:《试论韩孟联句诗》,《周口师范学院学报》2006年第3期。

极有可能为陶渊明的乡亲张野。下文所讨论的诗文间内在的默契关系可以提供这方面的依据。

联句的循之与愔之，不知其姓氏。但有意思的是，均含有一"之"字。对这一现象，陈寅恪先生曾解释说："盖六朝天师道信徒以'之'字名者颇多，'之'字在其名中，乃代表宗教信仰之意，如佛教徒之以'昙'或'法'为名者相类。"又说："东汉及六朝人依公羊春秋讥二名之义，习用单名。故'之'字非特专之真名，可以不避讳，亦可省略。"①是以"循之""愔之"为"非特专之真名"，也可省略成"循"、"愔"之单字。先看"循"。循，有"遵"义，如《淮南子·氾论》："大人作而弟子循。"此"循"即"遵"义。又《说文》："遵，循也。"陆机《文赋》："遵四时以叹逝。"《文选》李善注："遵，循也。循四时而叹其逝往之事。"《诗经·豳风·七月》："女执懿筐，遵彼微行。"朱熹《诗集传》云："遵，循也。"皆可见"遵"有"循"义，"遵""循"可以互训。因此《晋书》陶渊明本传"周旋人羊松龄、庞遵等，或有酒要之"中的庞遵，亦可称是庞循。这是一层。另又有庞遵即庞通之的说法。陶澍《靖节先生集》曾引吴正传《诗话》有过较详的说明：

> （《宋书》）本传："江州刺史欲识潜，不能致。潜游庐山，弘令其旧人庞通之赍酒具半道栗里邀之。"此庞参军四言及五言皆叙邻曲契好，明是此人，又有《怨诗示庞主簿》者，岂即庞参军耶？半道栗里亦可证移家之事。澍按：吴说以庞遵即庞通之，是也。《晋书》："周旋人庞遵，或有酒要之。"又云："王弘遣其故人庞通之等赍酒，要之。"明是一人，古人之文，上下名字互称者甚多。如裴子野《宋略》，上书桓玄，下称敬道。刘知几《史通》所谓"姓名兼字，前后互举，则观者自知"是也。②

此外，《宋书》本传"王弘遣其故人庞通之等赍酒，要之"语，《晋书》本传作"周旋人羊松龄、庞遵等，或有酒要之"，也可知庞遵即是庞通之。这样，庞遵既为庞循，庞通之又即庞遵，那么，庞遵、庞循、庞通之应是同一人的不同称呼。而庞循，按陈寅恪先生的说法，庞循即庞循之

---

① 陈寅恪：《魏书司马叡传江东民族条释证及推论》，《金明馆丛稿初编》，三联书店2001年版，第121页。
② （清）陶澍：《靖节先生集》卷1，文学古籍刊行社1956年版。

的省称。所以，庞循又即是庞循之。因而可以断定联句中的循之为庞循之，可或称庞循，或称庞遵，或称庞通之。"通之""循之"均"非特用之专名"，为友朋亲属间常常称用的习俗语中的小名。"遵"为其单名，则是"特专之真名"，多用于社交的正规场合。如《宋书·裴松之传》："元嘉三年，分遣大使巡行天下，司徒（笔者按：时王弘在司徒位）主簿庞遵使南兖州。"言庞遵，不言庞通之或庞循之。

  循之既为庞遵，因疑愔之为羊愔之，羊愔之又即羊松龄。《晋书》陶渊明本传有"周旋人羊松龄，庞遵等"语，羊松龄与庞遵并为"周旋人"，庞遵既为联句人之一，故疑羊松龄即此处的愔之，也为联句人之一。疑此处愔之即羊松龄，主要依据有二：（1）愔之与循之一样，同为陶渊明"周旋人"，"或有酒要之，或要之共至酒坐，虽不识主人，亦欣然无忤，酣醉便反"①，他们常一起游览。（2）诗文中三人特殊的感情关系。从所流露的思想趋向看来，《联句》诗应为陶渊明入仕为刘裕镇军参军前所作，与《时运》、《停云》、《荣木》、《连雨独饮》诗写于同一时期。逯先生《陶渊明事迹诗文系年》将《时运》等系于元兴三年甲辰（404）②，时陶渊明四十岁，因而《联句》诗也暂可系于此年。理由有二：

  其一，《停云》自序"思亲友也"，又《辛丑岁七月赴假还江陵夜行涂口》（陶渊明三十七岁时作）云"临流别友生"。逯先生注云："寻阳至武昌水路数百里，陶自寻阳出发，朋友临流送行，不能远至涂口。"均可知陶渊明入仕期间仍与家乡的友朋交往密切。因而猜测作为"故人"的羊松龄、庞通之，必是其"临流别友生""思亲友"中之一二。

  其二，《停云》云"八表同昏，平路伊阻"，"八表同昏，平陆成江"，黄文焕注引沃仪仲称："伊阻、成江，分指世运；八表同昏，专咎臣子。正见举世暗浊，无一明眼人堪扶社稷，故至于此。"③《荣木》自序又云："荣木，念将老也，日月推迁，已复九夏，总角闻道，白首无成。"均可见他一方面忧虑国家社稷，一方面又恨自己白首无成，显然仍有跃跃欲试的仕进之心。这一点思想心迹正与《联句》诗相契合。诗中陶渊明联句云："鸣雁乘风飞，去去当何极。念彼穷居士，如何不叹息。""鸣雁"实喻指仕进之人，"穷居士"是陶渊明自指。"叹息"不是叹息"鸣雁"，而是看见"鸣雁乘风飞"后的自我叹息，自叹如何也像"鸣雁"一

---

① （唐）房玄龄等：《晋书》卷64，中华书局1974年版，第2462页。
② 逯钦立校注：《陶渊明集》，中华书局1979年版，第273页。
③ 同上书，第12页。

样"乘风飞"去,鲜明地表明自己的仕进之心。因而愔之马上联以"虽欲腾九万,扶摇竟无力①!远招王子乔,云驾庶可饬"句,言虽欲"乘风飞"去,却没有援引或寄靠之人,只能是"扶摇竟无力"。所以反而劝慰说"远招王子乔,云驾庶可饬",意即不如整装待发,等待大隐士王子乔吧。但是"世间有松乔,于今定何间"(《连雨独饮》),陶渊明以为希冀像王子乔来"饬""云驾",希望还是比较虚无渺茫,表现出再次入仕前的犹豫与仕隐的矛盾状态。因而下来循之的联句就替这种境况打气,干脆劝慰说不要再徘徊,"霜露岂不切,徒爱双飞翼",意在鼓励陶渊明再一次入仕(首次入仕为江州祭酒,后入桓玄幕僚),甚至对其畏缩不前,顾虑重重表现出责备的心态。末联"高柯擢条干,远眺同天色。思绝庆未看,徒使生迷惑",则进一步鼓励说,远远地看来,世间还能一视同仁,只要是有才干的人,在天底下就总有建功立业的好机会,但如果一再犹豫不决的话,就会坐失良机。《联句》诗四联组成一个统一的整体,名为咏雁实为咏志,可看作是陶渊明与友朋们讨论仕隐的自白书。② "在陶诗当中,三人(笔者按:应为四人)互诉衷肠,借咏雁抒发了一种既想摆脱仕途却又不能的矛盾心理。"③ 看来是友朋们的鼓励或怂恿起了作用,因为此后不久,陶渊明就入仕为刘裕镇军参军,投入到刘裕为首的声讨桓玄的阵营之中。

从联句中三人对陶渊明的规劝语气,可以鲜明地映照出他们自己的仕进心态,确实是语如其人,这也可以为他们自己日后的行动所证实。庞遵的"霜露岂不切,徒爱双飞翼"仕进心最强,所以也最能积极仕进,始终伴随刘宋王朝重要人物王弘的左右。羊松龄的"虽欲腾九万,扶摇竟无力!远招王子乔,云驾庶可饬"表现出入仕的半主动状态,所以其入仕是"衔使秦川"(《赠羊长史》),奉命而行。末联的联句人,只淡淡地提及说如果想入仕就趁早作决定,不要徒生迷惑。"远眺同天色",表现出对官场的美好而天真的想法,总体呈现出对仕进的淡漠和无知,只是

---

① "无",李公焕本作"何",今据曾本、苏写本改。"何""无"相比较,似乎作"无"语意更畅。
② 联句诗创作难度较大,极易各自为战,缺乏统一视角,缺乏对通篇内容及结构的考虑。完整成熟的联句诗作,参加联句的人必须有很好的默契(参看蒋寅先生对大历诗人联句诗的说法,见《大历诗人研究》,北京大学出版社2007年版,第158、162页)。所以渊明四人联句的成功,很大程度应归功于他们四人心灵的共通与默契。从这种联句的默契中,显然见出四人的关系程度。
③ 吴在庆、赵现平:《试论韩孟联句诗》,《周口师范学院学报》2006年第3期。

对满怀抱负的友朋宦隐抉择作出友情的鼓励。

二 庞遵、羊松龄与陶渊明晚年的交游

与陶渊明联句的三人中，庞遵的仕宦时间可能最长，其仕宦生涯与王弘关系密切，自义熙末年起，长期为王弘的僚属。《宋书》陶渊明本传说："义熙末，征著作郎，不就。江州刺史王弘欲识之，不能致也。潜尝往庐山，弘令潜故人庞通之赍酒具于半道栗里要之。"据《宋书·王弘传》，义熙十四年（418）王弘任江州刺史，陶渊明《怨诗楚调示庞主簿》也作于是年[①]。主簿、治中皆为州可设官职，因而庞遵出任的主簿即为江州刺史主簿，义熙末年当即义熙十四年，时庞遵已为王弘主簿，因替王弘在庐山半道与陶渊明暗通情款。又《宋书·裴松之传》云："元嘉三年，分遣大使巡行天下，司徒主簿庞遵使南兖州。"按《宋书·王弘传》，元嘉三年王弘时新任司徒一职，是此"司徒主簿"又为王弘主簿。

因此，以上诸般事迹均不可轻易看作偶然之巧合。义熙十四年，庞遵初被王弘任为江州刺史主簿；元嘉三年，王弘升任司徒后，又被王弘委以司徒主簿之位。主簿为亲任之官职，地位特殊。严耕望先生在《中国地方行政制度史·魏晋南北朝地方行政制度》中考释说："主簿掌刺史之节杖文书，传令检校，为其喉舌耳目。故职殊亲近，为心腹之寄。盖有类于近代秘书之职。"又说："主簿既有此特殊地位，故刺史尊显隐士，亦多以主簿辟。此第观《宋书·隐逸传》，已可概见。如陶潜、翟德赐、宗炳、宗彧之、郭希林等，或至数辟，并不就，是其例。然此种以处豪姓与隐逸者流，则不为长官所亲任必矣。"[②] 由此可见庞遵先后出任江州刺史主簿、司徒主簿二职的重要性，以及王弘希冀通过对陶渊明的"周旋人"庞遵的笼络，亦即希望通过庞遵，来达到接近而最终笼络陶渊明的目的。

逯钦立先生将《怨诗楚调示庞主簿》系于义熙十四年，时渊明五十四岁[③]。与义熙十四年庞通之为王弘主簿、义熙末替王弘要渊明诸事均相吻合，可知逯先生系年之有根据也。不独唯此，亦可为渊明享年"六十

[①] 逯钦立：《陶渊明事迹诗文系年》，《陶渊明集》，中华书局1979年版，第285页。
[②] 严耕望：《中国地方行政制度史·魏晋南北朝地方行政制度史》，上海古籍出版社2007年版。
[③] 时年陶渊明五十四岁，从诗中"偭俛六九年"语可推测得知。钱锺书先生说："六朝诗文尤好用折计述年岁，如陶潜《杂诗》：'年始三五间'，《责子》：'阿舒已二八'，《祭程氏妹文》：'我年二六'。"（钱锺书《管锥编》，中华书局1986年版，第739页）

三岁"说之一铁证（因义熙十四年渊明五十四岁，其生年自推而可知）。

羊松龄的仕宦生涯可考的仅义熙十三年（417）为左军长史，出使秦川。陶渊明有《赠羊长史》诗。在这首诗中体现着与《联句》诗一脉相承的情感联系，仰赖诗句中渗透的特殊情感关系，成为我们将愔之确定是羊松龄的主要依据。《赠羊长史》诗与其说是赠别诗，不如说是陶渊明仕隐的告白书。与《联句》诗一前一后，是陶渊明前后两个时期不同心态的反映。经过早期的"贫而仕""学而优则仕"，屡屡看清世事的真面目之后，陶渊明在此就仕隐态度又一次在朋友面前作了流露。依诗序，羊松龄"衔使秦川"，入仕的羊松龄可能在出使前对陶渊明有过一番规劝，因而陶渊明以诗作答。诗一开头便说："愚生三季后，慨然念黄虞"，表明未肯出世的心迹，以"黄唐莫逮"借以推托。"九域甫已一，誓将理舟舆"，表示何况天下甫将太平，自己坚持归隐的决心就更坚定了，与《联句》中"乘风飞""欲胜九万"的心态迥然不同。"慨然念黄虞"与"九域甫已一"，既慨叹黄唐未逮，又言天下甫将太平，明显暴露出这两个理由的自相矛盾和"心口不一"的破绽。"路若经商山，为我少踌躇。多谢绮与角，精爽今何如"，既是诗人心迹的寄托，又是对现实当朝者无可奈何的微讽，在亲切相商的半玩笑式的语气里意蕴着两人非同一般的交情。"精爽今何如"，黄文焕注引沃仪仲语曰："四皓不肯轻出，元亮不肯终仕，后人即前人精爽也。今何如，自评语。"① 点破陶渊明内藏的心迹。对《联句》诗及友朋们"奇文共欣赏，疑义相与析"时的生活，诗中也时时不经意地流露出回应之笔："岂望游心目"、"贫贱有交娱"、"紫芝谁复采，深谷久应芜"、"清谣结心曲，人乖运见疏"，均以回忆的笔触描述时代的乖违，人事的变迁，表示自己甘愿避入深谷，作采"紫芝"之人。这是一种对时世的选择，对友情的眷念与告别。"拥怀累代下，言尽意不舒"，深深表达着自己久经人世变化的沧桑之感，也暗含着一种独立情操不易为人理解的苦闷。显然较《联句》诗时的心境，既有所依承又有着很大的突破，而这一切的转变是与他五官三休的生涯密不可分的。出于上述两层原因，故暂将"愔之"之名划归羊松龄。

继《联句》诗之后，与羊松龄及《赠羊长史》诗相对应的是，陶渊明与庞遵的交游，也有《怨诗楚调示庞主簿》一诗。虽与《赠羊长史》诗一样，也自述心迹，但其似乎更侧重于对自己一生命运沧桑沉浮的感慨，把满腹的牢骚与不快在老朋友面前一吐为快。"吁嗟身后名，于我若

---

① 逯钦立校注：《陶渊明集》，中华书局1979年版，第66页。

浮云",直承《联句》诗中陶渊明早期的渴望建立功名而来,表白着自己早年梦想的"灰飞烟灭"和晚年志向的所在。"慷慨独悲歌,钟期信为贤",盖取"子期死,伯牙绝弦,以无知音"之义(时庞遵等已入仕刘宋王朝),伤悼友朋间已知音不再,相见如恍若隔世,自己的甘遁深谷,作采"紫芝"之人①,也不再会为朋友们所理解。是自言语,也是牢骚语,更是悲怆语。数百年之下,与伯牙绝弦,痛失知音产生着深深的共鸣,在一种知音不再的慷慨悲昂中透露着自己的孤寂与哀伤。

三 张野与陶渊明《岁暮和张常侍》及其易代心态

末联联句人张野②,为陶渊明至交,陶渊明有《岁暮和张常侍》一诗。诗题中的"张常侍",清代陶澍《靖节先生年谱考异》云:

> 按张常侍即本传所称乡亲张野也。《莲社高贤传》:"野字莱民,南阳人。居浔阳柴桑。与陶渊明有婚姻契。州举秀才、南中郎、府功曹、州治中,拜征散骑常侍,俱不就。"据此,则以其尝征散骑常侍,故称张常侍也。野入庐山,依远公,有《远法师塔铭》,序文见《庐山记》及刘孝标《世说注》。又《隋书·经籍志》有《张野集》十卷,《艺文类聚》引张野《庐山记》,今并不传。③

此诗作于义熙十四年十二月,元代刘履《选诗补注》说:"晋史义熙十四年十二月,宋公刘裕幽安帝于东堂而立恭帝。靖节《和岁暮》诗盖亦适当其时,而寄此意也。"④陶渊明一时之间向朋友三致意:《赠羊长史》(作于义熙十三年)以明退隐的决心,《示庞主簿》(作于义熙十四

---

① 《古今乐录》记载:"秦末汉初四皓隐于商山,作《紫芝歌》云:'莫莫高山,深谷逶迤。华华紫芝,可以疗饥。唐虞世远,吾将安归?驷马高盖,其忧甚大。富贵之畏人兮,不若贫贱之肆志。'"渊明诗言:"愚生三季后,慨然念黄虞"、"紫芝谁复采,深谷久应芜"、"驷马无世患,贫贱有交娱",均明显以商山四皓自比,亦可见其遗民心态。
② 《联句》诗为四人联句,此联的作者唯李公焕本署名"渊明",各本并无"渊明"二字。依照文中分析,《联句》的思想主题是一贯而下的,先由渊明表现出犹豫与迷惑的入仕态度,后三人则沿其思路,或解惑,或鼓励,或安慰,构成一个思路整体。再根据《联句》的一般体例,亦不可能是渊明。又张野亦是与渊明关系最为密切者。
③ (清)陶澍:《靖节先生集》附录,文学古籍刊行社1956年版。
④ 北京大学北京师范大学中文系、北京大学中文系文学史教研室:《陶渊明诗文汇评》,《陶渊明研究资料汇编》(下),中华书局2004年版,第108页。

年)以言人世的沧桑,《和张常侍》(作于义熙十四年)以言时局。三首诗可合而观之,以求理解陶渊明的完整心态。三首诗仿佛是从《联句》诗母藤上结出的三个瓜,虽各自成长,但都带着同一母体的气息。三首诗都是对朋友们的肺腑之言,但侧重点各不相同。羊松龄要出任长史,所以言仕隐的选择;庞通之已是仕宦在身,所以是"吁嗟身后名,于我若浮烟";张野辞散骑常侍不就,和陶渊明一样,仍是远遁深谷的隐逸之人,所以可以与他共同谈论对时局的忧虑。诗题"岁暮"既指自然时间(十二月),又暗指十二月刘裕幽晋安帝一事及当时晋宋将易的社会现实。因而诗句"明旦非今日,岁暮余何言"就很直接加以挑破,表明对易代现实的愤激。"向夕长风起,寒云没西山"、"抚己有深怀,履运增慨然",汤汉注云:"陶公不仕异代之节,与子房五世相韩之义同。既不可狙击震动之举,又时无汉祖可托以行其志,所谓抚己有深怀,履运增慨然,读之亦可深悲其志也。"① 此诗的结尾确实一反《赠羊长史》"拥怀累代下,言尽意不舒"与《示庞主簿》"慨然独悲歌,钟期信为贤"中高邈的个人情怀,转而对国家的前途和命运怀有深深的忧虑和叹息。这正是拥有独立精神的自由知识分子的一种民族或国家情怀。这种慷慨的情感与他追求自身独立精神时一样,满腔的沸腾热血。这或许正是陶渊明在国家和民族的内忧外患之中,在孱弱的宋明时代,被视为忠贞之士,为士大夫们所格外提及、仿效的深层心理原因吧?千百年之下犹时有传人,思想者真可谓不孤独也。

渊明与张野的交游,按《晋书》可知作为"乡亲"两人常有往来,王瑶先生据《莲社高贤传》称两人为姻亲②,因疑两人曾有斜川之游、周家墓柏下之游。游斜川时渊明五十岁,其《游斜川》诗序云:"与二三邻曲,同游斜川。""各疏年纪乡里,以记其时日。"此处的邻曲非为一般的普通田父。《移居》诗云:"邻曲时时来,抗言谈在昔。奇文共欣赏,疑义相与析。"知邻曲为能谈文论道、知古悟今之士。因而,"二三邻曲"中肯定有刘柴桑、张野,可能有周续之(因同是"浔阳三隐",渊明又有诗云:"思与尔为邻,从我颍水滨")、羊松龄、庞遵。按逯钦立先生《系年》说,渊明斜川之游同于金谷之会、兰亭集会。他说:

陶所以五十岁时游集斜川,乃仿效石崇、王羲之等贵族行径。石

---

① (宋)汤汉:《陶靖节先生诗注》卷4,中华书局1988年据北京图书馆藏宋朝刻本原大影印。
② 王瑶:《陶渊明集》,中华书局1962年版,第79页。

崇《金谷诗序》云："感性命之不永，惧凋落之无期，故具叙时人官号、姓名、年纪。"与会者三十人，"吴王师、关中侯、始平武功苏绍字世嗣，年五十居首。"金谷之会，为东晋文士所乐道，故王羲之仿《金谷集》而为兰亭集会，亦选在其五十岁时。陶之五十而游斜川，显然意在继承晋朝典制及贵族遗习。①

可见渊明对前辈文化的发扬与传承的自觉意识。当时渊明正年五十"居首"，很显然这次游会是他精心组织的。诗序云："率共赋诗""各疏年纪乡里以记其时日"，可惜其他人的诗文都没有留下来。《隋书·经籍志》记《刘遗民文集》五卷、《张野集》十卷，今皆不传②。今传的渊明《游斜川》又多有舛误，不记乡里，对年纪、时日，后人又多有窜改和争议，惜哉！

《游周家墓柏下》是在义熙七年（陶渊明五十七岁）作，或可看作是斜川之游的预演。周家墓，按陶澍的说法③，可能是与陶侃结亲的周家祖墓，则游玩之地应距渊明所居之地不远。诗序有"诸人共游"之语，故疑"乡亲张野"曾预其列。

要之，依上文的考察，《联句》诗应是陶渊明所作无误，创作时间为元兴三年（404），即入仕刘裕镇军参军的前夕。联句中的人物，首联为陶渊明，二三联的愔之、循之即是陶渊明的故人羊松龄、庞通之；末联的联句人作"陶渊明"，仅系元代李公焕误加，而应可能是陶渊明的乡亲张野。

第二节　陶渊明与王弘交游辨考及晚年思想心态

明代无名氏杂剧《陶渊明东篱赏菊》写陶渊明出任彭泽令八十日，不肯为五斗米折腰，弃官回家，刺史王弘与庞通之欲见陶渊明，待陶渊明东篱赏菊时，王弘携酒半途相候得见，其中有一段为人所称道的唱词：

---

① 逯钦立：《陶渊明集》，中华书局1979年版，第281页。
② 今仅存张野一诗一文，诗为《奉和慧远〈游庐山〉》，见逯钦立《先秦汉魏晋南北朝诗》，中华书局1983年版，第938页；文为《远法师铭》，见《世说新语·文学》第61条刘孝标注引。
③ （清）陶澍：《靖节先生集》卷2，文学古籍刊行社1956年铅印本。

> 王弘云：陶先生，此菊花比并那繁花之媚，可是不同。繁花之媚，乃出春间，焉有奇异，难比菊花。
> 正末唱：花也则为你不同他桃李争媚。
> 王弘云：陶先生，比桃花可是如何也？
> 正末唱：花也则为你不同他桃李争辉。
> 王弘云：陶先生，自古道璇玑玉衡，非为池隍之宝，桂椒信芳，非为园林之实，此菊花有君子之风，因此先生深爱也。
> 正末唱：花也你端的有君子之心，淡淡若寒灰，花也我和你心相爱，我和你似陈、雷，花也我和你意相合、鱼共水。①

杂剧描述陶渊明辞官归隐后与王弘东篱赏菊，并在陶渊明的唱词中，更把两人的感情比作陈重、雷义之如胶似漆，关系比为鱼、水之相得，实在拔得太高，"以小人之心度君子之腹"，曲解太深，有悖常情，离历史的真实愈来愈远，不得不详加甄辨，还其历史本真。

东晋末年，刘裕弑废安、恭二帝，建立新朝，其亲信王弘出力尤多，功劳甚大。建国伊始，王弘便被派往军事重镇江州，担任刺史，督责一方要务。在此期间，他与陶渊明是否交往，成了陶学史上的一大疑案。现存《陶渊明集》中《于王抚军座送客》一诗，元代李公焕认为是陶渊明参与王弘饯别谢瞻的宴会而作。又，《九日闲居》诗，也盛传与王弘送酒一事相关。因此，研究陶渊明与王弘这位新朝权贵的关系，不但有助于更深地了解陶渊明晚年的思想和心态，也可以更深地知晓他在晋、宋易代时的立场。

长期以来，对陶渊明与王弘之间的交游，学人虽时生疑窦，但均未加详考。今笔者在前人研究的基础上，结合相关典籍，对他们的交游事迹详细加以甄辨。

一 《宋书》王弘与陶渊明交游事迹辨证

陶渊明与王弘的交游记载，始见于《宋书》本传：

> 义熙末，征著作郎，不就。江州刺史王弘欲识之，不能致也。潜尝往庐山，弘令潜故人庞通之赍酒具于半道栗里要之，潜有脚疾，使一门生二儿举篮舆，既至，欣然便共饮酌，俄顷弘至，亦无忤

---

① 参见钟优民《陶学发展史》，吉林教育出版社2000年版，第185—186页。

也。……尝九月九日无酒，出宅边菊丛中坐久，值弘送酒至，即便就酌，醉而后归。①

萧统《陶渊明传》、《南史》本传记载大致相同。

《宋书》有关陶渊明史料记载的准确性方面，遭到后人的讦议和质疑，如陶渊明名与字、享年年数、入宋以来的甲子纪年、种秫之事等。前三件朱自清先生曾专门论述②，后一件见《懒真子·靖节公田之利》："旧本云公田之利过足为润，后人以其好酒，虽有公田种秫之说；且仲秋至冬，在官八十余日，此非种秫时也。故凡本传所载与《归去来兮序》不同者当以序为正。"③这驳斥了《宋书》种秫之说，因而可以肯定一点，到齐梁沈约时代，陶渊明的有些事迹已不准确了。对于其个中原因，或如朱自清先生在论及陶渊明的名字异乱时所说："《宋书》之成，上距渊明之卒年才六十年而即有或说，足见其事自始已成疑案，大抵渊明门衰祚薄，其诗又不甚为当时所重，是以身世未几，名字已淆乱耳。"④因此，陶渊明与王弘之间交游的真切性也值得加以甄辨。

晋宋间的史学特别兴盛，梁启超先生曾说："晋代玄学之外唯有史学，而我国史学界亦以晋为全盛时代。"⑤可见史学与玄学为晋代留给后世的双珠并璧，二者应有相当密切的关系。由于受玄谈风气的影响，野闻逸事自然兴盛，撰史的风气也因之而高涨，然而这些多充作谈资的小说家笔法的史书，无疑偏离了"其事核"的传统轨道，其消亡抑或由此而来。⑥

根据《宋书》记载，陶渊明拒绝朝廷征聘，王弘"欲识之，不能致

---

① （南朝）沈约：《宋书》，中华书局1974年版，第2288页。
② 朱自清：《陶渊明年谱中之问题》，许逸民校辑《陶渊明年谱》，中华书局1986年版，第68页。
③ 北京大学中文系文学史教研室编：《陶渊明资料汇编》（上），中华书局2004年版，第43页。
④ 朱自清：《陶渊明年谱中之问题》，许逸民校辑《陶渊明年谱》，中华书局1986年版，第68页。
⑤ 梁启超著，汤志钧导读：《中国历史研究法》，上海古籍出版社1998年版，第35页。
⑥ 以十八家《晋书》为例，这种小说家的笔法可作为它消亡的内在原因。刘知几《史通·正史》云"自唐太宗以后而此风一变，太宗既以雄才大略削平天下，又以'右文'自命，思与学者争席。因欲自作陆机、王羲之两传赞，乃命史臣别修《晋书》，书成而旧著十八家俱废"，可看作其消亡的外在原因。但这部官修的《晋书》直接取材于十八家《晋书》，所以并未剔尽小说家的本色。

也",知二人未曾谋面,更说不上认识。而接下来的栗里之邀,只是王弘精心设计的单厢之约,陶渊明可能并不知晓。对其"欣然便共饮酌,俄顷弘至,亦无忤也"中的"无忤",不是对前面这位"欲识之,不能致也"江州刺史王弘的"无忤",而是对其在"欣然共饮酌"状态下,突然杀出的一位酒友的"无忤"。换句话表达,是说饮酒正在兴头上,对突然加入一个喝酒的人并不介意,不是说对王弘的造访、交游并不介意。这种情绪,对于爱好烟酒的人来说是相通的,在他们抽烟喝酒时,不管是认识的还是不认识的,都能相处得很愉快。

《宋书》本传记载:"贵贱造之者,有酒辄设,潜若先醉,便语客:'我醉欲眠,卿可去。'其真率如此。郡将候潜,值其酒熟,取头上葛巾漉酒,毕,复还著之。"① 陶渊明的《五柳先生传》被当世人称为实录,其文自述说:"性嗜酒,而家贫不能恒得。亲旧知其如此,或置酒招之,造饮辄尽,期在必醉,既醉而退,曾不吝情去留。"可知陶渊明的饮酒态度一贯如此,非对王弘独然。因而,对于"贵贱造之者,有酒辄设""造饮辄尽,期在必醉,既醉而退,曾不吝去留"的陶渊明来说,对这位半路杀出的王弘的"无忤",就更正常了。

《晋书》本传记载,也有"无忤"之例:"义熙末,征著作郎,不就。既绝州郡觐谒,其乡亲张野及周旋人羊松龄、庞遵等或有酒要之,或要之共酒坐,亦欣然无忤,酣醉便反。未尝有所造诣,所之唯至田舍及庐山游观而已。"此"欣然无忤"很显然是指对张野等人的任意"要之共酒坐"的"无忤",要醉便醉,酣醉便返,这都表明了陶渊明饮酒时的个性。

因而,从这个意义上看,是后世误读了《宋书》记载的信息。在陶渊明眼里,王弘只是一位参与饮酒的陌生者,对他的真实身份并不知晓。

《宋书》本传又载,陶渊明"尝九月九日无酒,出宅边菊丛中坐久,值弘送酒至,即便就酌,醉而后归"。这种菊丛中送酒,很可能是栗里送酒"把戏"的继续。"即便就酌,醉而后归"语与上文所言的"欣然便共饮酌,俄顷弘至,亦无忤也",流露出的是一种何其相似的飘然境界!对于"性嗜酒,而家贫不能恒得。亲旧知其如此,或置酒招之,造饮辄尽,期在必醉"的陶渊明来说,只知饮酒而不问酒源,是一种特殊的嗜酒方式和饮酒态度,因而他仍然有可能不认识王弘。

《宋书》所载,王弘九月九日送酒事,可能出于晋、宋间人根据陶渊

---

① (南朝)沈约:《宋书》,中华书局1974年版,第2287页。

明《九日闲居》诗杜撰而来。先有陶渊明的《九日闲居》诗，后来人根据王弘庐山半道与陶渊明饮酒事，而进一步发展衍生附会出王弘九月九日送酒之事。

　　古代注陶者，并没有将陶渊明《九日闲居》诗与王弘九日送酒事情扯上关系。将二者联系起来的是现代的一些学者。

　　王瑶先生作注《陶渊明集》时说："诗序记这首诗是为有菊无酒而作。《宋书·陶潜传》说：尝九月九日无酒，出宅边菊丛中，坐久，值江州刺史王弘送酒，即便就酌，醉后而归。王弘为江州刺史始于义熙十四年戊午，凡八年。今暂系本诗于王弘任职的第二年，晋恭帝元熙元年己未。"① 逯钦立先生《陶渊明事迹诗文系年》说："《九日闲居》诗或作于是年秋。""诗云：'酒能祛百虑，菊解制颓龄。如何蓬庐士，空视时运倾。'按《世说新语》注引《续晋阳秋》曰：'陶元亮九日无酒，出宅边东篱下菊丛中摘盈把，坐其侧。未几，望见白衣人至，乃王弘送酒也。咏重九之诗，与此故事或有关系。"② 袁行霈先生《陶渊明研究》则云："联系王弘送酒之事亦无确证，仅可备一说。"③ 袁先生对王瑶、逯钦立先生以来的说法，持谨慎态度。

　　事实的真相到底怎样呢？笔者试作些辨析，请方家教正。

　　对于《九日闲居》诗与九日菊丛送酒之间的关系，宋代学者似乎已有所意识，不过他们采取的是暗中窜改《九日闲居》诗的办法，使它更趋近于九日送酒之事。窜改意图与痕迹最鲜明的是诗序"持醪靡由"被改作"时醪靡由"。"持醪靡由"，苏轼和陶本作"时醪靡由"，《古今岁时杂咏》④、汤本亦同；而曾集本、李公焕本、摹汲古阁本、朱墨评点本、陶澍本却均作"持醪靡由"。可知从宋代开始就有两种说法，而作"时醪靡由"的改动，用意就很明显了，显然是为迎合九日送酒一事。宋人改动以后的意思是说渊明菊花满抱，在念叨着王弘的酒怎么还没有送来。那么，这位采菊的隐士真的就有点醉翁之意不在"菊"，而在乎世俗之"酒"啦！

---

① 王瑶编注：《陶渊明集》，人民文学出版社 1956 年版，第 80 页。
② 逯钦立校注：《陶渊明集》，中华书局 1979 年版，第 285 页。与王瑶、逯钦立先生系年有很大不同的是，杨勇先生将《九日闲居》诗系于元嘉三年（426），颜延之出为始安郡，给陶渊明二万钱饮酒后，时年陶渊明六十二岁。
③ 袁行霈：《陶渊明研究》，北京大学出版社 1997 年版，第 362 页。
④ 《古今岁时杂咏》为南宋蒲积中所编，但他仅在北宋宋绶《岁时杂咏》基础上补加宋代的十而成，因而，作"时醪靡由"应是北宋宋绶就有的改动。

回看诗中"酒能祛百虑,菊能制颓龄"语,明显是作一种长期归隐的身心准备,也表现出归隐后心理的自我满足和快慰;"栖迟固多娱,淹留岂无成",李公焕注云:"淹留无成,骚人语也。今反之,谓不得于彼,则得于此。"① 渊明对自己长期的归隐流露出肯定的情感,以期坚定自己的志向。这样长期归隐的志向表白,与受王弘酒、跟王弘共饮,两种境界是迥然不相合的。

又诗中"如何蓬庐士,空视时运倾!尘爵耻虚罍,寒华徒自荣",分明表示的是一种不染尘世的姿态。"如何蓬庐士,空视时运倾"②,是渊明援引旁人的规劝语入诗,不是渊明的自述语。像这种援引他人语入诗的,还有如《饮酒》其九"褴缕茅檐下,未足为高栖。一世皆尚同,愿君汩其泥",直接镶田父语入诗;《和刘柴桑》"山泽久见招,胡事乃踌躇。直为亲旧故,未忍言索居",刘柴桑的问语与渊明的答语融于一体。此处也是这样,前两句"如何蓬庐士,空视时运倾"相问,后两句"尘爵耻虚罍,寒华徒自荣"作答。渊明以"爵""虚罍"自比,表示不愿受尘垢的沾染;"寒华"比喻入仕的营苟之人,"徒自荣"表明渊明不愿效仿他们,言人各有各的操行。从这四句一问一答的方式看,可能在此之前曾有人劝仕过渊明,渊明作了这首诗表明长期归隐的心迹,算作回答。但劝仕者是谁,我们无从知道,可能是王弘,也可能是其他人,反正是都碰了一鼻子的灰。既然如此,那么与王弘饮酒,接受王弘赐酒的事就更无从谈起。

诗句"尘爵耻虚罍"中"尘爵"语,意思是说酒杯长久不用,都布满了灰尘,说明渊明很长时间没有喝酒了,这与诗序"持醪靡由,空服九华"正相呼应,意思是说酒兴一时发作,端起酒瓮来,才记起没有酒了,只得干吃菊花。《停云》:"静寄东轩,春醪独抚。"逯先生注云:"抚,持。《九日闲居》诗:'持醪靡由。'"又《五柳先生传》云:"性嗜酒,家贫不能常得……盖以自况,时人谓之实录。"由此看来,陶渊明一生缺酒的时日居多,何来"尝九月九日"一日无酒?如果真的有王弘送酒,有王弘"酒米乏绝,亦时相赡"(《晋书》本传),那么酒杯还会

---

① (元)李公焕《笺注陶渊明集》卷2,《四部丛刊》本。
② 邓安生《陶渊明年谱》以为"'如何蓬庐士,空视时运倾!'明为晋祚将移而发,其作于易代前夕无疑。"但这种理解与全诗的境界不相符合,"酒能祛百虑,菊为制颓龄"、"栖迟固多娱,淹留岂无成",都表达出一种恬然自得和誓志归隐的心态,全然没有如《述酒》等诗篇作于易代之际的那种愤懑与"金刚怒目"。

布满灰尘吗？还会"性嗜酒，而不能恒得"吗？还会临死"湛空觞"①吗？

陶渊明"弱年逢家乏"，《饮酒》诗云："畴昔苦长饥，投耒去学仕。是时向立年，志意多所耻。"《归去来兮辞》序云："余家贫，耕植不足以自给。幼稚盈室，瓶无储粟，生生所资，未见其术。亲故多劝余为长吏，脱然有怀，求之靡途。""家叔以余贫苦，遂见用为小邑。"求为彭泽令，以公田之利。"质性自然，非矫励所得。饥冻虽切，违己交病。尝从人事，皆口腹自役。于是怅然慷慨，深愧平生之志。""性嗜酒，而家贫不能恒得，亲旧知其如此，或置酒招之，造饮辄尽，期在必醉，曾不吝去留"、"取头上葛巾漉酒"，其果然"真率如此"吗？恐是含着极大精神痛楚的。"饥来驱我去，不知竟何之！行行至斯里，叩门拙言辞"，困顿至此，人何以堪？欲求"自由之精神、独立之人格"，其可得乎？檀道济之麾粱肉，王弘之"酒米相瞻"，殆欲将其收归帐下乎？然渊明"质性自然，非矫励所得"，岂愿用平生所学，随人敷衍，"自侪于高等流氓，误己误人"哉？若"倚学问以谋生，昧道德以济饥寒"，如"插标卖首，盛服自炫"②之徒，何能得昭明太子"尚想其德，恨不同时"的嗟叹呢？③

王弘"九日菊丛送酒"之事，最早见于《世说新语》注引的檀道鸾《续晋阳秋》。据《南史》卷七十二《文学传》载："（檀）超叔父道鸾，字万安，位国子监博士、永嘉太守，亦有文学，撰《续晋阳秋》二十卷。"但前后未著年月。又《南史》卷七十七《恩倖·徐爱传》："著作郎何承天草创国史，孝武初又使奉朝请山谦之、南台御史苏宝生踵成之。孝建六年，又以爱领著作郎，使终其业。……于是内外博议。太宰江夏王义恭等三十五人同爱，宜以义熙元年为断。散骑常侍巴陵王休若、尚书金部郎檀道鸾二人谓宜以元兴三年为始。"《宋书·恩倖传》记载相同。如

---

① 陶渊明《拟挽歌辞》云："但恨在世时，饮酒不得足。"又云："在昔无酒饮，今但湛空觞。春醪生浮蚁，何时更能尝？"
② 徐葆耕：《释古与清华学派》引，清华大学出版社1997年版，第80页。
③ 香港苏文擢先生曾回忆他和徐复观先生的一次谈话时说："七八年前，我有一次和已故徐复观先生谈到当前知识分子人格的堕落，对名利权力贪求无厌，他忽然正色说：'文擢，你读过许多历史，究竟有几个读书人站得起来呢？'这句话，有如当头一棒。后来想到陶渊明所以可贵，乃在于以农夫的劳动生产来达到士君子不辱不殆的成就，他真正站起来了。"（《陶渊明历史地位及其诗中之文化要义》，《香港中国古典文学研究论文选萃·诗词曲篇》〔1950—2000〕，江苏古籍出版社2002年版，第388页）徐先生的评论，可以帮助我们进一步辨明陶渊明与王弘九月九日送酒一事的有无。

果以孝建六年（462）为《续晋阳秋》创作起始时间，此时距义熙十四年王弘坐镇江州、刘宋开国已经四十多年，距陶渊明、王弘去世二三十年。①

因此，笔者怀疑南朝刘宋初期，有人根据陶渊明的《九日闲居》诗，编撰出了这个"九日送酒"的故事，后被檀氏收入了《续晋阳秋》，又被《世说新语》所注引，沈约《宋书》所拾取；到了陶集风行的宋代，为更好地为这个故事寻找依据，就把《九日闲居》诗也窜改过来。事实上，《九日闲居》诗与"九日送酒"之事本来并没有内在的关联，但经宋人的文字改动，在近代学人看来便有了关联，实是莫大的误会。这或许是对渊明的人格情操和价值理念长期缺乏整体认识的结果吧。百代之下，这位孤寂的思想者的真正知音仍难逢其一，难以一洗清白。"慷慨独悲歌，钟期信为贤"（《怨诗楚调示庞主簿》），是生既孤独，死又蒙冤，悲乎？

二 《晋书》增饰史料辨证

关于陶渊明与王弘的交往，除《宋书》、萧统《陶渊明传》、《南史》三家的记载外，《晋书》还有很多增饰部分。《晋书·隐逸传·陶渊明》记载：

> 刺史王弘以元熙中临州，甚钦迟之，后自造焉。潜称疾不见，既而语人云："我性不狎世，因疾守闲，幸非洁志慕声，岂敢以王公纡轸为荣耶！夫谬以不贤，此刘公幹所以招谤君子，其罪不细也。"弘每令人候之，密知当往庐山，乃遣其故人庞通之等赍酒，先于半道要之。潜既遇酒，便引酌野亭，欣然忘进。弘乃出与相见，遂欢宴穷日。潜无履，弘顾左右为之造履。左右请履度，潜便于坐申脚令度焉。弘要之还州，问其所乘，答云："素有脚疾，向乘篮舆，亦足自反。"乃令一门生二儿共举之至州，而言笑赏适，不觉其有羡于华轩也。弘后欲见，辄于林泽间候之。至于酒米乏绝，亦时相赡。②

与前三家相比，《晋书》最为后出，杜撰相异的部分也最多。而好编撰故事，正是《晋书》的特色，这已成为定评。今人评"该史编撰者只用臧荣绪《晋书》作为蓝本，并兼采笔记小说的记载，稍加增饰。对于

---

① 按《宋书》记载，陶渊明卒于元嘉四年，王弘卒于元嘉九年。
② （唐）房玄龄等：《晋书》，中华书局1974年版，第2462页。

其他各家的晋史和有关资料，虽然也曾参考过，却没有充分利用和认真加以选择考核。因此成书之后，即受到当代人的指责，认为它'好采诡谬碎事，以广异闻。又所评论，竟为绮艳，不求笃实'"（《晋书·中华书局出版说明》）。这些确实是它作为正史很遗憾的地方。与前三家记载相比，《晋书》新增了不少遗闻逸事：造访、造履、被邀还州、林泽之会、不慕华轩。

1. 先说造访。《宋书》、萧统《陶渊明传》、《南史》三家也都言及造访，但仅有"欲识之，不能致也"数语。而《晋书》却大作渲染，编造出陶渊明的一番话来："我性不狎世，因疾守闲，幸非洁志慕声，岂敢以王公纡轸为荣耶！夫谬以不贤，此刘公幹所以招谤君子，其罪不细也。"话虽不多，但句句现出漏洞。首句言"因疾守闲"，遍览陶渊明诗文及其他传记，都没有此类说法。次句以刘公幹为典，与陶渊明诗文集用典颇不相类。据陶渊明诗文，他常提及或钦慕的人物大概只有三类：荆轲、田子泰、管仲式的"烈士"，建立悲壮功业；疏广、疏受式的"隐臣"，不恋利禄，功成身退；子云、荣叟、黔娄式的"儒隐"，甘愿淡泊，老死乡间。根据《三国志·魏志》、刘公幹的诗文知道，刘公幹虽然个性孤傲，具有乖违、偏执的一面；但在政治倾向方面，对曹操则坚决拥护，甚至感恩戴德，即使在因平视甄氏被曹操治罪以后，也仍无任何不满的表示。他作为汉王朝的宗室子孙，由隐居进入邺下文士集团，为曹操效劳了一生。像这样的人物，在处于晋宋易代的敏感时代，陶渊明可能是很不愿意、也不屑于效仿和提及的。此处"招谤君子，其罪不细也"的心理，虽然看似与陶渊明《饮酒》诗"但恨多谬误，君当恕醉人"心理相同，实质大相径庭。因而此处《晋书》中所揣摩的心理，并不能算是陶渊明真实心理。

但刘公幹又怎么与陶渊明挂上钩的呢？笔者猜测大概是受钟嵘的影响。钟嵘《诗品》评陶渊明诗"协左思风力"，又评左思诗"源出于公幹"。这样陶渊明诗也"源出于公幹"，然后又由诗及人，将诗风的渊源延展到思想等其他方面。

又，这段史料叙述陶渊明的行状颇像他的外祖父。陶渊明《晋故征西大将军长史孟府君传》："孝宗穆皇帝闻其名，赐见东堂。君辞以脚疾"，"后以疾终于家"，与此处"因疾守闲"、"素有脚疾"相类；许询与其外祖交游"常会神情独得，便超然命驾，径之龙山，顾景酣宴，造夕乃归"，与此处"弘乃出与相见，遂欢宴穷日"也相类。疑《晋书》所杜撰的渊明行事，多从渊明《孟府君传》一文变化而来。

2. "造履"故事首次在《晋书》中提到，不见于先前的其他典籍，北宋《太平御览》697 也有记载，清人汤球辑入《续晋阳秋》。但檀道鸾《续晋阳秋》是否载有此则故事，现在已经无从考证。

3. 被邀至州的故事，也首次见于《晋书》。虽然《晋书》中"问其所乘，答云：'素有脚疾，向乘篮舆，亦足自反。'乃令一门生二儿共举之"语，与《宋书》、萧《传》、《南史》中所记载的"潜有脚疾，使一门生二儿舆篮舆"语如出一辙，但《晋书》言"被邀还州"事，《宋书》等载"至庐山"事，二者相去甚远。

《晋书》中"弘后欲见，辄于林泽间候之"的林泽之会，颇有点"竹林七贤"竹林相聚的味道。《世说新语·赏誉》："谢太傅称王修龄：'司州可与林泽游'。"① 因此，将陶渊明与王弘的交往，比附于"竹林七贤"、谢安与王胡之（王修龄）的林泽相游，那股"好事家者言"的味道似乎更浓。

4. "华轩"一词取自陶渊明诗文，痕迹鲜明。华轩，指富贵者所乘的华美的车子。其词为陶渊明所创②，陶集中凡 3 见。《戊申岁六月中遇火一首》诗开篇云："草庐寄穷巷，甘以辞华轩。"《咏二疏》诗云："高啸返旧居，长揖储君傅。饯送倾皇朝，华轩盈道路。离别情所悲，余荣何足顾。"《感士不遇赋》："既轩冕之非荣，岂缊袍之为耻。"陶渊明心仪二疏，辞官之后，告别喧嚣与世俗。"野外罕人事，穷巷寡轮鞅。"（《归园田居》其二）"穷巷隔深辙，颇回故人车。"（《读山海经》其一）甘居穷巷，不慕华轩，尤其以《感士不遇赋》所言"既轩冕之非荣，岂缊袍之为耻"，不慕华轩之意更为明显。因此，《晋书》所载陶渊明随王弘一道赴州府，"而言笑赏适，不觉其有羡于华轩也"，实是依据陶诗而加以杜撰编造的。

此外，《晋书》记载还有一些前后不和谐，让人生疑的地方。其一，前面说"称疾不见"、"不以王公为荣"，后面却说"欢宴穷日"、"要之还州"、"言笑赏适"、"酒米乏绝，亦时相赡"，陶渊明对王弘的态度前后变化之快判若两人，于情理不通。其二，文中"不觉其有羡于华轩也"

---

① （南朝·宋）刘义庆著，（南朝·梁）刘孝标注，余嘉锡笺疏，周祖谟、余淑宜、周士琦整理：《世说新语笺疏》，上海古籍出版社 1993 年版，第 484 页。
② 《汉语大词典》该条首证以梁代江淹《杂体诗·效左思〈咏史〉》："金张服貂冕，许史乘华轩。"例证晚出。江淹继陶渊明之后，使用"华轩"一词，亦为陶渊明对江淹文学创作影响的又一例证。

的"羡"字,用得极不协调。增饰这一笔,原想反衬陶渊明不慕名利、不求华轩的大隐士姿态,没想到弄巧成拙,反而有损其形象。其三,前文说陶渊明"既绝州郡觐谒……未尝有所造诣,所之唯至田舍及庐山游观而已",后文却又记载陶渊明欣然接受王弘邀请,离开庐山,前往江州。前后记载矛盾,不合情理。

三 陶渊明"被邀至州"作诗辨证

不过,被邀至州的故事,却成为唐朝以后的学者笺注《于王抚军座送客》诗、研究陶渊明与王弘交游的主要史料和凭据。元代李公焕《笺注陶渊明集》在《于王抚军座送客》诗下注云:

> 此诗永初二年辛酉秋作也。《宋书》:王弘为抚军将军、江州刺史;庾登之为西阳太守被征还;谢瞻为豫章太守将赴郡。王弘送至湓口,三人于此赋诗叙别,是休元要靖节豫席饯行,故《文选》载谢瞻即席集别诗,首章纪坐间四人。①

按李公焕注本说法,《于王抚军座送客》诗是陶渊明离开庐山,应王弘之约,远赴湓口,饯别谢瞻时而作的。这一看法,比《晋书》本传走得更远。即:陶渊明不但与王弘交往,而且关系非浅;陶渊明不但远离隐逸之地庐山,还远赴湓口参与王弘饯别朋友(谢瞻)的宴会活动,而这一朋友(谢瞻)与他却素不相识。因此,李公焕注本叙述的这些史实,恐怕与晚年陶渊明的生活习性乖离甚远。

李公焕注本荟萃众说,郭绍虞先生指出:"吴焯《跋》称:'此编汇集宋朝群公评注,淳祐中又刻于省署,当时所称玉堂本者也。'此言不知其所据,使所言果确,则笺注原出宋人所辑,李公焕所辑录,不过总论一卷耳。……考其笺注,多采张縯、吴仁杰二家之说,窃疑其所据或出自蜀本也。"② 据此可以看出:陶渊明参与王休元(王弘)饯别谢瞻宴会而作《于王抚军座送客》诗的说法,在宋朝时就已经流传。而南宋王质《栗里谱》中所论"(陶渊明)自乙巳至于丁卯,迄死未尝他适,独暂为随休元入州"③,很明显就是针对当时的流行看法的。他认为,陶渊明从归隐一

---

① (元)李公焕:《笺注陶渊明集》,《四部丛刊》本。
② 郭绍虞:《陶集考辨》,《照隅室古典文学论集》,上海古籍出版社 1983 年版,第 289 页。
③ (宋)王质:《栗里谱》,许逸民校辑《陶渊明年谱》,中华书局 1986 年版,第 6 页。

直到去世，从未离开过庐山。"独暂为随休元入州"，表明他对陶渊明被邀至州的说法持保留和谨慎态度。

清代学者牟巘对陶渊明被邀至州的说法表示强烈反对，他说："陶公为建威参军，刘裕幕府也。……王弘自江北来，首以此事风朝廷，裕遂移晋祚，而弘为吏部尚书，为江州刺史，遂被心腹之寄。既来江州，柴桑近在境内，于陶公时拳拳，岂非内怀前愧，欲拔高人胜士以湔被耶？彼曷不知名节之为高掖，陶公未易致，则使人中路酒食候其出，醉而邀之，庶几一见，斯盖以甚迫，则亦可以见吾胸怀本趣固有在，岂端为一王弘哉。适乘篮舆足以自返，其视华轩为何物，而弘欲以此荣其归，此又可笑也。"① 这一段话道破了王弘欲结交陶渊明的真实动机，对《晋书》、李公焕注本中王、陶交游的说法进行了质疑和驳斥。

还有学者对李公焕注本"休元要靖节豫席饯行，故《文选》载谢瞻即席集别诗，首章纪坐间四人"说法进行有力的驳斥。② 如顾易《柳村陶谱》："（陶诗）所送客不知何人，刻本乃引《文选》谢瞻《王抚军庾西阳集别》诗，谓公必预此席，故谢瞻诗首章纪座间四人。可按《文选》，知其妄也。"③ 陶澍《靖节先生年谱考异》："今《文选》，瞻序仅记三人，无先生名字，岂宋本有之，今本夺去耶？"④ 又《靖节先生集》："《文选》有谢宣远《王抚军庾西阳集别，时为豫章太守，庾被征还东》一首。李善注：'沈约《宋书》曰：王宏为豫章之西阳、新蔡诸军事，抚军将军，江州刺史。庾登之为西阳太守，入为太子庶子。集序曰："谢还豫章，庾被征还都，王抚军送至湓口楼作。"'无首章纪坐间四人事。不知李注所本。所引年谱，亦不知何人所撰。"⑤ 古直先生说得更为明确："《文选》谢宣远《王抚军庾西阳集别作》云：'方舟新旧知，对筵旷明牧。'李善注：'旧知，庾也。明牧，王抚军也。'止纪二人。"⑥ "此诗所纪止休元，登之及瞻自己。李云'四人'，误也。"⑦ 可见，李公焕注本的说法，并不足信。

---

① 牟巘：《九日闲居并序》，龚斌《陶渊明集校笺》引，上海古籍出版社1996年版，第547页。
② 关于这一讨论，本书第八章第一节"陶渊明诗《于王抚军座送客》辨伪"有详论，请参见。
③ （清）顾易：《柳村陶谱》，雍正七年（1729）顾易序刻本。
④ （清）陶澍：《靖节先生年谱考异》，《靖节先生集》附录，文学古籍刊行社1956年铅印本。
⑤ （清）陶澍：《靖节先生集》卷4，文学古籍刊行社1956年铅印本。
⑥ 古直：《陶靖节诗笺定本》，中华书局1935年版。
⑦ 古直：《陶靖节年谱》，中华书局1926年《隅楼丛书》本。

四　陶渊明晚年隐居生活与王弘交往之不可信

从陶渊明晚年的隐居生活态度来看，也可以反证他晚年与王弘交往的不可能，不可能到江州做客，更不可能参加送别庾、谢的宴会，并写下这首《于王抚军座送客》诗。所有这一切，还有一些旁证文献可以佐证。

第一，陶渊明天性爱静，晚年体弱多病，更少参加事务活动。他曾多次自述其好静的性格："我爱其静"（《时运》），"偶爱闲静"（《与子俨等疏》），"闲静少言，不慕名利"（《五柳先生传》），"闲静少言"，徐公持先生说他"性格内向，不好活动，亦不好交游"[1]。因而，厌倦了官场应酬的陶渊明，又岂会愿意跟随王弘在江州抛头露面，做出送别谢瞻之举？

又，王弘出任江州刺史之时，陶渊明已年届五十四岁[2]，他年过五十后，疾患缠身。同时代颜延之《陶征士诔》云："年在中身，疢维痁疾。视死如归，临凶若吉。药剂弗尝，祷祀非恤。"陶渊明《与子俨等疏》云："天地赋命，生必有死。自古贤圣，谁能独免。吾年过五十，疾患以来，渐就衰损。亲旧不遗，每以药石见救，自恐大分将有限也。"可见陶渊明年过五十的病患，曾经一度濒临死亡的边缘，虽然侥幸度过，但对陶渊明此后的生活与身体造成极大的影响。

《示周续之祖企谢景夷三郎》诗云："负疴颓檐下，终日无一欣。药石有时闲，念我意中人。""老夫有所爱，思与尔为邻；愿言诲诸子，从我颍水滨。"此诗作于义熙十二年，时年陶渊明五十二岁。又《赠羊长史》："闻君当先迈，负疴不获俱。路若经商山，为我少踌躇。"此诗作于义熙十三年，陶渊明五十三岁。两诗均描述病患的严重情况以及陶渊明对待世事的态度。

又，《答庞参军》诗序云："吾抱疾多年，不复为文。本既不丰，复老病继之。"此诗作于元嘉元年，陶渊明六十岁时。陶渊明诗序交代，自己年过五十患病以来，创作诗文不多。因此，陶渊明自患痁疾（疟疾）以后，参与江州刺史王弘的宴会活动，并作有《于王抚军座送客》的应酬文章，就更可堪怀疑了！

第二，陶渊明反对周续之出山讲礼，可见陶渊明的政治态度。最能反映此处渊明晚年归隐生活的诗文，是《示周续之祖企谢景夷三郎时三人

---

[1] 徐公持：《魏晋文学史》，人民文学出版社1999年版，第567页。
[2] 据《宋书·王弘传》，王弘出任江州刺史，在义熙十四年，陶渊明时年五十四岁。

共在城北讲礼校书》一诗（以下简称《示三郎》）。

考陶渊明归隐后先后有三个居住地：上京（《还旧居》）、柴桑里（《戊申岁六月遇火》）、南村（《移居》二首），都在柴桑县境内。其交游的圈子也不出庐山①。《晋书》本传云："征著作郎，不就。既绝州郡觐谒，其乡亲张野及周旋人羊松龄、庞遵等或有酒要之，或要之共酒坐，亦欣然无忤，酣醉便反。未尝有所造诣，所之唯至田舍及庐山游观而已。"这说得再清楚不过。又《五柳先生传》说："性嗜酒，家贫不能常得。亲旧知其如此，或置酒招之，造饮必尽，期在必醉，既醉而退，曾不吝情去留……其自序如此，时人谓之实录。"《饮酒》其十八："子云性嗜酒，家贫无由得。时赖好事人，载醪祛所惑。"《形影神》自序："好事君子，共取其心焉。"都可证《晋书》所载属实。

《示三郎》诗激烈反对周续之等人出山讲学，则更直接表明了渊明晚年的仕隐立场。萧统《陶渊明传》说："时周续之入庐山事释慧远，彭城刘遗民亦遁迹匡山，渊明又不应征命，谓之'浔阳三隐'。后刺史檀韶苦请续之出州，与学士祖企、谢景夷三人，共在城北讲《礼》，加以雠校，所往公廨，近于马队。是故渊明示其诗云：'周公述孔业，祖谢响然臻。马队非讲肆，校书亦已勤。'"对其讲学校书进行讥讽和劝告。其实，周续之作为"浔阳三隐"之一，亦颇为时人所敬仰，宋高祖刘裕曾有过"真隐士"之誉。《宋书·周续之传》记载："续之八岁丧母，哀戚过于成人，奉兄如事父。……征太学博士，并不就。江州刺史每相招请，续之不尚节峻，颇从之游。……高祖之北伐，世子居守，迎续之馆于安东寺，延入讲礼，月余，复还山。……俄而辟为太尉掾，不就。"可见，在"个个要职要官"的晋代，续之还是保有一定操守的。但陶渊明对他这种一而再，再而三的不真心归隐，态度很不友好，甚至还带有训斥的口气。从诗题来看，对周续之是直呼其名，考陶渊明交游诗，他称人时均尊称人官职名，唯此诗例外。陶渊明与刘遗民、周续之同为"浔阳三隐"，但诗歌《赠刘柴桑》、《酬刘柴桑》诗题的称呼与此却迥然不同。王质《栗里谱》说"或恐刘柴桑是县令，刘或尝为此县，存此呼，或有命不为。……遗

---

① 对陶渊明住所的考证，向来意见不统一。古直《陶靖节年谱》说有栗里、上京、南村三处；朱自清先生说是柴桑、上京、南村、浔阳四处（《陶渊明年谱中之问题》）；逯钦立先生说是上京闲居、园田居、南里（南村）三处（《陶渊明事迹诗文系年》）；魏正申先生说是柴桑、上京、西庐（西畴）、南村（南里）四处。其中逯、魏二说较详。但不管哪一家说法，对渊明的住所并没有超出浔阳、柴桑一带的意见，则是相同的。

民（即刘柴桑）自隐之余无闻，续之在隐之中微婉。君与周、刘，号称浔阳三隐，校情义，稍有浅深"①，指出渊明称官名和直呼其名时的情感差异。又，从语气上看，诗题直接呼其名犹可，还称其为郎，郎，即小儿。又诗句"老夫有所爱，思与尔为邻。愿言谢诸子，从我颖水滨"，以老夫自居，与小儿相对，明显带有一种长辈对晚辈的教训语气。②而且从四句诗的语意判断，要求周续之等人"从我颖水滨"，似乎还暗含有一种不容商量，不可违抗的强词夺理的态度。从这种"怒其不争"的怨怒语气中，可侧面见出渊明誓志归隐的决心，不但自己身体力行，还严格管束身边的友朋，甚至不惜指手画脚。

检《宋书·檀韶传》，檀韶出任江州刺史，始于义熙十二年。《宋书·王弘传》载王弘任江州刺史是在义熙十四年。此时期正是晋宋易代的最关键、最黑暗阶段，在这种血雨腥风的多事之秋，陶渊明离开庐山，奔赴王弘酒宴；并且在短短的两年里，与当时对周续之时的态度，前后判若两人，这似乎都不太合乎常理。更何况，被邀作陪酒送客，相较于被邀讲《礼》，身份又等而下之，这对于刚刚教训过小儿，并要其"从我颖水滨"的"老夫"来说，大概不会有此行为吧？因而，同作为"浔阳三隐"，陶渊明以长者身份规劝周续之等"从我颖水滨"（《示三郎》），足见他对刘裕政权的态度。

早在宋代，王质曾结合这首诗，对陶渊明的陪酒送客也表示过质疑和否定。他说："同隐周续之召至都，为颜延之连挫。义熙间，檀韶为江州刺史，要续之在城北讲《礼》雠书。有《示周掾祖诗》诗云：'马队非讲肆，校书亦已勤。'又云：'但愿还渚中，从我颖水滨。'江城尚不欲周往，奚况京师？"③赵泉山说："靖节不事觐谒，惟至田舍及庐山游观舍，是无它适。续之自远公顺寂之后虽隐居庐山而州将每相招引，颇从之游，世号通游，是以诗中引箕隐之事微讥之。"④何焯亦曰："鲁两生不肯起从汉高，况见此季代篡夺乎？故劝之从我为箕隐之游也。"⑤ 这些均点出了渊明劝阻周续之的真实内心以及他对晋宋易代的立场。

---

① （南宋）王质：《栗里谱》，许逸民校辑《陶渊明年谱》，中华书局1986年版，第6页。
② 郎，逯钦立《陶渊明集》，以为是对别人的尊称，并引《江表传》、《世说新语》为例，其说可商。今因陶渊明以"老夫"自居，疑"郎"即小儿，是一种教训时的詈称。
③ 王质：《栗里谱》，许逸民校辑《陶渊明年谱》，中华书局1986年版，第6页。
④ （清）陶澍：《诸家评陶汇集》，《靖节先生集》附录，文学古籍刊行社1956年铅印本。
⑤ 同上。

《宋书·周续之传》称"续之不尚节峻，江州刺史每相招请，颇从之游"；那么就陶渊明来说，江州刺史王弘"每相招请"，如果陶渊明也"从之游"，不也算是"不尚节峻"吗？而事实上，渊明不但没有遭受"不尚节峻"的讥苦，《宋书》反而称赞他"自以曾祖晋世宰辅，耻复屈身后代，自高祖王业渐隆，不复肯仕。所著文章，皆题其年月，义熙以前，则书晋氏年号；自永初以来，唯云甲子而已"。自《宋书》以降，陶渊明获得《南史》、《晋书》等多家正史并载的殊誉，其操行久为时人及后人的敬仰。因而，以此反观《宋书》中有关王弘与渊明交往的记载及《晋书》中增饰的史料，我们应对他们两人的交往作出重新理解。

又，据《宋书·檀韶传》，檀韶出任江州刺史，始于义熙十二年；《宋书·王弘传》载王弘任江州刺史是在义熙十四年。此时正是晋、宋易代的最关键、最黑暗阶段，在这种血雨腥风的多事之秋，陶渊明断不可能与王弘交游，更不会随之到江州。

第三，同时代隐士对王弘的态度可作参照。孔淳之是与陶渊明差不多同时代的隐士。《宋书·隐逸·孔淳之传》："（孔淳之）与征士戴颙、王弘之及王敬弘等共为人外之游。……元嘉初，征为散骑侍郎，乃逃于上虞县界，家人莫知所之。弟默之为广州刺史，出都与别。司徒王弘要淳之集冶城，即日命驾东归，遂不顾也。"① 从《宋书》《南史》《晋书》三史都为陶渊明立传来看，陶渊明的隐名要比孔淳之稍大。孔淳之尚且这样注重声誉，对王弘的邀请不屑一顾，足可以据此推断陶渊明对王弘的态度了。因而他与王弘饮酒，接受王弘赐酒，应王弘之邀赴江州诸事更无从谈起。

综上所述，陶渊明与王弘交游的文献可信度都不高，或出于好事者之手，或为小说家言。如果不细加甄辨，则将影响对陶渊明晚年思想的理解和把握。关于他们的交游，笔者认为，虽然有庐山半道之共饮，但陶渊明并不知晓王弘的真实身份，陶渊明晚年没有走出过庐山，没有被王弘相邀到江州做客，更没有被王弘相邀参加送别谢瞻、庾登之的宴会。

因此，陶渊明与王弘之间也就没有存在真正的交往。不过，退一步说，所有这些记载，在今天看来，不管真实与否，又都从不同侧面体现着晋、宋时代薰习与文化精神。陶渊明轶事的流行，是魏晋间清言风气的一种余绪与传承的反映。陶渊明或因"才小人微"，不为《世语》所载，但其风度不减其外祖父孟嘉，备受南北朝士人的清议与仰慕。

---

① （南朝）沈约：《宋书》，中华书局1974年版，第2284页。

第三节　陶渊明与刘柴桑、慧远交游及其世俗、宗教情感

一　陶渊明与刘柴桑交游及其世俗情感

陶渊明与刘柴桑的交游，有《酬刘柴桑》、《和刘柴桑》二诗。从诗文及相关记载来看，刘柴桑实是常与陶渊明交游的一重要人物，刘柴桑为《莲社高贤传》中的刘程之，非《世说新语》注所引何法盛《晋中兴书》中的刘驎之，这已基本成为定论，不须再作考辨。① 关于刘柴桑的事迹，今可考见的有《莲社高贤传》、《庐山记》及《高僧传》、《肇论疏》、《辨正论》、《广弘明集》等诸书的注引。② 刘柴桑名刘程之，又名刘遗民。关于"遗民"的来历有三家说法：《肇论疏》说"自谓是国家遗弃之民，故改名遗民也"；《庐山记》云"后易名遗民"，但没有说明"易名"的理由；《莲社高贤传》则言"刘裕以其不屈，乃旌其曰遗民也"。后一家独与前两家之说迥异。疑刘柴桑的改名，大抵同于陶渊明之入宋后自改名为"潜"，也自改名为"遗民"，所以《肇论疏》的说法可能较为可信。《庐山记》只是采用《肇论疏》的说法而模糊言之。又按《肇论疏》，刘柴桑卒于义熙十一年，其时晋宋尚未易代，但处于易代的前夕，刘程之对政局可能已有敏感的意识（这一点在渊明身上表现同样明显），故自谓"国家遗弃之民"，公然表示对时局的不满，怪不得有"刘裕以其不屈，旌其为遗民"之说，大概其耿介的精神可能真刺痛了刘裕等人"绷紧的神经"，因当时东晋政府名存实亡，实权控制在刘裕的手中。《莲社高贤传》言其"解褐府参军"，又受谢安、刘裕的举荐。刘遗民与谢安不处于同一时期，因此其谬不待辨。

关于其入仕前的生平，《庐山记》云：

> 刘程之，字仲思，彭城聚里人，汉楚元王之苗裔也，历晋世至卿相。程之少孤，事母，州闾称孝。典坟百家靡不周览，尤好佛理，陈郡殷仲堪，桓玄等诸贤莫不崇仰。

---

① 李华：《陶渊明新论》，北京师范学院出版社 1992 年版，第 43—44 页。
② 同上书，第 44 页。

其他诸书的记载略同。关于其卒年，以《肇论疏》所引的慧远所作传记最为可信①，李华先生有详细的考证②。《隋书·经籍志》言有《刘遗民集》五卷，录五卷，《老子玄谱》一卷。

按慧远所作传记，可知刘柴桑于元兴元年（402）任柴桑令，初游庐山也在此时。元兴二年开始隐居西林，一直到义熙十一年去世。结合陶渊明的生平，隆安五年（401）至元兴三年（404），丁忧在家，或许两人当时已有交往。但更多的交往则是在元熙元年（405）陶渊明归田园居之后。

现可考查的二人交游主要在《和刘柴桑》、《酬刘柴桑》的诗文往来之中。逯钦立先生将二诗系于义熙五年。李华先生曾有详细辨考，认为当在义熙七年。③ 笔者也认为义熙七年较为合适。

《移居》诗二首，逯先生参照《与殷晋安别》"去岁家南里，薄作少时邻"系于义熙七年。这"薄作少时邻"与"二三邻曲同游斜川"（《游斜川》序）、"闻多素心人"、"邻曲时时来"、"奇文共欣赏，疑义相与析"、"登高赋新诗"、"过门更相呼"（均见《移居》二首）遥相呼应，在这些邻曲当中，刘柴桑应算是比较特殊的一位。或正因为时有"奇文共欣赏，疑义相与析"、"登高赋新诗"，不单渊明有诗文传世，刘柴桑也有诗文集流传于世。又《移居》："闻多素心人，乐与数晨夕"与《酬刘柴桑》"今我不为乐，知有来岁不"、《移居》"春秋多佳日，登高必赋诗"与《酬刘柴桑》"命室携童弱，良日登远游"、《移居》"弊庐何必广，取足蔽床席"与《和刘柴桑》"良辰入奇怀，挈杖还西庐"、《与殷晋安别》"负杖肆游从，淹留忘晨宵"等时况、心境均相似或暗合。这样综合起来，《移居》二首与《和刘柴桑》、《酬刘柴桑》、《与殷晋安别》应系于同一年，且可能移居南村在前，诗文的和酬在后。

《移居》："昔欲居南村，非为卜其宅。闻多素心人，乐与数晨夕。怀此颇有年，今日从兹役。""颇有年"，知其《移居》不是因殷晋安（殷晋安是移居后新结识的友朋），而是因刘柴桑等朋辈们。如前面所述，刘柴桑自元兴元年始游庐山，元兴二年隐居西林，与陶渊明时常往来。相较而言，殷晋安是"去岁家南里"时才相识的，因有"游好非久长，一遇

---

① （唐）释道宣：《广弘明集》卷27，上海古籍出版社1991年版，第315页。
② 李华：《陶渊明新论》，北京师范学院出版社1992年版，第45—46页。
③ 同上书，第46—52页。

尽殷勤"之说。"南里"即"南村",是渊明移居后的居所。"契杖还西庐"(《和刘柴桑》)中的"西庐",学者一般都认为是地名。但仔细推敲文意,作地名理解似乎于上下文不是很通畅,此"西庐"应指《移居》诗"弊庐何必广"中的"弊庐"更恰切。关于这些,王质《栗里谱》中也有所提及。《栗里谱》"永初元年庚申"条云:

> 刘遗民亦同隐,有《和刘柴桑》诗云:"契杖还西庐"。又云:"春醪解饥劬。"其还以春,有《酬刘柴桑》云:"嘉穗养南畴。"又云:"慨然已知秋。"其还至是及秋。初自西庐移至南村,有《移居》诗云:"闻多素心人,乐与数晨夕。"又云:"过门更相呼,有酒斟酌之。"迁居殆为遗民之徒。寻还西庐,度相距不远,与遗民更相酬酢,不改赏文析义之时。①(着重点为笔者所加)

王质言迁居是为"遗民之徒","度相距不远"等语都可谓慧眼独具。但误认为西庐与南村是两个对立的地名,因而把本来是分别作于春、秋二个时段的《和》《酬》两诗,当作是"其还以春""至是及秋"之作。按其意思理解,陶渊明从西庐回南村在路途中花了好几个月,春天开始启程,秋天才到,这显然是有误的。两人如果相距遥远,还能有如此频频地接触吗?况且,与王质自己下文所说的"寻还西庐,度相距不远"岂不自相矛盾吗?因此,西庐就不可能是渊明迁居南村前的住地,而是他迁居南村后的新盖屋舍,这个屋舍与刘柴桑相距不远,诗中提起时又常称为"弊庐",实即西庐。

唐释法琳《辨正论》引《宣验记》,说到刘柴桑"卜室庐山西林中。多病,不以妻子为心"。此说不见于庐山慧远法师所作的传记中。《和刘柴桑》诗云:"山泽久见招,胡事乃踌躇?直为亲旧故,未忍言索居。"有论者以为诗是刘柴桑替慧远法师招陶渊明语,或者有一定道理。有人于是便将此语与柴桑的"不以妻子为心"联系起来,谴责刘柴桑无责任心,不够为夫为父的资格。实大谬矣!渊明诗中"直为亲旧故"不唯言"妻子"明矣,实是一切社会关系事务的代称。在《和刘柴桑》诗中,陶渊明展现了他关怀世情,颇具温暖友情的一面。

魏正申先生曾经高度评价《和刘柴桑》的价值,称它"确是了解陶令真实思想面貌的作品",是可以"让人们充分了解陶令归田、躬耕的生

---

① (南宋)王质:《栗里谱》,许逸民校辑《陶渊明年谱》,中华书局1986年版,第6页。

活与心态","找回真正的陶令"。①《和刘柴桑》诗云：

> 山泽久见招，胡事乃踌躇。直为亲旧故，未忍言索居。良辰入奇怀，挈杖还西庐。荒途无归人，时时见废墟。茅茨已就治，新畴复应畬。谷风转凄薄，春醪解饥劬。弱女虽非男，慰情良胜无。栖栖世中事，岁月共相疏。耕织称其用，过此奚所须。去去百年外。身名同翳如。

清代吴瞻泰《陶诗汇注》谓"此诗为庐山无酒而发"，张玉穀看作是"别刘归家和刘之作"（《古诗赏析》），方东树《昭昧詹言》却说是"和刘即自咏"。见仁见智的理解中，却折射出这首诗的潜在容量与张力。题材上，这是首田园交游诗，融田园诗、交游诗于一体，首四句、末八句畅叙交游，中间八句共话田园。

诗歌前四句组成一个独立整体。"山泽久见招，胡事乃踌躇"为刘柴桑的问语，"直为亲旧故，未忍言索居"是陶渊明的答语，二者浑然融于一体。援引他人的问语入诗，一问一答，是陶诗的新创。陶诗《饮酒》其九"褴缕茅檐下，未足为高栖。一世皆尚同，愿君汩其泥"，直接镶田父语入诗；《九日闲居》"如何蓬庐士，空视时运倾！尘爵耻虚罍，寒华徒自荣"，直接援引旁人的规劝语入诗，而不是陶渊明的自述语。前两句"如何蓬庐士，空视时运倾"相问，后两句"尘爵耻虚罍，寒华徒自荣"作答。陶渊明以"爵"、"虚罍"自比，表示不愿受尘垢的沾染；"寒华"比喻入仕的营苟之人，"徒自荣"表明陶渊明不愿效仿他们，人各有志。从这四句一问一答的方式看，可能在此之前曾有人劝仕过陶渊明（如《归去来兮辞》序云："亲故多劝余为长吏"），陶渊明作了这首诗表明长期归隐的心迹，算作回答。这种问答体的写作范式，对后来杜甫"三吏三别"的创作影响很大。

"山泽久见招，胡事乃踌躇"是兴来之笔，半空劈面而至；"直为亲旧故，未忍言索居"陡然作答，前句淡然，后句紧促，奠定了全诗的内容基调。下句"良辰"、"奇怀"紧承"未忍言索居"而来，是"未忍"的落脚点；"挈杖"、"西庐"展现的是隐居之人、之境的惬意、悠然。整体构筑出的是一幅人、物交织的静穆画面。这种静穆随着一"入"一"还"，顿时满是动感，微微起伏着，荡漾着。这一"入"一"还"，带

---

① 魏正申：《陶渊明评传》，文津出版社1996年版，第235页。

着鲜明的方向感,仿佛由画面的一角向中央延展。"入"动作轻快敏捷,"还"行动缓慢蹒跚,在同一组动态的画面中构成鲜明的比照。一驰一缓,朝着同一方向进发,目标的指向上传递的是同一种浓浓的归宿感,是自然、温馨、心灵的归宿。"良辰"给人的是扑面而来的自然春光,下句"新畴"、"谷风"、"春醪"的田园风光,就围绕着"良辰"而展开。"良辰"成了中间八句田园写景的"诗眼"。"奇怀"情意深长,耐人寻味。陶渊明嗜奇,爱读奇书,好采"奇"字入诗。"奇翼"、"奇文"、"奇歌"、"奇光"、"奇姿"、"奇绝"、"奇踪"等意象,在其笔端层出不穷,铸造出奇幻纷纭的精彩世界。

如果说"良辰入奇怀,挈杖还西庐"展示的是幽雅、闲适,那么"荒途无归人,时时见废墟"就顿然衰败不堪了。"荒途"、"无归人"、"时时"、"废墟",字字用力,着墨狠重。前后两组镜头有着天壤之别,却又都是真实的描绘,是诗人"挈杖还西庐"途中所见的真实写照。诗人所处的江州为东晋军事重镇,屡经桓玄、卢循叛军的蹂躏掳掠。诗人也不止一次的描绘过这种衰败,"试携子侄辈,披榛步荒墟。徘徊丘垄间,依依昔人居。井灶有遗处,桑竹残朽株。借问采薪者,此人皆焉如。薪者向我言,死没无复余"(《归园田居》其四)、"阡陌不移旧,邑屋或时非。履历周故居,邻老罕复遗"(《还旧居》)。回看这些诗,语气外似平淡,但一个个狠重、密集的衰败意象汇聚,其力透纸背的力量也绝不逊于"白骨露于野,千里无鸡鸣"、"朱门酒肉臭,路有冻死骨"。平淡之中,却足以穿透时空,传响于古今。这种"诗而史"的写法,表明诗人在感受"良辰入奇怀"的惬意与飘然时,并未忘怀现实。他依然还在回答着"未忍言索居"中"未忍"的理由,亲旧固然是一方面,"良辰"也是一方面,但他最"未忍"忘却的恐怕要算是触目惊心的废墟了。留下来整饬这些时时可见的"荒途"与"废墟",就成了他不"见招"于"山泽"的最大缘由。"茅茨已就治,新畴复应畲",清晰地展示着诗人将家园整饬一新的景象;"谷风转凄薄,春醪解饥劬",一种整饬后的劳累与欢愉溢于言表,跃然纸上。四句既是自然田园风光的描绘,也是一种社会风光的象征性写照。陶渊明并非真的忘却世事,在百事凋敝、儒业失传的年代里,他牢记"先师"遗训:忧道不忧贫,在力所能及的范围内做着分内的事。弃官归隐后,他从事讲习之业(《感士不遇赋》),传授门生。所以诗中"茅茨"、"新畴",就不仅是简单的自然物象,而是如屈原《离骚》中"余既滋兰之九畹兮,又树蕙之百亩。畦留夷与揭车兮,杂杜蘅与芳芷"一样,兰、蕙、留夷、揭车、杜蘅、芳芷,不仅仅是香草之名,而且成了诗人培养人才的代名词。所以这四句写景之中,又暗蕴着比兴之体。

"弱女虽非男,慰情良胜无",诗歌由此转入了另一层话题。"弱女"当为稚女。弱,当为幼小义。陶渊明笔下,除此处"弱女"外,尚有"弱子"等用例,"命室携童弱,良日登远游"(《酬刘柴桑》),"弱子戏我侧,学语未成音"(《止酒》),皆是其例。

有论者以为"弱女"是比喻"酒之醇薄",逯钦立先生对此表示否定,认为乃是穿凿之说。他又引用王棠的话说:"柴桑有女无男,潜心白业,酒亦不欲,想必以无男为恨,故公以达者之言解之。"① 但观陈舜俞《庐山记》,刘遗民临终前,"命子雍积土为墓,勿用棺木郭"(《广弘明集》卷27《释慧远与隐士刘遗民书》略同),可见柴桑并非有女无男。又《酬刘柴桑》云:"命室携童弱,良日登远游。"当是陶渊明邀呼柴桑"命室","携童弱","登远游",益知刘柴桑有家室和小孩。

"弱女虽非男,慰情良胜无。"这两句是陶渊明安慰刘柴桑关于家庭子女琐事的话。想来必是刘柴桑又新添了丁口,美中不足的是个女娃,所以陶渊明用这样的话来安慰他。这种安慰语是针对刘柴桑的牢骚和苦衷而发的。因为男丁可充作"力子",用于田亩耕种,帮助养家糊口,如同他当年出为柴桑令,以求"入山之资"一样,纯然是出于生计的考虑。所以陶渊明开导他不如学通达一些:"耕织称其用,过此奚所须",生男生女都一样有用,女子织布跟男子耕种一样可以补贴家用。有耕有织了,还用奢求什么呢?

"栖栖世中事"是诗中的总合之笔。此前的诗人之事、刘柴桑之事、个人之事、社会之事,皆如涓涓细流,汇聚于此,成海纳百川之笔势。"栖栖"的急遽不安之态,与下句"岁月共相疏"前后辉映相承,共同传递着对岁月飞逝、世事蹉跎的感慨。明代何焯说:"共相疏,我弃世,世亦弃我也"理解失于偏颇。"共"字意蕴丰富,有人、我之共:诗人与刘柴桑;有物、我之共:世中事、岁月与诗人、刘柴桑;有物物之共:世中事与岁月。着一"共"字,顿显人我、物我相互交织的流动之感,将"岁月"这一静态之物击撞得动态纷纭。"岁月"一动,牵涉的人、我、世中事因之而动,牵一发而动全身,笔法独特而巧妙,风流尽在"共"字之中。"疏"也不是简单的疏弃之意,它强调的是时间如白驹过隙的飞逝之感,揽手欲取而愈不可取,"更行更远"的

---

① 魏正申:《陶渊明评传》,文津出版社1996年版,第235页,第58页。

缥缈怅失之境。正是伴随着这一情怀的感发，在诗歌的收合之中，全诗的意境顿时拓宽。清人方东树所说的"'栖栖'二句顿挫以宽文势，若无此则气促"，就是指的这一层境界。这是诗人淡泊性格与平淡诗风融合的三昧上乘境界。这种淡然之境，随着"去去百年外，身名同翳如"的推波助澜而达到极致。戛然而止之中，平淡而味永，如陈年老窖，品之愈细，味之愈醇。

　　正是出于这种美学追求，陶渊明不惜冒着雷同化的诗家大忌，淋漓酣畅地重复挥洒着这一得意之笔，"一生复能几，倏如流电惊。鼎鼎百年内，持此欲何成"（《饮酒》其三）、"流幻百年中，寒暑日相推。拨置且莫念，一觞聊可挥"（《还旧居》）、"宇宙一何悠，人生少至百。岁月相催逼，鬓边早已白。若不委穷达，素抱深可惜"（《饮酒》其十七）、"百年归丘垄，用此空名道"（《杂诗》其四）。人谓陶渊明旷达抱真，这便正是他的诗歌所臻艺术佳境的真谛所在。所以清人温汝能《陶诗汇评》中高度评价这首诗说："诗中起数语云云，以下直抒胸臆，毫无粘着。陶诗真旷，其品格固高出于晋人，亦唐人所未能及也。"陈祚明《采菽堂古诗选》中也说："真率淋漓，以爽笔抒达旨，此陶公所为擅场，如此诗乃真汉人。"这都是对这首诗品味深长的珠玑之语。

　　陶诗构思浑然，清人吴瞻泰曾引"良辰入奇怀，挈杖还西庐"句说："'良辰入奇怀'，高兴勃发；'挈杖还西庐'，意趣索然，为无酒也。十字合看，益见其妙。其句所云'久见招''乃踌躇'，良为此耳。"虽然其评"挈杖还西庐"不无相商之处，但其"十字合看，益见其妙"却为精到之评，并且洞察出这"十字"与起句之间那种"草蛇灰线，伏延千里"的整体构思奥妙。他参悟了陶诗似断非断神奇意脉的不二法门，也品出了陶渊明高蹈世俗而并未忘怀世情的闲逸志趣。

二　陶渊明与慧远法师及其佛教情缘

　　陶渊明与慧远的交往，不见于陶渊明的诗文，也少见于年谱，但一些野史旧闻中却多有记载。考《宋书》、《南史》、《晋书》皆言渊明"尝往庐山"，因慧远定居庐山，故陶渊明此去庐山可能是与远公交游。对其交往记载最早的见于《莲社高贤传》，其语云："远法师与诸贤结莲社，以书招渊明，渊明曰：'若许饮则往。'许之，遂造焉，忽攒眉而去。"渊明与慧远交游，流传最广的是"虎溪三笑"故事，但这个故事被奉为佳话，却有一个逐步变化、增饰的过程。①

虎溪相送最早见于盛唐孟浩然、李白的诗句。孟浩然《疾愈过龙泉精舍呈易业二上人》诗云："日暮辞远公,虎溪相送出。"②李白《别东林寺僧》诗："笑别庐山远,何烦过虎溪。"③又《高僧传》云："自(慧)远卜居庐阜,三十余年,影不出山,迹不入俗,每送客游履,常以虎溪为界焉。"④知李、孟二人皆化用《高僧传》典故,而且诗中并未提到渊明,可知慧远的虎溪相送还没有与渊明相关联。

到晚唐贯休《再游东林寺作》其四："爱陶长官醉兀兀,送陆道士行迟迟。买酒过溪皆破戒,斯何人斯师如斯。"(《全唐诗》卷836)原注云:

> 远公高节,食后不饮蜜水,而将诗博绿醅与陶潜,别人不得。又送客不以贵贱,不过虎溪,而送陆静修(按:实即陆修静)道士过虎溪数百步。今寺门前有道士冈,送道士至此止也。

在这里已有渊明爱醉饮、受远公格外器重的说法,但明显受《莲社高贤传》的影响。诗中还说到远公破例送陆修静过虎溪之事。可见在此时期的流传中渊明还只是饮酒,并没有享受虎溪相送的殊荣,虎溪告别,远公送的只是陆修静一个人。到了北宋,随着渊明身价被抬高,这种情形就完全发生了改变。北宋黄庭坚《戏效禅月作远公咏》并序说:"远法师居庐山下,持律精芳,过中不受蜜汤,而作诗换酒,饮陶彭泽。送客无贵贱,不过虎溪,而与陆道士行,行虎溪数百步,大笑而别。故禅月作诗云:'爱陶长官醉兀兀,送陆道士行迟迟。买酒过溪皆破戒,斯何人斯师如斯。'故效之。"其诗云:"邀陶渊明把酒碗,送陆修静过虎溪。胸次九流清似镜,人间万事醉如泥。"⑤苏轼为石恪《三笑图》作赞曰:"彼三人

---

① 孙昌武先生对于"虎溪"相送故事,有过专门探讨,详细请参阅《庐山慧远与"莲社"传说》,《文坛佛影》,中华书局2001年版,第131—145页。笔者探讨时对孙先生材料多有择用,谨致谢忱。

② (唐)孟浩然著,佟培基笺注:《孟浩然诗集》卷1,上海古籍出版社2000年版,第79页。

③ (唐)李白著,(清)王琦注:《李太白全集》卷15,中华书局1977年版,第729页。

④ (梁)释慧皎著,汤用彤校注,汤一玄整理:《高僧传》卷6,中华书局1992年版,第729页。

⑤ (宋)黄庭坚:《豫章黄先生文集》卷11,《四部丛刊》本。

者，得意忘言。……各笑其笑，未知孰贤。"① 陈舜俞《庐山记》云：

> 流泉匝寺下，入虎溪，昔远客至此，虎辄鸣号，故名焉。陶元亮居栗里，山南陆修静亦有道之士，远师赏此二人，与语合道，不觉过之，因相与大笑。今世传三笑图，盖起于此。

可知到了东坡、陈舜俞二人时，情形就有了很大变化。由《三笑图》和《庐山记》开始，"虎溪三笑"的典故至此固定下来。陈舜俞生卒年不可考。只知其神宗熙宁年间（1068—1077）曾为嘉禾令。其作的《十八高贤传》，徽宗大观初年（1107—1110），沙门怀晤复详补其书，就是今传的《十八高贤传》。与苏轼（1037—1101）、黄庭坚（1045—1105）差不多同时代。在晚唐贯休诗文中，陶渊明与远公饮酒、远公送陆道士过虎溪实是两件独立的事情，贯休是分别说明的，但到陈舜俞《庐山记》则抹去了这种区别，混合成一件事了，舍弃了饮酒的事不谈，单言虎溪作别，并添以虎吼、大笑，绘声绘色，愈显生动。这种交游轶事的嬗变重合历史进程，鲜明地体现着时代薰习印痕。

梁启超先生曾说："此两公案为宗门所乐道，虽不必尽信，要之先生与莲社诸贤相缘契，则事实也。"（《陶渊明年谱》）因此，似乎无须过细地考证渊明与远公交游的真伪。因为它似乎已内化成为历代知识分子一种精神心迹的寄托，对传统文化精神与风气的缅怀或纪念。高蹈脱俗的慧远与刘遗民、陶渊明之间的交游，已成为一种文人知识分子独立不羁、自由洒脱、"出淤泥而不染"的人文象征。通过对他们的一种回忆、讴歌，深深地寄寓着一代代人文知识分子孤高傲世、不随流俗的生活方式和精神理念。

有人以为渊明诗文里有与慧远交往隐隐约约的影子。如《和刘柴桑》诗开头说："山泽久见招，胡事乃踌躇？直为亲旧故，未忍言索居。"龚斌先生《陶渊明传论》云："'山泽'这句也可理解为以慧远为首的僧俗集团对渊明的邀请。"② 又如《拟古九首》诗其六云："苍苍谷中树，冬夏常如兹。年年如霜雪，谁谓不知时。厌闻世上说，结友到临淄。稷下多谈士，指彼决吾疑。装束既有日，已与家人辞。行行出远门，为君作此诗。"汤汉《陶靖节先生诗注》以为此诗中的谈士指庐山白莲社中人，并

---

① （宋）苏轼著，孔凡礼点校：《东坡文集》卷21，中华书局1986年版，第608页。
② 龚斌：《陶渊明传论》，华东师范大学出版社2001年版，第67页。

证以《高贤传》①。均录之以备一说②。

龚斌先生曾对陶渊明与慧远的交往作有详细的研究，厥功甚高。他总结两人的交往时说："渊明思想与慧远有着根本分歧的地方。慧远以其儒、玄、佛皆精的博学，以及足不出庐山，不耽世荣的个人品格和文采风流，吸引着渊明常往庐山游观；然而慧远的佛教思想，成为渊明不入庐山的最主要原因。《莲传》说渊明到了庐山，却又攒眉而去。虽然这一传说的真实性令人怀疑，但倒是最形象不过地写出了渊明与慧远交往的若即若离，终究无法志同道合的历史真相。"③

尚永亮先生从陶渊明与刘遗民、颜延之、慧远的相互交往中探讨了陶公与慧远法师的交游以及佛教情怀。尚先生说："刘遗民是和陶渊明齐名的隐士，与陶的私人关系也很好。刘遗民皈依佛教后，专心研究佛教义理，在这种情况下，陶渊明还与他有应和酬答之诗，保持较密切的联系。另外，颜延之是陶渊明的好友，亦通习佛经，并著有《通佛影迹》、《通佛衣钵》等文。据此推论，陶渊明一定程度上是有可能受到佛学思想影响的，至少他对佛教徒和信教友人是不排斥的。所谓道不同，不相为谋，倘若陶渊明的思想与佛家格格不入，相互敌对，那么，他的常相往来于庐山，与释慧远的方外之交与崇佛友人的往还，便都较难得到解释。……说明了陶渊明由于和佛教徒的交往，对其行事甚或部分教义有所认可。"尚先生还说："慧远又邀请著名诗人、莲社成员谢灵运撰写了《万佛影颂》。立佛影时，慧远曾动员很多人参加，陶渊明是否去了，史无记载。但不管参加与否，都是与闻其事，并对铭文颇有了解的。因为他的《形影神》三诗，便与此事有着直接的关联。"尚先生在此基础上进一步探讨了陶渊明与佛教思想的关系，他认为"应作具体分析、评价"，"从渊明居近庐

---

① （南宋）汤汉：《陶靖节先生诗注》卷4，中华书局1988年据北京图书馆藏宋朝刻本原大影印。
② 探讨陶渊明与佛教的情缘关系，当代具有代表性的还有两位先生的说法，一是丁永忠先生，认为陶渊明与佛教思想关系密切，见其论著《陶诗佛音辨》（四川大学出版社1997年版）以及《浪漫陶诗与魏晋佛教》（连载于《重庆文理学院学报》2009年第6期、2010年第2期）等；一是邓小军先生，认为陶渊明与以慧远为核心的庐山佛教之间发生过一场断断续续长约二十年的思想论争，论争的内容，涉及中国文化与佛教各自不同的伦理观、生死观，自然观念和理想国的观念，具体请参看邓小军《陶渊明与庐山佛教之关系》（《中国文化》第十七、十八期，第147—164页）。
③ 龚斌：《陶渊明与慧远》，《陶渊明传论》，华东师范大学出版社2001年版，第72页。

山，与释慧远等人的方外关系看，都不能决然排除佛教思想的影响"。①这些探讨，启人良多，值得珍视。

第四节　陶渊明的其他交游与其诗文创作

一　陶渊明与颜延之、檀道济的交往

陶渊明与颜延之、檀道济的交往，均只见载于《宋书》等史书记载，陶渊明诗文中自己并没有提及，所以陶渊明与颜延之的关系情感到底如何，学者历来看法不尽一致。

陶渊明与颜延之的交往，可考的只有两次。第一次，据《宋书》本传云："先是，颜延之为刘柳后军功曹，在寻阳与潜情款。"萧统《陶渊明传》、《南史》本传记载大体略同。陶澍《靖节先生年谱考异》云："刘柳为江州刺史，《晋书》柳本传不纪年月。考《宋书·孟怀玉传》，怀玉十一年卒于江州之任；《晋书·安帝纪》，义熙十二年六月，新除尚书令刘柳卒；《南史·刘湛传》，父柳，卒于江州。是柳为江州，实踵怀玉之后，以义熙十一年到官，十二年除尚书令，未去江州而卒。延之来浔阳，与先生情款，当在此两年也。"② 可知他们交往的时间当在义熙十一年至义熙十二年六月之间。第二次是在元嘉元年（424），渊明六十岁时。《资治通鉴》卷一百二十载元嘉元年，徐羡之等"出灵运为永嘉太守，延之为始安太守"③。《宋书·颜延之传》："少帝立，始出为始安太守。延之之郡，道经汨潭，为刺史张邵作《祭屈原文》。"《祭屈原文》开头有"惟有宋五年月日"语，宋五年即宋少帝景平二年，也即元嘉元年。《宋书·陶渊明传》亦云："延之后为始安郡。经过，日日造潜，每往必酣饮致醉。临去，留二万钱与潜。潜悉送酒家，稍就酒食。"

按《宋书·颜延之传》"孝建三年卒，时年七十三"反推，知颜延之

---

① 尚永亮：《陶渊明的思想及其成因略论》，《经典解读与文史综论》，中国社会科学出版社2012年版，第199、200、207页。尚先生有关陶渊明与佛教思想的论文，最初发表于1982年陕西师范大学出版社出版的《社会科学论文集》第四辑中，但今天对此话题的探讨，似乎并未进展太多，故赘引该文观点如上。
② （清）陶澍：《靖节先生年谱考异》，《靖节先生集》附录，文学古籍刊行社1956年铅印本。
③ （宋）司马光：《资治通鉴》，中华书局1956年版，第3765页。

生于晋孝武帝太元九年甲申（384），少渊明二十岁。对二人的交往，《陶征士诔》曾有过生动的描绘与回忆：

> 自尔介居，及我多暇。伊好之洽，接阎邻舍。宵盘昼憩，非舟非驾。念昔宴私，举觞相诲。独正者危，至方则碍。哲人卷舒，布在前载。取鉴不远，吾规子佩。尔实愀然，中言而发。违众速尤，迕风先蹶。身才非实，荣声有歇。睿音永矣，谁箴余阙。①

颜延之对他旌以"靖节"的私谥，"宽乐令终曰靖"、"好廉自克曰节"，体现了朋友们对陶渊明一生人格魅力的景仰。诔文可能对二人的交游也不无夸炫溢美之词。颜延之说他曾与陶渊明"接阎邻舍"，陶渊明诗文中也多"邻曲时时来"语，殆时人多以与名士为邻为荣，亦可见这是当时普遍的文化风气。颜延之留与的二万钱被陶渊明"稍就酒家"挥霍一空，并没有贴补贫寒的家用，或可看出颜延之在陶渊明心目中的位置（充其量只是个酒友）。陶渊明好以"文章自娱"，颜延之也时以文名见称，但是不曾见两人有半点诗文和酬的痕迹，这颇耐人寻味。因而称二人关系为挚友，确实可疑。对于此问题，魏正申先生曾有详细地探讨，可参看。② 龚斌先生则指出陶渊明与颜延之感情很深，有诸多共同爱好，相互之间非常真诚坦率。③ 邓小军先生进而通过详细剖析颜延之的《陶征士诔》，认为"颜延之是陶渊明的挚友"，"交谊甚深"，"颜《诔》是用道和历史的极高标准来评价渊明，认为渊明是第一等人品"，并且对"渊明诗文爱之至深，寝馈至深，对渊明文学成就之极高评价"④。邓先生对陶渊明与颜延之的交往，颇多新见，可见研读之深，请参见。

陶渊明与檀道济的交往，《宋书》不载，最早见于萧统的《陶渊明传》。陶渊明晚年贫剧，"檀道济往候之，馈以粱肉，麾而去之"，此行事最早见于萧统《陶渊明传》，《南史》陶渊明本传记载近同。但萧统记叙此事在陶渊明入仕州祭酒"解归"（393）之后，出任镇军、建威参军（404）之前。考《宋书·文帝纪》，檀道济为江州刺史是在元嘉三年（426），与萧统《陶

---

① 严可均：《全上古三代秦汉三国六朝文》，中华书局1958年版，第2647页。
② 魏正申：《陶公与颜延之的交往新解》，《陶渊明探稿》，文津出版社1990年版，第108页。
③ 龚斌：《陶渊明与颜延之》，《陶渊明论》，华东师范大学出版社2001年版，第72—76页。
④ 邓小军：《陶渊明政治品节的见证——颜延之〈陶征士诔并序〉笺证》，《北京大学学报》2005年第5期，第87—99页。

渊明传》所置的时序位置不合。从事理逻辑上看，自刘宋王朝建立到元嘉三年，皇帝都已更换了三次，距陶渊明归隐、朝廷于义熙末年的最后一次征仕都已有多年了，"乱也看惯了，篡也看惯了"①，心头早已经平静，檀道济再以"贤者处世，天下无道则隐，有道则至。今子生文明之世，奈何自苦如此"进行规劝，似乎就很显得突兀，不合时宜了。檀道济是有头脑的人，其劝仕方式不致笨拙至此。因疑萧统《陶渊明传》所记的本事并不可信。

王弘、檀道济在晋、宋易代之际、刘宋建立之初，都是刘宋皇帝麾下的股肱之臣，受到刘宋开国两代三帝王的宠幸。晋、宋易代之际，刘裕先后委以江州刺史重任；景平二年（424）两人均以州刺史的身份，同时入朝（《宋书·少帝纪》）；元嘉元年，两人同时受封，王弘进位司空、中书监，檀道济以镇北将军、南兖州刺史进号征北将军（《宋书·文帝纪》）。但按照《宋书》、萧统《陶渊明传》等记载，陶渊明对两人的交往，却是迥然不同。对待王弘，陶渊明虽然先是拒绝了他"欲识之"的要求，但继而与王弘饮酒，"亦无忤"，并接受王弘九月九日的送酒馈赠，赴州参加王弘的饯别宴会，作有《于王抚军座送客》诗。对待檀道济，陶渊明则是拒绝相见，并将檀道济馈赠的粱肉"麾而去之"。关于陶渊明对待王弘、檀道济两人态度的差异，学人多有探讨。如龚斌先生认为，陶渊明与王弘交往，而拒绝檀道济的粱肉，"关键是不满这位新刺史粉饰新朝，而且否定自己的隐居之志"，体现了陶渊明的交友的准则。② 这给我们理解陶渊明与檀道济、王弘等人的交往，提供了一种很好的思路，值得参考。

二 陶渊明与殷晋安、庞参军的交往及其易代心迹

陶渊明与殷晋安的交往，有《与殷晋安别》一诗。殷晋安到底指谁，围绕诗序"先作晋安南府长史，因居寻阳。后为太尉参军，移家东下"，形成四种说法：旧说一种，新说有三种。

旧说以殷晋安指殷景仁，《宋书》、《南史》皆有其传记。主此说始见于南宋吴仁杰。吴氏《陶靖节先生年谱》"义熙七年"条下云："按《宋书·武帝纪》，此年改授太尉，又按《殷景仁传》，为宋武帝太尉行参军。

---

① 鲁迅：《魏晋风度及文章与药及酒之关系》，《而已集》，人民文学出版社 1973 年版，第 505 页。
② 龚斌：《陶渊明的交游与交友之道》，《陶渊明传论》，华东师范大学出版社 2001 年版，第 79 页。

第六章 陶渊明交游考论及其晚年思想心态

则所谓殷晋安，即景仁。"① 元人李公焕、清人陶澍都主此说。今人逯钦立先生也主此说。其《陶渊明事迹诗文系年》云："据《晋书·刘毅传》、《安帝纪》、《宋书·庾悦传》，刘毅义熙六年隆为后将军，七年以卫将军都督江州，江州统辖晋安，则殷之为晋安长史当在七年。又刘裕于义熙七年始授太尉职，刘毅于八年迁荆州刺史，则殷之为太尉参军移家东下，当在八年春。诗所谓：'兴言在兹春也'。"②

新说一，以邓安生先生所作《陶渊明年谱》为代表，认为殷晋安是《莲社高贤传》中的晋安太守殷隐。邓先生认为殷隐一身三任，兼南中郎将府之长史、曹掾和晋安太守三职于一身。龚斌先生也赞同此看法，并根据《宋书·殷景仁传》，以其从未任过晋安太守来反证此殷晋安非殷景仁。③

新说二，由祝总斌先生提出。以"晋"当指晋朝，"安南府"即安南将军府，认为殷景仁在义熙七年出任刘裕太尉行参军，则殷为将军何无忌（由义熙二年至六年，见《晋书》本传）军府长史掾，而当时何无忌为镇南将军，非"安南将军"，二者又必有一误。在此甄辨基础上对前面两说提出了三点质疑：其一，江州晋安在当今福建泉州一带，不在鄱阳湖畔，则官晋安为何住在柴桑？其二，既称"晋安"，按当时习惯，自指官居晋安郡太守（如《文选》谢瞻诗庾西阳，即指西阳太守庾登之，谢玄晖诗范零陵，即指范零陵内史范云）。其三，长史掾是军府官，不是州郡官；如"南府"之"府"指都督江州诸军之军府，则绝无排在晋安郡下之理，更不可能由远在千里外的郡太守来郡兼任小小的长史掾。④

新说三，认为"晋安"并非官名，而是殷的名或字；序文"先作"二字应移于"晋安"之后；以军府为"镇南"将军何无忌军府，可信，镇南将军府简称"南府"。⑤

新、旧数说，首先主要围绕晋安的郡地而展开。清代程穆衡《陶诗程传》说："晋安，东汉属会稽郡之南郡，三国吴时属建安郡，晋时才从建安郡。晋太康三年，析置晋安郡，刘宋改晋平。今为福州。"⑥ 可知晋安的郡地多遭变迁。东汉时为会稽郡的南郡，三国吴时属建安郡，晋时才

---

① 许逸民校辑：《陶渊明年谱》，中华书局1986年版，第18页。
② 逯钦立校注：《陶渊明集》，中华书局1979年版，第279页。
③ 龚斌：《陶渊明传论》，华东师范大学出版社2001年版，第139—140页。
④ 祝总斌：《陶渊明田园诗产生的历史文化背景》，袁行霈《陶渊明研究》引，北京大学出版社1997年版，第340页。
⑤ 袁行霈：《陶渊明研究》，北京大学出版社1997年版，第345页。
⑥ （清）陶澍：《靖节先生集》"诸家评陶汇集"，文学古籍刊行社1956年铅印本。

从建安中析出，开始有了晋安郡的专称，故《真诰》有晋义熙中孔默为晋安太守的记载。①说明从太康三年到义熙中，晋安郡一直存在，那么殷晋安出任"晋安南府长史掾"也就在这个郡内，当时可能是孔默任太守职。"刘宋改晋平，今为福州"，应是刘宋篡晋，取消了晋安郡，虽然其郡地重遭析置，但"晋安"的名号一直保留着，辗转到清代程穆衡时已属于福州境内，所以并非在晋朝时就已在今之福建明矣。且祝先生言晋安在福建泉州一带，与陈寅恪先生②、程穆衡所说也都并不相一致，难道"晋安"的郡名在近代仍在辗转迁徙吗？

又，祝先生以"殷晋安"犹"庾西阳"，为晋安郡太守的惯称，此说应视具体情况而定。如谢朓诗《和伏武昌登孙权故城》，此"伏武昌"确实是指武昌太守伏曼容；但谢朓的另一首《赠王晋安》诗就不一样了，此"王晋安"冯惟讷《诗纪》题下注云"王德元"。张溥本作"酬王晋安德元"。据《南史·王镇之传》云："（王）晏子德元，有意尚，位车骑长史。"知此王晋安为"车骑长史"王德元，而王德元并不曾任过晋安太守，谢朓也以晋安呼之。因而仅仅根据这点来判断殷晋安即为晋安郡太守，恐证据不为坚实。

新说三认为"晋安"为殷的名或字。按陶渊明诗文，除《示周续之、祖企》诗外，其余皆尊称官名。《示周续之》直呼其名，实包含着渊明对周续之等人不安心归隐，二三其心的不满和责备（后文将详论）。此"晋安"，如上文所言，诚为晋代确实存在过的一个郡县名称。序文"先作"二字应移于"晋安"之后，并无可靠实据，可备一说，但似不足以推翻旧说。又袁先生肯定祝先生的军府为"镇南将军"何无忌军府之说，以镇南将军府简称"南府"，确实解决了祝先生强改"安南"为"镇南"的失虑。但如果按照袁先生的说法③，"晋安"为殷的名或字，"南府"为"镇南将军府"的简称，那么诗序中"晋安南府长史掾"语就不好解释了。既然祝、袁二位先生已经肯定军府为镇南将军何无忌军府，按《晋书·殷景仁传》，何无忌任镇南将军是在义熙二年至六年，而此时期

---

① （晋）葛洪：《真诰》卷19《翼真检》第一《真诰叙录》云："至义熙中，鲁国孔默崇信道教，为晋安太守罢职，还至钱塘。"

② 陈寅恪先生云："晋安郡郡治在今福建省闽侯县东北。"《历史语言所集刊》第3册，江苏古籍出版社1999年重印本，第454页。

③ 袁行霈先生在《陶渊明集笺注》中思考进一步成熟，主张"暂付阙如为宜"，可参看（中华书局2003年版，第158页）。此严谨精神，令人起敬。

殷景仁正任军府长史掾①，照这样推理，那么此"晋安"也就非殷景仁莫属了。因为肯定了"南府"为镇南将军何无忌军府的省称，而当时殷景仁正任南府长史掾，所以也无疑肯定了此长史掾殷晋安就是殷景仁。

在新说二中，邓先生提出殷隐一身三任，这是否有可能，值得进一步探讨。而此庞主簿与庞参军并非同一人，笔者前文已论。现就新说对渊明诗序"晋安南府长史掾"的理解上作些探讨。

据诗序"殷先作晋安南府长史掾，因居寻阳。后为太尉参军，移家东下，作此赠之"，并未言及太守之事，不知"晋安太守"从何而来。既然无太守之职，那么也无须辨证殷晋安是否曾任太守一事。② 这是其一。

其二，从"因居寻阳"看来，殷担任职务是在浔阳，不在晋安或江州城内。但如果是做孟怀玉的长史、曹掾、晋安太守，为何不在江州、晋安，反而久居浔阳乡村，与陶渊明为邻呢？

其三，邓先生以诗序中"南府"语为孟怀玉"南中郎将军府"省文，说法虽然较新颖，但却正如祝先生所驳，军府没有排在晋安郡下的道理，与诗序"晋安南府"的前后位置排列不相符合。丁晏注引《汉官仪》云："汉代每郡置太守一人，丞一人；郡当边戍者，丞为长史，掌兵马。此云南府长史，盖时晋安亦沿汉旧，又析置南郡也。"③ 点明南郡（南府）为晋安的"析置"之郡，即分属之郡，与诗序南府排于晋安之后的顺序正相吻合。

另外，"长史掾"是否就是"长史"与"曹掾"的简单合成呢？也或许"长史掾"就是"长史"。李华先生曾疑"'晋安南府'或脱一'成'字，安成郡公之南府必有长史之官"④，未知确否。总的来说，三种新说立论都还不足以推翻旧说，因此不如暂以旧说为是。旧说以殷晋安为殷景仁，诗序中"后作太尉参军"语，正与《宋书·殷景仁传》中"初为刘毅后军参军、高祖太尉参军"语相合。⑤

---

① 此诗的系年在义熙七年，诗序中有"先作"语，说明殷晋安在此之前已任职。
② 参见龚斌《陶渊明传论》，华东师范大学出版社2001年版，第81页。
③ 李华：《陶渊明新论》，北京师范学院出版社1992年版，第89页。
④ 同上。
⑤ 袁行霈先生《陶渊明集笺注》说，殷晋安在义熙六年五月之前任刘毅参军，义熙七年三月又任太尉参军，其间仅间歇十个月，因无居住浔阳的可能。可参看（中华书局2003年版，第158页）。按：陶渊明《与殷晋安别》诗中有"游好非久长，一遇尽殷勤"、"去岁家南里，薄作少时邻"语，说明两人确实相识不久。又此诗作于义熙七年，那么"去岁"当为义熙六年，与袁先生所述的史实正相吻合，说明两人的交往正是在这一时间，殷晋安居住浔阳完全可能。

陶渊明与殷晋安的交游时间并不很长,"去岁家南里",是陶渊明移居到南村以后才认识的,但两人话语很相投,一见如故,"薄作少时邻"、"负杖肆游从,淹留忘宵晨",可见两人关系并非一般。"语默自殊势,亦知当乖分",吴瞻泰《陶诗汇注》引用汪洪度的话说:"信宿而知可亲,淹留而知其事乖,则其人品可见。"① 诗末尾又言"脱有经过便,念来存故人",确实可见渊明对殷晋安的器重。

陶渊明与庞参军的交往,见于《答庞参军》四言、五言各一首。庞参军非庞主簿,前面已辨。此庞参军是谁,生平事迹不详。五言《答庞参军》诗序云"庞为卫军参军,从江陵使上都,过江陵见赠",引起学人对此诗系年的争论。逯钦立先生《系年》以为在元嘉元年(424),以"大藩有命,作使上京",知庞所事卫军为荆州刺史谢晦。据《宋书·少帝纪》、《文帝纪》、《谢晦传》,景平二年(424)七月,荆州刺史刘义隆继承帝位,谢晦为荆州刺史,进号卫将军。② 龚斌先生也主此说。③

而李华先生《陶渊明年谱辨证》却认为卫军参军"当是江州刺史、卫将军王弘之参军"④。据《宋书·王弘传》:"(永初三年王弘)入朝,进卫将军,开府仪同三司。"则此诗当作于永初三年(422)以后。以"大藩有命,作使上京"是奉荆州刺史、宜都王刘义隆之命使京,因而又必在少帝景平二年(元嘉元年)七月刘义隆即帝位之前。

陶澍《靖节先生年谱考异》也认为卫军指王弘。他说:

> 时卫军将军王弘镇浔阳,宋文帝为宜都王,以荆州刺史镇江陵,参军奉弘命使江陵,又奉宜都之命使都,故曰:"大藩有命,作使上京",非宜都王不得称大藩也。……盖王弘兄弟王昙首、王华,皆为宜都参佐,后皆以定策功显赫。营阳之废,王弘亦至建康与谋。时众欲立豫州,而徐羡之以宜都有符瑞,宜承大统。此必王弘兄弟使参军往来京都,与徐、傅等深布诚款,故江陵符瑞便闻于中朝。特其事秘,外人莫知,故史不载耳。其后文帝讨徐、傅、谢三人之罪,而弘独蒙显宠,良有故矣。观四言末章云:"勖哉征人,在始思终。敬兹良辰,以保尔躬。"此必先生阴察参军使都,当有异图,故以慎终保

---

① 逯钦立校注:《陶渊明集》,中华书局1979年版,第64页。
② 同上书,第228页。
③ 龚斌:《陶渊明集校笺》,上海古籍出版社1996年版,第31—32页。
④ 见李华《陶渊明新论》,北京师范学院出版社1992年版,第36页。

勖之。且序称庞为卫军参军，从江陵使上都，诗言"大藩有命，作使上都"，其私交之迹，徇国之情具见，盖诗而史矣。①

两家之说未知孰是，或以陶、李之说见长，故并录之。

但陶渊明与庞参军的交游，不管按哪一种说法，都应在刘宋初年（422）以后。此时期陶渊明的朋友们死的死，入仕的入仕，交游圈中的友朋已寥寥无几。四言诗中"欲罢不能"、"款然良对，忽成旧游"的感慨，见出对庞参军突然来访的内心喜悦。所以不顾"自己抱病多年，不复为文"的声言，竟破例间挥毫二首。而且临末叮嘱他"弱毫多所宣，情通万里外"，希望两人别后多多写信。"君其爱体素，来会在何年"，爱溺之情溢于言表，亦含有一种淡淡的感伤。

三　陶渊明与丁柴桑诸人交游及其他

丁柴桑诸人，即丁柴桑、郭主簿、戴主簿、邓治中、顾贼曹、胡西曹等人。这一组人物有一个共同特征：知其姓和官职，但不知其名字和生平事迹，陶渊明与他们都有诗文的唱和往来。丁柴桑，仅知为柴桑县令，其余事迹不可考。陶渊明有《酬丁柴桑》诗。从诗歌看来，诗意平和恬淡，因疑丁柴桑任县令是在元兴二年（403），刘柴桑卸任之后，此诗当作于陶渊明归隐的前期。又诗云"匪惟亦谐，屡有良游"，与《移居》诗（作于义熙七年，411）"闻多素心人"、"邻曲时时来"等语相呼应，故可暂系于《移居》诗之后，与《与殷晋安别》诗同期，即义熙八年。龚斌先生引《晋书》本传，说"此诗可能作于义熙末"，理由并不充分②。系于"义熙末"不妥的原因有两方面。一方面，义熙末陶渊明的友朋几乎凋零无几。依前文所考证，刘遗民卒于义熙十一年，羊松龄义熙十三年出任左军长史，庞遵义熙十四年入仕江州刺史王弘主簿，张野卒于义熙十四年。因而《晋书》本传中所说的"乡亲"、"周旋人"等，或入天国，或求仕禄荣利，都离陶渊明而去了。盖"士之相知，温不增华，寒不改叶，能四时而不衰，历夷险而益固"③，斯诚难矣哉！另一方面，从陶渊明作于义熙末的诗文看来，大多带有潜在的悲怆语调，如《岁暮和张常侍》、《述酒》等，很少有如《酬丁柴桑》中的那种闲逸和欢快。这种心境或许

---

① （清）陶澍：《靖节先生年谱考异》，《靖节先生集》，文学古籍刊行社1956年铅印本。
② 龚斌：《陶渊明集校笺》，上海古籍出版社1996年版，第27页。
③ 《诸葛亮集》卷2《论交》，中华书局1960年版，第45页。

只有在其移居南村,遇平生所欢喜的诸多素心人时,才使他孤寂贫苦的心灵稍感慰藉。这在他的《移居》、《与殷晋安别》、《和刘柴桑》等诗中都有所反映,特别是《酬丁柴桑》诗的心境与此颇为相近,因而置于此时期较为妥当,故暂系于义熙八年。

与郭主簿的交往有《和郭主簿》二首。① 逯钦立先生系于义熙四年戊申(408),说详见《系年》。② 又因《和胡西曹示顾贼曹》诗与《和郭主簿》二首,诗人流露的情绪心境相似,故也可系于此年。③ 西曹、贼曹、主簿,均为州从事官名。由"中夏贮清阴。凯风时时来,回飙开我襟"(《和郭主簿》第一首)与"蕤宾五月中,清朝起南飔。不驶亦不迟,飘飘吹我衣"(《和胡西曹示顾贼曹》),知两诗写作时间相距不远。"重云蔽白日,闲雨纷微微。流目视西园,晔晔荣紫葵"、"悠悠待秋稼,寥落将赊迟"与"息交游闲业,卧起弄书琴。园蔬有余滋,旧谷犹储今。遥遥望白云,怀古一何深",两诗心境较为相似。两诗又同样地景中带情:一言"遥遥望白云,怀古一何深",一言"于今甚可爱,奈何当复衰"。"衰"不仅言园中景物之衰,更言社会的衰乱。"复"点明晋室经过平定桓玄之后,时局看似刚刚稳定,刘裕野心又起,晋王室将会重遭衰乱之祸。这一迹象正如恽敬《靖节集书后·二》所云:"元兴二年桓玄篡位。三年刘裕复京邑,行镇军将军。追桓玄,过浔阳,渊明为其参军。盖附义旗而起,以裕为可安晋室耳。后微窥裕怀异志,乃自镇军参建威,自建威令彭泽,然后脱然而去。"④ 早在陶渊明做镇军参军后不久就已察觉出来了。因为就在这一年(义熙元年),在讨桓玄运动刚接近尾声时,东晋政府就已加封镇军将军刘裕为侍中、车骑将军、都督中外诸军事(显赫可比当年桓玄)。夏四月,刘裕又旋镇京口。所有这些,东晋政府都为自己种下了祸根。稍后就是建威将军刘敬宣在这场"分赃"角逐之中,被逼得无缘无故地"自表解职"。到第二年,江州刺史的要职也被与刘裕一同"举义兵"的铁哥们何无忌所占据。所以这种大权逐渐收揽集中的迹象,陶渊明都已看作是"复衰"的征兆,并在与友人的唱和中不无焦虑地流露出来。

---

① 赵以武先生认为,《和郭主簿》二首中其一为渊明原唱诗,其二为郭主簿和诗(《唱和诗研究》,甘肃文化出版社1997年版,第35页)。
② 逯钦立校注:《陶渊明集》,中华书局1979年版,第277页。
③ 关于此诗的系年,王瑶注本认为"当作于晋安帝元兴二年(403)五月",即渊明三十九岁时。理由是诗中说到"秋稼"躬耕一事,"渊明开始躬耕在癸卯",比他义熙元年(405)辞官归田要早两年。逯钦立《系年》对此诗没有编年。
④ (清)恽敬:《大云山房文稿二集》卷2,《四部丛刊》本。

第六章　陶渊明交游考论及其晚年思想心态　245

从诗题"和"、"示"二字看来，知渊明将写好的和胡西曹的诗文交与顾贼曹过目，颇含"奇文共欣赏，疑义相与析"之味，可见陶渊明倡导文化、文学共相研讨风气的性情，不可不谓一扫向来"文人相轻"的积习。

和邓治中的交往，只见于《怨诗楚调示庞主簿、邓治中》，其生平事迹不可考。

和戴主簿交游，有《五月旦作和戴主簿》诗。戴主簿，生平事迹也不可考。逯先生《系年》以诗"星纪奄将中"语，而系于义熙九年癸丑（413），可参看。①

朱光潜先生《陶渊明》一文，将陶渊明的交游分为四类。② 一类是政治上的人物。有的是他的上司，如镇军参军时的镇军将军，建威参军时的建威将军，奉使江陵时的桓玄；有的是仰慕他而想结交他的，如江州刺史王弘、檀道济、颜延之。一类是集中载有赠诗的，像庞参军、丁柴桑、戴主簿、郭主簿、羊长史、张常侍等人。一类是在思想情趣和艺术方面与陶渊明互相影响的，如慧远、刘遗民、周续之。一类是和陶渊明往来最密、相契最深的乡邻中的一些田父野老。③

对于陶渊明与田父野老的交往，钟优民先生也曾考订说："关于陶公与周围父老乡亲的交往，南北朝史传没有记载，但从其中的只言片语推断，如'躬耕自资'、'贵贱造之者，有酒辄设'（《宋书》、萧《传》）、'每朋酒之会，则抚而叩之'（《莲传》），再联系陶诗'相见无杂言，但道桑麻长'（《归园田居》）、'农务各自归，闲暇则相思'（《移居》）等吟咏，不难想见陶公与田父、野老相处何等融洽、亲切。"④ 陶渊明交游、饮酒不避贵贱，再次真切反映了他的博爱、重情之心。

总之，朱光潜先生所说的这四类人包括了陶渊明的全部交游，笔者从不同角度重点讨论了前三部分。总计可考得交游24人⑤，其中渊明的上司5人（见附录），在这24人中，有名有姓的16人，有正史记载的9人，生平事迹不可考的13人，完全不可考的10人；诗文20篇，有诗文可稽

---

① 逯钦立校注：《陶渊明集》，中华书局1979年版，第280页。
② 朱光潜：《诗论》，安徽教育出版社1997年版，第232—235页。
③ 其实这类人虽然纯朴善良，多少可以给渊明以心灵慰藉，但他们不是"奇文共欣赏，疑义相与析"之士，也并不可能是真正理解陶渊明的知音。因此，由于经常在一起劳作共栖，说他们往来最密是真，但说相契最深，却值得再商榷。
④ 钟优民：《陶学发展史》，吉林教育出版社2000年版，第5页。
⑤ 愔之、羊松龄算作一人，循之、庞遵、庞通之算作一人。

查的18人(《于王抚军座送客》诗不算入)。

余 论

  人文科学永远没有唯一性。尽管许多学者常把自己的考证结论说成是"唯一正确的"。当时代改变了人们的思维视角时,就像达·芬奇画布上的《蒙娜丽莎》突然被投射了一束新的光线,我们又在她的微笑里发现了新的意蕴,但永远也不敢说这个新的意蕴是唯一正确的。考证之学问也是如此。除非这种考证"以为校正了一个错字,发现了个读音就足可以蔑视释义和阐扬,或者以追求'符合原意'为唯一标准而全然不考虑它的现代价值"[①]。

  不然,这种考证就应是活生生的时代精神反映。在这种时代精神中最不可缺失的当然是传统。抛弃传统,就等于将我们自身连根拔起。一个民族的复兴乃至一种传统文化的复兴,究其实质是优秀的民族灵魂、民族理念的复兴。它绝不是外来的,但却是在外来压力和诱导刺激下的,一种从外迫于内的自我更新。

  我们不反对"整理国故"、"网罗旧闻",对传统文化作史料式的传承,这也应是极力倡导的一个方面。但真正的人文知识分子应不仅仅满足于此。太史公"网罗放失旧闻"、"整齐百家之语",却欲"究天人之际,成一家之言";司马光梳罗典籍,却意在"鉴于往事,有资于政道"。他们未尝不是在"整理掌故",但在他们的"整理"中,却还始终跳跃着的是时代的脉搏,时代的人文胎息。我们现在的时代需要的不是歇斯底里的片面启蒙,不是摇旗击鼓式的喧哗与辩驳,需要的是我们这些"古董"们能够捣碎这般"沉睡"的"呐喊",以唤回那份久已迷失了的民族记忆,撼醒那颗造就了几千年璀璨文明的民族心灵。通过几代学人的不懈努力,吐旧纳新,开创一个兼融中西方经典文明的新的精神世界与现实世界。这一切,正如陈寅恪先生所坚信的:我们"终必复振。譬诸冬季之树木,虽已凋落,而本根未死,阳春气暖,萌芽已长,及至盛夏,树叶扶疏,亭亭如车盖,又可庇荫百十人矣"[②]。

[①] 徐葆耕:《释古与清华学派·自序》,清华大学出版社1997年版,第13页。
[②] 陈寅恪:《邓广铭宋史职官志·考证序》,《金明馆丛稿二编》,三联书店2001年版,第245页。

第六章　陶渊明交游考论及其晚年思想心态

附录

陶渊明交游年表[①]

时间	陶渊明年龄	交游人物	主要依据资料	可稽考交游诗文（共计20篇）	说明
太元十八年癸巳（393）	29	王凝之、督邮	《宋书》、《陶渊明事迹诗文系年》（以下简称《系年》）、《读陶管见》		
隆安三年乙亥（399）—隆安五年辛丑（401）	35—37	桓玄	《晋书》、《系年》	《庚子岁五月中从都还阻风于规林》二首、《辛丑岁七月赴假还江陵夜行涂口》	
元兴三年甲辰（404）	40	循之（庞遵）、憺之（羊松龄）、刘裕	渊明诗《时运》、《荣木》、《停云》、《连雨独饮》；《系年》、《陶渊明传论》	《联句》、《始作镇军参军经曲阿》	
义熙元年乙巳（405）	41	刘敬宣	《宋书》、《系年》、《陶渊明传论》	《乙巳岁三月为建威参军使都经钱溪》	
义熙四年戊申（408）	44	顾贼曹、胡西曹	渊明诗《和郭主簿》二首；《宋书》	《和胡西曹示顾贼曹》	
		郭主簿	《系年》、《宋书》	《和郭主簿》二首	

[①] 作交游类的考证，多以人物为谱或以时序为谱（年谱）两种方式，有如史书的纪传体和编年体，都各有其优劣处。以人物为谱者，重在勾勒各人物间的相互外在活动，明了被考证人物在各时期的整体宏观状态，其劣处在于不易考察被考证者不同历史时期的内在思想的变迁发展过程，即心路历程易被纷繁芜杂的人物活动所模糊。以时序为谱者则可弥补这一缺憾，然其失也在于此，易使考证流于琐碎、零乱，不易预见时代的大背景及人物间的复杂交叉关系。本章属以人物为谱的考证类型，为更清晰了解陶渊明各时期仕隐矛盾的心路变化历程，以便更好把握渊明的生平思想，故附年表，图示于此（这种仅凭诗文和交游人物的变化来考订人物的思想变化轨迹，或许条件和理由并不是很充分，但我们认为在目前的状态下，仍不失为一个较好的方式，仍能客观地反映一些问题）。

续表

时间	陶渊明年龄	交游人物	主要依据资料	可稽考交游诗文（共计20篇）	说明
义熙七年乙酉(411)	47	刘柴桑	《莲社高贤传》、《庐山记》、《高僧传》、《肇论疏》、《辨正论》、《广弘明集》；渊明诗《移居》二首、《与殷晋安别》；《系年》、王质《栗里谱》	《和刘柴桑》、《酬刘柴桑》	与柴桑交游（元兴元年—义熙十一年），据诗文仅附此年，以后不年年标出
		"诸人"——刘柴桑、殷晋安，可能有羊松龄、张野、庞遵等	渊明诗《和刘柴桑》、《酬刘柴桑》、《与殷晋安别》；《晋书·隐逸传》	《与诸人共游周家墓柏下》	
义熙八年壬子(412)	48	丁柴桑	渊明诗《移居》；《莲社高贤传》	《酬丁柴桑》	
		殷晋安	《宋书》、《南史》、《高贤传》、《系年》、邓安生《陶渊明年谱》、《传论》、《陶诗程传》	《与殷晋安别》	
义熙九年癸丑(413)	49	周续之、刘遗民	《宋书》		浔阳三隐
		戴主簿	《系年》	《五月旦作和戴主簿》	
义熙十年甲寅(414)	50	刘柴桑、张野，可能还有周续之、羊松龄、庞遵	《系年》、《晋书·隐逸传》；渊明诗《移居》二首	《游斜川》	刘柴桑已卒于义熙十一年
义熙十二年丙辰(416)	52	周续之、祖企、谢景夷	《宋书》、王质《栗里谱》	《示周续之祖企谢景夷三郎时三人共在城北讲礼校书》	
			颜延之	《宋书》、萧《传》、《南史》、《晋书》、陶澍《陶靖节年谱考异》、《陶征士诔》		仅见于史书记载，此为首次交往，第二次交往据《资治通鉴》、《宋书》当在元嘉元年(424)

续表

时间	陶渊明年龄	交游人物	主要依据资料	可稽考交游诗文（共计20篇）	说明
义熙十三年丁巳（417）	53	羊松龄	《晋书》、《系年》、《传论》、刘履《选诗补注》	《赠羊长史》	按《晋书》两人常有交往，此次为送羊松龄出使秦川
义熙十四年戊午（418）	54	王弘	萧《传》、《高贤传》、《南史》、《晋书》、《宋书》、陶《谱》	《于王抚军座送客》	疑行事杜撰，诗文伪作
		庞主簿、邓治中	陶《谱》、吴正传《诗话》、《宋书》、《晋书》	《怨诗楚调示庞主簿邓治中》	庞为陶渊明的周旋人，两人应常有往来，庞又为王弘心腹，曾为之通情款于渊明
		张常侍（张野）	陶《谱》、《高贤传》、《晋书》；渊明《移居》二首；汤汉《陶靖节先生诗》	《岁暮和张常侍》	按《晋书》，两人常有往来，此次仅为晋宋易代表露心迹。张常侍卒于此年。
元嘉元年甲子（424）	60	庞参军	《答庞参军》诗		此为陶渊明入宋以后可考的唯一的交游与诗文
元嘉三年丙寅癸亥（426）	62	檀道济	《系年》、《南史》、萧《传》		行事疑为杜撰
		慧远	《高贤传》、《宋书》、《晋书》、《南史》、贯休《再游东林寺五首（其四）》、黄庭坚《戏效禅月作远公咏》、陈舜俞《庐山记》；渊明诗《和刘柴桑》、《拟古诗（其六）》；《传论》、汤汉《陶靖节先生诗》		行事有可信之处，也有杜撰成分

（一）"陶渊明交游人物、交游诗文创作变化的量化分析示意图"说明：

1. 此图按附录一的年表，进行数据化；

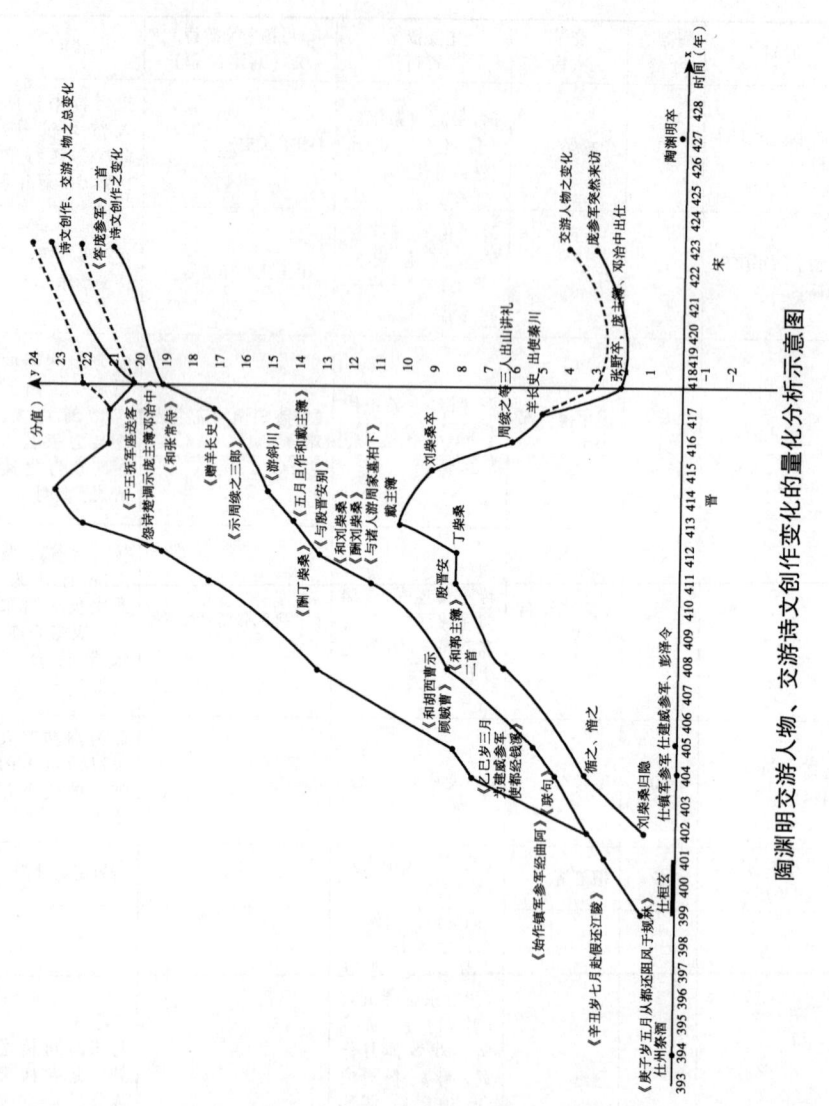

陶渊明交游人物、交游诗文创作变化的量化分析示意图

2. 以义熙十四年（418）刘裕杀晋安帝、立恭帝为界，分前后两个阶段；

3. 以义熙十四年为原点，以时间为横轴，交游人物、交游诗文的量化分值为纵轴，建立坐标系，以清晰了解其思想、交游的动态过程；

4. 交游人物、交游诗文的分值量化标准：

（1）人物、诗文均以1分为标准值，即交游一人次1分，创作一诗或一文1分。

(2) 交游一人次 1 分，有诗文则再增 1 分，如《联句》诗有 2 人次、1 诗文，那么累计则算 3 分。

(3) 交游圈子中离去一人次（包括入仕或死亡）则减去 1 分；没有离去，只有新增者则只累计加分；不增不减者则不加分，如刘遗民自元兴二年起与渊明交游，则只加元兴二年，不年年加分，义熙十一年去世，则将此分又减去。

(4) 陶渊明与王弘的交往引起的分值变化用虚线标出，以示区别。

(5) 陶渊明的仕宦生涯一律标在横轴上，用点或线段标示，交游人物一律不计分值，仕宦时写的交游诗文则计入分值。

(二) 分析：

1. 图表可见的几条规律：

(1) 陶渊明的交游以游斜川前后达至顶峰，以义熙七年（411）移居南村，至义熙十一年（415）刘遗民死之间为其交游的黄金阶段。

(2) 陶渊明的交游圈与时局、晋室的兴衰密切相关。元兴元年（402），讨桓玄运动开始，义熙十二年（416）北伐结束，都是关乎苟延残喘的晋王室安危的一些要事，陶渊明的交游、交游诗文创作的高峰基本也在此时期内。义熙十三、十四年是晋宋易代的黑暗时期，其交游圈子也随之急剧缩小，此后也再没有多少新的朋友加入，他的诗文创作也基本结束了。以时局与陶渊明交游圈子的密切关系，折射出陶渊明对待当局的立场和态度。《晋书》本传云："义熙末，征著作郎，不就"，很明显，正是由于他对刘宋政权的不合作态度，他的友朋圈也骤然缩小。

2. 规律的应用：

由规律（2）可考察陶渊明晚年的思想、仕隐态度，可以对陶渊明晚年的作品作通观考察，如《赠羊长史》、《怨诗示庞主簿》、《岁暮和张常侍》、《示周续之》诗均表现出这个时期的心境。以此可以与陶渊明跟王弘的交游进行通盘考察，可以说明陶渊明跟王弘交游的不可信，《于王抚军座送客》诗作的不可信。

由规律（2）可考察陶渊明对晋宋易代的态度，对晋、宋新旧两朝的态度，可重新认证陶渊明入宋后改名为潜，入宋后仅书甲子、不记年号等说法的可信程度；可进一步增强对其晚年诗文《岁暮和张常侍》、《述酒》、《咏荆轲》等诗的理解或领悟，因此，以陶渊明为晋室之忠臣，述易代之愤懑的说法，并非全无根据。

由规律（2）可以知道，陶渊明的归田园居实际上以义熙末年为界，分前后两个时期，在这当中，陶渊明的交游圈子和诗文创作都呈现出明显的变化。自永初元年至元嘉四年，陶渊明在刘宋王朝生活了八年，在这八年中，他的交游活动和诗文创作基本结束，更多表现的是遗民情结。从这个意义上说，陶渊明是属于晋代的，不属于刘宋，是真正完全意义上的东晋诗人。就刘宋王朝而言，他已不是一位诗人，而是一位前朝的遗民。因而，历来那些将陶渊明视为刘宋诗人的看法，应有所修正。

邓小军先生曾经根据《述酒》指出陶渊明的归隐，以晋、宋易代为分水岭，认为陶渊明"在晋朝时隐居不仕，只是因为'质性自然'、不愿'心为形役'（《归去来兮辞》）；在晋亡后隐居不仕，则是作晋之遗民，义不奉刘宋正朔。由此可见，（陶渊明）表明自己隐居前后两期之不同性质"[1]。清代《古诗源》在陶渊明《与殷晋安别》诗下注云："参军已为宋臣矣。题仍为以前朝官名之。题目便不苟且。"[2] 以上所论，均可与《宋书》所载陶渊明入宋后改名为潜，入宋后仅书甲子、不记年号等说法，得到相互印证。所有这些，从陶渊明晚年交游圈子的变化中，都十分微妙地体现出来。

---

[1] 邓小军：《陶渊明〈述酒〉诗补证：——兼论陶渊明在晋宋之际的政治态度及其隐居前后两期的不同意义》，《北京化工大学学报》（社会科学版）2002年第1期，第29页。

[2] （清）沈德潜：《古诗源》卷8，中华书局1977年版，第197页。

第七章　陶渊明与小说

20世纪20年代，梁启超的专著《陶渊明》出版，其中提及陶渊明的小说创作时说："《桃花源记》这篇记可以说是唐以前第一篇小说。在文学史上算是极有价值的创作。这一点让我论小说沿革时再详细说他。……桃源，后世竟变成县名，小说力量之大，也出其右了。"① 自此之后，陶渊明这位伟大诗人的小说创作才引起人们的开始关注。光绪二十八年（1902）梁启超在《新小说》创刊号上发表《论小说与群治之关系》，文章首次大力肯定了小说的重要作用，他疾呼"欲新一国之民，不可不先新一国之小说"，并且响亮地提出"小说为文学之最上乘"，摒弃了小说是小道的传统理念，迅速树立了现代小说理念。这篇文章后来成为"小说界革命"的纲领性文献，对于中国现代小说理念的革新与创作产生了深远影响。

在此之前，小说是不入流的小道，小说家被排斥在九流之外。汉代班固《汉书·艺文志》将"诸子"分为十家，先后为儒家者流、道家者流、阴阳家者流、法家者流、名家者流、墨家者流、纵横家者流、杂家者流、农家者流、小说家者流，最后评判说："诸子十家，其可观者九家而已。"独将小说家排斥在外，形成所谓的"九流"，而小说家不入流。班固说："小说家者流，盖出于稗官。街谈巷语，道听涂说者之所造也。孔子曰：'虽小道，必有可观者焉，致远恐泥，是以君子弗为也。'然亦弗灭也。闾里小知者之所及，亦使缀而不忘。如或一言可采，此亦刍荛狂夫之议也。"② 所以在后世的正统观念中，对小说及小说家充满了歧视和排斥。许多小说作品被创作出来之后，不敢署上作者的真名，只得假以托名；有些作品即使署的是真名，也多被后世认为是"赝撰嫁名"，当不得真。这

---

① 梁启超：《陶渊明之文艺及其品格》，《陶渊明》，《饮冰室合集》第12册，中华书局1989年影印，第17—18页。

② （汉）班固：《汉书》卷30，中华书局1962年版，第1745页。

样的情形，在明、清小说繁盛之前，尤其如此。

梁启超《论小说与群治之关系》一文的发表，"小说界革命"的出现，使小说的地位空前提高，小说的观念也发生巨大变化。古代许多不是小说的作品，也被人们用现代小说的理念、现代人的视野加以研究。以陶渊明研究为例，自梁启超先生以降，《桃花源记》作为"唐以前第一篇小说"渐为学人所共识。尤以日本学者，对于陶渊明的"虚构"多有论述。如一海知义将陶渊明称之为"情寓虚构的诗人"①，并对陶渊明与"虚构"进行专力研究。他说："（陶渊明）爱好'异书'，对架空的故事、虚构的世界持有极大的兴趣。"并列举了五条证据：一是陶渊明创出了乌托邦式的故事《桃花源记》；二是描写了一个貌似完全架空的、好装糊涂的人物——五柳先生；三是把自己的身影分成肉体、影子、灵魂三个分身；四是爱读《山海经》，并写有《读山海经》十三首；五是创作了想象葬礼时的自我形象的《挽歌诗》三首，写下祭奠自己死后灵魂的《自祭文》。② 可谓是目前对陶渊明"虚构"世界探讨最深的学者。

梁启超先生结合欧美小说，更新了中国传统的小说观念，所以他最早提出了陶渊明与小说之间的关系，并对后世陶渊明的相关研究产生了重要影响。遗憾的是，人们大多仅仅是延续了梁启超先生对《桃花源记》的说法，对于陶渊明与小说之间的进一步关系，并没有具体深入。而域外学者如一海知义等所提出的"虚构"与"分身"等看法，确实也是陶渊明与小说之间的关系之一，但是如果过分地强调这些，势必将陶渊明与小说的关系研究导向了另一个极端。因此，探讨陶渊明与小说之间的关系，值得我们去倾力深入发掘。

第一节　魏晋小说创作的风气与陶渊明

陶渊明与小说之间的关系，主要受到两个方面的影响，一是时代风气的熏陶，二是陶渊明自身性情的原因。用哲学观原理来阐释，即内外因共同作用的结果。时代风气的熏陶是外因，陶渊明自身性情的喜好是内因，而内因虽然起到的是决定性作用，但离不开外因的引导。所以，我们先从

---

① ［日］一海知义：《陶渊明·陆放翁·河上肇》，彭佳红译，中华书局2008年版，第1—98页。

② 同上书，第5页。

魏晋时期小说创作的风气说开去。

一 魏晋时期的小说创作风气

对于魏晋志怪小说兴盛的原因，学者多有精辟之论。鲁迅先生说："中国本信巫，秦汉以来，神仙之说盛行，汉末又大畅巫风，而鬼道愈炽；会小乘佛教亦入中土，渐见流传。凡此，皆张皇鬼神，称道灵异，故自晋迄隋，特多鬼神志怪之书。"[1] 石昌渝先生也说："志怪小说兴盛于魏晋南北朝也不是偶然的。汉末三国是经济、政治、精神和道德普遍瓦解的时代，社会各阶层，从贵胄显臣到平民百姓无不面临生死荣辱变化无常的危机，人们对旧思想旧道德的厌恶和对社会灾祸的恐惧为宗教的滋生提供了精神温床。"[2] 而魏晋以来，选拔官吏的制度和这种制度相联系的品评时人的风气，也随之促进了与志怪小说相应的志人小说兴盛。[3] 正如鲁迅先生所说："汉末士流，已重品目，声名成毁，决于片言，魏晋以来，乃弥以标格语言相尚……世之所尚，因有撰集，或者掇拾旧闻，或者记述近事，虽不过丛残小语，而俱为人间言动，遂脱志怪之牢笼也。"[4] 汉末魏晋以来，人物品评风气和相关选拔制度刺激了志人小说的兴盛和发展。

与此同时，文体的发展与文艺思潮的变革，也是一个发展的诱因。正如石昌渝先生说，随着魏晋文学的自觉发展，"在这个新时期中不仅诗歌散文得到突飞猛进的发展，散文叙事文学也有长足的进步，古小说的文体确立就是一个重要表现"[5]。魏晋时代诗歌散文等文体的长足发展，也带动了小说文体的确立与兴起。

此外，魏晋史学的发展，特别是晋代，史学发展空前繁盛。梁启超先生说："两晋、六朝，百学芜秽，而治史者独盛，在晋尤著。""晋代玄学之外惟有史学，而我国史学界亦以晋为全盛时代。"[6] 这对于依傍史传文学而发展的魏晋小说来说，影响极大。再加上此时期人们对于小说与史学

---

[1] 鲁迅：《中国小说史略》，人民文学出版社1973年版，第29页。
[2] 石昌渝：《小说》，人民文学出版社1994年版，第59页。
[3] 石昌渝在《小说》中说："魏晋以后，志人小说的勃兴，除了文体本身的原因外，客观上与选拔官吏的制度和这种制度相联系的品评时人的风气有直接关系。"（人民文学出版社1994年版，第55页）
[4] 鲁迅：《中国小说史略》，人民文学出版社1973年版，第45页。
[5] 石昌渝：《小说》，人民文学出版社1994年版，第54页。石昌渝将两汉魏晋南北朝小说称之为"古小说"。
[6] 梁启超：《过去之中国史学界》，《中国历史研究法》，上海古籍出版社1998年版，第16页。

的分野也不是划分得很清晰。小说与史学杂糅，没有严格划分。知名的史传编撰者，同样也是创作小说的行家里手。如干宝，既是晋史的编撰者，又是《搜神记》的作者。史家好采小说家言，似乎是此时期史书编撰的风气。晋史编撰的这一风气，甚至影响到唐代官修的《晋书》择尚。如今人评论说："该史编撰者只用臧荣绪《晋书》作为蓝本，并兼采笔记小说的记载，稍加增饰。对于其他各家的晋史和有关资料，虽然也曾参考过，却没有充分利用和认真加以选择考核。因此成书之后，即受到当代人的指责，认为它'好采诡谬碎事，以广异闻。又所评论，竟为绮艳，不求笃实。'"① 清代纪昀等也指责《晋书》："忽正典取小说，……其所载者，大抵弘奖风流，以资谈柄，取刘义庆《世说新语》与刘孝标所注，一一互勘，几于全部收入，是直稗官之体。"② 由于此时期小说与史学的密切关系，晋代史学的全面繁盛，势必推动着小说的进步和发展。

小说虽然出于"街谈巷语"，不在"可观"之列。但魏晋文人仍有不少人对小说创作格外倾心，即使是统治阶级上层的文化精英也不例外。邯郸淳、曹植即为显例。邯郸淳为三国有名史家，贵为儒宗，擅长文辞，而好小说，著有《笑林》传世。《三国志》卷11《管宁传》附《胡昭传》："初，（胡）昭善史书，与钟繇、邯郸淳、卫觊、韦诞并有名，尺牍之迹，动见模楷焉。"《三国志》卷11裴松之引《魏略》记载："以遇及贾洪、邯郸淳、薛夏、隗禧、苏林、乐详等七人为儒宗。"《三国志》卷21"自颍川邯郸淳"下，裴松之引《魏略》注云：

> 淳一名竺，字子叔。博学有才章，又善苍、雅、虫、篆、许氏字指。初平时，从三辅客荆州。荆州内附，太祖素闻其名，召与相见，甚敬异。时五官将博延英儒，亦宿闻淳名，因启淳欲使在文学官属中。会临菑侯植亦求淳，太祖遣淳诣植。植初得淳甚喜，延入坐，不先与谈。时天暑热，植因呼常从取水自澡讫，傅粉。遂科头拍袒，胡舞五椎锻，跳丸击剑，诵俳优小说数千言讫，谓淳曰："邯郸生何如邪？"于是乃更着衣帻，整仪容，与淳评说混元造化之端，品物区别之意，然后论羲皇以来贤圣名臣烈士优劣之差，次颂古今文章赋诔及当官政事宜所先后，又论用武行兵倚伏之势。乃命厨宰，酒炙交至，

---

① 《晋书·出版说明》，中华书局1974年版。
② （清）纪昀等著，四库全书研究所整理：《钦定四库全书总目》卷45，中华书局1997年版，第625页。

坐席默然，无与伉者。及暮，淳归，对其所知叹植之材，谓之"天人"。而于时世子未立。太祖俄有意于植，而淳屡称植材。①

曹植一见邯郸淳，先自"取水自澡讫，傅粉"打扮一番，然后"诵俳优小说数千言讫"，并问"邯郸生何如邪"，最后才"更着衣帻，整仪容"正襟危坐，与邯郸淳论混元造化之端、人物之优劣、文章赋诔、当官政事、用武行兵等诸事。可见曹植、邯郸淳对小说的喜好，以及两人由此建立的深厚感情。曹植对于小说的认同，在他的《与杨德祖书》中也有所阐述："夫街谈巷说，必有可采；击辕之歌，有应风雅。匹夫之思，未易轻弃也。"体现出与正统文学观念的分歧和对小说及民间歌谣的重视。

晋代小说创作风气浸盛。尽管鲁迅先生说："六朝人并非有意作小说，因为他们看鬼事和人事，是一样的，统当作事实。"②但晋人作小说的意识也较强。他们好作托名小说，体现了对小说的创作意识。仅以鲁迅先生《中国小说史略》中列举的作品为例，鲁迅多认为汉人小说为晋以后伪作。他说："现存之所谓汉人小说，盖无一真出于汉人，晋以来，文人方士，皆有伪作，……晋以后人之托汉，亦犹汉人之依托黄帝伊尹矣。"又说："《山海经》稍显于汉而盛行于晋，则此书当为晋以后人作。"③又说："《隋志》有《列异志》三卷，魏文帝撰。""文中有甘露年间事，在文帝后，或后人有增益，或撰人是假托，皆不可知。……惟宋裴松之《三国志》，后郦道元《水经注》皆已征引，则为魏晋人作无疑也。"④他说："晋以后人之造伪书，于记注殊方异物者每云张华。"⑤可见晋以后人的小说创作风气。而实际为晋人创作的小说更多，"晋时，又有荀氏作《灵鬼志》，陆氏作《异林》，西戎主簿戴祚作《甄异传》，祖冲之作《述异记》，祖台之作《志怪》，此外作《志怪》者尚多"⑥。而志人小说领域，郭颁《世语》、裴启《语林》等，都为刘宋时期《世说新语》的出现奠定了坚实的基础。

---

① （晋）陈寿著，（南朝）裴松之注，陈乃乾校点：《三国志》，中华书局1959年版，第603页。
② 鲁迅：《中国小说的历史的变迁》，《中国小说史略》，人民文学出版社1973年版，第278页。
③ 鲁迅：《中国小说史略》，人民文学出版社1973年版，第19页。
④ 同上书，第29页。
⑤ 同上书，第30页。
⑥ 同上书，第34页。

二 陶渊明的性情、读书与小说

陶渊明博物好奇，与志怪搜奇的干宝相似。① 和他同时代的颜延之，在《陶征士诔》中说陶渊明"心好异书"、"博而不繁"，称道他的性情和读书。"心好异书"，王瑶先生说："是指六经、老庄之外的如《山海经》、《穆天子传》、《列仙传》等书。"② "博而不繁"，清人陈澧说："颜与陶公交好，故能言其道性如此。'博而不繁'一语，尤足见陶公学术，即如集《圣贤群辅录》卷末云：'凡书籍所载及故老所传，善恶闻于世者，盖尽于此矣。'今数其所引书，凡四十余种。以一卷之书，而采摭之博如此；且每条记其所出，尤谨严有法。信乎，博而不繁也！"③ 萧统《陶渊明传》也说："渊明少有高趣，博学。"可见陶渊明读书之多。

陶渊明性格喜静④，好读书，常以此为乐。⑤《五柳先生》说："闲靖少言，不慕荣利。好读书，不求甚解。每有会意，便欣然忘食。"《与子俨等疏》说："少学琴书，偶爱闲静。开卷有得，便欣然忘食。见树木交荫，时鸟变声，亦复欢然有喜。常言五六月中，北窗下卧，遇凉风暂至，自谓是羲皇上人。"清人陈澧《东塾杂俎》云："陶公之学，在好读书。《五柳先生传》云：'好读书，不求甚解。'其曰不求甚解者，非不求解也，故曰'疑义相与析'。"⑥ 钱锺书先生也说："《二程》遗书卷六《二先生语》：'凡看书各有门径。《诗》、《易》、《春秋》不可逐句看，《尚书》、《论语》可以逐句看'；《朱子语类》卷一九：'《论语》要冷看，《孟子》要熟（热）读'；亦犹陶诗既言'不求甚解'而复言'疑义与析'也。"⑦ 由此可品悟陶渊明读书的两个法门。对待不同的书，他有精读、略读，有深读、浅读。在读书与学问上，做到了"多、广、博与精、细、深的统一"⑧。颜延之《陶征士诔》称渊明"学非称师"，朱光潜先生说："渊明读书大抵采兴趣主义，我们不能把他看成一个有系统的专门学者。"又说："他读各家的书，和各人物接触，在无形中受他们的影响，

---

① 龚鹏程：《中国文学史》上册，世界图书出版公司2009年版，第140页。
② 王瑶：《陶渊明》，《中国文学论丛》，平明出版社1953年版，第86页。
③ （清）陈澧：《东塾杂俎》，《陶渊明诗文汇评》，《陶渊明资料汇编》（下），第248页。
④ 陶渊明性格喜静，笔者在第二章已经谈到，请参看。
⑤ 关于这一点，笔者在《陶渊明与汲冢书》一章与束晳作对比时也有所论述，请参看。
⑥ （清）陈澧：《东塾杂俎》，《陶渊明诗文汇评》，《陶渊明资料汇编》（下），第246页。
⑦ 钱锺书：《管锥编》第5册《管锥编增订》，中华书局1986年版，第93页。
⑧ 魏正申：《陶渊明探稿》，文津出版社1990年版，第17页。

像蜂儿采花酿蜜,把所吸收的不同的东西融会成他的整个心灵。"①

陶渊明生性好奇,这一点学者多有所称。他好读奇书,郭璞注的《山海经》、《穆天子传》等书籍自然进入他的阅读视野。《读山海经》十三首其一:

> 孟夏草木长,绕屋树扶疏。众鸟欣有托,吾亦爱吾庐。既耕亦已种,时还读我书。穷巷隔深辙,颇回故人车。欢然酌春酒,摘我园中蔬。微雨从东来,好风与之俱。泛览周王传,流观山海图。俯仰终宇宙,不乐复何如!

清代吴淇《六朝选诗定论》说:"章末'乐'字,作诗之根本,即孔、颜之乐处。靖节会得孔颜乐处,偶为读书而发。书上着一'我'字,自有靖节所读一种书,不专指《山海经》与《周穆传》。二书原非圣人之书,乃好事者所作,只是偶尔借他消夏耳。'孟夏'二句,好读书之时。'众鸟'二句,好读书之所。'既耕'二句,生务将毕,正好读书。'穷巷'二句,人客不到,正好读书。'微雨'二句,好读书之景。'泛览'二句,好读书之法。……盖靖节因乐而读《山海经》,非读《山海经》而后乐也。……此其首章,余未选入,亦当如是观。"②王叔岷先生引杜树荼语云:"读书是观大意,亦借以陶情适性耳。渊明无日不饮酒,亦无日不读书,务本业之外,惟此二事。结语可见其意。'既耕'以下四句,言余闲读书,友车已迴。'欢言酌酒'以下四句,亦将酌酒时事。'微雨'云云,是从园中见得。'泛览'以下四句,言且读书、且酌酒,以尽一生之乐而已。观此诗,可以见先生归田园后一生大概。"③"既耕亦已种",陶渊明既耕亦读的耕读生活,为后人所仰慕和仿效。归隐田园后,他开创了中国古代文人以读书、教书、著书为乐的生活范式,成为"穷则独善其身"儒家知识分子的典型。

日本学者一海知义说:"《山海经》是很多读书人爱读的书。""渊明在表面上看来十分平静的日子里,时常'耽溺'于唤起他那过激的幻想

---

① 朱光潜:《陶渊明》,《诗论》,安徽教育出版社1997年版,第236—237页。
② (清)吴淇:《六朝选诗定论》,《陶渊明诗文汇评》,《陶渊明资料汇编》(下),第293页。
③ 王叔岷:《陶渊明诗笺证稿》,中华书局2007年版,第479页。

力的小说之中。"① 黄仲仑先生说:"渊明读山海经,多为遣兴而读。因渊明常读的书,是诗书(诗书,古时可代表六经),在他的诗中,可以证明。诗说:'游好在六经。''诗书塞座外。'把六经读倦时,当然要找些较为轻松有趣的书来排遣。那时又无小说,影剧方面的轻松读物。况且他是住在田庄中,更缺乏精神食粮。正好'山海经'是部古代神话传奇的有趣书,载的又是珍禽奇兽,祯祥山川,馨香草木之类的有趣物。作为消遣,正是适合。"② 暂且不论陶渊明读《山海经》等,是否是以六经读倦时用来轻松排遣为目的,但透过《读山海经》十三首诗,我们确实看到了陶渊明对这类书籍的钟爱。

《山海经》、《穆天子传》等,确为奇书。郭璞《山海经注》引西汉刘秀《上山海经表》云:"朝士由是多奇《山海经》者,文学大儒皆读学,以为奇可以考祯祥变怪之物,见远国异人之谣俗。"明代胡应麟说:"(《山海经》乃)战国好奇之士本《穆天子传》之文与事而侈大博极之,杂附以《汲冢纪年》之异闻,《周书·王会》之诡物,《离骚》、《天问》之遐旨,《南华》、《郑圃》(按:郑圃,指列子)之寓言,以成此书。"③ 其中提到了《山海经》、《列子》、《天问》及《汲冢纪年》出土的《穆天子传》等。

陶渊明"泛览"的这些奇书,具有诸多古小说的特征。清代官修《四库全书总目提要》评《山海经》说:"核其定名,实则小说之最古者尔。"又引王应麟《王会补传》说:"'《山海经》记诸异物、飞走之类,多云东向,或曰东首,疑本因图画而述之。古有此学,如《九歌》、《天问》,皆其类'云云。则得其实矣。"④ 而"屈原天问,杂陈神怪,多莫知所出,意即小说家言"⑤。《穆天子传》等的文体性质大体类似。《四库全书总目提要》云:"《列子·周穆王》篇所载,与此传相出入,盖当时流俗,有此记载,如后世小说野乘之类,故列御寇得掇采其文耳。"⑥ 并

---

① [日]一海知义:《陶渊明·陆放翁·河上肇》,彭佳红译,中华书局2008年版,第60、62页。
② 黄仲仑:《陶渊明作品研究》,(台北)帕米尔书店1965年版,第169页。
③ (明)胡应麟:《四部正讹》,《少室山房笔丛》,《四库全书》本。
④ (清)纪昀等著,四库全书研究所整理:《钦定四库全书总目》卷148,中华书局1997年版,第1871页。
⑤ 同上书,第1834页。
⑥ 余嘉锡先生说:"列子伪书,近人疑为张湛所依托。虽未必然。然必作于佛学盛行之后。"(余嘉锡《四库提要辨证》,科学出版社1958年版,第1111页)假若作于佛学盛行之后,由此更可见该书杂陈魏晋志怪小说的宗教性质。

作案语云："四库馆臣案：《穆天子传》旧皆入起居注类。徒以编年纪月，叙述西游之事，体近乎起居注耳。实则恍惚无征，又非《逸周书》之比。以为古书而存之可也，以为信史而录之，则史体杂、史例破矣。今退置于小说家，义求其当，无庸以变古为嫌也。"① 将《穆天子传》的文体分类，从史学的起居注类改归入小说家的目录下，为的是"义求其当"。这一归类的改变，或许因为明代学者胡应麟的影响。胡应麟评论《穆天子传》说："此篇独寡脱简，而文极赡缛，有法可观。三代前叙事之详，无若此者。然颇为小说滥觞矣。"② 至此，明、清以降，近世治文学史者，多把《穆天子传》与《山海经》相提并论，认为它是我国最早的小说之一。③ 现代学者多注意到《山海经》、《穆天子传》二书对魏晋志怪小说所产生的巨大而深远影响。徐震堮先生说："志怪书在汉以前已经有《山海经》和《穆天子传》。……汉魏六朝的志怪书就是从这两个系统发展下来的。"④ 石昌渝先生说："《山海经》开启了后世杂录类志怪的先河。""从远古神话到史传，《山海经》和《穆天子传》是中间的一环，汉魏六朝搜奇志怪的书，差不多都逃不出这两书的规范。"⑤ 可见陶渊明所读的《山海经》、《穆天子传》等书，对晋、宋志怪小说的影响。而《山海经》、《穆天子传》所开启的海外仙境小说模式，对陶渊明"桃花源"世界的构想，不能完全说没有刺激与影响。

此外，石昌渝先生同时将汲冢出土的《琐语》与《山海经》并提。他说："晋太康年间从汲郡魏襄王墓中出土的战国时代的《琐语》按国别记录了卜梦妖怪诸事，《琐语》体例类似《国语》，虽非信史，却仍不出史乘之流。胡应麟《少室山房笔丛》认为《琐语》是'古今记异之祖'，《山海经》是'古今语怪之祖'……志怪小说在这个传统的确是《琐语》和《山海经》的继续和发展。"⑥ 笔者曾经在《陶渊明与汲冢书》中提到陶渊明与汲冢书的关系，《琐语》既然与《穆天子传》同时出土，并被束皙等人加以整理，流行于时，陶渊明很有可能也读到过。

总之，陶渊明因好奇的性情而喜好《山海经》、《穆天子传》等书。

---

① （清）纪昀等著，四库全书研究所整理：《钦定四库全书总目》卷148，中华书局1997年版，第1872页。

② （明）胡应麟：《三坟补逸》，《少室山房笔丛》，《四库全书》本。

③ 王天海：《穆天子传全译·前言》，贵州人民出版社1997年版，第13页。

④ 徐震堮：《汉魏六朝小说选·前言》，古典文学出版社1957年版，第4页。

⑤ 石昌渝：《小说》，人民文学出版社1994年版，第13、14页。

⑥ 石昌渝：《小说》，人民文学出版社1994年版，第59页。

不过在当时，他很可能将其作为史书，或起码是逸史看待的。只是由于晋代以后，不同时代的人们对于小说观念的变化，才使有了文体之争。特别是明清以降，小说大量出现，对于小说正面或负面的评价，使人们对于小说与史书的看法，在正统意识观念上发生了重大变化。一方面，作为小说爱好者，如金圣叹、毛宗岗等，试图保留小说与史书的关系，以维持其身份；而另一方面，作为官方学者，则鄙夷小说，仍然为斥之不入流的情形，才导致《山海经》、《穆天子传》等书在文体分类上差异的出现。而我们今天，站在现代的学科分化发展的角度重新审视，用现代的小说观念衡量陶渊明的相关作品，以及《山海经》、《穆天子传》时，当然更多地将它们作为小说看待，起码在文学研究领域是如此。所以，《山海经》、《穆天子传》等对于陶渊明及晋、宋志怪小说的影响，也主要体现的是小说的功用与影响。

魏正申说："陶渊明的读书与写作密切结合，并以诗文创作为目的，恰是'好读书，不求甚解'的要义之所在。陶渊明读书的主要目的在于诗文创作。……以读促写的自觉意识。"① 他"心好异书"，泛览《山海经》、《穆天子传》等古小说，性情的喜好，读书的影响，加之时代的风气，三者在不同程度上都对陶渊明与小说之间产生了一定的影响，并且潜移默化地融入陶渊明的文学创作之中。

第二节　唐以前第一篇小说：《桃花源记》及其他

一　唐以前第一篇小说：《桃花源记》

《桃花源记》位于《桃花源诗》之前，作为诗歌的序文，交代创作《桃花源诗》的背景和由来。《桃花源记》正文321字，比《桃花源诗》160字整整多出一倍。

> 晋太元中，武陵人捕鱼为业。缘溪行，忘路之远近。忽逢桃花林，夹岸数百步，中无杂树，芳草（一作华）鲜美，落英缤纷。渔人甚异之。复前行，欲穷其林。林尽水源，便得一山。山有小口，仿

---

① 魏正申：《"好读书，不求甚解"之我见——兼论陶渊明读书与诗文创作的关系》，《陶渊明探稿》，文津出版社1990年版，第13、21页。

佛若有光。便舍船，从口入。初极狭，才通人。复行数十步，豁然开朗。土地平旷，屋舍俨然。有良田、美池、桑竹之属。阡陌交通，鸡犬相闻。其中往来种作，男女衣着，悉如外人。黄发垂髫，并怡然自乐。见渔人，乃大惊。问所从来，具答之。便要还家，为设酒杀鸡作食。村中闻有此人，咸来问讯。自云先世避秦时乱，率妻子邑人，来此绝境，不复出焉，遂与外人间隔。问今是何世，乃不知有汉，无论魏晋。此人一一为具言所闻，皆叹惋。余人各复延至其家，皆出酒食。停数日，辞去。此中人语云："不足为外人道也。"既出，得其船，便扶向路，处处志之。及郡下，诣太守说如此。太守即遣人随其往，寻向所志，遂迷不复得路。

南阳刘子骥，高尚士也。闻之，欣然规往，未果，寻病终。后遂无问津者。

1923 年，梁启超先生在其专著《陶渊明》中评论说："《桃花源记》这篇记可以说是唐以前第一篇小说。在文学史上算是极有价值的创作。这一点让我论小说沿革时再详细说他。……桃源，后世竟变成县名，小说力量之大，也出其右了。"[①] 非常遗憾的是，梁先生未及写出讨论小说沿革的大作就仙逝了，未能进一步阐释《桃花源记》作为"唐以前第一篇小说"的鸿论。不过，自梁先生之后，他的这一论断渐为学界接受。

胡适先生也在讨论短篇小说时说："比较说来，这个时代（指汉唐）的散文短篇小说还应数陶潜的《桃花源记》。这篇文字，命意也好，布局也好，可以算得一篇用心结构的'短篇小说'。"（《论短篇小说》）鲁迅先生《中国小说史略》中也称赞"陶潜这篇作品，确已开唐代传奇文之先河"、"是唐人传奇之祖"。作为现代意义上的"小说"词汇，是梁启超先生从日语借译过来的，并首倡"小说界革命"，提升小说的历史地位；胡适、鲁迅也是较早深入研究中国古代小说的先行者。因此，梁启超、胡适、鲁迅三位的意见，对后世影响较大，也值得我们重视。

台湾学者黄仲仑先生说："《桃花源记》是《桃花源诗》的序文，照理是以诗为主，序为次。因为这篇序写得太好，千百年来，研究这篇序文的，反比研究那首诗的多，所以文比诗更显赫。这篇文在文学上的价值亦高，是唐以前第一篇小说，真可是小说体的创作。文体简短，造语简妙，

[①] 梁启超：《陶渊明之文艺及其品格》，《陶渊明》，《饮冰室合集》第 12 册，中华书局 1989 年影印，第 18 页。

为历代文人所赞赏。"① 黄先生所说的"唐以前第一篇小说"是引用梁启超的观点,"真可是小说体的创作"则是他自己的认同。

钟优民先生提到《桃花源记》的创作时说:"当然,就陶渊明而言,他并不曾有意识地要写小说,当时社会上也不称之为小说。但《桃花源记》确已粗具小说规模,无论从人物刻画、情节安排、环境描写哪个方面去看,可以说都达到了相当高的水平。"② 钟先生强调,"就陶渊明而言,他并不曾有意识地要写小说,当时社会上也不称之为小说",但是用梁启超先生以降的现代小说观念去重新审视《桃花源记》时,也承认它"确已粗具小说规模"。廖仲安先生也说:"《桃花源记》是散文,有曲折新奇的故事情节,有人物,有对话,描写具体,富于小说色彩。"③ 指出《桃花源记》虽然是散文,但"富于小说色彩"。日本学者一海知义也承认:"《桃花源记》虽是一篇很短的故事,可具备起承转结的文章结构,从小说的构思来看,也是一篇相当成熟的作品。"④ 以上皆可见梁启超对于《桃花源记》为"唐以前第一篇小说"论断的影响之深远。

不过,《桃花源记》被视作小说,具有小说色彩,并不始于梁启超先生,只不过梁先生一语道破了它的重要价值,誉为"唐以前第一篇小说"。《桃花源记》最早被收集在六朝志怪小说集之一的《搜神后记》中。按唐代官修的《隋书·经籍志》记载,陶渊明又是《搜神后记》这部小说集的著者,可见陶渊明与小说之间的渊源关系之深。虽然明代以后有人怀疑《搜神后记》为伪托,非陶渊明所作。针对这种疑问,清代《四库全书总目提要》指出:"然其书文词古雅,非唐以后人所托。《隋书经籍志》著录,已称陶潜,则赝撰嫁名,其来已久。"⑤ 可见即使《搜神后记》是出于后人伪托,也在隋唐以前。因此,我们可以由此得出结论:

(1) 如果《搜神后记》果真出于陶渊明之手,那么将《桃花源记》收入《搜神后记》中的应是他自己本人,而这一做法,正体现出陶渊明本人将《桃花源记》与《搜神后记》视作一类的文学观念,在他自己心目中,《桃花源记》具有志怪小说的色彩。他是按照志怪小说"遇仙"母

---

① 黄仲仑:《陶渊明作品研究》,(台北)帕米尔书店1965年版,第330页。
② 钟优民:《陶渊明论稿》,湖南人民出版社1981年版,第228页。
③ 廖仲安:《陶渊明》,上海古籍出版社1999年版,第47页。
④ [日]一海知义:《陶渊明·陆放翁·河上肇》,彭佳红译,中华书局2008年版,第59页。
⑤ (清)纪昀等著,四库全书研究所整理:《钦定四库全书总目》卷148,中华书局1997年版,第1876页。

题的模式,创作了《桃花源记》,借此寄托自己的政治理想。

(2) 如果《搜神后记》是出于后人伪托,最晚也在隋唐以前。托名于陶渊明的《搜神后记》,也有两点值得注意。一是为何托名的是陶渊明,而不是张华等其他人。鲁迅先生曾经提过,"晋以后人之造伪书,于记注殊方异物者每云张华。"① 而"渊明文名,至宋而极"(钱锺书语)陶渊明在隋唐之前,声名并不显赫,为什么会被托名?理由可能也正因为是这篇《桃花源记》奠定了陶渊明在志怪小说领域的影响力,不然为什么会毫无名头地托名于他呢!二是《桃花源记》在隋代以前已被收入《搜神后记》,可见至迟在隋代以前,人们已经将它视作志怪小说,并得到广泛传播。

因此,不管读者认同哪一种结论,在隋代以前,《桃花源记》已经被归入志怪小说,则是不容否定的。

而事实上,创作《桃花源记》,借此寄托自己的政治理想,这一种做法,也不是没有可能。按照近代康有为、梁启超先生的看法,小说虽然被视作"小道",但亦有小道之用。梁启超先生在1898年,即清末著名的"公车上书"那一年,在他的《译印政治小说序》中谈及小说的功用时说:

> 凡人之情,莫不惮庄严而喜谐谑,故听古乐,则惟恐卧;听郑卫之音,则靡靡而忘倦焉。此实有生之大例。虽圣人无可如何者也。善为教者,则因人之情而利导之,故或出之以滑稽,或托之于寓言。孟子有好色之喻,屈平有美人芳草之辞。寓讽谏于诙谐,发忠爱于馨艳,其移人之深,视庄言危论,往往有过,殆未可以劝百讽一而轻薄之也。……夫南海先生之言也,曰:仅识字之人,有不读经,无有不读小说者,故六经不能教,当以小说教之;正史不能入,当以小说入之;语录不能谕,当以小说谕之;律例不能治,当以小说治之。天下通人少而愚人多,深于文学人少,而粗识之无之人多。六经虽美,不通其义,不识其字,则如明珠夜投,按剑而怒矣。②

梁启超此处对于小说功用的思考,时隔四年,终于至1902年以《论

---

① 鲁迅:《中国小说史略》,人民文学出版社1973年版,第30页。
② 梁启超:《译印政治小说序》,《饮冰室文集之三》,《饮冰室合集》第1册,中华书局1989年影印,第34页。

小说与群治之关系》一文的发表,而掀起"小说界革命"的巨澜。康、梁等认为小说有六经所不能达到的开启民智的作用。百姓读书少,识字不多,六经等典籍中深奥的知识,他们不易懂,但是对于小说,则"无有不读者",因为通俗浅显,普通百姓都容易接受。按照这一理路,我们去了解陶渊明《桃花源记》的创作。陶渊明隐逸民间,多与山农交游,虽然有些邻曲能够"奇文共欣赏,疑义相与析",但毕竟这样的人不多。与他相处最多、往来最密,还是那些田父野老。他们多半不识字,或识字不多。陶渊明《饮酒》其九云:"清晨闻叩门,倒裳往自开。问子为谁欤?田父有好怀。壶浆远见候,疑我与时乖。褴缕茅檐下,未足为高栖。一世皆尚同,愿君汩其泥。深感父老言,禀气寡所谐。纡辔诚可学,违己讵非迷!且共欢此饮,吾驾不可回。"类似诗中的田父,对于陶渊明的弃官隐逸尚且多半不能领会,更不用说深奥的"桃源"政治理想模式,更是难以展开"对话"。所以,要想自己的"桃源"政治理想模式能够广为人知,广为接受,只能采用普通大众能够接受的方式,这或许是《桃花源记》决意采用当时通行的志怪小说"遇仙"母题模式进行创作的原因吧。

不仅是在体裁与情节上,而且在人物、语言(对话)、环境描写等方面,《桃花源记》处处都尽力以田父野老为主角而设计。在艺术风格方面,陶渊明一改其他散文的风格,采用清新活泼、浅显生动、引人入胜的语言与意境。陶渊明的散文、辞赋虽然总体公认并不华靡,但它们与《桃花源记》相比较起来,仍不免文人化的色彩、案头文学的印痕。

陶渊明散文、辞赋十二篇,《感士不遇赋》论"士流",《闲情赋》说"爱情",《读史述九章》、《扇上画赞》谈读书,《归去来兮辞》言告别官场,《五柳先生传》自言心迹,不免"清高",《晋故征西大将军长史孟府君传》自作家史,不免夸耀,至于《与子俨等疏》、《祭程氏妹文》、《祭从弟敬远文》、《自祭文》诸文,虽情谊敦敦,感人至深,但未全脱应用公文之俗习。只有《桃花源记》清新自然,去雅好俗,没有沾染半点的书生味道。所以在陶渊明的作品中,只有《桃花源记》距离那些农村风光最近,距离那些田父野老最近。作品描述的是一个他们熟知的世界,当然也是一个渴望与向往的世界。

作品中以捕鱼人迷路开篇,写得扑朔迷离,一波三折,先是"忘路之远近",继而是"忽逢桃花林",继而是"林尽水源",继而是"便得一山",继而是"山有小口,仿佛若有光",继而是"初极狭,才通人",继而是"豁然开朗",方到桃源世界。叙述处处设下悬念,引人入胜,颇具小说的结构章法。唯其如此,也才能调动最初的读者——那些田父野老——的极大兴趣。接下来作品中细腻的桃源世界,更是吸引他们的兴趣。

>土地平旷,屋舍俨然。有良田、美池、桑竹之属。阡陌交通,鸡犬相闻。其中往来种作,男女衣着,悉如外人。黄发垂髫,并怡然自乐。

这些农村风光,让那些最初的读者田父野老感到特别的亲切,仿佛写的就是他们的生活,只不过更加美好,更令人向往。陶渊明笔下的桃源世界,融入了上古帝王治世的描绘、近世的历史真实以及他个人的理想和向往。

陶渊明《五柳先生传》自云:"无怀氏之民欤?葛天氏之民欤?"而无怀氏之时,"其民甘食而乐居,怀土而重生,鸡犬之音相闻,民至老死不相往来"。①《戊申岁六月中遇火》亦云:"仰想东户时,余粮宿中田。鼓腹无所思,朝起暮归眠。"《庄子·马蹄篇》云:"夫赫胥氏之时,居民不知所为,行不知所之,含哺而熙,鼓腹而游。"② 这是对上古帝王治世的描绘。

《三国志·田畴传》记载:

>(田)畴得北归,率举宗族他附从数百人,扫地而盟曰:"君仇不报,吾不可以立于世!"遂入徐无山中,营深险平敞地而居,躬耕以养父母。百姓归之,数年间至五千余家。畴谓其父老曰:"诸君不以畴不肖,远来相就。众成都邑,而莫相统一,恐非久安之道,愿推择其贤长者以为之主。"皆曰:"善。"同佥推畴。畴曰:"今来在此,非苟安而已,将图大事,复怨雪耻。窃恐未得其志,而轻薄之徒自相侵侮,偷快一时,无深计远虑。畴有愚计,愿与诸君共施之,可乎?"皆曰:"可。"畴乃为约束相杀伤、犯盗、诤讼之法,法重者至死,其次抵罪,二十余条。又制为婚姻嫁娶之礼,兴举学校讲授之业,班行其众,众皆便之,至道不拾遗。③

这是近世的历史真实。陈寅恪先生将此作为《桃花源记》是纪实之文的

---

① 参见杨勇《陶渊明集校笺》,上海古籍出版社 2007 年版,第 288 页。
② 同上书,第 131 页。
③ (晋)陈寿著,(南朝)裴松之注,陈乃乾校点:《三国志》,中华书局 1959 年版,第 341 页。

证据之一。① 而在《桃花源记》中，不仅是上古、近世历史的简单实录，其中有陶渊明自我理想的寄托。这与他晚年的政治思想以及所处晋、宋易代的时局是密不可分的。因而作品中接下来写桃源中见到捕鱼人的情形：

> 见渔人，乃大惊。问所从来，具答之。便要还家，设酒杀鸡作食。村中闻有此人，咸来问讯。自云先世避秦时乱，率妻子邑人，来此绝境，不复出焉，遂与外人间隔。问今是何世，乃不知有汉，无论魏晋。此人一一为具言所闻，皆叹惋。余人各复延至其家，皆出酒食。停数日，辞去。

这一段文字有两点值得注意。一是桃源中人性情的真诚淳朴，这是陶渊明所追求与向往的。他在《感士不遇赋》中说："自真风告逝，大伪斯兴，闾阎懈廉退之节，市朝驱易进之心。"《扇上画赞》说："三五道邈，淳风日尽。九流参差，互相推陨。"《饮酒》其二十："羲农去我久，举世少复真！"浇薄的世风，让他向往真淳的民风。而桃源中人见到渔人，"便要还家，设酒杀鸡作食。村中闻有此人，咸来问讯"，"余人各复延至其家，皆出酒食"。与渔人素不相识，而热情真淳至此，令人感动。二是"问今是何世，乃不知有汉，无论魏晋"，寄托着陶渊明很深的思想情感，绝非泛泛而论。一般论者多强调他的晋、宋易代的忠愤之情，笔者在《陶渊明新的历史观与汲冢〈竹书纪年〉》一节亦有所论及，请参看，兹不赘述。由此可见他的桃源世界，虽然有根源于上古、近世历史的可能，但远超越于历史的实录，进行过很大的文学加工和创造。梁启超先生在《论小说与群治之关系》中，将小说分为理想派、写实派两种，认为"小说种目虽多，未有能出此两派范围外者也"②。依据梁先生所说，《桃花源记》当属于理想派小说，后世人企慕桃源世界，也多因它描叙理想之故。

作品的结尾，又写得扑朔迷离。先是"此中人语云：'不足为外人道也'"，一层；继而是"处处志之"，一层；继而是"寻向所志，遂迷不复得路"，一层；继而是刘子骥"欣然亲往，未果，寻病终"，一层；最终是"后遂无问津者"，一层。如余音绕梁，令人回味无穷；如巫山神女，引人无限遐思。这样的结尾，加重了作品的"仙化"味道。

---

① 陈寅恪：《桃花源旁证》，《金明馆丛稿初编》，三联书店 2001 年版，第 188 页。
② 梁启超：《饮冰室文集之十》，《饮冰室合集》第 2 册，中华书局 1989 年影印，第 7 页。

《桃花源记》结尾叙述:"南阳刘子骥,高尚士也。闻之,欣然规往,未果,寻病终。"刘子骥寻桃源未果,"寻病终",读来亦离奇,而令读者神往。而《晋书·隐逸传·刘驎之》中刘子骥"寻仙"未遇的记载,亦颇为离奇,具有小说的色彩。

  刘驎之,字子骥,南阳人,光禄大夫耽之族也。驎之少尚质素,虚退寡欲,不修仪操,人莫之知。好游山泽,志存遁逸。尝采药至衡山,深入忘反,见有一涧水,水南有二石囷,一囷闭,一囷开,水深广不得过。欲还,失道,遇伐弓人,问径,仅得还家。或说囷中皆仙灵方药诸杂物,驎之欲更寻索,终不复知处也。①

《晋书》中的这一大段记载,主要杂采唐代以前的两种书籍而成。

开篇所云"驎之少尚质素,虚退寡欲,不修仪操,人莫之知。好游山泽,志存遁逸",取自东晋邓粲《晋纪》。《世说新语·栖逸》引刘孝标注引邓粲《晋纪》云:

  驎之字子骥,南阳安众人。少尚质素,虚退寡欲,人莫之知。好游山泽间,志存遁逸。②

唐代官修《晋书》中除多了一句"不修仪操"外,其余与邓粲《晋纪》相同。

紧接着的"尝采药至衡山"至"终不复知处也"一段,最早见于《搜神后记》,二者文字只是稍略不同。《搜神后记》云:

  南阳刘驎之,字子骥,好游山水。尝采药至衡山,深入忘反。见有一涧水,水南有二石囷,一闭一开。水深广,不得渡。欲还,失道,遇伐薪人,问径,仅得还家。或说囷中皆仙方,灵药及诸杂物,驎之欲更寻索,不复知处矣。③

---

① (唐)房玄龄等:《晋书》卷94,中华书局1974年版,第2447—2448页。
② (南朝宋)刘义庆著,(南朝梁)刘孝标注,余嘉锡笺疏,周祖谟、余淑宜、周士琦整理:《世说新语笺疏》,上海古籍出版社1993年版,第654—655页。
③ (晋)陶潜撰,汪绍楹校注:《搜神后记》,中华书局1981年版,第6页。

在《搜神后记》中，这个故事，正好在《桃花源记》之后。若《搜神后记》果为陶渊明所作，则刘子骥"寻仙"未遇一篇，可以视作《桃花源记》的续编，是从《桃花源记》结尾的一句衍生而来。这种关系，就如同《金瓶梅》小说借助于《水浒传》中"武松杀嫂"一节文字而衍生一样。唐代官修的《晋书》，时间是在《搜神后记》传播之后，其中文字取自《搜神后记》的可能性很大。这再次印证唐代官修《晋书》"兼采笔记小说的记载"的特征。

值得注意的是，《搜神后记》中刘子骥"寻仙"未遇故事的记载，上引的东晋邓粲《晋纪》中并没有提及。邓粲生活年代在干宝之后，略早于陶渊明。《晋书·邓粲》记载：

邓粲，长沙人。少以高洁著名，与南阳刘驎之、南郡刘尚公同志友善，并不应州郡辟命。①

可知邓粲与刘子骥同时，并且关系交好，如果刘子骥有"寻仙"未遇故事，应会有所记载。

而依据汪绍楹先生《搜神后记》注，刘子骥"寻仙"未遇事"亦见《晋中兴书》、臧荣绪《晋书》"。② 在成书时间上，《晋中兴书》、臧荣绪《晋书》都晚于邓粲《晋纪》。《隋书·经籍志》记载："《晋中兴书》七十八卷。起东晋。宋湘东太守何法盛撰。""《晋书》一百一十卷。齐徐州主簿臧荣绪撰。"据《南史·徐广传》附《郗绍传》记载："时有高平郗绍，亦作《晋中兴书》，数以示何法盛。法盛有意图之，谓绍曰：'卿名位贵达，不复俟此延誉。我寒士，无闻于时，如袁宏、干宝之徒，赖有著述，流声于后。宜以为惠。'绍不与。至书成，在斋内厨中，法盛诣绍，绍不在，直入窃书。绍还失之，无复兼本，于是遂行何书。"③ 又据《宋书·自序》记载："世祖践阼……（沈伯玉）与奉朝请谢超宗、何法盛校书东宫，复为余姚令，还为卫尉丞。世祖旧臣故佐，普皆升显。"两史相参照，可知何法盛至刘宋时受到刘裕的重用，"校书东宫"，《晋中兴书》因此得以传世。郗绍、何法盛同处于晋、宋之际，但年龄比陶渊明要小，《南史》中虽然没有明确交代《晋中兴书》的成书年代，但根据何法盛受

---

① （唐）房玄龄等：《晋书》卷82，中华书局1974年版，第2151页。
② （晋）陶潜撰，汪绍楹校注：《搜神后记》，中华书局1981年版，第6页。
③ （唐）李延寿：《南史》卷33，中华书局1975年版，第859页。

到新登基的刘宋开国帝王刘裕的器重等记载来看,《晋中兴书》作于刘宋初期的可能性极大。至于臧荣绪,为南齐时期人,距离陶渊明时代,比何法盛更晚。

因此,综合邓粲《晋纪》、《晋中兴书》、臧荣绪《晋书》三家史书的记载,对于《搜神后记》中刘子骥"寻仙"未遇的故事,笔者试推测判定如下:略早于陶渊明的邓粲《晋纪》不见提及,邓粲与刘子骥关系交好,如果有此事,理应记载,而却未予记载,只能说明一点:它应是出于后人的杜撰,本无其事;而略晚于陶渊明的《晋中兴书》、臧荣绪《晋书》两书,已经均有记载。这一情形,似乎与陶渊明的关系都极大。陈寅恪先生曾指出:《晋书·隐逸传》中刘骥之入山采药的记载,"盖出于何法盛《晋中兴书》。何氏不知何所本,当与《搜神后记》同出一源。或即与渊明有关,殊未可知也"①,也怀疑这一情形与陶渊明有关。

总之,不管《搜神后记》是陶渊明所作,还是托名,有关刘子骥"寻仙"故事记载,应当在邓粲之后,何法盛之前,正值晋、宋易代之际。因此,《搜神后记》中关于刘子骥"寻仙"未遇故事的一段记载,受到《桃花源记》结尾叙述的影响而衍生创作的,应当是没有问题的。由于它最早出现在《搜神后记》中,因此不管是出于陶渊明之手,还是其他人之手,都可以作为陶渊明《桃花源记》以"遇仙"小说母题的形式对后世影响的一个重要例证。

《桃花源记》作为"遇仙"小说母题形式,对后世小说的影响,学者们多有肯定或论及。如石昌渝先生说:"志怪小说的作者为了加强故事的真实效果,较多采用第三人称限知角度叙事。……陶渊明的《桃花源记》属同一类型,乃是洞穴仙境传说的通行叙事模式。"② 从第三人称的叙述视角肯定它的仙境传说叙事模式。又如钱锺书曾经提及说:"王禹偁《小畜集》卷一四《录海人书》补'《史记》之阙',即本《史记》载徐市求仙事,而师陶潜《桃花源记》遗意耳。"③ 指出它作为求仙小说主题对后世的影响。孙逊先生曾在考察中国古代仙遇小说的历史演变时说:汉魏六朝与隋唐是遇仙小说的生长期,它的基本框架:误入仙境——与仙人游——弃仙返尘,这种误入仙境的模式大约有30多条,"其源头当属《列仙传》'邢子',继此,'袁相根硕'、'桃花源'、'刘晨阮肇'等同类

---

① 陈寅恪:《桃花源记旁证》,《金明馆丛稿初编》,三联书店2011年版,第195页。
② 石昌渝:《小说》,人民文学出版社1994年版,第66—67页。
③ 钱锺书:《管锥编》第1册,中华书局1986年版,第258页。

题材云涌而出。"① 中间重点提到了"桃花源"模式。而魏耕原先生进一步论述说："'邢子'一则粗具规模，文字简朴，主体聊聊数句，后半节外生枝，且尾大不掉，整体更谈不上生动。若就影响的源头来看，应当是脍炙人口的《桃花源记》。"② 强调《桃花源记》在汉魏六朝遇仙小说主题中的重要地位。这一论断，与梁启超称誉《桃花源记》为"唐以前第一篇小说"，实质是一致的，都肯定了《桃花源记》在中国古代小说史的重要价值。

二 《形影神》、《挽歌诗》、《自祭文》中的分身与小说

《桃花源记》之外，陶渊明作品中还有一些"奇文"，引起了世人的关注。典型的如《形影神》三首、《挽歌诗》三首、《自祭文》等作品。台湾学者黄仲仑先生就将这些作品，归入他的"奇文篇"。③《形影神三首》分别由《形赠影》、《影答形》、《神释》三篇组成，开篇《形赠影》末四句说："我无腾化术，必尔不复疑。愿君取吾言，得酒莫苟辞。"形对影进行规劝。继而是《影答形》开篇即说："存生不可言，卫生每苦拙。诚愿游昆华，邈然兹道绝。"对之作出回答，最后由"神"来调解，而作《神释》篇，末四句以"神"的口吻对全诗作总结："纵浪大化中，不喜亦不惧。应尽便须尽，无复独多虑。"袁行霈先生说："此三诗设为形、影、神三者之对话，分别代表三种人生观，亦可视为渊明自己思想中互相矛盾之三方面。《形影神》可谓渊明解剖自己思想并求得解决之记录。此诗设为形影神三者之对答，别具一格。嗣后，白居易有《自戏三绝句》。"④

有学者将这种对话视为分身，为小说或戏剧创作手法之一种。如龚鹏程先生说："《形影神》诗，假借形、影、神三者对答，读来如一短剧。"⑤ 日本学者一海知义说："（《形影神》诗）设定一个或几个自己的

---

① 孙逊：《中国古代仙遇小说的历史演变》，《中国古代小说与宗教》，复旦大学出版社2000年版，第253页。
② 魏耕原：《陶渊明论》，北京大学出版社2011年版，第173页。
③ 黄仲仑：《陶渊明作品研究》，（台北）帕米尔书店1965年版，第317—325页。该书将陶渊明作品分为十二章，"整理成一部较有系统的书，使全部作品的文义归于一贯，俾使有脉可寻，以增其文学情趣。计有：壮志篇、高雅篇、归与篇、田园篇、固穷篇、愤励篇、任真篇、尊孔篇、亲族篇、奇文篇等十章，另有导论及结论各一章"。
④ 袁行霈：《陶渊明集笺注》，中华书局2003年版，第71页。
⑤ 龚鹏程：《中国文学史》上册，世界图书出版公司2009年版，第157页。

分身，并使之对话或行动，然后对其分身加以描摹来构筑作品的世界。陶渊明是一个爱好对话的诗人。""《形影神》是一组对话的诗。""由于对话本身是戏剧，故对话的构思也就自然导致'虚构'的出现。"[1] 不过，陶渊明确实是一个爱好对话的诗人。在他的诗文中，除《形影神》三首外，还有多个地方出现对话的，只不过不是三者，而是两者之间的对话。《和刘柴桑》开篇："山泽久见招，胡事乃踌躇？直为亲旧故，未忍言索居。"四句一问一答，前二句问，后二句作答。《饮酒》其九，也有如一短剧，读来有趣。

> 清晨闻叩门，倒裳往自开。[舞台布景][2]
> 问子为谁欤？[诗人]
> 田父有好怀。[田父]
> 壶浆远见候，疑我与时乖。褴缕茅檐下，未足为高栖。
> 一世皆尚同，愿君汩其泥。[田父]
> 深感父老言，禀气寡所谐。纡辔诚可学，违己讵非迷！
> 且共欢此饮，吾驾不可回。[诗人]

《饮酒》其十三："有客常同止，趣舍邈异境。一士长独醉，一夫终年醒。醒醉还相笑，发言各不领。规规一何愚，兀傲差若颖。"写醉醒的两人，亦分别用两种笔法。《拟古》其五："东方有一士，被服常不完。三旬九遇食，十年著一冠。辛苦无此比，常有好容颜。"写这位东方之士，亦颇为特别，具有小说的意味。苏东坡说："此东方一士，正渊明也。不知从之游者，谁乎？若了得此一段，我即渊明，渊明即我也。"[3] 认为这是陶渊明的自画小像。王夫之称誉这首诗："结构规恢，真大作手，令人读之，不辨其为陶诗矣。"[4] 可见其特殊的结构章法，与陶诗的总体风格颇为不类。明代谢肇淛说："凡为小说及杂剧戏文，须是虚实相半，方为游戏三昧之笔。亦要情景造极而止，不必问其有无也。"（《五杂俎》卷15）

---

[1] ［日］一海知义：《陶渊明·陆放翁·河上肇》，彭佳红译，中华书局2008年版，第57—58页。
[2] 方括号内文字为笔者所加，以便于理解文义，下同。
[3] （宋）苏轼著，屠友祥校注：《东坡题跋》卷2"书渊明东方有一士诗后"，上海远东出版社1996年版，第109页。
[4] （清）王夫之评选，张国星校点：《古诗评选》卷4，文化艺术出版社1997年版，第204页。

陶渊明在他的一些"奇文"创作中，往往多虚实各半，"游戏三昧之笔"，令人须得深味其中之奥义。

陶渊明的《挽歌诗》三首、《自祭文》更是以分身的游戏之笔，让读者感受他的诙谐与幽默。《挽歌诗》中，他分身出来，想象自己死后的情形："娇儿索父啼，良友抚我哭。""案盈我前，亲旧哭我傍。欲语口无音，欲视眼无光。""严霜九月中，送我出远郊。四面无人居，高坟正嶕峣。"《自祭文》："故人凄其相悲，同祖行于今夕。羞以嘉蔬，荐以清酌。""外姻晨来，良友宵奔。葬之中野，以安其魂。窅窅我行，萧萧墓门。"陶渊明用一种分身的特有幽默，化解了对死亡的恐惧，这或许是他的自然达观思想，直接影响了这种特有的文学想象和创作，给它们插上了分身的翅膀。

魏耕原先生说："陶渊明用'分身法'……有直对死亡的勇气，扬弃了代言法，破除了其中的间隔。六朝、唐代小说的'变形'，《西游记》变幻、分形，或许也受到陶之构想的启示。"① 不过，陶渊明这种分身叙述手法，如何对后世的文学，尤其是小说创作，产生深远的影响，还有待我们进一步探究。

第三节　《五柳先生传》、《孟府君传》及咏史诸篇与小说

萧统《陶渊明传》开篇称誉陶渊明说："渊明少有高趣，博学，善属文。"陶渊明具有很高的史学才华，笔者在本书第三章"陶渊明与汲冢书"中提到，他曾被朝廷征辟为著作佐郎，可见当时官方对陶渊明史学才干的认可。他的《晋故征西大将军长史孟府君传》、《五柳先生传》等，都具有较强的传记色彩。《命子》一篇，叙述自己的家族历史，很有些《史记·太史公自序》和《汉书·叙传》的味道。虽然用的是诗歌的语言方式，却不减其传记的风格。不过，陶渊明笔下的这些传记性作品，在那个私家著史肆力炒作的时代风气里，透过现代人的眼光，它们和小说之间总会牵扯上一些说不清道不明的"暧昧"关系。

一　《五柳先生传》与小说

《五柳先生传》也是陶渊明笔下的一篇大奇文，其结构之巧，立意之

---

① 魏耕原：《陶渊明论》，北京大学出版社2011年版，第174页。

深,语言之妙,人物之奇,篇幅之精,都会给读过它的人留下深刻的印象。全篇仅174字,却胜过一篇大文:

> 先生不知何许人也,亦不详其姓字。宅边有五柳树,因以为号焉。闲靖少言,不慕荣利。好读书,不求甚解,每有会意,便欣然忘食。性嗜酒,家贫不能常得。亲旧知其如此,或置酒而招之。造饮辄尽,期在必醉,既醉而退,曾不吝情去留。环堵萧然,不蔽风日。短褐穿结,箪瓢屡空,晏如也。常著文章自娱,颇示己志。忘怀得失,以此自终。
>
> 赞曰:黔娄之妻有言:"不戚戚于贫贱,不汲汲于富贵。"极其言,兹若人之俦乎?酣觞赋诗,以乐其志,无怀氏之民欤?葛天氏之民欤?

在创作手法上,它突破了传统史传的叙述模式。"所有传记的开头,基本上都是这样一套模式,即:'××者,×××××。……'或'××者,××人也。……'而以'××者,××人也。'为常式。当然也有一些略有出入,但大体不差。在姓名、籍贯、官职等之后,接着便记述家世出身、生平经历、性行功业(包括思想、著述)等等,末了是交代这个人物的结局,有的还及于他的子孙后代。"这样一个模式,自从《史记》创作出来并定格之后,"不止后世所有传记作品在体式上都遵仿这一模式,就是碑、状、传奇、小说写人,也多采用这种模式"①。《五柳先生传》的小说色彩,主要体现在以下几端:

第一,《五柳先生传》虽然表面上似一篇传记,却仿效西晋阮籍《大人先生传》、刘伶《酒德颂》的寓言方式,采用小说家的笔法。②鲁迅先生说:"幻设为文,晋世固已盛,如阮籍之《大人先生传》,刘伶之《酒德颂》,陶潜之《桃花源记》《五柳先生传》皆是矣,然咸以寓言为本,文词为末,而无涉于传奇。"③鲁迅认为《五柳先生传》等虽然还达不到唐代传奇小说的高度,却是晋代"幻设为文"作品中的佼佼者,所以历

---

① 可永雪:《〈史记〉文学成就论说》,内蒙古教育出版社2001年版,第233页。
② 日本学者一海知义说:"这个似真非真、爱装糊涂的'传记'却充分地反映了陶渊明对小说的关心和对空想、虚构抱有极大的兴趣。"(《陶渊明·陆放翁·河上肇》,彭佳红译,中华书局2008年版,第50页)
③ 鲁迅:《中国小说史略》,人民文学出版社1973年版,第54页。

来备受关注。鲁迅先生从"幻设为文"的角度,把《五柳先生传》与《桃花源记》并提,亦可见鲁迅对《五柳先生传》类乎《桃花源记》文体的认可。黄仲仑先生称《五柳先生传》作品"自称无怀氏之民,葛天氏之民,境界之高,想象力之大,远非晋人所能望其项背"①,可见《五柳先生传》在"幻设为文"的晋代同类文学作品中臻至的高度。

第二,在传记人物上,它"用的既不是第一人称也不是第三人称,他是创造了一个虚构的人物来讲述自己的身世和经历"②。

第三,在叙事手法上,它"突破了史传文学通用的文学线索,代之以生活琐事的横向组合和概述,开篇对于传主的介绍也已经完全虚灵化、诗意化了"③。

第四,在全篇的立意上,它完全幻设虚化了,以寓言寄托的方式,表达作者的情感。有学者试图闯入作者的幻设空间,打开他的心灵之门,其说法也颇令人耳目一新:"(《五柳先生》)以戏笔抨击门阀制度。他借以'自况'的五柳先生形象,完全是针对门阀制度的崇尚塑造的。以'先生不知何许人也',否定地望的显赫;以'亦不详其姓字'否定门第的高贵;以'环堵肃然,不蔽风日。短褐穿结,箪瓢屡空'否定资财的殷实;以'不慕荣利'否定官爵的矜夸;以'宅边有五柳树'否定世族门前旌表功绩的'阀阅'。就是说,门阀制度的'高贵'之有,五柳先生即陶公全然皆无。他以不知地望、不知姓氏、不知资财、不知荣利、不知'阀阅',甚至不知自己是何朝何代之人(无怀氏之民欤?葛天氏之民欤?),全面否定门阀制度。名曰为五柳先生立传,然而,写传而'一问六不知',岂不是滑天下之稽!"④倘若照此理解,寓意真是深极了!

不过,这样一篇深含寓意的文章,在当时人的眼中,却被称为"自况"、"自序"、"实录"。《宋书·隐逸传》记载:"潜少有高趣,尝著《五柳先生传》以自况,……其自序如此,时人谓之实录。"萧统《陶渊明传》(以下简称"萧《传》")云:"渊明少有高趣,博学善属文,颖脱不群,任真自得。尝著《五柳先生传》以自况,……时人谓之实录。"现代学者更将它视作"自传"。汉、晋时期文学家的"自序",透过后世或现代人的视角,颇具小说家的色彩。

---

① 黄仲仑:《陶渊明作品研究》,(台北)帕米尔书店1965年版,第257页。
② [日]一海知义:《陶渊明·陆放翁·河上肇》,彭佳红译,中华书局2008年版,第20页。
③ 李剑锋:《陶渊明及其诗文渊源研究》,齐鲁书社2005年版,第420页。
④ 魏正申:《陶渊明探稿》,文津出版社1990年版,第76页。

第五，陶渊明《五柳先生传》自传的虚构性质，还可以通过隋唐诗人王绩、白居易的自传体创作窥见一斑。王绩、白居易作为陶渊明的追随者，对其终生服膺。

王绩仰慕陶渊明"登东皋以舒啸，临清流而赋诗"（归去来兮辞）的幽居，归隐东皋，自号东皋子。又仿自号"五柳先生"的陶渊明，而自号"五斗先生"。《唐才子传》说："（王绩）性简傲，好饮酒，能尽五斗，自著《五斗先生传》。"其《五斗先生传》自序云："有五斗先生者，以酒德游于人间。有以酒请者，无贵贱皆往，往必醉，醉则不择地斯寝矣。醒则复起饮也。常一饮五斗，因以为号焉。先生绝思虑，寡言语，不知天下之有仁义厚薄也。忽焉而去，倏然而来。其动也天，其静也地。故万物不能萦心焉。……遂行其志，不知所如。"其"有以酒请者，无贵贱皆往，往必醉，醉则不择地斯寝矣"，与《五柳先生传》"或置酒而招之。造饮辄尽，期在必醉；既醉而退，曾不吝情去留"，如出一辙；其"忽焉而去，倏然而来"，与《莲社高贤传》描述陶渊明"许饮则往，忽攒眉而去"，情形颇类；其"故万物不能萦心焉。……遂行其志，不知所如"，与《五柳先生传》"不戚戚于贫贱，不汲汲于富贵。……忘怀得失，以此自终"，境界无异。

白居易更是仰慕陶渊明的大家，《五柳先生传》在他心目中的分量更非一般。他自叙说："我生君之后，相去五百年。每读《五柳传》，目想心拳拳。"（《访陶公旧宅》）俨然以五百年后的陶渊明自居，他作《效陶潜体诗十六首》，成为大量效和陶诗的第一人。白居易深受陶渊明《五柳先生传》中"造饮辄尽，期在必醉，……常著文章自娱"的影响，晚年自号醉吟先生。《唐语林·栖逸》记载："白居易少傅分司东都，以诗酒自娱，著《醉吟先生传》以自叙。"《唐才子传》也载："（白居易）尝科头箕踞，谈禅咏古，晏如也。自号醉吟先生，作传。"传中"晏如"之语，即出自《五柳先生传》。可见白居易《醉吟先生传》系仿照陶公《五柳先生》，皆为自叙之作。陶公《五柳先生传》"其自序如此，时人谓之实录"，白居易《醉吟先生传》也被时人目为自叙"实录"。《唐语林·企羡》记载："白居易葬龙门山。河南尹卢贞刻《醉吟先生传》于石，立于墓侧。相传洛阳士人及四方游人过瞩墓者，必奠以卮酒。"又《唐语林·赏誉》载："大中末，谏官献疏，请赐白居易谥。上曰：'何不读《醉吟先生墓表》？'卒不赐谥。"时人镌刻白居易《醉吟先生传》于其墓侧，足见时人对其自叙的认可。连当时的宣宗皇帝读了《醉吟先生传》，觉得再赐谥号，都显得多余。

白居易《醉吟先生传》一开篇就说:"醉吟先生者,忘其姓字、乡里、官爵,忽忽不知吾为谁也。"俨然又一幅《五柳先生传》。《五柳先生传》开篇说:"先生不知何许人也,亦不详其姓字。"白氏自叙这样开头,刻意模仿之迹赫然。

唐代刘知几《史通·序传》说:"降及司马相如,始以自叙为传。然其所叙者,但记自少及长,立身行事而已。逮于祖先所出,则蔑尔无闻。"①《史通·杂说》又说:"马卿(笔者按:指司马相如)为《自叙传》,具在其集中,子长因录斯篇,即为列传。"可见同时代人司马迁将司马相如的《自叙传》也视为实录,并编入了《史记·司马相如列传》。然而,在后世及现代学者看来,司马相如《自叙传》作为"实录"载入正史,不免有些不称。刘知几《史通·序传》说:"相如《自叙》乃记其客游临邛,窃妻卓氏,以《春秋》所讳,持为美谈。虽事或非虚,而理无可取,载之于传,不其愧乎?"言外之意,司马相如《自叙传》小说家的味道过浓,司马迁载之于《司马相如列传》中很不适宜。钱锺书先生说:"(《史记·司马相如列传》)卓王孙事酷肖《儒林外史》中胡屠户之于'贤婿老爷';此当出马迁渲染之笔,不类相如《自叙》语气也。"②由于《自叙传》的小说色彩过浓,钱先生反而怀疑不是司马相如的原笔,而是司马迁的"渲染之笔"。

其实,汉、晋文学家的自叙多半夸饰如此。《汉书·扬雄传》说:"雄少而好学,不为章句,训诂通而已,博览无所不见。为人简易佚荡,口吃不能剧谈,默而好深湛之思,清静亡为,少耆欲,不汲汲于富贵,不戚戚于贫贱,不修廉隅以徼名当世。家产不过十金,乏无儋石之储,晏如也。自有下度:非圣哲之书不好也;非其意,虽富贵不事也。……雄之自序云尔。"③该传也是班固根据扬雄"自叙"实录而成。其文字对于《五柳先生传》影响真还不小。

两相比照,《汉书·扬雄传》所载的扬雄自叙,基本上都可以在陶渊明《五柳先生传》中找到对应的内容。可见二者之间的密切关系,以及陶渊明《五柳先生传》对扬雄"自叙"的承袭。

---

① (唐)刘知几撰,(清)浦起龙释:《史通通释》卷9,上海古籍出版社1978年版,第256页。为行文简洁,本篇所引用《史通》皆出自此篇,不再出注,仅标明篇目。
② 钱锺书:《管锥编》第1册,中华书局1986年版,第357—358页。
③ (汉)班固著,(唐)颜师古注:《汉书》卷87,中华书局1962年版,第3514、3583页。

扬雄《自叙传》	陶渊明《五柳先生传》
默而好深湛之思，清静亡为，少耆欲。	闲靖少言。
为人简易佚荡。	造饮辄尽，期在必醉；既醉而退，曾不吝情去留。忘怀得失，以此自终。
少而好学，不为章句，训诂通而已；自有下度；非圣哲之书不好也；	好读书，不求甚解；每有会意，便欣然忘食。无怀氏之民欤？葛天氏之民欤？
博览无所不见。	博学（萧统《陶渊明传》）
非其意，虽富贵不事也。	不慕荣利。
家产不过十金，乏无儋石之储，晏如也。	性嗜酒，家贫不能常得。环堵萧然，不蔽风日，短褐穿结，箪瓢屡空，晏如也。
不汲汲于富贵，不戚戚于贫贱，不修廉隅以徼名当世。	不戚戚于贫贱，不汲汲于富贵。
顾尝好辞赋。	常著文章自娱，颇示己志。 酣觞赋诗，以乐其志。

又如以汉代文学家东方朔为例。《汉书·东方朔传》记载："武帝初即位，征天下举方正贤良文学材力之士，朔初来，上书曰：'……臣朔年二十二，长九尺三寸，目若悬珠，齿若编贝，勇若孟贲，捷若庆忌，廉若鲍叔，信若尾生。若此，可以为天子大臣矣。臣朔昧死再拜以闻。'朔文辞不逊，高自称誉，上伟之，令待诏公车。"《汉书》称东方朔自叙"文辞不逊，高自称誉"，可见其浮夸之气。《东方朔传》传末，《汉书》论赞说：

> 刘向言少时数问长老贤人通于事及朔时者，皆曰朔口谐倡辩，不能持论，喜为庸人诵说，故令后世多传闻者。而扬雄亦以为朔言不纯师，行不纯德，其流风遗书蔑如也。然朔名过实者，以其诙达多端，不名一行，应谐似优，不穷似智，正谏似直，秽德似隐。非夷、齐而是柳下惠，戒其子以上容："首阳为拙，柱下为工；饱食安步，以仕易农；依隐玩世，诡及不逢。"其滑稽之雄乎！朔之诙谐，逢占射覆，其事浮浅，行于众庶，童儿牧竖莫不眩耀。而后世好事者因取奇言怪语附着之朔，故详录焉。①

《汉书》又评论东方朔"喜为庸人诵说"，"诙达多端，不名一行，应谐似优"，称他为"滑稽之雄"，最后又说"朔之诙谐，逢占射覆，其事

---

① （汉）班固著，（唐）颜师古注：《汉书》卷65，中华书局1962年版，第2874页。

浮浅，行于众庶，童儿牧竖莫不眩耀。而后世好事者因取奇言怪语附着之朔"，一再强调东方朔与滑稽小说之间的关系。其作为具有"实录"性质的传记，也多采自东方朔的自叙。刘知几《史通·杂说》说："《汉书·东方朔传》，委琐繁碎，不类诸篇。且不述其亡殁岁时及子孙继嗣，正与《司马相如》、《司马迁》、《扬雄》传相类。寻其传体，必曼倩之自叙也。"而自东方朔、扬雄以下，自叙更加浮饰夸诞。刘知几《史通·序传》说："历观扬雄已降，其自叙也，始以夸尚为宗。至魏文帝、傅玄、梅陶、葛洪之徒，则又逾于此者矣。"而依上文所证，陶渊明《五柳先生传》与扬雄自叙关系亦十分密切。由此可见"时人"以及正史、萧《传》所称的"自况"、"自序"、"实录"的本质。透过唐代刘知几，尤其是现代人的眼光，这些汉、晋人所作的"实录"与"自序"或"自况"，都不同程度地带有小说特征。

正因为上述原因，石昌渝先生曾经指出，"实录"性质，实际上是唐代以前的"古小说"（石先生将两汉魏晋南北朝小说称之为"古小说"）创作的主要原则之一。他说："实录和宗教目的是决定志怪小说性质的两大原则，与这两大原则对立的是虚构和娱乐目的，这一对矛盾中，虚构和娱乐的目的是否定志怪小说的矛盾方面。"① 不仅如此，石先生还指出，实录和短小，正是作为"中国小说的史前形态"的古小说的特征。他分析说："东汉桓谭和班固在处理古代文献的时候，把那些实录性质的残丛小语统称为'小说'，一部分托古人近于子部而又浅薄者归在子部，一部分记古事近于史部而又悠谬者归在史部。这类作品一是实录，二是文字简略，篇幅短小，对这类作品，桓谭和班固是食之不甘，而弃之可惜，故列'小说家'存之。魏晋南北朝的志人小说和志怪小说的兴盛自有他的社会文化原因，但在文体上是承袭'小说家'，并且成为唐前'古小说'的主要部分。以实录和短小为特征的'古小说'充其量只是中国小说的史前形态。"② 其主要原因在于，"古小说在文体上独立了，但在精神上并没有独立，它始终依傍着史传，扮演着史传的附庸的角色"。"从古小说的叙述方式看，受史传影响也是明显的。"③ 依照石昌渝先生的论述，陶渊明《五柳先生传》兼具"古小说"实录和短小的两大特征，典型地体现了《五柳先生传》作为"自序"、"实录"与小说之间的密切关系。顾随先

---

① 石昌渝：《小说》，人民文学出版社1994年版，第80页。
② 同上书，第2页。
③ 同上书，第54、55页。

生曾说:"读小说令人如见,便因其写的是真实。"① 似乎指的也是上述情形。不过这正是汉、晋自叙传记作品的本色与时代烙印,是当时私家著史作传的必然。

二 《孟府君传》与志人小说《世说新语》

《孟府君传》即《晋故征西大将军长史孟府君传》(以下简称《孟府君传》),是陶渊明的又一篇大文章。全文长达一千多字,是陶渊明作品中篇幅最长的一篇,也是他唯一一篇超过千字的长文。② 作品作于元兴元年陶渊明遭母丧之后,诸家系年分歧不大。按陶渊明享年六十三岁计,时年三十八岁,丁忧在家。《孟府君传》按照一般传记叙事模式,开篇云:"君讳嘉,字万年,江夏鄳人也。"往下依次略叙曾祖父、祖父、父亲三代事迹,然后详叙孟嘉一生行迹、功业和思想。传末交代作传的缘由和背景:"渊明先亲,君之第四女也。凯风寒泉之思,寔钟厥心。谨按采行事,撰为此传。"并作有传赞,评论孟嘉的道德功业,最后以"惜哉!仁者必寿,岂斯言之谬乎!"绾结全传,对外祖父的英年早逝黯然伤悼。但是,在具体的叙事风格上,《孟府君传》与一般的正统史传作品,又表现出较大的不同。正如李剑锋先生所说:"《孟府君传》没有像正统史传一样注重写传主的功业,却格外注重写传主的脱俗的逸闻趣事。全传记述了孟嘉对庾亮问、被褚裒认出、龙山落帽、与许询交往、答桓温问等一系列小事,与军国大业几不相关。"③ 正因此,《孟府君传》中描述的孟嘉被太傅褚裒认出之事,被载入稍后刘义庆编撰的志人小说《世说新语》。《世说新语·识鉴》16 云:

  武昌孟嘉作庾太尉州从事,已知名。褚太傅有知人鉴,罢豫章,还过武昌,问庾曰:"闻孟从事佳,今在此不?"庾曰:"卿自求之。"褚昕睐良久,指嘉曰:"此君小异,得无是乎?"庾大笑曰:"然。"于时既叹褚之默识,又欣嘉之见赏。

---

① 顾随讲,叶嘉莹笔记,顾之京整理:《顾随诗词讲记》,中国人民大学出版社 2006 年版,第 32 页。
② 陶集中富有争议的作品《五孝传》、《圣贤群辅录》不算入内。即使这些作品为陶渊明所作,也只是他平日的读书札记,算不得著述。详细请参见杨勇《陶渊明集校笺》(上海古籍出版社 2007 年版,第 314、324 页)。
③ 李剑锋:《陶渊明及其诗文渊源研究》,齐鲁书社 2005 年版,第 416 页。

此段文字，大体取自陶渊明的《孟府君传》，而只是略加裁剪、加工：

> 太尉颍川庾亮，以帝舅民望，受分陕之重，镇武昌，并领江州。辟君部庐陵从事。……太傅河南褚裒，简穆有器识，时为豫章太守，出朝宗亮，正旦大会州府人士，率多时彦，君在坐次甚远。裒问亮："江州有孟嘉，其人何在？"亮云："在坐，卿但自觅。"裒历观，遂指君谓亮曰："将无是耶？"亮欣然而笑，喜裒之得君，奇君为裒之所得，乃益器焉。

两则故事中，褚裒与庾亮的精彩对话，笔者用着重号标出，其内容大意与感情色彩大体相同。其实，陶渊明《孟府君传》中颇具"志人体"色彩的描述，远不止这一处。因此，梁朝刘孝标注《世说新语》此则故事时，又将其中不见载的《孟府君传》里一些精彩片段，如孟嘉对庾亮问、龙山落帽、答桓温问等作了补充。

> 太尉庾亮领江州，辟嘉部庐陵从事。下都还，亮引问风俗得失，对曰："待还，当问从事吏。"亮举麈尾掩口而笑，谓弟翼曰："孟嘉故是盛德人。"转劝学从事。
> 后为征西桓温参军，九月九日，温游龙山，参佐毕集。时佐史① 并著戎服，风吹嘉帽堕落，温劝左右勿言，以观其举止。嘉初不觉，良久如厕，命取还之，命孙盛作文嘲之，成，着嘉坐。嘉还即答，四坐嗟叹。
> 嘉喜酣饮，愈多不乱。温问："酒有何好？而卿嗜之？"嘉曰："明公未得酒中趣尔。"又问："听妓，丝不如竹，竹不如肉，何也？"嘉答曰："渐近自然。"一坐咨嗟。转从事中郎，迁长史。年五十三而卒。②

上述刘孝标注引文字，笔者用着重号标出的精彩内容，与陶渊明《孟府

---

① 史，陶渊明《孟府君传》作"吏"，《晋书》同。
② （南朝宋）刘义庆著，（南朝梁）刘孝标注，余嘉锡笺疏，周祖谟、余淑宜、周士琦整理：《世说新语笺疏》，上海古籍出版社1993年版，第399页。孟嘉"年五十三"卒，《晋书·孟府君传》同。陶渊明《孟府君传》作"年五十一"，可信从。作"五十三"，"三"或为"一"字传抄之讹。

君传》几乎一致。仅有孟嘉答孙盛嘲文的文采评价，陶渊明《孟府君传》有"了不容思，文辞超卓"八字，作为陶渊明对于外祖父的溢美之词，被刘孝标注引时删去了。① 其余大体皆从陶渊明《孟府君传》而来。

此外，陶渊明《孟府君传》中，刘孝标注引未录的，还有二则主要文字：

> 君辞以脚疾，不任拜起。诏使人扶入。君尝为刺史谢永别驾，永，会稽人，丧亡，君求赴义，路由永兴。高阳许询有隽才，辞荣不仕，每纵心独往。客居县界，尝乘船近行，适逢君过，叹曰："都邑美士，吾尽识之，独不识此人。唯闻中州有孟嘉者，将非是乎？然亦何由来此？"使问君之从者。君谓其使曰："本心相过，今先赴义，寻还就君。"及归，遂止信宿，雅相知得，有若旧交。
>
> 还至，转从事中郎，俄迁长史。在朝隤然，仗正顺而已，门无杂宾。尝会神情独得，便超然命驾，径之龙山，顾景酣宴，造夕乃归。温从容谓君曰："人不可无势，我乃能驾御卿。"……光禄大夫南阳刘耽，昔与君同在温府，渊明从父太常夔尝问耽："君若在，当已作公不？"答云："此本是三司人。"为时所重如此。

前一则是孟嘉被名士许询认出，与被褚裒认出事，大体近同。疑孟嘉被名士认出事，或有两种版本，陶渊明作传时，一一诉诸笔端。后一则通过桓温、孟嘉同僚刘耽之口道出：孟嘉堪有三公之才。这两则文字未被刘义庆或刘孝标选入，各有原因。前一则孟嘉被名士许询认出事，与被太傅褚裒认出事雷同近似，刘义庆、刘孝标仅择取了被太傅褚裒认出事。后一则称誉孟嘉为三公之才，不免溢美。与前文所论溢美孟嘉之文"了不容思，文辞超卓"一样，不为刘义庆或刘孝标所重。

除此之外，陶渊明《孟府君传》的主体内容，都被刘义庆《世说新语》或刘孝标《世说新语》注所引。而刘孝标《世说新语》注引的文字，几乎原封不动地被编入唐代官修的《晋书》中。唐修《晋书》中，《孟嘉传》作为《桓温传》的附传，附于其后。唐修《晋书》好采小说家言，已是共识。

陶渊明《孟府君传》，刘孝标《世说新语》注引时称"《嘉别传》"，即《孟嘉别传》。可见陶渊明的《孟府君传》在后世传播中，被视为"别

---

① 此八字，《晋书·孟府君传》作"其文甚美"。

传"。透过后世及现代的眼光看，同样具有小说的色彩。

陶渊明在《孟府君传》传末交代作传的背景时说："谨按采行事，撰为此传。"按采，一作"按拾"。采，指采访。拾，即拾取，还有拾遗之意。《史记·太史公自序》司马迁谈到《史记》的创作时说："以拾遗补艺，成一家之言，厥协六经异传，整齐百家杂语。"陶渊明说"按采（拾）行事，撰为此传"，意谓通过采访、拾遗外祖父的往事轶闻，写成这篇传记。据《晋书·干宝传》所载，干宝在《搜神记序》中说："记殊俗之表，缀片言于残阙，访行事于故老，将使事不二迹，言无异途，然后为信者，固亦前史之所病。……采访近世之事，苟有虚错，愿与先贤前儒分其讥谤。及其著述，亦足以明神道之不诬也。"虽然干宝信誓旦旦，表示《搜神记》"事不二迹，言无异途"，绝对"为信者"，但后世仍将《搜神记》视为小说家言，归入志怪之类。陶渊明为作《孟府君传》，"按采行事"，网罗天下往事轶闻，结果亦被大量地收入《世说新语》及其注引中，不免被归入志人小说的行列。这也是晋、宋时风使然；后世对待小说的视角使然。

三　咏史诸篇与小说

陶渊明作品中的《咏三良》、《咏荆轲》等，均是经典的咏史篇章。先说《咏三良》。三良，指秦国大夫子车氏的三子：奄息、仲行、鍼虎。三良故事，自先秦，经两汉，到两晋，流传甚广。至陶渊明时，已是流传甚久，其间不断地增饰、虚构。尤以三良的死因，由被杀，到自杀，说法出入较大。杨伯峻先生说："先秦皆谓三良被杀。自杀之说，或起于汉人。"[1] 赵翼考证说："三良之殉，《左传》及《诗序》皆云穆公以子车氏三子为殉，《史记·蒙毅传》亦云：昔穆公杀三良而死，故谥曰缪。然《汉书·匡衡传》云：秦穆贵信而士多死。应劭注云：公与群臣饮酒酣，公曰：生共此乐，死共此哀。奄息、仲行、鍼虎许诺。及公薨，皆从死。则是出于三子之自殉，而非穆公之乱命矣。"[2] 到三国时期，王粲、曹植、阮瑀等人笔下，均有咏三良诗，并赋予忠义的色彩。

其实，三良故事，从先秦时期起，就已呈现出虚构化的发展趋势。清人顾炎武曾列举"三良殉死"例，来阐明《左传》记载不可尽信："昔人

---

[1] 杨伯峻：《春秋左传注》"文公六年"，中华书局1981年版，第547页。
[2] （清）赵翼著，栾保群、吕宗力校点：《陔余丛考》卷2"汉儒说《诗》"，河北人民出版社2003年版，第30页。

所言兴亡祸福之故不必尽验。《左氏》但记其信而有征者尔，而亦不尽信也。"[1] 王粲咏三良诗开篇即说："自古无殉死，达人共所知。秦穆杀三良，惜哉空尔为。"为秦穆公翻案，根本否认历史上有"殉死"之事，说穆公杀三良纯属虚构。[2]

而《咏荆轲》中的荆轲事迹，在民间流传已久，更具小说家的性质。战国以降，《史记·刺客列传》及被后世誉为"小说杂传之祖"的《燕丹子》等典籍中，荆轲故事被不断加以虚构。《燕丹子》大约成书于秦汉间，其记载荆轲之事，不同于《史记》，也不尽同于东汉王充《论衡》诸篇所引的"传书"，可见它来自民间的渠道不同。它的传闻虚造之事，被视为"鄙诞不可信"。以其故事情节虚构的典型性，因而被胡应麟称之为"当是古今小说杂传之祖"。东汉王充在《论衡》一书中，曾经多次提及荆轲故事的虚妄，并作有辨证。

> 传书言：荆轲为燕子谋刺秦王，白虹贯日。卫先生为秦画长平之事，太白蚀昴。此言精感天，天为变动也。夫言白虹贯日，太白蚀昴，实也。言荆轲之谋，卫先生之画，感动皇天，故白虹贯日，太白蚀昴者，虚也。（《论衡》卷5《感虚》）

> 传书又言：燕太子丹使刺客荆轲刺秦王，不得，诛死。后高渐丽复以击筑见秦王，秦王说之；知燕太子之客，乃冒其眼，使之击筑。渐丽乃置铅于筑中以为重，当击筑，秦王膝进，不能自禁。渐丽以筑击秦王颡，秦王病伤，三月而死。夫言高渐丽以筑击秦王，实也；言中秦王病伤三月而死，虚也。夫秦王者，秦始皇帝也。（《论衡》卷4《书虚》）

> 传语曰："町町若荆轲之闾。"言荆轲为燕太子丹刺秦王，后诛轲九族，其后恚恨不已，复夷轲之一里，一里皆灭，故曰町町。此言增之也。（《论衡》卷7《语增》）

> 儒书言：荆轲为燕太子刺秦王，操匕首之剑，刺之不得。秦王拔剑击之。轲以匕首掷秦王不中，中铜柱，入尺。欲言匕首之利，荆轲势盛，投锐利之刃，陷坚强之柱，称荆轲之勇，故增益其事也。夫言入铜柱，实也；言其入尺，增之也。（《论衡》卷8《儒增》）

---

[1] （清）顾炎武著，（清）黄汝成集释，秦克诚点校：《日知录》卷4"左氏不必尽信"，岳麓书社1994年版，第155页。

[2] 参见李文初《陶渊明论略》，广东人民出版社1981年版，第94页。

王充论及荆轲等故事记载说:"世信虚妄之书,以为载于竹帛上者,皆贤圣所传,无不然之事,故信而是之,讽而读之;睹真是之传,与虚妄之书相违,则并谓短书不可信用。夫幽冥之实尚可知,沉隐之情尚可定,显文露书,是非易见,笼总并传,非实事,用精不专,无思于事也。夫世间传书诸子之语,多欲立奇造异,作惊目之论,以骇世俗之人;为谲诡之书,以著殊异之名。"① 可见秦汉以降,燕太子丹、荆轲故事在民间传播的盛况。东汉应劭在《风俗通义》中解释这一原因时说:"原其所以有兹语者,丹实好士,无所爱吝也,故间阎小论饬成之耳。"② 三国阮瑀有《咏史诗》二首,其一首咏三良,第二首咏荆轲。由此亦可见陶渊明《咏三良》、《咏荆轲》诗歌,与秦汉、三国时期民间流传、诗坛歌咏三良、荆轲世风的密切关系。综上所述,王粲说穆公杀三良纯属虚构,而燕太子丹、荆轲事自《燕丹子》后,更是出于民间街谈巷语。陶渊明根据这些"街谈巷语",翻出了新意,表达内心的感伤、忠愤,可算对小说、咏史题材的翻新。③

第四节 《乞食》与小说及干谒

《乞食》诗,是陶渊明笔下的又一奇篇。诗云:

> 饥来驱我去,不知竟何之!行行至斯里,叩门拙言辞。主人解余意,遗赠岂虚来?谈谐终日夕,觞至辄倾杯。情欣新知欢(一作欢),言咏遂赋诗。感子漂母惠,愧我非韩才。衔戢知何谢,冥报以相贻。

单论它的主旨,古今学人,分歧较大。有人认为是"惭笔",是"屡

---

① (汉)王充著,黄晖校释:《论衡校释》卷4《书虚》,中华书局1990年版,第167页。
② (汉)应劭著,王利器校注:《风俗通义》卷2"封泰山禅梁父",中华书局1981年版,第68页。
③ 《燕丹子》叙述燕太子如何招纳荆轲去刺秦王,仅写到荆轲刺杀秦王未遂而止。陶渊明《咏荆轲》开篇即云:"燕丹善养士,志在报强嬴。"结尾云:"惜哉剑术疏,奇功遂不成。"也是叙述燕太子如何招纳荆轲去刺秦王,仅写到荆轲刺杀秦王未遂而止。二者结构、剪材极为相似。

乞而多惭"而作①；有人认为"欲得一食"，"大类丐者口颊"②；有人认为"非真丐者人食"，而有游戏之意③；有人认为"寄慨遥深"，有"故国旧君"之思④；有人认为与佛教"乞士"相似，乃"东晋佛门'自然报应论'精神"体现⑤；有人认为是"一幅真实无比的乞食者的自画像"⑥……说法众多，不尽相同。更有域外学者，将《乞食》与《有会而作》等相比较，说陶渊明"为苟延生活而开始向官场朋友恳请生活物质方面的救助"，"由此可见他是个赖他人而生存的人"，"或者说是赖权力生存的人"，"又可见出是个趋炎附势的人"⑦。像如此立论，恐怕不免有刻意厚诬古贤之嫌。《乞食》诗到底因何创作？陶渊明为何乞食？笔者也想结合前贤的研究，提供一些新的理解思路。

一 《乞食》与食禄

《乞食》诗作于陶渊明早年。魏正申先生说："陶渊明为实现建功立

---

① 唐代王维谓陶渊明"不肯把板屈腰见督邮"而弃官，"后贫，《乞食》诗云'叩门拙言辞'，是屡乞而多惭也。尝一见督邮，安食公田数顷。一惭之不忍，而终身惭乎？此亦人我攻中，忘大守小，不□其后之累也"（《全唐文》卷325《与魏居士书》）。南宋韩子仓说："余观此士既以违己交病，又愧役于口腹，竟不欲仕久矣，及因妹丧即去，盖其友爱如此。世人但以不屈于州县吏为高，故以因督邮而去。此士识时委命，其意固有在矣，岂一督邮能为之去就哉？躬耕乞食且犹不耻，而耻屈于督邮，必不然矣。"（李公焕《笺注陶渊明集》卷5注引）清代袁守定说："《止酒》、《责子》、《乞食》诸作，为陶公惭笔。"（《占毕丛谈》卷5）均持此类看法。
② 宋代苏轼《东坡题跋》卷2《书渊明乞食诗后》云："渊明得一食，至欲以冥谢主人，此大类丐者口颊也，哀哉哀哉！非独余哀之，举世莫不哀之也。饥寒常在生前，声名常在身后，二者不相待，此士之所以穷也。"（上海远东出版社1996年版，第104页）
③ 清代张玉毂云："此向人借贷、感人馈赠留饮之作。题云《乞食》，盖乞借于人以为食计，非真丐人食也。观诗中解意遗赠可见。解者误会，唐突多矣。"（《古诗赏析》卷13）
④ 清代陶必铨说："此诗寄慨遥深，着眼在'愧非韩才'一语。借漂母以起兴，故题曰《乞食》，不必真有叩门事也。志不能遂，而欲以死报，精卫填海之意见矣。此诗与《述酒》读书诸篇，皆故国旧君之思，不但乞食非真，即安贫守道亦非诗中本义。至东坡之哀冥报，谓饥寒常在身前，功名常在身后，亦借以自发牢骚耳，岂以乞丐类公哉！痴人前不可说梦，良然。"
⑤ 丁永忠：《陶诗佛音辨》，四川大学出版社1997年版，第91—92页。
⑥ 龚斌：《陶渊明与佛教关系之再讨论》，《第三届陶渊明国际学术研讨会论文集》，《九江学院学报》2008年专辑，第20页。
⑦ ［日］冈村繁：《陶渊明李白新论》，陆晓光、笠征译，上海古籍出版社2002年版，第100—101页。

业的宏图大志,有渴望举荐而尽早入仕,施展才干的思想,《乞食》诗便是较为有力的佐证。……'感子漂母惠,愧我非韩才。衔戢知何谢,冥报以相贻。'这里引用韩信入仕而施才、有成而报恩的典故,明确地表述了陶渊明希望自己像韩信那样,辅佐明君而成就大事业,也要像韩信那样,报漂母之恩的思想实际。陶渊明深知,'大济于苍生'(《感士不遇赋》)理想的实现,要靠进入仕途社会。因此,开始'东西游走'(《与子俨等疏》),请人举荐入仕,以实现入仕有为理想。《乞食》诗采用借托的手法,选取颇能借以抒情的事例而设事,……以托言行乞得赠,表达企望举荐的从政之想。"[①] 魏先生对《乞食》诗的解析,新颖而独到,可惜或囿于体例和篇幅,未能展开。今在魏先生的基础上,笔者略加深入阐发,以坚此说。

第一,在古代词义中,"食"有做官或俸禄的意思,陶渊明诗题曰"乞食",不能排除具有这一方面的意思。《周礼·天官·医师》:"岁终则稽其医事,以制其食。"郑玄注:"食,禄也。"《诗经·大雅·桑柔》:"好是稼穑,力民代食。"郑玄笺:"令代贤者,处位食禄。"《左传·昭公二十九年》:"失官不食。"杜预注:"不食禄。"《墨子·天志下》:"何以知兼爱天下之人也?以兼而食之也。"孙诒让《墨子间诂》:"食,谓享食其赋税物产。"以上"食"字,皆具有"俸禄"或"享受俸禄"的意思。因此,陶渊明诗题曰"乞食",解释为"乞求俸禄"或"乞求享受俸禄",意思也通。其诗题曰"乞食",即有乞求为官,希冀举荐从政之义。诗中所表达的迫切建功立业,"大济于苍生"的理想,正是其早年政治心态的体现。"少时壮且厉,抚剑独行游。谁言行游近?张掖至幽州。"(《拟古》其八)"丈夫志四海,我愿不知老。"(《杂诗》其四)"忆我少壮时,无乐自欣豫。猛志逸四海,骞翮思远翥。"(《杂诗》其五)均表现他早年的政治豪气与理想追求。

第二,陶渊明因贫而仕,被迫仕宦求食。这在诗文中,多有体现:

(1) 在昔曾远游,直至东海隅。道路迥且长,风波阻中涂。此行谁使然,似为饥所驱。(《饮酒》其十)

(2) 畴昔苦长饥,投耒去学仕。将养不得节,冻馁固缠己。(《饮酒》其十九)

(3) 余家贫,耕植不足以自给。幼稚盈室,瓶无储粟,生生所

[①] 魏正申:《陶渊明评传》,文津出版社1996年版,第170—171页。

资，未见其术。亲故多劝余为长吏，脱然有怀，求之靡途。……尝从人事，皆口腹自役。(《归去来兮辞》)

(4) 穷苦荼毒（一作少而穷苦），每以家弊，东西游走。(《与子俨等疏》)

(5) 余尝学仕，缠绵人事。(《祭从弟敬远文》)

为饥饿驱使，为解决一家老小的生计，陶渊明不得不"缠绵人事"，尝试仕途求食之路，先后五次仕宦为官。《宋书·隐逸传》记载："（潜）亲老家贫，起为州祭酒。不堪吏职，少日，自解归。州召主簿，不就。躬耕自资，遂抱羸疾。为镇军、建威参军。谓亲朋曰：'聊欲弦歌，以为三径之资，可乎？'执事者闻之，以为彭泽令。"陶渊明因为"亲老家贫"而作"州祭酒"；后辞州主簿，却"遂抱羸疾"，不得已再次出为镇军、建威参军；为求"三径之资"，出仕为彭泽令。结合《宋书》本传记载及陶渊明诗文作品，陶渊明被迫出仕为官，为解除贫饥而"东西游走"，确实是他早年生活的真实写照。而一旦辞官，生活便不免陷入贫困境地。《咏贫士》其七："昔在黄子廉，弹冠佐名州。一朝辞吏归，清贫略难俦。年饥感仁妻，泣涕向我流。丈夫虽有志，固为儿女忧。"正如袁行霈先生所说，诗歌虽然"咏黄子廉，亦以自况也。仁妻所劝之言，似亦切合渊明实际"①。陶渊明甚至在《杂诗》（其八）中伤感地写道："代耕本非望，所业在田桑。""人皆尽获宜，拙生失其方。"仕宦与食禄，原本就不是自己所奢望追求的。别人皆有适当的方法以谋生，而自己谋生却无方。拙于谋生，为谋求"生生之资"，他才不得已"求之靡途"，求取食禄。同时，他一再表示："岂期过满腹，但愿饱粳粮。"(《杂诗》其八)"倾身营一饱，少许便有余。"(《饮酒》其十)对于食禄营生，他要求的并不高。但即使这样，他也觉得大为违背自己的性情："质性自然，非矫励所得。饥冻虽切，违己交病"，"深愧平生之志"，不得以辞官归隐，彻底告别这样的"求食"生活，不再为五斗米而折腰。

第三，当时国家给的俸禄，也是公田，曾经作为陶渊明求食之本。汉代以来，凡封王侯者，都有一块作为俸禄的食邑，称为"食封"。汉代贾谊《新书·大政》有"官驾百乘而食食千人"的说法。到晋代时，也有官员享受俸禄的相关规定。《晋书·职官志》记载：

---

① 袁行霈：《陶渊明集笺注》，中华书局2003年版，第379页。

诸公及开府，位从公者，品秩第一，食奉日五斛。……元康元年，给菜田十顷，田驺十人，立夏后不及田者，食奉一年。

特进品秩第二，位次诸公，在开府骠骑上，冠进贤两梁，黑介帻，五时朝服，佩水苍玉，无章绶，食奉日四斛。……元康元年，给菜田八顷，田驺八人，立夏后不及田者，食奉一年。

光禄大夫与卿同秩中二千石，著进贤两梁冠，黑介帻，五时朝服，佩水苍玉，食奉日三斛。……惠帝元康元年，始给菜田六顷，田驺六人，置主簿、功曹史、门亭长、门下书佐各一人。

尚书令，秩千石，假铜印墨绶，冠进贤两梁冠，纳言帻，五时朝服，佩水苍玉，食奉月五十斛。……元康元年，始给菜田六顷，田驺六人，立夏后不及田者，食奉一年。
……

尚书令以下，《晋书·职官志》不载各职官"食奉月"和"给菜田"的具体情况。但依此类推，可以约略知道往下职官的大致情形。据《宋书·隐逸传》记载，陶渊明出任彭泽令时，"公田悉令吏种秫，妻子固请种粳，乃使二顷五十亩种秫，五十亩种粳"，可知在当时，朝廷给县令的菜田应是三顷，比尚书令少一倍。又，萧统《陶渊明传》记载，陶渊明任彭泽令后，"不以家累自随，送一力给其子书曰：'汝旦夕之费，自给为难。今遣此力助汝薪水之劳。此亦人子也，可善遇之'"。当时朝廷给县令的"田驺"应是三人。比照上引《晋书·职官志》，诸公及开府，品秩第一，"给菜田十顷，田驺十人"；特进品秩第二，"给菜田八顷，田驺八人"；光禄大夫"给菜田六顷，田驺六人"；尚书令"给菜田六顷，田驺六人"。朝廷赐给的菜田"顷"数与"田驺"数相同。虽然史书对于尚书令以下没有详细记载，但依此类推，在当时，县令应该"给菜田三顷，田驺三人"。陶渊明从"田驺三人"中，遣送一人给其子，帮助他们砍柴打水。田驺，是指专事农业的役隶，所以萧统《陶渊明传》说是"送一力给其子"。

又，《宋书·隐逸传·陶潜传》记载："郡遣督邮至，县吏白应束带见之。潜叹曰：'我不能为五斗米折腰向乡里小人。'即日解印绶去职。"对于"五斗米"的理解，向来分歧较大。有人认为是五斗米教；有人认为是每月的饭量。[①] 其实，参照上引《晋书·职官志》记载，诸公及开

[①] "五斗米"，逯钦立先生认为指五斗米道教（《读陶管见》），缪钺先生认为是每月的饭量（《陶潜不为五斗米折腰新解》）。

府,品秩第一,"食奉日五斛";特进品秩第二"食奉日四斛";光禄大夫"食奉日三斛";尚书令"食奉月五十斛"。五斗米,应该是陶渊明作为县令每日的"食奉"。五斗米,为当时县令每日享受的俸禄级别。每日五斗米,即每月十五斛。比照尚书令的"食奉月五十斛",这样的理解,应该大致不差。

综上,根据《晋书·职官志》、《宋书》等陶渊明本传可知,陶渊明出任彭泽令,当时的县令俸禄是:"食奉月十五斛","给菜田三顷,田驺三人"。陶渊明说:"我不能为五斗米折腰向乡里小人。"实际上是说我不能为了每日的那点食奉,而向乡里小人折腰。从这个意义上讲,陶渊明的辞官,不愿意为五斗米而折腰,实际也是为食禄。

第四,陶渊明从不能为五斗米而折腰,萌生了不为食禄而委屈的悔意。《宋书·隐逸传》记载陶渊明"即日解印绶去职,赋《归去来》。"《归去来兮辞》云:"余家贫,耕植不足以自给。幼稚盈室,瓶无储粟,生生所资,未见其术。亲故多劝余为长吏,脱然有怀,求之靡途。会有四方之事,诸侯以惠爱为德,家叔以余贫苦,遂见用于小邑。于时风波未静,心惮远役,彭泽去家百里,公田之利,足以为酒,故便求之。及少日,眷然有归欤之情。何则?质性自然,非矫励所得。饥冻虽切,违己交病。尝从人事,皆口腹自役。于是怅然慷慨,深愧平生之志。犹望一稔,当敛裳宵逝。"在这里,他对五次出仕的人生经历作了总结,"尝从人事,皆口腹自役,于是怅然慷慨,深愧平生之志",深刻表达他因"口腹"而出仕的内心悔悟。在他之后的诗文中,也一再地回忆这段人生经历,表达"觉今是而昨非"的醒悟。《饮酒》其十:"在昔曾远游,直至东海隅。道路迥且长,风波阻中途。此行谁使然,似为饥所驱。倾身营一饱,少许便有余。恐此非名计,息驾归闲居。"《饮酒》其十九:"畴昔苦长饥,投耒去学仕。将养不得节,冻馁固缠己。是时向立年,志意多所耻。遂尽介然分,终死归田里。"《与子俨等疏》:"穷苦荼毒(一作少而穷苦),每以家弊,东西游走。性刚才拙,与物多忤。自量为己,必贻俗患。"《祭从弟敬远文》:"余尝学仕,缠绵人事。流浪无成,惧负素志。"笔者所加着重号之句,均表现出陶渊明为食禄出仕的悔意。

第五,《宋书·隐逸传》记载:"潜弱年薄宦,不洁去就之迹。自以曾祖晋世宰辅,耻复屈身后代,自高祖王业渐隆,不复肯仕。"《宋书》对陶渊明早年的"薄宦",有"不洁去就"之讥。这似乎与他早年"尝从人事,皆口腹自役"为贫而仕,被迫仕宦求食的人生经历有关。

二 《乞食》与魏晋干谒风气

在魏晋九品中正制盛行的年代，没有人荐举，几乎很难出去做官。陶渊明曾祖陶侃曾欲"仕郡"，而"困于无津"，得鄱阳孝廉范逵举荐，方才渐入仕途。陶渊明先后出仕五次。二十九岁初仕，出为江州祭酒。杨勇先生说："魏晋之际，高门之家大多早仕；渊明祖代世簪，而二十九岁始仕，可谓'迟迟出林'者矣。"① 与陶渊明同时代的颜延之，在《陶征士诔》中说陶渊明"初辞州府三命"。可知在此之前，朝廷也曾有过征辟。州祭酒，职位较高。逯钦立先生说："按《宋书·职官志》，江州自晋成帝咸康中始置别驾祭酒，'居僚职之上'。此别加祭酒，至刘宋初始撤除。知陶为祭酒，即别驾祭酒，职位较高。"② 陶渊明初仕，职位就已经较高，必与有人举荐有关。时江州刺史为王凝之，为王羲之之子。陶渊明初仕选择王凝之，可能与陶、王两家祖辈的渊源密不可分。按《晋书·陶侃传》记载，陶侃受王敦的知遇之恩甚隆。王敦，即王羲之堂伯父。陶侃为武昌太守，王敦"表拜侃为使持节、宁远将军、南蛮校尉、荆州刺史，领西阳、江夏、武昌"，后陶侃因军事失利坐免官，王敦"表以侃白衣领职"，不久又"奏复侃官"。王敦举兵造反，"诏侃以本官领江州刺史，寻转都督、湘州刺史。敦得志，上侃复本职，加散骑常侍"。可见陶侃未贵赫时，受王敦的恩遇。陶渊明"初辞州府三命"，而初仕选择江州刺史王凝之，或与此相关。

萧统《陶渊明传》云："（渊明）亲老家贫，起为州祭酒。不堪吏职，少日，自解归。州召主簿，不就。"陶渊明辞州祭酒、州主簿后，时隔四年，又仕于桓玄幕下。③ 陶渊明有《辛丑岁七月赴假还江陵夜行涂口》等诗，专叙行役事。不少论者怀疑陶渊明此行是为桓玄所迫。叶梦得谓"渊明之行在五年，疑其尝玄迫仕"，朱自清、逯钦立、杨勇等诸位先生，均从此说。④ 陶渊明出仕或迫仕桓玄，盖因其外祖父孟嘉与桓玄之父桓温的密切关系，事详见陶渊明《晋故征西大将军长史孟府君传》、《晋书·桓温传》附《孟嘉传》。之后，陶渊明又出仕镇军将军、建威将军参军，

---

① 杨勇：《陶渊明年谱汇订》，《陶渊明集校笺》，上海古籍出版社2007年版，第415页。
② 逯钦立：《陶渊明事迹诗文系年》，《陶渊明集》，中华书局1979年版，265页。
③ 陶渊明仕桓玄，诸家系年稍有差异，兹从杨勇先生说。参见杨勇《陶渊明年谱汇订》，《陶渊明集校笺》，上海古籍出版社2007年版，第418页。
④ 参见杨勇《陶渊明年谱汇订》，《陶渊明集校笺》，上海古籍出版社2007年版，第419页。

至于其中原因，是否有人举荐，史载不详。

不过，最后一次出仕，陶渊明为彭泽令，是求过诸侯，并且由家叔出面帮忙的。《归去来兮辞》序中说得很清楚："亲故多劝余为长吏，脱然有怀，求之靡途。会有四方之事，诸侯以惠爱为德；家叔以余贫苦，遂见用于小邑。"序中交代，他出任彭泽令，一是亲戚故旧的多次劝说，二是诸侯惠爱仁德的关照，三是家叔的举荐和说情。可以想见，陶渊明在亲戚故旧、家叔的热情劝说与帮助下，去干谒诸侯，求取彭泽令的情形。而使陶渊明动心的是："于时风波未静，心惮远役，彭泽去家百里，公田之利，足以为酒，故便求之"，序中交代也很清楚。

综上，《乞食》诗似为一首干谒诗，表达陶渊明希冀得到举荐的从政理想。透过《归去来兮辞》，我们了解到，陶渊明最后一次出仕，为彭泽令，也是通过家叔举荐、干谒诸侯才成功的。在此之前的几次出仕，其干谒情形也大致可以想见。

不过，由于受到性格因素的影响，在《乞食》诗中，陶渊明不愿意将干谒的意图说得很清楚。"行行至斯里，叩门拙言辞。主人解余意，遗赠岂虚来？""感子漂母惠，愧我非韩才。衔戢知何谢，冥报以相贻。"袁行霈先生说："此行原非有意于乞讨也。而一乞食竟至以'冥报'相许，足见非一饭之可感，要在主人之仁心厚意感人肺腑。'感子漂母惠，愧我非韩才。衔戢知何谢，冥报以相贻。'字字出自心田，惭愧之情溢于言表，绝非丐者顺口谢语。关于诗中'主人'，亦有可论者。此人无须渊明出言而已知来意，非但'遗赠'，且又'谈谐终日'，'倾杯''赋诗'，何等体贴！何等高雅！"① 袁先生所论，也强调"原非有意于乞讨"、"非一饭之可感"。如果仅是一顿饭食的施舍，陶渊明便说出"感子漂母惠，愧我非韩才。衔戢知何谢，冥报以相贻"这样重谢的话语来。那么平日经常置酒招待他的"亲旧"②，给他二万钱的颜延之③，还真不知陶渊明又该是怎样地感谢！事实上，在诗文中，对于颜延之以及那些"亲旧"的名字，陶渊明只字未提。

---

① 袁行霈：《陶渊明集笺注》，中华书局2003年版，第106页。
② 陶渊明《五柳先生传》云："性嗜酒，家贫不能常得。亲旧知其如此，或置酒而招之。造饮辄尽，期在必醉；既醉而退，曾不吝情去留。"被时人称为"自况"、"实录"。
③ 萧统《陶渊明传》记载："先是颜延之为刘抑后军功曹，在浔阳，与渊明情款，后为始安郡，经过浔阳，日造渊明饮焉。每往，必酣饮致醉。弘欲邀延之坐，弥日不得。延之临去，留二万钱与渊明。渊明悉遣送酒家，稍就取酒。"《宋书》等记载同。

另一方面，正如袁先生所强调的，诗中"主人"为高雅、体贴之士，非一般等闲之辈。因此，诗中"主人"，笔者疑其为陶渊明所在乡里中正。①魏晋时期，中正的主要职责就是区别人物，评定九品，并以此作为吏部铨选授官的重要依据。自曹魏以降，中正根据乡论清议厘定、提升或贬降士人，乡品对士人的官职升迁和仕途进退产生重要影响。②诗中的"主人"为中正，主乡论清议、官职铨选，陶渊明即使"叩门拙言辞"，"主人"也会了解他的来意。所以说"主人解余意"。又接着说"遗赠岂虚来"，意谓主人有所馈赠，而不虚此行。③可见应是陶渊明求仕成功，所以才会"感子漂母惠，愧我非韩才。衔戢知何谢，冥报以相贻"，说出这样激动的话，表示希望自己像韩信那样，辅佐明君而成就大业，也要像韩信那样，重重地报答漂母知遇之恩。即使做不到像韩信那样成功，也会心中戢藏感谢之意，待死后相报。如果这样理解，全诗的文意似乎就顺了许多。

陶渊明多次被朝廷征聘为官。颜延之说他"初辞州府三命，后为彭泽令"，对于陶渊明人生中的五次出仕，仅叙及彭泽令一次，并将它和"辞州府三命"并提，可见这二者之间的密切关系，疑均与州郡中正举荐有一定关系。《宋书·隐逸传》说陶渊明辞州祭酒后，"州召主簿，不就"，又说"义熙末，征著作佐郎，不就。江州刺史王弘欲识之，不能致也"。萧统《陶渊明传》也说："江州刺史檀道济往候之，馈以梁肉。"所有这些，大致都与中正的举荐有着极大、极为密切的关系。同时，可以帮助我们进一步了解《乞食》诗的创作，以及诗中"主人"的身份。

如陶渊明《乞食》诗，通过干谒，希冀得到援引，或求得食禄，或谋取声誉，这在魏晋以降的九品中正制时代，是一种普遍风气。陶渊明《乞食》诗的出现，即是这一世风的反映。单以文学领域的干谒为例，即可窥见当时世风之一斑。《世说新语·文学篇》记载：

> 钟会撰《四本论》始毕，甚欲使嵇公一见，置怀中既定，畏其难，怀不敢出，于户外遥掷，便回急走。④

---

① 日本学者沼口胜考证《乞食》诗中的主人为江州刺史刘柳，可供参考（《关于陶渊明〈乞食〉诗的寓意》，《九江师专学报》1998年增刊，第30—36页）。
② 参见张旭华《九品中正制略论稿》，中州古籍出版社2004年版，第15—16页。
③ 参见袁行霈《陶渊明集笺注》，中华书局2003年版，第104页。
④ （南朝·宋）刘义庆著，（南朝·梁）刘孝标注，余嘉锡笺疏，周祖谟、余淑宜、周士琦整理：《世说新语笺疏》，上海古籍出版社1993年版，第195页。

钟会为钟繇之子，为当世望族，其欲为《四本论》延誉，尚且如此，其余士人更可见一斑。其如陶渊明、钟会等干谒希冀延誉者，有不幸者，亦有幸运者。不幸者如钟嵘，史称他"齐永明中为国子生，举本州秀才"（《梁书·文学传上》）。其所撰《诗品》成，希冀求誉于沈约，而沈约"弗为奖借，故嵘怨之"（《南史·钟嵘传》），不得已列沈约的诗为中品，以泄其愤。幸运者如刘勰，史称他撰《文心雕龙》五十篇，"既成，未为时流所称。勰自重其文，欲取定于沈约。约时贵盛，无由自达，乃负其书，候约出，干之于车前，状若货鬻者。约便命取读，大重之，谓为深得文理，常陈诸几案"（《梁书·文学传下》）。比起钟嵘，刘勰可谓幸运儿，干谒成功，《文心雕龙》亦为时所重。不过，他为了引起沈约的兴趣和关注，竟也算费尽了心思。其"干之于车前，状若货鬻者"，比起陶渊明的"乞食"自嘲来，同样卑微而酸辛。这在魏晋以降九品中正制盛行的世风中，庶族寒人倘若想干谒，恐怕都不免于此。

三 《乞食》与小说及干谒

小说与干谒的关系，最早可追溯到先秦时期。《庄子·外物》云："饰小说以干县令，其于大达亦远矣。"马永卿注："庄子与梁惠王同时，是时已有县令，见《史记·六国年表》。"马叙伦先生注："县，读为'郡县'之'县'。《史记·赵世家》：'以万户都之封太守，千户都封县令。'是战国时县小于郡，县长称令矣。"[1] 庄子在这里意谓：那些文饰鄙俚的言辞而干求县令的人，要想飞黄腾达，也就距离事实遥远了。[2] 这是"小说"一词的最早出处。可见，"小说"自从出现伊始，就被视为干谒的手段与工具。这一功能，在后世仍然保留，并推动着小说自身的发展。

魏晋以降，随着九品中正制的推行，干谒品评之风日盛，也促进了魏晋以来志人小说的发展。不少学者已经指出魏晋志人小说的繁盛与当时干谒、品评风气的密切关系。鲁迅先生说："可是志人底一部，在六朝时看得比志怪底一部更重要，因为这和成名很有关系；象当时乡间学者想要成名，他们必须去找名士，这在晋朝，就得去拜访王导、谢安一流人物，正所谓'一登龙门，则身价十倍'。但要和这流名士谈话，必须要能够合他们的脾胃，而要合他们的脾胃，则非看《世说》、《语林》这一类的书不可。例如：当时阮宣子见太尉王夷甫，夷甫问老庄之异同，宣子回答说：'将毋同。'

---

[1] 参见杨柳桥《庄子译注》，上海古籍出版社2007年版，第324页。

[2] 同上。

夷甫就非常佩服他，给他官做，即世所谓'三语掾'。但'将毋同'三字，究竟怎样讲？有人说是'殆不同'的意思；有人说是'岂不同'的意思——总之是一种两可、飘渺恍惚之谈罢了。要学这一种飘渺之谈，就非看《世说》不可。"①石昌渝先生也说："魏晋以后，志人小说的勃兴，除了文体本身的原因外，客观上与选拔官吏的制度和这种制度相联系的品评时人的风气有直接关系。"②九品中正制的铨选方式，使得许多人"必须去找名士"，"去拜访王导、谢安一流人物"，品评、干谒之风播炽，使先秦时"饰小说以干县令"的小说干谒发展到一个新的阶段。

众所熟知，六朝以降，唐代用传奇小说行卷干谒的科举之风，直接刺激了唐人的"有意为小说"，推动了唐代传奇的繁荣。宋人赵彦卫描述唐代的这一情形云：

> 唐之举人，先藉当世显人以姓名达之主司，然后以所业投献。逾数日又投，谓之温卷。如《幽怪录》、《传奇》等皆是也。盖此等文备众体，可以见史才、诗笔、议论。至进士则多以诗为赞，今有唐诗数百种行于世者是也。③

较为详细地叙述了唐代进士用传奇小说来行卷的事实。对唐代行卷与文学深有研究的程千帆先生指出，唐代的科举行卷制度是由魏、晋九品中正制嬗变而来，受到九品中正制遗留下来的影响。科举士子"将自己的作品送请有地位、有学问的人看，希望得到他们的揄扬或教益，这也原是古已有之的。不过到了唐代，文士们更利用了这种办法来为争取进士登第服务"。谈及"原是古已有之"时，程先生即列举了上文所提到的钟会欲请嵇康看《四本论》，并希冀延誉的例子。④程先生并说："传奇到了中唐贞元、元和时代，才名篇叠出，而这个时代，又正是进士词科日益为士人所贵重、争以引人注目的行卷来求知己的时代，则传奇的发达，与进士们用它来行卷有关可知。"⑤可见传奇的繁盛与行卷干谒风气的对应和关联。

---

① 鲁迅：《中国小说的历史的变迁》，《中国小说史略》，人民文学出版社1973年版，第279页。
② 石昌渝：《小说》，人民文学出版社1994年版，第55页。
③ （宋）赵彦卫：《云麓漫钞》卷8，古典文学出版社1957年版，第111页。
④ 程千帆：《唐代进士行卷与文学》，《程千帆全集》第8卷，河北教育出版社2000年版，第6页。
⑤ 同上书，第78页。

对于六朝小说、唐代传奇与干谒的密切关系，鲁迅先生曾提及说：

> 至于他们之所以著作，那是无论六朝或唐人，都是有所为的。……晋人尚清谈，讲标格，常以寥寥数言，立致通显，所以那时的小说，多是记载畸形隽语的《世说》一类，其实是借口舌取名位的入门书。唐以诗文取士，但也看社会上的名声，所以士子入京应试，也许预先干谒名公，呈献诗文，冀其称誉，这诗文叫作"行卷"。诗文既滥，人不欲观，有的就用传奇文，来希图一新耳目，获得特效了，于是那时的传奇文，也就和"敲门砖"很有关系。但自然，只被风气所推，无所为而作者，却也并非没有的。①

可见"小说"作为干谒的手段或功能，自先秦以降，经魏晋六朝，到唐代发展至巅峰。

陶渊明《乞食》诗，作为反映干谒的作品，亦有论者视为"虚构""小说"，诗人借以自嘲为戏，虚言其事。典型论者如日本学者一海知义，他认为"《乞食》、《止酒》，都与'虚构'有关"②。并且指出："《乞食》诗不少人认为这是一首假托的诗，象征性的诗。《止酒》诗的手法与小说的构思'虚构'没有直接的关系。可是从构筑的作品世界、嗜好'虚构'的观点来看，还是有关联的。"③他将《乞食》、《止酒》两诗同时加以讨论，强调它们"小说的构思'虚构'"等手法。通过上文，回顾先秦小说"饰小说以干县令"的干谒功能，以及横向比较魏晋志人小说兴盛与干谒风气的密切关系，笔者认为一海知义所提及的《乞食》一诗的"小说的构思"，正折射出先秦以降"小说"干谒在陶渊明作品中的体现。《乞食》作为一首干谒作品，虽然是以诗的形式，但其谋篇构思、文学功用，展现的都是"小说"面目。陶渊明吸收先秦"小说"干谒的虚构模式，创作了这首《乞食》诗。

通过《乞食》诗，陶渊明以虚拟之能力，同魏、晋其余干谒品评之志人小说一起，上承庄子时代以小说干谒县令之古风，下启唐人传奇小说干谒之先鞭。

总而言之，陶渊明骨子里确实有好奇尚怪的一面，有创作类于《桃

---

① 鲁迅：《题未定草》（六），《且介亭杂文二集》，人民文学出版社1973年版，第172页。
② ［日］一海知义：《陶渊明·陆放翁·河上肇》，彭佳红译，中华书局2008年版，第58页。
③ 同上书，第59页。

花源记》的小说创作意识。在没有确凿证据进行否定之前,《搜神后记》也应该是他的创作。其实这些,在当时都是以一种史家而非小说家的意识创作的。陶渊明作品比较注重类似今天所说的小说"虚构"手法,这些"'虚构'手法的运用给陶渊明的文学增添了广度和深度"[1]。但也不容置疑,如果我们今天在研究中,过分地夸大陶渊明的虚构意识,夸大他与小说之间的关系,势必也会导致走向另一个极端。文学本身即是虚构与想象的产物,不可能完全是现实生活的反映、复制或倒现,它需要进行一定的艺术加工,而在艺术加工的过程中,虚构与想象都是文学之成为文学的很重要的元素,而不是仅仅局限于小说本身。正如我们本章开篇时所说,日本学者一海知义将陶渊明称之为"情寓虚构的诗人"[2],片面夸大陶渊明与小说之间的关系,显然也不够合适。这和否定陶渊明与小说之间的关系一样,都是一个极端。只有恰当地认识陶渊明与小说之间的关系,才能使此项研究走向更加深入。

---

[1] [日]一海知义:《陶渊明・陆放翁・河上肇》,彭佳红译,中华书局2008年版,第95页。
[2] 同上书,第1—98页。

第八章　陶渊明作品的真伪辨考

陶渊明诗文集自行世起就开始淆乱，"且传写寖讹，复多脱落。后人虽加综辑，曾未见其完正"①，又"岁久颇为后人所乱，其改窜者什居二三"②。因而，清代撰修《四库全书》时，不得不对陶集作了清理，仍从以昭明太子八卷，认为"虽梁时旧第，今不可考，而黜伪存真，庶几犹为近古焉"③。但是可惜仍然窜入《问来使》、《四时》等伪作，经前修时贤们的继续考证，陶集保留至今，在内地影响较大的是逯钦立先生七卷本《陶渊明集》（以李公焕本为底本，仅取其中七卷）④，龚斌先生七卷本《陶渊明集校笺》（主要以清代陶澍注《陶靖节先生集》等为底本）⑤。而其余在当代影响较大的，都是作十卷本《陶渊明集》，如袁行霈先生《陶渊明集笺注》（以毛氏汲古阁藏宋刻《陶渊明集》十卷本为底本）⑥、香港杨勇先生《陶渊明集校笺》（以宋绍熙壬子曾集本、淳祐元年汤汉本、元李公焕本、清陶澍注本四书为底本）⑦ 等。

自陶集行世以来，从六卷本、八卷本到十卷本，十卷本再到八卷本、七卷本，在这当中，是否删所未当删，存所未当存，我们很难知道；现通行的七卷本、十卷本陶集，是否是陶集当年的真正面目，我们就更难以知道了。

---

① （宋）思悦：《书陶集后》，（清）陶澍：《诸本序录》，《靖节先生集》，文学古籍刊行社铅印本1956年版。
② （明）焦竑：《陶靖节先生集序》，《陶渊明研究资料汇编》，《陶渊明资料汇编》（上），第143页。
③ （清）纪昀等著，四库全书研究所整理：《钦定四库全书总目》卷148，中华书局1997年版，第1985页。
④ 逯钦立校注：《陶渊明集》，中华书局1979年版。
⑤ 龚斌：《陶渊明集校笺》，上海古籍出版社1996年版。
⑥ 袁行霈：《陶渊明集笺注》，中华书局2003年版。
⑦ 杨勇：《陶渊明集校笺》，最早刊行于1971年，2007年通过上海古籍出版社首次在内地出版。

第一节　陶渊明诗《于王抚军座送客》辨伪

明代许学夷《诗源辩体》说："靖节诗有《于王抚军座送客》一首，句法工炼，与靖节诗不类，疑晋宋诸家所为。"[1]《于王抚军座送客》一诗，是否真是伪作，明代许学夷以降无人道及。

一　对版本文字窜动的甄辨

《于王抚军座送客》诗真正作于何时，现在已经无从考证。北宋苏轼109首《和陶诗》（四卷本）中已经和有此诗，其诗题为《和陶王抚军座送客》，可知此诗的流传应更早于苏轼。此后，李公焕对此诗作了笺注，他是在汤汉的基础上，第一位为渊明全集作注的人，第一次开启了《文选》谢瞻《王抚军庾西阳集别时为豫章太守庾被征还东》诗"诗序"纪四人还是纪三人的公案。

李公焕笺注陶渊明诗时，在《于王抚军座送客》诗下注云：

> 此诗永初二年辛酉秋作也。《宋书》：王弘为抚军将军、江州刺史；庾登之为西阳太守被征还；谢瞻为豫章太守将赴郡。王弘送至湓口，三人于此赋诗叙别，是休元要靖节豫席饯行，故《文选》载谢瞻即席集别诗，首章纪坐间四人。[2]

李公焕提出《文选》谢瞻诗"首章纪座间四人"，《文选》谢瞻诗即《文选》谢瞻《王抚军庾西阳集别时为豫章太守庾被征还东》诗。李公焕说法的提出，让《于王抚军座送客》诗成为陶渊明与王弘交往的主要证据，为后世许多研究陶渊明的人所信从。

遗憾的是，有人为了维持住李公焕"首章纪坐间四人"的说法，维持住陶渊明与王弘曾经交往过的说法，不惜对《文选》谢瞻诗的文字作了改动。其改动之处有二：一是谢瞻诗的诗序；二是谢瞻诗中的诗句"方舟析旧知，对筵旷明牧"。今天我们循着这些改动的地方进行考辨，力求还原其本来面目。

---

[1]（明）许学夷：《诗源辩体》，人民文学出版社1987年版，第105页。
[2]（元）李公焕：《笺注陶渊明集》，《四部丛刊》本。

1. 《文选》谢瞻诗的诗序应该是"纪三人",而不是"纪四人"。

李公焕笺注陶集时,第一次将陶渊明诗与谢瞻诗二者相关联起来,并认为谢瞻诗"首章纪四人",除王弘、庾登之、谢瞻三人外,还包括陶渊明在内,"是休元(笔者注:指王弘)要靖节豫席饯行"。李公焕这种说法,尽管后世信从的人较多,却也遭到了一些学者的疑议和否定。如清代顾易《柳村陶谱》中说:"(陶诗)所送客不知何人,刻本乃引《文选》谢瞻《王抚军庾西阳集别》诗,谓公必预此席,故谢瞻诗首章纪座间四人。可按《文选》,知其妄也。"① 陶澍《靖节先生年谱考异》也说:"今《文选》,瞻序仅记三人,无先生名字,岂宋本有之,今本夺去耶?"② 顾、陶二人均依据《文选》原文,否定了李公焕笺注陶集时所谓《文选》谢瞻诗"首章纪坐间四人"的说法。

可见李公焕的说法,显然是不察《文选》之误;他的"是休元要靖节豫席饯行",即王弘邀请陶渊明预席饯行的说法,就更是李公焕自己在此基础上的猜测臆断了。所以陶澍对此表示疑惑说:"《文选》有谢宣远《王抚军庾西阳集别时为豫章太守庾被征还东》一首。李善注:'沈约《宋书》曰:王弘为豫章之西阳、新蔡诸军事,抚军将军,江州刺史。庾登之为西阳太守,入为太子庶子。集序曰:谢还豫章,庾被征还都,王抚军送至湓口楼作。'无'首章纪坐间四人'事。不知李注(笔者注:指李公焕注)所本,所引年谱,亦不知何人所撰。"③ 陶澍仔细核查《文选》谢瞻诗及李善注原文,找不见任何李公焕所说的"首章纪坐间四人"事的痕迹,更不明晓李公焕说法的由来。

对于李公焕"首章纪坐间四人"的说法,今人古直先生批评得很明确。他说:"《文选》谢宣远《王抚军庾西阳集别作》云:'方舟新旧知,对筵旷明牧。'李善注:'旧知,庾也。明牧,王抚军也。'止纪二人。"④ "此诗所纪止休元,登之及瞻自己。李云'四人',误也。"⑤ 古直先生结合《文选》谢瞻诗及李善注,直接否定了李公焕"纪四人"的说法。

前贤诸家多征引《文选》谢瞻诗及李善注,观《六臣注文选》中刘良注也说:"王弘为抚军将军后,庾被征还,抚军送至盆口,瞻亦将赴豫

---

① (清)顾易:《柳村陶谱》,雍正七年(1729)顾易序刻本。
② (清)陶澍:《靖节先生集》卷2,文学古籍刊行社铅印本1956年版。
③ 同上。
④ 古直:《陶靖节诗笺定本》,中华书局1935年版。
⑤ 古直:《陶靖节年谱》,中华书局1926年版。

章。三人于此叙别，故赋此诗。"刘良注中也明确说只有"三人"，更可以与李善注"纪三人"的说法互证。

综而可知，早在唐代，《文选》谢瞻诗就只有"纪三人"，并无"纪四人"的说法；即使是现在通行的《文选》中也只有"纪三人"的说法。所谓"纪四人"说的讹误盛行，只是研究陶诗的学者受李公焕注的影响而又疏于核查《文选》的结果。

既然李公焕"首章纪坐间四人"的说法不可信，那么他在此基础上臆断的"是休元要靖节豫席饯行"，即王弘邀请陶渊明预席饯行的说法，自然也就不可信了。

2.《文选》谢瞻诗中的诗句"方舟新旧知"应该作"方舟析旧知"。

《文选》谢瞻《王抚军庚西阳集别时为豫章太守庚被征还东》诗云：

> 祗召旋北京，守官反（五臣注作及）南服。方舟析旧知（五臣注："铣曰：'方并析，别旷远也。'"），对筵旷明牧。举觞矜（五臣注作务）饮饯，指途念出宿。来晨无定端，别晷有成速。颓阳照通津，夕阴暧平陆。榜人理行舻，辀轩命归仆。分手东城闉，发棹西江隩。离会虽相亲（五臣注作杂），逝川岂往复。谁谓情可书？尽言非尺牍。①

诗中的"方舟析旧知"，有些《文选》版本中作"方舟新旧知"（详后）。仅由抄录而知，在唐朝六臣注《文选》时，"析"字并不作"新"。特别是《文选》五臣注中李铣注说："方并析，别旷远也。"表示此处原作"析"字，明确无误。

"析"改作"新"，可能是宋代以后的事情。《文选》南宋尤袤本，"析"已改作"新"。清代胡克家《文选考异》云："袁本、茶陵本'新'作'析'，是也。"胡克家对袁本、茶陵本的"析"字作出肯定，否定"析"改作"新"。尤袤是南宋人，而元代李公焕本又从宋本承袭而来的。郭绍虞先生说："吴焯《跋》称：'此编汇集宋朝群公评注，淳祐中又刻于省署，当时称玉堂本。'此言不知所据。使所言果确，则笺注原出宋人所辑，李公焕所集录，不过总论一卷耳。"② 因而可以断定"析"作"新"的改动，在元代李公焕之前，在南宋的时候即已经开始。

---

① （唐）李善等：《六臣注文选》卷20，《四部丛刊》本。
② 郭绍虞：《陶集考辨》，《照隅室古典文学论集》，上海古籍出版社1983年版，第288页。

这种文字的窜改，在当时可能有两种情况：一是被人有意改动，以符合"纪座间四人"说；二是无意的改动，"析""新"因形近传抄致误。像诗中的"及"作"反"、"矜"作"务（務）"、"亲（親）"作"杂（雜）"等，形近致讹。

但到了今天，不管是这两者中的哪一种情况，学者们将"析"误用为"新"，甚至作为李公焕"纪座间四人"说法的凭据，则是很通行的了。如依上所述，古直先生否定了李公焕"纪座间四人"的说法，但在论述中仍然沿用的是"方舟新旧知"。又如王叔岷先生《陶渊明诗笺证稿》云："谢诗'方舟新旧知'，李善注：'旧知，庾也。'新知，盖为陶公。则谢诗所纪，实休元、登元、陶公及瞻自己四人。"不仅沿用"方舟新旧知"的说法，而且将"新知"理解成"盖为陶公"，显然是对李公焕"是休元要靖节豫席饯行"说法的另一种措辞，是对李公焕"纪座间四人"说法的进一步深入。但如前所述，这其实只能是距离《文选》的真实原貌越来越远。

事实上，从今天的眼光来看，"方舟新旧知"也应该作"方舟析旧知"才为允当。

首先，在语言结构上，"方舟析旧知，对筵旷明牧"，句法整齐，对仗精工。"方舟"，李善注曰："《尔雅》曰：'大夫方舟。'郭璞曰：'方舟，并两船也。'""对筵"，李善注曰："杨仲武诔曰：'惟我及尔，对筵接机。'""方""对"均含有"双、两"义。"方"、"对"数词对，"舟"、"筵"名词对。"旧知""明牧"名词对，"析"、"旷"动词对。疑此处既可作对文，又可作互文："方舟析明牧，对筵旷旧知"或"对筵析旧知，方舟旷明牧"。李善注"旧知，庾也。明牧，王抚军也"，只是一种单向的理解方式；而五臣注"铣曰：'明牧，谓王、庾'"，就作了一种互文式的理解。旧知，即老朋友，指王、庾；明牧，是对官员的尊称，并非是特定的官职名称，仍指做官的老朋友王、庾。因而，称旧知称明牧，语意一样。如谢朓《和王著作八公山》："阽危赖宗衮，微管寄明牧。"李白《赵公西候新亭颂》："惟十四载，皇帝以岁之骄阳，秋五不稔，乃慎择明牧，恤南方凋枯。"诗中的"明牧"都是对做官人的尊称。但是，如果改用"新"字，就会失去句法的严整性，达不到上述应有的效果。

诗句"方舟析旧知，对筵旷明牧"，是二——一——二与名词—动词—名词的基本结构句式。如果换成"新"字，则也显然破坏了这种整体的美感。同时代地横向看来，像谢瞻诗这样对仗精工，在极力推崇、讲究辞藻的晋宋文学中是较为多见的。

其次，更为重要的是版本方面的依据。《文选》五臣注的李铣注"方并析，别旷远也"，已明显说到了"析"，因而完全可以裁定原文是作"析"，不作"新"，所以胡克家《文选考异》中毫不含糊地肯定了袁本、茶陵本"新"作"析"的正确性。后人在改动《文选》原文的时候，却疏忽了五臣注中的李铣注，因而给我们留下了一点当年的真实原貌。不然，就真有点"死无对证"了。

二 李公焕改"冬"作"秋"辨考

陶渊明集《于王抚军座送客》诗开头云："秋日凄且厉，百卉具已腓。爰以履霜节，登高饯将归。"李公焕《笺注陶渊明集》云："集本作'冬'，传写之误。"于是改"冬"为"秋"。李公焕的这一改动，和他"首章纪坐间四人"的说法一样，仍是为他的陶渊明参与王弘送别谢瞻的宴会寻求依据。随着后世对李公焕笺注的重视，李公焕的这种改动从此遂成定论，一直沿用至今。直到2003年袁行霈先生《陶渊明集笺注》中才改变了这种说法。

袁先生说："李注本（指李公焕注本）作'秋'，陶注本（指清代陶澍注本）从之。然本书底本（指汲古阁藏本）及曾集本、和陶本、绍兴本、汤汉本均无异文。李注本后出，恐不足为据。"[①] 袁先生从版本校刊的角度出发，指出了李公焕本将"冬"改为"秋"的错误，说法极为允当。笔者下文狗尾续貂，稍作补充。

《于王抚军座送客》诗的第二句"百卉具已腓"，极易误导人，它自然地使人想起《诗经》中的句子。《诗经·小雅·四月》云："秋日凄凄，百卉俱腓。"这可能是李公焕改"冬"为"秋"的原因，也可能是我们大多数人读这首诗时，对李公焕的改动习而不察的原因。

在《诗经》中，"凄凄"、"百卉俱腓"都用来形容"秋日"，"秋日""百卉俱腓"。但我们如果试着换一下，将"秋日"换成"冬日"，语意上完全是说得通的。因为秋天百草枯萎，冬天就更是百草枯萎了，所以陶诗"冬日""百卉俱已腓"，从语意上说，完全不误。这是其一。

其二，陶诗用"冬日凄且厉，百卉俱已腓"，并不完全是吸收《诗经》中的典故，而是更直接来源于张衡的《西京赋》。张衡《西京赋》云"于是孟冬作阴，寒风肃杀。雨雪飘飘，冰霜惨烈。百卉具零，刚虫搏

[①] 袁行霈：《陶渊明集笺注》，中华书局2003年版，第151页。

击",即为陶诗中此二句所本。

其三,陶诗用"厉"字,非"冬日"莫属,与"秋日"无涉。因为秋日金风,冬日厉风,非"冬日"不言"厉"。"厉"与"冬"相连用,这在陶诗中常见。如《岁暮和张常侍》诗云"厉厉气遂严",诗题的"岁暮"二字与诗中的"厉厉"连用;又如《癸卯岁十二月作与从弟敬远》诗云"凄凄岁暮风,翳翳经日雪",诗题中的十二月与"凄凄"连用;《咏贫士七首》之二:"凄厉岁云暮,拥褐曝前轩。南圃无遗秀,枯条盈北园。"首句中"凄厉"直接与"岁暮"连用……陶诗习惯性地将"凄厉"与"岁暮"连用,这种写法,可能是受汉魏古诗的影响。如《古诗十九首》(凛凛岁云暮)云:"凉风凄已厉,游子寒无衣。"上引陶诗"凄厉岁云暮",就是化用此诗而来。

其四,对陶诗中"履霜节"的理解有偏颇。《于王抚军座送客》诗:"秋日凄且厉,百卉具已腓。爰以履霜节,登高饯以归。"逯钦立注云:"履霜节,九月。《诗·豳风·七月》:'九月肃霜。'"① 其说可商。《礼记·月令篇》云:"(季秋之月)霜始降。"又云:"孟冬行秋令,则霜雪不时。""孟春行冬令,则水潦为败,雪霜大挚,首种不入。"《诗经·小雅·四月》云:"正月繁霜,我心忧伤。"可知霜期并非局限于九月,但人们一般似乎只习惯于把霜期与秋联系起来,所以容易导致理解上的偏颇。

"爰以履霜节","履"有"踩踏"义。《易·坤》:"履霜坚冰,阴始凝也。"《诗经·葛履》:"纠纠葛履,可以履霜。"蔡邕《履霜操》:"履朝霜兮踩晨寒。""履霜"连用,均表示踏霜义。节有"时期"义。《国语·越语下》:"天节不远,五年复反。"韦昭注曰:"节,期也。五年再云天数一终,故复反也。"龚斌先生注云:"履霜节,下霜的季节,指九月。"② 说是"下霜的季节"甚当,"指九月",则应受李公焕注影响所致,不够准确。从漫长的霜期来看,"履霜"在季节上说成是秋天、冬天、春天都未尝不可。因此,陶诗"百卉具已腓。爰以履霜节",在物候上说成"秋日"通,说成"冬日"亦通,但一连上"凄且厉"就非"冬日"莫属了。

其五,苏轼《和王抚军座送客》诗亦作"冬"。今存苏轼和陶诗《和王抚军座送客》中有"悬知冬夜长"语,在"冬夜"之下,王文诰辑注

---

① 逯钦立校注:《陶渊明集》,中华书局1979年版,第63页。
② 龚斌:《陶渊明集校笺》,上海古籍出版社1996年版,第136页。

《苏轼诗集》、冯应榴《苏轼集合注》均未标出异文。十二月冬至,昼短夜长,诗句"悬知冬夜长,不恨晨光迟"叙述着漫长冬夜时的一种心理状态。

总之,再结合李公焕之前的诸家的陶集本子来看,都作"冬日凄且厉",可见在当时作"冬日"是很通行的说法。李公焕只是很主观武断地说:"集本作'冬',传写之误",又着意在诗下注云:"永初二年辛酉秋作也",以强调"秋",并没有必要的事实依据。遗憾的是,李公焕这种"不知所本"的说法,却反而被后世奉为圭臬。比起前贤诸修来,李公焕可谓是"后来者居上",以自己捏造的假象反而掩饰了原来的真相,并被沿袭至今。李公焕本荟萃众说,"开后世集注之风",他继承南宋汤汉注本的遗风,对陶诗提出了许多独到的见解。但这些见解,就如同一把双刃剑,造福颇多,但亦误人不浅。所以,我们对李公焕本的一些笺注及其在陶集版本中的价值,都是值得再度审视的。[1]

其六,《文选》谢瞻诗与《于王抚军座送客》诗无任何瓜葛。李公焕把"冬日凄且厉"改成"秋日凄且厉"之后,又着意在诗下注云:"永初二年辛酉秋作也",以强调"秋"。对李注的说法,提出疑议的主要是一些现代学者。龚斌先生对此有总括性的评述:

> 方祖燊先生《陶渊明·王弘与陶渊明》详考《宋书·庾登之传》、《谢瞻传》及有关史料,以为"庾登之由西阳太守入为太子庶子,可能是在晋恭帝元熙元年冬十二月或宋武帝永初元年(四二〇)秋八月后,义符刚立为宋太子或皇太子的时候。陶潜诗的起句,若是'冬日凄且厉',那就是元熙元年,若是'秋日凄且厉',那就是永初元年,都跟历史相合,可以说得通,若是永初二年,反而不好说了。"邓谱据方氏考证,谓此诗首句当作"秋日",故渊明诗作于永初元年九月。按,以上诸说,以方祖燊、邓谱所考可信。今补考证如下:据《宋书·武帝纪》、《资治通鉴》卷一百十九,元熙元年十二月,宋王刘裕世子义符为太子,永初元年八月,立王太子义符为皇太子。可知庾登之被征入都时间正如方氏所考,或在元熙元年十二月,

---

[1] 李公焕笺注陶诗的缺憾,除《和王抚军座送客》诗之外,还有如《联句》诗等。陶集《联句》诗为四人联句,前三联署名依次为陶渊明、循之、愔之,末联在其他各家陶集版本中均未见署名,唯李公焕本署名为"陶渊明",亦误。本书第六章第二节"《联句》诗及其联句人物考察"有详细论述,请参见。

或在永初元年八月后。此诗首句既当作"秋日",则必在永初元年八月后。又据《宋书·谢瞻传》,永初二年,瞻在郡遇疾,其弟谢晦闻疾奔往。后瞻疾笃还都,高祖以晦禁旅,不得去宿,使瞻居于晋南郡公主婿羊贲故第,瞻临终遗晦书云云,可证瞻卒于京都城郊,永初二年秋天,瞻未有实际上也不可能从都赴豫章事。故此诗作于永初元年秋天无疑,而永初二年之说,既与庾登之被征入都时间不合,亦与谢瞻遇疾至卒之情事不合也。①

在上述的考证中,学者们直接借李公焕注本中的"秋日凄且厉"语,来证明谢瞻"诗序"中王、庾、谢三人的送别时间了,可见李公焕注的影响之深。李公焕的注引正是以谢诗为凭据的,但又由于李公焕在谢诗的基础上作了窜改,因而不能用此诗来反证谢诗(事实上,二者在李公焕注引之前是互不相联系的)。其实,借助史书和谢瞻诗序,完全可以考证出三人送别的大致时间,不用与《于王抚军座送客》诗发生任何关系,亦可进一步证明谢诗与这首伪陶诗无任何瓜葛。

《六臣注文选》:"(张)铣曰:'王弘为抚军将军后,庾被征还(李善注曰:"入为太子庶子"),抚军送至盆口,瞻亦将赴豫章,三人于此叙别。'"② 考《宋书·王弘传》:"(义熙)十四年,弘迁江州、豫州之西阳、新蔡二郡诸军事、抚军将军、江州刺史。"庾登之被征还任太子庶子,正如方先生所考,有元熙元年冬十二月③和永初元年秋八月后④两个时间。到底是哪个时间,再考证于《宋书·谢瞻传》就清楚了。袁行霈先生考证说:

《宋书》卷五十六《谢瞻传》:其弟晦"时为宋台右卫,权遇以重,于彭城还都迎家,宾客辐辏,门巷填咽。时瞻在家……乃篱隔门庭,曰:'吾不忍见此。'及还彭城,……高祖以瞻为吴兴郡,又自陈请,乃为豫章太守。……永初二年,在郡遇疾,不肯自治,幸于不永。……遂卒,时年三十五。"刘裕还彭城在义熙十四年正月,宋台之建在此年六月,宋台初建,谢晦为右将军,见《宋书》卷四十四

---

① 龚斌:《陶渊明集校笺》,上海古籍出版社1996年版,第134页、136页。
② 《六臣注文选》卷20,《四部丛刊》本。
③ 《宋书·武帝纪》记载:"元熙元年十二月,进王太妃为太后,王妃为王后,世子为太子。"
④ 《宋书·武帝纪》记载:"(永初元年)八月癸酉,立王太子为皇太子。"

《谢晦传》，时谢晦尚在家。则谢瞻之任豫州太守必在十四年六月之后。王弘既在江州集别，则赴任必又在王弘赴江州之后。

诗言："祗召旋北京，守官反南服。"既曰"反"，则非初次上任。检《宋书》卷五十三《庾登之传》其为太子庶子时间不定。但据《武帝纪》，元熙元年十二月刘裕之世子义符为宋太子，元熙二年六月刘裕即位改元永初，八月义符被立为皇太子，庾登之立为太子庶子，必在元熙元年十二月之后。①

据考，当时高祖仍在彭城，并未进入京都。谢晦担任宋台右卫②，虽然是刘裕的意愿，但还须经刘裕表请，然后到京都经由皇帝亲自册封任命，这是晋宋间任命地方佐属官吏的习惯程序③，因而说是"于彭城还都迎家"。由谢瞻的"时在家""及还彭城"可知，谢瞻陈请为豫章太守，也应是在彭城，其授官时间应该是在谢晦任宋台右卫（义熙十四年六月）后不久。考《宋书·武帝纪》：

（义熙）十四年正月壬戌，公至彭城，解严息甲。六月，受宋公九锡之命。……以太尉军谘祭酒孔季恭为宋国尚书令，青州刺史檀祗为领军将军，相国左长史王弘为尚书仆射，其余百官悉依天朝之制。元熙元年正月，招大使征公入辅……十二月，进王太妃为太后，王妃为王后，世子为太子……二年四月，征王入辅。六月，至京师……永初元年六月丁卯，设坛于南郊，即皇帝位……元辰，改元熙二年为永初元年……八月癸酉，立王太子为皇太子。

刘裕义熙十四年到彭城，虽然两次受入辅征召，但强作姿态，终于在元熙二年（永初元年）五六月才离开，在彭城历时三年。因而，谢瞻在义熙十四年六月就已离都城之家至彭城，向刘裕请求职务（意在不忍见谢晦的跋扈之色），不可能一拖就是两三年，到永初元年或永初二年才途经江州赴任。所以，以谢瞻赴任为参照，庾登之入为宋王太子庶子（元熙元年十二月）比入为皇太子庶子的可能性要大一些。因而李善注言"庾被

---

① 袁行霈：《陶渊明研究》，北京大学出版社1997年版，第364页。
② 《宋书·谢晦传》记载是："右卫将军"。
③ 参见严耕望《魏晋南北朝地方政府属佐考》，《历史语言研究所集刊》第20册（上），第446页。

征还都"，而五臣注张铣只言"庾被征还"，并未言"都"。又考《宋书·庾登之传》："义熙初，又为高祖镇军参军，转太尉主簿。义熙十二年，高祖北伐，登之击节驱驰，退告刘穆之，以母老求郡。于时士庶咸惮远役，而登之二三其心，高祖大怒，除吏名。大军发后，乃以补镇蛮护军、西阳太守。"可知登之在任西阳太守前，一直是紧随刘裕身边，后因"二三其心"、"惮远役"动摇军心，被刘裕除吏名。但大军发后，仍委任其为郡守长官，满足"母老求郡"的要求，足可见刘裕对他的器重。因而，刘裕到彭城"解兵息甲"后，调他归还身边作为羽翼之用是极有可能的。那么，"被征还"就不是"被征还都"，而是还刘裕身边。李善用"被征还都"，大概是出于尊讳的说法。因此，王、庾、谢三人送别，大概是在元熙元年十二月（宋王世子为太子）到元熙二年的五六月（刘裕离开彭城）之间，这近半年的时间内。至于李公焕所说的"此诗作于永初二年秋"，正如陶澍所质疑的"所引年谱，亦不知何人所撰"[①]。因而至此可以看出，李公焕注引的说法全不可信。

袁先生还谈及"守官反南服"的"反"字说："既曰：'反'，则非初次上任。"从前面列出的《六臣注文选》谢瞻诗知道，这正是李善注与五臣注的一个分歧。李善注本"守官反南服"，五臣注本作"守官及南服"，"反"、"及"形近抄写而讹，所以导致理解也不一样。李善注云："谢还豫章。"五臣注云："瞻亦将赴豫章。"一言"还"一言"赴"，无从考证到底是"及"还是"反"。不过，据《宋书·谢瞻传》："又自陈请，乃为豫州太守。永初二年，在郡遇疾，不肯自治，幸于不永。遂卒，时年三十五"，并未言及往还之事。微探其叙述语气，似乎是一去未还，直到"在郡遇疾""幸于不永"才返回京师，颇含惋惜遗憾之意。因此，似乎作"及"要更恰切一些。

综上所述，给人一个总的印象是，自宋代开始，为不断圆饰这首诗在作伪过程中的破绽，尤其是到李公焕时，对《于王抚军座送客》一诗，不惜对已经流行开来的版本文字作出任意的改动，企图为它求得一些凭据。如上文所论到的，李公焕将"纪三人"硬说成"纪四人"，这是第一次寻求；他又注明此诗为"永初二年辛酉秋作"，改"冬日"为"秋日"，可视作是第二次。第三次是将《文选》谢瞻诗"方舟析旧知"，变为"方舟新旧知"。要作伪，要窜改，总会留下蛛丝马迹，只要我们细心，就不难发现它们。但不管怎样改动，都并不能遮掩其作为伪诗的痕

[①] （清）陶澍：《靖节先生集》卷2，文学古籍刊行社1956年铅印本。

迹。这一点，我们可以通过诗文的比较得到证实。

三 伪陶诗、陶诗、谢诗的比较分析

先比较伪陶诗与谢诗。为讨论方便，先把这首伪陶诗撮录如下：

> 冬日凄且厉，百卉具已腓。爰以履霜节，登高饯将归。寒气冒山泽，游云倏无依。州渚四缅邈，风水互乖违。瞻夕欣（一作欲）良燕，离言聿云悲。晨鸟暮来还，悬车敛余晖。逝止判殊路，旋驾怅迟迟。目送回舟远，情随万化遗。

由于这首诗不像其他伪作，如《问来使》、《四时》等易于辨认，因而长期以来很少为学人所发觉。明代许学夷曾在《诗源辩体》中提出过，可惜一直很少受到重视。不过，他仅仅从句法的比较方面提出怀疑，多少显得有点单薄。今人曹道衡、沈玉成先生在《中古文学史料丛考》"陶渊明《于王抚军座送客》"条下云："宣远名瞻而陶诗云：'瞻夕欣良燕'，似亦无礼。"① 从名讳的角度，也对这首诗歌诗作了否定，并且证据坚实而有力。今沿曹、沈两先生的辨证，再添加些证据。

首先，两诗既然同时为送别而作，那么按照常理，所写的时间、地点等方面应大体一致。但比较看来，两诗的不一致之处尚多。（1）时令。谢诗看不出确切的时令信息，依前文考证，只知当作于元熙元年十二月至元熙二年五六月之间。而伪陶诗则明言是冬季（秋季非伪陶诗原来面貌），一确切一不确切，并不很相对应。（2）气候。谢诗"颓阳照通津，夕阴暧平陆"，显然是晴朗天气，"照"字更显视野开阔，晴空一片；"暧"，说明只是太阳即将下山时，晚霞与云朵的遮蔽，暂时使大地暗淡下来。而伪陶诗"寒气冒山泽，游云倏无依"则是雾气缭绕，游云飘忽不定，一片阴云的天气；"冒"，当是一团迷云雾气，模糊不清。（3）时间。谢诗"举觞矜饮饯，指途念出宿"、"颓阳照通津，夕阴暧平陆"，言最后分别是在夕阳之中，并未言"饮饯"时间也是在傍晚。而伪陶诗言"瞻夕欣良燕"，可知其并不明其中事委，以为宴会也安排在傍晚。按一般生活逻辑，古人送别时多朝设宴而夕相送。（4）地点。谢诗"颓阳照通津，夕阴暧平陆"、"分手东城闉。发棹西江隩"，闉，《说文》说："城曲重门也"；隩，《尔雅》云："隩，限也。"郭璞曰："今江东人呼浦为

---

① 曹道衡、沈玉成：《中古文学史料丛考》，中华书局 2003 年版，第 232 页。

隩。"因而分手之地,当是城曲重门之外的江边,四周是平坦的陆地。伪陶诗"登高饯将归"、"寒气冒山泽,游云倏无依"、"川渚四缅邈",也当是江边,但周围不是"平陆",而是云雾缭绕的高山。(5)江面水势。谢诗"颓阳照通津","通",说明水面宽阔,风平浪静;伪陶诗"风水互乖违",逯先生注云"风水,代指帆船活动。乖违,离别"①,唐满先先生注云"风向和流水的方向正好相反"②,均点出江面带有风浪之意。

其次,作为同时咏作的诗歌,一般说来不应有效仿、重复犯俗之处,而伪陶诗却有多处效仿、从谢诗变化而来的痕迹。

伪陶诗	谢诗
瞻夕欣良燕	对筵旷明牧
登高饯将归	举觞矜饮饯
离言聿云悲	离会虽相亲,逝川岂往复。
晨鸟暮来还,悬车敛余晖。	颓阳照通津,夕阴暧平陆。
目送回舟远,情随万化遗。	谁谓情可书?尽言非尺牍。

如上所列出的那样(着重号为笔者所加),两诗所用的语汇有不少共同之处。如"良燕"与"对筵"、"饯"与"饮饯"、"暮""悬车"与"颓阳""夕阴"、"万化遗"与"尽言非尺牍"(均含不尽之意)词义都相近;"离"和"离"、"情"和"情",词汇相同;"饯"与"饮饯"、"燕"与"筵",连语汇所在的位置都几乎相同。因而不能不认为这是一种有意的因袭或仿效。

再次,在艺术效果上,谢诗显得技高一筹。谢诗虽写景不多,但叙事、写景、抒情相交融,以情取胜,以情感人,读来情真意炽。伪陶诗则景多于情,而且几乎是情、景两相脱离,情是情,景是景。前十二句孤立地写景,后四句才抒情,"逝止判殊路,旋驾怅迟迟。目送回舟远,情随万化遗",情感抒发得很突兀,也很勉强。这很不符合陶诗的风格,所以注陶渊明全集的除外,一般陶注渊明选集的学者,都不选注此诗。

再看陶诗与伪陶诗的比较。作为一首伪诗,虽然可以尽可能地装真,但它还是有与陶诗风格相乖离的地方。

"悬车"式的用语与陶诗风味不同。陶诗朴素平淡,平白如话,如拉

---

① 逯钦立校注:《陶渊明集》,中华书局1979年版,第63页。
② 唐满先:《陶渊明集浅注》,江西人民出版社1985年版,第161页。

家常，这已成为定评。"悬车"典故出自《淮南子》，代指落日。说"落日"，不直说"落日"，而说"悬车"，炼字下语方面颇为讲究，有书卷气。犹如说"桃"，不直说"桃"而用"红雨""刘郎"；说"柳"，不直说"柳"，而用"章台""灞岸"。这已是宋人的习气。"且"、"已"、"冒"、"倏"、"敛"、"判"、"远"、"遗"等用字讲究，有刻意斟酌的痕迹，非自然流出。许学夷所说的"句法工炼"，大概指的就是这方面。陶诗中极少用典、用"书袋"语，如"日月于征"、"白日掩荆扉"、"日月依辰至"、"日夕气清"、"亭亭月将圆"、"一盼周九天"、"白日沦西河，素月出东岭"、"造夕思鸡鸣，及晨愿乌迁"……都用的是一些常见的口头语言，读来自然上口。

伪陶诗也用"鸟"、"化"物象，但与陶诗表达的效果大不一样。陶诗喜用"鸟"意象，喜用"化"字，但都与陶渊明的内在思想结合得非常紧密。在陶渊明诗文集中，有六个咏鸟的专题，如《归鸟》、《饮酒》其四，写鸟的地方有42处之多[1]，但都不是为写鸟而写鸟，多有比喻、象征之意。如魏正申先生就《归鸟》诗分析时说："别有寓意。……由于'逢世多疑'，欲作'思远羽'的飞鸟而不可得，转向赋飞鸟的进取。也就是说，陶渊明以鸟儿始终'载翔载飞'的特点，突出自己的进取精神，有'翼'就要飞，只有翔于'无路'还是飞于'旷林'的飞翔范围之区别，决无飞与不飞的差异。"颇得陶渊明写鸟的意蕴。这四十多处写鸟，惯用的有归鸟、翔鸟、高鸟、飞鸟、群鸟、众鸟，都用来寄托陶渊明的志向和心迹。伪陶诗"晨鸟暮来归"，其实就是"归鸟"的意思，而陶渊明笔下的"归鸟"又实是回归的"飞鸟"、"翔鸟"，是陶渊明隐居的自我化身。而伪诗的这句"晨鸟暮来还"，没有任何寓意，纯是为写景而写景，与陶渊明的写鸟诗并不相类。"晨鸟"，在古诗文中多作"晨风"，不作"晨鸟"。《诗经·秦风·晨风》："鴥彼晨风，郁彼北林。未见君子，忧心钦钦。如何如何？忘我实多。"《古诗十九首》（东城高且长）："晨风怀苦辛，蟋蟀伤局促。"这都指一种快飞的健鸟，借"晨风"表示一种绵绵相思或壮志未酬的伤怀。

陶渊明《归鸟》诗"翼翼归鸟，晨去于林"、"翼翼归鸟，载翔载飞"、"晨风清兴，好音时交"也用"晨风"，不用作"晨鸟"。又伪诗"晨鸟暮来还"，曾本云："一作'晨鸡总来归'。"陶诗"造夕思鸡鸣，及晨愿乌迁"（《怨诗楚调示庞主簿邓治中》）、"披褐守长夜，晨鸡不可

---

[1] 魏正申：《论归鸟》，《陶渊明探稿》，文津出版社1990年版，第168页。

鸣"(《饮酒》其十六)也有"晨鸡"物象,但它指代清晨打鸣的公鸡,并不是一种鸟。而伪陶诗"晨鸡总来归"仿造陶诗,却是用"晨鸡"来指代鸟,所以其他本子又有作"晨鸟"的,把"总来归"也改成"暮来还"。但这种篡改,又有以求得与谢诗中的"颓阳""夕阴"的时令相类的嫌疑。可惜改成"晨鸟暮来还,悬车敛余辉",语意似乎是顺畅了,但却很不自然。两句表达的是同一个景象,同一种效果:傍晚来临了;有归鸟、夕阳。但要表达一种什么样的情感,读者无从知道,它只是两个独立物象的重复累加。

喜用"化"字,是陶渊明哲学观念的表现。《荀子·天论》:"四时代御,阴阳大化。"《庄子·大宗师》:"万化而未始有极。"《列子·天瑞》:"人自生至终,大化有四:婴孩也,少壮也,老耄也,死亡也。"可知"化"与哲学观念相融的渊源由来已久。陶渊明也喜用"化"字,考陶渊明诗文,有16处之多。但都与"去"、"尽"、"空"、"无"、"不"、"独"等字连用,如:

　　我无腾化术,必尔不复疑。(《形赠影》)
　　纵浪大化去,不喜亦不惧。(《神释》)
　　人生似幻化,终当归空无。(《归园田居》其四)
　　迁化或夷险,肆志无窊隆。(《五月和戴主簿》)
　　穷通靡攸虑,憔悴由化迁。(《岁暮和张常侍》)
　　形骸久已化,心在复何言。(《连雨独饮》)
　　翳然乘化去,终天不复形。(《悲从弟仲德》)
　　聊且凭化迁,终返班生庐。(《始作镇军参军经曲阿》)
　　寒暑日相推,常恐大化尽。(《还旧居》)
　　形迹凭化往,灵府长独闲。(《戊申岁六月中遇火》)
　　万化相寻绎,人生岂不劳。(《己酉岁九月九日》)
　　客养千金躯,临化消其宝。(《饮酒》其十一)
　　同物既无虑,化去不复悔。(《读山海经》其十)
　　灵化无穷已,馆宇非一山。(《读山海经》其二)
　　聊乘化以归尽,乐夫天命复奚疑。(《归去来兮辞》)
　　于今斯化,可以无恨。(《自祭文》)

借"化"字表达了他的一种生命哲学、自然哲学观念。顺应自然,一切变化随自然而然,自然地化解生死困惑,表达出一种旷达放朗的心态。而伪陶诗"目送回舟远，情随万化遗"，虽也仿用"万化"语，但却没有上述 16 例"化"字的哲学意境。其上句"怅迟迟"，给人的是一种依依不舍的留恋与伤感，不是顺应自然、自然而然的放朗旷达。"遗"，王士禛《古诗笺》注作"遗，亡也"。① 若作"亡、失"之义，斟酌上下词句，语意似乎均有一间未达。作"亡、失"义，上句"旋驾怅迟迟"的"怅迟迟"则没有了着落。观其语句，下二句是紧跟上句而来，"目送回舟远"紧承"旋驾"而发，"远"已有"亡、逝"义；"情随万化遗"当承"怅迟迟"而发，既"迟迟"，则有惜别相留之意。一逝一留，"远""遗"相对，"远"已有"逝"义，则"遗"不可再作"亡、失"义，因疑"遗"有"留"义。这样全句的大意是：人虽然乘舟远去了，但我们之间相互的深情，却穿透时空与自然万物长久地保留了下来。因而，"遗"作"留"，照顾了送、别的两方之意，并与上句"逝止判殊路，旋驾怅迟迟"的"逝"（指行者）、"止"（指留者）也前后相呼应，"远"指"逝"者，"遗"指"止"者。因为相别目送之际，其作别之意、伤感之情从来都是相互的，如"与君离别意，同是宦游人"、"无为在歧路，儿女共沾巾"。但如果"遗"作"亡、失"，则只表示送别一方的情意。意思是舟去了，人的惜别之情也随之远去了。如此理解，则送别人不免遭"人走茶凉"之讥，所以这样于情于理不通。"遗"除"亡、失"义外，也有"留"义。如《国语·鲁语上》："臣闻圣公之先封者，遗后人之法，使无陷于恶。"《史记·孝文帝本纪》："太仆见马遗财足，余皆以传置。"司马贞《索隐》："遗犹留也。"因而可以看出，伪陶诗虽也用"万化"，但仅得其形，传达出的意境并不一致，不得陶诗用"化"字的真髓。盖陶渊明诗文的内蕴在其魂灵，学其诗之形式者多矣，但得其神者则无矣，虽东坡晚年之和陶诗亦相距甚远。陶渊明诗文为其心灵之外化，欲得其诗之真妙，必先得其心灵，但心灵之重合总因时代、因境遇的差异而难以有二者。故心灵之诗文千古独步，向来难以阐释和效拟，如屈原之骚赋、李商隐之诗文。其实，不独诗文，恐怕一切精神心灵之产品的遭遇都差不多如此。

此外，《于王抚军座送客》诗："寒气冒山泽，游云倏无依。"二句亦似有仿作的痕迹。潘岳《河阳县作》："川气冒山岭，惊湍激岩阿。"又陶渊明《咏贫士》其一："万族各有托，孤云独无依。"前句"寒气冒山泽"与潘岳诗"川气冒山岭"，后句"游云倏无依"与陶渊明诗"孤云

---

① （清）王士禛选，闻人倓笺：《古诗笺》卷6，上海古籍出版社1980年版，第124页。

独无依",均相似性较强。① 而这种创作现象,在陶渊明诗文中几乎不可能出现。

综上所述,我们可以初步总录考察伪陶诗《于王抚军座送客》后的结论:

为替伪陶诗增添凭据,不惜窜改版本文字的方面:(1)谢诗诗序只记"三人",李公焕本改作"四人"。(2)谢诗"对筵析旧知","析旧知"南宋尤袤本改作"新旧知"。

诗文甄辨时体现的伪作痕迹:(1)谢诗、伪陶诗同时为送别所作,但在诗歌所反映的时间、气候、地点等方面并不相一致。(2)伪陶诗有仿照谢诗的痕迹。(3)用语风格上,伪陶诗"句法工炼",陶诗自然平淡。(4)伪陶诗虽然刻意模拟陶诗,也采用"鸟"、"化"物象入诗,但都仅得陶诗之形而未得其神。

四 伪陶诗撰作及窜入陶集的年代蠡测

《于王抚军座送客》一诗,既然厘定为赝品,那么究竟伪作于何时呢?许学夷说可能是"晋宋",我们说以下陶集的三个关键变化时期都有可能。

一是南朝齐梁时期。萧统《陶渊明集序》云:"故更搜求,粗为区目。"是故对渊明诗文多有搜罗,又以"编录无体,次第难寻"特意"并粗点定其传,编之于录"。

《隋书·经籍志》注云:"梁五卷,录一卷。"北齐阳休之《序录》云:"其集先有两本行于世;一本八卷,无序;一本六卷,并序目。"② 梁启超《陶集考证》:"是六卷本即梁五卷本。"③ 又阳休之《序录》:"萧统所撰八卷,合序目诔传。"是萧氏对梁代以前流行的六卷本有所增益、八卷无序本又有所参照,因而将陶渊明诗文由六卷增至八卷,"无体"到"有体","难寻"到"可寻",这是陶集的首次变动。对于萧统的其中功过,郭绍虞先生评述说:"大抵今本陶集编次,率承昭明本来。其最初传写之本,只是依其所作先后,次第录写,不分诗文,故觉其颠乱,而次第亦不易窥寻,至昭明本始以文本分篇,故阳氏称为'编录有体',而诗文既分,则于陶诗纪事之作,可以窥其一生经历者,亦转觉其'次第可

---

① 参见李华《陶渊明新论》,北京师范学院出版社1992年版,第97页。
② (清)陶澍:《诸本序录》,《靖节先生集》卷首,文学古籍刊行社1956年铅印本。
③ 梁启超:《饮冰室合集》第22册,中华书局1989年影印,第48—49页。

寻'，而不知其转失陶集本来面目也。"① 对于萧统"故更搜求"，是否搜入伪诗，现在已无从考证。颇疑后人考证的赝作《四时》（顾恺之《神情诗》）和《归园田居》六首之六（江淹拟陶诗）即此时期窜入陶集。

二是北朝北齐时期。阳休之《序录》云："萧统所撰八卷，合序目诔传，而少《五孝传》及《四八目》……余颇尝赏潜文，以为三本不同，恐终至亡失，今录统所阙并序目等，合为一帙，十卷。"② 梁启超《陶集考证》说："今本分卷，及各卷中之篇次，大率皆阳休之因昭明太子本而有所增益。"由八卷到十卷，是陶集的第二次变动。阳休之增益的两卷《五孝传》、《四八目》之赝，纪昀《四库全书总目提要》有过详细甄辨。③

三是中晚唐、北宋时期。此时期嗜陶风气盛行，手抄本大量流行，由唐末缺失的五卷迅速增至十卷、二十卷④，一时间陶集混乱不堪，真假难辨。汤汉所证伪的《问来使》即出现于此时期。

同时，对上述三个时期仔细斟酌，又似以第三个时期，最有可能。

首先，从陶学接受史看，陶渊明诗文集真正流行始于北宋时期。其主要标志是陶集由锐减的五卷迅速回升到十卷、二十卷，手抄本大量出现。《蔡宽夫诗话》说："渊明诗，唐人绝无知其奥者，惟韦苏州、白乐天尝有效其体之作，而乐天去之亦自远甚。太和后，风格顿衰，不特不知渊明而已，然薛能、郑谷乃皆言师渊明。能诗云：'李白终无敌，陶公故不刊。'谷诗云：'爱日满阶看古集，只应陶集是吾师。'"⑤ 是知晚唐五代方为重视陶渊明诗文之嚆矢。又《于王抚军座送客》诗现可考的，最早的是苏轼和陶诗109首中，有《和王抚军座送客》诗，苏轼既然和有此诗，可知此诗至迟在北宋初期已经出现。

其次，从伪陶诗对陶诗的文字结构把握、对陶诗的熟练程度等方面看来，伪陶诗应最有可能作于陶诗的文学色彩开始逐步重视的中晚唐、北宋时期。从前面的伪陶诗与陶诗比较分析中，我们可以看出，在外在形式上，伪诗确实几乎达到了乱真的地步，只不过没有领会陶诗的真正精神，

---

① 郭绍虞：《陶集考辨》，《照隅室古典文学论集》，上海古籍出版社1983年版，第268页。
② （清）陶澍：《诸本序录》，《靖节先生集》卷首，文学古籍刊行社1956年铅印本。
③ （清）纪昀等著，四库全书研究所整理：《钦定四库全书总目》卷148，中华书局1997年版，第1985页。
④ 欧阳修、宋祁：《新唐书·艺文志》："陶渊明集二十卷。"梁启超《陶集考证》："新唐志云尔，诸家从未道及，'二'字殆衍文耶。'"
⑤ 郭绍虞：《宋诗话辑佚》卷下"唐诗人之宗陶者"，中华书局1980年版，第380页。

形似而神不似，这也就是经常所说的"渊明诗非着力之所能成"（南宋杨时语）。而这种学陶、拟陶风气在中唐已零星开始，到北宋时，嗜好陶诗成为一种普遍社会风尚。

再次，隋唐时代文人诗文集当中，对"九日送酒"一事的歌咏，为这首伪陶诗的出现作了酝酿准备。在齐梁时代，陶渊明诗文虽不受重视，但其行事却多被当时文人的诗歌作典故来用，用得最多的是"桃源"、"五柳"之类，而陶渊明嗜酒、王弘送酒的典故①，直到隋唐（尤其是王绩）以后才流行开来，他才被人视为"酒徒或隐士"②。今检索一些隋唐诗歌中出现的王弘九日送酒典故，略录如下③：

> 归去来，青山下，秋菊离离日堪把。（卢思道《听鸣蝉篇》）
> 有菊翻无酒，无弦则有琴。（庾信《卧疾穷愁》）
> 香气徒盈把，无人送酒来。（王绩《九月九日赠崔使君善为》）
> 九日重阳节，开门有菊花。不知来送酒，若个是陶家。（王勃《九日》）
> 降霜青女月，送酒白衣人。（杜审言《重九日宴江阴》）
> 因招白衣人，笑酌黄花菊。（李白《九日登山》）
> 陶潜任天真，其性颇耽酒。自从弃官来，家贫不能有。九月九日时，菊花空满手。中心窃自思，倘有人送否？白衣携壶觞，果来遗老叟。且喜得斟酌，安问升与斗。（白居易《偶然作六首》之四）
> ……
> 归来满把如渑酒，何用伤时叹凤兮。（韦庄《樗杜旧居二首》其一）
> 白衣虽不至，鸥鸟自相寻。（韦庄《婺州水馆重阳日作》）

这其实是一种时代风气的体现。唐人放达，文人无不嗜酒开怀；唐人

---

① 李剑锋：《元前陶渊明接受史》，齐鲁书社2002年版，第85页、130页。
② 郭绍虞《陶集考辨》"黄文焕析义本"条下云："历来论陶之语，每如盲人们摸象各得一端，罕有能举其全者，即因蔽于时代所薰习，或个性有专诣，故立论亦有偏胜耳。由时代薰习言，如唐人视为酒徒或隐士，宋人视为道学家，明人视为忠臣烈士，清人视为学者，而近人且有称为劳农者。"
③ 笔者在此对李剑锋《元前陶渊明接受史》一书中的例子多有转用，在此致以谢意。

好做官，但又好一种无拘无束的独立人格，亦官亦隐，白居易式的为官之道是当时士大夫们的典型。在他们眼里，陶渊明不再是六朝时期的那种单纯的隐者、征士形象，而是一个士人的形象，他既有隐逸的一面，又有做官的一面，所以他活动的场所由隐逸之林向社会的官场辐射。如在王勃的一些诗文中就把陶渊明与为官的人并称①。在那个时代里，做隐士是通往仕途的捷径，今日是山中隐士，明朝可能是当政宰相。如隐士孟山人（孟浩然）就经常出入宰相权贵之门，只不过后来因一句"不才明主弃"才断送了前程。因而，在这种社会时尚之下，隐士与权贵的交游自然成为热门话题，陶渊明与王弘的交游、喝酒、送酒自然也被格外地提及。而且伴随着唐帝国的兴衰，这一提就是三四百年，并在不断地推波助澜当中，直接引发了另一股学陶狂潮的到来。

另外，陶集在北宋初期之前，主要以手抄本的私人形式流行，加上嗜陶风气的盛行，手抄本式的极其私人化的方式为伪作的窜入提供了可能，后来陶集的逸失与重新整理又为其提供了方便。据郭绍虞《陶集考辨》考订说，至北宋宋庠时"陶集始有刊本"②。伪陶诗《于王抚军座送客》现可考订的，首见于苏轼和陶诗，而苏轼所见的陶诗版本，现已无从知晓。叶梦得《石林诗话》卷上说："余尝从赵德麟假《陶渊明集》本，盖子瞻所阅者，时有改定字。"③ 知虽至东坡时，手抄本流传的陶集仍时有随意的改动。同时，陶集自行世起，到北宋大量刊本的流行，经过了由完整、缺失、杂乱，并最终形成定本的过程。从北齐到隋、唐时，陶集卷数渐趋减少，到北宋之前就只剩下五卷了，可见陶集当时已缺失严重。但到了北宋初期，欧阳修、宋祁编修《新唐书》时，由于爱陶风气的盛行，陶集的手抄本一时蜂拥云集，都从唐代缺失不整的五卷本，迅速翻修为十卷本，甚至还出现二十卷本。所以一时间，其抄本的数量不堪计数，真伪也难以辨认。

当时，宋庠刊定陶集，为了搜寻一个较好的手抄本，前后经眼的有数十家之多，花费了很大的苦心，却还不知"何者为是"。他在其刊本的"序言"中记叙了这种情况：

---

① 李剑锋：《元前陶渊明接受史》，齐鲁书社2002年版，第129页。
② 郭绍虞：《陶集考辨》，《照隅室古典文学论集》，上海古籍出版社1983年版，第268—270页。
③ 吴文治主编：《石林诗话》卷上，《叶梦得诗话》，《宋诗话全编》第三册，江苏古籍出版社1998年版，第2716页。

第八章 陶渊明作品的真伪辨考

按《隋书·经籍志》，宋征士陶潜集九卷，又云，梁有五卷，录一卷。《唐志·陶泉明集》五卷。今官私所行本凡数种，与二志不同。有八卷者，即昭明太子所撰，合序传诔等在集前，为一卷，正集次之，亡其录。有十卷者，即阳休射所撰。按吴氏《西斋录》，有宋彭泽令陶潜集十卷，疑即此也。其序并昭明旧序诔传合为一卷，或题曰第一，或题曰第十，或不署于集端，别分《四八目》，自《甄表状》杜乔以下为第十卷，然亦无录。余前后所得本，仅数十家，卒不知何者为是。晚获此本，云出于江左旧书，其次第最若伦贯。又《四八目》之末，陶自为说曰："书籍所载，及故老所传，善恶闻此者，盖尽于此"，即知其后无余事矣。故今不著，辄别存之，以俟博闻者。①

其后不久，僧人思悦也刊定了本陶集，在序言中说：

昭明太子旧所纂录，且传写浸讹，复多脱落。后人虽加综辑，曾未见其完正。愚尝采拾众本，以事雠校，诗赋传记赞述杂文，凡一百五十有一首，洎《四八目》上下二篇，重条修理次为一十卷。近永嘉周仲章太守，枉驾东岭，示以宋（疑作"本"）朝宋丞相刊定之本，于疑阙处甚有所补。其阳休射序录，宋丞相《私记》存于正集外，以见前后记录之不同也。时皇宋治平三年五月望日，思悦书。②

作为最早的刻本，据思悦所记，宋庠刻本可能流行较广，在北宋早期刻本中应独占优势。曾集本《陶渊明集序》也曾说到过："渊明集行于世尚矣，校雠卷第，其详见于宋宣徽《私记》。"③ 这个本子可惜后来佚失了。倒是"采拾众家"的思悦本对后来影响较大④，对现在影响最大的李公焕十卷本，现通行的逯钦立本，都可能是沿袭思悦本而来。因此，通过这两个较为权威刻本的一些记载，结合郭绍虞《陶集考辨》，我们粗略地考证一下，当时手抄本传抄过程中伪作的编入或删减以及陶集被窜改的一

---

① （清）陶澍：《诸本序录》，《靖节先生集》卷首，文学古籍刊行社1956年铅印本。
② 同上。
③ 《陶渊明诗》，《续古逸丛书》34，宋光宗绍熙三年（1192）曾集刻本。
④ 参见郭绍虞《陶集考辨》，《照隅室古典文学论集》（上），上海古籍出版社1983年版，第268—271页。

些大体情况。

（1）《问来使》：起初唯南唐本、晁文元家本有，后来窜入陶集的所有通行本中。

（2）江淹拟陶诗：陈述古本、张相国本无，其《归园田居》中只有诗五首；但东坡和陶诗中却和有此诗，作为《归园田居》之六。

（3）《杂诗》之十二（袅袅松标崖）：东坡和陶诗没有此篇，不知何时窜入陶集；汤汉注本提出质疑。

（4）《八儒》、《三墨》：宋庠本已删去，思悦本、李公焕本均无。

（5）曾集本《陶渊集》所附昭明太子《陶渊明传》中有"时年六十三"语，校记中注曰"一无六十三字"①。

（6）汲古阁十卷本②及其后的一些陶集注本所附的《靖节征士诔》中都已有"春秋六十三"语。

（7）宋庠晚年所见的"江左旧书"收录的《四八目》末尾，有"陶自为说"一段话，现存诸本皆无。

（8）曾集编《陶渊明诗文集》二册，其题记说："集窃不自揆，模写诗文，刊为一编，去其卷第与夫《五孝传》以下《四八目》杂著。"③ 可知曾集不但"模写诗文"，而且凭主观臆测对陶集加以随意增删。

因此，由于受时风的影响，上述几家早期的手抄本，或由手抄本发展而来的早期刻本，虽然是作为当时主要流行的重要本子，其间也不免被掺假、窜改。这是陶集在当时不可避免的命运，也正因为如此，为伪陶诗《于王抚军座送客》的掺入提供了最大的方便与可能。但它最早被辑录于哪一家，现可惜无从考证。

最后，我们想就这首伪陶诗可能出现于中晚唐、北宋初期的原因作些蠡测，当然，理由肯定很不充分，但暂且列出来，目的在于抛砖引玉。

（1）《文选》不录。《文选》选录东晋诗文26篇，其中诗歌17，陶诗7题8首，几乎占一半。《文选》诗分23类（除"骚"类），陶诗分别被选入"杂诗"（4首）、"行旅"（2首）、挽歌（1首）、"杂拟"（1首）四类当中。《文选》"祖饯"类收诗7首，谢瞻诗是其中之一，"公宴"类

---

① 《续古逸丛书》三十四，《陶渊明诗》卷1，宋光宗绍熙三年（1192），曾集刻本。

② 汲古阁所藏《陶渊明集》，十卷本，据袁行霈《宋元以来陶集注本之考察》考证说："无论如何，汲古阁的这个藏本就其正文而言可能还是北宋本。"（《陶渊明研究》，北京大学出版社1997年版，第202页）

③ 《续古逸丛书》三十四，《陶渊明诗》卷1，宋光宗绍熙三年（1192），曾集刻本。

收诗 5 首,但都不曾见收入此诗。《文选》对渊明田园诗不收一首,其仕宦诗仅 4 题 5 首:《辛丑岁七月赴假还江陵夜行涂口》、《始作镇军参军经曲阿》、《庚子岁五月中从都还阻风于规林二首》、《乙巳岁三月为建威参军使都经钱溪》,《文选》就收入 2 首,可见其对陶渊明行事方面诗歌的重视。萧统悉心搜录陶诗,《陶渊明传》又对他与王弘二人交往的记载颇详,可见昭明太子对此还是较为重视的,如果还有诗文,应有收录的可能。

(2)《艺文类聚》不载。《艺文类聚》涉及陶渊明的有 21 处。其中,选入陶渊明诗文 19 篇次,此诗并不见载。

(3)《古文苑》不收。《古文苑序》云:"《古文苑》者,唐人所编史传所不载,《文选》所不录之文也。歌诗、赋颂、书状、箴铭、碑记、杂文为体,二十有一为篇,二百六十有四,附入者七,始于周宣石鼓文,终于齐永明之倡和,上下一千三百年间,世道之升降,风俗之醇漓,政治之得失,人才之高下于此,而概见之。可谓萃众作之英华,擅文人之巨伟也。"① 以其被人评价之高,诗文时间跨度之大,按常理,未被《文选》选录的部分陶诗,应有可能被辑入。

(4) 不见白居易提及。白居易是北宋以前刻意学陶的一个大家,他有《效陶潜体诗十六首》,其中第七首是歌咏朋友间友谊的。"中秋三五夜,明月在前轩。临觞忽不饮,忆我平生欢。我有同心人,邈邈崔与钱。我有忘形友,迢迢李与元。"② 并没有效拟伪陶诗《于王抚军座送客》的痕迹,这与他热衷于亦宦亦隐,好宦隐之交游,与他《偶然作》诗(前面已提)中大量征引王弘送酒的典故,都多少有点不一致。

总而言之,笔者在此裁决这桩公案的意义不仅仅在于文本的琐碎考据本身,而主要在于检讨陶渊明研究中一些影响很大的成说,以此提出一些新的思考:例如,陶渊明是否参与王弘饯别谢瞻的宴会?是否为此而作《于王抚军座送客》诗?陶渊明与王弘这位朝廷要员的关系到底如何?而这些问题的思考,有助于我们更深入地探讨陶渊明的晚年思想,更深入地认识他的遗民心态。或许只有这样,我们才可以更深地理解他的《述酒》诗,理解他"金刚怒目"的咏史诗,理解他忠愤的血脉里流淌的热血。

至此,我们可以得出一个简短结论:陶渊明与王弘交往的虚造,大概主要以北宋初年为界,分前后两个时期。前期是交往事迹的虚造,后期是

---

① (唐)佚名编,(宋)章樵注:《古文苑序》,《四部丛刊》本。
② (唐)白居易著,顾学颉校点:《白居易集》卷 5,中华书局 1979 年版,第 104 页。

诗歌《于王抚军座送客》的伪造。前期从刘宋开始，当时人从陶渊明《九日闲居》诗编造出"九日送酒"故事，经由《续晋阳秋》、萧《传》、《南史》、《类聚》转抄，得到隋、唐诗人的广泛美誉与称引。后期诗歌的伪作可能是在五代末期、北宋之初。王弘"九日送酒"故事，经隋、唐诗人的长期称道，为伪陶诗的出现作了充分的舆论酝酿；宋人极力推崇陶渊明诗文，对久已缺失的陶集修整，又正好为这次作伪提供了绝妙的机会。由于作伪者熟谙陶集，作伪水平较高，又经后来学者在笺注、刻本方面不断的掩饰、窜改，因而，它便在陶集里愈藏愈深。但不管怎样，总的说来，这一漫长作伪过程和对伪作的接受过程，都始终体现着不同时代的文化风气，体现着各个不同时代间诗歌艺术观念的一种嬗变与革新。

第二节 《搜神后记》为陶渊明所作辨考

一 陶渊明作《搜神后记》的记载及争议

《搜神后记》，有时又称《续搜神记》或《搜神续记》。唐代官修《隋书·经籍志》记载："《搜神后记》十卷，陶潜撰。"署名《搜神后记》为陶渊明所撰。可是自《隋书》以降的诸家史书，均不见载。

宋代以后，陶渊明声名愈加显赫，"渊明文名，至宋而极"（钱锺书语）。《隋书》以降，除《旧唐书》作于五代时外，其余《旧五代史》、《新唐书》、《新五代史》等史书，均作于宋代之后，而《新唐书》、《新五代史》更是出于大文豪欧阳修之手。宋代自宰相宋庠起，已经悄然兴起嗜陶风气，欧阳修更以文坛巨擘的身份扬其波，开启陶渊明在宋代的盛名。宋人修史，对《隋书·经籍志》中陶渊明作《搜神后记》的记载，阙而不录。

到了明代，对于《隋书·经籍志》中陶渊明作《搜神后记》的说法，便开始提出怀疑。步入现代，鲁迅先生也说："陶潜旷达，未必拳拳于鬼神，盖伪托也。"[①] 受鲁迅先生这一说法的影响，陶渊明作《搜神后记》的记载为大多数学人所否定。他们认为像陶渊明"这样超脱放达的诗人，乃会有'拳拳于鬼神'的作品，的确是令人生疑的。"[②] 因此，自明代以

[①] 鲁迅：《中国小说史略》，人民文学出版社1973年版，第33页。
[②] （晋）陶潜撰，汪绍楹校注：《搜神后记·出版说明》，中华书局1981年版。

降，陶渊明是否是《搜神后记》的作者，引发热烈讨论，成为陶渊明研究中的公案之一。

针对明代人的疑问，清人曾经作过一些回应。在《四库全书总目提要》"搜神后记"条下，清代四库馆臣作出了一些辨证：

> 旧本题晋陶潜撰。中记桃花源事，全录本集所载诗序，惟增注"渔人姓黄名道真"七字。又载干宝父婢事，亦全录《晋书》。剽掇之迹，显然可见。明沈士龙跋，谓潜卒于元嘉四年，而此有十四、十六年事；陶集多不称年号，以干支代之，而此书题永初、元嘉，其为伪托，固不待辨。然其书文词古雅，非唐以后人所托。《隋书经籍志》著录，已称陶潜，则赝撰嫁名，其来已久。……唐宋词人，并递相援引，承用至今。题陶潜撰者固妄，要不可谓非六代遗书也。①

在清人基础上，余嘉锡先生进一步补充说："嘉锡案：梁慧皎《高僧传》云：'陶渊明《搜神录》续出，诸僧皆是附见。'则此书之题作陶潜，自梁已然，远在隋志之前。慧皎《高僧传》，《四库》未收，故《提要》不知引证也。……又案，《法苑珠林》引此书十三条，题作《续搜神记》或《搜神续记》。"② 据此，按余先生所论，即使《搜神后记》为托名之作，至晚也在萧梁慧皎《高僧传》之前。

余嘉锡先生所引《高僧传》语，见慧皎《高僧传序》："宋临川刘义庆《宣验记》及《幽明录》，太原王琰《冥祥记》，太原王延秀《感应传》，朱君台《征应传》，陶渊明《搜神录》，并傍出诸僧，叙其风素，而皆是附见，亟多疏阔。"③ 宋代晁公武《郡斋读书志》说："萧梁僧释慧皎以刘义庆《宣验记》、陶潜《搜神录》等数十家并书诸僧，乃博采诸书，咨访古老，起于永平十年，终于天监十八年，凡四百五十二载，二百五十七人，又附见者二百余人。"④ 可见《高僧传》之撰写，对梁代以前的书籍资料搜罗甚备。慧皎作为一代高僧，博学多闻，广采诸书，应该具

---

① （清）纪昀等著，四库全书研究所整理：《钦定四库全书总目》卷148，中华书局1997年版，第1876页。
② 余嘉锡：《四库提要辨证》，科学出版社1958年版，第1138页。
③ （南朝·梁）释慧皎：《高僧传》卷14，《大正新修大藏经》，第50册，第418页下。
④ （宋）晁公武撰，孙猛校证：《郡斋读书志校证》卷9"又《高僧传》十四卷"，中华书局1987年版，第391页。

有一定可信度。

因此，徐震堮先生据此就陶渊明是否是《搜神后记》的作者，谈到了一些新的看法。他说："后人对于《搜神后记》的作者，很多怀疑，以为陶潜旷达，未必作这样荒诞不经的书。而且陶潜死在宋元嘉四年（427），书中所记有元嘉十年、元嘉十六年的事，这些更不是出于陶潜的手笔。但晋宋人好作志怪的书，成为一种风尚，陶潜偶然涉笔及此，也并非必不可能的事情，不过现在所传的本子，已经掺入后人的作品罢了。再说，陶潜曾作这样的书，也还有其他证据，不容全盘否定。梁释慧皎《高僧传》序里说：'宋临川刘义庆《宣验记》及《幽明录》，太原王琰《冥祥记》，太原王延秀《感应传》，朱君台《征应传》，陶渊明《搜神录》，并傍出诸僧，叙其风素，而皆是附见，亟多疏阔。'又《高僧传》卷末附王曼颖答慧皎书亦有'掺出君台之记，糅在元亮（亦陶潜字）之说'的话。本书文字雅静，也不是唐以后人的风格。"[1] 根据慧皎《高僧传》等记载，徐先生特别强调"陶潜曾作这样的书，也还有其他证据，不容全盘否定"，这是很有道理的。王瑶先生论述陶渊明时也说"相传《搜神后记》也是他作的。（即使是附会也总有一点可以附会的线索）"[2]，也强调不要轻易否定《搜神后记》为陶渊明所作的记载。

因而，笔者拟在前贤的基础上，对明代沈士龙以降的诸家质疑言论，试逐一加以辨证，以便对这一桩公案的探讨更能深入一些。

二 对陶渊明作《搜神后记》质疑的辨证

唐代官修《隋书·经籍志》记载："《搜神后记》十卷，陶潜撰。"截至目前，对于《隋书》这一记载提出质疑的代表性说法，主要是三家，一是明代沈士龙，二是清代四库馆臣，三是鲁迅先生。三家提出的质疑论点，主要包括六个方面的内容。以下笔者逐一进行论证，先摆质疑论点，然后加以辨析。

1. 沈士龙认为，陶渊明卒于元嘉四年，而《搜神后记》有元嘉十四、十六年事。其实，这一现象，在古籍传播过程中比较常见，不足以作为一个证据而质疑或否定陶渊明是《搜神后记》的作者。

如司马迁《史记》，今本共一百三十篇，与司马迁自序（《太史公自序》）所说相同，但《汉书·司马迁传》说其中"十篇缺，有录无书"。

---

[1] 徐震堮：《汉魏六朝小说选》，古典文学出版社1957年版，第48页。
[2] 王瑶：《陶渊明》，《中国文学论丛》，平明出版社1953年版，第86页。

三国张晏注："迁没之后，亡《景纪》、《武纪》、《礼书》、《乐书》、《兵书》（实即《律书》）、《汉兴以来将相年表》、《日者传》、《三王世家》、《龟策列传》、《傅靳列传》。元成之间，褚先生补缺，作《武帝纪》、《三王世家》、《龟策》、《日者列传》，言辞鄙陋，非迁本意也。"①《史记·龟策列传》张守节《正义》说："《史记》至元成间十篇有录无书，而褚少孙补景、武纪，将相年表，礼书、乐书、律书，三王世家，蒯成侯、日者、龟策列传。日者、龟策言辞最鄙陋，非太史公之本意也。"② 据此，有学者说："可见司马迁编写《史记》，只能说是基本上完成，其中有若干篇，或者没有写定，或者已经定稿而后来散失了。"③ 总之，在司马迁之后，人们将《史记》的缺篇全部补齐，其中有一些作品并不是出自司马迁之手。但是，我们并不因此否定司马迁是《史记》的作者。

褚少孙在补写《史记》时"很卖力"，不少地方将司马迁死后多年的事，也写进了《史记》。单以《史记》卷52《齐悼惠王世家》为例，其中就有两例典型：

《史记》记载"齐悼惠王后尚有二国，城阳及菑川"，城阳国一支，今本《史记》叙述至"荒王四十六年卒，子恢立，是为戴王。戴王八年卒，子景立，至建始三年，十五岁，卒"。其中"子恢立"之下，裴骃《史记集解》云："徐广曰：'甘露二年。'"甘露，是汉武帝之孙汉宣帝的年号，甘露二年，即公元前52年。"至建始三年"之下，张守节《史记正义》云："建始，成帝年号。从建始四年上至天汉四年，六十七矣，盖褚先生次之。"建始，是汉武帝玄孙汉成帝的年号，建始四年，即公元前29年。张守节推算了下，此时距离汉武帝晚年的天汉四年（前97），已经过去67年的历史，都被写进了《史记》。张守节认为这些史实是生活于汉元帝、汉成帝时期的褚少孙补入的。

菑川一支，今本《史记》叙述至"是为孝王，五年卒，子横立，至建始三年，十一岁，卒"。上已述建始是汉武帝玄孙汉成帝的年号，建始三年，即公元前30年。"建始三年"之下，张守节《史记正义》云"亦褚少孙次之"，认为这也是褚少孙补入的。

此外，典型的还有如《三王世家》，在"太史公曰"之后，补入一段"褚先生曰"，之后又是很长的一段史料记载，先是为王夫人立传："王夫

---

① 参见《史记·出版说明》，中华书局1959年版，第3页。
② （汉）司马迁：《史记》卷128，中华书局1959年版，第3223页。
③ 《史记·出版说明》，中华书局1959年版，第3页。

人者，赵人也，与卫夫人并幸武帝，而生子闳"云云，继而又记载"会孝武帝崩，孝昭帝初立"、"会昭帝崩，宣帝初立"等诸多事，一直记载到武帝之孙宣帝时期。其中补入的"褚先生曰：臣幸得以文学为侍郎，好览观太史公之列传。传中称三王世家文辞可观，求其世家终不能得。窃从长老好故事者取其封策书，编列其事而传之，令后世得观贤主之指意"，褚少孙在此将补《史记》的动机和材料的来源都作了说明，俨然是一篇他补《史记》的自序。

总而言之，在今本《史记》中，有不少地方记载了司马迁之后的汉昭帝、宣帝、元帝、成帝时期的史事，但是，我们也并不因此就否定司马迁是《史记》的作者。

又如唐代释道宣《续高僧传》，根据道宣的自序，他是继踵梁慧皎《高僧传》等僧传而作，"始岠梁之初运，终唐贞观十有九年，一百四十四载。包括岳渎，历访华夷，正传三百四十人，附见一百六十人"①。但是"今传的《续高僧传》已非道宣自序中所说的那个本子。'唐贞观十有九年'，当是指此书原本的撰成时间，之后又有增补，最后的截止时间是麟德二年（665），与初成之时相距二十年"②。可见古籍成书流传后，被后人加以续写，超逸原书作者的年代，是比较常有的事，但我们不能据此就否定该书的原作者。今本《史记》中记载不少司马迁之后的史事，今本《续高僧传》中也记载了贞观十九年之后的不少高僧，我们没有据此否定司马迁是《史记》的作者，道宣是《续高僧传》的作者。同理，我们不能因为陶渊明卒于元嘉四年，而《搜神后记》有元嘉十四、十六年事，就因此否定陶渊明是《搜神后记》的作者。

关于这一方面，陈寅恪先生也曾经有言："今传世之《搜神后记》旧题陶潜撰。中有后人增入之文，亦为极自然之事，但不能据此遽断全书为伪托。"③陈先生之说，亦为我们上述辨证的重要基础。

总而言之，判定古籍时，不能因书废人，或因人废书，要坚持同一个尺度衡量。不能对待《史记》是一个标准，对待《搜神后记》又是另外一个标准；也不能对待司马迁是一个标准，对待陶渊明又是另外一个标准。不然，只会永远争论不休。

2. 沈士龙认为："陶集多不称年号，以干支代之，而此书题永初、元

---

① 《大正新修大藏经》第 50 卷，第 425 页中。
② 陈士强：《大藏经总目提要·文史藏一》，上海古籍出版社 2008 年版，第 296—297 页。
③ 陈寅恪：《桃花源记旁证》，《金明馆丛稿初编》，三联书店 2011 年版，第 194 页。

嘉，其为伪托，固不待辨。"沈约《宋书·隐逸传·陶潜传》记载："（潜）自以曾祖晋世宰辅，耻复屈身后代，自高祖王业渐隆，不复肯仕。所著文章，皆题其年月，义熙以前，则书晋氏年号；自永初以来，唯云甲子而已。"沈士龙所云"陶集多不称年号，以干支代之"即指此事。古人对此多有辨论，而现代朱自清通过梳理纷纭众说，认为沈约"《宋传》所说殊无据，殆是沈约凭臆之谈"①。因而沈士龙此说也就不足以作为证据，证明"其为伪托"，否定陶渊明是《搜神后记》的作者。

至于《搜神后记》中出现"永初"、"元嘉"的年号，有两种可能，一种可能是此篇作品为陶渊明之后的人补入的，非陶渊明所作；另一种可能是此篇作品为陶渊明所撰，而年号为后人所增加或修改的，以增强作品的可信程度。这与晋、宋人当时的创作观念有关。正如鲁迅先生所说："六朝人并非有意作小说，因为他们看鬼事和人事，是一样的，统当作事实。所以《旧唐书·艺文志》，把那种志怪的书，并不放在小说里，而归入历史的传记一类，一直到宋欧阳修才把它归到小说里。"②徐震堮先生也提到说："许多汉魏六朝的小说，最初都列入史部，后来才逐渐改归小说。"③可见当时人是以"史学"的观念来作志怪小说的，普遍比较注重它们的真实性。

《搜神后记》中的《桃花源记》，公认为陶渊明所作，堪为《搜神后记》中的佳篇，被梁启超先生誉为"唐以前第一篇小说"，一开篇就交代非常具体的时间：晋太元中；结尾处又引出一位当时著名的隐士：刘子骥。有具体时间，有真实人物，这一切让人读来都感觉特别真实，不像是"街谈巷语"。所以有不少论者把《桃花源记》当作实录，对于其中出现的地点、人物等，都力图一一加以证实，其渊源即在于此。不仅如此，在后来的传播过程中，这篇《桃花源记》，被人们进一步把人物真实化，增入了"渔人姓黄名道真"、"太守刘歆"等内容，使之更加充满"信史"的实录色彩。

3. 四库馆臣认为，《搜神后记》"中记桃花源事，全录本集所载诗序，惟增注'渔人姓黄名道真'七字，……剽掇之迹，显然可见"。他们所谓"剽掇之迹，显然可见"，先直接否定了陶渊明是《搜神后记》的作

---

① 朱自清：《陶渊明年谱中之问题》，许逸民校辑《陶渊明年谱》，中华书局1986年版，第273页。

② 鲁迅：《中国小说的历史的变迁》，《中国小说史略》，人民文学出版社1973年版，第278页。

③ 徐震堮：《汉魏六朝小说选·前言》，古典文学出版社1957年版，第4页。

者，然后说《搜神后记》是"剽掇"陶渊明之作，"惟增注'渔人姓黄名道真'七字"，否定《搜神后记》原作与补作之间的关系。笔者在上文谈到，不能因为陶渊明卒于元嘉四年，而《搜神后记》有元嘉十四、十六年事，就简单地否定陶渊明作《搜神后记》的记载。陶渊明原作《搜神后记》，其元嘉十四、十六年事为后人补作。

余嘉锡先生曾说："古人之著作，皆不署名。凡诗文书画篆刻词曲之在萌芽时期，莫不皆然。……颜氏云'后人所羼入'，余谓非有意羼入也。直是读古人书时，有所题识，如今人之批书眉，传抄者以其有所发明，遂从而抄入之，不问何人之笔耳。彼作者尚不署名，岂有偶批数行，必著其为某某者乎？要之，古人以学术为公器，故不以此为嫌。"[①] 余先生这段话虽然不是就《搜神后记》作者争议而说的，但有益于帮助我们了解《搜神后记》的原作与补作之间的关系。古人的著作，"皆不署名"，所以多导致有关作者的争议，加之后人的"非有意羼入"，给作品的作者争议添加的麻烦更大。虽然按《隋书·经籍志》记载，《搜神后记》原为陶渊明所撰，在长期传播中，不免后人有所羼入，但不能因此而否定它的原作者，更不能进而颠倒主宾关系，将原作说成是"剽掇"。

其实，《搜神后记》在隋唐以后，还在不断地被后人羼入新的内容。主要有三条例证：

（1）《搜神后记》本《桃花源记》"渔人甚异之"之下，增注渔人姓名：黄道真。即四库馆臣所说的"增注'渔人姓黄名道真'七字"。其记载见于北宋乐史《太平寰宇记》卷118引黄闵《武陵记》，又见于北宋李昉《太平御览》卷49。这一条增注，据汪绍楹先生考证说："此渔人姓名，当因陶记附会而成。本书此处夹注，当系后人据《武陵记》增入。……足以证夹注为后人附加。陈寅恪先生以'黄道真'为陶自注，说似非。"[②] 陶渊明《桃花源记》，除收入《搜神后记》外，唐初编撰的《艺文类聚》卷86、《初学记》卷28，以及李翰《蒙求注》中，都曾不同程度地引用过，但没有出现过渔人姓名为"黄道真"的增注或记载。这一条增注的最早记载，出自北宋初期乐史、李昉等人的记载，后来逐渐扩散到陶集，如李公焕《笺注陶渊明集》等，以及其他典籍中，影响较大。

（2）《搜神后记》本《桃花源记》"乃诣太守，说如此"之下，羼入"太守刘歆"一句，并被移入正文。汪绍楹先生说："按李公焕《笺注陶

[①] 余嘉锡：《四库提要辨证》，科学出版社1958年版，第1114页。
[②] （晋）陶潜撰，汪绍楹校注：《搜神后记》，中华书局1981年版，第5页。

第八章　陶渊明作品的真伪辨考　329

渊明集》"此四字作夹注,在'乃诣太守,说如此'句下。疑刘歆之名亦出自《武陵记》诸书,后人取以注本书,如前'黄道真'例,后人又讹作正文。当移改。明嘉靖中,印伟《重修桃源万寿宫记》,始以太守刘歆、渔人黄道真为陶记原有。其后陈性学又谓刘歆或为刘骥之。"① 按汪先生考证甚详,可堪为定论。李公焕《笺注陶渊明集》一般视为元代刊本。参考汪先生的考证,笔者制成下表,以更明晰地研究《搜神后记》本《桃花源记》被后人羼入的过程:

宋	元	明
《太平御览》《太平寰宇记》	李公焕《笺注陶渊明集》	印伟《重修桃源万寿宫记》	陈性学《桃川八方亭碑记》
增注"渔人姓黄名道真"	增注"太守刘歆"	以太守刘歆、渔人黄道真为"陶记原有"	谓刘歆或为刘骥之

　　从北宋初期、元代羼入的增注内容,到明代嘉靖时,被误认为"陶记原有",继而甚至认为刘歆就是刘骥之,实在是离真相越来越远。故而从晚明时期沈士龙起,有人开始怀疑《搜神后记》为陶渊明伪托,或与此也有较大的关系。

　　(3) 汪绍楹先生在整理《搜神后记》时,"发现不少条目的文字与唐人类书所引完全不同,反而与宋人的著作字句相合。如第一条云:'丁令威,本辽东人,学道于灵虚山。后化鹤归辽,集城门华表柱。'此二十四字与宋王象之《舆地纪胜》所记一字不异。唐《艺文类聚》却引作'辽东城门有华表柱,忽有一白鹤集柱头',详略及语序迥然不同。可见本条文句是后人据《舆地纪胜》增补的,并非原书如此"②。可见今本《搜神后记》大致是宋代以后的版本,唐代以前的原本可能有所散失,而被后人加以重新整理,其中羼入了哪些内容,由于文献无征,大半无从考证。所能考证者,主要如上述三例,斑斑铁证,表明《搜神后记》在宋代后仍然有些地方被不断羼入、修改的历程。管中窥豹,大致可以想见《搜神后记》成书后,不断遭到后人羼改的情形。因此,判定像《搜神后记》这样一部典籍时,仅仅根据后人羼入的几条文献,就否定它的原作者,证据显然不足。

　　4. 四库馆臣认为,《搜神后记》"又载干宝父婢事,亦全录《晋书》。

---

① (晋) 陶潜撰,汪绍楹校注:《搜神后记》,中华书局1981年版,第6页。
② (晋) 陶潜撰,汪绍楹校注:《搜神后记·出版说明》,中华书局1981年版。

剽掇之迹，显然可见"。干宝父婢事，始见于宋代以后的《搜神后记》中，也是为后人羼入的。此事汪绍楹已经辨证甚详："本条见《太平御览》五五六引作《续搜神记》（按：《太平御览》引文至'家中'止，以下文句同《孔氏志怪》及《晋书·干宝传》。疑后人取二书掺入，非本书）。本事父婢事见《孔氏志怪》《古小说钩沉》辑本，后同），亦见《晋书·干宝传》、《太平广记》三七五引《五行记》、《独异志》上；宝兄事见《幽明录》，亦见《文选钞》、《晋书·干宝传》。"[①] 今本《搜神后记》所载干宝父婢事，文句同于《孔氏志怪》及《晋书·干宝传》，按汪先生考证，"疑后人取二书掺入"，并非旧本《搜神后记》原貌。笔者认为汪先生所疑甚是。从宋代《太平御览》、《太平广记》引唐代官修《晋书》等记载看来，此处所载干宝父婢事，与上文论证的三例一样，都是宋代羼入的。

5. 纪昀的自我矛盾之处。一方面，纪昀在《四库全书总目提要》考证《搜神后记》非陶渊明所作，并称"赝撰嫁名，其来已久"；但另一方面，纪昀《题罗两峰鬼趣图》诗云："柴桑高尚人，冲澹遗尘虑。及其续《搜神》，乃论幽明故。"肯定《搜神后记》为陶渊明所作。与此同时，纪昀还在自己所撰写的《阅微草堂笔记》中表示：自己的创作与俗传的陶渊明《搜神后记》同旨。[②] 纪昀在《阅微草堂笔记》卷15《姑妄听之一》自叙云："余性耽孤寂，而不能自闲。……故已成《滦阳消夏录》等三书，复有此集。缅昔作者，如王仲任、应仲远，引经据古，博辨宏通；陶渊明、刘敬叔、刘义庆，简淡数言，自然妙远。诚不敢妄拟前修，然大旨期不乖于风教。"交代自己《阅微草堂笔记》创作动机的同时，流露出对陶渊明《搜神后记》、刘敬叔《异苑》、刘义庆《幽明录》等著作的仰慕。这说明在他写作《阅微草堂笔记》时的观念里，是肯定《搜神后记》为陶渊明所作的。

至于为什么纪昀会表现出这种自相矛盾、前后不一之处，可能需要从他的创作心理上去探讨。一方面，受正统观念影响，他认为小说创作无关著述宏旨，所谓"小说稗官，知无关于著述"（《阅微草堂笔记·姑妄听之一》），这是他在《四库全书总目提要》中不愿承认《搜神后记》为陶渊明所作的原因。但在另一方面，他对于这类小说又充满着浓厚的个人兴趣，他交代自己的创作"缘是友朋聚集，多以异闻相告"，是解闷消遣

---

① （晋）陶潜撰，汪绍楹校注：《搜神后记·出版说明》，中华书局1981年版，第26页。
② 以上材料参见钟优民《陶学发展史》，吉林教育出版社2000年版，第230页。

之作，即"遇轮直则忆而杂书之"，"昼长无事，追录见闻，忆及即书"，"昼长多暇，乃连缀成书"，"岁月骎寻"，不觉越写越多，希冀有补于世，所谓"街谈巷议，或有益于劝惩"，"大旨期不乖于风教"，流露出他的创作心理。为了给自己的创作寻求借口，他还引用欧阳修的话说："欧阳公曰：'物尝聚于所好。'岂不信哉！缘是知一有偏嗜，必有浸淫而不自已者，天下事往往如斯。亦可以深长思也。"这是他又愿承认《搜神后记》为陶渊明所作的深层原因。即以陶渊明创作《搜神后记》为参照，为自己《阅微草堂笔记》的创作寻求依据，如同他在自叙中引用欧阳修的话一样，都是为《阅微草堂笔记》的创作张本。

总之，通过上文的梳理，更加可以确证今本《搜神后记》多处有宋代以后窜改的痕迹，已非隋唐以前原本的面貌。所以，我们在引用这些资料去否定陶渊明作《搜神后记》的时候，更加应该审慎对待。四库馆臣用宋代以后窜入《搜神后记》的"干宝父婢事"作为证据，去否定陶渊明作《搜神后记》，也显然有欠严谨。而纪昀本人对于《搜神后记》作者为谁的自相矛盾之处，更值得我们审慎地思考和探讨。

6. 鲁迅先生说："陶潜旷达，未必拳拳于鬼神，盖伪托也。"这个判断，是鲁迅先生根据陶渊明的旷达性情作出的猜测。"盖"是疑词，表明先生似乎也不是很肯定，所以用语很有分寸，也没有明确提出质疑的证据。所以他的这个存疑和猜测，也仅是建立在明代沈士龙、清四库馆臣的说法之上。而两家所提出质疑的证据，正如上文所辨，都无法否定陶渊明是《搜神后记》的作者。

三 陶渊明作《搜神后记》的可能性

既然没有充分的证据来否定陶渊明作《搜神后记》。那么，陶渊明作《搜神后记》则是有可能的。①

第一，陶渊明性情好奇，不单是旷达。同时代的颜延之在《陶征士诔》中说他"心好异书"，颜延之通过与陶渊明交往意识到这一点，可见他的感受应该是很深的，所以才会写进诔文。而在陶渊明作品中，也提到"奇文共欣赏，疑义相与析"（《移居》）。《读山海经》云："泛览周王传，流观山海图。俯仰终宇宙，不乐复何如！"从他所阅读的《山海经》以及汲冢出土的奇书《穆天子传》等来看，此处的"奇文共欣赏"的

---

① 李剑锋先生《谈陶渊明创作〈搜神后记〉的三种可能性》一文，也从三个角度论述了陶渊明作《搜神后记》的可能性，见《九江师专学报》2004年第3期。

"奇文",也不一定就指自己与朋友所作文章或前人文章。考陶渊明以前,"奇文"一词的用例,有以下几例值得注意:

(1)《后汉书·方术列传》:"后王莽矫用符命,及光武尤信谶言,士之赴趣时宜者,皆骋驰穿凿,争谈之也。故王梁、孙咸,名应图箓,越登槐鼎之任;郑兴、贾逵,以附同称显;桓谭、尹敏,以乖忤沦败。自是习为内学,尚奇文,贵异数,不乏于时矣。"此处"奇文"与"异数"并提,作为东汉"内学"组成部分,并称东汉"习为内学,尚奇文,贵异数"成为一时风气。可见"奇文"与"术数"一样,是当时的一种学问。

(2)《后汉书·文苑列传·高彪传》记载:"(彪)除郎中,校书东观。数奏赋、颂、奇文,因事讽谏,灵帝异之。"此处"奇文"与赋、颂并列,也当是一种文体。

(3)三国钟会《母夫人张氏传》:"夫人性矜严,明于教训,会虽童稚,勤见规诲。年四岁授《孝经》,七岁诵《论语》,八岁诵《诗》,十岁诵《尚书》,十一诵《易》,十二诵《春秋左氏传》、《国语》,十三诵《周礼》、《礼记》,十四诵《成侯易记》,十五使入太学,问四方奇文异训。谓会曰:'学猥则倦,倦则意怠;吾惧汝之意怠,故以渐训汝,今可以独学矣。'雅好书籍,涉历书,特好《易》、《老子》。"(《三国文》卷25)《三国志·钟会传》裴松之注亦引该文。此处"奇文"与"异训"并提,似指一种典籍或学问。而"问四方奇文异训",必须在学完"九经"及"《成侯易记》"之后,十五岁入太学时,才能有机会。从求学的循序渐进这样一个程序来看,"奇文异训"似乎比"九经"要深奥难懂一些。

陶渊明《移居》诗云:"奇文共欣赏,疑义相与析。"不知此中的"奇文"含义,与上述例子的"奇文"是否同义?笔者特赘举例证如上,以便进一步探讨。

学者注疏陶诗"奇文"一词时,一般引用《汉书·王褒传》例:"太子体不安,苦忽忽善忘,不乐。诏使褒等皆之太子宫虞侍太子,朝夕诵读奇文及所自造作。疾平复,乃归。"王褒以"奇文"为太子治好了病。从此"太子喜褒所为《甘泉》及《洞箫》颂,令后宫贵人左右皆诵读之"。此处的"奇文",似乎也不是仅指文章。从《王褒传》的前后叙述来看,王褒也是一个好奇异之人,并且精通神仙方术之道。传记说:"王褒字子渊,蜀人也。宣帝时修武帝故事,讲论六艺群书,博尽奇异之好,征能为《楚辞》九江被公。"又说:"上颇好神仙,故褒对及之。""后方士言益州有金马碧鸡之宝,可祭祀致也,宣帝使褒往祀焉。"可见王褒不是一个普通的文士，太子病愈后喜爱的《洞箫赋》、《甘泉宫颂》等，也多描绘神仙奇异之景。《洞箫赋》说："托身区于后土兮，经万载而不迁。吸至精之滋熙兮，禀苍色之润坚。感阴阳之变化兮，附性命乎皇天。翔风萧萧而径其末兮，回江流川而溉其山。……孤雌寡鹤娱优乎其下兮，春禽群嬉翱翔乎其颠。秋蜩不食抱朴而长吟兮，玄猿悲啸搜索乎其间。"《甘泉宫颂》："镂蟠龙以造牖，采云气以为楣。神星罗于题鄂，虹蜺往往而绕榱。缦倏忽其无垠，意能了之者谁？窃想圣主之优游，时娱神而款纵。坐凤皇之堂，听和鸾之弄。临麒麟之域，验符瑞之贡。"意境瑰奇，想象独特，读来犹入仙境，令人神往。有如《周穆王传》，颇具志怪小说的色彩。[1]此为"奇文"的最早用例，到东汉、三国时，"奇文"与"异数"、"异训"等并提，成为一种深奥的学问或文体。其间词义的变化，必然与此有一定的渊源。因此，不管是《王褒传》例，还是上述东汉、三国用例，都能见出"奇文"具有类于《周穆王传》等瑰奇或神秘的色彩。

上引《后汉书·方术列传》中"奇文"与"异数"（术数）并提，东汉"习为内学，尚奇文，贵异数，不乏于时矣"。典籍中亦有陶渊明"薄有术数"的记载。钱锺书先生《管锥编》：

> 隋释湛然《法华玄义释签》卷三论神通云：'亦如此土古人，张楷能作雾，栾巴善吐云，葛洪、陶渊明等皆薄有术数，盖小小耳'；陶潜善幻，未之他见。苟读渊明集而知人论世者得闻此言，必能好古敏求，然窃疑实谓'陶弘景'而笔误未正耳。[2]

对于《法华玄义释签》的记载，锺书先生怀疑是"'陶弘景'而笔误未正"。倘若陶诗"奇文共欣赏，疑义相与析"中"奇文"的含义，果与《后汉书·方术列传》中的"奇文""术数"义同，那么《法华玄义释签》所载，就不是孤证了。陶渊明喜好"奇文""术数"，可能一方面是受到东汉、魏晋以来时风的影响，另一方面仍是好奇的性情使然。此外，

---

[1] 辞赋作品有些颇具小说虚构色彩。钱锺书先生曾论及东汉杜笃《首阳山赋》说："此赋后半已佚，然鬼语存者尚近百字，《左传》僖公十年记申生之告，《庄子·至乐》篇托骷髅之言，逊其详悉。情事亦堪入《搜神记》、《异苑》等书。……玩索斯篇，可想象汉人小说之仿佛焉。"（《管锥编》第3册，中华书局1986年版，第994页）又，陈君《张衡〈西京赋〉与〈思玄赋〉中的小说因素》（《文学遗产》2005年第5期），以张衡《西京赋》等为例，专论辞赋与小说的密切关系，可参看。

[2] 钱锺书：《管锥编》第2册，中华书局1986年版，第718页。

"术数"在当时并不被理解为封建迷信。《汉书·艺文志》列天文、历谱、五行、蓍龟、杂占、形法六种，并云："数术者，皆明堂羲和史卜之职也。"它最早是从史官职责分化而来。《素问·上古天真论》："上古之人，其知道者，法于阴阳，和于术数。"陶渊明企慕古贤，向往上古之世，或亦因此喜好术数。然此皆是笔者根据"奇文"一词含义而推论，亦不是很自信，尚需进一步研讨。

日本学者沼口胜通过研究考证，得出结论说："在陶渊明的作品里《焦氏易林》之林辞作为重要典故出现。由此可以看出，《焦氏易林》为他所爱不释手的书，但这种情况又很少为人所知。"① 如果此说成立，则可以进一步印证上文所探讨的陶渊明与"奇文"、"术数"的密切关系。

此外，陶渊明喜好的《山海经》、《穆天子传》等，都是奇书，对于汉魏六朝的志怪小说的兴起产生了重要影响。正如徐震堮先生所说："汉魏六朝的志怪书就是从这两个系统发展下来的。"② 陶渊明性情好奇，好读《山海经》、《穆天子传》等奇书，对于汉魏六朝志怪小说及其陶渊明创作的影响，我们在第七章第一节中已有叙述，兹不赘述。

第二，依照东晋时期的观念，陶渊明创作《搜神后记》是史家之举，而非小说家为。鲁迅先生说："六朝人并非有意作小说，因为他们看鬼事和人事，是一样的，统当作事实。""唐人始有意作小说。所以《旧唐书·艺文志》，把那种志怪的书，并不放在小说里，而归入历史的传记一类，一直到宋欧阳修才把它归到小说里。"③ 徐震堮先生也说："许多汉魏六朝的小说，最初都列入史部，后来才逐渐改归小说。"④ 如上文所论，《搜神后记》中如《桃花源记》等许多作品，都记载具体年号、真实人物，为的是增强史学价值，尽量保持真实，并非有意为小说。

汉、晋以降，史学繁盛，私家著述成风，都是以追求著史而不朽的。而两晋史学尤盛。梁启超先生说："两晋、六朝，百学芜秽，而治史者独盛，在晋尤著。""晋代玄学之外惟有史学，而我国史学界亦以晋为全盛时代。"⑤ 著史以成一家之言的价值取向，为人们竞相追求，足以想见当

---

① ［日］沼口胜：《关于陶渊明〈乞食〉诗的寓意》，《首届中日陶渊明学术研讨会文集》，《九江师专学报》1998年增刊，第31页。
② 徐震堮：《汉魏六朝小说选·前言》，古典文学出版社1957年版，第4页。
③ 鲁迅：《中国小说的历史的变迁》，《中国小说史略》，人民文学出版社1973年版，第278页。
④ 徐震堮：《汉魏六朝小说选·前言》，古典文学出版社1957年版，第4页。
⑤ 梁启超：《过去之中国史学界》，《中国历史研究法》，上海古籍出版社1998年版，第16页。

时的彬彬盛况。《隋书·经籍志》说:"灵、献之世,天下大乱,史官失其常守。博达之士,愍其废绝,各记闻见,以备遗亡。是后群才景慕,作者甚众。又自后汉已来,学者多钞撮旧史,自为一书,或起自人皇,或断之近代,亦各其志,而体制不经。又有委巷之说,迂怪妄诞,真虚莫测。然其大抵皆帝王之事。"① 汉、晋以来的神仙志怪小说,都搜入在《隋书·经籍志》中,如《汉武帝故事》、《西京杂记》、干宝《搜神记》、陶渊明《搜神后记》等。而陶渊明所喜好的《穆天子传》等,更是作为比较重要的史学文献,《隋书·经籍志》说:"今之存者,有汉献帝及晋代已来《起居注》,皆近侍之臣所录。晋时,又得《汲冢书》,有《穆天子传》,体制与今起居正同,盖周时内史所记王命之副也。"② 《隋书》以降,《穆天子传》一直被作为"起居注"收入史部。直到《四库全书》中,才被归入"子部小说类"中。唐代以后,私家著史风气衰微,官修史书居于正统,加之"唐人始有意为小说",渐趋成熟的小说观念的出现,原来"委巷之说,迂怪妄诞,真虚莫测。然其大抵皆帝王之事"也被收入史部的作品,都被逐渐剔除,归入到"子部小说类"中。清代纪昀等批评《晋书》:"忽正典取小说……其所载者,大抵弘奖风流,以资谈柄,取刘义庆《世说新语》与刘孝标所注,一一互勘,几于全部收入,是直稗官之体。"③ 似乎以此为分水岭,小说稗官之体与正史的分野渐趋拉大。今人也指出《晋书》"编撰者只用臧荣绪《晋书》作为蓝本,并兼采笔记小说的记载,稍加增饰"④,其实从侧面正反映出晋史撰写时的普遍风气。干宝《搜神记》撰写的初衷,是为了证明"神道之不诬"。他自序说:"访行事于故老,将使事不二迹,言无异途。""若使采访近世之事,苟有虚错,愿与先贤前儒分其讥谤。"(《晋书·干宝传》)可见其追求"信史"实录的决心和初衷。史书说他"性好阴阳术数",曾担任佐著作郎,著《晋纪》,"自宣帝迄于愍帝五十三年,凡二十卷","其书简略,直而能婉,咸称良史"。《隋书·经籍志》说:"夫史官者,必求博闻强识,疏通知远之士,使居其位,百官众职,咸所贰焉。"可见当时史官的要求,陶渊明亦"博学,善属文"(萧统《陶渊明传》),似乎亦好术数

---

① (唐)魏征等:《隋书》卷33,中华书局1973年版,第962页。
② 同上书,第966页。
③ (清)纪昀等著,四库全书研究所整理:《钦定四库全书总目》卷45,中华书局1997年版,第625页。
④ 《晋书·出版说明》,中华书局1973年版。

（上文"奇文"考证），也曾被朝廷征辟为著作佐郎，可见官方对他史学才能的认可[①]，他作《搜神后记》的条件，和干宝作《搜神记》一样，也都具备。

综上所述，通过陶渊明与《搜神后记》相关文献的梳理与比较，我们可以发现一个很有趣的现象：进入宋代以后，随着陶渊明声名日盛，陶渊明作为《搜神后记》作者的说法，先是史书不再记载，继而遭到质疑与否定；而编入《搜神后记》中的《桃花源记》，越来越被加以真实化的处理，作品里的渔人、太守，都被羼改，有了真实的名字。

与此同时，在学术研究领域，"桃花源"也被不断地确指为实有其事，实有其地。例如唐代康骈说："渊明所记桃花源，今鼎州桃花观即是其处。自晋、宋来，由此上升者六人，山十里间无杂禽，惟二鸟往来观中，未尝有增损。"[②] 至宋代，苏东坡说："旧说南阳有菊水，水甘而芳，民居三十余家，饮其水皆寿，或至百二三岁。蜀青城山老人村，有见五世孙者，道极险远，生不识盐醯，而溪中多枸杞，根如龙蛇，饮其水故寿。近岁道稍通，渐能致五味，而寿益衰。桃源盖此比欤？"（《和桃源诗序》）宋郑景望说："陶渊明所记桃花源，今武陵桃花观即是其处。余虽不至，数以问湖、湘间人，颇能言其胜事云。"（《蒙斋笔谈》）自此以降，认为陶渊明所记桃花源在武陵等地的说法更多，兹不胜举。[③] 现代也有陈寅恪先生力主《桃花源记》"亦纪实之文"的说法，并且认为"真实之桃花源在北方之弘农，或上洛，而不在南方之武陵"，"《桃花源记》纪实之部分乃依据义熙十三年春夏间刘裕率师入关时戴延之等所闻见之材料而作成"[④]。陈先生甚至说："今本《搜神后记》中《桃花源记》，依寅恪之鄙见，实陶公草创未定之本。而渊明文集中之《桃花源记》，则其增修写定之本，二者俱出陶公之手。"[⑤] 在此，陈先生不仅肯定陶渊明为《搜神后记》的作者，而且指出《搜神后记》与陶渊明文集中《桃花源记》文字存有异同的原因。按陈先生理解，其原因在于：一个是草创未定本，一个是增修写定本。陈先生的意见，发前人之所未发，值得我们珍视。尤其是那些还对陶渊明作《搜神后记》持怀疑意见的人们。

[①] 关于陶渊明史学才能的探讨，请参见本书第三章"陶渊明与汲冢书"。
[②] （清）陶澍：《靖节先生集》卷6引，文学古籍刊行社1956年铅印本。
[③] 详细可参见《陶渊明诗文汇评》，《陶渊明资料汇编》（下），第339—362页。
[④] 陈寅恪：《桃花源旁证》，《金明馆丛稿初编》，三联书店2011年版，第199页。
[⑤] 同上书，第195页。

《论语·述而》曰："子不语怪、力、乱、神。"随着声名渐隆，陶渊明也不断被圣贤化。因此，他离"怪、力、乱、神"越来越远，离小说越来越远，离真实的陶渊明也越来越远。同时代的大文豪颜延之还称他"心好异书"（《陶征士诔》），萧梁时代的高僧慧皎还不止一次地记载他作《搜神后记》（《高僧传》），隋代的高僧湛然也还记载他"薄有术数"（《法华玄义释签》），隋代的宫廷文献还记载他作《搜神后记》（《隋书·经籍志》），皆言之凿凿。可是宋、明以来，伴随"小说"观念的变化，这些记载不断被否定或质疑，是后人的"为尊者讳"，为自己遮蔽了一个真实的陶渊明。

第三节 从"著作佐郎"看陶渊明《五孝传》《集圣贤群辅录》作品的真伪

自北朝阳休之起，《五孝传》《集圣贤群辅录》作品的真伪，成为陶渊明文集传播中的一桩公案，也成为区别陶渊明文集是八卷还是十卷的一个关键。单以篇幅而论，这两卷《五孝传》《集圣贤群辅录》作品在陶渊明文集中所占的分量较大，自然不容忽视。今不惮力微，从一史职入手，探讨其作品的真伪，希冀能为学人理解这桩公案提供一个视角。

一 从朝廷的征聘看陶渊明的史学才能

沈约《宋书·隐逸传》记载东晋末年朝廷征聘陶渊明之事："义熙末，征著作佐郎，不就。"《南史·隐逸传》记载相同。著作佐郎，萧统《陶渊明传》、《晋书·隐逸传》记载作"著作郎"。四传记载的同是朝廷征聘陶渊明一事，只是叙述的官职一为"著作佐郎"，一为"著作郎"。著作佐郎、著作郎，是东晋史官之职。著作佐郎，又称"佐著作"；著作郎，又作"大著作郎"。《晋书·职官志》记载：

> 著作郎，周左史之任也。汉东京图籍在东观，故使名儒著作东观，有其名，尚未有官。魏明帝太和中，诏置著作郎，于此始有其官，隶中书省。及晋受命，武帝以缪征为中书著作郎。元康二年，诏曰："著作旧属中书，而秘书既典文籍，今改中书著作为秘书著作。"于是改隶秘书省。后别自置省而犹隶秘书。著作郎一人，谓之大著作

郎，专掌史任，又置佐著作郎八人。著作郎始到职，必撰名臣传一人。①

又，《宋书·百官志》记载：

《周官》外史掌四方之志、三皇五帝之书，即其任也。汉西京图籍所藏，有天府、石渠、兰台、石室、延阁、广内之府是也。东京图书在东观。晋武帝以秘书并中书，省监，谓丞为中书秘书丞。惠帝复置著作郎一人，佐郎八人，掌国史。周世左史记事，右史记言，即其任也。汉东京图籍在东观，故使名儒硕学，著作东观，撰述国史。著作之名，自此始也。魏世隶中书。晋武世，缪征为中书著作郎。元康中，改隶秘书，后别自为省，而犹隶秘书。著作郎谓之大著作，专掌史任。晋制，著作佐郎始到职，必撰名臣传一人。宋氏初，国朝始建，未有合撰者，此制遂替矣。②

著作郎、著作佐郎是从周代史官、两汉兰台、东观史职发展而来，其职任之兴盛经西晋武帝、惠帝，至东晋元康时期达至鼎盛，至刘宋初叶，走向衰落。唐代刘知几《史通·核才》："夫史才之难，其难甚矣。《晋令》云：'国史之任，委之著作，每著作郎初至，必撰名臣传一人。'斯盖察其所由，苟非其才，则不可叨居史任。"③ 可见晋代的著作郎、著作佐郎，都是负责修撰国史的官员，对史学才能要求很高。著作郎一人、著作佐郎八人，是当时的人员额数，到任"必撰名臣传一人"，是对他们史学才能的初步考察，著作郎一人专掌史任，其余八人佐助分掌，可见两晋史学制度的完备和成熟，以及官方的高度重视。梁启超先生说："两晋、六朝，百学芜秽，而治史者独盛，在晋尤著。""晋代玄学之外惟有史学，而我国史学界亦以晋为全盛时代。"④ 这恐怕是两晋史学全盛的重要原因。

陶渊明身处当时，史学至盛，朝廷以著作郎、著作佐郎的史职身份征聘他，可以推测当时陶渊明的史学创作水平，以及由此形成的社会威望、

---

① （唐）房玄龄等：《晋书》卷24，中华书局1974年版，第735页。
② （梁）沈约：《宋书》卷40，中华书局1974年版，第1246页。
③ （唐）刘知几撰，（清）浦起龙释：《史通通释》卷9，上海古籍出版社1978年版，第249页。
④ 梁启超：《过去之中国史学界》，《中国历史研究法》，上海古籍出版社1998年版，第16页。

官方所认可的程度。这是我们研读陶渊明时不应忽视的。只可惜官方的征聘被陶渊明拒绝了，今天也没有流传陶渊明撰写的史书作品，他略微带有史传性质的《搜神后记》，又多被视为是他人的托名之作；他的《五孝传》、《四八目》又多被视为伪作。不过，他的《五柳先生传》、《命子》诗等，都具有一定的传记色彩。他的《晋故征西大将军长史孟府君传》，被看作是"孟嘉逝世后渊明为他作的别传"①，《世说新语》刘孝标注引该文时题作"孟嘉别传"。唐代官修《晋书·桓温传》所附的《孟嘉传》，大体就是根据陶渊明的《晋故征西大将军长史孟府君传》删改写定的。因而明代张溥《题陶彭泽集》中就有陶渊明"传记近史"的说法。此外，他的《咏贫士》七首，也带有传记的色彩。台湾学者王叔岷先生说："咏贫士组诗，细看来，似乎为贫士传记。以诗歌的方式来撰写贫士传记，亦文亦诗，亦叙亦议。陶公史学才能较高，此亦为一大体现。"②总而言之，虽然今天没有传下陶渊明史学著作的相关记载或内容，但他的史学才华亦是不差的，这是完全可以肯定的。

此处单以《五孝传》《集圣贤群辅录》作品作为内证，探讨陶渊明史学才干在作品中的具体反映。

二 《五孝传》《集圣贤群辅录》真伪的历来争议

《集圣贤群辅录》本名《四八目》③，与《五孝传》一起，最早见于北朝阳休之的陶集序录，他在编录陶集时说："其集先有两本行于世，一本八卷无序；一本六卷并序目，编比颠乱，兼复阙少。萧统所撰八卷，合序目传诔，而又少《五孝传》及《四八目》。……今录统所阙并序目等，合为一帙十卷。"阳休之在萧统八卷本陶集的基础上，增编《五孝传》及《四八目》，成十卷本陶集，后世流传甚广。宋代以降，陶集的刊刻本多为十卷本。至清代纪昀等编撰《四库全书》时，认为经由萧统搜校，《陶渊明集》"八卷之外，不应更有佚篇"，将《五孝传》及《四八目》"断为伪托"，推定为"晚出伪书"。纪昀等认为："昭明太子去潜世近，已不见《五孝传》、《四八目》，不以入集，阳休之何由续得？且《五孝传》

---

① 王瑶：《陶渊明集》，人民文学出版社1956年版，第132页。
② 王叔岷：《陶渊明诗笺证稿》，中华书局2007年版，第454页。
③ 潘重规先生指出："《圣贤群辅录》本名《四八目》，宋以前盖未有称者。"对《集圣贤群辅录》、《四八目》名称之关系，潘先生《圣贤群辅录新笺》（《新亚书院学术年刊》第七期）考证甚详，可参见。

及《四八目》所引《尚书》自相矛盾,决不出于一手,当必依托之文,休之误信而增之。"(《四库全书总目》卷148)不过,针对纪昀等人的质疑,清代也有人持不同看法。如陈澧说:"渊明有《五孝传》,或疑后人依托,澧谓不必疑也。盖陶公于家庭乡里,以《孝经》为教,称引故实以证之。"(陈澧《东塾读书记》卷1)方宗诚也作出辨证说:"《集圣贤群辅录》(一名《四八目》),此卷前人有文辨之,以为非渊明作。予谓此或渊明偶以书籍所载,故老所传,集录之以示诸子,识故实,广见闻,非著述也。《八儒》、《三墨》,大抵亦记故实以示诸子,后人辑之以附集后耳。谓为著述,则浅之乎视渊明矣!谓非渊明书,亦似不然!"(方宗诚《陶诗真诠》)洪亮吉也说:"人但知陶渊明一味真淳,不堪故实,而以为作诗可不读书,不知渊明所作《圣贤群辅录》等,又考订精详,一字不苟也。"(《北江诗话》)

相较之下,在中国内地,四库馆臣之说影响较大。新中国成立后,60年代出版的《陶渊明研究资料汇编》及70年代末逯钦立先生整理的七卷本《陶渊明集》等,都以萧统《陶渊明集》为参照,不曾收录《五孝传》及《四八目》。

而在港台地区,学人进一步发挥了陈澧、方宗诚、洪亮吉之说,潘先生《圣贤群辅录新笺》指出:"细籀《四八目》(笔者按:即《圣贤群辅录》)全文,以余观之,实陶平日读书之札记,盖有疾没世而名不称之感,故缀集而成此篇。……观陶集诗文,隶事造语,多用《四八目》中人物。《四八目》中有二老、三良、二疏、鲁二儒,而《读史述》有《夷齐》、《鲁二儒》二章,咏史之作有《咏二疏》、《咏三良》诸篇。……推校内外,断知清人举为伪书之证者,皆不足据。"杨勇《陶渊明集校笺》推许潘先生之说,称为"大体发陶澍之未尽,而索引书志,尤为详实。"

内地学人整理陶集时,直至90年代后,十卷本陶集才又得到重视。其中以2003年出版的袁行霈先生的《陶渊明集笺注》最具代表性和影响力。袁著参照逯钦立先生的七卷本《陶渊明集》,七卷之外以"外集"的形式收录了《五孝传》《集圣贤群辅录》以及《归园田居》其六、《问来使》等作品,体现了袁先生十分严谨的学风。袁先生虽然对"外集"的《五孝传》《集圣贤群辅录》作品没有加以笺注,却作有考辨鸿文,对四库馆臣的质疑逐条加以辩证,颇具功力,令人信服。读者可以阅览,兹不赘述。①

---

① 袁行霈:《陶渊明集笺注》,中华书局2003年版,第597—600页。

袁先生强调："《五孝传》及《四八目》固然是阳休之所加，萧统所编陶集无此二编。然阳休之所据乃梁以前旧本，未可轻易断定其为伪作。……萧统不取或以其不是渊明所作诗文也。"① 至此，《五孝传》《集圣贤群辅录》的真伪争议，似乎可以告一段落。

三　陶渊明的史学才能与《五孝传》《集圣贤群辅录》的创作

《五孝传》及《集圣贤群辅录》，都具有一定的史传性质。《孝子传》是晋、宋时期比较流行的一种历史传记，后世一般归为"杂传"。仅据《隋书·经籍二·史》记载，《孝子传》有近10部，其中作于晋、宋期间的居多，有晋辅国将军萧广济《孝子传》十五卷、东晋王韶之的《孝子传赞》三卷、宋员外郎郑缉之《孝子传》十卷、宋师觉授《孝子传》八卷。此外，《旧唐书·经籍志》、《新唐书·艺文志》还记载晋代徐广《孝子传》三卷。因此，陶渊明的《五孝传》创作，受当时风气的影响较大，后世伪作的可能性很小。

据学人专门研究，"《孝子传》之繁荣，似在晋宋。清人补史志中，《孝子传》多存于《补晋书艺文志》、《补宋书艺文志》。诸家《孝子传》中，至有多达十五、二十卷者。同时尚衍生出《孝子传赞》，原书当亦绘有图像"②。陶渊明的《五孝传》，文末均有"赞曰"，其实应为《五孝传赞》。依次为《天子孝传赞》、《诸侯孝传赞》、《卿大夫孝传赞》、《士孝传赞》、《庶人孝传赞》，分别叙述虞舜、夏禹、殷高宗、周文王、周公旦、鲁孝公、河间惠王、孔子、孟庄子、颍考叔、高柴、乐正子春、孔奋、黄香、江革、廉范、汝郁、殷陶等十八人的孝行事迹。这十八人的事迹，在《史记》、《后汉书》等正史中也都有不同程度的记载，可见《五孝传》与正史之间的密切关系。从创作上看，《五孝传》旨在劝化世风，扬善祛恶，继承了古代史官的道德教化之职。《隋书·经籍志》记载：

> 古之史官，必广其所记，非独人君之举。《周官》：外史掌四方之志，则诸侯史记，兼而有之。……故自公卿诸侯，至于群士，善恶之迹，毕集史职。而又间胥之政，凡聚众庶，书其敬敏任恤者，族师每月书其孝悌睦姻有学者，党正岁书其德行道艺者，而入之于乡大夫。乡大夫三年大比，考其德行道艺，举其贤者能者，而献其书。王

---

① 袁行霈：《陶渊明集笺注》，中华书局2003年版，第598页。
② 何晓薇：《隋前〈孝子传〉文献初探》，硕士学位论文，复旦大学，2004年，第7页。

再拜受之，登于天府，内史贰之。是以穷居侧陋之士，言行必达，皆有史传。①

《五孝传》所叙十八人，上至上古仁君，下及东汉庶人，不论贵庶，以孝传世，皆有史传。不唯《五孝传》如此，《集圣贤群辅录》也体现了《隋书·经籍志》所载"自公卿诸侯，至于群士，善恶之迹，毕集史职"的特点，自觉继承了古之史官扬善祛恶的教化使命。《集圣贤群辅录》似为陶公阅读经史书籍的读书札记②，叙及人物众多，上自燧人氏，下至东晋当朝。文末云：

> 凡书籍所载及故老所传，善恶闻于世者，盖尽于此矣。汉称田叔、孟舒等十人及田横两客、鲁八儒，史并失其名。夫操行之难，而姓名翳然，所以抚卷长慨，不能已已者也。

潘重规评述说："是陶公明谓善恶兼载……及乾隆帝见《四八目》中多载鲁三桓、晋六卿、司马懿、王敦之流，恶其有不臣之心，故深所不喜。"③ 因此，综观《五孝传》《集圣贤群辅录》两篇作品，均带有较强的古之史官昭示善恶之迹的创作意识，折射出陶渊明身上较为鲜明的一种史学自觉。此为其一。

其二，《五孝传》《集圣贤群辅录》叙及的均是历史人物，几乎涵盖陶渊明之前的重要历史典籍。作为一种自觉的史学创作或读书札记，在不同程度上体现了陶渊明深厚的史学功底和浓郁的史学兴趣。根据《五孝传》《集圣贤群辅录》中记载的人物，以及《集圣贤群辅录》中陶公的自注，笔者将陶公所读的历史文献略分为十类：

(1) 《尚书》，凡 6 见。其中包括《尚书》注 1 见、《尚书大传》3 见。

(2) 《论语》，凡 10 见。其中包括纬书《论语摘辅象》3 见。

(3) 《左传》，凡 7 见。

(4) 《战国策》，凡 1 见。

---

① （唐）魏征等：《隋书》卷 33，中华书局 1973 年版，第 981 页。
② 袁行霈先生说："《五孝传》及《四八目》皆渊明平日之札记，原非具备完整构思之文章也。"（《陶渊明集笺注》，第 600 页）
③ 潘重规：《圣贤群辅录新笺》，《新亚书院学术年刊》第七期。

(5)《史记》，凡 4 见。

(6)《汉书》，凡 8 见。

(7)《后汉书》，凡 11 见。其中包括张璠《汉纪》2 见，《续汉书》4 见。

(8)《三国志》，凡 2 见。其中《魏书》1 见，《吴录》1 见。

(9)《晋书》，凡 2 见。其中《晋纪》1 见，《晋书》1 见。

(10) 别传、杂传、谱牒、地方史志、碑状，凡 12 见。其中别传有《济北英贤传》、《汝南先贤传》，谱牒有《周氏谱》、《荀氏谱》，杂传有嵇康《高士传》、地方史志有《三辅决录》、《京兆旧事》，碑状有《甄表状》、邯郸淳《纪碑》。

上述所列的十类史籍中，《尚书》、《论语》中出现的历史人物数量也是较多的，这体现了陶公所处的时代仍在一定程度上存有经史不分的状态，史学从经学中独立分化出来，但并未完全褪尽所受经学的影响。① 所列史籍中，涉及东汉的人物最多，除《后汉书》11 见，高于《史记》、《汉书》外，还有《济北英贤传》、《汝南先贤传》、《荀氏谱》等，也多叙及东汉历史人物，关于陶渊明对于东汉的特殊情感，笔者在第四章的"陶渊明与范晔的文艺创作关系之比较"有较详叙述，兹不赘论。

其三，陶公的史学自觉与《五孝传》《集圣贤群辅录》创作，还体现在他效仿司马迁《史记》的"闻之于故老"，搜集存于当世的一手的信史材料。《集圣贤群辅录》中多次体现了这一点，如"右晋中朝八达，近世闻之故老"，"右河东八裴、琅邪八王，闻之于故老"，"右太原王、京兆杜，各称五世盛德，闻之于故老"，皆是其例。《五孝传》《集圣贤群辅录》中的历史人物，从上古一直到当世，纵横数千年，对于当世人物，又多"闻之于故老"，这与司马迁《史记》纵横三千年，行走天下，多访问于故老，情形极其相似。

尤其是《集圣贤群辅录》末尾的感慨："汉称田叔、孟舒等十人及田横两客、鲁八儒，史并失其名。夫操行之难，而姓名翳然，所以抚卷长叹，不能已已者也。"似乎也深受司马迁《史记》的影响。《史记·伯夷列传》末段说：

"君子疾没世而名不称焉。"贾子曰："贪夫徇财，烈士徇名，夸

---

① 笔者《1 至 5 世纪文士的史学意识》一文，曾对此有较详论述，参见拙作《范晔之人格与风格》，中国社会科学出版社 2010 年版，第 4—20 页。

者死权,众庶冯生。""同明相照,同类相求。""云从龙,风从虎,圣人作而万物睹。"伯夷、叔齐虽贤,得夫子而名益彰。颜渊虽笃学,附骥尾而行益显。岩穴之士,趣舍有时若此,类名堙灭而不称,悲夫!闾巷之人,欲砥行立名者,非附青云之士,恶能施于后世哉?①

有道德的人最怕的是死后名声不被传扬,民间的普通人,虽然有品行和德操,但如果不依附那名望、地位极高的人,又哪能留名于后世呢?所以具有操行已是很难,青史留名更难。文中以田叔等人为例,慨叹"操行之难,而姓名翳然",交代《五孝传》及《集圣贤群辅录》创作的初衷。

《隋书·经籍志》记载:

> 古之史官,必广其所记,非独人君之举。……故自公卿诸侯,至于群士,善恶之迹,毕集史职。……是以穷居侧陋之士,言行必达,皆有史传。自史官旷绝,其道废坏,汉初,始有丹书之约,白马之盟。武帝从董仲舒之言,始举贤良文学。天下计书,先上太史,善恶之事,靡不毕集。司马迁、班固,撰而成之,股肱辅弼之臣,扶义俶傥之士,皆有记录。而操行高洁,不涉于世者,《史记》独传夷齐,《汉书》但述杨王孙之俦,其余皆略而不说。……嵇康作《高士传》,以叙圣贤之风。因其事类,相继而作者甚众,名目转广。②

秦汉以前,公卿诸侯,至于群士,贵庶善恶之迹,无不记录于史书。秦汉之后,史官旷绝,史道崩坏,即使操行高洁,但不涉于世务者,也往往多为正史所不载,因而《高士传》、《孝子传》等相继兴起,弥补了《史记》、《汉书》记载之不足,这是晋、宋时代杂传骤然兴盛的重要原因。陶渊明的《五孝传》及《集圣贤群辅录》,也即在这一背景下出现。与当时史学兴盛的环境和《隋书·经籍志》之描述情形,有着颇多联系。

其四,北宋丞相宋庠曾在《私记》中说:"《五孝传》已下至《四八目》,子注详密,广于他集。"由此肯定了《五孝传》及《四八目》为陶公所作。宋庠所称的"子注详密",涵盖笔者上文所列举的十类史籍,而

---

① (汉)司马迁:《史记》,中华书局1959年版,第2127页。
② (唐)魏征等:《隋书》卷33,中华书局1973年版,第981—982页。

"广于他集"之证据，确实更富有说服力。

一是陶渊明的史学才能不仅表现在《五孝传》及《集圣贤群辅录》上，同时更体现在他的《读史述九章》、《晋故征西大将军长史孟府君传》等作品上，这些作品应该相互联系在一起，不可孤立看待。

二是《集圣贤群辅录》末段所云"凡书籍所载及故老所传，善恶闻于世者，盖尽于此矣"，其中流露出的善恶观念，也贯穿在陶集之中，不唯独《五孝传》及《集圣贤群辅录》如此。如《感士不遇赋》中所抒发的"望轩唐而永叹，甘贫贱以辞荣。淳源汩以长分，美恶作以异途。原百行之攸贵，莫为善之可娱。奉上天之成命，师圣人之遗书"，大致多少都有些类似。对世间善恶之异，感慨良深，而史官之责任，在于褒善贬恶，匡俗济世，以观兴衰。

三是《五孝传》及《集圣贤群辅录》出现的历史人物，也多出现在陶渊明的其他诗文作品中。典型的有舜、禹、稷、孔子、三良、商山四皓、二疏，以及皇甫谧《高士传》、嵇康《高士传》、竹林七贤中的人物等，陶公的《咏三良》、《咏二疏》、《赠羊长史》、《咏贫士》、《止酒》、《饮酒》等作品，多是针对这些历史人物有感而发。这些丰富的陶集内证材料，均为宋庠所说的"广于他集"提供了充分证据。

综上所述，东晋朝廷征聘陶渊明为"著作郎"或"著作佐郎"，反映了当时主流社会对陶渊明史学才能的认可；而《五孝传》及《集圣贤群辅录》作为具有一定史传性质的作品，一种是晋、宋时期比较流行的历史传记，一种是阅读经史书籍的读书札记，体现出较为鲜明的史学自觉；再加上一些丰富的陶集内证材料也证明了《五孝传》及《集圣贤群辅录》与陶集其他作品之间的密切关系，因此陶渊明作《五孝传》及《集圣贤群辅录》是具有一定可信性的，"未可轻易断定其为伪作"。

主要参考文献

说明：以拼音字母顺序排序。其中古代典籍、近人及今人著作按书名编排，论文按作者编排。

一、古代典籍、近人及今人著作

吴骞：《拜经楼诗话》，《丛书集成》本。
顾学颉校点：《白居易集》，中华书局1979年版。
虞世南撰，孔广陶校注：《北堂书钞》，中国书店1989年影印本。
陈祚明：《采菽堂古诗选》，上海古籍出版社2008年版。
田晓菲：《尘几录——陶渊明与手抄本文化研究》，中华书局2007年版。
戴建业：《澄明之境——陶渊明新论》，华东师范大学出版社1999年版。
范子烨：《春蚕与止酒：互文性视域下的陶渊明诗》，社会科学文献出版社2012年版。
杨伯峻：《春秋左传注》，中华书局1981年版。
顾农：《从孔融到陶渊明：汉末三国两晋文学史论衡》，凤凰出版社2013年版。
邓琼：《读陶丛稿》，天津古籍出版社2011年版。
胡不归：《读陶渊明集札记》，华东师范大学出版社2007年版。
田余庆：《东晋门阀政治》，北京大学出版社1996年版。
张可礼：《东晋文艺综合研究》，山东大学出版社2001年版。
苏轼著，屠友祥校注：《东坡题跋》，上海远东出版社1996年版。
应劭著，王利器校注：《风俗通义》，中华书局1981年版。
赵翼著，栾保群、吕宗力校点：《陔余丛考》，河北人民出版社2003年版。
释慧皎撰，汤用彤校注，汤一玄整理：《高僧传》，中华书局1992

范祥雍：《古本竹书纪年辑校订补》，上海人民出版社 1957 年版。

方诗铭、王修龄：《古本竹书纪年辑证》，上海古籍出版社 1981 年版。

李民、杨择令、孙顺霖、史道祥：《古本竹书纪年译注》，中州古籍出版社 1981 年版。

刘跃进：《古典文学文献学丛稿》，学苑出版社 1999 年版。

吴云：《骨鲠处世：吴云讲陶渊明》，天津古籍出版社 2009 年版。

王士禛选，闻人倓笺：《古诗笺》，上海古籍出版社 1980 年版。

王夫之评选，张国星校点：《古诗评选》，文化艺术出版社 1997 年版。

张玉榖：《古诗赏析》，上海古籍出版社 2000 年版。

沈德潜：《古诗源》，中华书局 1977 年版。

佚名编：《古文苑》，章樵注，《四部丛刊》本。

顾随讲，叶嘉莹笔记，顾之京整理：《顾随诗词讲记》，中国人民大学出版社 2006 年版。

顾随：《顾随文集》，上海古籍出版社 1986 年版。

钱锺书：《管锥编》，中华书局 1986 年版。

道宣撰：《广弘明集》，上海古籍出版社 1991 年版。

班固著，颜师古注：《汉书》，中华书局 1962 年版。

张溥著，殷孟伦注：《汉魏六朝百三家集题辞注》，中华书局 2007 年版。

逯钦立：《汉魏六朝文学论集》，陕西人民出版社 1984 年版。

徐震堮：《汉魏六朝小说选》，古典文学出版社 1957 年版。

葛晓音：《汉唐文学的嬗变》，北京大学出版社 1990 年版。

罗大经：《鹤林玉露》，中华书局 1997 年版。

叶嘉莹：《好诗共欣赏：叶嘉莹说陶渊明杜甫李商隐三家诗》，中华书局 2007 年版。

范晔撰，李贤等注：《后汉书》，中华书局 1965 年版。

朱希祖：《汲冢书考》，中华书局 1960 年版。

李公焕：《笺注陶渊明集》，《四部丛刊》本。

张自烈：《笺注陶渊明集》，明崇祯六年评阅本。

王国维著，黄永年校点：《今本竹书纪年疏证》，辽宁教育出版社 1997 年版。

陈寅恪：《金明馆丛稿初编》，三联书店 2001 年版。

陈寅恪：《金明馆丛稿二编》，三联书店 2001 年版。

房玄龄等著：《晋书》，中华书局 1974 年版。

尚永亮：《经典解读与文史综论》，中国社会科学出版社 2012 年版。

陶澍：《靖节先生集》，北京文学古籍刊行社 1956 年铅印本。

晁公武撰，孙猛校证：《郡斋读书志校证》，中华书局 1987 年版。

王应麟著，翁元圻等注，栾保群、田松青、吕宗力校点：《困学纪闻》，上海古籍出版社 2008 年版。

王琦注：《李太白全集》，中华书局 1977 年版。

何文焕：《历代诗话》，中华书局 1981 年版。

瞿蜕园：《历代职官简释》，上海古籍出版社 1980 年版。

张品兴主编：《梁启超全集》，北京出版社 1999 年版。

陈引驰编：《梁启超学术论著》（文学卷），华东师范大学出版社 1998 年版。

刘师培：《刘师培中古文学论集》，中国社会科学出版社 1997 年版。

刘跃进、范子烨：《六朝作家年谱辑要》，黑龙江教育出版社 1999 年版。

萧统编，李善等注：《六臣注文选》，《四部丛刊》影宋本。

王充著，黄晖校释：《论衡校释》，中华书局 1990 年版。

吴国富：《论陶渊明的中和》，上海古籍出版社 2007 年版。

杨伯峻：《论语译注》，中华书局 1980 年版。

宗白华：《美学散步》，上海人民出版社 2005 年版。

佟培基笺注：《孟浩然诗集》，上海古籍出版社 2000 年版。

宋大樽：《茗香诗论》，《丛书集成》本。

王天海：《穆天子传全译》，贵州人民出版社 1997 年版。

李延寿：《南史》，中华书局 1975 年版。

赵翼著，王树民校证：《廿二史劄记校证》，中华书局 2001 年版。

丁福保辑：《清诗话》，上海古籍出版社 1978 年版。

郭绍虞编选，富寿荪校点：《清诗话续编》，上海古籍出版社 1983 年版。

严可均：《全上古三代秦汉三国六朝文》，中华书局 1958 年影印本。

顾炎武著，黄汝成集释，秦克诚点校：《日知录》，岳麓书社 1994 年版。

陈寿著，裴松之注，陈乃乾校点：《三国志》，中华书局 1959 年版。

袁珂：《山海经校注》，上海古籍出版社1980年版。

袁珂：《山海经校注》（修订本），巴蜀书社1992年版。

胡应麟：《少室山房笔丛》，《四库全书》本。

朱良志：《生命清供：国画背后的世界》，北京大学出版社2008年版。

朱光潜：《诗论》，安徽教育出版社1997年版。

周振甫：《诗品译注》，中华书局1998年版。

许学夷：《诗源辩体》，人民文学出版社1987年版。

王鸣盛著，黄曙辉点校：《十七史商榷》，上海书店出版社2005年版。

司马迁：《史记》，中华书局1959年版。

刘义庆编撰，余嘉锡笺疏：《世说新语笺疏》，上海古籍出版社1993年版。

（后魏）郦道元注，（清）杨守敬、熊会贞疏，段熙仲点校：《水经注疏》，陈桥驿复校，江苏古籍出版社1989年版。

纪昀等：《四库全书总目》，四库全书研究所整理，中华书局1997年版。

余嘉锡：《四库提要辨证》，科学出版社1958年版。

谢榛著，宛平校点：《四溟诗话》，人民文学1961年版。

郭绍虞辑：《宋诗话辑佚》，中华书局1980年版。

吴文治主编：《宋诗话全编》，江苏古籍出版社1998年版。

沈约：《宋书》，中华书局1974年版。

陶潜撰，汪绍楹校注：《搜神后记》，中华书局1981年版。

王文诰辑注，孔凡礼点校：《苏轼诗集》，中华书局1982年版。

魏征等：《隋书》，中华书局1973年版。

钱锺书：《谈艺录》（补订本），中华书局1984年版。

程千帆：《唐代进士行卷与文学》，《程千帆全集》第8卷，河北教育出版社2000年版。

刘中文：《唐代陶渊明接受研究》，中国社会科学出版社2006年版。

古直：《陶靖节诗笺定本》，《层冰堂五种》本，中华书局1935年版。

汤汉：《陶靖节先生诗注》，中华书局1988年据北京图书馆藏宋朝刻本原大影印本。

钟优民：《陶学发展史》，吉林教育出版社2000年版。

廖仲安：《陶渊明》，上海古籍出版社1999年版。

孙静：《陶渊明的心灵世界与艺术天地》，大象出版社 2009 年版。
鲁枢元：《陶渊明的幽灵》，上海文艺出版社 2012 年版。
周振甫：《陶渊明和他的诗赋》，江苏教育出版社 2006 年版。
王瑶编注：《陶渊明集》，人民文学出版社 1956 年版。
逯钦立校注：《陶渊明集》，中华书局 1979 年版。
曾集刻本，袁行霈、杨贺松编校：《陶渊明集》，辽宁教育出版社 1997 年版。
袁行霈：《陶渊明集笺注》，中华书局 2003 年版。
杨勇：《陶渊明集校笺》，上海古籍出版社 2007 年版。
龚斌：《陶渊明集校笺》，上海古籍出版社 2011 年修订版。
孙钧锡：《陶渊明集校注》，中州古籍出版社 1986 年版。
龚望：《陶渊明集评议》，南开大学出版社 2011 年版。
李剑锋：《陶渊明及其诗文渊源研究》，山东大学出版社 2005 年版。
廖仲安、唐满先：《陶渊明及其作品选》，上海古籍出版社 1999 年版。
唐满先：《陶渊明集浅注》，江西人民出版社 1985 年版。
郭维森、包景诚：《陶渊明集全译》，贵州人民出版社 2008 年版。
孟二冬：《陶渊明集译注及研究》，昆仑出版社 2008 年版。
许逸民校辑：《陶渊明年谱》，中华书局 1986 年版。
邓安生：《陶渊明年谱》，天津古籍出版社 1991 年版。
［日］冈村繁：《陶渊明李白新论》，陆晓光、笠征译，上海古籍出版社 2002 年版。
［日］一海知义：《陶渊明·陆放翁·河上肇》，彭佳红译，中华书局 2008 年版。
魏耕原：《陶渊明论》，北京大学出版社 2011 年版。
钟优民：《陶渊明论集》，湖南人民出版社 1981 年版。
李文初：《陶渊明论略》，广东人民出版社 1986 年版。
魏正申：《陶渊明评传》，文津出版社 1996 年版。
李锦全：《陶渊明评传》，南京大学出版社 1998 年版。
柯宝成：《陶渊明全集：汇编汇校汇评》，崇文书局 2011 年版。
杨合林：《陶渊明三论》，岳麓书社 2002 年版。
徐正英、阮素雯：《陶渊明诗集》，中州古籍出版社 2012 年版。
丁福保笺注：《陶渊明诗笺》，1927 无锡丁氏排印本。
王叔岷：《陶渊明诗笺证稿》，中华书局 2007 年版。

上海辞书出版社文学鉴赏辞典编纂中心编：《陶渊明诗文鉴赏辞典》，上海辞书出版社2012年版。

王孟白：《陶渊明诗文校笺》，黑龙江人民出版社1985年版。

李华：《陶渊明诗文赏析集》，巴蜀书社1988年版。

刘继才、闵振贵：《陶渊明诗文译释》，黑龙江人民出版社1986年版。

魏正申：《陶渊明探稿》，文津出版社1990年版。

白振奎：《陶渊明、谢灵运诗歌比较研究》，上海辞书出版社2006年版。

李华：《陶渊明新论》，北京师范学院出版社1992年版。

吴国富：《陶渊明寻阳觅踪》，江西人民出版社2007年版。

王定璋：《陶渊明悬案揭秘》，四川大学出版社1996年版。

袁行霈：《陶渊明研究》，北京大学出版社1997年版。

袁行霈：《陶渊明影像：文学史与绘画史之交叉研究》，中华书局2009年版。

吴国富：《陶渊明与道家文化》，江西人民出版社2009年版。

钱志熙：《陶渊明传》，中华书局2012年版。

龚斌：《陶渊明传论》，华东师范大学出版社2001年版。

李长之：《陶渊明传论》，天津人民出版社2007年版。

北京大学中文系文学史教研室编：《陶渊明资料汇编》，中华书局2004年版。

钟优民：《陶渊明研究资料新编》，吉林教育出版社2000年版。

黄仲仑：《陶渊明作品研究》，帕米尔书店1965年版。

吕明光：《田园将芜胡不归：陶渊明诗传》，天津人民出版社2011年版。

罗宗强：《魏晋南北朝文学思想史》，中华书局1996年版。

徐公持：《魏晋文学史》，人民文学出版社1999年版。

吴讷：《文章辨体序说》，于北山校点，人民文学出版社1962年版。

章学诚著，叶瑛校注：《文史通义校注》，中华书局1985年版。

刘勰著，范文澜注：《文心雕龙注》，人民文学出版社1998年版。

《香港中国古典文学研究论文选萃·诗词曲篇》（1950—2000），江苏古籍出版社2002年版。

逯钦立：《先秦汉魏晋南北朝诗》，中华书局1983年版。

石昌渝：《小说》，人民文学出版社1994年版。

[澳]文青云：《岩穴之士——中国早期隐逸传统》，徐克谦译，山东画报出版社 2009 年版。

叶嘉莹：《叶嘉莹说陶渊明饮酒及拟古诗》，中华书局 2007 年版。

刘熙载：《艺概》，上海古籍出版社 1978 年版。

梁启超：《饮冰室合集》，中华书局 1989 年影印本。

范子烨：《悠然望南山——文化视域中的陶渊明》，东方出版中心 2010 年版。

李剑锋：《元前陶渊明接受史》，齐鲁书社 2002 年版。

郭茂倩：《乐府诗集》，中华书局 1979 年版。

方东树著，汪绍楹校点：《昭昧詹言》，人民文学出版社 1961 年版。

郭绍虞：《照隅室古典文学论集》，上海古籍出版社 1983 年版。

朱良志：《真水无香》，北京大学出版社 2009 年版。

梁启超著，汤志钧导读：《中国历史研究法》，上海古籍出版社 1998 年版。

仪平策：《中国审美文化史》（秦汉魏晋南北朝卷），山东画报出版社 2000 年版。

鲁迅：《中国小说史略》，人民文学出版社 1973 年版。

王瑶：《中国文学论丛》，平明出版社 1953 年版。

龚鹏程：《中国文学史》（上），世界图书出版公司 2009 年版。

曹道衡、沈玉成：《中古文学史料丛考》，中华书局 2003 年版。

王瑶：《中古文学史论集》，上海古典文学出版社 1957 年版。

曹道衡：《中古文学史论文集续编》，（台北）文津出版社 1994 年版。

钟优民：《钟优民文集》，吉林人民出版社 2009 年版。

朱熹著，黎德靖编，王星贤点校：《朱子语类》，中华书局 1986 年版。

朱自清：《朱自清文集》，上海古籍出版社 1998 年版。

朱自清：《朱自清古典文学论文集》，上海古籍出版社 1981 年版。

[日]斋藤正谦：《拙堂文话》，王水照、吴鸿春编《日本学者中国文章学论著选》，上海古籍出版社 1994 年版。

高建新：《自然之子：陶渊明》，内蒙古大学出版社 2007 年版。

司马光：《资治通鉴》，中华书局 1956 年版。

二、论文（陶渊明研究论文众多，以下所列为本书写作时主要参考引用的，有些收录上揭著作的，也不再重复标列）

邓小军：《陶渊明〈述酒〉诗补证：——兼论陶渊明在晋宋之际的政治态度及其隐居前后两期的不同意义》，《北京化工大学学报》2002年第1期。

邓小军：《陶渊明与庐山佛教之关系》，《中国文化》第十七、十八期。

邓小军：《陶渊明政治品节的见证——颜延之〈陶征士诔并序〉笺证》，《北京大学学报》2005年第5期。

丁永忠：《浪漫陶诗与魏晋佛教》（上），《重庆文理学院学报》2009年第6期。

丁永忠：《浪漫陶诗与魏晋佛教》（下），《重庆文理学院学报》2010年第2期。

范子烨：《〈桃花源记〉的"草本"与"定本"问题——陈寅恪〈桃花源记旁证〉补说》，《中国典籍与文化》2011年第5期。

范子烨：《〈桃花源记〉的文学密码与艺术建构》，《文学评论》2011年第4期。

高建新：《"以文为诗"始于陶渊明》，《内蒙古大学学报》2002年4期。

葛晓音：《陶诗的艺术成就》，《汉唐文学的嬗变》，北京大学出版社1990年版。

龚斌：《陶渊明与佛教关系之再讨论》，《第三届陶渊明国际学术研讨会论文集》，《九江学院学报》2008年专辑。

胡晓明：《略论钱振锽的陶渊明评论》，《九江学院学报》2010年第4期《陶渊明研究专辑》。

李剑锋：《从接受史的角度蠡测陶渊明与慧远之关系——汤用彤先生〈十八高贤传〉伪作说补正》，《九江师专学报》2003年第3期。

李剑锋：《谈陶渊明创作〈搜神记后〉的三种可能性》，《九江师专学报》2004年第3期。

刘跃进：《兰亭雅集与魏晋风度》，《安徽大学学报》2011年第4期。

李华：《近20年陶渊明研究综述》，《首届中日陶渊明学术研讨会文集》，《九江师专学报》1998年增刊。

孟国中：《论陶渊明的"不朽"价值追求》，《西安电子科技大学学报》2007 年第 2 期。

［日］上里贤一:《陶渊明的虚构样式（1）——以〈五柳先生传〉为中心》,《琉球大学法文学部纪要·国文学论集》, 1978 年。

［日］上田武:《渊明和束皙》,《九江师专学报》2001 年增刊。

尚永亮:《陶渊明的思想及其成因略论》,《经典解读与文史综论》, 中国社会科学出版社 2012 年版。

时国强:《陶渊明的幽默》,《九江学院学报》2009 年第 4 期。

［日］松冈荣志:《陶渊明集版本小识: 宋本三种》, 范建明译,《苏州大学学报》1994 年第 1 期。

孙逊:《中国古代仙遇小说的历史演变》,《中国古代小说与宗教》, 复旦大学出版社 2000 年版。

吴云:《"陶学"百年》,《文学遗产》2000 年第 3 期。

杨合林:《陶渊明诗在东晋南北朝的被读解》,《文艺理论研究》2002 年第 2 期。

袁行霈:《陶渊明与晋宋之际的政治风云》,《中国社会科学》1990 年第 2 期。

袁行霈:《古代绘画中的陶渊明》,《北京大学学报》2006 年第 6 期。

张哲俊:《陶渊明五柳的误读与演变》,《北京师范大学学报》2010 年第 4 期。

［日］沼口胜:《关于陶渊明〈乞食〉诗的寓意》,《九江师专学报》1998 年增刊。

钟优民:《世纪回眸 陶坛百年》,《社会科学战线》2001 年 2 期。

后　　记

"盛年不重来，一日难再晨；及时当勉励，岁月不待人。"（《杂诗》其一）"纵浪大化中，不喜亦不惧。"（《形影神》）"倾身营一饱，少许便有余。"（《饮酒》其十）这些涌现在陶渊明笔端的诸多警句，每每读来，总会让人慨然回味。自研读这位智者及其作品十余年以来，一直想琢磨出点究竟来，于是便有了这部书稿。

在读大学时，我就对陶渊明很感兴趣，写过一篇读陶习作，受到魏耕原先生的谬赞与鼓励。新世纪伊始，我考上了魏先生的研究生。先生是陶渊明研究名家，其开设的"陶渊明研究"选修课，将我引入陶渊明研究的殿堂。课程结束后，我递交的作业是《陶渊明交游考》，三万多字，得到先生的赞许。后来，在此基础修改成为七八万字的硕士论文。这样的选题，其实也受到闻一多先生的影响。闻先生的《少陵先生交游考略》、《岑嘉州交游事辑》，为我们洞察诗人人生开启了又一扇门窗。闻先生是博通中西而在考据上颇具影响力的大师，是我景仰的先贤。

研究生毕业后，我自己也给学生开"陶渊明研究"的选修课，一开就是七八年，直到我离开西安。现在想来当时真是不知天高地厚。在历届的教学中，我读陶的体会每有加深，对陶公人格愈加敬仰。陶渊明是受儒家思想影响较为深厚的人，他先后五次出仕为官，有"大济于苍生"（《感士不遇赋》）的理想抱负，无一不在践行"学而优则仕"的儒家主张，然而在一次次失望之后，他最终选择了辞官归隐的道路，其实也是儒家思想的体现。《论语·卫灵公》云："邦有道则仕，邦无道则可卷而怀之。"可能这些想法不自觉地流露在课堂教学中，后来才知道不少学生私下称呼我为"陶老师"、"儒老师"，我万没有想到学生会给予这样的评价。

研读陶渊明十余年，仅有十余篇不成样的小文章刊载，一是陶学领域硕果累累，想有一定的创新或突破殊不容易；二是由于诸多原因，这几年的精力主要扑在《后汉书》、敦煌文献上了。不过，闲暇偶读陶诗自遣，读书札记、随想倒是积累了不少。2011年在内蒙古陶学会议上，承蒙高建新、李剑锋、吴国富等诸位仁兄看重，勉励督促多出陶学成果。自草原归来，遂孜孜投身此道，形成此稿。是否能够向高、李、吴等仁兄及一些殷切关怀我的长辈交差，心中不免惴惴焉！

陶诗云："闻多素心人，乐与数晨夕。……奇文共欣赏，疑义相与析。"2007年，我加入陶渊明学会，或隔一二年，诸多"陶学人"相聚甚欢。在这六七年中，我作为学会后生，也有幸得到龚斌、李寅生、高建新、李剑锋、吴国富、韩国良、刘中文等"陶学"长辈的关爱、照顾，他们"素心"以待，温煦和蔼，令我如沐春风。2012年陶渊明学术会议上，有幸见到了钟优民先生，我们一见如故，如陶诗所云："欵然良对，忽成旧游。"钟先生以喜寿之高龄，从千里之遥的北京，携大作数部惠赠，又诲人不倦，勉励有加。书稿既成，会后之暇，索序于先生，先生慨然答允，序中又多奖掖谬爱，令人感动。

2013年编撰《陶渊明研究学术档案》时，我向袁行霈先生请教，并有幸得到他的谆谆教诲，让我领悟到为学为人的一些道理。袁先生的慈心奖掖，令人感铭，也激励了我的向学之心。昔陶公诗云："志彼不舍"，"能不怀愧"？后生小子何敢不敏焉！

这部书稿，先是申报了2012年武汉大学文学院211项目，经匿名评审，承蒙几位专家抬爱，给予"优秀"的赞许。正是受此鼓励，2013年春即申报了国家社科基金后期资助项目，7月即获得立项资助。读陶、品陶、研陶，本是一种怡情、消遣，却获得如许鼓舞，感激、投入之情难以遣怀。

总而言之，眼前这部小小书稿，实在承载和凝聚着太多关爱与感激的情感。最后，谨以此书奠祭我的双亲！同时，将此书献给所有关怀、帮助过我的人，献给我的爱人和小女涓涓！

记得我在第一本专著《范晔之人格与风格》的后记中提到我的爱女涓涓小名的取名："木欣欣以向荣，泉涓涓而始流。"这是陶公《归去来兮辞》中的名句，也是我钟爱的陶公名句之一。让它也作为本书的结束语吧。因为，新的一切都才开始。

钟书林

2012年3月27日草成于西安翠华路寓所
2014年5月30日定稿于武汉八一路寓所

重印后记

这部书稿融铸了我在中青年时期对陶渊明研读的一些心得，在2015年出版后，即获得一些读者的喜爱，初印很快销罄。

今年春，学友汪余礼教授建议重印本书，并推荐现任责编慈明亮先生。慈先生告诉我，原责编曲弘梅编审已经荣休，将由他帮我张罗重印事宜，并允我做一些校改，另撰重印后记。

陶渊明是诗人，更是哲人。这似乎是"陶粉"的共识。不过，多数"陶粉"并非一开始就喜欢他。如资深"陶粉"苏东坡、黄庭坚，即是如此。苏东坡青壮年时期，不怎么喜欢陶渊明，到中年以后尤其是在被贬谪岭南、海南岛的漫长岁月中，却酷爱陶诗，陶诗几乎成了他唯一的精神食粮。黄庭坚自诉衷肠说："血气方刚时，读此诗如嚼枯木；及绵历世事，如决定无所用智。每观此篇，如渴饮水，如欲寐得啜茗，如饥啖汤饼。"（《书陶渊明诗后寄王吉老》）在"绵历世事"之后，他才恍然体悟到陶诗的可贵。

而我似乎是"陶粉"中的"早熟儿"，早在大学阶段即对陶集产生浓厚兴趣，所以本书出版也在我年届不惑之前。而年过不惑之后，"及绵历世事"，对陶集的体悟也更加深刻。陶公五十自叙："昔闻长者言，掩耳每不喜。奈何五十年，忽已亲此事。"（《杂诗》）我虽年仅过四十，却亦颇能体悟陶公此中的真意。岁月的流淌，仿佛亲临其境。

陶公曾谈及他的出仕及人生追求时说："此行谁使然？似为饥所驱。倾身营一饱，少许便有余。"（《饮酒》其十）"倾身"摹其幅度之大、力度之强、范围之广，"营"言其人生目标之专、追求动机之纯、理想愿望之殷切。"倾身""营"叠用，极力展现其用心之诚且勤，努力之艰且深。而"一饱""少许便有余"，以"一""少许""有余"连用，着意渲染对结果的淡然看待，不计较最终的物质收获。因此，"倾身营一饱，少许便有余。"也便成了陶公一生及追求的自我写照。

但令人感慨嘘唏的是：陶公这样的理想追求，却没有能够实现。他在短短十三年内，先后五次出仕，可谓"倾身"之极，"营"之极，最终却无法"一饱"，"少许""有余"更不可及。陶渊明出生即"逢运之贫"，"少而穷苦"，"弱年逢家乏"，年二十九出仕，因贫而仕，先后五次出仕，四十一岁归隐，"老至更长饥"，"长饥至于老"，一生为饥贫所困。他因饥饿去求乞，"叩门拙言辞"（《乞食》）；他对饥贫状态的描摹，读来让人"触目惊心"，久久无法平静："夏日长抱饥，寒夜无被眠。造夕思鸡鸣，及晨愿乌迁。"（《怨诗楚调示庞主簿邓治中》）

平心而论，陶公早年的理想追求其实并不高："倾身营一饱，少许便有余"，但终其一生，"长饥至于老"，未能免于饥贫。因而，他在离开人世前的绝笔中，不禁感叹道"人生实难"（《自祭文》）！

"人生实难"，看似平淡至极，却凝聚着陶公全部的人生经验总结。只有在"绵历世事"之后，才能更真切地体会到它的"温度"。苏东坡说陶诗"癯而实腴"，以此观之，确乃证道之语。

不过，饥贫与坎坷，压不垮陶渊明。梁启超先生说："（陶渊明）是世界上最快乐的一个人。他最能领略自然之美，最能感受人生的妙味。"我们无论什么时候，不论翻阅陶集的哪一篇作品，都能切身地感受到陶渊明对生活的热爱。他的音容相貌，举手投足之间，都绽放出欢愉。虽然物质始终匮乏，以致饥贫缠身，甚至有时不免愤激，但他的心底世界始终充溢的是快乐，一种向上的力量。

所以，苏东坡在接连被贬谪的艰苦岁月中，酷爱上陶诗，其奥秘或就在于此。

2021 年 7 月 15 日于武汉